读古人书　友天下士

百余年前，崇文书局于武昌正觉寺开馆刻书，成晚清四大书局之一。所刻经籍，镌工精雅，数量众多，流布甚广，影响巨大。为赓续前贤，昌明国学，弘扬文化，本社现致力于传统典籍的出版。既专事文献整理，效力学术，亦重文化普及，面向大众。或经学，或史论，或诸子，或诗词，各成系列，统一标识，名之为“崇文馆”。

崇文馆

中华经典全本译注评

文心雕龙 译注评

郝　永　注评

长江出版传媒 | 崇　文　書　局

浙江外国语学院
1955
ZHEJIANG INTERNATIONAL STUDIES UNIVERSITY

浙江外国语学院2021年度
博达科研专项提升计划（第三期）后期资助项目
“《文心雕龙注译评》（编号：2021HQZZ8）”

自　序

自2001年9月于宁夏大学师从王毓红师攻读硕士学位至今，我研究《文心雕龙》已二十年有余，其间虽有学术兴趣的迁转，但于《文心雕龙》的研究一直没有停辍。万法因缘生，缘于我对《文心雕龙》长期的研究，应崇文书局的约稿，也得益于浙江外国语学院博达专项计划项目的支持，成此《文心雕龙译注评》拙作付梓。当此之时，遵守与崇文书局郑小华老师的约定、应吕慧英老师之命作此自序。

按现代学科分类，《文心雕龙》是一部文学理论批评专著。但在传统经史子集分类之下，《文心雕龙》被《四库全书》收入《集部·诗文评》类，长期未受太多关注；在其产生到1929年范文澜《文心雕龙注》出版的千四百年间，仅有明代梅庆生的音注本《文心雕龙》、王维俭的训诂本《文心雕龙》、清代黄叔琳辑注本《文心雕龙》以及近代李详对黄注加以补注的《文心雕龙补注》，这和浩如烟海的四书五经注解比较起来，体量之小、受重视程度之低不言而喻。

将《文心雕龙》纳入文学学科展开研究，标志着《文心雕龙》告别传统经史子集研究范式，进入新的历史时期。此一时期开先河的事件是刘师培和黄侃在北京大学开设《文心雕龙》课程。范文澜《文心雕龙注》集前人评注校勘之大成，在黄叔琳辑注本基础上吸收了晚清以来李详《补注》、黄侃《札记》、日本学者铃木虎雄《黄叔琳本文心雕龙校勘记》等成果并有所订正，有“取材之精富，考订之精，前无古人，洵彦和之功臣”(1936 年上海开明书店印行范注所附《校记》)之誉;“范注虽本黄叔琳注及黄侃《札记》等书,但却是在内容上更为充实,也略嫌繁冗的批评著作,不可否认是《文心雕龙》注释史上划时代的作品”(日本学者户田浩晓《〈文心雕龙〉小史》,见《日本研究〈文心雕龙〉论文集》,1983 年);总之,“范注的出现,标志着《文心雕龙》注释由明清时期的传统型向现代型的一大转变,在继承发展传统注释优点的基础上,受其业师黄侃《文心雕龙札记》的影响,对《文心雕龙》的理论意义、思想渊源及重要概念术语的内涵进行了较为深刻清晰的阐释”(张少康等著《文心雕龙研究史》,2001 年)。这一时期,还有刘永济的《文心雕龙校释》(为其大学讲义稿)于 1948 年由正中书局出版,在结构上和理论系统研究上,都有大胆的革新:结构上以《序志》为首篇,次为“文之枢纽”五篇,继之以“剖情析采”二十四篇,最后是“论文叙笔”二十篇;理论系统研究上,表现为“对《文心雕龙》论文之根本的理解与把握”,以及“对一些具体的文学原理的研究”(详张少康等著《文心雕龙研究史》)。

新中国成立后,《文心雕龙》研究进入新时代,相对于前一时期有了较大发展,特别是一些译注本的出现,为《文心雕龙》的普及做出了很大贡献,如王利器的《文心雕龙新书》(1951 年编辑版)、杨明照的《文心雕龙校注》(1958 年)。学术研究方面,此时关于《文心雕龙》的文本校勘工作已基本完成。《文心雕龙》是文辞古雅的骈文著作,需简注并翻译为白话文以达成普及和大众化。初期阶段出现了选译本,如张光年的《文心雕龙选译》(1983 年发表),陆侃如、牟世金的《文心雕龙选译》(1962—1963 年),郭晋稀的《文心雕龙译注十八篇》(1963 年),周振甫的《文心雕龙选译》(1980 年);逐渐发展为全本译注,有陆侃如、牟世金的《文心雕龙译注》(1981 年),周振甫的《文心雕龙注释》(1981 年),郭晋稀的《文心雕龙注译》(1982 年),詹锳的《文心雕龙义证》(1989 年),祖保泉的《文心雕龙解说》(1993 年)。这些白话文译本有的还进行了评析，评析多以“解题”形式出现，评析所占分量最重的是祖保泉之书。以上六种之外，这一时期还有赵仲邑《文心雕龙译注》(1982 年)等十二部。进入 2000 年之后，有张灯的《文心雕龙新注新译》(2003 年)，王运熙先生所作序指出“近二十多年来，《文心雕龙》的注释本出得颇多，注译本也出了不少”，对《文心雕龙》译注体进行了概括与总结。改革开放以来，以张灯的《文心雕龙新注新译》为标志，《文心雕龙》的文本校勘、注译工作基本完成，2003 年至今近二十年时间里，《文心雕龙》全书的校勘、注译已不多见，转入了以阐释研究为主的新阶段。

综上所述，从《文心雕龙》问世到上个世纪结束近千五百年间的《文心雕龙》注评史，经历了在传统学术体系中归属集部不受重视，到归属文学学科后研究的加速“显学”化过程；就学术研究方法论，则经历了一个由文献学为主到文学研究和普及为主的过程。随着高等教育的普及、国民对优秀传统文化自信心的增加，《文心雕龙》全本的译注评，也必然要从以文献为主经以文学为主发展到以文化为主，这就是本书产生的学术史和时代背景。

本书遵循通行本五十篇结构，每篇由原文、今译、注释和评析四部分组成。

原文，鉴于黄叔琳辑、范文澜等先贤的校勘成果，采用通行的《文心雕龙》文本。译文部分遵循信、达、雅的标准，尽量做到忠实于原文意旨、语句通顺、文辞典雅，体现译者不同于前作的个性，以及对原文的理解程度和语言表达能力。鉴于译者能力有限，于此也只能勉力为之，力图展现刘勰倾注情感的文章之美。注释部分不作繁琐考据，仅作基本的笺注以利于阅读；于生僻字用汉语拼音注出读音。评析部分体现评析者个性和语言表达能力，也最需要对历史文化理解的深度和对时代文化的把握。刘勰不仅是一位诗文评家、文学理论批评家，更是一位对历史和时代思想文化有深刻理解和把握的思想家，这无疑对评析者提出了更高的要求。

总之，本书是在前学基础上、在新时代学术背景下，对《文心雕龙》所作的今译、注释和评析工作，期待能对《文心雕龙》的研究和普及有所贡献。

郝永①

二〇二二年二月十三日

浙江外国语学院品院 410 室

①郝永：1975 年 8 月生，河南省永城市人，文学博士，博士生导师。现为浙江外国语学院教授，西溪学者，中国语言文化学院院长、宋韵文化传播研究所所长。

目　录

原道第一

文[1]之为德[2]也大矣，与天地并生者，何哉？

夫玄[3]黄色杂，方圆体分；日月叠璧[4]，以垂丽天[5]之象；山川焕绮[6]，以铺理地[7]之形。此盖道之文[8]也。仰观吐曜[9]，俯察含章[10]，高卑[11]定位，故两仪[12]既生矣。惟人参[13]之，性灵所钟，是谓三才[14]。为五行之秀，实天地之心。心生而言立，言立而文明，自然之道也。傍及万品，动植皆文：龙凤以藻绘[15]呈瑞，虎豹以炳蔚[16]凝姿；云霞雕色，有逾画工之妙；草木贲华[17]，无待锦匠之奇。夫岂外饰，盖自然耳。至于林籁结响[18]，调如竽瑟[19]；泉石激韵[20]，和若球锽[21]。故形立则章成矣，声发则文生

---

①文：此泛指一切文采条理之物，不单指文章、文学作品。 ②德：训“得”，和“道”相应，是“得道”义，从哲学上讲，“道”是体，“德”因“得道”故而是“道”的表现。 ③玄：赤黑色，黑中带红。《说文》：“黑而有色者为玄。” ④叠璧：璧玉相叠，形容极美。 ⑤丽天：美丽的天空；一说日月像璧玉一样重叠附着在天空；本书认为，和下文“理地”对，“丽”为动词，即使天丽。 ⑥焕绮：此将地文山川比喻为火光、锦绣。 ⑦理地：使地理，使大地有条理。 ⑧道之文：此承开篇“文之为德”——文由德而来，而德（文）是道的表现，故具体的天文、地文都是德，都是道的表现。 ⑨吐曜（yào）：此谓日月星发出光辉。 ⑩含章：山川蕴含的文采。章：本义为音乐的一曲结束，乐竟为一章；亦指丝织物的花纹。《周礼·考工记》：“青与赤谓之文，赤与白谓之章。” ⑪高卑：高下，此指天地。 ⑫两仪：指阴阳、天地。《周易·系辞》：“易有太极，始生两仪，两仪生四象，四象生八卦。” ⑬参：三。 ⑭三才：天、地、人。 ⑮藻绘：华丽的文采。 ⑯炳蔚：文采鲜明华美。《周易·革卦》：“大人虎变，其文炳也……君子豹变，其文蔚也。” ⑰贲（bān）华：植物开出多姿多彩的花。贲：同“斑”，指颜色驳杂不纯。 ⑱林籁结响：风吹树林自然发出的声响。 ⑲竽瑟：指竽和瑟两种乐器，竽为管乐器，瑟为弦乐器。 ⑳泉石激韵：泉水流过山石自然形成的声韵。 ㉑球锽：指磬和钟两种乐器。

矣。夫以无识之物①，郁然有彩，有心之器②，其无文欤？

人文之元③，肇自太极④，幽赞神明⑤，《易》象惟先。庖牺⑥画其始，仲尼⑦翼其终。而《乾》《坤》⑧两位，独制《文言》⑨。言之文也，天地之心⑩哉！若乃《河图》孕乎八卦，《洛书》韫乎九畴⑪，玉版⑫金镂⑬之实，丹文⑭绿牒⑮之华，谁其尸⑯之？亦神理⑰而已。自鸟迹代绳⑱，文字始炳。炎皞遗事，纪在《三坟》⑲，而年世渺邈，声采靡追。唐虞⑳文章，则焕乎始盛。元首载歌㉑，既发吟咏之志；益稷陈谟，亦垂敷奏之风。夏后氏㉒兴，业峻鸿绩，九序㉓惟歌，勋德弥缛㉔。逮及商周，文胜其质，《雅》

---

①无识之物：没有意识之物。 ②有心之器：指人类。 ③人文之元：人文的发端。 ④太极：此指万事万物的本根，万事万物产生、存在、发展的依据，也即万事万物之理。 ⑤幽赞神明：使隐微难知的太极之理彰明起来，也即发太极之理使之明于天下，《周易·说卦》："昔者圣人之作《周易》也，幽赞于神明而生蓍。"幽赞：谓使隐微难见者彰明，如"六律五声，幽赞圣意"（《汉书·兒宽传》）中"幽赞"之义。神明：当指"太极"，《周易·系辞下》："阴阳合德，而刚柔有体，以体天地之变，以通神明之德。"孔颖达疏："万物变化，或生或成，是神明之德。" ⑥庖牺：伏羲。 ⑦仲尼：孔子。 ⑧《乾》《坤》：《周易》的《乾卦》和《坤卦》。 ⑨《文言》：指《周易》的《文言传》，是解释《乾》《坤》两卦的专篇，为《十翼》之一。 ⑩天地之心：可理解为宇宙的核心精神。 ⑪九畴：即《洛书》，天帝赐给禹治理天下的九类大法。《尚书·洪范》："天乃锡禹洪范九畴，彝伦攸叙。初一曰五行，次二曰敬用五事，次三曰农用八政，次四曰协用五纪，次五曰建用皇极，次六曰乂用三德，次七曰明用稽疑，次八曰念用庶征，次九曰向用五福、威用六极。" ⑫玉版：古代用以刻字的玉片，泛指珍贵的典籍。《韩非子·喻老》："周有玉版，纣令胶鬲索之，文王不予；费仲来求，因予之。" ⑬金镂：在金属器物上雕刻，《宋书·沈庆之传》："太子妃上世祖金镂匕箸及杆杓，上以赐庆之。" ⑭丹文：朱书，用朱墨书写的文字，《史记·赵世家》："襄子齐三日，亲自剖竹，有朱书曰：'赵毋恤，余霍泰山山阳侯天使也。'" ⑮绿牒：和上"丹文"泛指文书。 ⑯尸：执掌、主持，《诗经·召南·采苹》："谁其尸之？有齐季女"。 ⑰神理：神道。指文的来源和依据，和"太极"指同。 ⑱鸟迹代绳：指文字产生代替了结绳记事。鸟迹：本义为鸟的爪印，此指像鸟迹的文字。 ⑲《三坟》：伏羲、神农、黄帝之书。 ⑳唐虞：尧、舜的国号。 ㉑元首载歌：出《尚书·益稷》。元首：指舜。载：始。 ㉒夏后氏：为我国第一个世袭王朝——夏朝君主的氏称，夏朝王族以国为氏，为夏后氏，简称夏。 ㉓九序：指夏朝的政治功绩，和上注"九畴"关联。 ㉔勋德弥缛：功业更加卓著。

《颂》所被，英华[①]日新。文王患忧，繇辞[②]炳曜，符采[③]复隐，精义[④]坚深。重以公旦[⑤]多材，振其徽烈[⑥]，剬[⑦]《诗》缉《颂》，斧藻[⑧]群言。至夫子继圣，独秀前哲：镕钧六经，必金声而玉振；雕琢性情，组织辞令，木铎[⑨]启而千里应，席珍[⑩]流而万世响，写天地之辉光，晓生民[⑪]之耳目矣。

爰自[⑫]风姓[⑬]，暨于孔氏，玄圣创典，素王述训。莫不原道心[⑭]以敷章[⑮]，研神理而设教[⑯]。取象乎《河》《洛》，问数乎蓍龟[⑰]，观天文以极变，察人文以成化；然后能经纬区宇，弥纶彝宪[⑱]，发辉事业，彪炳辞义[⑲]。故知道沿圣以垂文，圣因文而明道，旁通而无滞[⑳]，日用而不匮[㉑]。《易》曰："鼓天下之动者存乎辞。"辞之所以能鼓天下者，乃道之文也。

赞曰：道心惟微，神理设教。光采玄圣，炳耀[㉒]仁孝。龙图献体[㉓]，龟书呈貌[㉔]。天文斯观，民胥[㉕]以效[㉖]。

【译文】

文章作为道的生发和表现——德，太重要了，重要到可以和天地地位等同。这样说的理由是什么？

---

①英华：比喻文采。 ②繇（zhòu）辞：卦兆的占词。 ③符采：美玉的文理色彩，此指文采。 ④精义：事物的奥义、真理。 ⑤公旦：周公姬旦。 ⑥徽烈：宏业、伟业。 ⑦剬（duān）：将某物切断使整齐。 ⑧斧藻：指梁楹上刻画的文饰图案，引为修饰义。 ⑨木铎：以木为舌的大铃，古代宣布政教法令时巡行振鸣以引起众人注意，此喻宣扬教化。 ⑩席珍：坐席上的珍宝，亦称"席上珍"，《礼记·儒行》："儒有席上之珍以待聘。"此喻儒者美善的才学。 ⑪生民：人类。 ⑫爰自：犹原自。爰：援的本字。 ⑬风姓：指伏羲。伏羲姓风。 ⑭道心：指道，和神理、太极义同名异。 ⑮敷章：撰写文章。 ⑯设教：开展教化。 ⑰蓍龟：占卜的道具，蓍草和龟壳。 ⑱彝宪：常法，《尚书·冏命》："永弼乃后于彝宪。"伪孔《传》："当长辅汝君于常法。" ⑲辞义：文辞所蕴含的义理。 ⑳滞：阻碍、障碍。 ㉑匮（kuì）：匮乏、缺乏。 ㉒炳耀：发扬光大。 ㉓体：宇宙万事万物的本体、根本规则。 ㉔貌：本体的表现，指九畴、九序的政治功绩。 ㉕胥：都、皆义，副词。 ㉖效：效法，以之为法。

原来，黑色、黄色等颜色的错杂，方形、圆形等各种形体的分别，太阳、月亮如璧玉双叠使天空愈加美丽，青山、绿水光彩夺目使大地铺锦列绣。这，都是道的表现——“道之文”啊！人文始祖伏羲氏仰观天文、俯察地理，悟出了天与地对、天高地下的阴阳之理，天与地是宇宙的两个基本构成要素。人作为万物之灵，可以和天地相配，与天、地一起合称“三才”。人类是金木水火土相生相克所产生物之俊秀者，是天地万事万物的精华。人的思维用语言表达出来，语言表达是人文的表现，而人文的表现，也是道自然而然的表现。推广到天文、地理、人文之外的动物植物等其他自然物也是此理：龙凤、虎豹的文采，云霞、草木的文采，难道是人为力量造成的吗？不是的，它们都是自然形成的道之文——道之德。至于林籁结响、泉石激韵这些天然乐章——声文，也同样是道之德。不得不令人深思：以上日月、山川、龙凤、虎豹、云霞、林籁、泉石这些无知无识之物都有彩绘，而作为万物之灵的人类怎么可能没有文章呢？肯定有的！

人文和天文、地理、动植云霞之文、林籁泉石声文一样，也是道的表现，即原于道——太极。最早将道（太极）表现出来的人文是《易》，即《易经》的卦象。关于《易经》的形成，伏羲画八卦是开端，孔子作十翼是完成，孔子专门撰写《文言》对《乾》《坤》两卦作了阐发。《乾》《坤》是最重要的两卦，是天地的象征，故而《文言》所阐发的天地精神，也是人文的核心精神。至于《河图》《洛书》蕴涵的八卦奥义、九畴业绩，以及各种各样体现人文的文书，是谁在主宰呢？当然也是道。以下就人文进行历史的考察。人文起始于画符号代替结绳记事的文字产生，经过年代久远文采不睹的三皇之书《三坟》，到了尧舜时期才发达起来，表现为彼时君臣之间的诗歌赓和、谋议进言。夏朝政治业绩宏大，人文愈加繁盛。商周时期整体上礼乐文明发达，人文日趋繁缛。周文王在蒙难之时借卦辞阐发精深的义理，暂时约束了追逐文采的风气蔓延；周公姬旦继续周文王的人文主张，修润典籍。到了孔子这里，他对人文做出了超越前哲的集大成贡献：熔铸六经，使之如金玉撞击一样响亮；在六经的人文范本中合理了性情，轨范了文辞。自此，义理与文采相辅相成的华夏人文精神流传千里而万世传扬，启悟了人民的智慧。

总之，关于人文，自伏羲到孔子，远古的圣哲伏羲创立了原则，孔子继承并发扬光大。他们都是依据道而开创人文进而推行人文教化。从《河图》、《洛书》、蓍草、龟壳等得到启发，从天地等自然之文中悟得宇宙基本法则，然后才能形成人文，推行教化，达成社会治理，使六经所蕴涵的道之价值得以实现！由此可总结：道通过圣人流传在典籍中，圣人通过人文来阐发道，这一道理，是超越时空的真理啊！此理为《易经》之“鼓天下之动者存乎辞”所一语道破。而“辞”之所以能“鼓动天下”，则因其是道之文，体现了“道”的精神。

综上所述：道心隐微，要通过教化普及。伏羲创始，孔子归之于仁孝。《河图》之八卦示根本，《洛书》之九畴显状貌。圣人之著述得之于对天象进行观察，万民争相效法。

【评析】

《文心雕龙》是中国古代的一部文学理论批评专著，于文学（文章）论述最全面深刻，体系最完整精密，是一部“体大虑周”之作。

《原道》篇是《文心雕龙》五十篇中的第一篇。据刘勰自己的结构划分，《文心雕龙》分为文之枢纽、论文叙笔、剖情析采和序志四部分。今天看来，这四部分分别是文学本体论、文章体裁论、文学创作批评论和总序。其中论“文之枢纽”的本体论包括《原道》《征圣》《宗经》《正纬》《辨骚》等五篇。《原道》篇是论“文之枢纽”的开篇，也是整部《文心雕龙》的开篇，地位极其重要。

任何一个理论体系的建构，必须先有一个逻辑的起点，《文心雕龙》也不例外，《原道》篇就是为给文学（文章）追溯一个逻辑起点而作。就“原道”之题可见，刘勰给文学追溯的起点是“道”，即将文章的来源上推至于“道”。众所周知，传统中国主流思想体系无外乎儒、道、佛三家。三家均言“道”，且都有将之视作本体的倾向，但其终极归宿不同。概而言之，儒家之“道”是社会伦常，常被表述为“仁”；佛家之“道”主于“性空”，常被表述为“真如”“真如佛性”等；道家之“道”最具有作为本体的纯粹性，这在道家元典《道德经》那里即已确定，此后几无改变。在道家那里，“道”是宇宙的本体，其实践论是“道法自然”。那么，此《原道》篇之原“道”，所原何道？

审读本篇发现，它论证的逻辑起点是“道”和“德”的关系。在现代汉语中，“道”“德”连用为“道德”，但在中国哲学体系中，“道”和“德”则为相互关联的两个范畴。“道”为“德”的本体和依据；“德”训“得”，义为“得道”。可见，“德”是“道”的生发和表现，就像“道”是“父母”，“德”是“子女”，“子女”是“父母”的生发和表现一样。基于此，就“文学(文章)”和“道”的关系而言，《原道》的逻辑是以“文学(文章)”为“德”，故而可以得出结论：“文”是“道”的生发和表现。如果此处仅以文字形式呈现的“文学(文章)”为“德”、为“道”的生发和表现，未免给人突兀之感，故而刘勰将“文”之范围扩充到了宇宙万物之有文采者，但其最后的落脚是以文字形态呈现的“文学(文章)”，以至于是作为人文典范的六经。

关于以“文”为“德”，这是《原道》开宗明义的交代：“文之为德也大矣。”在孔子那里，“文”实质上是不够受重视的，《论语·学而》有“行有余力，则以学文”“志于道，据于德，依于仁，游于艺”(此处，文学归于“艺”)。这也是儒家一贯的立场，在宋明理学那里甚至还明确为“作文害道”。而刘勰《原道》以“文”为“德”且以“大矣”赞赏之，可见“文”在他心中的地位之高。这已完全不同于传统儒家的一贯主张。

《原道》以文为“德”，为“道”的生发和表现，采用了总分法和层层递进法来进行阐述。首先总说：以一切有文采、交错成形(“玄黄色杂，方圆体分”)者为“文”。随后分说：日月经天是“天文”，山川理地是“地文”，龙凤、虎豹、云霞之文采是“文”，林籁结响、泉石激韵之乐章也是“文”。以上这些自然物之“文”作为“德”，无疑是“道”的生发和表现，有关于此，他以“盖自然耳”结论之。自然之物的文采——文是得“道”之“德”，那么作为万物之灵的人类呢？当然其文采——人文，更应是“德”，更应是“道”的生发和表现。于此，《原道》用“自然之道也”表明之，并以“无识之物，郁然有彩，有心之器，岂无文欤”的设问进入该篇甚至是该书最核心问题的讨论。

不难发现，《原道》以包括人文在内的宇宙万物之文为“德”，是“得道”，是“道”的自然而然的生发和表现，其理论来源是道家尤其是《道德经》。务要指出,实现由"道法自然"的道家之文向"繁文缛节"的儒家之文的转换和对接,考验着刘勰的学养和智慧。这个节点,刘勰找到的是《易经》。《易经》无疑是人文,其最基本元素阴爻、阳爻,是伏羲仰观天文、俯察地理(地文)悟得的结果,也即"道法自然"的结果,也即最早的人文,是"得道"的结果,是"道"的生发和表现——"人文之元,肇自太极","太极"即"道";众所周知,《易经》是儒家六经之首。既然儒家六经之首的人文是"德",是"道"的生发和表现,那么,儒家人文的渊薮——六经,也自然不能例外。追本溯源后,《原道》又按源溯流,梳理了一个由伏羲经唐尧、虞舜、夏后氏、(商)周文王、周公姬旦以至于素王孔子的"道统"与"文统"。最后结论:"道统"与"文统"在孔子的六经这里实现了完美统一:"至夫子继圣,独秀前哲:镕钧六经,必金声而玉振;雕琢性情,组织辞令,木铎启而千里应,席珍流而万世响,写天地之辉光,晓生民之耳目矣。"

至于"道""圣""文"三者的逻辑关系,《原道》谓:"道沿圣以垂文,圣因文而明道。"于是,《原道》之后,"文之枢纽"部分布局了《征圣》《宗经》两篇。

征圣第二

夫作者曰圣，述者曰明。陶铸①性情，功在上哲②。夫子文章，可得而闻，则圣人之情，见乎文辞矣。先王圣化③，布在方册④，夫子风采，溢于格言⑤。

是以远称唐世⑥，则焕乎为盛；近褒周代，则郁哉可从：此政化贵文⑦之征也。郑伯入陈，以文辞为功⑧；宋置折俎，以多文举礼⑨：此事迹贵文之征也。褒美子产，则云“言以足志，文以足言”；泛论君子，则云“情欲信，辞欲巧”⑩：此修身贵文之征也。然则志足而言文，情信而辞巧，乃含章之玉牒，秉文之金科⑪矣。

---

①陶铸：陶冶、塑造。 ②上哲：具有超凡道德、才智的哲人。 ③圣化：圣人的教化。 ④方册：简牍、典籍，汉蔡邕《东鼎铭》：“保乂帝家，勋在方册。” ⑤格言：释为可以用来格物之言，即有教育意义可为行为准则的名言。《三国志·魏志·崔琰传》：“盖闻盘于游田，《书》之所戒，鲁隐观鱼，《春秋》讥之。此周孔之格言，二经之明义。” ⑥唐世：尧的时代。唐：尧的国号。 ⑦贵文：以文为贵，即需要文辞来记录。 ⑧郑伯入陈，以文辞为功：据《左传·襄公二十五年》，郑简公起兵攻入陈国后，派子产去向当时各国的盟主晋国报告，晋国质问郑国为何要侵略小国，子产回答：“陈国此前领了楚国来攻打郑国，填塞了井，砍伐了树，对郑国犯了罪。郑国向晋国报告了，晋国却不管，所以只好去讨伐。”子产因理由充足得到孔子“言之无文，行而不远。晋为伯，郑入陈，非文辞不为功”的称赞。 ⑨宋置折俎，以多文举礼：据《左传·襄公二十七年》记载，宋平公接待晋国贵宾赵文子，宴会上宾主的发言都非常有文采，得到了孔子的称赞。折俎：把牲体骨节切开放在器皿内，是当时隆重的迎宾礼。俎：古代祭祀、燕飨陈置牲体的器皿。举礼：记录下这次合礼的事。举，记录。 ⑩情欲信，辞欲巧：《礼记·表记》：“子曰：‘君子不以色亲人，情疏而貌亲，在小人则穿窬之盗也与！’子曰：‘情欲信，辞欲巧。’” ⑪金科：犹金科玉律，扬雄《剧秦美新》：“懿律嘉量，金科玉条。”形容法令条文的尽善尽美，比喻必须遵守、不能变更的信条。科：旧指法律条文。律：法则。

夫鉴[①]周日月，妙极机神[②]；文成规矩，思合符契[③]。或简言以达旨，或博文以该情，或明理以立体，或隐义以藏用。故《春秋》一字以褒贬，《丧服》[④]举轻以包重，此简言以达旨也。《邠诗》[⑤]联章以积句，《儒行》[⑥]缛说以繁辞，此博文以该情也。书契[⑦]决断以象夬[⑧]，文章昭晰以象离[⑨]，此明理以立体也。四象[⑩]精义以曲隐，五例[⑪]微辞以婉晦，此隐义以藏用也。故知繁略殊形，隐显异术，抑引随时，变通适会，征之周孔[⑫]，则文有师矣。

是以论文必征于圣，窥圣必宗于经。《易》称"辨物正言，断辞则备"[⑬]，《书》云"辞尚体要，弗惟好异"。故知正言所以立辨，体要所以成辞，辞成无好异之尤，辩立有断辞之义。虽精义曲隐，无伤其正言；微辞婉晦，不害其体要。体要与微辞偕通，正言共精义并用；圣人之文章，亦可见也。颜阖以为"仲尼饰羽而

---

①鉴：本义是镜子，此引申为观照义。 ②机神：机微玄妙，晋葛洪《抱朴子·任命》："识机神者瞻无兆而弗惑，暗休咎者触强弩而不惊。" ③符契：犹符节，《韩非子·主道》："符契之所合，赏罚之所生也。" ④《丧服》：指《仪礼·丧服》。 ⑤《邠诗》：指《诗经·豳风·七月》，全篇八章，每章十一句，是《国风》中最长的篇章。 ⑥《儒行》：指《礼记·儒行》。 ⑦书契：本义指文字，《周易·系辞下》："上古结绳而治，后世圣人易之以书契。"后引为指契约之类的文书凭证，《周礼·天官·小宰》："六曰听取予以书契。"孙诒让正义："凡以文书为要约，或书于符券，或载于簿书，并谓之书契。"《周礼·地官·质人》："掌稽市之书契。" ⑧夬(guài)：坚决、果断，为《易经》第四十三卦，《周易·夬卦》："夬，决也。" ⑨离：《离》卦，《易经》第三十卦，离为火，义主明。 ⑩四象：在中国早期文化中指《易传》中的老阳、少阴、少阳、老阴。《左传注疏》："说者谓七为少阳，八为少阴，其爻不变也。九为老阳，六为老阴，其爻皆变也。"《朱子语类》卷一百三十七："《易》中只有阴阳奇耦，便有四象，如春为少阳，夏为老阳，秋为少阴，冬为老阴。" ⑪五例：即微而显，志而晦，婉而成章，尽而不污，惩恶而劝善，《春秋》在行文上隐寓褒贬的五种体例。 ⑫周孔：周公(或周文王)、孔子。 ⑬辨物正言，断辞则备：《周易·系辞下》："辨物正言，断辞则备矣。"孔颖达疏："辨物正言者，谓辨天下之物各以类正定言之。决断于爻卦之辞则备具矣。"

画，徒事华辞”[①]，虽欲訾[②]圣，弗可得已。然则圣文之雅丽，固衔华而佩实[③]者也。天道难闻，犹或钻仰[④]；文章可见，胡宁[⑤]勿思？若征圣立言，则文其庶[⑥]矣。

赞曰：妙极生知，睿哲[⑦]惟宰。精理[⑧]为文，秀气[⑨]成采。鉴悬日月，辞富山海。百龄[⑩]影徂，千载心在。

【译文】

创作者谓之圣，阐发者谓之明。陶冶塑造人格情操，是哲人的功劳。孔子的文章，是可以看到的，那么圣人的性情，便在文辞中表现出来了。先王的圣明教化分布在典籍中，孔子的精神表现在名言警句中。

因此，赞扬远古唐尧和近来周代，其政治教化繁盛可以遵从：这是政治教化需要文辞记录以传后世的证据。郑简公以大击小攻入陈国，用文辞阐述了其正当性；宋平公以隆重礼节欢迎赵文子；二者得到孔子称赞：这是历史事件需要文辞记录以传后世的证明。（孔子）以“言以足志，文以足言”赞美子产，以“情欲信，辞欲巧”泛论君子：这是修身需要文辞记录以传后世的证据。由此可见，“志足而言文，情信而辞巧”——充实的内容和华美的形式相得益彰，是为文的金科玉律啊！

也就是说，为文要全面深刻观照，内容与形式相得。有的言简意赅，有的文博情全，有的明理以建立根本，有的义理隐微表现含蓄。所以，《春秋》寓大义于微言，《丧服》以轻服蕴含沉痛的情感（哀思）：所谓“简言以达旨”。《诗经·豳风·七月》和《礼记·儒行》的繁缛文辞，则是“博文以该情”。文辞表达决断如同《夬卦》，表达义理明晰如同《离卦》：这就是

---

①颜阖以为“仲尼饰羽而画，徒事华辞”：本句据《庄子·让王》。颜阖评论孔子，认为孔子是在有文采的鸟羽上画文采，徒然讲究华而不实的辞藻。 ②訾（zǐ）：说人坏话。 ③衔华而佩实：谓充实的内容和华美的形式相得益彰。 ④钻仰：深入研求，《论语·子罕》：“仰之弥高，钻之弥坚。” ⑤胡宁：疑问词，怎能。 ⑥庶：庶几、差不多。 ⑦睿哲：圣明、明智。 ⑧精理：精微的义理。 ⑨秀气：灵秀之气，《礼记·礼运》：“人者，其天地之德，阴阳之交，鬼神之会，五行之秀气也。” ⑩百龄：犹百年，此指岁月久远。

所谓的“明理以立体”。《易》之四象的精义艰深和《春秋》五例的微言婉转晦涩,又是“隐义以藏用”。由上可知,文之繁略隐显,因表达的需要而不同。其精神,可以通过师法周文王、周公、孔子等获得。

所以,讨论文章必须师法周、孔,师法周、孔又必须学习六经。《易经》所谓的“辨物正言,断辞则备”,《尚书》所谓的“辞尚体要,弗惟好异”,确定事物类别的言辞需要辨别,言简意赅形成文辞,文辞言简意赅不追求标新立异,辨别之辞有断辞的意义。即使是精义艰深也不会妨碍辨别事物类别的正言,委婉隐晦之辞也不影响言简意赅,双方能和谐共处于文辞之中,这就是圣人文章的特征。因此,颜阖虽然诋毁孔子的文章“内容空洞而徒有华美的文辞”,所言却与事实不符。恰恰与颜阖所说的相反,孔子的文章,是充实的内容与华美的形式相得益彰的。真理不易获得,需要深入研求;(圣人)文章可见,怎能不对其进行深入思考呢?如果取法圣人撰写文章,那么文章的成就和价值也就差不多了!

综上所述:诞生深刻的认知,关键在于聪明智慧。精深的义理和灵秀之气结合以成文章。察理明于日月,文辞富于山海。这是古往今来不变的真理!

【评析】

圣人指得道之人,在中国传统文化中指最具有德性最智慧之人:才德全尽谓之圣人。“圣”字之繁体为“聖”,上左“耳”表闻道,上右“口”表以宣道化众,下“王”表统率万物为王德、德行遍施。

在儒家思想体系中,指自伏羲以来尧、舜、禹、商汤、周文王、周武王、周公、孔子等列圣,但最终代表是孔子,在《文心雕龙》中也是这样,此可由上《原道》篇知。《原道》篇已明确,圣人和文的关系是“道沿圣以垂文,圣因文而明道”。简言之,圣人得道后,通过文施行教化。于是,取法圣人便是得道的法门,这就是《征圣》篇所要论述的内容。

《征圣》开篇谓:“作者曰圣,述者曰明。”此“作者”可以理解为伏羲,因其开创了人文;“述者”可以理解为孔子,因其整理阐发的六经是“述而不作”之作;也可以认为此句采用了互文手法,即自伏羲创制人文到孔子整理六经,包括二人在内，还有尧、舜、禹、周文王、周公等都是圣人。诸圣已经作古，其所得之道只有且必须在他们留下的文辞中获得。《征圣》以典籍记载为据，从先王政治教化的记载、重要历史事件的记载、君子人格修养等方面论述了文的不可替代的重要价值，进而提出了他的主张"志足而言文，情信而辞巧"：充实的内容和华美的辞采是为文的金科玉律。"志足而言文，情信而辞巧"是孔子的主张，此为刘勰《文心雕龙》"征圣"主张言行一致的实践，审读检视《文心雕龙》会发现，这也是全书的一贯主张。

整体言之，六经是圣人得道之典文；但因分而为六，在体现道上分别有着各自的特征。也就是说，六经在体现圣人之旨上有着不同的风格，此为刘勰所注意到，并因而在全书中最早论述了他的文章风格论。依据六经之文的不同，《征圣》分别谈到了"简言以达旨""博文以该情""明理以立体""隐义以藏用"等四种风格。这四种风格，自然也是行文以表意的四种技巧和手法。至于何种情况下使用这四种技巧，《征圣》说要根据具体情况而定，"繁略殊形，隐显异术，抑引随时，变通适会"；更重要的是征之于圣，"征之周孔，则文有师矣"！由此，《征圣》顺理成章地提出了"论文必征于圣，窥圣必宗于经"的观点。

《征圣》自《易经》《尚书》摘句"辨物正言，断辞则备"、"辞尚体要，弗惟好异"，提炼出正言、精义、体要、微辞四个概念，并通过这四个概念的辩证关系论证"论文必征于圣，窥圣必宗于经"观点。所谓正言，即用确定的语言辨别事物的类别，也即判断句；精义则指精深、精确的义理；体要即言简意赅，用简洁言辞表达关键意旨；微辞指委婉含蓄的文辞。表面看来，正言和精义是矛盾的，体要和微辞也是矛盾的，但《征圣》却辩证地指出，在具体行文中，这些是可以共存的——"体要与微辞偕通，正言共精义并用"。毋庸置疑，此处，刘勰已经深刻认识到了文的审美特征，并将六经提升概括为"衔华而佩实"的"雅丽"。

正如我们今天所主张的，好的文章要以健康的思想性和很高的艺术性向人们提供高质量的精神食粮。刘勰《征圣》一文提出了"体要与微辞偕通，正言共精义并用"的观点，而"衔华而佩实"的"雅丽"的六经则正符合此精神。也就是说，在刘勰这里，真正达到了这一最高标准且堪称典范、楷模的是圣人的六经。也正因此，他才批评以"仲尼饰羽而画，徒事华辞"诋毁孔子的颜阖。

由上可知：刘勰认为，圣人作为得道者已作古，故而要睹道征圣只有研读其留存之文六经，也就是下文的"宗经"。

宗经第三

三极彝训[①]，其书曰经。经也者，恒久之至道[②]，不刊之鸿教[③]也。故象天地，效鬼神，参物序，制人纪，洞性灵[④]之奥区[⑤]，极文章之骨髓[⑥]者也。皇世[⑦]《三坟》，帝代[⑧]《五典》，重以《八索》，申以《九丘》[⑨]。岁历绵暧[⑩]，条流纷糅[⑪]，自夫子删述[⑫]，而大宝咸耀。于是《易》张十翼，《书》标七观[⑬]，《诗》列四始[⑭]，《礼》正五经[⑮]，《春秋》五例。义既埏[⑯]乎性情，辞亦匠[⑰]于文理，故能开学养正，昭明有融[⑱]。然而道心惟微[⑲]，圣谟[⑳]卓绝，墙宇

①三极彝训：三才的常教。三极：三才，天、地、人。彝训：日常的训诫，常教，《尚书·酒诰》："聪听祖考之彝训。" ②至道：精深微妙的道理、真理。 ③鸿教：大教。 ④性灵：性情、情感，人的精神世界。 ⑤奥区：深奥、幽微处。 ⑥骨髓：精华。 ⑦皇世：三皇之世。 ⑧帝代：五帝时代。 ⑨《三坟》《五典》《八索》《九丘》：三皇五帝时书、《八卦》与关于九州之书，统指夏代之前的典籍，《左传·昭公十二年》："是良史也，子善视之！是能读《三坟》《五典》《八索》《九丘》。" ⑩绵暧：悠久、悠悠。 ⑪纷糅：众多而杂乱。 ⑫删述：孔子序《书》删《诗》，又称"述而不作"（《论语·述而》）。 ⑬七观：《尚书》可供借鉴的七个方面，《尚书大传》："六《誓》可以观义，五《诰》可以观仁，《甫刑》可以观诫，《洪范》可以观度，《禹贡》可以观事，《皋陶谟》可以观治，《尧典》可以观美。" ⑭四始：指风、小雅、大雅、颂。《毛诗大序》："是以一国之事，系一人之本，谓之风；言天下之事，形四方之风，谓之雅；雅者，正也，言王政之所由废兴也，政有大小，故有小雅焉，有大雅焉；颂者，美盛德之形容，以其成功告于神明者也。是谓四始，《诗》之至也"。或指风、小雅、大雅、颂的首篇，《史记·孔子世家》："《关雎》之乱以为风始，《鹿鸣》为小雅始，《文王》为大雅始，《清庙》为颂始。" ⑮五经：此指吉、凶、军、宾、嘉五礼。 ⑯埏（shān）：以水和土。 ⑰匠：本义指木匠，亦泛指工匠，又指在某一方面造诣高深，如"匠手""匠心"。此处为精巧义。 ⑱昭明有融：明朗义，《诗经·大雅·既醉》："昭明有融，高朗令终。"昭明：光明。 ⑲道心惟微：谓道心（真理）幽微难知，《尚书·大禹谟》："人心惟危，道心惟微；惟精惟一，允执厥中。"此被后世儒家称为"十六字心传"。 ⑳圣谟：谓圣人治天下的宏图大略，《尚书·伊训》："圣谟洋洋，嘉言孔彰。"

重峻①,而吐纳自深。譬万钧之洪钟,无铮铮之细响矣。

夫《易》惟谈天,入神致用。故《系》称旨远辞文,言中事隐②。韦编三绝③,固哲人之骊渊④也。《书》实记言,而训诂⑤茫昧⑥,通乎《尔雅》⑦,则文意晓然。故子夏叹《书》“昭昭若日月之明,离离如星辰之行”,言照灼也。《诗》主言志,诂训同《书》,摛风裁兴⑧,藻辞谲喻⑨,温柔在诵⑩,故最附深衷⑪矣。《礼》以立体⑫,据事制范,章条纤曲,执而后显,采掇片言,莫非宝也。《春秋》辨理,一字见义,五石六鹢⑬,以详备成文;雉门两观⑭,以先后显旨;其婉章志晦⑮,谅⑯以邃矣。《尚书》则览文如诡,而寻理即畅;《春秋》则观辞立晓,而访义方隐。此圣文之殊致⑰,表里之异体者也。

至根柢槃深⑱,枝叶峻茂⑲,辞约而旨丰,事近而喻远。是以往者虽旧,余味日新。后进追取而非晚,前修久用而未先,可

---

①重峻:厚重而高大。 ②旨远辞文,言中事隐:意旨深远且富于文采,《周易·系辞下》:“其旨远,其辞文,其言曲而中,其事肆而隐。” ③韦编三绝:孔子为读《周易》而多次翻断了编联竹简的牛皮带子,《史记·孔子世家》:“孔子晚而喜《易》,序《彖》《系》《象》《说卦》《文言》。读《易》,韦编三绝。” ④骊渊:藏骊珠的深渊,喻才思文辞之奥府。 ⑤训诂:解释。 ⑥茫昧:模糊不清。 ⑦《尔雅》:儒家经典之一,中国最早的词典。尔雅的意思是接近、符合雅言,即以雅正之言解释古语词、方言词。 ⑧摛风裁兴:指运用赋、比、兴的手法作诗。风:《诗经》风、雅、颂三类之首类,代《诗》,又代诗,摛风即作诗。兴:《诗经》或诗的创作手法(赋、比、兴)之一,代指诗歌创作。裁兴指运用赋、比、兴等手法。 ⑨藻辞谲喻:用赋、比、兴的手法铺陈制造形象,寓托思想情感,即含蓄的审美创造。 ⑩温柔在诵:意为《诗经》的温柔敦厚审美要通过诵读形式表现出来。温柔:指《诗》的审美风格,所谓“温柔敦厚,诗教也”“哀而不淫,乐而不伤”等。诵:指《诗》区别于其他经典的审美接受形式是诵读。 ⑪深衷:内心、衷情。 ⑫体:指人行为规范的大体。 ⑬五石六鹢:喻记述准确或为学缜密有序,即下“详备成文”。《公羊传·僖公十六年》:“陨石于宋五。是月,六鹢退飞过宋都。”鹢,一种能高飞的水鸟。 ⑭雉门两观:据《左传·定公二年》:“夏,五月壬辰,雉门及两观灾。” ⑮婉章志晦:“婉而成章”“志而晦”是《春秋》写作的五项条例中的两条。 ⑯谅:信、确实,副词。 ⑰殊致:别致。 ⑱槃深:盘曲深广。槃(pán):同“盘”。 ⑲峻茂:高大而茂盛。

谓太山①遍雨，河②润千里者也。故论说辞序，则《易》统其首；诏策章奏，则《书》发其源；赋颂歌赞，则《诗》立其本；铭诔箴祝，则《礼》总其端；记传盟檄，则《春秋》为根：并穷高以树表③，极远以启疆④，所以百家腾跃，终入环内⑤者也。

若禀经以制式，酌雅以富言，是即山而铸铜，煮海而为盐也。故文能宗经，体有六义：一则情深而不诡，二则风清而不杂，三则事信而不诞，四则义贞而不回，五则体约而不芜，六则文丽而不淫。扬子比雕玉以作器⑥，谓五经之含文也。夫文以行立，行以文传，四教⑦所先，符采相济。

励德⑧树声，莫不师圣，而建言修辞⑨，鲜克⑩宗经。是以楚艳汉侈⑪，流弊不还，正末归本，不其懿⑫欤！

赞曰：三极彝训，道深稽古⑬。致化惟一，分教斯五⑭。性灵镕匠，文章奥府。渊哉铄乎，群言之祖⑮。

【译文】

阐明天地人常道的文本称为经典（儒家五经）。经典是恒久存在的要道，不可磨灭的大教。经典取法天地鬼神，参考自然秩序，制定人类纲纪，洞察性灵奥义，是思想情感的渊薮、文章的精华。六经的来源是上古时代《三坟》《五典》《八索》《九丘》等典籍，但是由于时间悠久，这些文本都已散乱，自孔子删述整理后才条理畅达，得以光明显耀。条理畅达最突出的表现是《易》之十翼、《书》之七观、《诗》之四始、《礼》之五经、《春

---

①太山：泰山。 ②河：黄河。 ③表：标准、范本。 ④疆：范围、领域。 ⑤环内：范围之内。 ⑥扬子比雕玉以作器：汉扬雄《法言・吾子》：“或问：‘吾子少而好赋？’曰：‘然。童子雕虫篆刻。’俄而曰：‘壮夫不为也。’” ⑦四教：文、行、忠、信四科。 ⑧励德：修养品德。 ⑨建言修辞：指文章撰写。 ⑩克：能。 ⑪楚艳汉侈：指楚辞汉赋的文辞华美、大肆铺陈。 ⑫懿：美好。 ⑬稽古：考察古事，《尚书・尧典》：“曰若稽古帝尧，曰放勋。” ⑭五：指五经。 ⑮群言之祖：谓五经为一切文章的源头、祖师。

秋》五例等；内容上调和性情，文辞上斟酌文脉，所以可以用来开启学术涵养正气，建立光大久远的德业。但是，由于真理幽微难知，圣人的宏图大略超乎寻常，高深广大不易理解，譬如洪钟之万钧绝无铮铮之细响。

《易经》是谈论宇宙万物规律之书。所以《周易·系辞》称其意旨深远且富于文采，孔子读《易》读到串简绳断了多次的程度，足见其为先哲才思文辞之奥府。《尚书》实际上是记录言语之书，但是理解起来却模糊不清，不过一旦辅助查阅《尔雅》这部词典，则文意也就明白起来，子夏"如日月星辰般光明和规整"说的就是这个意思。《诗经》本质是表达情感怀抱之书，其训诂解释和《尚书》一样(需辅助查阅《尔雅》)，其特征是用赋、比、兴手法铺陈制造形象，寓托深刻的思想情感，需要在诵读中体味"温柔敦厚"的诗教，所以最符合人内心深处的情感。《礼经》的本质是为人的行为规范立法，根据具体人事(如成人、结婚、丧葬)制定仪式细节，其特征是要执行(或演示)才能体现价值，故而《礼经》的只言片语也弥足珍贵。《春秋经》的特征是微言大义，"五石六鹢""雉门两观"足可见此特征。比较而言，《尚书》和《春秋》就文辞、义理论，前者虽然文辞难读但义理却逻辑畅达，而后者虽然文字易识而义理却很艰深，二者恰好相反。这就是圣人之文的别致之处，体现为文辞与义理(内容与形式)的反差。

整体上，(五经)根柢深厚、枝叶高茂，文辞简约而意旨丰富，用事虽近而寓托深远。因而，文本虽古但价值日新，堪比雨露遍泰山、黄河润千里一样妙用无穷。就其作为后世文章体裁的源头意义而言，《易经》是论、说、辞、序的源头，《尚书》是诏、策、章、奏的源头，《诗经》是赋、颂、歌、赞的源头，《礼经》是铭、诔、箴、祝的源头，《春秋》是记、传、盟、檄的源头。总之，五经是开风气之先的表率，无论后世(文章体裁)怎样千变万化，终究是万变不离其宗。

就后世文章撰写而言，如果能做到以五经体制、文辞为典范，即是像"在山下冶炼金属，靠近海边煮盐"一般找到了根本与捷径。在能做到撰文"宗经"的前提下，有六个方面值得注意：一是感情深厚却不诡秘；二是风貌清远却不芜杂；三是事件真实而不荒诞；四是义理纯正（思想健康）而不曲折；五是行文简洁而不冗乱；六是文辞华丽而不过分。扬雄将文辞创作比作雕琢玉器，此可证明五经自有文采。就孔门四科的文、行、忠、信而言，文章来源于行（实践），行通过文章为人所知、流传后世，故而文、行为四科之先，二者交互为用、相辅相成。

但是，现实情况却是：磨砺品德、树立名声没有不宣称师法圣人的，而文章撰写却很少能够以五经为楷式，故而楚辞汉赋的淫丽流弊长远。因此，正本清源，不是很好的事情吗？

综上所述：（五经）作为宇宙常法，其道幽微，其事古朴。达成教化的目的是一致的，教化的文本却分而为五经。五者是内容和形式的融合，文章的渊薮。深奥而光明，为后世文章的源头。

【评析】

所谓“宗经”，即文章撰写以五经为宗为法之义。《宗经》篇文义承上《原道》《征圣》而来。《原道》篇谓“道沿圣以垂文，圣因文而明道”，《征圣》篇已交代，鉴于圣人作古，欲知圣人所得之道必须藉由圣人遗留下来之文，这就是征圣必然要宗经的逻辑。在此逻辑前提下，《宗经》篇又对宗经的必要性作了全面深刻论述。

《宗经》篇开宗明义，以“恒久之至道，不刊之鸿教”定位六经，这和后世“六经皆史”以及今天以之为历史知识的认识有本质不同。接着表述了其贯通天人的特点和内容形式的完美，即“洞性灵之奥区，极文章之骨髓者”。就五经的形成而言，《宗经》篇说形成于孔子，是孔子条理发明前代《三坟》《五典》《八索》《九丘》等典籍的成果。经过孔子的发明，“《易》张十翼，《书》标七观，《诗》列四始，《礼》正五经，《春秋》五例”，这样一来，五经才具备了教化社会的经典属性，以至于能“开学养正，昭明有融”。

《宗经》又进而论到，五经在表明圣人所得之道上是一致的，但作为五种不同文本又分别有其个性。整体上是“根柢槃深，枝叶峻茂，辞约而旨丰，事近而喻远”，足为后世所取法：“后进追取而非晚，前修久用而未先，可谓太山遍雨，河润千里者也。”《宗经》还从文体角度认为，后世各体文章，其源头都无一例外地是五经，此正其所谓的“故论说辞序，则《易》统其首；诏策章奏，则

《书》发其源；赋颂歌赞，则《诗》立其本；铭诔箴祝，则《礼》总其端；记传盟檄，则《春秋》为根”“百家腾跃，终入环内”。

关于文章撰写的“宗经”，《宗经》篇并非高调空谈五经的地位如何如何、其作为后世各体裁文章的源头如何如何，而是从具体的操作层面提出了所谓的“宗经六义”说：“文能宗经，体有六义：一则情深而不诡，二则风清而不杂，三则事信而不诞，四则义贞而不回，五则体约而不芜，六则文丽而不淫。”此“六义”即文章撰写的六条标准。执此标准，他批评了楚辞汉赋违背五经：“楚艳汉侈，流弊不还，正末归本，不其懿欤！”“正末归本”，即以“六义”的“宗经”标准纠正楚辞汉赋的背离经典（当然包括刘勰自己所处时代的南朝齐梁间的绮靡文风）。

自《原道》经《征圣》至于此《宗经》篇，《原道》篇所提出的“道沿圣以垂文，圣因文而明道”理论已论述完成。

因此可以得出结论：“道沿圣以垂文，圣因文而明道”是《文心雕龙》的理论纲领。其文之枢纽的《原道》《征圣》《宗经》《正纬》《辨骚》五篇中，前三篇，是“枢纽”的枢纽、关键的关键。

正纬第四

夫神道阐幽[①]，天命微显，马龙出而大《易》兴，神龟见而《洪范》耀，故《系辞》称"河出图，洛出书，圣人则之"，斯之谓也。但世夐[②]文隐，好生矫诞[③]，真虽存矣，伪亦凭焉。

夫六经彪炳[④]，而纬候[⑤]稠叠；《孝》《论》昭晰，而《钩》《谶》[⑥]葳蕤[⑦]。按经验纬，其伪有四：盖纬之成经，其犹织综[⑧]，丝麻不杂，布帛乃成。今经正纬奇，倍摘[⑨]千里，其伪一矣。经显，圣训也；纬隐，神教[⑩]也。圣训宜广，神教宜约，而今纬多于经，神理更繁，其伪二矣。有命自天，乃称符谶[⑪]，而八十一篇[⑫]皆托于孔子，则是尧造绿图[⑬]，昌制丹书[⑭]，其伪三矣。商周以前，图

---

①阐幽：使幽深隐藏的显露出来。《周易·系辞下》："夫《易》彰往而察来，而微显阐幽。" ②夐（xiòng）：远。 ③矫诞：诡诈虚妄。 ④彪炳：文采焕发。 ⑤纬候：纬书与《尚书中候》的合称，亦为纬书的通称。《后汉书·方术传序》："至乃《河》《洛》之文，龟龙之图，箕子之术，师旷之书，纬候之部，钤决之符，皆所以探抽冥赜，参验人区，时有可闻者焉。"李贤注："纬，七经纬也。候，《尚书中候》也。" ⑥《钩》《谶》：指纬书和谶语。配合《孝经》的纬书有《钩命诀》，配合《论语》的纬书有《比考谶》《撰考谶》等。 ⑦葳蕤（wēi ruí）：草木茂盛枝叶下垂貌，此言谶纬之书繁多。 ⑧织综：经纬线交织，代指织布。 ⑨倍摘：错乱抵牾。倍：通"悖"。 ⑩神教：此指谶纬假托天命之言以施教于民众。 ⑪符谶：符图谶纬的统称，泛指各种预言未来的神秘文书。 ⑫八十一篇：最古的谶书是《河图》《洛书》。纬书的内容萌芽于伏生的《尚书大传》和继起的董仲舒的《春秋阴阳》，但到汉武帝以后才出现托名于经书的纬书，当时《易》《书》《诗》《礼》《乐》《春秋》六经和《孝经》都有纬书，总称为《七经纬》。又与《论语谶》《河图》《洛书》等合称为"谶纬"，共有八十一篇：《河图》九篇，《洛书》六篇，又别有《河图》和《洛书》三十篇，还有《七经纬》三十六篇。此外，另有《尚书中候》《洛罪极》《五行传》《诗推度灾》《氾历枢》《含神雾》《孝经钩命诀》《援神契》《杂谶》等书。 ⑬尧造绿图：据《尚书中候·握河纪》：有龙马衔出"赤文绿地"的河图献给尧帝。绿图，指赤文绿地的河图。⑭昌制丹书：据《尚书中候·我应》，有"赤雀衔丹书"献给周文王。昌：周文王姓姬名昌。

箓[①]频见，春秋之末，群经方备，先纬后经，体乖织综，其伪四矣。伪既倍摘，则义异自明。经足训矣，纬何豫[②]焉？

原夫图箓之见，乃昊天[③]休命[④]，事以瑞圣[⑤]，义非配经。故河不出图，夫子有叹[⑥]，如或可造[⑦]，无劳喟然[⑧]。昔康王河图，陈于东序[⑨]，故知前世符命，历代宝传，仲尼所撰，序录而已。于是伎数[⑩]之士，附以诡术[⑪]，或说阴阳，或序灾异，若鸟鸣似语[⑫]，虫叶成字[⑬]，篇条滋蔓[⑭]，必假孔氏，通儒[⑮]讨核[⑯]，谓起哀平[⑰]，东序秘宝，朱紫乱矣。

至于光武之世，笃信斯术。风化所靡，学者比肩[⑱]。沛献集纬以通经[⑲]，曹褒选谶以定礼[⑳]，乖道谬典，亦已甚矣。是以桓

---

①图箓(lù)：图谶符命之书。 ②豫：同“预”，参与(参预)。 ③昊天：苍天。《尚书·尧典》：“乃命羲和，钦若昊天，历象日月星辰，敬授民时。”昊：元气博大貌。 ④休命：美善的命令，多指天子或神明的旨意。 ⑤瑞圣：指有为王、为圣之祥瑞之物。 ⑥河不出图，夫子有叹：指孔子“凤鸟不至，河不出图，吾已矣夫”(《论语·子罕》)之感叹。 ⑦如或可造：指如果果真有《河图》《洛书》之事。 ⑧喟然：叹气貌。 ⑨康王河图，陈于东序：《尚书·顾命》说周康王把河图等陈放在东厢。康王：此指周成王之子姬钊。 ⑩伎数：方伎术数。 ⑪诡术：诡谲欺诈的手法。 ⑫鸟鸣似语：据《左传·襄公三十年》，有鸟鸣声像“嘻嘻”，当时宋国发生大火，宋伯姬去世。 ⑬虫叶成字：据《汉书·五行志》，昭帝时，上林苑中大柳树断仆地，一朝起立，生枝叶，有虫食其叶，成文字，曰“公孙病已立”(病已为汉宣帝本名)。后以“虫叶成字”指称谶纬。 ⑭滋蔓：生长蔓延。 ⑮通儒：晓古今、学识渊博的儒者。《后汉书·贾逵传》：“逵所著经传义诂及论难百余万言，又作诗、颂、书、连珠、酒令凡九篇，学者宗之，后世称为通儒。” ⑯讨核：研讨审核。 ⑰哀平：汉哀帝、汉平帝。汉哀帝：刘欣(前25—前1)，字和，公元前6年至前1年在位。汉平帝：刘衎(前9—6)，公元1年至公元6年在位。 ⑱比肩：一个连接一个，形容众多。《荀子·非相》：“弃其亲家而欲奔之者，比肩并起。”汉王充《论衡·效力》：“殷周之世，乱迹相属，亡祸比肩，岂其心不欲治乎？” ⑲沛献集纬以通经：此指东汉沛献王刘辅著纬书《沛王通论》以释经。刘辅：光武帝的二儿子沛献王，《后汉书》本传谓其“善说《京氏易》《孝经》《论语传》及图谶，作《五经论》，时号之曰《沛王通论》”。 ⑳曹褒选谶以定礼：此指曹褒奉汉章帝召结合谶纬制定礼制，《后汉书》：“褒既受命，及次序礼事，依准旧典，杂以《五经》谶记之文，撰次天子至于庶人冠婚吉凶终始制度，以为百五十篇。”

谭疾其虚伪[①]，尹敏戏其浮假[②]，张衡发其僻谬[③]，荀悦明其诡诞[④]：四贤博练[⑤]，论之精矣。

若乃羲农轩皞之源[⑥]，山渎钟律之要[⑦]，白鱼赤乌之符[⑧]，黄金紫玉之瑞[⑨]，事丰奇伟，辞富膏腴，无益经典而有助文章。是以后来辞人[⑩]，采摭[⑪]英华。平子[⑫]恐其迷学，奏令禁绝；仲豫[⑬]惜其杂真，未许煨燔[⑭]。前代配经，故详论焉。

赞曰：荣河温洛，是孕图纬[⑮]。神宝藏用，理隐文贵[⑯]。世历二汉，朱紫腾沸。芟夷谲诡，采其雕蔚[⑰]。

【译文】

幽微的天道被阐发而由隐到显，龙马负《河图》，神龟现《洛书》，圣人从中得到启发而画出《易》之八卦和《洪范》九畴，说的就是这个道理。但是，由于时代久远，文字隐约，易生讹误、掺伪托，故而真的虽然保存了下来，但是伪作也掺杂其中。

---

①桓谭疾其虚伪：桓谭痛恨谶纬的虚伪荒诞。桓谭：字君山，著有《新论》，据《后汉书·桓谭传》，他曾多次上书光武帝反对谶纬迷信，“极言谶之非经”，光武帝斥责他是“非圣无法”。 ②尹敏戏其浮假：尹敏，字初季。光武帝命他校正图谶，他说“谶书非圣人所作”，仿造了一条谶言：“君无口，为汉辅。”“君无口”，即“尹”，这条谶言意为尹敏可以做汉相，他以此跟光武帝开玩笑，暗示谶纬之书多系伪造。 ③张衡发其僻谬：张衡揭发谶纬的偏僻与谬误。 ④荀悦明其诡诞：荀悦指明谶纬的诡异与荒诞。荀悦：字仲豫，著有《申鉴》，该书的《俗嫌》篇指出纬书是伪托的。 ⑤博练：渊博练达。 ⑥羲农轩皞之源：指纬书保留了关于伏羲、神农、轩辕黄帝、少皞的传说来源。 ⑦山渎钟律之要：关于山岳、河流、音律的重要内容，这些内容在《古岳渎经》《钟律灾异》等纬书中有记载。渎：河流。 ⑧白鱼赤乌之符：据《史记·周本纪》，周武王伐纣渡黄河时，有白鱼跃入王舟中；又说，有火从屋上落下，化为赤乌。 ⑨黄金紫玉之瑞：《礼纬·斗威仪》：“君乘金而王，其政象平，黄银见，紫玉见于深山。”“黄银”一作“黄金”。 ⑩辞人：作家。 ⑪摭（zhí）：拾取。 ⑫平子：张衡字。 ⑬仲豫：荀悦字。 ⑭煨燔（wēi fán）：焚烧。 ⑮荣河温洛，是孕图纬：谓光耀温暖的黄河、洛水孕育了《河图》《洛书》。荣河：《尚书中候·握河纪》：“帝尧即政，荣光出河。”温洛：《易纬乾凿度》：“帝盛德之应，洛水先温。”图纬，指《河图》《洛书》。 ⑯神宝藏用，理隐文贵：这些神奇的珍宝蕴藏着巨大的作用，道理深刻而文采可贵。 ⑰芟夷谲诡，采其雕蔚：除去其中的虚假诡诈的内容，采用其有文采的部分。芟（shān）：除草。

六经文义晓然，而谶纬却内容繁杂。《孝经》《论语》之义明确，而谶纬之义尽管丰富却也杂乱。以经为标准衡量纬书，发现其伪表现在四个方面：纬书之辅助经书就像纺织一样，蚕丝和麻线不杂，布帛才能织成。今经书内容真实、义理纯正而纬书却南辕北辙，这是谶纬之伪一；经义明白是圣人教诲，纬义隐晦是神秘之教，圣人教诲应当广博，而神秘之教应该简约，现在谶纬却比经书更加繁杂，此乃谶纬之伪二；上天的命令才称作符谶，而今纬书八十一篇均称为孔子所作，以至于有“尧造绿图”、“昌制丹书”之说，此乃谶纬之伪三；谶纬内容多言商周之前，而经则到了孔子之时才“六经”具备，纬书在经书之前出现，这和其配合经书的性质相悖，此乃谶纬之伪四。纬书有此四伪，则其乖离经义可知。五经足以以圣人所得之道施行教化，还需要纬书参与进来吗？

图谶的出现是上天的旨意，用来展现成圣、成王的祥瑞之兆，原非配经之用。所以孔子才有“凤鸟不至，河不出图，吾已矣夫”的感叹，如果《河图》《洛书》的瑞应能够出现，则不劳孔子的无奈之叹。古时周康王将河图陈列在东厢，故而知道其为上天的图谶、历代的传世之宝，孔子所成之五经只是照实记录而已。于是诡诈之人附会以诡诈之术，敷衍以阴阳、灾异等荒诞不经之说，并假托孔子之名。所幸有通儒进行考证，发现谶纬之书发端于汉哀帝、汉平帝时期，由此而后，周康王陈列于东厢房的传世之宝，被人为地混淆了。

到了东汉光武帝时代，人们更加迷信谶纬。由于风气所致，以至于出现谶纬家众多的局面。其代表是沛献王以纬书配合经书，曹褒以谶纬确定《礼经》，二人的离经叛道已很厉害。因而，桓谭痛恨它的虚假，尹敏嘲讽它的浮浅，张衡揭发其荒诞，荀悦辨明其为伪托。这四位学者学识博通，认述十分精辟。

其实，谶纬尽管义理荒诞，但其价值也并非完全是否定的，因其“羲农轩皞之源，山渎钟律之要，白鱼赤乌之符，黄金紫玉之瑞”等有着“事丰奇伟，辞富膏腴”的特征，虽然对经书义理无正面价值，但却有助于提升文章的文学性、审美性。所以，后世的文章作家也往往从中汲取营养。

这就是张衡恐其淆乱义理主张禁绝，而荀悦却认为其中或杂有真理不主张焚毁的原因。总之，前代人对配合经书的纬书，讨论得已经很详尽了。

综上所述：光耀的黄河和温暖的洛水，是蕴蓄图谶纬书的地方。这些神奇的珍宝蕴藏着巨大的作用，道理深刻而文采可贵。但是到了西汉、东汉之交，尤其是东汉，其内容变得繁芜了。人们撰写文章要做的是除去其中虚假诡诈的内容，采用其有文采的部分。

【评析】

学术思想和文学艺术一旦和政治捆绑在一起，其命运便会随政治的升降而起伏，纬书也不例外。

纬书是相对于经书而言的，即以神学附会、解释儒家经书。纬书也称"谶纬""纬候""图纬""图谶"等，于西汉末已流行，东汉光武帝刘秀就是靠图谶兴起的，得天下后尤其崇信谶纬，甚至以之神化皇权，以之为官方意识形态。

该《正纬》篇之"正"是"辨正"之义，即对谶纬作辨正，正其本而清其源，暴露其本来清晰的真容，就其正价值和负价值给出理性定位。

关于正本清源，刘勰说，图谶本质上是上天对人间降下的意旨，比如表彰圣王的《河图》《洛书》就是，所以才有周康王陈列图谶的代表《河图》于东厢房，才有孔子"凤鸟不至，河不出图，吾已矣夫"的叹息（叹息自己所处之世圣王不出），和配合经书没有任何关系。至于后世将谶纬和阴阳灾异甚至政治结合以至于其成为政治斗争的工具，这已严重背离、淆乱了周康王陈《河图》于东厢房以之为秘宝的初衷。

刘勰说，据博通的儒学之士严谨考察得出结论，谶纬很晚出现，迟至于汉哀帝、汉平帝之时。到了东汉时期由于光武帝提倡，谶纬之书更加发达（以至于成为谶纬之学）。这种情况也受到严谨的有良知的学者的批评，于此刘勰列举了桓谭、尹敏、张衡、荀悦等"四贤"。

关于谶纬的负价值，他辨正的结果是提出了"四伪"说。其伪一，纬书既然为配合经书之作，则其内容必然在经的前提之下，而实际上，经的内容非常纯正，而纬书内容却荒诞离奇。其伪二，纬书既然在经书的体制之下，则纬书的体量不应多于经。而实际上，纬书不但体量大大超过经书，其内容也很庞杂。其伪三，符谶本来是天降旨意以表达对人事的态度，而纬书绝多以之为孔子乃至尧和周文王等所作。其伪四，天降意旨的图谶在商周以前已经出现，而经书的完备形成是在春秋时期孔子那里，而纬书却用来配合经书，这是时间的前后颠倒。

荒诞不经是对纬书理性的审视结论，若以文学艺术的视角观照，则其恰恰具有极大的正价值，也即文学艺术价值。而谶纬之书的文学艺术价值，正是刘勰《正纬》篇所辨别出的其正价值之所在："无益经典而有助文章"。

以谶纬之书有助于文章撰写以至于有利于文学艺术，作正本清源、负价值辨别后方得出结论，足可见刘勰文学理论的科学性。

辨骚第五

自《风》《雅》①寝声②，莫或抽绪③，奇文④郁起，其《离骚》哉！固已轩翥⑤诗人之后，奋飞辞家之前，岂去圣之未远，而楚人之多才乎！

昔汉武爱《骚》，而淮南作《传》，以为："《国风》好色而不淫，《小雅》怨诽而不乱，若《离骚》者，可谓兼之。蝉蜕秽浊之中，浮游尘埃之外，皭然⑥涅⑦而不缁⑧，虽与日月争光可也。"班固以为："露才扬己，忿怼⑨沉江。羿、浇、⑩二姚⑪，与《左氏》不合；昆仑悬圃⑫，非《经》义所载。然其文辞丽雅⑬，为词赋⑭之宗，虽非明哲⑮，可谓妙才⑯。"王逸以为："诗人提耳⑰，屈原婉顺⑱。《离骚》之文，依《经》立义。驷虬乘鹥⑲，则时乘六龙⑳；昆仑流

---

①《风》《雅》：代指《诗经》，《诗经》按内容分《风》《雅》《颂》三类。 ②寝声：不再发出声音，意谓昌盛的时代过去。 ③莫或抽绪：抽引丝头，比喻引申发挥，此指《诗经》作为诗歌高峰过去后，较长时间没有新的创作高潮出现。 ④奇文：极高水平的文学作品。 ⑤轩翥（zhù）：高飞，和下文"奋飞"义同。 ⑥皭（jiào）然：洁白貌。 ⑦涅（niè）：本义为可制黑色染料的矾石，引为染黑。 ⑧缁（zī）：本义为黑色的布帛，引申义为黑色。 ⑨忿怼（duì）：怨恨。 ⑩羿、浇：上古传说中勇士羿和浇。浇：也作奡。 ⑪二姚：有虞氏的两个女儿。有虞氏为姚姓，故称。《左传·哀公元年》："（少康）逃奔有虞……虞思于是妻之以二姚。"杜预注："姚，虞姓。"
⑫昆仑悬圃：传说在昆仑山顶，有金台、玉楼，为神仙所居，也称玄圃。《楚辞·天问》："昆仑悬圃，其尻安在？"王逸注："昆仑，山名也，其巅曰悬圃，乃上通于天也。" ⑬丽雅：华丽而雅正。 ⑭词赋：亦为辞赋，分而言之，指楚辞和汉赋。 ⑮明哲：明智。 ⑯妙才：才华出众。
⑰提耳：耳提面命，指《诗经》的讽刺性。 ⑱婉顺：委婉顺从，指《离骚》委婉顺从的特质。
⑲驷虬乘鹥（yì）：出《离骚》"驷玉虬以乘鹥兮，溘埃风余上征"句。 ⑳时乘六龙：出《周易·乾卦》"时乘六龙以御天"句。

沙[①]，则《禹贡》敷土[②]。名儒辞赋，莫不拟其仪表[③]，所谓'金相玉质，百世无匹'者也。"及汉宣嗟叹，以为"皆合经术"。扬雄讽味[④]，亦言"体同《诗·雅》"。四家举以方经，而孟坚谓不合传，褒贬任声，抑扬过实，可谓鉴而弗精，玩而未核者也。

将核其论，必征言焉。故其陈尧舜之耿介[⑤]，称禹汤之祗敬[⑥]，典诰[⑦]之体也；讥桀纣之猖披[⑧]，伤羿浇之颠陨[⑨]，规讽之旨也；虬龙以喻君子，云蜺[⑩]以譬谗邪，比兴之义也；每一顾而掩涕，叹君门之九重，忠恕之辞也：观兹四事，同于《风》《雅》者也。至于托云龙，说迂怪[⑪]，丰隆[⑫]求宓妃[⑬]，鸩鸟[⑭]媒娀女[⑮]，诡异之辞也；康回倾地[⑯]，夷羿彃日[⑰]，木夫九首[⑱]，土伯三目[⑲]，谲怪之谈也；依彭咸之遗则[⑳]，从子胥以自适[㉑]，狷狭[㉒]之志也；士女杂

①昆仑流沙：出《尚书·禹贡》："导弱水至于合黎，余波入于流沙。"又见《离骚》"忽吾行此流沙兮，遵赤水而容与"句。流沙：沙流如水。 ②《禹贡》敷土：《尚书·禹贡》："禹敷土，随山刊木。" ③仪表：仪范表率。 ④讽味：讽诵玩味。 ⑤耿介：正直、公正。 ⑥祗（zhī）敬：恭敬。 ⑦典诰：《尚书》中《尧典》《汤诰》等篇的并称，亦泛指经书典籍。 ⑧猖披：狂妄偏邪。《楚辞·离骚》："何桀纣之猖披兮，夫唯捷径以窘步。" ⑨颠陨：坠落、跌落义。
⑩云蜺：云霓、彩虹。 ⑪迂怪：迂阔怪诞，指神怪。 ⑫丰隆：神话中的雷神。 ⑬宓妃：伏羲女娲氏的女儿，黄河水神河伯之妻。《楚辞·天问》："胡羿射夫河伯，而妻彼雒嫔。"王逸注："雒嫔，水神，谓宓妃也。" ⑭鸩鸟：传说中的一种羽毛有毒的鸟，将其羽毛放在酒里可毒杀人。 ⑮娀女：帝喾之妃有娀氏女简狄。 ⑯康回倾地：《楚辞·天问》："康回冯怒，地何故以东南倾？"王逸注："康回，共工名也。" ⑰夷羿彃（bì）日：羿射九日，指传说中后羿射日，羿居东夷，故称夷羿。彃：射。 ⑱木夫九首：《楚辞·招魂》："一夫九首，拔木九千些。"王逸注："言有丈夫，一身九头，强梁多力，从朝至暮，拔木九千枚也。" ⑲土伯三目：《楚辞·招魂》："魂兮归来！君无下此幽都些。土伯九约，其角觺觺些。"王逸注："土伯，后土之侯伯也。约，屈也。觺觺，犹狺狺；角利貌也。言地有土伯执卫门户，其身九屈，有角觺觺，主触害人也。" ⑳依彭咸之遗则：《离骚》："虽不周于今之人兮，愿依彭咸之遗则。"彭咸：王逸《楚辞章句》："彭咸，殷贤大夫，谏其君不听，自投水而死。"屈原赴水，即效法彭咸也。
㉑从子胥以自适：《九章·悲回风》："浮江淮而入海兮，从子胥而自适。"子胥：伍子胥，春秋时楚国人，助吴王夫差打败了越国后夫差逼他自杀，将他的尸体装入革囊投入江中。自适：顺从自己。 ㉒狷狭：偏急而狭隘。

坐，乱而不分[①]，指以为乐，娱酒不废，沉湎日夜，举以为欢，荒淫[②]之意也：摘此四事，异乎经典者也。

故论其典诰则如彼，语其夸诞[③]则如此。固知《楚辞》者，体宪[④]于三代，而风杂于战国，乃《雅》《颂》之博徒[⑤]，而词赋之英杰也。观其骨鲠[⑥]所树，肌肤[⑦]所附，虽取镕经旨，亦自铸伟辞。故《骚经》《九章》，朗丽[⑧]以哀志；《九歌》《九辩》，绮靡[⑨]以伤情；《远游》《天问》，瑰诡[⑩]而慧巧[⑪]；《招魂》《大招》，耀艳[⑫]而深华；《卜居》标放言[⑬]之致，《渔父》寄独往[⑭]之才。故能气往轹古[⑮]，辞来切今[⑯]，惊采绝艳[⑰]，难与并能矣。

自《九怀》[⑱]以下，遽[⑲]蹑其迹，而屈宋逸步[⑳]，莫之能追。故其叙情怨[㉑]，则郁伊[㉒]而易感；述离居[㉓]，则怆怏[㉔]而难怀；论山水，则循声而得貌；言节候[㉕]，则披文而见时。是以枚贾[㉖]追风以入丽，马扬[㉗]沿波而得奇，其衣被词人，非一代也。故才高者菀[㉘]其鸿裁，中巧者猎其艳辞，吟讽[㉙]者衔其山川，童蒙[㉚]者拾其

---

①士女杂坐，乱而不分：《楚辞·招魂》："吴歈蔡讴，奏大吕些；士女杂坐，乱而不分些。"王逸注："言醉饱酣乐，合尊促席，男女杂坐，比肩齐膝，恣意调戏，乱而不分别也。" ②荒淫：过分贪恋女色，纵情享乐。 ③夸诞：言词夸大虚妄，不合实际。 ④宪：法。 ⑤博徒：博通之人。 ⑥骨鲠：骨干、骨骼义，喻诗文的主旨。 ⑦肌肤：本义为肌肉与皮肤，此当指文章的文辞部分。 ⑧朗丽：明朗艳丽。 ⑨绮靡：风格浮艳柔弱。晋陆机《文赋》："诗缘情而绮靡，赋体物而浏亮。" ⑩瑰诡：奇异。 ⑪慧巧：聪明灵巧。 ⑫耀艳：光耀华艳。 ⑬放言：放纵其言，不受拘束。 ⑭独往：超脱万物，独行己志。 ⑮轹（lì）古：超越古人。 ⑯切今：超绝当今世人。 ⑰惊采绝艳：文采惊人，辞藻华美。 ⑱《九怀》：西汉王褒作。自屈原《九歌》《九章》之后，以"九"为题者模仿之作不断，有宋玉《九辩》、王褒《九怀》、刘向《九叹》、王逸《九思》等，号为"九体"。 ⑲遽（jù）：就、都，副词。 ⑳逸步：快步。 ㉑情怨：哀怨之情。 ㉒郁伊：忧愤郁结。 ㉓离居：离开居处，流离失所。 ㉔怆怏（chuàng yàng）：悲伤失意。 ㉕节候：中国古代用来指导农事的补充性历法，十五天为一节气，五天为一候。 ㉖枚贾：汉代辞赋家枚乘、贾谊的并称。 ㉗马扬：司马相如、扬雄。 ㉘菀（wǎn）：取。 ㉙吟讽：有节奏地诵读诗文。 ㉚童蒙：本义指年幼无知的儿童，此指初涉文学创作者。

香草。若能凭轼①以倚《雅》《颂》，悬辔②以驭楚篇，酌奇而不失其贞，玩华而不坠其实，则顾盼③可以驱辞力，欬唾可以穷文致，亦不复乞灵于长卿④，假宠于子渊⑤矣。

赞曰：不有屈原，岂见《离骚》？惊才风逸⑥，壮志烟高⑦。山川无极，情理实劳。金相玉式⑧，艳溢锱毫⑨。

【译文】

自《风》《雅》不作，很少有人能继承《诗经》的传统。直到屈原《离骚》，才有新的高峰出现。《离骚》能成为《诗经》和辞赋之间的高峰，其原因应该是距离孔圣尚且不远，还有楚地人才繁多吧！

先时，汉武帝喜欢《离骚》，于是淮南王刘安作《离骚传》说："《国风》多涉男女之情、《小雅》多有抱怨之辞而不过分，至于《离骚》，可谓二者兼具。因而，《离骚》堪比蝉，出于污泥之中而浮游于尘埃之外，可以和日月同辉。"但是，和刘安的高度评价不同，班固却认为："屈原恃才张扬，其志不遂则愤而投江。至于《离骚》，其羿、浇、二姚事和《左传》记载不一致，而昆仑悬圃又超出了五经之记载。但是，由于《离骚》文辞华丽雅正，堪称辞赋之宗，故而，屈原虽然不够明智，却是才华出众之人。"王逸的评价和班固又不同，他认为："《诗》篇作者对国君堪称耳提面命、激烈批评，而屈原《离骚》则是委婉顺从。就《离骚》之文而言，则又是依据五经建立义理。比如《离骚》的'驷玉虬以乘鹥兮'来源于《易经·乾卦》'时承六龙以御天'，'忽吾行此流沙兮'来源于《尚书·禹贡》'导弱水至于合黎，余波

---

①凭轼：依靠在车前横木上，谓驾驭马车前行，此指依靠《诗经》。 ②悬辔：提起马缰绳，谓停马止息，此处指借鉴《楚辞》。 ③顾盼：向周围看，此代指时间短暂，下文"欬(kài)唾"义同。 ④长卿：司马相如字。 ⑤子渊：王褒字。 ⑥风逸：像风一样洒脱奔放。 ⑦烟高：如烟升腾一样高。 ⑧金相玉式：喻文章的形式和内容都完美。金相：完美的形式。南朝齐谢朓《秋夜讲解》诗："惠唱摛泉涌，妙演发金相。"《文心雕龙·书记》："文藻条流，托在笔札。既驰金相，亦运木讷。" ⑨艳溢锱毫：文采充满细微之处。锱(zī)毫：比喻细微处。

入于流沙’，等等。”并说，后世名儒的辞赋创作，没有不以其为表率的，此正所谓“雅正的内容和华美的形式完美结合，古往今来无人能敌”。对屈原和《离骚》的正面评价，还有汉宣帝的“皆合经术”，扬雄的“体同诗雅”。总之，刘安、王逸、汉宣帝、扬雄四家以之比经，班固认为不合于经传，都是言过其实的信口之辞，是没有进行科学的考察造成的。

如果要审核以上五家的评论，必须回到《离骚》文本之中。其陈述尧舜的公正、禹汤的恭敬，和经典相合；讽刺桀纣的狂妄、羿浇的颠覆，和经典的规讽之旨一致；以虬龙比喻君子，云蜺比喻谗邪之人，和比兴之义相合；每每回头掩面哭泪，叹息君王宫禁森严，与经典的忠恕之辞相合。以上四个方面，是《离骚》和儒家经典的相同之处。至于其中的云龙鬼怪，雷神追求宓妃、鸩鸟为媒介娀女，显然是诡异之辞；共工倾地、后羿射日、九个头的人一天拔树九千棵、后土神有三只眼，这些无疑是谲谲之谈；遵从彭咸、伍子胥自我了断，显然又是褊急狭隘的志向；而其所写男女杂坐、日夜欢饮，以此为乐，则又明显是荒淫之行。以上四种情况，则是和儒家经典相背离的。

所以，谓其合于经典是前四种情况，谓其言辞夸大虚妄则是后四种情况。因而可以说，《楚辞》是以儒家经典为法而夹杂着战国风气，屈原则是儒家经典的博通之人，辞赋创作的英雄豪杰。考察其立意和行文，虽是取法经典，同时也是自铸伟辞之作。具体到篇章而言，《离骚》本经和《九章》明朗艳丽中蕴蓄着哀怨之情，《九歌》和《九辩》则是浮艳柔弱中透露着感伤之情，《远游》和《天问》奇异中蕴藏着聪慧精巧，《招魂》和《大招》光耀华艳、文采深含，《卜居》和《渔父》则是有着放纵、超脱之风。总之，其文气、文辞冠绝古今，文采惊人、辞藻华美是其他作品不可比肩的。

自王褒《九怀》起，辞赋作家都是在模仿屈宋，而屈宋的成就，却难以追赶。所以，其叙写怨情则忧愤郁结而容易感情用事，叙写流离则悲伤失意难以控制，摹写山水则由文见貌，书写节气则由文而见时令。因此，枚乘、贾谊追随屈宋而文辞华丽，司马相如、扬雄模仿屈宋而得其奇伟，由此可见，屈宋对后世辞赋家的泽被，不止一两代人。后世辞赋作家各以其才性继承着屈宋：才高之人取其宏富体裁，才中灵巧之人猎取其艳丽辞采，诵读者得其山川之貌，辞赋启蒙者得其香草之末。总之，后世辞赋创作如果能以儒家经典的雅正为本，辅助楚辞的艳丽，追求新奇而不失于雅正，追求华美而不失于质实，即时行文就可妙笔生花，得其神韵，不需再向司马相如、王褒等人乞求灵感、借名邀宠了！

综上所述：如果没有屈原，哪里会有《离骚》！屈原的高才壮志如长风一样飘逸，如孤烟一样高远。他描绘山川、书写情理不辞辛劳。《离骚》内容、形式完美，字字句句都流溢着光彩。

【评析】

今天看来，屈原是伟大的爱国诗人，他的《离骚》是中国文学史上最长的自传体抒情诗。这是定性的评价，但是，历史上的评价却并非完全如此。评价的歧异表现在屈原本人和《离骚》上，而两者往往又是结合在一起的（此处，以屈《骚》称之），这是刘勰《文心雕龙》之《辨骚》篇的内容之一。

关于对屈《骚》的评价，该《辨骚》篇列举了汉代的刘安、班固、王逸、汉宣帝刘询、扬雄五家，五家的立论基础都是儒家经典，或经或传。五家之中，以合于经典正面评价屈《骚》的是刘安、王逸、汉宣帝刘询、扬雄四家，以背于经典负面评价屈《骚》的是班固。其中刘安的评价最高，认为屈《骚》可以和日月同辉，王逸则认为屈《骚》内容上以经立义、风格上委婉顺从，汉宣帝刘询的说法是"皆合经术"，扬雄的说法是"体同风雅"。班固执儒家明哲保身观点批评屈原人格张扬、褊狭，批评《骚》文也多背于儒家经典；但是，班固同时也认识到屈《骚》在文学上的突出价值，谓其雅正华美堪称"辞赋之宗"，认为屈原"虽非明哲，可谓妙才"。刘勰列举了以上五家的评论后表达了自己的看法，认为五家都不够客观，原因是没有进行科学考察。而刘勰自己的考察是执儒家经典的准绳审读屈《骚》（"楚辞"）文本，分别得出了其合于经典和背于经典的四种情况。

就此《辨骚》篇而言，刘勰自己虽然也执儒家经典的准绳衡量屈《骚》，但他对其认识的主导面却是其独特的文学价值。比如他说屈《骚》虽然融会了儒家经典之义，但同时却也是自我创造的伟大之作——"虽取镕经旨，亦自铸伟辞"，并具体到包括《离骚》本经的屈原作品进行分述；赞赏其为《诗经》之后的伟大文学作品——“自《风》《雅》寝声，莫或抽绪，奇文郁起，其《离骚》哉”；谓其虽取法于《诗经》，但同时也是战国雄奇文风沾溉的结果——“固知《楚辞》者，体宪于三代，而风杂于战国”，以“《雅》《颂》之博徒，而词赋之英杰”给予最高表彰。而屈《骚》在文学史上的最重要价值，是其雅正的内容和华美的形式对后世文学尤其是对辞赋创作的泽被：就作家而论，首先是宋玉，其后则是枚乘、贾谊、王褒、司马相如、扬雄，等等，以及“楚辞”作家群体；其次是文体，包括楚辞体、汉散大赋，以及“九体”，等等；还有风格上，刘勰对各个作家因自身才性于屈《骚》各取所需形成的风格进行了列述。结论为，屈《骚》内容的雅正与文辞的华美两者的完美结合是辞赋创作的要义。

刘勰《文心雕龙》到此《辨骚》篇，其“文之枢纽”已建构完成。前三篇《原道》《征圣》《宗经》之义概而言之：要求文学创作要以来源于自然之道的儒家义理为法则，以儒家六经为范本，创作出雅正的文章来；其后《正纬》《辨骚》二篇，则指出文学创作在雅正的前提下，可以借鉴谶纬的离奇想象和屈《骚》的华美文辞。

这样一来，刘勰“文之枢纽”五篇所阐论的文学创作纲领可以概括为：内容雅正；想象奇特；文辞华美。三者水乳交融，浑然一体，无疑是为文的最高标准。

明诗第六

大舜云:“诗言志,歌永言。”①圣谟②所析,义已明矣。是以“在心为志,发言为诗”③,舒文载实④,其在兹乎!诗者,持也,持人情性⑤;三百之蔽,义归“无邪”⑥。持之为训,有符焉尔。

人禀七情⑦,应物斯感,感物吟志,莫非自然。昔葛天乐辞,《玄鸟》在曲⑧。黄帝《云门》,理不空弦⑨。至尧有《大唐》⑩之歌,舜造《南风》⑪之诗,观其二文,辞达而已⑫。及大禹成功,九

---

①诗言志,歌永言:前一个“言”是表达的意思,后一个“言”是“语言”的意思,诗是表达内心思想感情的,歌是语言的延长,也即表达内心思想感情的语言的延长。《尚书·舜典》:“帝曰:夔!命汝典乐,教胄子。直而温,宽而栗,刚而无虐,简而无傲。诗言志,歌永言,声依永,律和声。八音克谐,无相夺伦,神人以和。”舜帝命夔掌管音乐教化,教育贵族子弟。②圣谟:本谓圣人治天下的宏图大略,后亦为称颂帝王谋略之词,此指舜命夔掌管音乐(教化)教育贵族子弟。《尚书·伊训》:“圣谟洋洋,嘉言孔彰。” ③在心为志,发言为诗:出《毛诗大序》:“诗者,志之所之也。在心为志,发言为诗。情动于中,而形于言。言之不足,故嗟叹之。嗟叹之不足,故永歌之。永歌之不足,不知手之舞之,足之蹈之也。”这是对《尚书·舜典》之“诗言志,歌永言”的阐发。 ④舒文载实:用文辞表达内心的思想感情。 ⑤持人情性:通过抒发思想感情保持心态健康。 ⑥三百之蔽,义归“无邪”:意思是,一句话概括《诗经》三百篇——思想情感纯正。《论语·为政》:“子曰:‘《诗》三百,一言以蔽之,曰:思无邪。’” ⑦七情:《礼记·礼运》:“何谓人情?喜、怒、哀、惧、爱、恶、欲,七者弗学而能。”⑧葛天乐辞,《玄鸟》在曲:葛天氏时将《玄鸟》歌词谱入歌曲《玄鸟》。据《吕氏春秋·古乐》,葛天氏时,曾有人唱八首歌,《玄鸟》是其中第二首。 ⑨黄帝《云门》,理不空弦:黄帝时的《云门舞》,按理是不会只配上管弦而无歌词的。黄帝《云门》:据《周礼·春官·大司乐》,周代曾用《云门舞》来教贵族子弟。汉代郑玄注谓《云门舞》是黄帝时舞乐。 ⑩《大唐》:相传为对唐尧禅让的颂歌,载《尚书大传》。 ⑪《南风》:相传是虞舜作的诗,载《礼记·乐记》。⑫辞达而已:行文只要把意思表达清楚就可以了。《论语·卫灵公》:“子曰:‘辞达而已矣。’”

序惟歌①。太康败德，五子咸怨②。顺美匡恶③，其来久矣。自商暨周，《雅》《颂》圆备，四始彪炳，六义④环深。子夏监绚素之章⑤，子贡悟琢磨之句⑥，故商、赐⑦二子，可与言诗。自王泽⑧殄⑨竭，风人辍采，春秋观志⑩，讽诵旧章，酬酢以为宾荣，吐纳而成身文。逮楚国讽怨，则《离骚》为刺。秦皇灭典，亦造《仙诗》。⑪

汉初四言，韦孟⑫首唱，匡谏之义，继轨周人⑬。孝武爱文，柏梁列韵⑭；严、马⑮之徒，属辞无方。至成帝品录⑯，三百余篇，朝章国采，亦云周备。而辞人遗翰，莫见五言，所以李陵、班婕好⑰见疑于后代也。按《召南·行露》⑱，始肇半章；孺子《沧浪》⑲，亦有全曲；《暇豫》优歌⑳，远见春秋；《邪径》㉑童谣，近在

---

①大禹成功，九序惟歌：大禹的九畴之功受到歌颂。 ②太康败德，五子咸怨：夏帝太康道德败坏，他的兄弟五人便作《五子之歌》表达怨恨。太康：夏禹孙子，因荒淫而失国。

③顺美匡恶：歌颂美好，匡正邪恶。 ④六义：《毛诗大序》："故诗有六义焉：一曰风，二曰赋，三曰比，四曰兴，五曰雅，六曰颂。" ⑤子夏监绚素之章：《论语·八佾》："子夏问曰：'巧笑倩兮，美目盼兮，素以为绚兮。何谓也？'子曰：'绘事后素。'曰：'礼后乎？'子曰：'起予者商也，始可与言诗已矣！'" ⑥子贡悟琢磨之句：出《论语·学而》："子贡曰：'贫而无谄，富而无骄，何如？'子曰：'可也。未若贫而乐，富而好礼者也。'子贡曰：'《诗》云："如切如磋，如琢如磨。"其斯之谓与？'子曰：'赐也！始可与言《诗》已矣，告诸往而知来者。'" ⑦商、赐：子夏和子贡。子夏姓卜名商、字子夏。子贡姓端木、名赐、字子贡。 ⑧王泽：圣王之德政。

⑨殄(tiǎn)：尽。 ⑩春秋观志：指春秋时期人们交往诵诗言志，听者亦通过此颂诗来观察对方情志，《左传》多有记载。 ⑪秦皇灭典，亦造《仙诗》：秦始皇虽然焚书灭绝文化，但还是有《仙诗》之作。据《史记·秦始皇本纪》，始皇曾使博士作《仙真人诗》。 ⑫韦孟：西汉初诗人，有四言诗《讽谏诗》和《在邹诗》。 ⑬周人：代指《诗经》。 ⑭柏梁列韵：《古文苑》卷八载《柏梁诗》，据说是武帝和群臣联句作成，每人一句，句句押韵。柏梁：汉武帝所筑台名。

⑮严、马：严助和司马相如，前者有骚体诗《哀时命》一篇，后者有骚体诗《琴歌》二首。一说"严"指严忌。 ⑯成帝品录：汉成帝品评辑录朝廷和民间歌诗三百余篇。 ⑰李陵、班婕好：李陵：字少卿，汉武帝时名将，《文选》卷二十九载其《与苏武诗》三首。班婕好：汉成帝时宫人，《文选》卷二十七载其《怨诗》。 ⑱《召南·行露》：《诗经》中的一篇，其中出现了一些五言诗句，如"谁谓雀无角，何以穿我屋？谁谓女无家，何以速我狱"。 ⑲孺子《沧浪》：《孟子·离娄上》："有孺子歌曰：'沧浪之水清兮，可以濯我缨；沧浪之水浊兮，可以濯我足。'"

⑳《暇豫》优歌：载《国语·晋语二》："暇豫之吾吾，不如鸟乌。人皆集于菀，己独集于枯。"暇豫：悠闲逸乐。 ㉑《邪径》：《汉书·五行志》："成帝时歌谣又曰：'邪径败良田，谗口乱善人。'"

成世：阅时取证，则五言久矣。又《古诗》佳丽，或称枚叔[①]，其《孤竹》[②]一篇，则傅毅[③]之词。比采而推，两汉之作也。观其结体散文，直而不野，婉转附物，怊怅切情，实五言之冠冕也。至于张衡《怨篇》[④]，清典可味；《仙诗缓歌》[⑤]，雅有新声。

暨建安之初，五言腾踊[⑥]，文帝陈思[⑦]，纵辔以骋节[⑧]；王、徐、应、刘[⑨]，望路而争驱。并怜风月，狎池苑，述恩荣，叙酣宴，慷慨以任气，磊落以使才。造怀指事，不求纤密之巧；驱辞逐貌，唯取昭晰之能：此其所同也。及正始明道，诗杂仙心[⑩]，何晏[⑪]之徒，率多浮浅，唯嵇[⑫]志清峻，阮[⑬]旨遥深，故能标焉。若乃应璩《百一》[⑭]，独立不惧，辞谲义贞，亦魏之遗直也。

晋世群才，稍入轻绮。张、潘、左、陆[⑮]，比肩诗衢，采缛于正始，力柔于建安。或析文以为妙，或流靡以自妍，此其大略也。江左[⑯]篇制，溺乎玄风，嗤笑徇务[⑰]之志，崇盛忘机[⑱]之谈。袁、孙[⑲]已下，虽各有雕采，而辞趣一揆，莫与争雄，所以景纯《仙篇》[⑳]，挺拔而为隽矣。宋[㉑]初文咏，体有因革。庄老[㉒]告退，而

---

①枚叔：西汉作家枚乘字叔。 ②《孤竹》：指《古诗十九首·冉冉孤生竹》："冉冉孤生竹，结根泰山阿。与君为新婚，兔丝附女萝。兔丝生有时，夫妇会有宜。千里远结婚，悠悠隔山陂。思君令人老，轩车来何迟！伤彼蕙兰花，含英扬光辉。过时而不采，将随秋草萎。君亮执高节，贱妾亦何为？" ③傅毅：东汉初作家，字武仲。 ④张衡《怨篇》："猗猗秋兰，植被中阿。有馥其芳，有黄其葩。虽曰幽深，厥美弥嘉。之子之远，我劳云何！" ⑤《仙诗缓歌》：指张衡《同声歌》："重户结金扃，高下华灯光。衣解金粉御，列图陈枕张。素女为我师，仪态盈万方。众夫所希见，天老教轩皇。乐莫斯夜乐，没齿焉可忘！" ⑥腾踊：腾跃。 ⑦文帝陈思：魏文帝曹丕和陈思王曹植。 ⑧纵辔以骋节：不受节制放马飞驰，比喻文学创作任意书写。 ⑨王、徐、应、刘：建安时作家王粲、徐干、应玚、刘桢。 ⑩正始明道，诗杂仙心：正始时期辞赋抒发道家志趣，诗歌掺杂成仙的情志。正始：曹魏君主曹芳的第一个年号。 ⑪何晏（？—249）：字平叔，南阳宛（今河南南阳）人，开魏晋玄学风气。 ⑫嵇：嵇康。 ⑬阮：阮籍。 ⑭应璩《百一》：应璩创作的五言诗《百一诗》，为讥讽时事之作。 ⑮张、潘、左、陆：张华、潘岳、左思、陆机。 ⑯江左：东晋，建都建康，故以江左代称。 ⑰徇务：致力于政务。 ⑱忘机：消除机巧之心，指甘于淡泊，忘掉世俗，与世无争。 ⑲袁、孙：袁宏和孙绰。 ⑳景纯：郭璞字景纯，有《游仙诗》十九首。 ㉑宋：南朝宋。 ㉒庄老：指玄言诗。

山水[①]方滋；俪采百字之偶，争价一句之奇，情必极貌以写物，辞必穷力而追新，此近世之所竞也。

故铺观列代，而情变之数可监；撮举同异，而纲领之要可明矣。若夫四言正体，则雅润[②]为本；五言流调[③]，则清丽[④]居宗。华实异用，惟才所安。故平子[⑤]得其雅，叔夜[⑥]含其润，茂先[⑦]凝其清，景阳[⑧]振其丽，兼善则子建、仲宣[⑨]，偏美则太冲、公幹[⑩]。然诗有恒裁[⑪]，思无定位，随性适分，鲜能通圆。若妙识[⑫]所难，其易也将至；忽以为易，其难也方来。至于三六杂言，则出自篇什[⑬]。离合之发，则萌于图谶[⑭]。回文所兴，则道原为始[⑮]。联句共韵，则柏梁余制；巨细或殊，情理同致，总归诗囿，故不繁云。

赞曰：民生而志，咏歌所含。兴发皇世[⑯]，风流《二南》[⑰]。神理[⑱]共契，政序[⑲]相参。英华[⑳]弥缛，万代永耽[㉑]。

【译文】

三皇之一的大舜曾经说："诗是思想情感的语言表达，歌是语言有节奏的延长。"圣人的分析，已经阐明了诗的要义。这就是《毛诗大序》所说的"在人的内心是思想情感，用语言表达出来就是诗"。用文辞表达内心

①山水：山水诗。②雅润：典雅温润。③流调：支流。④清丽：清雅秀丽。⑤平子：张衡字。⑥叔夜：嵇康字。⑦茂先：张华字。⑧景阳：张协字。⑨子建、仲宣：分别是曹植、王粲字。⑩太冲、公幹：分别是左思、刘桢字。⑪恒裁：固定的体裁。⑫妙识：深刻认识到。⑬篇什：代指《诗经》，《诗经》十篇为一什。⑭离合之发，则萌于图谶：此谓离合体是由谶语发展而来。汉字有合体字，利用汉字形体的分离、组合而构成的诗，叫离合诗。在离合诗出现之前，有利用汉字特点来编造谶语的情况，如："卯金刀，在轸北，字禾子，天下服。"这是在为刘邦登基制造舆论。"卯金刀"合起来是繁体"刘"字（劉），"禾子"合起来是"季"字，刘邦字季。⑮回文所兴，则道原为始：《道德经》中有"为无为，事无事，味无味"等，是回文。⑯皇世：三皇之世。⑰风流《二南》：风气流播于《诗经》。⑱神理：旨意和理路。⑲政序：政治业绩。⑳英华：文章华彩。㉑耽：喜好。

的思想情感，此即是诗歌的本质要义。“诗”可以解释为“持”，也就是保持人们性情的雅正，这就是孔子所谓的“《诗》三百，一言以蔽之，曰‘思无邪’”。

人天生具有喜、怒、哀、惧、爱、恶、欲等七种情感，情感感应外物用语言表达出来，是自然而然的。古时葛天氏时的《玄鸟》之乐是辞曲都有的，黄帝时的《云门》也理应诗乐一体。至于尧舜时期的《大唐》和《南风》两诗，能做到以辞达意。大禹之时也有歌颂他功业的诗歌。夏帝太康道德败坏，他的兄弟五人便作《五子之歌》来表达自己的怨恨。可见，用诗歌来颂善匡恶是由来已久的。从商朝到周朝，诗体的四始六义逐渐完备起来。春秋时期，孔子的两个学生子夏和子贡能够把握诗的启发特性而受到他“可与言诗”的赞赏。春秋以降王政衰微，诗歌没落了。《春秋》所记载的表达志向，其方式是讽诵《诗经》篇章，宾主在应对之间体现身份和修养。到了战国时期的楚国，讽怨之情化为屈原《离骚》篇章。秦始皇虽然焚书摧残文化，但也曾令人作了《仙真人诗》的诗篇。

西汉初年的四言诗，是韦孟首先创作的《讽谏诗》和《在邹诗》，其匡正讽谏之意，继承了《诗经》的传统。汉武帝喜爱文学，有柏梁台联韵的盛事。严助、司马相如等人的创作是不受约束的任意挥写。至于汉成帝，品评辑录已有三百余篇，大致包含了当时的主要作品。当时的篇章中没有见到五言之作，故而李陵、班婕妤的五言诗受到后人的怀疑。就五言诗而言，《诗经·召南·行露》开始有半篇五言，《孟子》记载的孺子《沧浪歌》才是全篇五言，《暇豫》之歌远在春秋时期，《邪径》童谣则产生于汉成帝之时。从上可见，五言诗的由来已经好久了。再者，《古诗十九首》的佳篇，有的称为枚乘所作，但其中的《冉冉孤竹生》却是傅毅的作品。依据辞采推断，《古诗十九首》是两汉时期的作品。《古诗十九首》布篇行文直露而不粗野，其婉转写物与惆怅抒情，确实是五言诗之冠。至于张衡，他的《怨诗》和《同声歌》，前者清丽典雅，值得玩味，后者杂有仙趣含着新声。

到了汉献帝建安初年，五言诗发展起来，曹丕、曹植信马由缰任意书写,王粲、徐幹、应玚、刘桢争先恐后。就题材而言,风月、池苑、恩荣、酣宴无所不包,慷慨、磊落地任气使才。抒发怀抱、书写实事、驾驭辞藻、追逐声貌,不求细密精巧而求明晰地表达出来,这是他们所共同具有的风格。到了魏明帝正始年间,诗作主于道旨仙志:何晏等人的创作因不再具有感染力而呈轻浮浅显;只有嵇康的清峻之志和阮籍的遥深之旨值得称道;至于应璩的《百一诗》,以委婉之辞表达正直之意是建安之遗风。

两晋群才渐入轻浮绮靡。张华、潘岳、左思、陆机等并驾诗坛,其整体风格是文采比正始繁缛,风力却远不及建安之作,有的以论文为妙、有的以绮靡自艳,这是其大致情况。东晋诗作沉溺于玄言,嗤笑出仕之志向,崇尚出世淡泊之论。袁宏、孙绰而后的诗人,虽然各有所成,但因成就单一已不能与袁、孙争雄,因而,郭璞的《游仙诗》是成就卓著者。南朝刘宋初年的诗作有继承有创新,表现为玄言诗退出诗坛,山水诗开始兴盛;或只求通篇偶对或追求一句的奇特,必写尽物貌、耗竭文辞而后已,这就是近来诗歌创作力争的。

通过以上历时考察,诗歌创作的基本情况可以明了。诗歌的正体是四言,以典雅温润为根本;五言则是其流脉,以清新华丽为特征。创作上的或华或实,由作家个人才情所决定。因而,张衡得其雅正,嵇康得其温润,张华得其清新,张协得其华丽,兼而有之者是曹植、王粲,偏占者是左思、刘桢。但是,虽然诗歌有其固定体裁,但诗人的才情却是不固定的,故而,诗歌创作随作家才情而适应体裁,很少有人能够圆通。如果能深刻认识到创作之难,那么其易就即将会到来;如果贸然认为容易,则其困难也会随之而至。三言、六言的杂言诗体出自《诗经》,离合诗体萌发于谶纬,回文体最早出自《老子》,联句体则是柏梁台的遗风。体制大小或有不同,但其根本却是相通的,统而言之都称为诗,所以在此不再多说。

综上所述:人们的思想情感蕴蓄在诗歌中。诗歌发端于三皇之世,流播于《诗》三百篇。诗歌是精神和理路的契合,并有政治业绩参与进来。伴随历史的进程,诗歌文采越来越高,千秋万代为人所喜好。

【评析】

自《明诗》篇起,《文心雕龙》进入论文叙笔的文体论部分。鉴于《诗经》以来的儒家"诗教"观,唐以来各个朝代都极重视诗歌。王国维先生"一代有一代之文学"的唐诗、宋词、元曲之说,只是近代以来新文学观和他自己文学观的表达,并不代表当时人的看法。刘勰将诗布局为文体论的第一论,可见诗歌在诸种文体中的特殊地位。由于华夏民族较早进入农耕时代,理性思维较为发达,故而缺乏如同西方《荷马史诗》的长篇史诗。就叙事和抒情评判,中国古典诗歌又以抒情为主。但是,就《明诗》篇的内容看,刘勰还是坚持了儒家的"诗教"思想。

本篇开篇即引《尚书·舜典》的"诗言志"说:"大舜云:'诗言志,歌永言。'"此说被闻一多先生称为中国诗论的纲领。但是,若完整考察大舜之说,则其旨归是以诗为教:"帝曰:夔!命汝典乐,教胄子。直而温,宽而栗,刚而无虐,简而无傲。诗言志,歌永言,声依永,律和声。八音克谐,无相夺伦,神人以和。"可见,在大舜这里,命夔当"文化部长"的动机是教育贵族子弟,将贵族子弟教育成性情中和之人,并且将诗歌、音乐、舞蹈相结合,达成天地人神大和谐的效果。

但是,诗歌作为人们情志的表达,和哲学、历史学等其他意识形态领域相比有其独特性,这一独特性就是情感性,也即所谓的"情动于中而形于言"。情感受到外物的感发表达出来,内心的过度感受得到宣泄,也就走向了心态平和。诗歌的这一本质特征很早就为中国的政治家和思想家所发现,并顺水推舟利用来作为化导人心的工具,此即所谓的"诗教"。上已交代,这也是刘勰该《明诗》篇的精神主旨。与之前表达的不同,他以"持"和"诗"同音相训,所谓"持人情性"者,即诗歌的情感抒发后达成的心态平和、心理健康的效果。

刘勰《明诗》篇的阐论逻辑以史为经,以诗人诗作为纬,将风格、诗体及其价值判断布列其中。其以史为经表现为将诗史上推到三皇之世,然后依次下来是夏、商、西周、春秋、战国、秦、汉、曹魏、两晋、刘宋、近世。诗人诗作之纬,有葛天《玄鸟》、黄帝《云门》、尧之《大唐》、舜之《南风》、大禹时歌、太康时期的《五子之歌》、西周《诗经》、战国楚屈原《离骚》、秦朝《仙真人诗》、汉初韦孟之诗、汉武帝柏梁诗、严助、司马相如之作、汉代文人五言诗、《古诗十九首》、曹丕、曹植以及建安七子作家群及其创作、正始明道杂仙诗、嵇康诗、阮籍诗、应璩《百一诗》、西晋作家群之创作、东晋玄言诗、南朝宋山水诗，等等。

就诗体而言，其所及者有四言、五言、杂言等，其价值判断是四言为正体、五言为流调；又有以拆字为方法的离合体，还有回文体。就风格论，刘勰认为汉代文人五言诗之前，大致还是讽喻的传统。自《古诗十九首》，他敏锐地发现了诗歌抒情的感人力量，谓之为“直而不野，婉转附物，怊怅切情”，价值判断是“五言之冠冕”。对建安作家群整体风格的评价是“慷慨以任气，磊落以使才”，对西晋作家群的整体风格评价是“采缛于正始，力柔于建安”，对近世山水诗等的评价是对诗歌艺术追求的“俪采百字之偶，争价一句之奇，情必极貌以写物，辞必穷力而追新”。此外，其风格论还结合具体作家表达出来，限于篇幅，不再详述。再者，需要指出的是，关于后世对李陵、班婕妤的五言诗的怀疑，刘勰以五言诗由来已久而不支持此说。

就刘勰的态度而言，他对传统“诗教”持肯定态度，对《古诗十九首》的真挚情感的感人力量、对建安作家的慷慨磊落诗风皆持肯定态度，而对西晋轻绮繁缛诗风、东晋玄言诗甚至近世山水诗以来的重绮之风持不赞成态度。

一言以蔽之，刘勰主张的诗风是思想纯正、情感真挚、富于感染力，而不是表面光鲜却内容空洞。

乐府第七

乐府者，"声依永，律和声"①也。钧天九奏②，既其上帝；葛天八阕③，爰及皇时。自《咸》《英》④以降，亦无得而论矣。至于涂山歌于《候人》，始为南音⑤；有娀谣乎《飞燕》，始为北声⑥；夏甲叹于东阳，东音以发⑦；殷整思于西河，西音以兴⑧：音声推移，亦不一概矣。匹夫⑨庶妇⑩，讴吟⑪土风⑫，诗官⑬采言，乐

①声依永，律和声：此谓音乐的节奏和韵律是歌咏心志的自然过程，出《尚书·舜典》，全文见上《明诗》篇注①"诗言志，歌永言"。 ②钧天九奏：关于此的典籍记载，见《尚书·益稷》："《箫韶》九成，凤皇来仪。"孔安国传："备乐九奏而致凤皇。"孔颖达疏："成，谓乐曲成也。郑云：'成，犹终也。每曲一终，必变更奏。'故经言九成，传言九奏，《周礼》谓之九变，其实一也。" ③葛天八阕：《吕氏春秋·古乐》："昔葛天氏之乐，三人操牛尾，投足以歌八阙：一曰《载民》、二曰《玄鸟》、三曰《遂草木》、四曰《奋五谷》、五曰《敬天常》、六曰《达帝功》、七曰《依地德》、八曰《总禽兽之极》。" ④《咸》《英》：尧乐《咸池》与帝喾乐《六英》的并称。《六英》：《吕氏春秋·古乐》："帝喾令咸黑作为声歌：《九招》《六列》《六英》。" ⑤涂山歌于《候人》，始为南音：《涂山女歌》又称为《候人歌》或《涂山氏歌》。《吕氏春秋·音初》："禹行功，见涂山之女。禹未之遇而巡省南土。涂山氏之女乃令其妾候禹于涂山之阳。女乃作歌，歌曰：'候人兮猗。'实始作为南音。" ⑥有娀(sōng)谣乎《飞燕》，始为北声：《吕氏春秋·音初》："有娀氏有二佚女，为之九成之台，饮食必以鼓。帝令燕往视之，鸣若谥隘，二女爱而争搏之，覆以玉筐，少选发而视之，燕遗二卵，北飞，遂不反。二女作歌，一终曰：'燕燕往飞。'实始作为北音。"有娀：地名，在今山西运城蒲州镇。相传帝喾之妃有娀氏女简狄生了商的祖先契，夏末时商汤伐夏，在有娀之墟击败了夏桀的军队。 ⑦夏甲叹于东阳，东音以发：出《吕氏春秋·音初》："夏后氏孔甲田于东阳萯山。天大风晦盲，孔甲迷惑，入于民室。主人方乳……后乃取其子以归，曰：'以为余子，谁敢殃之！'子长成人，幕动坼橑，斧斫斩其足，遂为守门者。孔甲曰：'呜呼！有疾，命矣夫！'乃作为《破斧》之歌，实始为东音。" ⑧殷整思于西河，西音以兴：《吕氏春秋·音初》："殷整甲徙宅西河，犹思故处，实始作为西音。"殷整：殷王河亶甲。 ⑨匹夫：泛指平常人。 ⑩庶妇：嫡子的众妾或庶子的妻妾。《仪礼·士昏礼》："庶妇则使人醮之，妇不馈。"郑玄注："庶妇，庶子之妇也。"此指地位低的普通妇女。 ⑪讴吟：歌唱吟咏。《管子·侈靡》："安乡乐宅享祭，而讴吟称号者皆诛，所以留民俗也。" ⑫土风：乡土歌谣或乐曲。《左传·成公九年》："乐操土风，不忘旧也。" ⑬诗官：古代专门采集诗歌和民风的官员。

胥[1]被律，志感丝篁[2]，气变金石[3]：是以师旷觇风于盛衰[4]，季札鉴微于兴废[5]，精之至也。

夫乐本心术[6]，故响浃肌髓，先王慎焉，务塞淫滥[7]。敷训胄子[8]，必歌九德[9]，故能情感七始[10]，化动八风[11]。自雅声浸微[12]，溺音[13]腾沸，秦燔[14]《乐经》，汉初绍复[15]，制氏纪其铿锵[16]，叔孙定其容典[17]，于是《武德》[18]兴乎高祖，《四时》[19]广于孝文，虽摹《韶》《夏》[20]，而颇袭秦旧，中和之响[21]，阒[22]其不还。暨武帝崇

---

①乐胥：从事音乐工作的小吏。 ②丝篁：弦管乐器，代指音乐。 ③金石：指钟磬一类乐器。 ④师旷觇(chān)风于盛衰：晋国乐师师旷根据楚国军队的音乐有音调微弱不协调，而判断其士气不振，必定失败。《左传·襄公十八年》："晋人闻有楚师，师旷曰，不害，吾骤歌北风，又歌南风，南风不竞，多死声，楚必无功。" ⑤季札鉴微于兴废：据《左传·襄公二十九年》载，吴公子季札出使鲁国，听奏各国民歌，从各国乐曲中听出了各国的兴亡。⑥心术：情感的动向。《礼记·乐记》："应感起物而动，然后心术形焉。" ⑦淫滥：不雅正的乐声。 ⑧敷训胄子：开展贵族子弟教育。 ⑨九德：《尚书·皋陶谟》："皋陶曰：'都，亦行有九德，亦言其人有德，乃言曰载采采。'禹曰：'何？'皋陶曰：'宽而栗，柔而立，愿而恭，乱而敬，扰而毅，直而温，简而廉，刚而实，强而义，彰厥有常，吉哉！'" ⑩七始：乐曲名。《汉书·礼乐志》引《安世房中歌》之二："《七始》《华始》，肃倡和声。"颜师古注引孟康曰："七始，天、地、四时、人之始。华始，万物英华之始也。以为乐名，如《六英》也。"又古代乐论，以十二律中的黄钟、林钟、太簇为天地人之始；姑洗、蕤宾、南吕、应钟为春夏秋冬之始，合称"七始"。 ⑪八风：《左传·隐公五年》："夫舞所以节八音，而行八风。"陆德明释文："八方之风，谓东方谷风，东南清明风，南方凯风，西南凉风，西方阊阖风，西北不周风，北方广莫风，东北融风。" ⑫浸微：渐渐衰败。 ⑬溺音：淫溺的音乐，与正音、雅音相对。 ⑭燔(fán)：焚烧。 ⑮绍复：继承恢复。 ⑯制氏：其名不详，西汉初鲁地人，《汉书·礼乐志》："乐家有制氏，以雅乐声律世世在大乐官，但能纪其铿锵鼓舞，而不能言其义。" ⑰叔孙定其容典：叔孙通确定了舞容和法则。叔孙：姓叔孙，名通，汉初的儒生，曾给汉高祖制定各种礼乐。容典：舞容典则，即乐舞和礼节。 ⑱《武德》：《汉书·礼乐志》："《武德舞》者，高祖四年作，以象天下乐己行武以除乱也。" ⑲《四时》：《汉书·礼乐志》："孝文庙奏《昭德》《文始》《四时》《五行》之舞。" ⑳《韶》《夏》：舜时的《韶》，夏时的《大夏》，亦泛指优雅的古乐。晋葛洪《抱朴子·交际》："单弦不能发《韶》《夏》之和音，孑色不能成衮龙之玮烨。" ㉑中和之响：中正和平之音。 ㉒阒(qù)：静寂。

礼，始立乐府[①]，总赵代之音，撮齐楚之气，延年[②]以曼声[③]协律[④]，朱、马[⑤]以骚体[⑥]制歌，《桂华》杂曲，丽而不经，《赤雁》群篇，靡而非典，河间荐雅[⑦]而罕御，故汲黯致讥于《天马》[⑧]也。至宣帝雅颂，诗效《鹿鸣》[⑨]，迩及元成[⑩]，稍广淫乐[⑪]，正音乖俗[⑫]，其难也如此。暨后汉[⑬]郊庙[⑭]，惟杂雅章，辞虽典文[⑮]，而律非夔旷[⑯]。

至于魏之三祖[⑰]，气爽才丽[⑱]，宰割辞调[⑲]，音靡节平[⑳]。观其北上众引[㉑]，《秋风》[㉒]列篇，或述酣宴[㉓]，或伤羁戍[㉔]，志不出

---

①武帝崇礼，始立乐府：汉武帝尊崇礼乐，才开始建立乐府机关。乐府：音乐行政机构，秦代以来朝廷设立的管理音乐的官署，汉武帝于元鼎五年(前112)正式设立乐府，职责是收集编纂各地民乐，然后整理改编，并创作音乐进行表演。 ②延年：李延年，协律都尉，乐府最高负责人。 ③曼声：舒缓的长声。《尸子》卷下："曼声吞炭，内阑而不歌。" ④协律：调和音乐律吕，使之和谐。 ⑤朱、马：朱买臣和司马相如。 ⑥骚体：模仿屈原《离骚》的文体，即楚辞体。 ⑦河间荐雅：《汉书·河间献王传》："武帝时，献王来朝，献雅乐。"河间，河间献王刘德。 ⑧汲黯致讥于《天马》：《史记·乐书》："又尝得神马渥洼水中，复次以为太一之歌。曲曰：'太一贡兮天马下，沾赤汗兮沫流赭。骋容与兮跇万里，今安匹兮龙为友。'后伐大宛得千里马，马名蒲梢，次作以为歌。歌诗曰：'天马来兮从西极，经万里兮归有德。承灵威兮降外国，涉流沙兮四夷服。'中尉汲黯进曰：'凡王者作乐，上以承祖宗，下以化兆民。今陛下得马，诗以为歌，协于宗庙，先帝百姓岂能知其音邪?'上默然不说。丞相公孙弘曰：'黯诽谤圣制，当族。'" ⑨宣帝雅颂，诗效《鹿鸣》：《汉书·王褒传》："于是益州刺史王襄欲宣风化于众庶，闻王褒有俊材，请与相见，使褒作《中和》《乐职》《宣布》诗，选好事者令依《鹿鸣》之声习而歌之。时汜乡侯何武为僮子，选在歌中。久之，武等学长安，歌太学下，转而上闻。宣帝召见武等观之，皆赐帛，谓曰：'此盛德之事，吾何足以当之！'" ⑩元成：汉元帝、汉成帝。 ⑪淫乐：淫靡的音乐。 ⑫乖俗：违背世俗常情。 ⑬后汉：东汉。 ⑭郊庙：祭天地的郊宫和祭祖先的宗庙，此引指祭祀天地和祖庙的音乐。 ⑮典文：典雅之文。 ⑯夔旷：舜时乐正夔和春秋晋国乐师师旷，此代指正音。 ⑰魏之三祖：魏太祖曹操、高祖曹丕和烈祖曹叡。《宋书·乐志》引王僧虔《论三调歌表》："魏氏三祖，风流可怀。"南朝梁锺嵘《诗品》下："曹公古直，甚有悲凉之句；叡不如丕，亦称三祖。" ⑱气爽才丽：志气豪爽，才华富丽。 ⑲宰割辞调：曹操等用汉乐府旧调写的与古题无关的新内容，即所谓的以古题乐府写时事。宰割：分裂。辞调：指汉乐府。 ⑳音靡节平：音律淫靡，节奏平和。 ㉑北上众引：曹操《苦寒行》，其首句是"北上太行山"。众：代指曹操的类似作品，下"《秋风》列篇"之"列"义同。引：乐曲体裁之一，有序奏之意。 ㉒《秋风》：曹丕《燕歌行》，其首句是"秋风萧瑟天气凉"。 ㉓酣宴：纵情饮宴。 ㉔羁戍：远戍边疆。

于杂荡[1]，辞不离于哀思[2]。虽三调[3]之正声，实《韶》《夏》之郑曲[4]也。逮于晋世，则傅玄晓音[5]，创定雅歌，以咏祖宗；张华新篇，亦充庭万[6]。然杜夔[7]调律，音奏舒雅，荀勖改悬[8]，声节哀急，故阮咸[9]讥其离声，后人验其铜尺[10]。和乐之精妙，固表里而相资[11]矣。

故知诗为乐心，声为乐体[12]；乐体在声，瞽师务调其器[13]；乐心在诗，君子宜正其文[14]。"好乐无荒"[15]，晋风[16]所以称远；"伊其相谑"[17]，郑国所以云亡。故知季札观乐，不直听声[18]而已。

若夫艳歌[19]婉娈[20]，怨诗诀绝，淫辞[21]在曲，正响焉生？然俗听[22]飞驰，职竞[23]新异，雅咏温恭，必欠伸鱼睨[24]；奇辞切至，则拊

---

①杂荡：杂乱放荡。 ②哀思：哀伤的情思。 ③三调：《平调》《清调》《瑟调》，都是周代古乐的声调。 ④郑曲：春秋时郑国的乐曲，被认为是靡靡之音。因为三调是古乐，而魏之三祖按照三调所作新歌歌词并不典雅，所以说是靡靡之音。 ⑤傅玄晓音：傅玄通晓音乐，他创作了许多雅正的歌曲，来歌颂晋代的祖先。傅玄（217—278）：字休奕，北地郡泥阳县（今陕西铜川耀州区）人，西晋文学家、思想家。 ⑥张华新篇，亦充庭万：张华也写了一些新的乐曲，作为宫廷的《万舞》曲。万：《万舞》，一种大舞，用盾、斧、羽来表演。 ⑦杜夔：三国时魏音乐家，曾负责考订恢复古代音乐工作。 ⑧荀勖改悬：荀勖通过改变磬悬挂的距离改制乐器。荀勖：西晋音乐家。改悬：即改变钟磬悬挂的距离，此指改制乐器。 ⑨阮咸：魏末作家，精通音乐。荀勖所用的尺子比杜夔的短，所以声高急，于是阮咸便讥笑其调音错误，声高急是不可能雅正的。 ⑩铜尺：铜制的律尺。古代用以量较乐器，又可依以为准，铸铜律吕以调声韵。阮咸以后有人用从地下发掘出的铜尺来验证，果然杜夔尺比周古尺长四分多。此可见刘勰肯定杜夔调整的乐器符合雅正音乐。 ⑪和乐之精妙，固表里而相资：和美协调音乐的精微奥妙需要靠乐曲和歌词的互相配合。 ⑫诗为乐心，声为乐体：以人设喻，歌词（诗）是音乐的内心，声音是音乐的身体。 ⑬器：乐器。 ⑭文：歌词。 ⑮好乐无荒：爱好音乐但是不要荒废农事（正事）。《诗经·唐风·蟋蟀》："好乐无荒，良士瞿瞿。"孔颖达疏："时农功已毕，人君可以自乐。" ⑯晋风：《诗经》的《唐风》之"唐"为尧的国号，故址在今山西临汾，春秋时属晋国，故称。 ⑰伊其相谑：青年男女互相调笑。刘勰以此指男女淫乱的靡靡之音（亡国之音）。《诗经·郑风·溱洧》："维士与女，伊其相谑，赠之以勺药。" ⑱不直听声：意思是还要听歌词（诗）。 ⑲艳歌：情歌、恋歌。 ⑳婉娈：缠绵、缱绻。晋陆机《于承明作与士龙》诗："婉娈居人思，纡郁游子情。" ㉑淫辞：淫靡、淫乱的歌词。 ㉒俗听：世俗的欣赏者。 ㉓职竞：专事竞逐，《诗经·小雅·十月之交》："下民之孽，匪降自天，噂沓背憎，职竞由人。"职，只。竞，争。 ㉔欠伸鱼睨（nì）：打哈欠、伸懒腰，像鱼那样瞪眼注视，喻瞪目而视不感兴趣。

髀[①]雀跃；诗声俱郑[②]，自此阶[③]矣！凡乐辞曰诗，诗声曰歌，声来被辞，辞繁难节[④]。故陈思称“左延年[⑤]闲于增损古辞，多者则宜减之”，明贵约也。观高祖之咏《大风》[⑥]，孝武之叹“来迟”[⑦]，歌童被声，莫敢不协。子建、士衡[⑧]，咸有佳篇，并无诏伶人，故事谢丝管，俗称乖调，盖未思也。

至于轩岐鼓吹[⑨]，汉世铙挽[⑩]，虽戎丧[⑪]殊事，而并总入乐府，缪韦所改[⑫]，亦有可算焉。昔子政品文[⑬]，诗与歌别，故略具乐篇，以标区界。

赞曰：八音摛文[⑭]，树辞为体。讴吟坰野[⑮]，金石云陛[⑯]。《韶》响[⑰]难追，郑声易启。岂惟观乐，于焉识礼。

【译文】

乐府作为文体，是歌词(诗)和乐曲的合体。传说中的钧天九奏是天

---

①拊髀(bì)：以手拍股，表示激动、赞赏等心情，下“雀跃”义同。 ②诗声俱郑：歌词和乐曲都是靡靡之音的郑声。 ③阶：用砖、石等砌成的分层梯级，此处引申为到达。 ④辞繁难节：歌词繁多难以谱曲。 ⑤左延年：三国时期魏国音乐家、诗人。 ⑥《大风》：汉高祖刘邦的《大风歌》。内容为：“大风起兮云飞扬。威加海内兮归故乡。安得猛士兮守四方！” ⑦来迟：《汉书·李夫人传》：“上思念李夫人不已，方士齐人少翁言能致其神。乃夜张灯烛，设帷帐，陈酒肉，而令上居他帐，遥望见好女如李夫人之貌，还幄坐而步。又不得就视，上愈益相思悲感，为作诗曰：‘是邪，非邪？立而望之，偏何姗姗其来迟！’令乐府诸音家弦歌之。” ⑧子建、士衡：分别为曹植、陆机字。 ⑨轩岐鼓吹：相传黄帝使岐伯作《鼓吹曲》军乐。轩岐：轩辕黄帝和岐伯。鼓吹：古代的一种器乐合奏曲，亦即《乐府诗集》中的鼓吹曲，用鼓、钲、箫、笳等乐器合奏，源于我国古代民族北狄，边军用之，以壮声威，后渐用于朝廷。此处泛指音乐。 ⑩铙挽：铙歌和挽歌。 ⑪戎丧：军乐、丧乐。 ⑫缪韦所改：缪，缪袭，三国时魏国人，改作有《魏鼓吹曲》共十二篇。韦，韦昭，三国时吴国人，改作有《吴鼓吹曲》共十二篇。 ⑬子政品文：刘向给文分类。刘向及其子刘歆整理古籍时，著《七略》，将诗归入了《六艺略》、歌归入了《诗赋略》。子政，刘向字。 ⑭八音摛文：创作歌词并谱曲演奏。八音：中国古代对乐器的统称，指金、石、土、革、丝、木、匏、竹八类。摛文：撰写歌词。 ⑮坰野：野外，远郊。《诗经·鲁颂·駉》序：“僖公能遵伯禽之法，俭以足用，宽以爱民，务农重谷，牧于坰野。” ⑯云陛：巍峨的宫殿。 ⑰《韶》响：虞舜时的音乐，代指雅正的古乐。

帝的乐歌，葛天八阕则是上古之乐。尧乐《咸池》与帝喾乐《六英》之后，就不好说了。到了大禹时涂山氏的《候人歌》，才开始创制南方乐歌；自有娀氏之女的《飞燕谣》，才开始创制北方乐歌；夏甲的东阳之叹是东方乐歌创制的开始；殷整迁于西河的故处之思，是创制西方乐歌的开始。总之，乐歌的发展变迁，不再一一叙述。到了西周，普通百姓吟唱风土人情，朝廷采诗官采之，掌管音乐的小官予以谱曲，歌曲结合奏之器乐，情志气质便通过乐歌表达出来了。因而，师旷、季札能够通过鉴赏音乐而敏锐觉察到一国的盛衰兴废，是精通音乐到了极致啊！

乐的本质是内心情感的表达，所以能够感人至深，先代圣王因而非常谨慎，务必要杜绝不雅正的音乐。教育贵族子弟，必然要求“宽而栗、柔而立、愿而恭、乱而敬、扰而毅、直而温、简而廉、刚而实、强而义”等中和九德，所以其情感教化能及于万事万物。自从雅颂之音逐渐衰微，淫溺的音乐开始腾涌，秦始皇焚烧了《乐经》，西汉初年曾想加以恢复，制氏恢复了其节奏却不得其义，叔孙通确定了舞容的规则。于是《武德舞》形成于汉高祖之时，《四时舞》流行于汉文帝时期，二者虽然都有意识地模拟《九韶》《大夏》，但还是于秦代音乐袭取过多，于是中正和平之音沉寂了。汉武帝崇尚礼乐，开始设立专门的音乐机构——乐府，采集天下风土乐音，协律都尉李延年调和舒缓之音，朱买臣、司马相如以楚辞创制乐歌，《桂华》《赤雁》等乐歌丽靡而不雅正，以至于河间献王刘德推荐雅乐而很少被采纳，汲黯讥讽汉武帝创制的不协和于宗庙之乐的《天马歌》。汉宣帝重视雅乐，歌词效法《鹿鸣》。到了汉元帝、汉成帝之时，又渐渐推广不雅之乐，可见，雅乐因和世俗背离，推行起来是多么困难啊！东汉的郊庙祭祀之乐，虽然杂有雅正元素，歌词典雅，但乐曲已非夔和师旷之时的正声了。

到了魏之三祖——武帝曹操、文帝曹丕、明帝曹叡，志气豪爽、才华富丽，以乐府旧曲填新歌词，音律淫靡、节奏平和。考察曹操《苦寒行》、曹丕《燕歌行》等篇章，有的写纵情宴饮的场景，有的写远戍边疆的感伤，情志杂乱放荡，歌词蕴蓄哀伤情思，虽然声调是周代古乐的《平调》《清调》《瑟调》三调，但实质上相较于《九韶》《大夏》已是淫靡之音。到了晋代，傅玄通晓音律，他创定雅正之歌来吟咏祖宗功业；张华也创制了一些新乐章来作为宫廷舞曲。但是，杜夔所调之乐音调舒缓雅正，荀勖改制的乐器则节奏急促，故而阮咸讥讽他的跑调，后人检验他的铜尺也证明了阮咸的讥讽。由此可见，和谐音乐的精微奥妙，是需要靠乐曲和歌词的相资为用的。

由此可知，歌词是音乐的内心，声音为音乐的形体。乐体是声音，所以乐师必须调其乐器；乐心是歌词（诗），所以作家应雅正其文辞。喜好音乐而不荒废主业，这就是晋地风俗所谓的忧深思远；男女相互淫乐的靡靡之音，季札因此而谓郑国将要灭亡。由此可知，春秋时期季札观乐，观赏的不仅仅是乐曲的旋律，还包括歌词（诗）。

至于男女恋情之歌缠绵，抱怨之诗表决绝之意，是音乐的淫靡歌词，如果乐府中充斥着这样的内容，哪里还会有雅正的音乐呢？但是，世俗趣尚高涨，以追求新奇为职事，一旦雅正之乐起则昏昏欲睡，一旦淫靡之声发则欢呼雀跃，歌词和乐曲都走向靡靡之音的郑声。凡是音乐的文辞都是诗，诗的读出被有节奏韵律地延长是歌，用节奏韵律延长作用于文辞（诗），却会因文辞繁杂难以谱曲，所以才有曹植称赞“左延年善于增减古文辞，繁多者就应该减少”，表明歌词以简约为贵。今品鉴汉高祖刘邦的《大风歌》，汉武帝的《李夫人歌》，乐师谱曲，没有不协音律的情况。曹植、陆机都有好的篇章，但并没有召歌伶试唱，故而他们的诗作没有尝试用来和乐曲结合，一般称其乖离乐调，大概是未加思索的结果吧。

至于黄帝命岐伯创制的鼓吹乐和汉代的铙歌、挽歌，虽然有军阵之乐和丧葬之乐的区别，但也一并归入乐府，三国时期魏国的缪袭改作的《魏鼓吹曲》十二篇和吴国的韦昭所改作的《吴鼓吹曲》十二篇，也可算在乐府的名下。至于刘向父子《七略》编文，诗入《六艺略》，歌入《诗赋略》，“乐记”诸篇入于《别录》，则是在表明诗与乐的区别。

综上所述：用乐器演奏音乐，以创作辞章为乐府根本。有的在乡野歌唱，有的在宫廷演奏。《九韶》雅正之音难以追寻，郑卫淫靡之音容易开启。岂止是品鉴音乐，更在于从中知晓礼仪。

【评析】

《乐府》篇承《明诗》篇而来。“乐府”作为管理音乐的国家机构正式设置于汉武帝时期，其工作方式是采集地方民间歌谣谱曲演唱，由歌词和乐曲两部分组成，而歌词的实质是诗。也正因此，后来乐府在保留旧题脱离乐曲之后，实质上已是诗，如曹操的《蒿里行》；再后来，唐代的新乐府运动，则连乐府旧题也不要了，纯粹成为徒具乐府之名的诗歌创作。从发生论的角度而言，中国的诗歌和音乐舞蹈是天然一体的。这是《尚书·舜典》之文“诗言志，歌永言，声依永，律和声……拊石击石，百兽率舞”的明确表达。可以这样说，就诗歌和音乐的关系而言，诗是音乐的歌词，音乐是诗的曲调，用刘勰的话说是“诗为乐心，声为乐体”，二者关系极其紧密，因此刘勰“论文叙笔”的“文体论”于论诗之后即论乐府。

《文心雕龙》“文体论”的撰写体例是“释名以彰义”“原始以表末”“选文以定篇”，最后是“敷理以举统”。“原始以表末”是史的梳理，是经线，“选文以定篇”则是史的梳理中的材料。也就是说，史的梳理要靠“选文定篇”才能成功，二者共同构成篇章的主体部分。

就史的梳理而言，刘勰把乐府的发端上推至于天帝的钧天九奏，其次是葛天八阕，然后是三皇五帝夏商周之歌乐：尧乐《咸池》与帝喾乐《六英》；夏商二代我国形成了完整的东、西、南、北音，其中涂山氏《候人歌》为南音之发端，有娀氏之女的《飞燕谣》为北音之发端，夏甲的“东阳之叹”为东音之发端，殷整的“西河之思”为西音之发端。西周的采诗被乐制度将各地音乐正式纳入体制内；东周时期音乐艺术更加发达，以至于人们能由品鉴中知晓政治的兴衰以至于战争中士气的高低。这实质上是乐府前史，是乐府的发生论追溯。

经汉高祖、汉文帝的努力，到了汉武帝时期伴随国家机构乐府的成立，诗乐一体的“乐府”正式形成。由于汉武帝的大胆创新精神，乐辞或随意书写或采自民间，表现为《桂华》杂曲、《赤雁》群篇和汉武帝自创的《天马歌》，尽管有河间献王刘德和大臣汲黯的规劝也不改，刘勰认为这已背离了先王雅乐的精神。其后虽有汉宣帝乐辞模仿《鹿鸣》，但到汉元帝、汉成帝时又发展了俗乐。东汉时的郊庙祭祀之乐，虽然乐辞较为雅正，但乐曲却不再和夔、师旷所要求的一致。曹魏时期以“魏之三祖”曹操、曹丕、曹叡为代表的乐府诗创作,纯粹是乐府旧题的旧瓶装上自创新作的新酒。晋代的傅玄、张华、杜夔的努力也是创新。

就“敷理以举统”的理论概括而言,刘勰举出三点:一、乐府有雅乐和郑声之别:雅乐是先王教化的雅正之乐,郑声是来自民间的靡靡之音;雅乐是安而乐的治世之音,郑声是哀以思的亡国之音。二、提出了“诗为乐心,声为乐体”说,看到了乐辞(诗)和乐曲(声)二元一体、相资为用的关系。三、在乐辞(诗)和乐曲(声)二元一体、相资为用前提下,强调了前者相对于后者的根本性,此为唐代白居易等诗人的新乐府运动所证明,因为即使乐曲没有了,乐辞(诗)同样可以独立地起作用。

诠赋第八

《诗》有六义，其二曰赋[①]。赋者，铺也，铺采摛文，体物写志[②]也。昔邵公称："公卿献诗，师箴瞍赋。"[③]《传》云："登高能赋，可为大夫。"[④]《诗序》则同义[⑤]，传说则异体[⑥]。总其归途，实相枝干。故刘向明"不歌而颂"[⑦]，班固称"古诗之流也"[⑧]。

至如郑庄之赋《大隧》[⑨]，士芳之赋《狐裘》[⑩]，结言短韵[⑪]，词自己作[⑫]，虽合赋体，明而未融[⑬]。及灵均唱《骚》[⑭]，始广声貌[⑮]。然则赋也者，受命[⑯]于诗人，而拓宇[⑰]于《楚辞》也。于是荀况《礼》《智》[⑱]，宋玉《风》《钓》[⑲]，爰锡名号，与诗画境[⑳]，六义

---

①《诗》有六义，其二曰赋：《毛诗序》以赋为诗之六义之一，见上注。 ②体物写志：描摹事物、抒写情志。 ③公卿献诗，师箴瞍(sǒu)赋：《国语·周语》："天子听政，使公卿至于列士献诗，瞽献曲……师箴，瞍赋，矇诵。" ④登高能赋，可为大夫：《诗经·鄘风·定之方中》："终然允臧。"毛传："升高能赋……可以为大夫。" ⑤《诗序》则同义：在《毛诗序》中，赋作为诗之六义之一，统一于诗体。 ⑥传说则异体：《国语》和《毛诗传》则认为赋和诗是不同文体。 ⑦不歌而颂：班固《汉书·艺文志》："不歌而颂谓之赋。" ⑧古诗之流也：班固《两都赋序》："或曰：赋者，古诗之流也。"李善注引《毛诗序》"《诗》有六义焉，一曰风，二曰赋"。 ⑨郑庄之赋《大隧》：《左传·隐公元年》："公入而赋：'大隧之中，其乐也融融。'" ⑩士芳之赋《狐裘》：《左传·僖公五年》："初，晋侯使士芳为二公子筑蒲与屈，不慎，置薪焉。夷吾诉之。公使让之。士芳……退而赋曰：'狐裘龙茸，一国三公，吾谁适从？'" ⑪短韵：即由奇数句引出变韵。 ⑫词自己作：相对于春秋赋《诗》就诗以言志而言。 ⑬明而未融：虽明未朗。 ⑭灵均唱《骚》：屈原作《离骚》。 ⑮始广声貌：才开始发展了赋的形式。声貌：指声音形貌。 ⑯受命：来源。 ⑰拓宇：开拓领域。 ⑱《礼》《智》：荀子创作的《礼赋》和《智赋》。 ⑲《风》《钓》：宋玉的《风赋》和《钓赋》。 ⑳爰锡名号，与诗画境：才正式给赋赋予了名号，和诗划清了界限。

附庸，蔚成大国[①]。述客主以首引，极声貌以穷文[②]。斯盖别诗之原始，命赋之厥初[③]也。

秦世不文，颇有杂赋[④]。汉初词人，顺流而作。陆贾[⑤]扣其端，贾谊[⑥]振其绪，枚、马[⑦]播其风，王、扬[⑧]骋其势，皋、朔[⑨]已下，品物毕图[⑩]。繁积于宣时[⑪]，校阅于成世[⑫]，进御[⑬]之赋，千有余首。讨其源流，信兴楚而盛汉[⑭]矣。

夫京殿苑猎[⑮]，述行序志[⑯]，并体国经野[⑰]，义尚光大[⑱]。既履端于倡序[⑲]，亦归余于总乱[⑳]。序以建言[㉑]，首引情本[㉒]；乱以理篇[㉓]，写送文势[㉔]。按：《那》之卒章[㉕]，闵马称乱[㉖]，故知殷人辑颂[㉗]，楚人理赋[㉘]，斯并鸿裁[㉙]之寰域[㉚]，雅文之枢辖[㉛]也。至于草区禽族[㉜]，庶品杂类[㉝]，则触兴致情[㉞]，因变取会[㉟]，拟诸形

---

①六义附庸，蔚成大国：从诗的附庸发展成独立王国。 ②述客主以首引，极声貌以穷文：此谓，主客问答体和极尽铺陈之能事是赋的两大特征。 ③厥初：那个最原始的。 ④颇有杂赋：《汉书·艺文志》："秦时杂赋九篇。" ⑤陆贾：《汉书·艺文志·诗赋略》于屈赋之属之下即列陆赋之属，著录陆贾赋三篇，亡。《文心雕龙·才略》："汉室陆贾，首发奇采，赋孟春而选典、诰，其辩之富矣。"陆赋今不可得见。 ⑥贾谊：西汉赋家，其赋今见《吊屈原赋》、《鹏鸟赋》。 ⑦枚、马：枚乘、司马相如。 ⑧王、扬：王褒、扬雄。 ⑨皋、朔：枚皋、东方朔。 ⑩品物毕图：写物必尽其貌。 ⑪繁积于宣时：大量辞赋创作是在汉宣帝之时。 ⑫校阅于成世：校订审阅是在汉成帝之时。 ⑬进御：进呈汉天子。 ⑭兴楚而盛汉：谓赋兴起于战国时期的楚国，繁盛于汉代。 ⑮京殿苑猎：指以京都、宫殿、苑囿、游猎为题材的赋作。 ⑯述行序志：叙述行旅和志趣。 ⑰体国经野：《周礼·天官·序官》："惟王建国，辨方正位，体国经野，设官分职，以为民极。"把都城划分为若干区域，由官宦贵族分别居住或让奴隶平民耕作。后泛指治理国家。体：划分。国：都城。经：丈量。野：田野。 ⑱义尚光大：以崇尚作品体制的宏伟盛大为准则。 ⑲倡序：指开头的序。 ⑳总乱：辞赋篇末概括全篇要旨的结束语。 ㉑建言：此谓提出主旨。 ㉒首引情本：开篇交代事情的缘由。 ㉓理篇：总结全篇。 ㉔写送文势：加强结尾以使具有充足的表现力。 ㉕《那》之卒章：《诗经·商颂·那》的最后一章。 ㉖闵马称乱：闵马父称之为"乱"。闵马：又名闵子马、闵马父，春秋时鲁国大夫。 ㉗殷人辑颂：《商颂》为商朝人所辑。 ㉘楚人理赋：楚国人屈原等能创作辞赋。 ㉙鸿裁：宏大的体裁。 ㉚寰域：范围、区域。 ㉛枢辖：枢纽、管辖。 ㉜草区禽族：草木禽类。 ㉝庶品杂类：涵盖各种事物。 ㉞触兴致情：即兴生情。 ㉟因变取会：兴情随变化而变化。

容[①],则言务纤密[②];象其物宜,则理贵侧附[③];斯又小制之区畛[④],奇巧之机要[⑤]也。

观夫荀结隐语[⑥],事数自环[⑦],宋发夸谈,实始淫丽[⑧]。枚乘《菟园》[⑨],举要以会新[⑩];相如《上林》,繁类以成艳[⑪];贾谊《鹏鸟》,致辨于情理[⑫];子渊《洞箫》,穷变于声貌[⑬];孟坚《两都》,明绚以雅赡[⑭];张衡《二京》,迅发以宏富[⑮];子云《甘泉》,构深玮之风[⑯];延寿《灵光》,含飞动之势[⑰]:凡此十家,并辞赋之英杰也。及仲宣靡密,发篇必遒[⑱];伟长博通,时逢壮采[⑲];太冲、安仁,策勋于鸿规[⑳];士衡、子安,底绩于流制[㉑];景纯绮巧,缛理有余[㉒];彦伯梗概,情韵不匮[㉓]:亦魏、晋之赋首也。

原夫登高之旨,盖睹物兴情。情以物兴,故义必明雅;物以情观,故词必巧丽。丽词雅义,符采[㉔]相胜,如组织[㉕]之品朱紫,画绘之著玄黄。文虽新而有质,色虽糅[㉖]而有本,此立赋之大体

---

①拟诸形容:意思是将深刻的东西用形象表现出来,和下文"象其物宜"均出《周易·系辞》:"圣人有以见天下之赜而拟诸其形容,象其物宜,是故谓之象。" ②纤密:细密。③侧附:从旁附会,有所寄托。 ④区畛(zhěn):区域、范围。 ⑤机要:关键。 ⑥荀结隐语:指荀子创作的《礼》《智》《云》《蚕》《箴》等赋,类似于谜语,赋文是谜面,赋题是谜底,故称隐语。 ⑦事数自环:事指谜底,数指谜面,自环意为自相问答。 ⑧宋发夸谈,实始淫丽:宋玉之赋实际上是淫丽的开始。淫丽:指诗文辞采浮华艳丽。《韩非子·解老》:"是以圣人不引五色,不淫于声乐,明君贱玩好而去淫丽。" ⑨《菟园》:枚乘《梁王菟园赋》。 ⑩举要以会新:描写扼要以具备新意。 ⑪繁类以成艳:列举事物以成繁缛艳丽。 ⑫致辨于情理:致力于情理之辨。 ⑬穷变于声貌:穷形尽变于音声状貌。 ⑭明绚以雅赡:鲜明绚丽且典雅富赡。 ⑮迅发以宏富:语言锐利且宏大富丽,如写天子苑猎就是这样。 ⑯深玮之风:深邃、瑰丽的风格。 ⑰飞动之势:飞升、灵动的气势。 ⑱仲宣靡密,发篇必遒:王粲的赋文辞细密,发端即遒劲有力。 ⑲伟长博通,时逢壮采:徐幹知识渊博通达,壮丽文采时时可见。⑳太冲安仁,策勋于鸿规:左思、潘岳善写规模宏大之赋。 ㉑士衡子安,底绩于流制:陆机、成公绥在主流的赋体上取得成就。陆机有《文赋》,成公绥有《天地赋》《啸赋》等。底绩:获得成功,取得成绩。《尚书·禹贡》:"覃怀底绩,至于衡漳。" ㉒景纯绮巧,缛理有余:郭璞赋文辞绮丽巧妙,义理丰富。郭璞有《江赋》《井赋》《南郊赋》等。 ㉓彦伯梗概,情韵不匮:袁宏的赋慷慨激昂,余味无穷。袁宏有《东征赋》《北征赋》等。 ㉔符采:文理色彩。㉕组织:本义是经纬相交织作布帛,此为织成的织物之义。 ㉖糅(róu):混杂。

也。然逐末之俦①，蔑弃②其本，虽读千赋，愈惑体要③。遂使繁华④损枝，膏腴⑤害骨，无贵风轨，莫益劝戒，此扬子所以追悔于雕虫，贻诮于雾縠⑥者也。

赞曰：赋自诗出，分歧异派。写物图貌⑦，蔚似雕画⑧。抑滞必扬⑨，言旷无隘⑩。风归丽则⑪，辞翦⑫荑稗⑬。

【译文】

《毛诗大序》说，《诗》有风、赋、比、兴、雅、颂六种要义，第二种是赋。赋是铺陈的意思，铺陈文采、状物貌写情怀。据《国语·周语》，邵公有“公卿献诗、师献箴、瞍献赋”的说法，毛亨《毛诗传》有“登高能赋，可以为大夫”之说。《毛诗大序》的说法是赋统一于诗，《国语》《毛诗传》则以诗和赋为两种文体。就其归宿来说，则诗和赋是树干和枝叶的关系，所以刘向有“不歌而颂谓之赋”、班固有“赋者，古诗之流”的说法。

至于像郑庄公赋《大隧》、士蔿赋《狐裘》，连缀文辞、转换文韵自作文辞，虽然合于赋体却不朗畅。到了屈原创作《离骚》，赋体才扩大充实起来。因此可以说，赋继承了《诗》的品格，而在“楚辞”那里开拓了领域。到了荀子的《礼赋》《智赋》和宋玉的《风赋》《钓赋》，以赋名篇，才和诗区别开来，以至于作为《诗经》六义之一，发展成蔚为大国的独立文体。其体制特征为主客问答的结构和着力铺陈描写的手法。二者是和篇幅短小、委婉含蓄的诗不同的。这就是赋和诗相区别的开始。

---

①俦（chóu）：等、辈。 ②蔑弃：蔑视、抛弃。 ③体要：根本、关键。 ④繁华：繁缛、华丽。 ⑤膏腴：喻文辞华美。晋葛洪《抱朴子·辞义》：“夫梓豫山积，非班匠不能成机巧；众书无限，非英才不能收膏腴。” ⑥追悔于雕虫，贻诮于雾縠（hú）：扬雄早年好赋，后来后悔，他称赋是“童子雕虫篆刻”，作赋犹如织纱，只是徒费女工的精力。 ⑦写物图貌：叙写事物如图画状貌。 ⑧蔚似雕画：文采浓郁恰如雕刻、绘画。 ⑨抑滞必扬：有压抑、阻滞必有发扬。 ⑩言旷无隘：文辞旷达无所阻碍。 ⑪丽则：华丽但有度。 ⑫翦：剪。 ⑬荑（tí）稗：荑、稗均为草名，似禾，实比谷小，亦可食。荑，通“稊”。《孟子·告子上》：“五谷者，种之美者也；苟为不熟，不如荑稗。”

秦朝文学不发达，但也颇有几篇杂赋。汉初赋家承秦而来：陆贾是开端，贾谊展开了端绪，枚乘、司马相如发扬其风气，王褒、扬雄驰骋其势力，枚皋、东方朔而后，写物必尽其貌。大量辞赋创作是在汉宣帝之时，校正审阅以至于精品化则在汉成帝之时。当时，呈送给汉天子的赋一千多篇，史考可知，赋兴起于战国时期的楚国而繁盛于汉代。

至于京都赋、宫殿赋、苑囿赋、游猎赋等，记述行踪书写情志，以表达治国理政为主旨，故而其义理崇尚光明正大。其“体国经野”“义尚光大”通过开篇之序和篇末之乱表达出来。序提出主旨，开篇交代缘由，乱总结全篇，卒章显志。按：《诗经・商颂・那》的最后一章，闵马父称之为“乱”，所以知道商朝人编辑“颂”、楚国人写作“赋”，都属于大体制的领域和雅正之文的关键。至于草木禽类以及其他诸物，则是触物生情、因变取会之作，描写其形貌则语言务求细密，以象征义则贵于有所寄托。这又是小题材的领域，追求奇巧的关键。

考察荀子类似谜语的赋作，谜底和谜面自相问答，宋玉赋的夸饰风格是淫丽的开始。枚乘的《梁王菟园赋》描写扼要以体现新意，司马相如的《上林赋》繁列品类以成艳丽，贾谊的《鹏鸟赋》致力于辨析情理，王褒的《洞箫赋》穷形尽变于音声状貌，班固的《两都赋》鲜明绚丽、典雅富赡，张衡的《二京赋》语言锐利、宏大富丽，扬雄的《甘泉赋》风格深邃瑰奇，王延寿的《鲁灵光殿赋》有飞升灵动之美。以上这十家，都是辞赋创作中的杰出之士。到了魏晋时期，王粲赋文辞细密，开篇即遒劲有力。徐幹知识渊博通达，壮丽文采时时可见；左思、潘岳善写规模宏大之赋；陆机、成公绥在创作流行的赋体上取得成就；郭璞赋文辞绮丽巧妙，义理丰富；袁宏的赋慷慨激昂、余味无穷。以上诸家是魏晋赋家中的佼佼者。

推原赋的创作机缘，在于登高的睹物生情。情因感物而生必然鲜明雅正，物为情所观照文辞必然巧妙华丽。华丽的文辞和雅正的情义，文理色彩相得，就像纺织取用红色、紫色，绘画用黑色、黄色着色一样。文理虽新而有质地，颜色虽杂却有根本，这是辞赋创作的基本要求。但是舍本逐末的赋作者，虽然读过千篇赋作，却更加困惑不得要领，以至于使繁缛华靡损害了枝干，肥文艳辞损害了赋骨。这样一来，其赋作于讽谏、劝诫都无益，这正是扬雄后悔说作赋是雕虫小技，又讥讽作赋犹如织薄物之徒然耗费精力的原因了。

综上所述：赋出于诗之六义之二，发展为新的文体。描写事物的状貌，文采浓郁恰如雕刻、绘画。有压抑、阻滞必有发扬，文辞旷达无所阻碍。华丽但要有节度而不走向靡丽，文辞要剪除繁缛而保持雅洁。

【评析】

《文心雕龙》之"论文叙笔"的"文体论"在《明诗》《乐府》之后布置了《诠赋》篇，对赋这一文体作专门研究。赋体之论在刘勰之前就有，如司马相如有"赋心赋迹"之说，扬雄有诗人之赋和辞人之赋之分，曹丕认为"诗赋欲丽"，陆机说"赋体物而浏亮"，等等。刘勰自己也在《宗经》篇中将赋体和颂、歌、赞之源定为《诗经》，"赋颂歌赞，则《诗》立其本"。《辨骚》篇又以屈《骚》为"辞赋之英杰"，予以"衣被辞人，非一代也"之赞美。但是，《诠赋》篇仍是辞赋理论批评史上的首篇专论。

释名以彰义。刘勰将赋之发端上溯至于《诗》之"六义"的赋。一般认为，《诗》之"六义"之"赋"和"比""兴"一起构成诗的三种表现手法，不借助其他物象直接陈述，如人所熟知的《豳风·七月》即全篇直陈，是赋；而《周南·关雎》的"关关雎鸠，在河之洲。窈窕淑女，君子好逑"，前两句是物象，其作用是引出后两句，这就是比兴之旨趣。刘勰所谓的"赋者，铺也，铺采摛文，体物写志"，说的就是作为《诗》之"六义"之一的"赋"的含义，他认为，刘向的"不歌而颂谓之赋"、班固称之为"古诗之流"也是这个意思。但是，进而考察史上赋说，他还发现了其他说法，即《国语》的"公卿献诗，师箴瞍赋"和《毛诗传》的"登高能赋，可以为大夫"说，这显然是将诗和赋作了区别：前者，公卿献诗，师献箴，瞍献赋；后者，赋是登高之作，登高能赋是成为大夫的前提条件。尽管有诗之附庸和登高之作的不同，但是，刘勰认为二者实质上是相互关联的。

原始以表末的实质是赋史的展开，和《明诗》《乐府》两篇一样，以朝代顺序结合赋家赋作赋风（选文以定篇）进行，过程中随时发表自己的评论。

在"原始以表末"的"原始"上，刘勰将最早的独创赋作追溯到春秋时期郑庄公所赋《大隧》和士蒍之赋《狐裘》，但是以赋体标准衡量二者，刘勰说是"虽合赋体，明而未融”；到了屈原的《离骚》，赋体之作才真正确立。因而他说，赋的来源是诗，形成则是“楚辞”。但屈原“楚辞”虽然达成赋体，却还没有以“赋”名篇，以“赋”名篇者是战国末期荀子的《礼赋》《智赋》和宋玉的《风赋》《钓赋》等。到了这个时候，赋终于从诗中独立出来。其基本特征一是主客问答的结构形式，二是穷尽文力以描写事物声貌的手法。此外，在赋体的结构形式上，《诠赋》篇后来还交代了开头之“序”和篇末之“乱”，谓“序”的功能是“序以建言”，提出主旨；“乱”的功能是“乱以理篇”，总结全篇，卒章显志。

“原始以表末”的赋史部分重点首先是汉代，其次是魏晋。在具体内容上，刘勰结合时代趣尚，以作家作品和创作成就表彰了屈原以下宋玉至汉十家和魏晋八家，谓之“辞赋之英杰”。屈原以下至汉有荀况、宋玉、枚乘、贾谊、司马相如、王褒、班固、张衡、扬雄、王延寿等。魏晋诸家顺次是王粲、徐幹、左思、潘岳、陆机、成公绥、郭璞、袁宏，这些作家被他称为“魏晋赋首”。十八家的赋作赋风及其评价，见注释和译文，此不详列。

有必要指出，刘勰还从题材着眼，分别写了京都、宫殿、苑囿、游猎题材的大赋之体，以及描写草木禽类的即时即地有感而发的主于抒发情志的小赋之体。

整体上，刘勰于赋体的理论主张是：赋原于诗之六义之二的“赋”，后发展为独立的文体，特征是极尽铺陈写物之能事，不同于诗的含蓄蕴藉。他所主张的是华丽和雅正相得的赋风，反对过分铺陈的艳丽辞藻。

颂赞第九

四始之至，颂居其极①。颂者，容也，所以美盛德而述形容也②。昔帝喾③之世，咸墨④为颂，以歌《九韶》。自商以下，文理允备⑤。夫化偃⑥一国谓之风，风正四方谓之雅，容告神明谓之颂。风雅序人⑦，事兼变正⑧；颂主告神，义必纯美⑨。鲁国以公旦次编⑩，商人以前王追录⑪，斯乃宗庙⑫之正歌，非宴飨⑬之常咏也。《时迈》⑭一篇，周公所制，哲人之颂，规式⑮存焉。夫民

---

①四始之至，颂居其极：此谓"颂"是"四始"的最后。"四始"见前注。可见，刘勰是以风、小雅、大雅、颂谓"四始"的。 ②颂者，容也，所以美盛德而述形容也：此释"颂"来源于《毛诗大序》："颂者，美盛德之形容，以其成功告于神明者也。"以"容"释"颂"，"容"是形容的意思，即以诗乐舞的艺术形式形容赞美盛大的德业。 ③帝喾（kù）：五帝之一，高辛氏，名俊，出生于高辛（今河南省商丘市睢阳区高辛镇），《山海经》里天帝帝俊的原型。 ④咸墨：即咸黑，帝喾臣子，曾歌《九韶》颂扬帝喾功德。 ⑤自商以下，文理允备：谓从商朝以后，颂的内容和形式都已完备。允备：允当而完备。 ⑥化偃：教化使人心平和不顽劣。 ⑦序人：使人知道遵守秩序。 ⑧变正：以思想性分《诗经》之诗为变风变雅、正风正雅，如《周南》《召南》是正风，其下十三《国风》是变风。 ⑨颂主告神，义必纯美：谓颂用来祭告神明，故而必然要求内容形式兼美。 ⑩鲁国以公旦次编：周公旦辅佐成王，功勋卓著，封居鲁国，享有天子之礼，死后鲁国人用《鲁颂》来祭祀他。公旦：周公姬旦。 ⑪商人以前王追录：商人的后代校正《商颂》以追祭前王（如高宗武丁）。商人：指殷商的后代。前王追录：《商颂》今存五篇，内容全是祭祀前代帝王的。春秋时，宋国（殷商之后）的正考父曾到周王朝校正《商颂》十二篇，以祀其先王。 ⑫宗庙：祭祀祖宗的处所。 ⑬宴飨：帝王宴饮群臣、国宾。《国语·周语中》："亲戚宴飨，则有肴烝。"《后汉书·礼仪志中》："每月朔岁首，为大朝受贺……百官受赐宴飨，大作乐。" ⑭《时迈》：《诗经·周颂·时迈》，是颂赞周武王功德的诗。 ⑮规式：规矩范式。

各有心，勿壅①惟口。晋舆之称原田②，鲁民之刺裘鞸③，直言不咏，短辞以讽，丘明子顺，并谓为诵，斯则野诵④之变体，浸被乎人事矣。及三闾《橘颂》⑤，情采⑥芬芳，比类寓意⑦，又覃⑧及细物矣。

至于秦政刻文，爰颂其德⑨。汉之惠景，亦有述容⑩。沿世并作，相继于时矣。若夫子云之表充国⑪，孟坚之序戴侯⑫，武仲之美显宗⑬，史岑之述熹后⑭，或拟《清庙》⑮，或范《駉》《那》⑯，虽浅深不同，详略各异，其褒德显容，典章一也。至于班、傅之《北征》《西征》⑰，变为序引⑱，岂不褒过而谬体哉！马融之《广

①壅（yōng）：堵塞。 ②晋舆之称原田：此指称《舆人颂》，《左传·僖公二十八年》："听舆人之诵曰：'原田每每，舍其旧而新是谋。'"颂文赞扬晋军美盛，像原野之草一样茂盛，宜舍其旧以谋新。 ③鲁民之刺裘鞸：此可称《鲁人谤诵》，出《孔丛子·陈士义》："子顺曰：先君初相鲁，鲁人谤诵曰：'麛裘而鞸，投之无戾；鞸而麛裘，投之无邮。'及三年，政成化行，民又作诵曰：'衮衣章甫，实获我所；章甫衮衣，惠我无私。'"麛裘，古时常服。鞸即蔽膝，古时朝祭之服。二者不共用。后以"裘鞸"比喻不为时人所习惯的政令。 ④野诵：和宗庙之颂相对，谓出于俗人之口的颂。 ⑤三闾《橘颂》：三闾大夫屈原的《橘颂》，《九章》篇名。 ⑥情采：感情和文采。 ⑦比类寓意：象征，以具体物象寓托思想感情。 ⑧覃（tán）：意味深长。 ⑨秦政刻文，爰颂其德：秦始皇命李斯刻文歌颂自己的功德。《史记·秦始皇本纪》载《泰山刻石》等六篇，《古文苑》卷一载《峄山刻石》一篇，均为李斯作。 ⑩汉之惠景，亦有述容：刘向《七略》和班固《汉书·艺文志》均谓时有李思《孝景皇帝颂》十五篇。 ⑪子云之表充国：《汉书·赵充国传》谓扬雄有《赵充国颂》。 ⑫孟坚之序戴侯：挚虞《文章流别论》："昔班固为《安丰戴侯颂》，史岑为《出师颂》《和熹邓后颂》，与《鲁颂》体意相类，而文辞之异，古今之变也。"戴侯：东汉初窦融，以武功封安丰侯，死后加号戴，故称。 ⑬武仲之美显宗：指傅毅作颂赞美汉明帝。武仲：傅毅字。美显宗：《后汉书·傅毅传》谓傅毅曾作《显宗颂》十篇赞美汉明帝："毅以显宗求贤不笃，士多隐处，故作《七激》以为讽。建初中，肃宗博召文学之士，以毅为兰台令史，拜郎中，与班固贾逵共典校书。毅追美孝明皇帝功德最盛，而庙颂未立，乃依《清庙》，作《显宗颂》十篇奏之。" ⑭史岑之述熹后：史岑（cén）字孝山，东汉人。挚虞《文章流别论》中讲到"史岑为《出师颂》《和熹邓后颂》"。和熹邓后，和帝刘肇的皇后，谥号"和熹"。 ⑮《清庙》：《诗经·周颂·清庙》，周颂首篇。 ⑯《駉》《那》：《诗经·鲁颂·駉》《诗经·商颂·那》。 ⑰班、傅之《北征》《西征》：指班固的《车骑将军窦北征颂》、傅毅的《西征颂》。 ⑱序引：叙述拉长，班固《北征颂》大量铺陈事实。

成》《上林》[①]，雅而似赋，何弄文而失质乎！又崔瑗《文学》[②]，蔡邕《樊渠》[③]，并致美于序，而简约乎篇。挚虞品藻，颇为精核，至云杂以风雅，而不变旨趣，徒张虚论，有似黄白之伪说矣[④]。及魏晋杂颂，鲜有出辙：陈思所缀，以《皇子》[⑤]为标；陆机积篇，惟《功臣》[⑥]最显。其褒贬杂居，固末代之讹体也。

原夫颂惟典懿[⑦]，辞必清铄[⑧]，敷写似赋，而不入华侈[⑨]之区；敬慎如铭[⑩]，而异乎规戒之域；揄扬[⑪]以发藻，汪洋以树义，虽纤巧曲致，与情而变，其大体所底，如斯而已。

赞者，明也，助也[⑫]。昔虞舜之祀，乐正重赞，盖唱发之辞[⑬]也。及益赞于禹[⑭]，伊陟赞于巫咸[⑮]，并飏言以明事[⑯]，嗟叹以助辞[⑰]也。故汉置鸿胪[⑱]，以唱言为赞，即古之遗语也。至相如属笔，始赞荆轲[⑲]。及迁《史》固《书》，托赞褒贬[⑳]，约文以总录，颂

---

①马融之《广成》《上林》：马融：字季长，他的《广成颂》载《后汉书·马融传》，《上林颂》今不存。 ②崔瑗《文学》：崔瑗字子玉，有《南阳文学颂》。 ③蔡邕《樊渠》：蔡邕字伯喈，有《京兆樊惠渠颂》。 ④挚虞品藻，颇为精核……有似黄白之伪说矣：此为对挚虞《文章流别论》评"颂"的评价。如《文章流别论》中说："傅毅《显宗颂》，文与《周颂》相似，而杂以风雅之意。"黄白：黄铜白锡，《吕氏春秋·别类》中说，有人以为白锡使剑坚，黄铜使剑韧，黄白相杂，就成既坚又韧的良剑。反对的人却认为，白锡使剑不韧，黄铜使剑不坚，黄白相杂怎能成为良剑？ ⑤《皇子》：曹植的《皇太子生颂》。 ⑥《功臣》：陆机的《汉高祖功臣颂》。⑦典懿：典雅美好。 ⑧清铄：清新明丽。 ⑨华侈：豪华奢侈，指文章华靡的铺陈。 ⑩铭：文体名。 ⑪揄扬：赞扬。 ⑫赞者，明也，助也：此以赞为说明、辅助义。 ⑬唱发之辞：指"赞"是歌唱之前所作的有关说明。 ⑭益赞于禹：《尚书·大禹谟》："益赞于禹曰：'惟德动天，无远弗届；满招损，谦受益，时乃天道。'"赞：助。 ⑮伊陟赞于巫咸：《尚书序》："伊陟赞于巫咸，作《咸乂》四篇。"这是因伊陟见到桑、谷并生，认为是不祥之兆，便告诉巫咸。伊陟、巫咸：相传都是殷帝太戊的臣子。赞：此为告诉、说明义。 ⑯飏言以明事：以鲜明突出的言辞表达事物。《尚书·益稷》注："大言而疾曰扬。" ⑰嗟叹以助辞：《礼记·乐记》："长言之不足，故嗟叹之。"《毛诗序》说："言之不足故嗟叹之，嗟叹之不足故永歌之。"两种说法虽有不同，但都说明古代的"嗟叹"是一种富有感情色彩的助语表达。 ⑱鸿胪：掌朝贺庆吊的司仪之官。 ⑲相如属笔，始赞荆轲：指司马相如《荆轲赞》。 ⑳托赞褒贬：《史记》各篇之后，大都有"太史公曰"；《汉书》各篇之后，大都有"赞曰"。其中有褒扬，也有批评，和过去的"赞"仅为赞扬不同。

体以论辞；又纪传后评[①]，亦同其名。而仲治《流别》[②]，谬称为述，失之远矣。及景纯注《雅》[③]，动植必赞，义兼美恶，亦犹颂之变耳。

然本其为义，事生奖叹[④]，所以古来篇体，促而不广，必结言于四字之句，盘桓[⑤]乎数韵之词。约举[⑥]以尽情，昭灼[⑦]以送文，此其体也。发源虽远，而致用盖寡，大抵所归，其颂家之细条乎！

赞曰：容德底颂[⑧]，勋业垂赞[⑨]。镂影摛声，文理有烂[⑩]。年积愈远，音徽如旦[⑪]。降及品物，炫辞作玩[⑫]。

【译文】

在《诗》之四始"风""大雅""小雅""颂"中，"颂"位列最后。颂是形容的意思，其义在于赞美盛德、描述其形容以告于神明。从前帝喾之时，臣子咸墨曾歌《九韶》颂扬帝喾功德。商代以后，颂体的文辞和义理要求已允当完备。此表现在《诗》之风、雅、颂的分类中：风化于邦国者称为风，风正于天下者称为雅，祭告神明者谓之颂。风、雅主于人事，故而风、雅有正、变之分；颂主于报告于神明，故而内容形式必然兼美。就《诗》之三《颂》而言：鲁国人用《鲁颂》来祭祀始祖周公，商人的后代校正《商颂》以追祭前王；二者是宗庙祭祀的正乐，不是一般宴会时的歌咏。《周颂》的《时迈》是周公这位大哲人所作，保存着颂体的规矩范式。人人都有思想

---

①纪传后评：指《史记》最后一篇《太史公自序》和《汉书》最后一篇《叙传》。 ②仲治《流别》：挚虞《文章流别论》。 ③景纯注《雅》：据郭璞《尔雅序》，说他注《尔雅》，还"别为音图，用祛未寤"，另成《尔雅图赞》二卷。 ④奖叹：称颂，赞叹。 ⑤盘桓：徘徊。 ⑥约举：简略扼要地列举。 ⑦昭灼：清晰、明白。 ⑧容德底颂：颂作为赞美之体达到颂扬盛德的目的。 ⑨勋业垂赞：赞作为赞助之体主于书写伟大功业。 ⑩镂影摛声，文理有烂：描绘形容、组成声韵使文辞清晰鲜明。 ⑪年积愈远，音徽如旦：早期的颂、赞虽年代久远，被颂赞者的美好德音却如朝日一样明白。音徽：美好的德音。旦：朝日。 ⑫降及品物，炫辞作玩：后世用颂赞来品评事物，则沦为炫耀辞采的游戏了。

感情，不要堵塞表达的途径：春秋时晋国舆人诵“原田”和鲁国人讥孔子穿裘皮朝服，是直言不讳之讽谏的表达，左丘明和子顺均称其为诵（颂），此二者是山野之人所作，因沾染了人事故而和《诗》之三《颂》不同，已经是非祭告神明的颂之变体了。到了屈原的《橘颂》，则感情和文采兼胜，寓意于物而又意味深长，并且延及摹写细微事物。

到了秦始皇时期，李斯撰文刻石颂扬秦始皇的功德。西汉惠帝、文帝，也有颂体之作出现。可见颂德之文是代有所出啊。其后，扬雄的《赵充国颂》、班固的《安丰戴侯颂》、傅毅《显宗颂》十篇、史岑《和熹邓后颂》等，有的模拟《周颂·清庙》，有的模拟《鲁颂·駉》《商颂·那》，虽然内容深浅、文辞详略各不相同，但在褒扬形容盛德上却和三《颂》典范一致。到了班固的《西征颂》和傅毅的《北征颂》，则变化为大篇幅之作，这难道不是褒扬过分背离了颂之文体要求吗？至于马融的《广成颂》《上林颂》已很类似于赋体，玩弄文辞失去颂体本质，何至于此?！而崔瑗的《南阳文学颂》和蔡邕的《京兆樊惠渠颂》则是序长颂短，以序的长篇喧宾夺主夺了颂的光彩。挚虞《文章流别论》对以上相关《颂》文的品评是很精准的，但是其杂于风雅不变颂之本旨的说法，却是不合实际的虚论，和白锡与黄铜相杂，就成既坚又韧的良剑之黄白之伪说无异。到了魏晋时期的杂《颂》则很少有违反颂的体制的：曹植之《颂》以《皇太子生颂》为代表，陆机的《颂》则以《汉高祖功臣颂》最为杰出。曹《颂》陆《颂》褒贬杂陈，实在是朝代之末的颂之变体。

推原颂之体制特征：内容必须典雅美好，文辞必须清新明丽；虽然铺陈和赋相似，但却不至于华丽侈靡；虽然恭敬精神和铭文相似，但却不是用来规劝警戒的；铺陈文辞用来赞扬盛德以树立义理，即使纤细巧妙也委婉有致随情而变，但颂的体制，大致就是如此。

赞体之“赞”是说明、辅助的意思。古时，虞舜禅位给夏禹时先由乐正进赞，可见，“赞”大约是歌唱之前所作的有关说明文辞。到了益致助赞于禹，伊陟致助赞于巫咸，都是以赞叹语气鲜明突出地表达意旨。故而，汉设鸿胪之官以唱言为赞，是古赞的遗风。文人的专意创作赞文自司马相如的《荆轲赞》开始;到了司马迁《史记》篇末的"太史公曰"和班固《汉书》的篇末"赞曰",是借助赞的形式表达褒贬之义,用来总结全篇以颂体发表的议论之辞;还有,《史记》最后一篇《太史公自序》和《汉书》最后一篇《叙传》,都是用来说明各书各篇写作之意。但是,挚虞《文章流别论》却以司马迁和班固之"赞"为"述",和事实相距已经很远了。到了郭璞的《尔雅注》则是动物植物必然有赞,赞之内容有褒扬有贬抑,是颂体的变体。

但是,追本赞之本义,主旨产生于对人和事的赞叹。因而,自古以来之赞篇,特征是短制而不是长篇。句式是四言句式,用韵是多韵交错。简略扼要地列举以尽情,清晰明白地表达以行文,这是赞的文体要求。尽管赞体源头古远,但其使用范围不广,从大致趋向看,是颂的一个细小分支吧。

综上所述:颂作为赞美之体达到颂扬盛德目的,赞作为赞助之体主于书写伟大功业。描绘形容和组成声韵,使文辞清晰而鲜明。早期的颂、赞虽年代久远,被颂赞者的美好德音却如朝日一样明白。后世用颂赞来品评平常事物,则沦为炫耀辞采的游戏了。

【评析】

刘勰于《宗经》篇说:"赋颂歌赞,则《诗》立其本。"谓颂赞之体和诗赋一样也来源于《诗经》。颂和赋都来源于诗之六义。颂也是"四始"的最后一种,《颂赞》篇开篇即称为"四始之至"。就《诗》三百篇而言,颂和风、雅之别,在于它用于祭祀时赞美盛大功德,正所谓"以其成功告于神明"。

刘勰认为,颂发展到《诗经》之三颂(《周颂》《鲁颂》《商颂》),已经是"文理允备"之文体。但以其原始以表末的体例,还要往前追溯,追溯到帝喾时期臣子歌《九韶》赞颂帝喾功德。他以《周颂》的《时迈》为颂之正体,谓其为周公所成的范式。自此已降,颂经历了野俗化,春秋时晋国《舆人颂》和鲁国《鲁人谤诵》,颂之作者和颂扬的对象不再高贵故而不再是三颂正体。而屈原《橘颂》所颂之橘,则更是对微小的事物的颂美。

依例,《颂赞》篇按"原始以表末"和"选文以定篇"的经纬进行,故先列举了晋国《舆人颂》、鲁国《鲁人谤颂》。下文至于两汉魏晋也是这样，只不过是和确定的创作主体结合进行。汉代著名颂文有扬雄的《赵充国颂》、班固的《安丰戴侯颂》、傅毅的《显宗颂》十篇、史岑的《和熹邓后颂》、班固的《北征颂》、傅毅的《西征颂》、马融的《广成颂》《上林颂》、崔瑗的《南阳文学颂》、蔡邕的《京兆樊惠渠颂》、曹植的《皇太子生颂》、陆机的《汉高祖功臣颂》等。总之，刘勰的颂体史是文学退化论主导的历史，《诗经》以降之颂，各自在不同程度上背离了颂体之本旨，具体可见译文部分，此不详述。

以《诗经》之三颂为颂体范式还是主观的言说，理论的升华在"敷理以举统"部分。颂和赋比较，虽然铺陈是共性，但个性是铺陈不可过分至于华靡；和铭相似，但铭是用来箴戒而颂主于赞美。合而言之，颂体的特征是内容必须典雅美好，文辞必须清新明丽。

关于赞体，刘勰认为是赞助、赞叹的意思，尽管可以将之上推到虞舜禅位给夏禹时先由乐正进赞，源头古远，但其使用范围不广。刘勰的整体判断是将赞体定为颂体的分支。

刘勰最后总结：颂的内容主于歌功颂德，描绘形容、组成声韵、文辞清晰而鲜明；早期的颂、赞虽年代久远，但意旨如朝日一样明白，而后世颂赞品评常物，渐渐沦为炫耀辞采的游戏。

祝盟第十

天地定位，祀遍群神，六宗既禋[①]，三望咸秩[②]，甘雨和风[③]，是生黍稷[④]，兆民[⑤]所仰，美报[⑥]兴焉！牺盛惟馨[⑦]，本于明德，祝史陈信[⑧]，资乎文辞[⑨]。

昔伊耆始蜡，以祭八神[⑩]。其辞云："土反其宅，水归其壑，昆虫毋作，草木归其泽。"则上皇祝文，爰[⑪]在兹矣！舜之《祠田》云："荷此长耜，耕彼南亩，四海俱有。"利民之志，颇形于言矣。至于商履[⑫]，圣敬日跻[⑬]，玄牡告天[⑭]，以万方罪己[⑮]，即郊禋[⑯]之

---

①六宗既禋：已祭祀完六神。六宗：古所尊祀的六神。《尚书·舜典》："肆类于上帝，禋于六宗，望于山川，遍于群神。"六宗为何神，汉以来诸说不一，如汉伏胜、马融谓天、地、春、夏、秋、冬。禋（yīn）：祭天时升烟的一种仪式，亦泛指祭祀。 ②三望咸秩：三望祭祀也都顺次完成。三望：祭祀名，望，谓不能亲诣所在，遥望而祭，所祭之事有三，故称。《春秋·僖公三十一年》："夏四月，四卜郊，不从，乃免牲，犹三望。"杜预注："三望，分野之星，国中山川皆郊祀，望而祭之。鲁废郊天，而修其小祀，故曰犹。"咸秩：依次序行事。 ③甘雨和风：顺雨调风。 ④黍稷：黍和稷，为古代主要农作物，亦泛指五谷。《诗经·王风·黍离》："彼黍离离，彼稷之苗。" ⑤兆民：古称天子之民，后泛指众民、百姓。 ⑥美报：美好的回报。 ⑦牺盛惟馨：祭品散发着诱人的香气。牺盛：古代供祭祀的牲畜和谷物，出《尚书·泰誓上》："牺牲粢盛，既于凶盗。"惟馨：真正散发的香气，关联于"明德惟馨"。明德惟馨：真正能够发出香气的是美德，出《尚书·君陈》："至治馨香，感于神明。黍稷非馨，明德惟馨。" ⑧祝史陈信：司祭祀之官陈述信约。 ⑨资乎文辞：借助文辞。 ⑩伊耆始蜡，以祭八神：神农最先设置蜡祭，用以祭祀八位神明。伊耆：伊耆氏，神农。蜡（zhà）：祭名，指年终合祭众神。八神：《礼记·郊特牲》注说是先啬、司啬、农、邮表畷、猫虎、坊、水庸、昆虫。 ⑪爰：于是。 ⑫商履：商汤，名履。《论语·尧曰》："（汤）曰：'予小子履敢用玄牡，敢昭告于皇皇后帝：有罪不敢赦。帝臣不蔽，简在帝心。朕躬有罪，无以万方；万方有罪，罪在朕躬。'" ⑬圣敬日跻：商汤敬事上帝，祷祈不断。《诗经·商颂·长发》："帝命不违，至于汤齐。汤降不迟，圣敬日跻。昭假迟迟，上帝是祗，帝命式于九围。" ⑭玄牡告天：用黑色的公牛作祭品恭告上天。玄牡：祭天地用的黑色公牛。《尚书·汤诰》："（汤）敢用玄牡，敢昭告于上天神后，请罪有夏。" ⑮万方罪己：此言商汤以天下罪为己罪，勇于担当。《尚书·汤诰》："尔有善，朕弗敢蔽；罪当朕躬，弗敢自赦。" ⑯郊禋：古帝王升烟祭祀天地的大礼。

词也；素车祷旱[1]，以六事责躬[2]，则雩禜[3]之文也。及周之大祝[4]，掌六祝[5]之辞。是以“庶物咸生”[6]，陈于天地之郊；“旁作穆穆”[7]，唱于迎日之拜；“夙兴夜处”[8]，言于祔庙[9]之祝；“多福无疆”[10]，布于少牢之馈[11]；宜社类祃[12]，莫不有文：所以寅虔[13]于神祇[14]，严恭[15]于宗庙也。

自春秋以下，黩祀[16]谄祭[17]，祝币史辞[18]，靡神不至[19]。至于

---

①素车祷旱：《周礼·春官·巾车》：“素车，棼蔽。”郑玄注：“素车，以白土垩车也。”《尸子》卷上：“汤之救旱也，乘素车白马，着布衣，婴白茅，以身为牲，祷于桑林之野。” ②六事责躬：参上注，以乘素车、乘白马、着布衣、婴白茅、以身为牲、祷于桑林之野等六事责备自己。 ③雩(yú)禜(yǒng)：祭水旱之神的坛。雩：古代求雨的祭礼。禜：古代一种对于水灾和旱灾的祭祀。《说文》：“禜，设绵蕝为营，以禳风雨、雪霜、厉疫于日月、星辰、山川也。” ④大祝：掌祈祷之官。 ⑤六祝：六种祈祷辞。《周礼·春官·大祝》：“大祝掌六祝之辞，以事鬼神示，祈福祥，求永贞。一曰顺祝，二曰年祝，三曰吉祝，四曰化祝，五曰瑞祝，六曰筴祝。” ⑥庶物咸生：万物都能很好地生长。庶物：即万物。 ⑦旁作穆穆：《大戴礼记·公冠》篇中所载《迎日辞》，有“明光于上下，勤施于四方，旁作穆穆”等语，此用以代《迎日辞》。旁：溥，广大。穆穆：美好。 ⑧夙兴夜处：“处”一作“寐”，这句是《仪礼·士虞礼》中所载《祔辞》中的话。祔：祭名。 ⑨祔(fù)庙：祔祭后死者于先祖之庙。 ⑩多福无疆：出《仪礼·少牢馈食礼》所载祭祖祷辞——《嘏辞》：“皇尸命工祝，承致多福无疆，于女孝孙，来女孝孙，使女受禄于天，宜稼于田，眉寿万年，勿替引之。” ⑪少牢之馈：《少牢馈食礼》记述诸侯之卿大夫祭其祖祢于庙之礼。天子诸侯卿大夫，牛羊豕凡三牲，曰大牢；天子元士、诸侯之卿大夫，羊豕凡二牲，曰少牢；士之祭礼用“特牲”(豕)。 ⑫宜社类祃(mà)：宜社：祭祀社神以求福。类祃：祭名，类祭与祃祭。类祭：《尚书·舜典》：“肆类于上帝。”唐孔颖达疏：“遂行为帝之事，而以告摄事。类祭于上帝，祭昊天及五帝也。”祃祭：古代出兵，于军队所止处举行的祭礼。《周礼·春官·甸祝》“掌四时之田，表貉之祝号。”汉郑玄注：“田者习兵之礼，故亦祃祭。祷气势之十百而多获。” ⑬寅虔：虔敬、恭敬虔诚。 ⑭神祇(qí)：“神”指天神，“祇”指地神，合而言之指众神。 ⑮严恭：严肃恭敬。 ⑯黩祀：黩祭。《穀梁传·桓公八年》：“夏，五月，丁丑，烝。烝，冬事也，春夏兴之，黩祀也。” ⑰谄祭：媚神的祭祀。 ⑱祝币史辞：祭祀时，祝所用作祭品的是币(玉帛)，史的分工是文辞，即祝用币、史用辞。《左传·昭公十七年》：“日过分而未至，三辰有灾，于是乎百官降物，君不举，辟移时，乐奏鼓，祝用币，史用辞。” ⑲靡：没有。

张老贺室，致祷于歌哭之美[①]。蒯聩临战，获祐于筋骨之请[②]：虽造次颠沛[③]，必于祝矣。若夫《楚辞·招魂》，可谓祝辞之组丽[④]也。汉之群祀，肃其百礼，既总硕儒[⑤]之义，亦参方士[⑥]之术。所以秘祝移过[⑦]，异于成汤之心，侲子[⑧]驱疫，同乎越巫[⑨]之祝：礼失之渐也。至如黄帝有祝邪之文[⑩]，东方朔有骂鬼之书[⑪]，于是后之谴咒[⑫]，务于善骂。唯陈思《诰咎》[⑬]，裁以正义矣。

若乃礼之祭祝，事止告飨[⑭]；而中代祭文[⑮]，兼赞言行。祭而兼赞，盖引伸而作也。又汉代山陵，哀策流文；[⑯]周丧盛姬，内史执策[⑰]。然则策本书赗[⑱]，因哀而为文也。是以义同于诔[⑲]，

---

①张老贺室，致祷于歌哭之美：献文子筑室成，张老因其华侈，歌以讽之。《礼记·檀弓下》："晋献文子成室，晋大夫发焉。张老曰：'美哉轮焉，美哉奂焉。歌于斯，哭于斯，聚国族于斯！'文子曰：'武也得歌于斯，哭于斯，聚国族于斯，是全要领以从先大夫于九京也。'北面再拜稽首。君子谓之善颂善祷。"张老：字孟，名老，晋悼公时大夫，中军司马。 ②蒯(kuǎi)聩(kuì)临战，获祐于筋骨之请：《左传·哀公二年》："卫大子祷曰：'曾孙蒯聩，敢昭告皇祖文王，烈祖康叔，文祖襄公，郑胜乱从，晋午在难，不能治乱，使鞅讨之，蒯聩不敢自佚，备持矛焉，敢告无绝筋，无折骨，无面伤，以集大事，无作三祖羞，大命不敢请，佩玉不敢爱。'"
③造次颠沛：流离失所，生活困顿。 ④组丽：华美，用以形容丝织品或诗文。汉扬雄《法言·吾子》："或曰雾縠之组丽。" ⑤硕儒：大儒。 ⑥方士：方术之士。 ⑦秘祝移过：《史记·孝文本纪》："百官之非，实宜由朕躬。今秘祝之官移过于下，以彰吾之不德，朕甚不取。" ⑧侲(zhèn)子：侲僮，即男巫，进行祭祀活动的执行人员，迷信活动中用以驱疫逐鬼的儿童。 ⑨越巫：越地旧俗好巫术，遂为巫者的代称。汉张衡《西京赋》："柏梁既灾，越巫陈方。" ⑩黄帝有祝邪之文：据《云笈七签·轩辕本纪》，黄帝于东海滨得神兽，能言天下鬼神之事，黄帝便作祝邪之文。 ⑪东方朔有骂鬼之书：汉王延寿《梦赋》："臣弱冠尝夜寝，见鬼物与臣战，遂得东方朔与臣作骂鬼之书，臣遂作赋一篇。" ⑫谴咒：谴责咒骂。 ⑬陈思《诰咎》：指曹植《诰咎文》。曹植在文中诘问风雨之神，最后说天帝制止了灾害，造成丰年，人们不再挨饿。 ⑭告飨：祝告、供享。 ⑮祭文：祭祀或祭奠时表示哀悼或祷祝的文章。
⑯汉代山陵，哀策流文："哀策"是文体的一种，颂扬帝王、后妃生前功德的韵文，多书于玉石木竹之上，行葬礼时，由太史令读后，埋于陵中。《后汉书·礼仪志下》："太史令奉哀策立后。" ⑰周丧盛姬，内史执策：周穆王爱妃盛姬死了，周穆王非常伤心，令内史执册封文册封她。《穆天子传》卷六："天子西至于重璧之台，盛姬告病，天子哀之。……于是殇(未成年而死)祀而哭，内史执策。"内史：主管爵禄废置的官。策：策命，此指赠死者之文。
⑱书赗(fèng)：书写送给死者之物于形竹木片，以备下葬时祝读之用，祝读此方为"读赗"。赗：送给死者之物。 ⑲诔：文体的一种，上对下的哀悼文章。

而文实告神，诔首而哀末，颂体而祝仪，太祝所读，固祝之文者也。凡群言发华，而降神务实，修辞立诚[①]，在于无愧。祈祷之式，必诚以敬；祭奠之楷，宜恭且哀：此其大较也。班固之祀涿山[②]，祈祷之诚敬也；潘岳之祭庾妇[③]，祭奠之恭哀也：举汇而求，昭然可鉴矣。

盟者，明也。骍旄[④]白马，珠盘玉敦[⑤]，陈辞乎方明[⑥]之下，祝告于神明者也。在昔三王，诅盟[⑦]不及，时有要誓[⑧]，结言而退。周衰屡盟，以及要劫[⑨]，始之以曹沫[⑩]，终之以毛遂[⑪]。及秦昭盟夷，设黄龙之诅[⑫]；汉祖建侯，定山河之誓[⑬]。然义存则克终[⑭]，

---

①修辞立诚：原指修理文教以立诚信。《周易·文言》："修辞立其诚。"此借指写祝辞的真诚。 ②班固之祀涿山：班固有《涿邪山祝文》，今存四残句："晃晃将军，大汉元辅。仗节拥旄，钲人伐鼓。"涿山：涿邪山，一作涿涂山。 ③潘岳之祭庾妇：潘岳的《为诸妇祭庾新妇文》。 ④骍旄：赤色的牛，古代重要盟会时所用牲，《左传·襄公十年》："瑕禽曰：'昔平王东迁，吾七姓从王，牲用备具。王赖之，而赐之骍旄之盟。'"杜预注："骍旄，赤牛也。举骍旄者，言得重盟，不以犬鸡。" ⑤珠盘玉敦：盟誓用以盛血、食的器具，以珠玉为饰。 ⑥方明：用六面六色方木以象征上下四方的神明，此泛指神像。《仪礼·觐礼》："诸侯觐于天子，为宫方三百步，四门，坛十有二寻，深四尺，加方明于其上。"郑玄注："方明者，上下四方神明之象也。" ⑦诅(zǔ)盟：誓约。《周礼·春官·诅祝》有"盟诅"，汉郑玄注："主于要誓。大事曰盟，小事曰诅。" ⑧要誓：立盟誓。 ⑨要劫：要挟、劫持，指下曹沫、毛遂以要挟、劫持方式订立盟约的行为。 ⑩曹沫：春秋时鲁国人。据《史记·刺客列传》，曹沫领兵与齐国作战三战三败，在鲁国应许献地求和的盟会上，"曹沫执匕首劫齐桓公"，迫使齐桓公答应退还齐国已占领的鲁国土地。 ⑪毛遂：战国时赵国平原君赵胜的门客。据《史记·平原君列传》，(前258年)秦兵围困赵都邯郸，平原君带毛遂等二十人去楚国求救，因长期谈判未决，毛遂便按剑而上要挟楚王："今十步之内，王不得恃楚国之众也，王之命县于遂手。"迫使楚王订立合纵之盟，出兵救赵。 ⑫秦昭盟夷，设黄龙之诅：据《后汉书·同蛮列传》，秦昭襄王与夷人订下盟文："秦犯夷，输黄龙一双；夷犯秦，输清酒一钟。"秦昭：战国时秦昭襄王。盟夷：和夷人订立盟约。夷：此指巴郡阆中(今四川阆中)一带夷人。黄龙：指难得之物，用以表示秦人绝不侵犯夷人。 ⑬汉祖建侯，定山河之誓：据《史记·高祖功臣侯者年表》，汉高祖刘邦有《封爵誓》："使河如带，泰山若厉。"厉：同砺，磨刀石。意思是希望所封爵位能长期保持，如黄河不会小得像一条带，泰山不会小得像磨刀石。 ⑭克终：善终。《三国志·蜀志·马良传》："其人吉士，荆楚之令，鲜于造次之华，而有克终之美。"

道废则渝始①，崇替②在人，祝何预焉？若夫臧洪歃辞，气截云蜺③；刘琨铁誓，精贯霏霜④；而无补于汉晋，反为仇雠⑤。故知信不由衷，盟无益也。

夫盟之大体，必序危机，奖忠孝，共存亡，戮⑥心力，祈幽灵⑦以取鉴，指九天⑧以为正，感激以立诚，切至以敷辞⑨，此其所同也。然非辞之难，处辞⑩为难。后之君子，宜存殷鉴⑪。忠信可矣，无恃神焉。

赞曰：毖祀钦明⑫，祝史惟谈。立诚在肃，修辞必甘。季代弥饰，绚言朱蓝。神之来格⑬，所贵无惭。

【译文】

天地定位、上下分判以后，便开始祭祀各路神灵了。六宗、三望之神都祭祀完了，于是风调雨顺，庄稼茂盛，这正是老百姓所希望的啊，是对人们祭祀的美好回报！祭品散发的香味，其实源于君王圣明的品德；祭祀之官陈述的信约，要借助于文辞来达成。

古时，炎帝神农开始蜡祭，祭八神，其《蜡辞》为“泥土留在田里，水流到山沟里，害虫不要出来，草木长到山泽里”。可见，此《蜡辞》是上皇的祝文。舜帝的《祠田祝》是“扛着长耜，在南亩耕作，天下都丰收”。其爱

---

①渝始：违背最初的盟誓。②崇替：兴废、盛衰。《国语·楚语下》：“吾闻君子唯独居思念前世之崇替者，与哀殡丧，于是有叹，其余则否。”韦昭注：“崇，终也；替，废也。”

③臧洪歃辞，气截云蜺：汉末董卓乱起，一些州郡首领在酸枣（今河南延津县北）会盟，臧洪首先登坛作了慷慨激昂的盟誓。歃辞：指臧洪的《酸枣盟辞》。④刘琨铁誓，精贯霏霜：刘琨有《与段匹磾盟文》，与段匹磾相盟，共同效忠垂危的西晋王朝。刘琨：晋人，字越石。铁誓：坚定的盟誓。精：精诚。霏霜：雪霜，喻坚贞。⑤反为仇雠：臧洪后被同时起来讨伐董卓的袁绍所杀，刘琨后被段匹磾所杀。雠：同仇。⑥戮（lù）：并力、合力。⑦幽灵：鬼神。⑧九天：九方之天，泛指天。⑨敷辞：陈词。⑩处辞：指用实际行动来对待盟誓之辞。⑪殷鉴：深鉴，原意是殷人以夏之灭亡为戒。⑫毖（bì）祀钦明：恭敬谨慎祭祀，敬肃明察。毖：谨慎。钦明：据《尚书·尧典》，尧有“钦、明、文、思”四种道德，所以能安其所当安者。⑬格：来、至。

民之情在此表现出来。到了商汤，敬祀上帝，祈祷不断，用黑牛祭天，把各方的罪过都归到自己身上，都是郊祭之辞；乘白车祈祷救旱，以乘素车、乘白马、着布衣、婴白茅、以身为牲、祷于桑林之野等六事责备自己，则是求雨台上的求雨之文。周代的太祝执掌六祝的祝辞，用《祭天辞》《祭地辞》作为郊祀之辞；以《迎日辞》作为迎接日出之祝辞，以《祔辞》作为先祖之庙的祝辞，以《嘏辞》祝于少牢之祭祀。再者，祭祀社神、类祭、祃祭都有祝文：这些都是对神灵表示虔诚，对宗庙表示恭敬。

春秋之后，亵渎、谄媚的祭祀多有，主祭者的祭品和祝辞蔓延到各种神灵。晋国张孟祝献文子新室的奢华是反讽之辞。卫国太子蒯聩亲临战场，请求祖先保佑，不要伤了自己的筋骨，可见即使在颠沛流离、生活无着之时也要行祝祷之礼。至于《楚辞·招魂》，则堪称祝辞中的文辞华美者。汉代的各种祭祀，恭敬地采用各种仪式，既有大儒制定，也有方士参与，所以秘密祝祷把灾祸推给臣民，与当时商汤罪己、勇于担当的出发点不同，更有甚者，男巫的驱疫逐鬼已等同于百越之地的巫术之祝贺，这表明：以民为本这一祝祷之礼的本旨已渐渐丧失了。至于像黄帝的《祝邪文》和东方朔的《骂鬼书》，则引导着后来谴责诅咒之文的善骂文风。只有曹植的《诰咎文》一篇，体现着祝祷之文的本义。

本来，祭祝之礼的仪式仅止于祝告、供享，而后来的祭文则兼有赞美言行的内容。祭告兼有赞美，大概是由前及后的引申吧。还有汉代葬帝后于山陵由太史令宣读的哀策文，也是祝文的流衍之体，其渊源是周穆王爱妃盛姬死了，周穆王非常伤心，令内史执册封文册封她。虽然如此，必须说明，哀策本于下葬时宣告的随葬品的清单，是因哀而为文，和祝辞根本不同。故而，哀策的内容与诔文相同，不同之处是其实质上是告于神明，诔为首而哀为末，又类似颂体形式，所以，太祝所诵读是祝文之体。但凡发表的祝文均以神灵降福为实务，故而文辞要诚心诚意、问心无愧。祈祷祭奠要意诚、恭敬、致哀，这就是祝文范式的大体要求。班固的《涿邪山祝文》堪称意诚、恭敬的楷模，潘岳的《为诸妇祭庾新妇文》则是恭敬、致哀的表率：以此标准寻找同类，则祝文祭文之特征也就昭然可鉴了。

“盟”是“明”的意思，指以赤牛白马、珠盘玉敦为祭品，在神像之下陈词以祝告于神明。三王之世，因为人们信用好没有誓约，如果需要约定，达成口头协议也就行了。周朝衰弱至于东周列国（春秋战国）时期，信用丧失了，才屡屡有盟约出现，更有甚者以要挟和劫持的方式达成约定。开始是鲁将曹沫胁迫齐桓公退还侵占之地，后来是赵国毛遂威胁楚王结盟。到了秦昭王和夷人结盟、汉高祖《封爵誓》的定山河之誓，则是盟誓之诚信之义存则能善终，诚信之道废则背叛当初的誓言，可见，兴废盛衰在人，祝盟有什么用呢？臧洪的《酸枣盟辞》慷慨激昂、气贯长虹，刘琨《与段匹磾盟文》坚定地发誓要效忠垂危的西晋朝廷，结果都没有阻止东汉和西晋的灭亡，而盟誓的双方却反目成仇。所以，诚信不是由衷而发，什么盟约都没有意义！

作盟文的要义在于必须书写危局，奖励忠孝，共存共亡，齐心协力，以神灵上苍为见证，感激以立诚意，恳切地铺陈文辞，这是盟文的共性。但是，不是发表文辞难，而是履行文辞的承诺难，这是特别需要引起鉴戒的。还是这个观点：能做到忠于誓言、信守承诺，就不需要依赖神明了。

综上所述：祭祀要求谨慎、恭敬、明察，祝、史只是发表祝盟之文。建立诚意在于庄重严肃，其文辞一定美好。末代的祝盟之文更加注重情感辞采。神明的降临，所贵者在于内心无愧。

【评析】

刘勰此篇讨论的是祝、盟两种文体，但考之《宗经》篇，发现二者并非出自六经中的同一“经”：“铭诔箴祝，则《礼》总其端；记传盟檄，则《春秋》为根。”祝体和铭、诔、箴三体同出自《礼》，而盟体则和记、传、檄三体同出于《春秋》。鉴于《礼》的内容主要是仪式礼节，《春秋》内容主要是军国大事，故而祝体必然与仪式礼节相关，盟体必然有关军国大事。这样一来，刘勰将出处不同的祝、盟二体放在一起讨论，似有前后矛盾之嫌。但考诸该篇，又可见其合理性：二者都是以神明为对象：祝是向神明的祝祷，盟是神明见证下的约定。

在“原始以表末”的原则上，刘勰将祝文的源头推到炎帝伊耆氏时开始的蜡祭《蜡辞》“土反其宅，水归其壑，昆虫毋作，草木归其泽”，然后是舜之《祠田祝》"荷此长耜，耕彼南亩，四海俱有"以及商汤的罪己、祈雨祝辞，西周的《祭天辞》《祭地辞》《迎日辞》《袝辞》等。刘勰以西周之前这些祭天、地、日、祖的祝文为祝体的正宗，而以春秋之后为变体流调："自春秋以下，黩祀谄祭，祝币史辞，靡神不至。"春秋以后变体流调的祝文结合作家的列举，有晋国张孟的祝献文子新室文、卫国太子蒯聩大战来临时的祝祷之辞、屈原的《招魂》、东方朔的《骂鬼书》、班固的《涿邪山祝文》、潘岳的《为诸妇祭庾新妇文》等等；得到刘勰赞赏的只有曹植的《诰咎文》一篇，刘勰认为此文能体现祝祷之文的本义。就祝文的发展而言，他还指出了由原初的仅止于祝告、供享发展到兼赞美言行，对此他却未加否定，而是以发展的观点指出是由前及后的延伸；相关的文体，刘勰还谈论到了哀策文和诔文，在比较中鉴别了祝文的特征。

和整体上对祝体持褒扬态度不同，刘勰对盟体文整体是否定的，究其原因，既在于盟在祝体的笼罩之下，更重要的是他对盟体文的价值判断。盟的产生是在人心不古、诚信丧失的春秋之后。他说："信不由衷，盟无益也。"又说："忠信可矣，无恃神焉。"一旦忠信丧失，即使臧洪的《酸枣盟辞》慷慨激昂、气贯长虹，刘琨《与段匹磾盟文》坚定地发誓要效忠垂危的西晋朝廷，最后也没有阻挡东汉、西晋的灭亡，参与盟誓者反而反目成仇。

刘勰的意思很明确，神是靠不住的，关键在人。这还表现在他对祝文的态度上。他所表彰的祝文之正体，炎帝的《蜡辞》、舜之《祠田》、商汤的郊禋之辞、商汤的雩禜之文，以及西周的《祭天辞》《祭地辞》《迎日辞》《袝辞》等，都是以人为本的。以人为本是传统儒家的基本思想，由此可见刘勰《文心雕龙》思想倾向的儒家主导性。

因此，以该篇判断刘勰是有神论者是不客观的。祝盟固然体现着中国传统儒家的宗教性，但由炎帝《蜡辞》和舜之《祠田》，以及商汤的罪己和祈雨辞等可知，儒家的宗教也是以人为本的。

铭箴第十一

昔帝轩刻舆几以弼违[①],大禹勒笱虡而招谏[②]。成汤盘盂,著日新之规[③]。武王户席,题必诫之训[④]。周公慎言于金人[⑤],仲尼革容于欹器[⑥],则先圣鉴戒,其来久矣。

故铭者,名也,观器必也正名,审用贵乎慎德。盖臧武仲[⑦]之论铭也,曰:"天子令德,诸侯计功,大夫称伐。"夏铸九牧之金鼎[⑧],周勒肃慎之楛矢[⑨],令德[⑩]之事也;吕望铭功于昆吾[⑪],仲山

---

①帝轩刻舆几以弼违:黄帝在车厢、案桌等物上雕刻铭文,用以帮助自己警惕过错。帝轩:黄帝,黄帝轩辕氏。舆:车舆,车箱。几:案。弼(bì)违:纠正过失。弼:辅正。 ②大禹勒笱虡而招谏:夏禹曾在乐器架上雕刻铭文,表示希望听取他人的意见。大禹:即夏禹,夏王朝的第一个帝王。勒:刻。笱(sǔn)簴(jù):钟磬的架子,横木叫笱,旁柱叫簴。《鬻》所载夏禹在箕簴上刻的铭文,系后人伪托。谏:规劝的意见。 ③成汤盘盂,著日新之规:商汤《盘铭》,以日日新自警。《礼记·大学》载《盘铭》:"苟日新,日日新,又日新。" ④武王户席,题必诫之训:周武王《户铭》《席四端铭》写有必须警戒的教训。户席:门户和坐席,借指《户铭》《席四端铭》,均载《大戴礼记·武王践阼》。 ⑤周公慎言于金人:孔子在周太庙中看到铜人脊有铭文"无多言,多言多败",告诫语言要谨慎。刘勰认为是周公所作。 ⑥仲尼革容于欹器:孔子见到提醒谦虚中正的欹器而面色改变。革容:面色改变。欹(qī)器:古代贵族宗庙中的器具,空的时候是倾斜的,盛水适中就正立,盛水过多就倾覆。 ⑦臧武仲:春秋时鲁国人,名纥谥武,论铭见《左传·襄公十九年》:"夫铭,天子令德,诸侯言时计功,大夫称伐。" ⑧夏铸九牧之金鼎:夏代帝王有德,九州的首领便送上金属,铸成金鼎。九牧:九州之长。金鼎:《左传·宣公三年》:"昔夏之方有德也,远方图物,贡金九牧,铸鼎象物,百物而为之备,使民知神奸。"杜预注:"象所图物,著之于鼎。" ⑨周勒肃慎之楛矢:周代帝王为了传美德于后代,便在肃慎国送来的箭上雕刻铭文。肃慎:古国名,约在黑龙江省东南部。楛(hù)矢:箭。楛:木名,茎可做箭杆。《国语·鲁语下》:"肃慎氏贡楛矢石砮其长尺有咫。先王欲昭其令德之致远也,以示后人使永监焉,故铭其栝曰:'肃慎氏之贡矢。'" ⑩令德:美好的品德。 ⑪吕望铭功于昆吾:吕望把功勋铭刻在冶匠昆吾铸造的金版上。参见蔡邕《铭论》:"吕尚作周太师而封于齐,其功铭于昆吾之冶。"吕望:姜姓,名尚,伐纣建立周朝的功臣。昆吾:传为古代产铁山名,也是善冶铁的工匠名。

镂绩于庸器①，计功之义也；魏颗纪勋于景钟②，孔悝表勤于卫鼎③，称伐之类也。若乃飞廉有石棺之锡④，灵公有夺里之谥⑤，铭发幽石⑥，吁可怪矣！赵灵勒迹于番吾⑦，秦昭刻博于华山⑧，夸诞示后，吁可笑也！详观众例，铭义见矣。

至于始皇勒岳⑨，政暴而文泽，亦有疏通⑩之美焉。若班固《燕然》之勒⑪，张昶《华阴》之碣⑫，序亦盛矣。蔡邕铭思，独冠古今。桥公之钺⑬，吐纳典谟；朱穆之鼎⑭，全成碑文，溺所长也。至如敬通杂器⑮，准矱武铭⑯，而事非其物，繁略违中。崔

---

①仲山镂绩于庸器：仲山甫把他的大功刻在缴获的器物上。仲山：仲山甫，周宣王时卿士。镂：雕刻。庸器：记功的铜器，详下"庸器"注。 ②魏颗纪勋于景钟：晋国的将领魏颗的功勋被记刻在晋景公的钟上。魏颗：春秋时晋国将领。景钟：景公钟。《国语・晋语七》："昔克潞之役，秦来图败晋功，魏颗以其身却退秦师于辅氏，亲止杜回，其勋铭于景钟。"韦昭注："景钟，景公钟。" ③孔悝表勤于卫鼎：卫国大夫孔悝的勋绩被铭表在卫鼎上。孔悝(kuī)：春秋时卫国大夫，《礼记・祭统》载孔悝作《鼎铭》，赞美其祖先的功绩。勤：劳苦。④飞廉有石棺之锡：飞廉得到上天赏赐的刻有铭文的石棺。飞廉：商纣王臣，秦国祖先。《史记・秦本纪》载，纣王派飞廉出使北方，飞廉回来时纣王已经灭亡，他便筑坛祭纣王、回报使命，得一石棺，上有铭文："赐尔石棺以华氏。" ⑤灵公有夺里之谥：卫灵公夺得坟地得到阴间加封的谥号。灵公：春秋时卫灵公。谥：帝王死后加以封号，"灵"是谥号，石椁上铭文已有"灵公"两字。 ⑥幽石：墓石。 ⑦赵灵勒迹于番吾：战国时赵武灵王把脚印刻勒在番吾山上。赵灵：战国时赵武灵王，自号主父。番吾：在今河北平山县南。《韩非子・外储说上》："赵主父令工施钩梯而缘播吾，刻疏人迹其上，广三尺，长五尺，而勒之曰：'主父常游于此。'" ⑧秦昭刻博于华山：秦昭王刻其与天神博戏之事于华山。《韩非子・外储说上》："秦昭王令工施钩梯而上华山，以松柏之心为博，箭长八尺，棋长八寸，而勒之曰：'昭王尝与天神博于此矣。'"秦昭：战国时期秦昭襄王。 ⑨始皇勒岳：秦始皇在泰山等山岳刻石歌颂功德。 ⑩疏通：通畅。 ⑪班固《燕然》之勒：班固歌颂窦宪北征功绩的《燕然山勒石铭》。⑫张昶《华阴》之碣：汉末张昶的《西岳华山堂阙碑铭》。 ⑬桥公之钺(yuè)：蔡邕歌颂桥玄为度辽将军时的安边之功的《黄钺铭》。桥公：指桥玄(110—184)，一作乔玄，字公祖，梁国睢阳县(今河南省商丘市睢阳区)人，东汉末名臣，汉桓帝末年，出任度辽将军，击败鲜卑、南匈奴、高句丽侵扰，保境安民。 ⑭朱穆之鼎：蔡邕为朱穆作的《鼎铭》。朱穆：字公叔，东汉文人。蔡邕的《鼎铭》是歌颂朱穆的。 ⑮敬通杂器：敬通，冯衍字，东汉初年作家。杂器，指他的《刀阳铭》《刀阴铭》《车铭》《杖铭》等。 ⑯准矱(yuē)武铭：指传为周武王的《席四端铭》《杖铭》等。

骃品物[①]，赞多戒少。李尤积篇[②]，义俭辞碎：蓍龟[③]神物，而居博弈[④]之中；衡斛[⑤]嘉量，而在臼杵[⑥]之末。曾名品之未暇，何事理之能闲哉！魏文九宝，器利辞钝[⑦]。唯张载《剑阁》，其才清采[⑧]，迅足骎骎[⑨]，后发前至，勒铭岷汉[⑩]，得其宜矣。

箴者，针也，所以攻疾防患，喻针石[⑪]也。斯文之兴，盛于三代。夏商二箴[⑫]，余句颇存。周之辛甲[⑬]，百官箴阙，唯《虞箴》[⑭]一篇，体义备焉。迄至春秋，微而未绝：故魏绛讽君于后羿[⑮]，楚子训民于在勤[⑯]。战代以来，弃德务功，铭辞代兴[⑰]，箴文委绝[⑱]。至扬雄稽古[⑲]，始范《虞箴》，作《卿尹》《州牧》二十五篇。及崔、胡[⑳]补缀，总称《百官》。指事配位，鞶鉴[㉑]有征，信所谓追清风于前古，攀辛甲于后代者也。至于潘勖《符节》，要而失

---

①崔骃品物：崔骃品评各种器物的铭文，如《樽铭》《刀剑铭》《扇铭》等。 ②李尤：字伯仁，广汉雒（今四川广汉雒城）人，东汉作家，有司马相如、扬雄之风，拜兰台令史，有《河铭》《洛铭》等八十四篇。 ③蓍龟：《蓍龟铭》。 ④博弈：《围棋铭》。 ⑤衡斛：《权衡斗铭》。 ⑥臼杵：《臼杵铭》。 ⑦魏文九宝，器利辞钝：魏文帝曹丕的《剑铭》写到了九件宝器，宝剑宝刀虽然锋利，但文辞却很平钝。 ⑧张载《剑阁》，其才清采：张载《剑阁铭》表明其才清雅而富有文采。 ⑨骎骎（qīn）：马跑得快的样子，此喻张载文才飞扬。 ⑩勒铭岷汉：张载的《剑阁铭》被晋武帝遣使镌于剑阁山。岷汉：岷山和汉水。 ⑪针石：针刺工具名，又名箴石，即砭石，形如玉。 ⑫夏商二箴：《逸周书·文传解》引《夏箴》数句，《吕氏春秋·应同》引《商箴》数句。 ⑬周之辛甲：辛甲原是商臣，后为周文王太史。据《左传·襄公四年》，辛甲曾"命百官，官箴王阙"。 ⑭《虞箴》：据《左传·襄公四年》："昔周辛甲之为大史也，命百官，官箴王阙。于《虞人之箴》曰：'芒芒禹迹，画为九州，经启九道。民有寝庙，兽有茂草；各有攸处，德用不扰。在帝夷羿，冒于原兽，忘其国恤，而思其麀牡。武不可重，用不恢于夏家。兽臣司原，敢告仆夫。'《虞箴》如是，可不惩乎？" ⑮魏绛讽君于后羿：春秋时晋国人魏绛引《虞人之箴》讽谏晋君不要像后羿那样迷恋于射猎而忘记国事。后羿：传为夏代有穷国的君主，善射，《虞人之箴》曾讲到后羿因射猎而忘国事。 ⑯楚子训民于在勤：楚子：指楚庄王。在勤：《左传·襄公十二年》记载楚庄王曾箴国人："民生在勤，勤则不匮。" ⑰铭辞代兴：铭体代替箴体而兴起。 ⑱委绝：衰亡、衰败。 ⑲扬雄稽古：扬雄稽考古代文章。 ⑳崔、胡：东汉崔骃、崔瑗父子和胡广。 ㉑鞶鉴：指装饰在鞶带上的镜。

浅[1]；温峤《侍臣》，博而患繁[2]；王济《国子》，文多而事寡[3]；潘尼《乘舆》，义正而体芜[4]：凡斯继作，鲜有克衷[5]。至于王朗《杂箴》[6]，乃置巾履，得其戒慎，而失其所施[7]；观其约文举要，宪章武铭，而水火井灶[8]，繁辞不已，志有偏也。

夫箴诵于官，铭题于器，名目虽异，而警戒实同。箴全御过[9]，故文资确切；铭兼褒赞，故体贵弘润[10]。其取事也必核以辨，其摛文也必简而深，此其大要也。然矢言[11]之道盖阙，庸器[12]之制久沦，所以箴铭寡用，罕施后代，惟秉文君子，宜酌其远大焉。

赞曰：铭实器表[13]，箴惟德轨[14]。有佩于言，无鉴于水。秉兹贞厉[15]，警乎立履[16]。义典则弘，文约为美。

【译文】

古时，黄帝在车厢、案桌等器物上雕刻铭文帮助自己匡正过错，大禹在乐器架子上雕刻铭文招纳别人的谏言。商汤的《盘铭》给自己提出日日新的规戒。周武王的《户铭》《席四端铭》等题写了必须警戒的教训。周公在铜像上的铭文中强调“语言要谨慎”。孔子见到提醒谦虚中正的欹器而面色改变。以上先圣以铭(文)为鉴戒，来历已经很久了。

---

①潘勖《符节》，要而失浅：潘勖的《符节箴》，虽扼要但失之于浅薄。潘勖：字元茂，汉末作家。 ②温峤《侍臣》，博而患繁：温峤的《侍臣箴》，虽广博但却有繁琐的毛病。温峤：字太真，东晋初文人。《侍臣》：温峤的《侍臣箴》。 ③王济《国子》，文多而事寡：王济的《国子箴》征引很多而所说的事却很寡少。王济：字武子，西晋文人。 ④潘尼《乘舆》，义正而体芜：潘尼的《乘舆箴》义理虽然正确，但文体却有些芜乱。 ⑤衷：中，恰到好处。 ⑥王朗《杂箴》：王朗的《杂箴》。王朗：字景兴，三国时魏国文人。 ⑦乃置巾履，得其戒慎，而失其所施：王朗《杂箴》有《巾箴》《履箴》，虽然能使人得到警诫，但施写之处却不妥当。 ⑧水火井灶：今存王朗《杂箴》有讲水井、火灶一类的内容。 ⑨御过：抵御、制止过失。 ⑩弘润：弘博润泽。 ⑪矢言：直言。 ⑫庸器：古代铭功的铜器，如鼎彝之类。《周礼·春官·序官》：“典庸器。”郑玄注引郑司农云：“庸器，有功者铸器铭其功。” ⑬器表：事物的表率。 ⑭德轨：品德的轨范。 ⑮贞厉：守持正道，惕厉戒惧。 ⑯立履：语言和行动。

“铭”是“名”的意思，义在观器正其名分，专心使用以谨慎为贵。春秋时鲁国臧武仲有关于铭的“对天子要颂扬美德，对诸侯要记述功绩，对大夫要称说劳绩”之论。夏朝铸造了地方首领表达对帝王之德拥护的金鼎，周代帝王为了传示美德而在肃慎国送来的箭上雕刻铭文，此二者是称颂美德的事。吕望把功勋铭刻在冶匠昆吾铸造的金版上，仲山甫把他的大功刻在缴获的器物上，此二者记述功绩之事。晋国的将领魏颗的功勋被记刻在晋景公的钟上，卫国的大夫孔悝的勋绩被铭表在卫鼎上，此二者是称说劳绩的事。至于飞廉得到上天赏赐的刻有铭文的石棺，卫灵公夺得坟地得到阴间加封的谥号，此二者谓铭文从古墓中发掘出来，怎能不令人感到怪诞？战国时赵武灵王把脚印刻勒在番吾山上，秦昭王把自己和天神博弈之事刻在华山上以夸诞于后世，怎能不令人感到可笑？仔细观察这些例子，铭文之义清晰可见。

到了秦始皇在山岳刻石颂功，尽管其行政残暴而铭文却也润泽，读来给人以流畅的美感。像班固的《燕然山勒石铭》和汉末张昶的《西岳华山堂阙碑铭》，铭文之序内容也很丰富。蔡邕的铭文创作是古今独步的，他歌颂桥玄安边之功的《黄钺铭》有三代铭文之风；为朱穆作的《鼎铭》和碑文无别，此由其擅长撰写碑文所造成。至于像冯衍的杂器铭，以武王践阼诸铭为标准，但其事却非其物，繁略也不适中。崔骃的品物诸铭文，赞美多鉴戒少。李尤的多篇铭文，内容俭浅而文辞琐碎：《蓍龟铭》是写神物的，却和写博弈的《围棋铭》混在一起；《权衡斗铭》所写权、衡、斗等用来体现公正的量器，却安置在了《臼杵铭》之下。连器物的名称品第都未及考虑，怎能谈得上熟悉事物的道理呢？魏文帝曹丕的《剑铭》写到了九件宝器，宝剑锐利但文辞却很平钝。只有张载的《剑阁铭》才气清峻、文采出众，捷足飞驰，后来居上，该铭被晋武帝遣使镌刻之于剑阁山，也是其所应得的公正。

“箴”是“针”的意思，用来治病防病，比喻为医用之针石。箴文之体兴盛于夏商西周。《夏箴》《商箴》还有颇多的遗文。周文王太史辛甲曾令百官撰文针砭文王的缺点，只有《虞箴》体制和本义都还完备。到了春秋，箴文式微但未灭绝：所以春秋时晋国人魏绛引《虞人之箴》讽谏晋君不要像后羿那样迷恋于射猎而忘记国事；楚庄王经常以勤劳告诫国人。战国以来抛弃道德、崇尚事功，铭文取代了箴文，箴文近乎灭绝。到了汉代扬雄稽考古代文章，才模拟《虞箴》撰写了《卿尹》《州牧》等二十五篇；崔骃、崔瑗和胡广又加以补充，连同扬雄的箴文一起，总称作《百官箴》。这些箴文根据各种官位指出他们所应警戒的内容，像镜子一样可供鉴照，确实是追慕三代箴文之精神且以辛甲为楷模了。汉末潘勖《符节箴》扼要却肤浅，东晋温峤《侍臣箴》广博但烦琐，西晋王济《国子箴》引用多而内容少，西晋潘尼的《乘舆箴》义理正确但文体芜乱。所有这些后续之作，很少有写得恰到好处的。至于汉末王朗的《杂箴》，竟有《巾箴》《履箴》，虽然能起到时时提醒的作用，但所施用的对象却不恰当。虽然《杂箴》文辞简约、义理扼要、模拟周武王，但涉及的"水火井灶"等却有文辞繁杂、义理偏颇之处。

铭箴相较，箴是官员对君主讽诵，铭则题写在器物上。二者名目虽然不同，但在警戒的动机和功用上却是一致的。箴的内容全在于防御过错，故而其文辞要确定恳切；铭因兼有褒扬和赞美，所以以宏大润泽为贵。写事真实、行文简洁而深刻，这是铭箴的基本要求。然而，直言敢谏的风气缺失，器物上刻文记功的规制也沦丧好久了，所以箴铭在后代也很少见了，只有靠以文学为使命的人来探讨其远大的意义。

综上所述，铭文确实是为事物制定标准，箴则在于道德的轨范。文辞中即可得到标准、轨范，不需要再以水为镜鉴。警惕戒惧地坚守正道，警惕戒惧于自己的言行。义理雅正则会宏大，文辞简约才可称美。

【评析】

《铭箴》篇是刘勰《文心雕龙》讨论铭体文和箴体文的专篇。在《宗经》篇中，他说二体的源头是《礼》："铭诔箴祝，则《礼》总其端。"而《礼》的功用在于建立社会行为规范的大体："《礼》以立体。"由此可知，铭体文和箴体文的功能也主要在于建立行为规范。二者在建立行为规范上的共同点表现在内容上是"警戒"，之所以将二者并为一篇展开讨论，还有一个原因：二者都是将文字刻在器物上以时时提醒。作为警戒的属性，要求这两种文体叙事真实，行文简洁而深刻："取事也必核以辨，其摛文也必简而深。"

刘勰指出了二者作用对象的不同："夫箴诵于官，铭题于器。"还有，刘勰指出了因内容不同所导致的文风差异："箴全御过，故文资确切；铭兼褒赞，故体贵弘润。"箴的内容全在于防御过错，故而其文辞要确定恳切；铭因兼有褒扬和赞美，所以以宏大润泽为贵。就铭和箴二者的价值认知而言，刘勰认为箴大于铭。箴兴盛于三代，春秋战国以后为铭所取代，其原因在于三代圣王以德治天下，愿意接受人们的警戒和提醒，甚至自己也时时警诫提醒自己；而春秋战国以下重视事功、功利，霸主、雄主们更愿见到的是歌功颂德，以至于勒文于金石以求不朽。刘勰的重箴轻铭，既是他自己进步价值观的体现，也是传统儒家以道统轨范政统，也即以道德规范君主官员行为的一贯主张。

毋庸讳言，道统和政统会存在统一性，但因规则和个性难以统一，其冲突性也是必然存在的。也就是说，没有哪个君主、官员个体愿意真正完全接受道德的约束，因此传统儒家知识阶层必然要借助三代圣王以至于远古圣王的楷模与标杆，给现实的君主和官员树立榜样并试图将之纳入自己道统的体系之内。此表现在《铭箴》篇中，是刘勰对西周以上圣王的表彰：黄帝在车厢、案桌等物上雕刻铭文帮助自己匡正过错；大禹在乐器架子上雕刻铭文招纳别人的谏言；商汤的《盘铭》给自己提出日日新的规定；周武王的《户铭》《席四端铭》等题写了必须警戒的教训；周公在铜像上的铭文中强调"语言要谨慎"；孔子见到提醒谦虚中正的欹器而面色改变——刘勰最后并不无感性地说："先圣鉴戒，其来久矣。"

就行文的"原始以表末"上，于铭体，刘勰征引了臧武仲的"天子令德""诸侯计功""大夫称伐"三个层面，并分别以历史事实展开论证。其下的"选文以定篇"，顺次是李斯颂扬秦始皇功德的《泰山刻石》《琅琊台刻石》，班固的《燕然山勒石铭》和张昶的《西岳华山堂阙碑铭》，蔡邕的《黄钺铭》《鼎铭》，冯衍的杂器铭，崔骃的品物诸铭文，李尤的《蓍龟铭》《围棋铭》《臼杵铭》《权衡斗铭》等多篇铭文，魏文帝曹丕刻在九件宝器上的《剑铭》、张载的《剑阁铭》等等。就箴文而言，有《夏箴》《商箴》《虞箴》，汉代扬雄模拟《虞箴》撰写的《卿尹》《州牧》等二十五篇，崔驷、崔瑗和胡广又加以补充所成的《百官箴》，汉末潘勖《符节箴》、东晋温峤《侍臣箴》、西晋王济《国子箴》、西晋潘尼的《乘舆箴》。刘勰还对汉末王朗的《杂箴》进行了重点评论。

刘勰敏锐地看到由于铭箴的警戒属性和时代注重功利之间的冲突，还有其物质载体庸器的淘汰，铭箴二体之文也逐渐式微，退出历史舞台，即“矢言之道盖阙，庸器之制久沦，所以箴铭寡用，罕施后代”。所以，作为一个文学理论家和有良知的儒者，他也只能无奈地呼吁“惟秉文君子，宜酌其远大焉”，只有靠以文学为使命的人来探讨其远大的意义了。

刘勰关于延续铭箴二体文精神与创造的呼吁，在文学是政治附庸的社会中，也只能是善良的愿望和无奈的呼吁而已。

诔碑第十二

周世盛德，有铭诔[①]之文。大夫之材，临丧能诔。诔者，累也，累其德行，旌之不朽也。夏商以前，其词靡闻。周虽有诔，未被于士。又贱不诔贵，幼不诔长，其在万乘，则称天以诔之。读诔定谥，其节文[②]大矣。自鲁庄战乘丘，始及于士[③]；逮尼父之卒，哀公作诔，观其慭遗[④]之辞，呜呼之叹，虽非睿作[⑤]，古式存焉。至柳妻之诔惠子[⑥]，则辞哀而韵长矣。

暨乎汉世，承流而作。扬雄之诔元后[⑦]，文实烦秽[⑧]。沙麓撮其要[⑨]，而挚疑成篇[⑩]。安有累德述尊，而阔略[⑪]四句乎？！杜笃之诔，有誉前代[⑫]，吴诔[⑬]虽工，而他篇颇疏。岂以见称光武，

---

①铭诔：铭和诔。 ②节文：制定礼仪使行之有度。《礼记·檀弓下》："辟踊，哀之至也。有算，为之节文也。"孔颖达疏："男踊女辟，是哀痛之至极也，若不裁限，恐伤其性，故辟踊有算，为准节文章。" ③自鲁庄战乘丘，始及于士：《礼记·檀弓上》记载，鲁庄公和宋人作战时，因马受惊从车上掉下来，他责备了本应在车上保护他的卜国，卜国后战死。事后庄公发现错怪了卜国，作诔表扬了他和车夫。 ④慭(yìn)遗：愿意留下，《诗经·小雅·十月之交》："不慭遗一老，俾守我王。" ⑤睿作：高明之作。 ⑥柳妻之诔惠子：鲁国柳下惠的妻子作的《柳下惠诔》。《列女传》："柳下既死，门人将诔之。妻曰：'将诔夫子之德邪？则二三子不如妾知之也。'乃诔曰……门人从之以为诔，莫能窜一字。" ⑦扬雄之诔元后：扬雄为汉元帝皇后王政君作《元后诔》。 ⑧烦秽：繁冗芜杂。 ⑨沙麓撮其要：扬雄的《元后诔》原文很长，《汉书·元后传》只摘录了"沙麓之灵"等四句。沙麓：沙山脚下，指元后生长的地方，在今河北大名县。撮：取出一小部分。 ⑩挚疑成篇：晋代挚虞却怀疑是《元后诔》的全文。挚：指挚虞，字仲治，西晋文学评论家，此谓他对《元后诔》的看法，或为《文章流别论》佚文。 ⑪阔略：疏落。 ⑫杜笃之诔，有誉前代：东汉杜笃的诔文于前代颇负声誉。 ⑬吴诔：杜笃的《吴汉诔》。受到光武帝的赏识。

而改盼千金①哉！傅毅所制，文体伦序②。孝山、崔瑗，辨絜相参。③观其序事如传，辞靡律调，固诔之才也。潘岳构意④，专师孝山，巧于序悲，易入新切，所以隔代相望，能徽厥声者也。至如崔骃诔赵⑤，刘陶诔黄⑥，并得宪章，工在简要。陈思叨名⑦，而体实繁缓，文皇诔末，百言自陈，其乖甚矣！

若夫殷臣咏汤，追褒玄鸟之祚⑧；周史歌文，上阐后稷之烈⑨；诔述祖宗，盖诗人之则也⑩。至于序述哀情，则触类而长⑪：傅毅之诔北海⑫，云"白日幽光，淫雨杳冥"⑬，始序致感⑭，遂为后式，影而效者，弥取于工矣。

详夫诔之为制，盖选言录行⑮，传体而颂文⑯，荣始而哀终⑰。论其人也，暧乎若可觌⑱；道其哀也，凄焉如可伤：此其旨也。

碑者，埤⑲也。上古帝王，纪号封禅⑳，树石埤岳㉑，故曰碑

①改盼千金：改变看法视为贵重。 ②傅毅所制，文体伦序：傅毅所撰诔文文辞体制颇有伦次。傅毅所作诔文今见《明帝诔》《北海王诔》。 ③孝山、崔瑗，辨絜相参：苏顺、崔瑗二人的诔文也还写得明白而简要。孝山：苏顺字，今可见其《和帝诔》等诔文三篇。崔瑗：字子玉，今可见其《和帝诔》等诔文三篇。 ④潘岳构意：潘岳诔文的构思立意。潘岳诔文今可见《世祖武皇帝诔》等十余篇。 ⑤崔骃诔赵：崔骃给姓赵者所作诔文。 ⑥刘陶诔黄：刘陶给姓黄者所作诔文。刘陶：字子奇，东汉文人。 ⑦陈思叨名：指曹植的《文帝诔》虚有其名。 ⑧殷臣咏汤，追褒玄鸟之祚：殷代人诔商汤是用《玄鸟》一诗追颂祖先洪福。玄鸟：燕子。此指《诗经·商颂》中的《玄鸟》篇，是一歌颂商王祖先之诗。祚（zuò）：福命。 ⑨周史歌文，上阐后稷之烈：周代史官歌颂周文王，在《生民》等诗中追述后稷的功业。《诗经·大雅》中有《生民》等篇歌颂周王祖先。 ⑩诔述祖宗，盖诗人之则也：累积陈述祖宗之德是诗人的表达规则。 ⑪序述哀情，则触类而长：叙述哀伤之情要用到比兴手法。 ⑫傅毅之诔北海：傅毅的《北海王诔》。 ⑬白日幽光，淫雨杳冥：太阳的光辉因之惨淡，持续过久的雨下得天昏地暗。 ⑭始序致感：开始在诔文中叙写极致的感受。 ⑮选言录行：选录言行。 ⑯传体而颂文：是纪传体和颂体的结合。 ⑰荣始而哀终：光荣其生平，哀伤其死亡。 ⑱暧乎若可觌：隐约可见。暧（ài）：隐约、不明显。觌（dí）：看见。 ⑲埤（pí）：通"陴"，城上女墙，助益、增加义。 ⑳纪号封禅：表彰功德以告天地。纪号，记下向天地神灵报告功德的话。号，告。封禅，古代帝王受命后祭天祭地的典礼。 ㉑树石埤岳：在高山如泰山树立刻上记录功绩文字的石块作为高山的增加部分。

也。周穆纪迹于弇山之石[①]，亦古碑之意也。又宗庙有碑，树之两楹，事止丽牲，未勒勋绩[②]。而庸器[③]渐缺，故后代用碑，以石代金，同乎不朽，自庙徂坟，犹封墓[④]也。

自后汉以来，碑碣[⑤]云起，才锋所断，莫高蔡邕：观杨赐之碑，骨鲠训典[⑥]；陈、郭二文，词无择言[⑦]；周、胡众碑，莫非精允[⑧]。其叙事也该而要[⑨]，其缀采也雅而泽[⑩]；清词转而不穷[⑪]，巧义出而卓立[⑫]。察其为才，自然至矣[⑬]。孔融所创，有摹伯喈：张陈两文[⑭]，辨给足采[⑮]，亦其亚也。及孙绰为文，志在于碑：温王郗庾[⑯]，辞多枝杂；《桓彝》[⑰]一篇，最为辨裁[⑱]矣。

夫属碑之体，资乎史才。其序则传，其文则铭[⑲]。标序盛德[⑳]，必见清风之华[㉑]；昭纪鸿懿[㉒]，必见峻伟之烈[㉓]：此碑之制

---

①周穆纪迹于弇山之石：《穆天子传》："天子遂驱升于弇山，乃纪丌，迹于弇山之石，而树之槐。眉曰西王母之山。"周穆：指西周穆王。弇(yǎn)山：即崦嵫山，在今甘肃省，神话中为日没之处。 ②宗庙有碑，树之两楹，事止丽牲，未勒勋绩：宗庙阶前的碑，树立两根石柱在庙堂中庭，只是作为系牲畜之用，并不在上面铭刻功绩。楹(yíng)：堂前直柱。丽牲：系祭祀用的牲畜。丽：附着。勒：刻。 ③庸器：铭功的铜器，主要用于周秦之前。 ④封墓：聚土以为坟墓。《礼记·檀弓上》："古也墓而不坟。"殷商时坟、墓有别，坟是封土隆起的，墓是平的。此处"封墓"指上句所谓"坟"，以喻石碑同样可保持长久。 ⑤碑碣：长方形的碑石称碑，圆顶形的称碣。 ⑥杨赐之碑，骨鲠训典：蔡邕的《太尉杨赐碑》端正有力如同《尚书》之"训""典"。 ⑦陈、郭二文，词无择言：《陈寔碑》《郭泰碑》于死者无可挑剔。 ⑧周、胡众碑，莫非精允：《汝南周勰碑》《太傅胡广碑》无不写得精准公允。 ⑨其叙事也该而要：蔡邕的碑文在叙事上全面扼要。 ⑩其缀采也雅而泽：蔡邕的碑文在辞采上雅正润泽。 ⑪清词转而不穷：清朗的文辞变化多端。 ⑫巧义出而卓立：善出新巧之义并能卓然独立。
⑬察其为才，自然至矣：考察蔡邕撰写碑文之才，真可谓之天纵之英啊！ ⑭张陈两文：此指孔融的《卫尉张俭碑铭》和《陈碑》。 ⑮辨给足采：辨给采足的倒装，对事迹的辨别明白，文采充足。 ⑯温王郗庾：指孙绰的《温峤碑》《丞相王导碑》《太宰郗监碑》《太尉庾亮碑》。
⑰《桓彝》：孙绰的《桓彝碑》。桓彝：字茂伦，东晋前期官员。 ⑱辨裁：辨别裁剪事迹材料。
⑲其序则传，其文则铭：叙事具有传记特征，文辞则又有铭的功能。 ⑳标序盛德：叙事标举死者的盛德。 ㉑清风之华：高洁品格的光彩。 ㉒昭纪鸿懿：昭明死者的大美。 ㉓峻伟之烈：伟大的功业。

也。夫碑实铭器①，铭实碑文②，因器立名，事先于诔。是以勒石赞勋③者，入铭之域；树碑述亡④者，同诔之区焉。

赞曰：写远追虚⑤，碑诔以立。铭德纂行，光采允集⑥。观风似面，听辞如泣⑦。石墨镌华，颓影岂戢⑧。

【译文】

西周之世，道德兴盛，故而产生铭、诔一类的文章。面临丧事能撰诔文，是当时大夫的基本才能。诔是累计的意思，即将死者的道德品行累系起来以进行表彰，使之不朽。夏代和商代之前没听说有诔文。西周虽然有诔文，但却没有用于士阶层。又加上卑贱者不能诔高贵者，故为天子撰诔文，要以上天的名义。通过诵读诔文来确定死者的谥号，是当时的重要礼仪。到了春秋时期鲁庄公的《县贲父卜国诔》，才开始有及于士之诔文。孔子去世时，鲁哀公为他撰写诔文，读其"不憖遗一老"（不愿意给我留下一个老人）之辞，以及呜呼哀哉之叹息，感到这篇诔文虽然不是高明之作，但也保留了传统诔文的基本格式。到了柳下惠的妻子诔柳下惠，则是文辞哀戚、情韵深长。

到了汉代，诔文继承前代的趋势来创作。扬雄的《元后诔》实在让人感到繁琐芜杂，《汉书·元后传》只摘录了其中的"沙麓之灵"等四句，以至于后世晋代的挚虞怀疑这四句就是《元后诔》的全文。哪里有诔述尊者的德行却简略到仅有四句的道理？东汉杜笃的诔文在前代颇负声誉，但是，他的《大司马吴汉诔》虽然写得工整，而其他诔文却很是粗疏。杜

---

①碑实铭器：碑实际上是刻写铭文的器物。 ②铭实碑文：铭文实际上就是碑文。 ③勒石赞勋：刻文于石赞扬功勋。 ④树碑述亡：立碑记述死者事迹。 ⑤写远追虚：追写死者的事迹和仪容。虚：指仪容。《尔雅·释训》："其虚其徐，威仪容止也。" ⑥铭德纂行，光采允集：铭刻功德，纂集事迹，光彩因而允当地集中体现。 ⑦观风似面，听辞如泣：观碑文之风如同面见，听碑文之辞感动泣下。 ⑧石墨镌华，颓影岂戢：好的碑文和诔文，对后世的影响会长久不衰。石：指碑。墨：指诔。镌：刻。华：指写得好的碑诔文。颓影：对后世的影响。颓：向下。戢（jí）：收敛、停止。

笃这些粗疏的诔文，怎能以曾经被光武帝刘秀称赞过，就改变看法而视之为贵重呢？傅毅所撰诔文，文辞体制颇有伦次。苏顺、崔瑗二人的诔文也还写得明白而简要。考察二人诔文，发现叙事如作传记，文辞华美，韵律和谐，是撰写诔文的天才啊！潘岳诔文的构思立意专门师法苏顺，巧妙于叙述悲情，易于感动人心，所以和苏顺是隔代知音。至于像崔骃的诔赵文、刘陶的诔黄文，都能深得诔文之法，重点在于简明切要。曹植的诔虚有其名，而其文实际上繁杂迂缓，缺乏感染力，如他的《文帝诔》末尾用百来字陈说自己，这和诔文之体背离已甚。

殷代人诔商汤是用《玄鸟》一诗追颂祖先洪福。周代史官歌颂周文王，在《生民》等诗中追述后稷的功业。看来，累积陈述祖宗的功业也是《诗》三百篇的规则呢！叙述哀伤之情要据关联事物加以发挥：傅毅《北海王诔》中的“太阳的光辉因之惨淡，持续的雨下得天昏地暗”，开始叙写极致的感受，以至于成为后世的楷式，那些受其影响而效法的，诔文写得越来越感人。

详察诔文的体制特征有：选录死者生前典型言行；在传记体中行颂扬之文；光荣其生平，哀伤其死亡。谈论其人，恍惚中若见音容笑貌；道其哀情，悲戚中让人感伤不已。这就是诔文的大体要求。

“碑”是增加的意思。上古时期的帝王表彰功德以告天地，在高山如泰山树立刻上记录功绩文字的石块作为高山的增加部分，故而称碑。周穆王刻弇山石记录下自己的行迹，也是古碑的意思。还有宗庙中的碑树，立两根石柱子在庙堂中庭，没有在上面刻文颂扬功绩，是用来拴牲口的。故而，后代用石碑，是以石头代替金属，石头和金属的相同之处在于不经久不会朽烂，先是用于宗庙后来发展到用于坟，碑的作用如同聚土封墓以为坟。

从东汉以来，碑碣流行起来，撰写碑文的天才中最厉害的是蔡邕。考察蔡邕的《太尉杨赐碑》，端正有力如同《尚书》之“训”“典”。《陈寔碑》《郭泰碑》于死者无可挑剔。《汝南周勰碑》《太傅胡广碑》无不写得精准公允。蔡邕的碑文在叙事上全面扼要，在辞采上雅正润泽。清朗的文辞变化多端，善出新巧之义并能卓立超然。考察蔡邕撰写碑文之才，真可称他为天纵之英啊！孔融的碑文有模拟蔡邕之处，他赋《卫尉张俭碑铭》和《陈碑》对死者生前事迹的辨别条理明晰且文采充足，故而堪称蔡邕之亚。到了孙绰，他以撰写碑文为文学创作的专攻：他的《温峤碑》《丞相王导碑》《太宰郗监碑》和《太尉庾亮碑》，文辞繁多，枝蔓芜杂；而《桓彝碑》一篇却能做到对死者生前事迹辨别清晰、裁剪得当。

撰写碑文，要求作家有史的才能。碑文叙事具有传记特征，文辞则又有铭的功能。叙事标举死者的盛德，必然能见到高洁品格的光彩；昭明死者的大美，必然能见到伟大的功业。这是碑文的文体要求。碑实际上是刻写铭文的器物，铭文实际上就是碑文，碑文因石立名，出现先于诔文。因而，就碑文而言，刻文于石，赞颂死者的功德之文进入了铭体的领域；树立石碑，追述死者生前功业之碑文又和诔文有共同之处。

综上所述：追写死者的事迹和仪容，碑文和诔文因此产生。铭刻功德，纂集事迹，光彩因而允当地集中体现。观碑文之风如同面见，听碑文之辞感动泣下。好的碑文和诔文，对后世的影响会长久不衰。

【评析】

《诔碑》是刘勰探讨碑文和诔文的专篇。就二者的五经源头而言，《宗经》篇谓：“铭诔箴祝，则《礼》总其端。”只是说到诔体文和铭体文以及箴、祝之体发端以《礼》，而没有定位碑文。但就《诔碑》篇的“铭实碑文”言说，以碑文等同于铭文知，碑文也应发端于《礼》。《礼》是规范人与人之间关系的经典，故而可以推知碑文和诔文也将在这上面发挥作用。关于碑文和诔文的区别，刘勰认为碑文同于铭文的“因器立名”，故而碑文“事先于诔”，也就是说，碑文比铭文的出现要早。

关于诔文的起源，刘勰认为起于周代，因周代道德兴盛所致，并以临丧能诔为大夫的基本素质，累述死者生前功德以传达于后世。诔文起初是尊贵者诔卑下者，故而对天子的诔文要假借上天名义。至于诔文施加于士，到春秋时期才有，是文体发展的结果。关于诔文的体制特征，刘勰从创作和接受层面进行了论述。创作层面有三：一、选录死者生前典型言行；二、在传记体中行颂扬之文;三、光荣其生平,哀伤其死亡。接受层面:让读者恍惚中若见音容笑貌;悲戚中让人感伤不已。关于诔文的"选文以定篇",该《诔碑》篇涉及的有:春秋时期鲁庄公的《县贲父卜国诔》,孔子去世时鲁哀公为他撰写诔文,柳下惠的妻子诔柳下惠,扬雄的《元后诔》,东汉杜笃的《大司马吴汉诔》,傅毅的《明帝诔》《北海王诔》,苏顺、崔瑗的诔文如《和帝诔》,潘岳的《世祖武皇帝诔》等,崔骃的诔赵文、刘陶的诔黄文,曹植的《文帝诔》等等。

碑文作为镌刻于石头上的文辞,发生早于诔文,在上古帝王封禅勒石记功时就已有了。伴随历史演进,碑文后来发展到宗庙、墓地。内容也由勒石记功发展为追述颂扬死者的生平功绩。因而,碑文兼有传记和颂体的体制特征:传记特征表现在记述死者的生前功绩;颂体则主于赞美死者的功绩和品德。所以,刘勰说碑文撰写要求作家有史的才能:"属碑之体,资乎史才。"碑文的体制要求,刘勰说:叙事标举死者的盛德,必然能见到高洁品格的光彩;昭明死者的大美,必然能见到伟大的功业。刘勰说,记述并颂扬死者功德的碑文自东汉才开始兴盛起来。关于碑文撰写家中的佼佼者,刘勰说蔡邕为首,蔡邕之后是孔融。孔融模拟蔡邕能得其神似,故而为蔡邕之亚。二者之后是孙绰,他是专攻碑文的作家。

此外,关于诔文的高下,刘勰该《诔碑》篇也有明确态度,此可参考原文和译文知,限于篇幅,此不赘述。就诔文和碑文而言,刘勰强调了二者叙述死者生前事迹的真实性和以情动人的要求。

最值得一提的是,刘勰该篇在强调诔文和碑文以实信人、以情感人的同时,敏锐地发现了创作上的一个重要特征。这一重要特征,符合今天文学理论上的移情论和异质同构论。有关于此,他说:"傅毅之诔北海,云'白日幽光,淫雨杳冥',始序致感。"最极致的感伤之情便是朗朗白日发出幽光、淫雨致世界惨淡迷茫。在强调诔、碑二体征实的同时,能够发现、允许进而高度肯定此虚写的高度艺术价值,也确实难能可贵,反映了刘勰作为伟大文学理论家的胸怀和眼光。

哀吊第十三

赋宪之谥，短折曰哀①。哀者，依②也。悲实依心，故曰哀也，以辞遣哀③。盖下流之悼④，故不在黄发⑤，必施夭昏⑥。昔三良殉秦⑦，百夫莫赎⑧，事均夭枉⑨，《黄鸟》赋哀，抑亦诗人之哀辞乎？

暨汉武封禅，而霍嬗暴亡，帝伤而作诗⑩，亦哀辞之类矣。降及后汉，汝阳主亡，崔瑗哀辞⑪，始变前式。然履突鬼门，怪而不辞；驾龙乘云，仙而不哀；又卒章五言，颇似歌谣，亦仿佛乎汉武⑫也。至于苏顺、张升⑬，并述哀文，虽发其情华⑭，而未极其心实。建安哀辞，惟伟长差善，《行女》⑮一篇，时有恻怛⑯。及潘岳继作，实钟其美，观其虑赡辞变⑰，情洞⑱悲苦，叙事如传，

---

①赋宪之谥，短折曰哀：根据谥法，年幼夭折谥曰哀。 ②依：依恋。 ③以辞遣哀：以文辞排遣、抒发哀情。 ④下流之悼：上对下的哀悼。 ⑤不在黄发：不是对于老人。 ⑥夭昏：夭折。 ⑦三良殉秦：《左传·文公六年》："秦伯任好卒，以子车氏之三子奄息、仲行、鍼虎为殉，皆秦之良也。国人哀之，为之赋《黄鸟》。"《诗经》有《秦风·黄鸟》。 ⑧百夫莫赎：《诗经·秦风·黄鸟》有"如可赎兮，人百其身"。 ⑨事均夭枉：三良殉秦事同于短命夭折。

⑩霍嬗暴亡，帝伤而作诗：元封元年（前 110），霍嬗从汉武帝登泰山封禅后不久暴卒，汉武帝伤感而作《思奉车子侯歌》："嘉幽兰兮延秀，蕈妖淫兮中溏。华斐斐兮丽景，风徘徊兮流芳。皇天兮无慧，至人逝兮仙乡。天路远兮无期，不觉涕下兮沾裳。"霍嬗：霍去病之子。

⑪崔瑗哀辞：崔瑗的《汝阳主哀辞》，已亡佚，幸有刘勰《哀吊》篇下文"履突鬼门""驾龙乘云"残句。汝阳主：汝阳长公主，和帝女，名刘广。 ⑫仿佛乎汉武：类似汉武帝哀吊霍嬗的《思奉车子侯歌》。 ⑬张升：东汉作家。 ⑭情华：情感。 ⑮《行女》：徐幹的《行女哀辞》。

⑯恻（cè）怛（dá）：哀伤，《礼记·问丧》："恻怛之心，痛疾之意，悲哀志懑气盛，故袒而踊之。" ⑰虑赡辞变：考虑丰富，辞善变化。 ⑱情洞：情深。

结言摹《诗》，促节四言，鲜有缓句；故能义直而文婉，体旧而趣新，《金鹿》《泽兰》①，莫之或继也。

原夫哀辞大体，情主于痛伤，而辞穷乎爱惜。幼未成德，故誉止于察惠；弱不胜务，故悼加乎肤色②。隐心③而结文则事惬④，观文而属心则体奢⑤。奢体为辞，则虽丽不哀；必使情往会悲，文来引泣，乃其贵耳。

吊者，至⑥也。《诗》云“神之吊矣”⑦，言神至也。君子令终⑧定谥⑨，事极理哀⑩，故宾之慰主，以至到为言⑪也。压溺乖道，所以不吊矣⑫。又宋水⑬郑火⑭，行人奉辞⑮，国灾民亡，故同吊也。及晋筑虒台⑯，齐袭燕城⑰，史赵、苏秦⑱，翻贺为吊⑲，虐民构敌⑳，亦亡之道。凡斯之例，吊之所设也。或骄贵以殒

---

①《金鹿》《泽兰》：潘岳的《金鹿哀辞》《为任子咸妻作孤女泽兰哀辞》。 ②肤色：容貌。 ③隐心：恻隐之心，悲痛的心情。 ④事惬：哀伤之文写得恰当得体。 ⑤观文而属心则体奢：为文而造情就会写得浮夸不实。 ⑥至：到。 ⑦《诗》云“神之吊矣”：出《诗经·小雅·天保》。 ⑧令终：善终。 ⑨定谥：确定谥号。 ⑩事极理哀：其事重大其理当哀。 ⑪至到为言：赶到丧事现场为吊。 ⑫压溺乖道，所以不吊矣：被压死的、被水淹死的人不是善终，不能被哀悼。压溺乖道：《礼记·檀弓上》：“死而不吊者三：‘畏、厌、溺。’”孔颖达疏：“此一节论非理横死，不合吊哭之事。” ⑬宋水：《左传·庄公十一年》记载，宋国发生水灾，鲁国曾派人去吊慰。 ⑭郑火：《左传·昭公十八年》记载，郑国发生火灾，只有许国没有去吊慰。 ⑮行人奉辞：外交使节奉以慰问。行人：外交使节。奉辞：指给以慰问。 ⑯晋筑虒台：《左传·昭公八年》载，晋平公筑“虒祁之宫”，鲁国派叔弓、郑国派游吉去祝贺。虒（sī）台：即虒祁宫，春秋时晋国宫名，故址在今山西省曲沃县。 ⑰齐袭燕城：《战国策·燕策一》载，齐宣王趁燕国有丧事时，进攻燕国，占领十城。袭：攻其不备。 ⑱史赵、苏秦：史赵，春秋晋国太史。《左传·昭公八年》载，郑国游吉到晋国祝贺虒祁宫建成时，史赵对子太叔说：“甚哉，其相蒙也，可吊也而又贺之。”苏秦：字季子，战国时纵横家。《战国策·燕策一》说齐国袭取燕国十城后，苏秦对齐宣王“再拜而贺，因仰而吊”。 ⑲翻贺为吊：把祝贺变为哀吊。 ⑳虐民构敌：肆虐百姓，树敌征战。虐民，指晋国筑虒祁宫，残害人民。构敌，指齐国攻打燕国，结成仇敌。构：造，结。

身[①]，或狷忿以乖道[②]，或有志而无时[③]，或美才而兼累[④]，追而慰之，并名为吊。

自贾谊浮湘[⑤]，发愤吊屈[⑥]。体同而事核，辞清而理哀，盖首出之作也。及相如之吊二世，全为赋体；桓谭以为其言恻怆[⑦]，读者叹息。及卒章要切[⑧]，断而能悲也。扬雄吊屈，思积功寡[⑨]，意深反《骚》，故辞韵沈膇[⑩]。班彪[⑪]、蔡邕[⑫]，并敏于致诘[⑬]。然影附贾氏，难为并驱耳。胡、阮之吊夷齐，褒而无间[⑭]，仲宣所制，讥呵实工[⑮]。然则胡阮嘉其清，王子伤其隘，各其志也。祢衡之吊平子，缛丽而轻清[⑯]；陆机之吊魏武[⑰]，序巧而文繁[⑱]。降斯以下，未有可称者矣。

夫吊虽古义，而华辞末造；华过韵缓[⑲]，则化而为赋。固宜正义以绳理[⑳]，昭德而塞违[㉑]，剖析褒贬，哀而有正，则无夺伦矣！

赞曰：辞之所哀，在彼弱弄[㉒]。苗而不秀[㉓]，自古斯恸[㉔]。虽

---

①骄贵以殒身：指秦二世胡亥之类。司马相如的《哀秦二世赋》中曾说胡亥“持身不谨”等。殒：死。 ②狷忿以乖道：指屈原之类。狷忿：急躁忿恨。扬雄《反离骚》中讲到屈原的作品放肆、思想狭窄。刘勰在《辨骚》篇也说屈原有“狷狭之志”。 ③有志而无时：指张衡之类。祢衡在《吊张衡文》中说：“伊尹（商臣）值汤（商汤王），吕望（周臣）遇旦（周公），嗟矣君生，而独值汉。”这是叹张衡的生不逢时。 ④美才而兼累：指曹操之类。陆机《吊魏武帝文》中说：“岂不以资高明之质，而不免卑浊之累。”累：牵连致损。 ⑤浮湘：渡湘江。⑥《吊屈》：指贾谊的《吊屈原赋》。 ⑦恻怆（chuàng）：哀伤。 ⑧要切：扼要确切。 ⑨思积功寡：思考的很多而成就不大。 ⑩沈膇：文辞不流畅。沈：湿病。膇（zhuì）：脚肿。 ⑪班彪：字叔皮，东汉初年史学家、文学家，有《悼离骚》。 ⑫蔡邕：有《吊屈原文》。 ⑬敏于致诘：善于提出责问。 ⑭胡、阮之吊夷齐，褒而无间：胡广的《吊夷齐文》和阮瑀的《吊伯夷文》，只有赞扬没有批评。 ⑮仲宣所制，讥呵实工：王粲的《吊夷齐文》，对伯夷、叔齐的批评写得较好。 ⑯缛丽而轻清：文采繁缛，不够明快。轻清：明快。 ⑰吊魏武：陆机曾作《吊魏武帝文》。 ⑱序巧而文繁：序精巧而文却冗繁。 ⑲韵缓：情韵迟缓，不够感人。 ⑳正义以绳理：端正意义，纠正违理。 ㉑昭德而塞违：宣扬德行，防止过错。 ㉒弱弄：幼年时好嬉戏。㉓苗而不秀：庄稼虽生长但不吐穗开花，喻资质虽好但无成就。《论语·子罕》：“苗而不秀者有矣夫！秀而不实者有矣夫！” ㉔恸（tòng）：极度悲哀。

有通才[①],迷方失控[②]。千载可伤,寓言以送[③]。

【译文】

根据谥法,年幼夭折为"哀"。哀训为依,依恋的意思。悲伤之情实由心生,所以称为哀,诔文是以文辞排遣、抒发哀情。诔文是上对下的哀悼,所以不用于老年人,必须用于年幼夭折者。古时,三良殉葬秦穆公,一百个人不能赎,等同于年幼夭折,《诗经·秦风·黄鸟》于此致以哀伤,也可以算作诗人的哀伤之辞吧?

到了汉武帝封禅泰山不久霍嬗暴死,汉武帝伤感而作《思奉车子侯歌》,也是属于哀伤之辞。到了东汉,汝阳公主亡故,崔瑗的《汝阳主哀辞》才改变之前哀辞的(诗歌)形式;但是,其"脚步突入鬼门",怪诞而文辞不通,"驾着龙乘着云",有仙味而无哀伤之情,还有其很像歌谣的五言卒章,又像汉武帝的《思奉车子侯歌》。到了苏顺、张升都曾撰写哀伤之文,虽然有情感抒发,但是却情不由衷。建安时期的哀伤之辞,只有徐幹还算擅长,他的《行女哀辞》常常有哀伤之情。到了潘岳的哀辞才集其体之大成。潘岳的哀辞考虑丰富,辞善变化,情感深刻、悲伤苦楚。追述生前如写传记,组织语言模拟《诗经》,多是节奏紧促的四言短句,很少有长句子,所以能做到义理公正而文辞委婉,体制虽旧而趣味却新,其《金鹿哀辞》《为任子咸妻作孤女泽兰哀辞》之成就,后世之作难以达到。

推原哀辞的文体特征,情感主于痛苦哀伤而文辞穷于爱怜。亡者年幼尚未成就德业,所以赞誉只能在于聪慧上;年幼体弱不能做事,所以哀悼之情在于描写容颜上。有恻隐之情撰写哀辞,则哀辞会写得恰当得体;为文而造情就会写得浮夸不实。文辞浮夸,那么哀辞虽华丽但缺乏哀情;必能做到感人至深于潸然泪下,才是哀辞之可贵者。

"吊"是"到"的意思。《诗经·小雅·天保》的"神之吊矣"说的就是

---

①通才:写作的全才。 ②迷方失控:迷失方向,感情失控。 ③千载可伤,寓言以送:寓托于文辞,表达千载的悲伤。

神到的意思。善终之人确定谥号，其事重大其理当哀，所以宾客慰问主人，要到场致意表达哀情。压死的、淹死的是乖离正道的非正常死亡，所以不举行吊唁之礼。还有，宋国发生水灾、郑国发生火灾，外交使节奉以慰问，这种国家遭遇灾难、人民死亡的情况，和哀吊性质相同。到了晋平公筑“虒祁之宫”，齐宣王趁燕国有丧事时占领燕国十城，史赵和苏秦把祝贺变为哀吊，因为残害人民、结成仇敌，也是亡国之道。以上这些例子都属于吊。有的骄横因而丧身，有的急躁忿恨而背离道，有的生不逢时，有的因才高而牵连受损。对以上情况的追思慰问，统称为吊。

贾谊渡湘江，出于忧愤而撰写《吊屈原赋》，其体同于哀辞而其事却出于真实，其辞明晰其理哀伤，是哀体文的第一篇作品。到了司马相如的《哀秦二世赋》则是地道的赋体文，桓谭认为其文辞哀伤，读来令人叹惋不已，其卒章扼要确切，对秦二世判断准确同时具有悲伤之情。扬雄的吊屈原想法很多而成就很小，着意于反驳《离骚》故而文辞很不流畅。班彪和蔡邕的吊屈原文都擅长于发出责问，但因附会贾谊却难以达到贾谊的成就。胡广的《吊夷齐文》和阮瑀的《吊伯夷文》，只有赞扬没有批评。王粲的《吊夷齐文》，对伯夷、叔齐的批评写得较好。既然这样，胡广、阮瑀赞赏伯夷、叔齐的清高，而王粲却批评二人狭隘，分别是各自的看法。祢衡的《吊张衡文》文采繁缛，不够明快。陆机的《吊魏武帝文》，序写得精巧而正文却有繁缛之嫌。自此以后，则没有可以称道的了。

哀吊虽是古已有之义，但华丽的文辞没有产生。文辞华丽文句过长，则变化为赋之文体。所以吊文应该端正意义，纠正违理，宣扬德行，防止过错，对亡者当褒则褒当贬则贬，文辞哀伤而内容纯正，那么就不会违反吊文的写作要求了。

综上所述：哀辞的对象是夭折的孩子。幼苗没能吐穗开花，从古以来人们都为此悲哀。即使文学创作的通才也会有迷失方向的时候。面对千载悲伤之事，通过吊文寄托哀痛之情。

【评析】

天地之大德曰生，人为五行之秀、天地之心。传统中国重视生命，且起码从西周周公制礼作乐始，就已进入了理性时代，于是发展出了礼义与礼义文化。重视生命，故而对死亡有无限惋惜之情；礼义要求对好人的死亡通过仪式表达尊重与哀思，这是礼义和礼仪的统一。文是道的生发和表现，当道进入到了礼义、情义层面的时候，必然要以诗言志，以文的形式和礼仪结合表达道和情，这无疑适用于对死亡尤其对好死的哀伤之情。

关于致死亡者之文，有诔碑、哀吊几种文体。所不同者，诔体文和碑体文是对逝者生平功业的记述与赞扬，是记叙事和抒情的结合；而哀体和吊体，则是对好人有憾的哀伤，以抒情为主导。哀体和吊体的区别是，前者作用于年幼夭折者，后者则是成人有憾者。鉴于哀体和吊体的抒情性，故而就其五经来源讲，应当属于《诗经》："赋颂歌赞，则《诗》立其本。"也就是说，在赋、颂、歌、赞四者之中，哀文和吊文是歌。"诗言志，歌永言也"，在表达对逝者的哀伤之情上，哀体文和吊体文同于乐府歌词的挽歌。

哀辞最早追溯到《诗经·秦风·黄鸟》，刘勰认为该诗是对殉葬秦穆公的三良所表达哀伤之情的哀辞，汉武帝感伤霍嬗暴死的《思奉车子侯歌》也属于哀伤之辞。其后，有东汉崔瑗的《汝阳主哀辞》，苏顺、张升的哀辞，建安时期徐幹的《行女哀辞》，西晋潘岳的《金鹿哀辞》《为任子咸妻作孤女泽兰哀辞》等等。对吊辞的追溯，最早是贾谊的《吊屈原赋》，其后有司马相如的《哀秦二世赋》，扬雄的吊屈原文(《反离骚》)以及班彪、蔡邕的吊屈原文，王粲的《吊夷齐文》，还有胡广、阮瑀的《吊夷齐文》，祢衡的《吊张衡文》，陆机的《吊魏武帝文》，等等。

就其价值取向而言，关于哀体，因为是作用于功业未就的未成年之人，所以不涉及道德和功业的判断，故而以情感为主。也就是述，刘勰判断哀文价值有无大小的标准是情感。有关于此，他说："原夫哀辞大体，情主于痛伤，而辞穷乎爱惜。"又说："隐心而结文则事惬，观文而属心则体奢。"反对为文造情的无病呻吟，主张为情撰文的情文并茂、感人泪下："奢体为辞，则虽丽不哀；必使情往会悲，文来引泣，乃其贵耳。"实际上，就该《哀吊》篇的行文来看，他也是以此标准评判历史上的哀吊文的。

至于吊文，就其价值取向而言，由于施加的对象是已具德业而死亡的成年人，所以要求对其作礼义的判断。也就是说，不符合礼义者不宜施吊。此表现为他以《礼记·檀弓上》"死而不吊者三:畏、厌、溺"为依据,认为"压溺乖道,所以不吊矣",也就是说非正常死亡者不予施吊;国家因天灾蒙受灾难、人民因而死亡则可比类而吊:"又宋水郑火,行人奉辞,国灾民亡,故同吊也。"相反,因好大喜功不顾正义给国家和人民带来灾难的人祸则是翻贺为吊反讽:"晋筑虒台,齐袭燕城,史赵、苏秦,翻贺为吊,虐民构敌,亦亡之道。"具体到死亡的个人,则吊文施于好人有憾者,或骄贵以殒身者如秦二世胡亥,或狷忿以乖道者如屈原,或有志而无时者如张衡,或美才而兼累者如曹操。

总之,在刘勰《哀吊》篇这里,哀文和吊文在内容上都以抒情为主,但因所施加对象不同,哀文要求情发于衷,能感人至深、催人泪下,主要在于以情感人;而吊文却在要求以情感人的同时,还要对逝者生平事迹做出义理上的道德价值判断,在以情感人的遗憾中寓托以理服人,并在二者的圆融中实现以情理化人。

但是,务要指出,刘勰的文体论是有矛盾的,最突出表现就是,在《哀吊》篇中他将贾谊的《吊屈原赋》视为吊体文的开创与典范;而在《辨骚》篇中,他又将贾谊《吊屈原赋》视为辞赋:"枚贾追风以入丽。"

杂文第十四

智术之子[①]，博雅之人[②]，藻溢于辞，辩盈乎气[③]。苑囿文情，故日新殊致[④]。宋玉含才，颇亦负俗[⑤]，始造《对问》[⑥]，以申其志，放怀寥廓[⑦]，气实使文[⑧]。及枚乘摛艳[⑨]，首制《七发》，腴辞云构[⑩]，夸丽风骇[⑪]。盖七窍所发，发乎嗜欲[⑫]，始邪末正，所以戒膏粱之子[⑬]也。扬雄覃思文阁[⑭]，业深综述[⑮]，碎文琐语[⑯]，肇为《连珠》[⑰]，其辞虽小而明润[⑱]矣。凡此三者，文章之枝派，暇豫[⑲]之末造也。

自《对问》以后，东方朔效而广之，名为《客难》[⑳]，托古慰志[㉑]，疏而有辨[㉒]。扬雄《解嘲》，杂以谐谑[㉓]，回环自释[㉔]，颇亦

---

①智术之子：有智慧有学问者，并以之为谋生手段，也即所谓的“劳心者”，区别于“劳力者”。《韩非子·孤愤》：“智术之士，必远见而明察。不明察，不能烛私。” ②博雅之人：知识广博、品德雅正者，和上“智术之子”互文。 ③藻溢于辞，辩盈乎气：智慧之辩和华美的藻饰通过文辞文气表现出来。 ④苑囿文情，故日新殊致：因为在文学的天地里活动，所以通过创新来达到不同境界。殊致：不同的意趣、境界。 ⑤负俗：与俗不谐。 ⑥《对问》：宋玉的《对楚王问》。 ⑦放怀寥廓：情怀高远。放怀：纵意，放纵情怀。寥廓：高远。 ⑧气实使文：实在是以气运文。 ⑨摛艳：铺陈艳丽的文辞。 ⑩腴辞云构：华美丰满的文辞如云一样结集。 ⑪夸丽风骇：夸饰艳丽如飙风骇浪。 ⑫七窍所发，发乎嗜欲：七窍耳、目、鼻、口七孔的功能是满足声、色、气、味的嗜欲。 ⑬始邪末正，所以戒膏粱之子：开始是人欲后来被规范在义理之内，用来告诫贵族之子。 ⑭覃思文阁：深思于天禄阁。覃思：深思。文阁：天禄阁，扬雄曾在此校书。 ⑮业深综述：用大功于绍述前代之作，如写《太玄》《法言》。 ⑯碎文琐语：琐碎的词语。 ⑰肇为《连珠》：首创连珠之文体。 ⑱明润：义理明白文辞润泽。 ⑲暇豫：闲暇的时间。 ⑳《客难》：东方朔的《答客难》。 ㉑托古慰志：托古言志。 ㉒疏而有辨：条理清晰，义理明白。 ㉓谐谑：诙谐戏谑。 ㉔回环自释：自圆其说。

为工。班固《宾戏》①,含懿采之华②;崔骃《达旨》,吐典言之裁③;张衡《应间》,密而兼雅④;崔寔《答讥》,整而微质⑤;蔡邕《释诲》,体奥而文炳⑥;景纯《客傲》,情见而采蔚⑦:虽迭相祖述,然属篇⑧之高者也。至于陈思《客问》,辞高而理疏⑨;庾敳⑩《客咨》,意荣而文悴⑪。斯类甚众,无所取才矣⑫。原夫兹文之设,乃发愤以表志。身挫⑬凭乎道胜⑭,时屯⑮寄于情泰⑯,莫不渊岳其心⑰,麟凤其采⑱,此立体之大要也。

自《七发》以下,作者继踵⑲,观枚氏首唱,信独拔⑳而伟丽㉑矣。及傅毅《七激》,会清要之工㉒;崔骃《七依》,入博雅之巧㉓;张衡《七辨》,结采绵靡㉔;崔瑗《七厉》,植义纯正㉕;陈思《七启》,取美于宏壮㉖;仲宣《七释》,致辨于事理㉗。自桓麟㉘《七说》以下,左思《七讽》以上,枝附影从㉙,十有余家:或文丽而义睽㉚,或理粹而辞驳㉛。观其大抵所归:莫不高谈宫馆,壮语畋

---

①《宾戏》:《答宾戏》。 ②懿采之华:好文采的光华。 ③吐典言之裁:写出典正文辞的体制,不同于东方朔等的杂以诙谐、戏谑。 ④密而兼雅:文辞义理缜密雅正。 ⑤整而微质:整饬而略显朴质。 ⑥体奥而文炳:义理深奥文辞鲜明。 ⑦情见而采蔚:感情显露且文采斐然。 ⑧属篇:犹言缀篇,创作文章。 ⑨辞高而理疏:文辞高妙而义理粗疏。 ⑩庾敳(ái):字子嵩,西晋文人,有连珠体文《客咨》。 ⑪意荣而文悴:内容充实而文采欠缺。 ⑫斯类甚众,无所取才矣:这样的作品还很多,已没有什么可取的了。 ⑬身挫:身遭挫折。 ⑭道胜:道义、义理占优势。 ⑮时屯(zhūn):时世艰难、困顿。 ⑯情泰:心态平和。 ⑰渊岳其心:形容心胸开阔,如渊深山高。渊:喻深。岳:喻高。 ⑱麟凤其采:形容文采像麒麟、凤凰般美丽可贵。麟凤:古谓麒麟、凤凰现身是祥瑞的征兆。 ⑲继踵:继续。踵:脚后跟。 ⑳独拔:独立超拔。 ㉑伟丽:宏伟壮丽。 ㉒清要之工:清晰简要的特点。 ㉓博雅之巧:广博雅正的特点。 ㉔结采绵靡:文采绵密细致。 ㉕植义纯正:立义纯粹公正。 ㉖取美于宏壮:以宏大壮丽为美。 ㉗致辨于事理:致力于辨明事物之理。 ㉘桓麟:字元凤,汉末文人,有《七说》之七体文。 ㉙枝附影从:追随枚乘《七发》的七体文创作。 ㉚文丽而义睽:文辞华丽而义理乖道。睽:本义是日落,此通“暌”,取分离、隔开义,谓与道分离。 ㉛理粹而辞驳:义理纯正但文辞驳杂。

猎①；穷瑰奇②之服馔③，极蛊媚④之声色；甘意⑤摇骨髓，艳词洞魂识⑥；虽始之以淫侈⑦，而终之以居正⑧。然讽一劝百，势不自反。子云所谓“犹骋郑卫之声，曲终而奏雅”⑨者也。唯《七厉》叙贤，归以儒道，虽文非拔群，而意实卓尔矣。

自《连珠》以下，拟者间出：杜笃、贾逵之曹，刘珍、潘勖之辈，欲穿明珠，多贯鱼目，可谓寿陵匍匐⑩非复邯郸之步，里丑捧心⑪不关西施之颦矣。唯士衡运思⑫，理新文敏⑬，而裁章置句⑭，广于旧篇，岂慕朱仲四寸之珰⑮乎！夫文小易周，思闲可赡。足使义明而词净，事圆而音泽，磊磊自转，可称珠耳。

详夫汉来杂文，名号多品，或典诰誓问，或览略篇章，或曲操弄引，或吟讽谣咏。总括其名⑯，并归杂文之区；甄别其义，各入讨论⑰之域。类聚有贯，故不曲述也。

赞曰：伟矣前修，学坚才饱。负文余力，飞靡⑱弄巧。枝辞

---

①畋猎：打猎。 ②瑰奇：瑰丽奇特。 ③服馔：衣服饮食。 ④蛊媚：妖冶妩媚。蛊，通“冶”。《后汉书·张衡传》：“咸姣丽以蛊媚兮，增嫮眼而蛾眉。”李贤注：“蛊音野，谓妖丽也。” ⑤甘意：柔媚的情意，款款深情。 ⑥魂识：灵魂。 ⑦淫侈：奢靡。 ⑧居正：遵循正道、走正道。《公羊传·隐公三年》：“君子大居正，宋之祸，宣公为之也。” ⑨子云所谓“犹骋郑卫之声，曲终而奏雅”：《汉书·司马相如传赞》：“扬雄以为靡丽之赋，劝百而讽一，犹骋郑卫之声，曲终而奏雅，不已戏乎？” ⑩寿陵匍匐：邯郸学步、画虎不成反类犬之义。出《庄子·秋水》：“且子独不闻夫寿陵余子之学行于邯郸与？未得国能，又失其故行矣，直匍匐而归耳。” ⑪里丑捧心：妄学别人而愈见其丑，东施效颦，出《庄子·天运》：“西施病心而颦其里，其里之丑人见之而美之，归亦捧心而颦其里。其里之富人见之，坚闭门而不出；贫人见之，挈妻子而去之走。” ⑫士衡运思：此指陆机构思创作《连珠》。 ⑬理新文敏：义理新颖，文辞敏捷。 ⑭裁章置句：代指《连珠》创作。 ⑮朱仲四寸之珰：仙人朱仲的四寸大珠。《列仙传》：朱仲者，会稽人也，常于会稽市上贩珠。汉高后时，下书募三寸珠。仲读购书笑曰：“直值汝矣。”赍三寸珠诣阙上书。珠好过度，即赐五百金。鲁元公主复私以七百金，从仲购珠。仲献四寸珠。珰（dāng）：玉制的耳饰，代珠玉等贵重之物。 ⑯名：名篇之名，指上典、诰、誓、问、览、略、篇、章、曲、操、弄、引、吟、讽、谣、咏，等等。 ⑰讨论：以论证思想观点为内容，不同于诗歌等主要以抒发情感为内容，也不同于传记以记事为内容。 ⑱飞靡：比喻舞文弄墨。

攒映①，嘒若参昴②。慕颦之心，于焉只③搅。

【译文】

有智慧有学问的人，知识广博、品德雅正的人，智慧之辩和华美的藻饰通过文辞文气表现出来。他们因为在文学的天地里活动，所以通过创新来达到不同境界。宋玉才高，颇能与俗不谐，开创了《对楚王问》的对问文体来申述他的志义，该文情志高远，实在是以气运文。到了枚乘铺陈华丽的辞藻，首先创制了七体之作的《七发》，华美丰满的文辞如云一样结涌，夸饰艳丽如飙风骇浪，七发是七窍所发嗜欲之义，开篇淫邪而末归于雅正，是用来告诫贵族之子的。扬雄深思于天禄阁，深深用功于阐述前代之作，用琐碎的文辞创作了《连珠》并开创了连珠文体，该文篇幅虽然短小，但却义理明朗、文辞润泽。以上三者是文章的支流，是闲暇时间的随意而作。

自宋玉的《对楚王问》而后，东方朔效法作《答客难》发展了对问体，该文是托古以慰己志之作，行文有条理，义理明晰。扬雄的《解嘲》夹杂着诙谐、戏谑，能够自圆其说，因而是对问体的成功之作。班固的《答宾戏》包含好文采的光华，崔骃的《达旨》写出典正文辞的体制(不同于东方朔等的杂以诙谐、戏谑)，张衡的《应间》文辞义理缜密雅正，崔寔的《答讥》整齐而略显朴质(不华美、感性)，蔡邕的《释诲》义理深奥、文辞鲜明，郭璞的《客傲》感情显露且文采斐然。以上诸人之作，虽然相互借鉴，但仍然是对问体之作中的上乘。到了曹植的《客问》文辞高妙而义理粗疏，庾敳的《客咨》内容充实而文采欠缺，这样的对问体作品很多，在此就没有选取的价值了。推原宋玉创制该对问体之时，创作动机是抒发愤懑以表达情志：虽然自身受挫但能够以道义自胜，虽然时代艰困但能够寄托

①攒映：簇聚映照。 ②嘒(huì)若参昴：好像小小的群星闪耀。嘒：同“嘒”，星光微小而明亮。参(shēn)昴(mǎo)：参宿和昴宿。《诗经·召南·小星》：“嘒彼小星，维参与昴。”
③只：语助词，无实义。

于心态平和,无不需要如深渊高山般的开阔心胸和麒麟凤凰般的美丽文采,这是对问文体立体的根本。

关于七体,从枚乘《七发》而后作者接连不断,考察发现,枚乘的《七发》是七体的首创,确实是独立超拔的壮美之作。之后,傅毅的《七激》清晰简要,崔骃的《七依》广博雅正,张衡的《七辨》文采绵密细致,崔瑗的《七厉》立义纯粹公正,曹植的《七启》以宏大壮丽为美,王粲的《七释》致力于辨明事物之理。从东汉末年桓麟的《七说》以下至于西晋左思的《七讽》,追随枚乘《七发》的七体文创作的尚有十多家:其作有的文辞华丽而义理乖道,有的义理纯正但文辞驳杂。这些七体作品,大体上夸饰宫殿馆舍、野外打猎;穷力于铺陈瑰丽奇特的服饰饮食、极具媚惑力的声色感官刺激,柔媚的情义软化人的骨髓,艳冶的文辞销人魂魄;虽然以奢靡开篇,但却以正义结章。但是,讽刺的只有一分,而劝诱的有百分,这种趋势无法逆转。这就是扬雄所说的绝大篇幅驰骋郑卫靡靡之音,却于篇末缀以雅正的尾巴。以上七体之作,只有崔瑗的《七厉》以圣贤为内容,符合儒家义理,虽然文辞不够出众,但在立意上确实是超越众七体之作。

自从扬雄作《连珠》而后,模拟之作不时出现。杜笃、贾逵、刘珍、潘勖等虽欲穿结明珠而实际上穿起的却是鱼目,无异于邯郸学步、东施效颦。只有陆机之作义理新颖、文辞敏捷,造句完篇比过去的篇幅扩大了,是由于他羡慕仙人朱仲的四寸大珠吧!就连珠之体而言,其体制短小可以写得严密紧凑,思考成熟,内容丰富,故而完全可以做到义理明白、文辞省净,涉事圆满而音韵润泽,圆转流动,故而称作连珠。

详考两汉以来杂文,命篇之名多种多样,有典、诰、誓、问、览、略、篇、章、曲、操、弄、引、吟、讽、谣、咏等,不一而足。总体概括其文体之名,可以归属于杂文的范围;对其内容进行甄别,各自归入讨论的领域。分类聚集便有条理,在此不再详述。

综上所述:伟大啊前贤,学问扎实富有才华。担负着创作的余力,舞文弄墨,手法巧妙。杂文如枝条簇聚映照,又如参宿和昴宿一样,虽小却闪耀光芒。有趣的是，怀有东施效颦之心的文人，也参与进来跟着“搅和”。

【评析】

《杂文》篇布局在论文序笔的文体论部分，是将归入不了诗、乐府、赋、颂、铭、箴、诔、碑、哀、吊等正体之文统称为“杂文”。“杂文”也是文，要在一个“杂”字。“杂”字之义就标题言，他说：“详夫汉来杂文，名号多品，或典诰誓问，或览略篇章，或曲操弄引，或吟讽谣咏。总括其名，并归杂文之区。”详考两汉以来杂文，命篇之名多种多样，典、诰、誓、问、览、略、篇、章、曲、操、弄、引、吟、讽、谣、咏，等等，不一而足。而该篇认为，成就较大的是对问体、七体和连珠体三种。以下分别就本篇对该三种文体的论述作考察。

对问是就对方的提问做出回答之文。作为文体，刘勰谓起于宋玉的《对楚王问》。《对楚王问》的内容，是宋玉对楚王关于自己不被世俗赞誉原因的诘问，是著名的成语“阳春白雪”“下里巴人”和“曲高和寡”的出处。宋玉的意思是，自己是阳春白雪曲高和寡，故而不被赞誉。刘勰对宋玉该篇评价很高：“以申其志，放怀寥廓，气实使文。”认为是宋玉以才运气、以气运文地申述自己志向高远之作，并以此为对问体的典范，衡量之后的模拟之作。被他顺次衡量的有东方朔的《答客难》、班固的《答宾戏》、张衡的《应间》、蔡邕的《释诲》、郭璞的《客傲》等。以上诸人之作，虽然相互借鉴，但因各自特点仍然是对问体之作中的上乘。到了曹植的《客问》、庾敳的《客咨》等却因各自的短板没有多少价值了。

七体的发端，刘勰说是枚乘的《七发》。和将宋玉《对楚王问》看作对问体的典范一样，他也将《七发》看作七体的典范之作。之所以如此，就创作动机论，是以“始邪末正”的行文方式达到“戒膏粱之子”的目的；就文学成就言，则是“信独拔而伟丽”。之后的模拟之作，顺次谈到的有傅毅的《七激》、崔骃的《七依》、张衡的《七辨》、崔瑗的《七厉》、曹植的《七启》、王粲的《七释》，以上这些，各因其特点得到刘勰的赞扬。而关于写得不太成功的七体之文，他说，从东汉末年桓麟的《七说》以下至于西晋左思的《七讽》之间尚有十多家，这十多家各以其缺点而为七体中的末流之作。就枚乘《七发》以后所有的七体之作而言，刘勰说只有崔瑗的《七厉》以圣贤为内容，符合儒家义理，虽然文辞不够出众,但其立意确实是超越众作。也就是说,他以崔瑗的《七厉》为枚乘《七发》之亚,其依据当然是其符合义理,内容雅正。

关于连珠之体,刘勰说肇端于扬雄的《连珠》。关于扬雄的《连珠》之作,刘勰该《杂文》篇谓:“扬雄覃思文阁,业深综述,碎文琐语,肇为《连珠》,其辞虽小而明润矣。”意思是说,扬雄的学问渊博,其《连珠》之作只不过是随意梳理琐碎言语写成,但即便如此,也能做到尽管篇幅短小却能义理明白、文辞润泽。当然,刘勰也是以扬雄的《连珠》为典范衡量之后的连珠体文章的。他说,连珠之作,自扬雄《连珠》之后拟作不断。为其顺次列举评论的有杜笃、贾逵、刘珍、潘勖等人的连珠之作是于邯郸学步、东施效颦的鱼目混珠,只有陆机之作比以上诸人之作成就大。

总之,关于杂文的创作,刘勰有一些具体的理论观点。从作家角度看,他说:“智术之子,博雅之人,藻溢于辞,辩盈乎气。苑囿文情,故日新殊致。”杂文是知识广博、品德雅正的士人创造的新作品,同时也可能是“学坚才饱”的文人“飞靡弄巧”的游戏之作。尽管杂体文是正体文的支脉,但却是文学的天河中闪耀着光辉的众多小星星,对其价值给予了充分肯定。

但是,务要指出,将该《杂文》篇放在整个文体论中可见,他的文体论又是有矛盾的。如在《辨骚》篇中,他是以枚乘的《七发》为辞赋的:“枚贾追风以入丽。”在《诠赋》篇中,他以枚乘的《七发》为赋体:“枚马播其风。”而此处却以之为七体的开创之作。而之后的七体拟作,实际上也都是赋并且是散体大赋,此由他本篇所批评的这些作品的大肆铺陈、走向淫丽以及“劝百讽一”可知。

谐讔第十五

芮良夫[①]之诗云："自有肺肠[②]，俾民卒狂。"夫心险如山，口壅[③]若川，怨怒之情不一，欢谑[④]之言无方。昔华元弃甲，城者发睅目之讴[⑤]；臧纥丧师，国人造侏儒之歌[⑥]；并嗤戏[⑦]形貌，内怨为俳[⑧]也。又蚕蟹鄙谚[⑨]，狸首淫哇[⑩]，苟可箴戒，载于《礼》典，故知谐辞讔言[⑪]，亦无弃矣。

谐之言皆也，辞浅会俗，皆悦笑也。昔齐威酣乐，而淳于说甘酒[⑫]；楚襄宴集，而宋玉赋好色[⑬]。意在微讽，有足观者。及

①芮良夫：西周时期卿士，芮国国君，姬姓，字良夫。相传《诗经·大雅·桑柔》为其著作。 ②自有肺肠：喻做事动机不良，别有用心。出《诗经·大雅·桑柔》。 ③壅(yōng)：堵塞。 ④欢谑：嘲笑挖苦。 ⑤华元弃甲，城者发睅目之讴：见《左传·宣公二年》：宋国大夫华元和郑国作战，兵败被俘，后逃回，监督筑城。筑城者唱歌谣讽刺他："睅其目，皤其腹，弃甲而复。于思，于思，弃甲复来。"华元为春秋时期宋国大夫。睅(hàn)目：鼓出眼睛。

⑥臧纥丧师，国人造侏儒之歌：《左传·襄公四年》载：邾国、莒国讨伐鄫国，鲁国大夫臧纥去救鄫国，兵败而归，鲁国人唱"侏儒侏儒，败我于邾"来讽刺他。 ⑦嗤戏：讥笑戏弄。

⑧内怨为俳：内心的怨情外化为诙谐讽刺的言语。俳(pái)：诙谐、滑稽。 ⑨蚕蟹鄙谚：喻名不副实的俗语。出《礼记·檀弓下》："成人有其兄死而不为衰者，闻子皋将为成宰，遂为衰。成人曰：'蚕则绩而蟹有匡，范则冠而蝉有緌，兄则死而子皋为之衰。'"郑玄注："蚩兄死者，言其衰之不为兄死。如蟹有匡，蝉有緌；不为蚕之绩，范之冠也。"谓养蚕吐丝要筐，蟹壳似筐而与蚕筐无关。用以比喻弟弟虽穿孝却不是为了哥哥。后因以"蚕绩蟹匡"喻名不副实。 ⑩狸首淫哇：《狸首歌》的淫哇淫邪之声。《礼记·檀弓下》："孔子之故人曰原壤，其母死，夫子助之沐椁。原壤登木曰：'久矣，予之不托于音也。'歌曰：'狸首之班然，执女手之卷然。'"孔颖达疏："言斫椁材文采似狸之首。"后因以"狸首"指原壤之歌。淫哇：淫邪之声，多指乐曲诗歌。 ⑪谐辞讔言：诙谐寓托的言辞。 ⑫齐威酣乐，而淳于说甘酒：《史记·滑稽列传》载，齐威王终日宴饮，淳于髡用"酒极则乱，乐极则悲，万事尽然，言不可极，极之而衰"劝诫他。 ⑬宋玉赋好色：即宋玉所作《登徒子好色赋》。

优旃之讽漆城[①]，优孟之谏葬马[②]，并谲辞饰说[③]，抑止昏暴。是以子长编史[④]，列传滑稽，以其辞虽倾回[⑤]，意归义正也。但本体不雅，其流易弊。于是东方、枚皋[⑥]，餔糟啜醨[⑦]，无所匡正，而诋嫚媟弄[⑧]，故其自称"为赋，乃亦俳也，见视如倡"[⑨]，亦有悔矣。至魏文因俳说以著笑书[⑩]，薛综凭宴会而发嘲调[⑪]，虽抃笑[⑫]衽席[⑬]，而无益时用矣。然而懿文[⑭]之士，未免枉辔[⑮]，潘岳丑妇[⑯]之属，束皙卖饼[⑰]之类，尤而效之，盖以百数。魏晋滑稽，盛相驱扇[⑱]，遂乃应玚[⑲]之鼻，方于盗削卵[⑳]；张华之形，比乎握舂杵[㉑]。曾是莠言[㉒]，有亏德音[㉓]，岂非溺者之妄笑[㉔]，胥靡之狂歌[㉕]欤？

讔者，隐也，遁辞[㉖]以隐意，谲譬[㉗]以指事也。昔还社求拯于

---

①优旃之讽漆城：出《史记·滑稽列传》："二世立，又欲漆其城。优旃曰：'善。主上虽无言，臣固将请之。漆城虽于百姓愁费，然佳哉！漆城荡荡，寇来不能上。即欲就之，易为漆耳，顾难为荫室。'" ②优孟之谏葬马：《史记·滑稽列传》载：楚庄王的爱马死了，要用大夫之礼来葬它。优孟请求用人君之礼来葬它，以此让诸侯知道大王轻人重马。庄王理解了优孟的劝谏，改变了主意。 ③谲辞饰说：离奇怪异的虚饰之辞。 ④子长编史：司马迁编撰《史记》。 ⑤倾回：言辞曲折，颠倒回环。 ⑥东方、枚皋：东方朔、枚皋。 ⑦餔(bū)糟啜醨：吃酒糟、喝薄酒、追求一醉，喻屈志从俗、随波逐流。 ⑧诋嫚媟弄：诋毁谩骂轻慢戏弄。
⑨为赋，乃亦俳也，见视如倡：枚皋语，见《汉书·枚皋传》。 ⑩魏文因俳说以著笑书：当指邯郸淳的《笑林》。 ⑪薛综凭宴会而发嘲调：吴国薛综善于在筵席上说笑话。 ⑫抃(biàn)笑：拍手而笑。 ⑬衽(rèn)席：宴席、座席，《礼记·坊记》："衽席之上，让而坐下，民犹犯贵。" ⑭懿文：华美的文章。 ⑮枉辔：喻走弯路。 ⑯潘岳丑妇：潘岳的《丑妇赋》。
⑰束皙卖饼：或指束皙的《饼赋》。束皙：字广微，西晋作家。 ⑱驱扇：驱策煽动。 ⑲应玚：字德琏，三国时魏国作家。 ⑳盗削卵：该句无考，大约是把庄玚的鼻子比作偷的半个鸡蛋。
㉑握舂杵：在臼中舂捣用的木棒。 ㉒莠言：丑恶之言、坏话，《诗经·小雅·正月》："好言自口，莠言自口。" ㉓德音：善言。《诗经·邶风·谷风》："德音莫违，及尔同死。" ㉔溺者之妄笑：《左传·哀公二十年》："王曰：'溺人必笑。'"此为记吴王的话，说落水的人手足无措，反而笑起来。 ㉕胥靡之狂歌：胥靡：罪人。《吕氏春秋·大乐》："溺者非不笑也，罪人非不歌也。"因为是强笑强歌，所以"其乐不乐"。 ㉖遁辞：不直接回答的回避之辞。 ㉗谲譬：委婉譬喻。

楚师，喻智井而称麦曲[1]；叔仪乞粮于鲁人，歌佩玉而呼庚癸[2]；伍举刺荆王以大鸟[3]，齐客讥薛公以海鱼[4]；庄姬托辞于龙尾[5]，臧文谬书于羊裘[6]。隐语之用，被于纪传。大者兴治济身，其次弼违晓惑。盖意生于权谲[7]，而事出于机急[8]，与夫谐辞，可相表里者也。汉世《隐书》，十有八篇，歆、固编文，录之赋末。

昔楚庄、齐威，性好隐语。至东方曼倩[9]，尤巧辞述，但谬辞诋戏[10]，无益规补[11]。自魏代以来，颇非俳优，而君子嘲隐，化为谜语。谜也者，回互[12]其辞，使昏迷也。或体目文字[13]，或图象品物[14]，纤巧以弄思[15]，浅察以衒辞[16]，义欲婉而正，辞欲隐而显。荀卿《蚕赋》，已兆其体。至魏文、陈思，约而密之。高贵乡公[17]，博举品物，虽有小巧，用乖远大。观夫古之为隐，理周要务，岂为童稚之戏谑，搏髀[18]而忭笑哉！然文辞之有谐谵，譬九流[19]之有小说[20]，盖稗官所采，以广视听。若效而不已，则髡朔之入室，

---

①还社求拯于楚师，喻智井而称麦曲：萧国还无社向楚国大夫求救，用"废井"和"麦曲"做比喻。还社：即还无社，春秋时萧国大夫。眢(yuān)井：干枯的井。麦曲：用麦作的发酵剂。 ②叔仪乞粮于鲁人，歌佩玉而呼庚癸：事见《左传·哀公十三年》：吴申叔仪乞粮于公孙有山氏，曰："佩玉繠兮，余无所系之。旨酒一盛兮，余与褐之父睨之。"对曰："粱则无矣，粗则有之。若登首山以呼曰'庚癸乎'，则诺。"庚：西方，代表谷。癸：北方，代表水。
③伍举刺荆王以大鸟：伍举用三年不飞不鸣的"大鸟"设譬来讽谏楚庄王。出《史记·楚世家》。 ④齐客讥薛公以海鱼：齐国有人讲海同鱼的关系讽谏薛公。出《战国策·齐策一》。
⑤庄姬托辞于龙尾：庄姬用无尾的龙启发楚襄王重视后嗣。出《列女传·楚处庄侄》。
⑥臧文谬书于羊裘：《列女传·鲁臧孙母》载，鲁国大夫臧良仲在齐国时曾托人送信告诉鲁君"食猎犬，组羊裘"，暗示士兵们做好准备迎敌。 ⑦权谲：权谋、诡诈。 ⑧机急：机智敏捷。 ⑨曼倩：东方朔的字。 ⑩谬辞诋戏：即俗谓开玩笑。 ⑪规补：规诫补过。 ⑫回互：回环。 ⑬体目文字：对文字的离拆，即《明诗》篇所讲"离合诗"之类作品。 ⑭图象品物：形容描绘事物作为谜面。 ⑮纤巧以弄思：用小聪明来卖弄才思。 ⑯浅察以衒辞：凭肤浅的见解来夸耀文辞。衒：同"炫"。 ⑰高贵乡公：即曹髦，曹丕孙。 ⑱搏髀(bì)：指在腿上打节拍，以应和歌曲和表示叹息或欢乐。 ⑲九流：出《汉书·艺文志》，指儒家、法家、道家、墨家、阴阳家、纵横家、名家、杂家、农家。 ⑳小说：《汉书·艺文志》："小说家者流，盖出于稗官；街谈巷语，道听途说者之所造也。"把先秦学说分为九个学派，即九流，九流之外还有小说家。

旃孟之石交①乎？

赞曰：古之嘲隐，振危释惫。虽有丝麻，无弃菅蒯②。会义适时，颇益讽诫。空戏滑稽，德音大坏。

【译文】

正如西周时期芮良夫诗文所说："自有肺肠，俾民卒狂。"君王的心如高山一样险恶，堵塞人口就如同堵塞河川。抱怨愤怒情感不同，欢乐戏谑的言语没有确定的表达方法。春秋时宋国华元弃甲，筑城者用"睅其目，皤其腹，弃甲而复。于思，于思，弃甲复来"的歌谣来戏弄他。臧纥兵败，群众用"臧之狐裘，败我于狐骀；我君小子，侏儒是使。侏儒侏儒，败我于邾"的歌谣来戏弄他。二者都是嗤笑戏弄其长相，内心的怨情外化为诙谐讽刺的言语。再者，《礼记》这样的儒家典籍记载了"蚕蟹"的鄙谚和以"狸首"开头的淫辞，说明谐辞讔言并没有被抛弃，它可以起到一定的箴戒作用。

"谐"是"皆"的意思，即浅显易懂能为众人接受，博得大家一笑。古时，齐威王沉溺宴饮，淳于髡用"酒极则乱"说服他；楚襄王好宴饮，宋玉赋《登徒子好色赋》来规劝他。二者之义在于婉辞讽谏，有值得赞赏之处。到了优旃讽谏秦二世的劳费漆城，优孟讽谏楚庄王的厚葬死马，也是用委婉之辞修饰观点，动机在于抑止昏庸暴虐。所以，司马迁编《史记》专列《滑稽列传》，因为其辞虽然诡诈，但动机却是正义的。但是，由于诙谐之辞本身体制不雅正，故而其流衍易于走向弊端。例如汉代的东方朔、枚皋之谐文屈志从俗、随波逐流，不能起到匡扶正义的作用，而是流于诋毁谩骂轻慢戏弄，以至于枚皋颇有自知之明地称自己所作之赋是游戏文字，因被看作供人取乐的倡优，也有悔意了。到了三国时期魏国邯郸淳将俳说编为《笑林》，吴国薛综善于在筵席上说笑话，虽拍手嬉笑于酒宴之上，但却于世事无所禅益。但是，文章高手也免不了走了这条

①石交：交谊坚固的朋友。 ②菅(jiān)蒯(kuǎi)：菅、蒯皆草名。指茅草之类，喻微贱。

歧路,如潘岳写丑妇、束皙赋卖饼等,效法过错者大概可以以百数计。魏晋时期好诙谐的风气很是流行,于是有将应玚的鼻子比作偷削的鸡蛋、将张华的形体比作舂杵的情况。这些都是所谓的恶语伤人,对作者的名声有损伤,和快被淹死的人无奈大笑、监狱中的罪犯无奈狂歌有什么区别呢?

"讔"是"隐"的意思,用回避之辞隐藏本意,用委婉的譬喻将事情说出来。古时,还无社向楚军求救,用"眢井""麦曲"作譬喻;吴国申叔仪乞粮于公孙有山氏,用了"歌佩玉"和"呼庚癸"的隐喻方式;伍举用三年不飞不鸣的"大鸟"设譬来讽谏楚庄王;齐国有人讲海同鱼的关系讽谏薛公;庄姬用无尾的龙启发楚襄王重视后嗣;臧文仲用"羊裘"隐喻提醒鲁国早做准备防备齐国进攻。可见隐语的使用也记载于史籍。往大处说,隐语可以兴邦治国、济世益身,其次则可以达到纠正过错解除迷惑的效果。大概,就其发生而言,和世道的诡谲多变有直接关系,而具体却是机智敏捷的结果,所以可以说,隐语和谐辞是互为表里的关系。汉代的《隐书》有十八篇,刘歆、班固将之编排在赋体之末。

古时,楚庄王、齐威王天生喜欢隐语。到了东方朔则尤其擅长,但是他的隐语简直就是开玩笑,对规诫补过没有什么帮助。自从曹魏以来,对俳优持否定态度,故而人们的谐嘲隐语变化为谜语。"谜"是回环其辞使昏迷的意思。有的离拆文字编成字谜,有的描绘事物作为谜面,用小聪明来卖弄才思,凭肤浅的见解来夸耀文辞,其义要的是由委婉而正确,其辞应该能由隐之显。推原而上,战国末期荀子的《蚕赋》已开隐体之先。曹丕、曹植使这一文体趋于简要周密。高贵乡公曹髦虽然于隐体有成就,但其义旨偏离了远大的意旨。考察古之隐语,其理周全于重要事务(国家大事),怎么能仅仅是像童子幼儿的戏谑、拍腿鼓掌而笑那么低俗。但是,文章之有谐体、讔体,就像九流之有小说家一样,大概是野史小说家采集来扩大人们的见闻的。如果竭力仿效进行创作,则成了淳于髡、东方朔的入室弟子,优旃、优孟一类人的知交了!

综上所述:古时的嘲讽隐语是用来挽救危局的,即使有了正式的文体，也没有将之抛弃。适当时候用一下，对讽谏告诫也很有好处。后世仅仅流于戏谑，是有损于自己的声誉的。

【评析】

谐即诙谐，讔即隐藏，作为文辞，指本来的意思不直接说出来，将之蕴蓄、隐藏于诙谐、委婉之中。就文体而言，二者和诗的含蓄蕴藉接近，即“主文而谲谏”。故而就其来源而言，刘勰虽没有明说，本书认为，当肇端于《诗经》，此由《谐讔》开篇即引《诗经·大雅·桑柔》之“自有肺肠，俾民卒狂”句可证。刘勰认为该诗是芮良夫所作。芮良夫是西周卿士，芮国国君，曾在用人上劝谏周厉王。随后刘勰所举的出自《左传》《礼记》的春秋时宋国大夫华元弃甲被嘲笑之事，嘲笑之辞也是歌谣：“睅其目，皤其腹，弃甲而复。于思，于思，弃甲复来。”还有臧纥丧师、国人所造的侏儒之歌：“臧之狐裘，败我于狐骀；我君小子，侏儒是使。侏儒侏儒，败我于邾。”相同者还有《礼记·檀弓》所记的“狸首淫哇”之曲：“狸首之班然，执女手之卷然。”

刘勰此篇，值得从三个层面重点分析：

第一，他认为二体最初是义理正大的，和军国大事关联。正因如此，《左传》《礼记》正典和正史传记才将之纳入记载之中。下分谐体、讔体顺次列举之。谐体：齐威酣乐而淳于说甘酒、优旃之讽漆城、优孟之谏葬马出自《史记·滑稽列传》。讔体：还社求拯于楚师喻眢井而称麦曲、叔仪乞粮于鲁人歌佩玉而呼庚癸二者出自《左传》，伍举刺荆王以大鸟出自《史记》，齐客讥薛公以海鱼出自《战国策》，庄姬托辞于龙尾、臧文谬书于羊裘出自《列女传》。

第二，两汉以降至于魏晋，谐、讔二体背离了义理正大的宗旨，走向了戏谑、俳倡甚至恶意嘲笑，刘勰一一列举并明确批评：东方朔、枚皋的谐文不能起到匡扶正义的作用，而是流于诋毁谩骂轻慢戏弄，三国时期魏国邯郸淳将俳说编为《笑林》，吴国薛综善于在筵席上说笑话，虽拍手讥笑于酒宴之上，但对于世事无所裨益，西晋潘岳的《丑妇赋》、束皙的《饼赋》广为效法。更有甚者，以嘲笑他人缺点为乐，将应玚的鼻子比作偷的半个鸡蛋，将张华的形体比作春杵。关于讔体：东方朔的隐语简直就是开玩笑，对规诫补过没有什么帮助。曹魏以来，人们对俳优持否定态度，故而人们的谐嘲隐语变化为谜语。曹丕、曹植使这一文体变得简约而周密，高贵乡公曹髦虽然于隐体有小成，但

其义旨偏离远大。

第三，关于谐、讔二体的文体特征，本书认为和诗歌含蓄委婉以达旨的特征相同，故而早期是用歌谣形式表达的。后来伴随文体的变化，二体和赋的结合逐渐紧密，如宋玉讽谏楚襄王荒淫所作的《登徒子好色赋》，荀子的《蚕赋》被刘勰视为讔体兆端，东方朔、枚皋所作也多是这样。还有，就谐、讔二体的地位而言，刘勰认为二者是正体支流，《礼》典正史传记中之所以记载是因其对正大义理的补充作用。一旦对正大义理的补充作用丧失而成为汉东方朔之后的作品样式，其存在价值也就不大了。有鉴于此，他将二体比作九流中的"小说家"，也就是说，在文章的王国里，其价值在杂文之下。

需要指出，刘勰的谐、讔二体观是站在儒家正统文学立场上的结论，其实，如果从民间文学、世俗文学角度看，即使被他批评的东方朔之后的谐、讔二体之文，也是有价值的。

史传第十六

开辟草昧[①]，岁纪绵邈[②]，居今识古，其载籍[③]乎？轩辕之世，史有仓颉[④]，主文之职，其来久矣。《曲礼》曰："史载笔。"

史者，使也。执笔左右，使之记也。古者左史记事者，右史记言者。言经则《尚书》，事经则《春秋》也。唐虞流于典谟，商夏被于诰誓。洎[⑤]周命维新，姬公[⑥]定法，紬[⑦]三正[⑧]以班历[⑨]，贯四时[⑩]以联事[⑪]。诸侯建邦，各有国史，彰善瘅恶[⑫]，树之风声。自平王[⑬]微弱，政不及雅，宪章[⑭]散紊[⑮]，彝伦攸斁[⑯]。

昔者夫子闵王道之缺，伤斯文之坠，静居以叹凤[⑰]，临衢而

---

①草昧：天地初开时的混沌状态、蒙昧。《周易·屯卦》："天造草昧。"王弼注："造物之始，始于冥昧，故曰草昧也。" ②绵邈：辽远。 ③载籍：书籍，典籍。《史记·伯夷列传》："夫学者载籍极博，犹考信于六艺。" ④仓颉：黄帝时的史官，传说汉字为其所造。"仓颉造字"的传说广泛出现在战国、秦汉典籍中。《荀子·解蔽》："好书者众矣，而仓颉独传者壹也。"《韩非子·五蠹》："昔者仓颉之作书也，自环者谓之私，背私谓之公。"《吕氏春秋·君守篇》："奚仲作车，仓颉作书，后稷作稼，皋陶作刑，昆吾作陶，夏鲧作城，此六人者，所作当矣。"《淮南子·本经》中记载："昔者仓颉作书，而天雨粟，鬼夜哭。" ⑤洎(jì)：到、及。⑥姬公：周公。 ⑦紬(chōu)：引出。 ⑧三正：春秋战国时代有所谓夏历、殷历和周历，这三者最主要的区别在于岁首的不同，所以又称"三正"。周历以通常冬至所在的建子之月，即夏历的十一月为岁首；殷历以建丑之月即夏历的十二月；夏历以建寅之月，即后世常说的阴历正月。周历比殷历早一月，比夏历早两个月。 ⑨班历：颁布历书。 ⑩四时：四季。⑪联事：把事情连贯起来。 ⑫瘅(dàn)恶：憎恨坏人坏事。 ⑬平王：周平王宜臼，于即位第二年(前770)将首都从镐京东迁至洛邑，东周开始。 ⑭宪章：典章制度。 ⑮散紊：散乱。⑯彝伦攸斁(dù)：伦常败坏。 ⑰叹凤：出《论语·子罕》："凤鸟不至，河不出图，吾已矣夫。"

泣麟①，于是就太师以正《雅》《颂》，因鲁史以修《春秋》。举得失以表黜陟②，征存亡以标劝戒；褒见一字，贵逾轩冕③；贬在片言，诛深斧钺④。然睿旨⑤幽隐，经文婉约⑥，丘明同时，实得微言⑦。乃原始要终⑧，创为传体。传者，转也；转受经旨，以授于后，实圣文之羽翮⑨，记籍⑩之冠冕也。

及至纵横之世⑪，史职犹存。秦并七王，而战国有《策》⑫。盖录而弗叙⑬，故即简而为名也。汉灭嬴、项⑭，武功积年⑮，陆贾⑯稽古⑰，作《楚汉春秋》⑱。爰及太史谈⑲，世惟执简⑳。子长继志㉑，甄序帝绩㉒：比尧称《典》，则位杂中贤㉓；法孔题《经》，则文非玄圣；故取式《吕览》，通号曰《纪》。纪纲之号，亦宏称㉔也。故《本纪》以述皇王，《列传》以总侯伯，《八书》以铺政体，《十表》以谱年爵㉕，虽殊古式，而得事序㉖焉。尔其实录无隐之旨，博雅弘辩之才，爱奇反经之尤，条例踳落㉗之失，叔皮㉘论之详矣。

---

①泣麟：和上“叹凤”一样为哀叹悲泣世衰道穷之典。《公羊传·哀公十四年》：“十有四年，春，西狩获麟……麟者，仁兽也。有王者则至，无王者则不至。有以告者，曰：‘有麕而角者’。孔子曰：‘孰为来哉！孰为来哉！’反袂拭面，涕沾袍。” ②黜陟(zhì)：升降。《尚书·周官》：“诸侯各朝于方岳，大明黜陟。” ③轩冕：本指大夫以上官员的车乘和冕服，此指具有最大价值。 ④斧钺(yuè)：斧与钺，泛指兵器，亦泛指刑罚。作为刑罚，是古代酷刑中的一种，用斧钺劈开头颅致死。 ⑤睿旨：圣人的意旨。 ⑥婉约：委婉含蓄。 ⑦微言：微妙的言辞。 ⑧原始要终：探求事物发展的起源和结果。 ⑨羽翮(hé)：羽毛。翮，羽轴下段不生羽瓣而中空的部分。 ⑩记籍：典籍。 ⑪纵横之世：春秋战国时代。 ⑫战国有策：指《战国策》。 ⑬录而弗叙：照录而没有进一步的叙述。 ⑭嬴、项：嬴秦和项楚的并称。 ⑮武功积年：多年战乱。 ⑯陆贾(约前240—前170)：西汉初年楚国人，思想家、政治家、外交家。 ⑰稽古：考察古事。《尚书·尧典》：“曰若稽古，帝尧，曰放勋。”《汉书·武帝纪赞》：“高祖拨乱反正，文景务在养民，至于稽古礼文之事，犹多阙焉。” ⑱《楚汉春秋》：已亡佚。 ⑲太史谈：司马谈，司马迁之父，汉武帝建元至元封年间任太史令。 ⑳世惟执简：指当时黄老思想作为国家治理思想，社会崇尚简朴。 ㉑子长继志：司马迁继承司马谈遗志。子长：司马迁字。 ㉒甄序帝绩：铨叙古代帝王的功绩。 ㉓中贤：一般的贤人。 ㉔宏称：宏大的称呼。 ㉕年爵：年表。 ㉖事序：事情的条理、秩序。《左传·昭公十一年》：“会朝之言，必闻于表著之位，所以昭事序也。” ㉗踳(chuǎn)落：错谬杂乱。 ㉘叔皮：班彪字。

及班固述汉，因循前业，观司马迁之辞，思实过半。其《十志》[①]该富[②]，赞序[③]弘丽[④]，儒雅彬彬，信有遗味[⑤]。至于宗经矩圣之典，端绪丰赡之功，遗亲[⑥]攘美[⑦]之罪，征贿[⑧]鬻笔[⑨]之愆[⑩]，公理辨之究矣。观夫左氏缀事[⑪]，附经间出[⑫]，于文为约，而氏族难明[⑬]。及史迁各传，人始区详而易览，述者宗焉。及孝惠委机[⑭]，吕后摄政[⑮]，班史立纪，违经失实，何则？庖牺[⑯]以来，未闻女帝者也。汉运所值，难为后法。牝鸡无晨[⑰]，武王首誓；妇无与国[⑱]，齐桓著盟；宣后[⑲]乱秦，吕氏危汉，岂唯政事难假，亦名号宜慎矣。张衡司史，而惑同迁、固，元、平二后，欲为立纪，谬亦甚矣。寻子弘[⑳]虽伪，要当孝惠之嗣；孺子[㉑]诚微，实继平帝之体；二子可纪，何有于二后哉？

至于后汉[㉒]纪传，发源《东观》[㉓]。袁、张[㉔]所制，偏驳不伦；薛、谢[㉕]之作，疏谬少信；若司马彪[㉖]之详实，华峤[㉗]之准当，则其冠也。及魏代三雄[㉘]，记传互出：《阳秋》《魏略》[㉙]之属，《江表》

---

①十志：《汉书》有《律历志》《礼乐志》《刑法志》《食货志》《郊祀志》《天文志》《五行志》《地理志》《沟洫志》《艺文志》十志。 ②该富：详备丰富。 ③赞序：史书作者为传主所作的赞语和为各“志”所写的引言。 ④弘丽：宏伟华丽。 ⑤遗味：遗风。 ⑥遗亲：遗忘父亲名字而不提及。 ⑦攘美：掠美。 ⑧征贿：求取贿赂。 ⑨鬻(yù)笔：以文辞谋利。 ⑩愆(qiān)：罪过、过失。 ⑪缀事：连缀事件。 ⑫间出：不时出现。 ⑬氏族难明：人物家事族谱不明。 ⑭委机：此指委托国事于吕后。 ⑮摄政：代行君主权力。 ⑯庖牺：伏羲。 ⑰牝(pìn)鸡无晨：《尚书·牧誓》：“牝鸡无晨。牝鸡之晨，惟家之索。”牝鸡：母鸡，比喻专权的妇人。 ⑱妇无与国：妇女不能参与国事。 ⑲宣后：战国时期秦国王太后，秦昭襄王之母。 ⑳子弘：汉惠帝儿子刘弘。 ㉑孺子：汉平帝儿子刘婴。 ㉒后汉：东汉。 ㉓《东观》：《东观汉记》，一部记载东汉光武帝至汉灵帝一段历史的纪传体史书，因于东观设馆修史而得名，经班固、陈宗、尹敏、孟异、刘珍、李尤、刘騊駼等几代人修撰才最后成书。 ㉔袁、张：晋代袁山松的《后汉书》与张莹的《后汉南记》。 ㉕薛、谢：三国时吴国谢承的《后汉书》和薛莹的《后汉记》。 ㉖司马彪：西晋宗室、史学家。著有《续汉书》。 ㉗华峤(？—293)：字叔骏，平原高唐人，西晋学者、史学家，他在《东观汉记》基础上作《后汉书》，《晋书》本传称“有迁固之规，实录之风”。 ㉘魏代三雄：指魏、蜀、吴三国。 ㉙《阳秋》《魏略》：孙盛的《魏氏阳秋》，鱼豢(huàn)的《魏略》。

《吴录》[1]之类，或激抗难征[2]，或疏阔寡要[3]，唯陈寿《三志》文质辨洽[4]，荀、张[5]比之于迁、固，非妄誉[6]也。

至于晋代之书，系乎著作。陆机肇始而未备[7]，王韶续末而不终[8]，干宝述《纪》，以审正得序[9]；孙盛《阳秋》，以约举为能[10]。按：《春秋》经传，举例发凡[11]；自《史》、《汉》以下，莫有准的。至邓粲《晋纪》，始立条例[12]，又摆落[13]汉魏，宪章殷周，虽湘州曲学[14]，亦有心典谟[15]，及安国立例[16]，乃邓氏之规焉。

原夫载籍之作也，必贯乎百氏[17]，被之千载，表征[18]盛衰，殷鉴兴废，使一代之制，共日月而长存，王霸之迹，并天地而久大。是以在汉之初，史职为盛。郡国文计[19]，先集太史之府，欲其详悉于体国[20]也。阅石室[21]，启金匮，细裂帛，检残竹，欲其博练[22]于稽古也。是立义选言，宜依经以树则；劝戒与夺，必附圣以居宗；然后诠评[23]昭整[24]，苛滥[25]不作矣。

然纪传为式，编年缀事，文非泛论，按实而书，岁远则同异难密，事积则起讫易疏，斯固总会[26]之为难也。或有同归一事，

---

①《江表》《吴录》：虞溥的《江表传》，张勃的《吴录》。 ②激抗难征：激切虚夸难于置信。 ③疏阔寡要：粗疏阔落不得要领。 ④文质辨洽：内容形式明白和谐。 ⑤荀、张：荀勖、张华。 ⑥妄誉：虚妄不实的赞誉。 ⑦陆机肇始而未备：西晋陆机写了《三祖纪》没有写完。 ⑧王韶续末而不终：南朝宋的王韶之续写《晋纪》没有写到晋亡。 ⑨干宝述《纪》，以审正得序：干宝著述的《晋纪》精审正确而得到称引。 ⑩孙盛《阳秋》，以约举为能：孙盛的《晋阳秋》以简明扼要著名。 ⑪举例发凡：阐述编书体例，概述全书旨要。 ⑫邓粲《晋纪》，始立条例：东晋的邓粲作《晋纪》，又开始立出了条例。 ⑬摆落：撇开、摆脱。 ⑭湘州曲学：湘州的乡曲之学。湘州：据《水经·湘水注》，晋怀帝时设立湘州，即今湖南湘水流域。邓粲为长沙人，故称湘州。曲学：乡曲之学。乡曲：远离城市的偏僻地方。 ⑮典谟：《尚书》中《尧典》《舜典》《大禹谟》《皋陶谟》等，此代《尚书》。 ⑯安国立例：孙盛著《晋阳秋》订立的条例。安国：孙盛字。 ⑰百氏：诸子百家。 ⑱表征：验证。 ⑲文计：文书与会计簿籍。 ⑳体国：治理国家。 ㉑石室：古代藏图书档案处。《史记·太史公自序》："周道废，秦拨去古文，焚灭《诗》《书》，故明堂石室，金匮玉版，图籍散乱。" ㉒博练：渊博、练达。 ㉓诠评：权衡评议。诠：通"铨"。 ㉔昭整：明晰完整。 ㉕苛滥：过严或过宽。 ㉖总会：聚集会合编辑。

而数人分功，两记则失于复重，偏举则病于不周，此又铨配[1]之未易也。故张衡摘史班[2]之舛滥[3]，傅玄[4]讥《后汉》之尤烦，皆此类也。

若夫追述远代，代远多伪。公羊高云“传闻异辞”[5]，荀况称“录远略近”，盖文疑则阙，贵信史[6]也。然俗皆爱奇，莫顾实理，传闻而欲伟其事，录远而欲详其迹，于是弃同即异[7]，穿凿傍说，旧史所无，我书则传，此讹滥之本源，而述远之巨蠹[8]也。至于记编同时，时同多诡，虽定、哀[9]微辞，而世情利害。勋荣[10]之家，虽庸夫而尽饰；迍败[11]之士，虽令德而嗤埋[12]，吹霜煦露[13]，寒暑笔端，此又同时之枉，可为叹息者也！故述远则诬矫[14]如彼，记近则回邪[15]如此，析理居正，唯素心[16]乎！

若乃尊贤隐讳，固尼父之圣旨，盖纤瑕[17]不能玷瑾瑜[18]也；奸慝[19]惩戒，实良史[20]之直笔。农夫见莠，其必锄也，若斯之科[21]，亦万代一准焉。至于寻繁领杂之术，务信弃奇之要，明白头讫[22]之序，品酌事例之条，晓其大纲，则众理可贯。然史之为任，乃弥纶[23]一代，负海内之责，而赢是非之尤。秉笔荷担，莫此之劳。迁、固通矣，而历诋[24]后世，若任情失正，文其殆[25]哉！

---

①铨配：权衡分配。 ②史班：司马迁和班固的并称。 ③舛(chuǎn)滥：谬误失实。 ④傅玄(217—278)：字休奕，北地郡泥阳县，西晋文学家、思想家。 ⑤传闻异辞：据《公羊传·隐公元年》：“所见异辞，所闻异辞，所传闻异辞。” ⑥信史：真实的历史。 ⑦弃同即异：弃同就异。 ⑧巨蠹：大蛀虫，比喻大奸或大害。 ⑨定、哀：鲁定公、鲁哀公。 ⑩勋荣：功勋光荣。 ⑪迍(zhūn)败：困顿、失意。 ⑫嗤埋：讥笑埋没。 ⑬煦露：温暖的露水。 ⑭诬矫：虚伪做作、虚假不实。 ⑮回邪：回护邪僻。 ⑯素心：平正之心。 ⑰纤瑕：小的瑕疵。 ⑱瑾瑜：美玉名，泛指美玉。 ⑲奸慝：奸恶的人。《尚书·周官》：“司寇掌邦禁，诘奸慝，刑暴乱。” ⑳良史：优秀的史官。指能秉笔直书、记事信而有征者。《左传·宣公二年》：“孔子曰：‘董狐，古之良史也，书法不隐。’”《汉书·司马迁传赞》：“然自刘向、扬雄博极群书，皆称迁有良史之材……其文直，其事核，不虚美，不隐恶。” ㉑科：科条、规则。 ㉒头讫：开头和结尾。 ㉓弥纶：综括贯通。 ㉔历诋：屡遭毁谤。 ㉕殆：危。

赞曰：史肇轩黄，体备周孔。世历斯编，善恶偕总。腾褒裁贬[1]，万古魂动。辞宗丘明[2]，直归南董[3]。

【译文】

天地开辟，时间已经很遥远，今天的人们要想知道古代的情况，只有靠典籍了吧？早在轩辕黄帝之时，就有史官仓颉，由此可见，主管文史的专职是由来已久的了。《礼记·曲礼》说："史官以笔记录历史。"

"史"就是"使"的意思，执笔站立于帝王左右，使其记录。古时，左史官记录帝王行事，右史官记录帝王话语。记录话语的经书是《尚书》，记录行事的经书是《春秋》。唐尧虞舜时的事靠《尚书》的典谟传下来，夏代、商代的历史记载在《尚书》的诰誓中。到了周代行新政，周公定新法，引出三正以颁行历法，通贯四季而联结事务。诸侯各自建立邦国，分别有自己本国的史书，表彰善事、批判恶事以树风教。自周平王以来，政事不再雅正，典章制度散乱，伦常败坏。

古时，孔子悲悯王道缺失，哀伤于文明堕落，闲居时悲叹凤鸟不至，临街时泣麒麟出现，于是就跟乐官订正《雅》《颂》之乐，借助鲁国史书修编《春秋》。列叙得失以阐明世道升降的规律，通过国家存亡来表达鼓励和告诫；褒扬见于一字之妙，其贵超越冠冕之高；贬抑也在片言之中，诛伐深于斧钺之重。但是，圣人意旨幽微隐约，经书之文委婉含蓄，左丘明和孔子同时，能深得孔子《春秋》之微言大义，于是推原事情的始末作了《左传》，创造了"传"这一著作体例。传，就是转，转达经典的旨意，以便传授后人。这实际上是经书的辅佐，史书的首要著作。

到了春秋战国时期，史官职位尚且存在。秦国使七国合并为一，有《战国策》这一史书。大致上是记录而没有按年代编排，所以录于简策而以之命名。汉代消灭嬴政和项羽，战事连年，陆贾考察其事，作《楚汉春

---

①腾褒裁贬：褒扬贬抑。 ②丘明：左丘明，一般认为《左传》《国语》为其所作。 ③南董：春秋齐史官南史、晋史官董狐的合称，二人皆以直笔不讳著称。

秋》。到了太史令司马谈，他的家族世代执掌史官之职。司马迁继承司马谈遗志，甄别记述历代帝王的事迹：如果类比尧而以“典”名篇，则其中未免夹杂德业普通的帝王；如果效法孔子以“经”名篇，则其中的帝王又并非都是圣人；所以，取法《吕氏春秋》统一以“纪”名篇。“纪”有“纪纲”义，也是宏大的称呼了。所以，以“本纪”名篇记述帝王，以“列传”名篇记述侯爵、伯爵，以“八书”铺列政事，以“十表”谱列年表，这虽然和古史书凡例不同，却深得事情条理、秩序之妙。司马迁《史记》实录无所隐晦的宗旨，博通雅正雄辩的才能，喜爱搜奇违反经典之过，体例错落杂乱之失，班彪的论述已经很详尽了。

到了班固修《汉书》，因袭司马迁《史记》，采用司马迁《史记》之处已过半。《汉书》之“十志”详备丰富，赞语、引言宏伟华丽，深得儒家的雅正精神，确实有司马迁《史记》的遗风。至于说《汉书》以圣人、以经书为法，理清端绪和丰富内容之功，不提父亲之名掠人之美之罪，索取贿赂以文辞谋利之过，后世史家辨别得已经很深刻了。考察《左传》之记事，时而有附会经典之处，其文辞是简约，但人物家事族谱不明。到了司马迁《史记》各列传，人物才区分详细而易于观览，以至于后世作史书者以之为法。到了汉惠帝委托政事于吕后，吕后代行君主权力，班固、司马迁谓记述吕后事以“纪”名篇，不符合经典且于史实有所失，这是为什么呢？因为，自从伏羲氏以来，没听说有过女皇帝啊。汉代所碰到的情况，不足为后世效法。女性不能称王，是周武王首先发下的誓愿；妇女不能参与国事，是齐桓公的盟誓内容；秦宣太后乱秦政，吕太后危害汉朝，国家不可委托他人，即便是名号也应该谨慎使用啊！张衡任史官，却和司马迁、班固一样迷惑，要为汉元帝王皇后、汉平帝王皇后立“纪”，也是很谬误的啊！推究起来，汉惠帝的儿子刘弘虽然不是亲生儿子，但是可以充当惠帝的子嗣；孺子刘婴虽然微弱，但他确实继承了汉平帝大位。就血统而言，刘弘、刘婴二子应该立“纪”，怎么能以皇后入“纪”呢？

至于东汉之纪传，发源于《东观汉记》。袁山松的《后汉书》与张莹的《后汉南记》，偏颇驳杂、不伦不类；三国时吴国谢承的《后汉书》和薛莹的

《后汉记》,粗疏、谬乱于史不实;像司马彪《续汉书》之详实,华峤的《后汉书》的准确允当,则是记述东汉史事史书之最有成就的。关于三国的史书有好多:孙盛的《魏氏阳秋》、鱼豢的《魏略》、虞溥的《江表传》、张勃的《吴录》等,有的激切虚夸而难以置信,有的粗疏阔落、不得要领,只有陈寿的《三国志》内容形式明白和谐,以至于荀勖、张华将之比肩于司马迁的《史记》、班固的《汉书》,并不是过分的赞誉。

至于晋代的史书,多由文士作家撰写。西晋陆机《三祖纪》没有写完,南朝宋的王韶之续写《晋纪》没有写到晋亡,干宝著述的《晋纪》精审正确而得到称引,孙盛的《晋阳秋》以简明扼要著名。按:《春秋》传文《左传》,阐述编书体例、概述全书旨要;从《史记》《汉书》之后没有一定标准。东晋的邓粲作《晋纪》,才开始立出了条例,可是又撇开汉魏以商周为法,虽然是湘江僻远之地的史学,但也是有志于效法《尚书》,孙盛著《晋阳秋》订立的条例,也还是遵循了邓粲的规则。

推原史书的撰作原则,必须通贯百家之学,涉及千年之史事,验证借鉴于盛衰兴废,以使一代之制度、王道霸道的史事和日月天地共存,因此,在西汉初期史官很受重用。诸侯国的文书与会计簿籍先被收集到太史令的府邸,意思是要让他详细了解治国的文献。遍检典籍文献,是要使史官博通练达于考察史实。所以,建立义理选取材料,应该依据经书树立原则;或鼓励或告诫,或褒或贬,必须依附圣人以之为主宰;然后评论才能明确完整,不至于过严或过宽。

然而,本纪、列传的体式,编年以缀列史事,文辞非泛泛而论,一切据实书写,这样要求,时间久远,史料记载有同有异,难以考证,有的史事史料较多,叙述容易疏散,这本来就是聚集会合史料加以编辑的难事啊!有时是同一件事而涉及多个人,如果都记述则会导致重复,如果偏于一个人则又有不够周全的不足,这又是衡量分配的难处啊!所以才有张衡指摘司马迁和班固的谬误,傅玄讥笑《东观汉记》的过于繁复,都是这一类的毛病。

追述远代之事,因时代久远,史事多有虚假。公羊高所谓的“传闻异辞”和荀子所谓的“录远略近”，大概是对于传文有疑问则付之阙如，以真实为贵吧！然而，世俗都喜欢奇特，不顾念实在之理，在传闻中夸大其事，录远之事要详细，于是乎便弃同就异，穿凿附会于道听途说，史上所无之事而我写之书上却有，这是错讹的根源，是记述远古之事的大敌啊！至于记述同时历史事件的史书，不同的书也会多有不同，即使《春秋》记述鲁定公、鲁哀公时的隐微之辞，也可见人情利害的影响。功勋光荣之家，虽然是平庸之人也尽力粉饰；困顿、失意之人，虽然有好的德业也会给予嗤笑埋汰。或吹霜或煦露，严寒暑热见于笔下，这又是记述当代历史的枉曲，怎能不令人为之叹息。总之，追述久远则是那样的虚假不实，记述近事却又这样的回护不正，故而，编写史书要求平正之心。

至于尊贤隐讳，这是孔子的宗旨，但小的瑕疵不能玷污整块美玉。惩戒奸恶之人是好的史家应该做的，就像农夫见了不好的庄稼苗，必须立即将其铲除一样，这一规则，是编写史书永远不能变的标准。至于说考察整理繁琐杂乱的史料的技能，以真实为原则抛弃怪说，记述事件使其始末清楚的顺序，品评斟酌事例的条则，如果通晓其大致纲领，那么各种规则都可贯通。然而，史官的责任是贯通一代，肩负天下责任而承受着是非的责难。提起笔担起重担，没有比这更劳累的了。司马迁和班固已经深通史家之道，但仍然被后世诋毁，如果感情用事失却公正，那么编写史书必然失败！

综上所述：史官记史早在黄帝之时就有，其体制完备于周代孔子之时。以后各代都有史官，善良与丑恶都被归总。或褒扬或贬抑，长久以来动人心魄。史书之文辞以左丘明《左传》为宗，史书的直笔原则来源于春秋齐史官南史、晋史官董狐。

【评析】

龚自珍说：“欲要亡其国，必先灭其史。”史是一个国家一个民族生活轨迹的记忆和记录，史家的职事就是将史迹记录下来，左史记言，右史记事。但史又不止于史迹的忠实记录，它作为社会生活的一部分，必然要以社会生活的一般原则就事迹作出价值判断。史家在记录史料后还要扬善弃恶，推动社会向前发展。故而,史家的职责在于忠于历史,同时做出价值判断,除此之外还必须具备史家的史料甄别能力和文字表述能力。

可见,史书的编撰需要史家有多方面的素质,具备处理史料、把握义理、斟酌文辞的才能。这是刘勰《史传》篇的基本史学思想。这一思想的精神贯穿在全篇之中,也体现在他的集中论述中:“阅石室,启金匮,紬裂帛,检残竹,欲其博练于稽古也。是立义选言,宜依经以树则;劝戒与夺,必附圣以居宗;然后诠评昭整,苛滥不作矣。”即以大量的古代典籍为基础极广泛地占有史料,博取之后还要约收,也就是运用史家的史料功夫。“是立义选言,宜依经以树则;劝戒与夺,必附圣以居宗;然后诠评昭整,苛滥不作矣”,是将义理功夫和文辞功夫放在一起说了,此由“立义选言”可知。“立义”即建立义理,“选言”即合理择取材料以形成史书文本,对二者的要求是征圣、宗经:“立义选言,宜依经以树则;劝戒与夺,必附圣以居宗。”明确了义理并以之为标尺,才可以整理史料。刘勰该《史传》篇的史学三原则可以概括为:史料要真、义理要正、文辞要明。

实际上,刘勰也正是以此为标准写作本篇的,此可见于原文和译文,不再赘述。下再就该篇指出两点:

其一,就史传文体的儒家五经来源而言,刘勰《宗经》篇说是和盟檄一样根源于《春秋》:“记传盟檄,则《春秋》为根。”

其二,他对司马迁和班固给秦宣太后和汉吕后立“纪”持批评态度,是儒家中的保守派。一般认为,司马迁的《史记》以儒家思想为主,夹杂着强烈的道家思想,可称之为儒家中的开明派;班固则相对“稳重”得多,甚至稳重得有点儿保守。司马迁和班固的儒家属性,可从上《辨骚》篇二人对屈《骚》的评价知:司马迁说屈原可与日月争光,班固则批评屈原非明智之器。但是,刘勰批评班固为“女帝”立“纪”,一方面证明他儒家思想的保守性;另一方面也说明他“信史”观的矛盾性,因为,秦宣太后和汉吕后实质上已经具备了帝位和帝业。

诸子第十七

诸子者，入道见志[①]之书。太上立德，其次立言[②]。百姓之群居，苦纷杂而莫显；君子[③]之处世，疾名德之不章[④]。唯英才[⑤]特达[⑥]，则炳曜[⑦]垂文[⑧]，腾其姓氏，悬诸日月焉。昔风后、力牧、伊尹[⑨]，咸其流也。篇述者，盖上古遗语，而战代所记者也。至鬻熊[⑩]知道，而文王谘询，余文遗事，录为《鬻子》。子目肇始，莫先于兹。及伯阳[⑪]识礼，而仲尼访问，爰序道德，以冠百氏。然则鬻惟文友，李实孔师，圣贤并世，而经子异流矣。

逮及七国力政，俊乂[⑫]蜂起。孟轲膺儒以磬折[⑬]，庄周述道

①入道见志：阐明思想表达志向。 ②太上立德，其次立言：《左传·襄公二十四年》："太上有立德，其次有立功，其次有立言，虽久不废，此之谓不朽。"孔颖达疏："立德，谓创制垂法，博施济众，圣德立于上代，惠泽被于无穷。" ③君子：有才德之人。 ④章：同"彰"。 ⑤英才：才能突出者。 ⑥特达：原谓行聘时惟圭、璋能独行通达，不加余币。《礼记·聘义》："圭璋特达，德也。"孔颖达疏："聘享之礼，有圭、璋、璧、琮。璧、琮则有束帛加之乃得达；圭、璋则不用束帛，故云特达。"后引指人才特出、突出。南朝宋刘义庆《世说新语·言语》："此子珪璋特达，机警有锋。" ⑦炳曜：亦作"炳耀""炳燿"，文采焕发、光辉灿烂。 ⑧垂文：焕发文采。 ⑨风后、力牧、伊尹：风后、力牧出《史记·五帝本纪》："(黄帝)举风后、力牧……以治民。"裴骃集解引郑玄曰："风后，黄帝三公也。"伊尹：伊挚，商汤臣子，商朝初年政治家。 ⑩鬻(yù)熊：颛顼的后裔，楚国的先祖、开国君主熊绎的曾祖父，约生活于前11世纪。《史记·楚世家》："鬻熊子事文王。"著有《鬻子》一书，《汉书·艺文志》："《鬻子》二十二篇。"小说家类有"《鬻子说》十九篇"。 ⑪伯阳：老子，姓李名耳字伯阳(据《史记·老子韩非列传》)。 ⑫俊乂(yì)：才德出众的人。 ⑬磬折：弯腰，表谦恭。《礼记·曲礼下》："立则磬折垂佩。"

以翱翔①。墨翟执俭确②之教，尹文③课④名实之符⑤。野老⑥治国于地利，驺子⑦养政于天文。申商⑧刀锯⑨以制理，鬼谷⑩唇吻⑪以策勋⑫。尸佼⑬兼总于杂术，青史⑭曲缀于街谈。承流而枝附者，不可胜算，并飞辩以驰术，餍禄⑮而余荣⑯矣。

暨于暴秦烈火，势炎昆冈⑰，而烟燎之毒，不及诸子。逮汉成留思，子政⑱雠校，于是《七略》芬菲，九流鳞萃⑲。杀青⑳所编，百有八十余家矣。迄至魏晋，作者间出，谰言㉑兼存，璅语㉒必录，类聚而求，亦充箱照轸㉓矣。

然繁辞虽积，而本体易总，述道言治，枝条五经㉔。其纯粹

---

①翱翔：遨游。《诗经·齐风·载驱》："鲁道有荡，齐子翱翔。"毛传："翱翔，犹彷徉也。"《汉书·司马相如传》："于是楚王乃弭节徘徊，翱翔容与。"颜师古注引郭璞曰："翱翔容与，言自得也。" ②俭确：节俭刻苦。 ③尹文（约前360—前280）：尹文子，战国时期齐国人，著名哲学家，刘勰以之为名家学派。 ④课：考核，据一定的标准验核。 ⑤名实之符：名字、概念和实存相符。 ⑥野老：《汉书·艺文志》有《野老》十七篇，是农家之书。农家代表人物许行和孟子同时代，治理国家强调地利。 ⑦驺子：邹衍（约前324—前250），战国末期齐国人，阴阳家代表人物、五行创始人，因他"尽言天事"，时人称其"谈天衍"。 ⑧申商：战国时申不害与商鞅的并称，法家重要人物。 ⑨刀锯：两种利器、工具，此代指法治国的刑罚。 ⑩鬼谷：鬼谷子，战国人，由下"唇纹以策勋"看，刘勰当以之为纵横家。 ⑪唇吻：本义为口、嘴，借指言词、口舌、口才。《汉书·东方朔传》："吐唇吻，擢项颐。" ⑫策勋：记功勋于策书之上。 ⑬尸佼：战国时政治家，《汉书·艺文志》列入杂家，有《尸子》二十篇。 ⑭青史：史官名，著《青史子》五十七篇，《大戴礼记·保傅》："青史氏之记曰：古者胎教。" ⑮餍禄：享厚禄。餍：本义是吃饱，引申为满足义。 ⑯余荣：本指草木繁荣，引为身后的荣耀。 ⑰昆冈：昆仑山。《尚书·胤征》："火炎崐冈，玉石俱焚。" ⑱子政：刘向字。 ⑲鳞萃：鳞集。 ⑳杀青：古代制竹简程序之一，将竹火炙去汗后刮去青色表皮以便书写和防蠹。《太平御览》卷六十六引汉刘向《别录》："杀青者，直治竹作简书之耳。新竹有汁，善朽蠹。凡作简者，皆于火上炙干之。"《后汉书·吴佑传》："恢欲杀青简以写经书。"李贤注："杀青者，以火炙简令汗，取其青易书，复不蠹，谓之杀青，亦谓汗简。" ㉑谰（lán）言：诬赖没有根据的话。 ㉒璅语：犹"琐语"，记述逸闻、琐事的文章体裁，常作书名。《晋书·束皙传》："太康二年，汲郡人不准盗发魏襄王墓，或言安釐王冢，得竹书数十车，其……《琐语》十一篇，诸国卜梦妖怪相书也。"北齐颜之推《颜氏家训·书证》："《汲冢璅语》乃载《秦望碑》……皆后人所羼，非本文也。" ㉓充箱照轸：充满车子。箱：车厢。轸（zhěn）：古代车厢底部四周的横木，分两侧和前后共四根，组成的结构称轸框，是车厢底座支架的主要部分。 ㉔枝条五经：谓是儒家五经的枝条。

者入矩，踳驳者出规。《礼记·月令》取乎吕氏之纪[①]，三年问丧写乎《荀子》之书[②]，此纯粹之类也。若乃汤之问棘，云蚊睫有雷霆之声[③]，惠施对梁王，云蜗角有伏尸之战[④]，《列子》有移山跨海之谈[⑤]，《淮南》有倾天折地之说[⑥]，此踳驳之类也。是以世疾诸子，混洞[⑦]虚诞。按：《归藏》[⑧]之经，大明迂怪[⑨]，乃称羿毙十日，嫦娥奔月，殷《易》[⑩]如兹，况诸子乎！

至如商韩[⑪]，六虱[⑫]五蠹[⑬]，弃孝废仁，轘药[⑭]之祸，非虚至

---

①《礼记·月令》取乎吕氏之纪：《吕氏春秋·十二纪》首篇内容与《礼记·月令》篇大致一致。 ②三年问丧写乎《荀子》之书：《荀子·礼论》中关于三年之丧的部分和《礼记·三年问》相同。 ③汤之问棘，云蚊睫有雷霆之声：据《列子·汤问》，有一种小虫住在蚊子的睫毛上，连耳朵最灵的师旷也听不到它的声音。黄帝学道以后，就能听到它发出的声音响如雷鸣。棘，夏革，传为商汤时的贤人。《列子》作"革"，《庄子》写作"棘"。 ④惠施对梁王，云蜗角有伏尸之战：《庄子·则阳》中的故事。魏国贤人对晋人说，蜗牛两只角上分别住着两个国家，两国为争夺地盘死者数万。 ⑤《列子》有移山跨海之谈：出《列子·汤问》的"愚公移山"和"龙伯国巨人跨海"。 ⑥《淮南》有倾天折地之说：此为《淮南子·天文训》里的共工怒触不周山使天倾地折之说。《淮南子·天文训》："昔者，共工与颛顼争为帝，怒而触不周之山，天柱折，地维绝。天倾西北，故日月星辰移焉；地不满东南，故水潦尘埃归焉。" ⑦混洞：内容驳杂空洞。 ⑧《归藏》：三《周易》之一，《周礼·春官》曰："太卜掌三易之法，一曰连山，二曰归藏，三曰周易。其经卦皆八，其别皆六十有四。"《汉书·艺文志》中没有著录此书，东汉桓谭《新论正经》载："《归藏》四千三百言。《归藏》藏于太卜。"《隋书·经籍志》曰："《归藏》汉初已亡，晋《中经》有之，唯载卜筮，不似圣人之旨。"1993 年 3 月，湖北江陵王家台 15 号秦墓中出土了《归藏》，称"王家台秦简《归藏》"。 ⑨迂怪：迂阔怪诞。 ⑩殷《易》：此指《归藏》，《归藏》被称为殷《周易》。 ⑪商韩：商鞅与韩非。 ⑫六虱：危害国家的六事，《商君书·靳令》以礼乐、诗书、修善孝弟、诚信贞廉、仁义、非兵羞战为"六虱"。"六虱：曰礼、乐；曰《诗》《书》；曰修善，曰孝弟；曰诚信，曰贞廉；曰仁、义；曰非兵，曰羞战。国有十二者，上无使农战，必贫至削。十二者成群，此谓君之治不胜其臣，官之治不胜其民，此谓六虱胜其政也。" ⑬五蠹：《韩非子·五蠹》："是故乱国之俗：其学者，则称先王之道以籍仁义，盛容服而饰辩说，以疑当世之法，而贰人主之心；其言谈者，为设诈称，借于外力，以成其私，而遗社稷之利；其带剑者，聚徒属，立节操，以显其名，而犯五官之禁；其患御者，积于私门，尽货赂，而用重人之谒，退汗马之劳；其商工之民，修治苦窳之器，聚沸靡之财，蓄积待时，而侔农夫之利。此五者，邦之蠹也。人主不除此五蠹之民，不养耿介之士，则海内虽有破亡之国，削灭之朝，亦勿怪矣。"蠹：蛀虫。 ⑭轘(huàn)药：车裂或毒死。

也。公孙之白马、孤犊[1]，辞巧理拙；魏牟比之鸮鸟[2]，非妄贬也。昔东平求诸子、《史记》[3]，而汉朝不与，盖以《史记》多兵谋，而诸子杂诡术也。然洽闻[4]之士，宜撮纲要，览华而食实，弃邪而采正，极睇[5]参差，亦学家之壮观也。

研夫孟、荀[6]所述，理懿而辞雅；管、晏[7]属篇，事核而言练；列御寇之书[8]，气伟而采奇；邹子[9]之说，心奢而辞壮；墨翟、随巢[10]，意显而语质；尸佼、尉缭[11]，术通而文钝；鹖冠[12]绵绵，亟[13]发深言；鬼谷眇眇，每环奥义；情辨以泽，文子[14]擅其能；辞约而精，尹文得其要；慎到[15]析密理之巧，韩非著博喻之富；吕氏[16]鉴远而体周，淮南[17]泛采而文丽：斯则得百氏之华采，而辞气之大略也。

若夫陆贾《新语》，贾谊《新书》，扬雄《法言》，刘向《说苑》，王符[18]《潜夫》，崔寔[19]《政论》，仲长[20]《昌言》，杜夷[21]《幽求》，或叙经典，或明政术，虽标论名，归乎诸子。何者？博明万事为

---

①公孙之白马、孤犊：公孙龙的“白马非马”“孤犊未曾有母”的辩说。 ②魏牟比之鸮鸟：魏公子牟将之比为猫头鹰的叫声令人生厌。 ③东平求诸子、《史记》：东平王刘宇向汉成帝求诸子和《史记》。 ④洽闻：多闻博识。 ⑤极睇(dì)：极力注视。 ⑥孟、荀：孟轲、荀况。 ⑦管、晏：管仲、晏婴。 ⑧列御寇之书：指《列子》。 ⑨邹子：邹衍。 ⑩墨翟、随巢：墨子、随巢子。随巢子生卒年不详，墨家学派创始人墨子的弟子。 ⑪尉缭：《汉书·艺文志》杂家收录了《尉缭子》二十九篇，刘勰此处将之和尸佼并列，可见是以其为战国时人。 ⑫鹖(hé)冠：周代楚人，爱戴鹖鸟羽毛做的冠帽，故名，有《鹖冠子》一篇。 ⑬亟：屡次。 ⑭文子：姓辛氏，号计然，文子是其名，《文子》一书作者。 ⑮慎到：战国时法家思想家，赵国人，有《慎子》。 ⑯吕氏：秦相吕不韦，有《吕氏春秋》。 ⑰淮南：西汉淮南王刘安，有《淮南子》。 ⑱王符(约85—约163)：字节信，安定临泾(今甘肃镇原)人，东汉政论家、文学家、思想家，一生隐居著书，崇俭戒奢、讥评时政得失，因“不欲章显其名”，故将所著书名之为《潜夫论》。 ⑲崔实：东汉末期学者，《政论》是其评论当时政治的著作。 ⑳仲长：仲长统(180—222)，字公理，东汉思想家，山阳高平(今山东邹县西南)人，《昌言》是他的哲学政治著作。 ㉑杜夷(258—323)：字行齐，晋时庐江灊人，学问渊博，有《杜氏幽求新书》(《幽求子》)一卷。

子[1],适辨一理为论[2],彼皆蔓延杂说,故入诸子之流。

夫自六国以前,去圣未远,故能越世高谈[3],自开户牖[4]。两汉以后,体势[5]浸弱,虽明乎坦途,而类多依采,此远近之渐变也。嗟夫！身与时舛,志共道申,标心于万古之上,而送怀于千载之下,金石靡矣,声其销乎！

赞曰:丈夫处世,怀宝挺秀。辨雕万物,智周宇宙。立德何隐,含道必授。条流殊述,若有区囿。

【译文】

所谓诸子,指的是阐明思想表达志向的书。古人认为,最上是立德,其次则是立言。生活在芸芸众生之中,苦于为纷乱芜杂所掩才干不得显耀;有才德的人活在世上,苦于名声德业不能彰显。只有特出的英才文采焕发,扬名于天下。古时的风后、力牧、伊尹都属于这一类人物。见诸篇籍者大多是上古遗留下他们的言辞,战国时期记录下来的。到了周代鬻熊深明治道,周文王向他咨询请教,载录成文而为《鬻子》。子书的开端,没有比《鬻子》更早的了。到了老子李耳精通礼学,孔子向他请教,因而写下《道德经》,这是诸子百家著书立说的开端。但是,鬻熊是周文王的朋友,李耳实际上是孔子的老师,圣人贤者同世而其著作却分流为经书和子书(周文王、孔子是圣,鬻熊和老子是贤,寓托周文王、孔子圣人思想之书是经,寓托鬻熊和老子思想之书则是子)。

到了战国七雄以力行政而不再以德行政,才德出众的人大量涌现。孟轲谦恭地服膺儒学,庄子自由地阐述道家思想。墨翟以节俭刻苦为墨家思想的核心理念,尹文子以课责概念与实存相符为名家学术特色。农家主张治理国家要强调地利,阴阳家邹衍主张从天文着手进行国家治

---

①博明万事为子:广博阐明万事万物之理属于诸子。 ②适辨一理为论:只就某一道理辨明的是论。 ③越世高谈:超脱当世高谈阔论。 ④户牖:门和窗户,此谓能自成一家。 ⑤体势:形势。

理，法家申不害、商鞅主张严刑峻法的国家治理之道，纵横家鬼谷子主张以雄辩建立功勋，杂家尸佼对诸家学说兼收并蓄，青史氏则是辑录街谈巷议的小说家。总之，承源而开流枝附而影从者不计其数，大多是以相互辩论来表达自己的思想，满足于为后世留下点儿什么的身后荣耀。

至于秦始皇焚书，却没有过多殃及诸子。到了汉成帝留意思想文化，刘向奉命校雠众书，于是才有《七略》之流芳、九流之鳞列。至《七略》编成之时，已有诸子一百八十多家了。到了魏晋，作者不时出现，内容兼有无所准依的话，日常琐屑也必然记录，将之归类，也有很大数量啊！

但是，虽然聚集了繁杂词语，本体却也容易归纳，不外乎阐发治国理政的思想，实际上是儒家“五经”的支脉。纯粹者和儒家一致，驳杂者有超越五经之外的。《吕氏春秋·十二纪》首篇内容与《礼记·月令》篇大致一致，《荀子·礼论》中关于三年之丧的部分和《礼记·三年问》相同，这是纯粹的一类。至于《庄子》《列子》所载商汤问棘（夏革）所谓的蚊子的睫毛上发出雷霆之声，《庄子》所载惠施向梁王讲述所谓的蜗牛角上伏尸数万之战，《列子》中所谓的“愚公移山”“龙伯国巨人跨海”，《淮南子》中所谓的共工怒触不周山致使天倾地折等，则是驳杂之文。因而，诸子为世所批评，批评为内容驳杂空洞虚妄荒诞。按：《归藏》之中已经大谈迂阔怪诞，有后羿射杀十个太阳以及嫦娥奔月的内容，殷《易》尚且如此，更何况是春秋战国时的诸子呢。

至于像商鞅、韩非子，他们的六虱五蠹之说抛弃仁孝之道，车裂、毒死的下场也不是无缘无故的冤枉啊！公孙龙子的白马非马、孤犊未曾有母之辩是言辞虽巧而于理则拙，魏公子牟将之比为猫头鹰的叫声令人生厌，也不是毫无根据地妄加贬抑。当时，东平王刘宇向汉成帝求诸子之书和《史记》，而朝廷并没有赐给他，应该是因为二者多有兵谋诡诈之术。但是，博文博识之人应该概括诸子之大致精神，遍览华采而得其实质，抛弃其不正而采用其正，尽力于其繁杂的内容，也堪称求学者的壮观之举了。

研究孟子、荀子的著作，发现有义理美好、文辞典雅的特点；管仲、晏婴之作，记事真实，语言简洁；列御寇的著作气势宏伟，文采出奇；邹衍的辩辞内容夸张，文辞壮丽；墨子、随巢氏之书观点明显而语言质朴；尸佼和尉缭子之书方法策略通达而文辞钝拙；《鹖冠子》篇章绵长，常有深刻的见解；《鬼谷子》言语渺远，每每蕴含深刻思想；《文子》情理明晰，文辞润泽；《尹文子》文辞简约、精炼；《慎子》巧妙辨析缜密之理，《韩非子》以博喻宏富为特色；《吕氏春秋》虑远而体制周全，《淮南子》采集资料广泛而文辞丽泽。以上这些，堪称得百家思想之精神，把握了文辞气韵的大致特征。

至于汉代诸书如陆贾的《新语》、贾谊的《新书》、扬雄的《法言》、刘向的《说苑》、王符的《潜夫论》、《崔寔》的《政论》、仲长统的《昌言》、杜夷的《杜氏幽求新书》，等等，或者阐发儒家经典精神，或者阐明治国理政思想方法，虽然以“论”名书，但其体则属于“诸子”。为什么这样说呢？因为，广博于万事万物并阐明其理的是“子书”，而只就某一观点论述明白的是“论”，以上诸书，都不是就一理做阐释而是涉及广泛，故而归入“诸子”之类。

春秋战国时期由于距圣世还很近，故而当时的诸子能够超越时世高谈阔论，自成一家。两汉以后，越来越远离圣世，各家虽然明白大道（儒家五经精神）在哪儿，但都多所旁采，这就是学术思想由近及远的渐变之理。哎呀！怀才不遇而著述申明大道与己志，表明心志怀抱于古今后世，金石可以消亡，但心灵发出的智慧之音难道会消逝吗?!

综上所述：大丈夫处世怀有卓异才能，才能智慧足以辨明宇宙万事万物之理。树立的德业和胸怀的治国理政思想不能隐藏而必须表达出来。他们条分缕析的各自表述，因内容不同而分为各种流派。

【评析】

刘勰本篇所论之“诸子”，即我们今天所谓的“先秦诸子”之“诸子”。春秋战国时期，西周王朝所建立的礼乐社会治理结构崩盘后陷于列国纷争，各有识之士从自己的理论视域出发，就重新建立稳定的社会秩序提出各自政治主张的思想家，主要有儒家的孔子、孟子、荀子，道家的老子、庄子，墨家的墨子，法家的韩非子,等等。先秦“诸子百家”之说最早出自汉代史官司马谈(司马迁之父)的《论六家要指》,他的“六家”为在以上儒、道、墨、法之外加上阴阳家和名家。刘向、刘歆父子《七略》所分的《辑略》《六艺略》《诸子略》《诗赋略》《兵书略》《术数略》《方技略》中,《诸子略》排在《六艺略》之后,然后才是《诗赋略》。其后班固《汉书·艺文志》之《诸子略》据《七略》而成,共有一百八十九家,文凡四千三百二十四篇。在这一百八十九家中,只有十家发展成了学术流派。这十家分别是法家、道家、墨家、儒家、阴阳家、名家、杂家、农家、小说家、纵横家。班固认为:“诸子十家,其可观者九家而已。”这就是所谓的“九流十家”。

就先秦诸子而言,本篇大致是在班固“九流十家”前提下写成。但就行文体制而言,他是将诸子之始上推到了西周初期的《鬻子》,然后是老子和孔子,并且讲述了老子为孔子师的关系。需要指出的是,在刘勰这里,孔子是圣,其书是经书,老子是贤,其书是子书;周文王和鬻熊也是这样的关系——周文王是圣,其书是经(如《易经》《诗经》《尚书》等和文王关联),鬻熊是贤,其书《鬻子》是子书。当然,真正的诸子百家之学争鸣,还是在春秋战国时期。就行文而言,《诸子》篇就战国诸子进行列举的同时还进行了评论,诸家如下:孟子的儒家;庄子的道家;墨翟的墨家;尹文子的名家;农家;邹衍的阴阳家;申不害、商鞅的法家;鬼谷子的纵横家;尸佼的杂家;青史氏的小说家,等等。此外还有管子、晏子、随巢子、尉缭子、公孙龙子,有《吕氏春秋》《荀子》《列子》《鹖冠子》《文子》等子书。顺时推进,《诸子》篇还将汉代诸书纳入子书范围,其中,和《吕氏春秋》的杂家有共同性质的《淮南子》被列入其中,其次还有陆贾的《新语》、贾谊的《新书》、扬雄的《法言》、刘向的《说苑》、王符的《潜夫论》、崔寔的《政论》、仲长统的《昌言》、杜夷的《杜氏幽求新书》,等等。至于两汉以后的子书,他说“体势浸弱”“迄至魏晋,作者间出,谰言兼存,璅语必录”,没有作过多论述。

关于诸子的价值和特质,刘勰说,诸子是“入道见志”之书,和儒家经书是“述道言治,枝条五经”“或叙经典,或明政术”的关系。在此前提之下,他对大多数先秦诸子和汉代的子书持肯定态度,认为是“身与时舛,志共道申”之作,并给予“标心于万古之上,而送怀于千载之下,金石靡矣,声其销乎”的高度评价。而对道家《庄子》《列子》的极度夸张的荒诞不经和法家“五蠹六虱”的反儒家经典之论表达了批评态度。如果说他批评法家“五蠹六虱”之说反儒家伦常尚有其合理性的话，那么批评道家《庄子》《列子》书的大胆想象夸张所阐述的辩证之理，则是保守以至于落后的，以至于和刘勰自己在《正纬》篇中所提出的谶纬“无益经典而有助文章”认识相比，都是有些落后的。《庄子》《列子》尽管和儒家义理多有抵牾，但却是文章中的精品，正如鲁迅先生评价《庄子》的：“其文则汪洋辟阖，仪态万方，晚周诸子之作，莫能先也。”

当然，刘勰该篇对先秦两汉以来诸子书的评价，也是在儒家经典的标准之下从义理和文辞结合的角度展开的，如其“纯粹者入矩，踳驳者出规”之说，评孟荀的“理懿而辞雅”、管晏的“事核而言练”、列御寇的“气伟而采奇”、邹子的“心奢而辞壮”、墨翟随巢的“意显而语质”、尸佼尉缭的“术通而文钝”等。

就诸子文体的经学来源而言，考之《宗经》篇，应该是《易经》，因“故论说辞序，则《易》统其首”。确切地讲，诸子文体应该属于“论说辞序”中的“论说”，即就事物发表观点并加以论证，也就是该《诸子》篇所谓的“入道见志”“博明万事为子，适辨一理为论，彼皆蔓延杂说，故入诸子之流”。

论说第十八

圣哲彝训①曰经，述经叙理曰论。论者，伦也；伦理无爽②，则圣意不坠。昔仲尼微言，门人追记，故抑其经目③，称为《论语》。盖群论立名，始于兹矣。自《论语》以前，经无“论”字。《六韬》二论④，后人追题乎！

详观论体，条流多品：陈政则与议说合契⑤，释经则与传注⑥参体，辨史则与赞评齐行，铨⑦文则与叙引⑧共纪。故议者宜言⑨，说者说语⑩，传者转师⑪，注者主解⑫，赞者明意⑬，评者平理⑭，序者次事⑮，引者胤辞⑯：八名区分，一揆宗论⑰。论也者，弥纶群言⑱，而研精一理⑲者也。

是以庄周《齐物》，以论为名；不韦《春秋》，六论⑳昭列。至

---

①彝训：日常训诫。 ②无爽：不出差错。 ③抑其经目：谦虚不敢称经。 ④《六韬》二论：指《六韬》中的《霸典文论》《文师武论》。《六韬》又名《太公六韬》，一般认为是周代吕望（姜尚，姜子牙）著。从南宋开始，《六韬》一直被怀疑为伪书。清代更被确定为伪书，但是，1972年4月山东临沂银雀山汉墓中发现的大批竹简中就有《太公》的五十多枚，证明《太公》至少在西汉时已广泛流传了，伪书之说不攻自破。现在一般认为该书成于战国时代。 ⑤契：符合。 ⑥传注：解释经书的著作。 ⑦铨：衡量。 ⑧叙引：叙即序，如《毛诗序》等；引指引言。 ⑨议者宜言：议是适宜的话。 ⑩说者说语：说是悦耳的话。 ⑪传者转师：传是转述师者的话。 ⑫注者主解：注主要是进行解释。 ⑬赞者明意：赞是说明意旨。 ⑭评者平理：评是提出公平的道理。 ⑮序者次事：序是交代所讲事物的次第。 ⑯引者胤（yìn）辞：引是就原作加以引申的文辞。 ⑰一揆宗论：总而言之是论述道理。 ⑱弥纶群言：整合各家著述。 ⑲研精一理：精深地研究一个道理。 ⑳六论：《吕氏春秋》中有《开春论》《慎行论》《贵直论》《不苟论》《似顺论》《士容论》。

石渠论艺[①]，白虎通讲[②]，述圣通经，论家之正体也。及班彪《王命》[③]、严尤《三将》[④]，敷述昭情，善入史体。魏之初霸，术兼名法，傅嘏、王粲，校练名理[⑤]。迄至正始，务欲守文[⑥]，何晏之徒，始盛玄论，于是聃、周[⑦]当路，与尼父[⑧]争途矣。详观兰石之《才性》[⑨]、仲宣之《去伐》[⑩]、叔夜之《辨声》[⑪]、太初之《本无》[⑫]、辅嗣之《两例》[⑬]、平叔之《二论》[⑭]，并师心独见[⑮]，锋颖精密[⑯]，盖论之英也。至如李康《运命》[⑰]，同《论衡》而过之；陆机《辨亡》，效《过秦》而不及，然亦其美矣。

次及宋岱、郭象[⑱]，锐思于几神[⑲]之区；夷甫、裴頠[⑳]，交辨于有无之域；并独步当时，流声后代。然滞有者，全系于形用；贵无者，专守于寂寥。徒锐偏解，莫诣[㉑]正理；动极神源[㉒]，其般若之绝境[㉓]乎？逮江左群谈[㉔]，惟玄是务，虽有日新，而多抽前绪矣。至如张衡《讥世》[㉕]，颇似俳说；孔融《孝廉》[㉖]，但谈嘲戏；曹植《辨道》[㉗]，体同书抄。言不持正，论如其已。

---

①石渠论艺：甘露三年（前 51）西汉宣帝诏诸儒讲五经同异于石渠阁。 ②白虎通讲：建初四年（79），东汉章帝召集有关官吏及诸儒会白虎观讲议五经同异。 ③班彪《王命》：班彪的《王命论》。 ④严尤《三将》：严尤的《三将军论》。 ⑤校练名理：精审推教儒家名教之理。 ⑥务欲守文：致力于继承前代的论文。 ⑦聃、周：老子、庄周，代指道家。 ⑧尼父：孔子，代指儒家。 ⑨兰石之《才性》：傅嘏的《才性论》。兰石：傅嘏字。 ⑩仲宣之《去伐》：王粲的《去伐论》。 ⑪叔夜之《辨声》：嵇康的《声无哀乐论》。叔夜：嵇康字。 ⑫太初之《本无》：夏侯玄的《本无论》。太初：夏侯玄字。 ⑬辅嗣之《两例》：王弼的《老子指略》《周易略例》。辅嗣：王弼字。 ⑭平叔之《二论》：何晏的《道德论》。平叔：何晏字。 ⑮师心独见：师于己心，见解独到，谓独出心裁。 ⑯锋颖精密：笔锋锐利而精密。 ⑰李康《运命》：指李康的《运命论》。李康：字萧远，三国时魏国文人。 ⑱宋岱、郭象：宋岱的《周易论》、郭象的《庄子注》。宋岱：晋人。郭象：字子玄，西晋学者，有《庄子注》。 ⑲几神：精微神妙。 ⑳夷甫、裴頠：夷甫，王衍的字，西晋文人。裴頠（wěi），字逸民，西晋思想家，有《崇有论》。 ㉑诣：到达。 ㉒动极神源：探究深奥之理的极致。 ㉓般若之绝境：智慧之极致。般（bō）若（rě）：梵语 Prajna 的音译，"终极智慧"义。 ㉔江左群谈：东晋时期各家所论。 ㉕张衡《讥世》：张衡的《讥世论》。 ㉖孔融《孝廉》：孔融的《孝廉论》。 ㉗曹植《辨道》：曹植的《辨道论》。

原夫论之为体，所以辨正然否。穷于有数[①]，追于无形[②]，钻坚求通，钩深取极；乃百虑之筌蹄[③]，万事之权衡也。故其义贵圆通，辞忌枝碎，必使心与理合[④]，弥缝莫见其隙；辞共心密[⑤]，敌人不知所乘：斯其要也。是以论如析薪[⑥]，贵能破理。斤[⑦]利者，越理而横断；辞辨者，反义而取通；览文虽巧，而检迹知妄。唯君子能通天下之志，安可以曲论[⑧]哉？

若夫注释为词，解散论体，杂文虽异，总会是同。若秦延君之注《尧典》[⑨]，十余万字；朱普之解《尚书》[⑩]，三十万言，所以通人[⑪]恶烦，羞学章句。若毛公之训《诗》[⑫]、安国之传《书》[⑬]、郑君之释《礼》[⑭]、王弼之解《易》[⑮]，要约明畅，可为式[⑯]矣。

说者，悦也，兑为口舌，故言资悦怿[⑰]，过悦必伪，故舜惊谗说[⑱]。说之善者：伊尹以论味隆殷[⑲]，太公以辨钓兴周[⑳]，及烛武行而纾郑[㉑]，端木出而存鲁[㉒]：亦其美也。

---

①穷于有数：对具体事物透彻研讨。有数：和下句“无形”相对，指具体的、有形的事物。②追于无形：对抽象之理深入钻研。无形：指抽象的道理。③百虑之筌蹄：各种思考的工具。筌蹄：《庄子·外物》：“荃者所以在鱼，得鱼而忘荃；蹄者所以在兔，得兔而忘蹄。”筌：捕鱼竹器；蹄：捕兔网。④心与理合：主体的内在认识与客体的外在规律相符合。⑤辞共心密：文辞表达与内心情志一致。⑥析薪：劈柴。⑦斤：劈柴所用的斧头。⑧曲论：歪曲事实地议论、狡辩。⑨秦延君之注《尧典》：秦延君注《尚书·尧典》的“尧典”二字用了十多万字。秦延君：名恭，西汉学者。⑩朱普之解《尚书》：朱普注《尚书》用了三十万字。朱普，西汉学者。⑪通人：通达古今的学者。⑫毛公之训《诗》：毛亨的《毛诗故训传》。⑬安国之传《书》：孔安国的《尚书传》。⑭郑君之释《礼》：郑玄的《三礼注》。⑮王弼之解《周易》：王弼的《周易注》。⑯式：楷式。⑰悦怿：欢乐、愉快。⑱舜惊谗说：《尚书·舜典》：“朕堲谗说，殄行，震惊朕师。”孔颖达疏：“我憎疾人为谗佞之说，绝君子之行而动惊我众人。”
⑲伊尹以论味隆殷：伊尹以烹调为喻阐明把殷商治理强大之理。⑳太公以辨钓兴周：姜太公以垂钓之理喻兴周之道。㉑烛武行而纾郑：春秋时期郑国烛之武说服秦国退兵，解救了郑国危亡。烛武：烛之武，春秋时郑国的大夫。㉒端木出而存鲁：据《史记·仲尼弟子列传》，鲁国的端木赐说服齐国转攻吴国，因而保全了鲁国。端木：名赐，孔子的学生子贡。

暨战国争雄，辨士云涌，从横参谋，长短角势①，转丸骋其巧辞②，飞钳伏其精术③。一人之辨，重于九鼎之宝；三寸之舌，强于百万之师。④ 六印磊落以佩⑤，五都隐赈而封⑥。至汉定秦楚，辨士弭节⑦：郦君既毙于齐镬⑧，蒯子几入乎汉鼎⑨；虽复陆贾籍甚⑩，张释傅会⑪，杜钦文辨⑫，楼护唇舌⑬，颉颃⑭万乘之阶，抵戏公卿之席，并顺风以托势，莫能逆波而溯洄⑮矣。

夫说贵抚会⑯，弛张相随，不专缓颊⑰，亦在刀笔⑱。范雎之言疑事⑲，李斯之止逐客⑳，并顺情入机，动言中务，虽批逆鳞㉑，而功成计合，此上书之善说也。至于邹阳之说吴梁㉒，喻巧而理

---

①长短角势：忽而长策忽而短计来参与争夺权势。 ②转丸骋其巧辞：圆转如弹丸的方法来施展其巧妙的辩辞。 ③飞钳伏其精术：首先飞扬声誉以引出对方的论点，然后加以钳伏的妙术。 ④一人之辨，重于九鼎之宝；三寸之舌，强于百万之师：出《史记·平原君列传》："毛先生一至楚，而使赵重于九鼎大吕，毛先生以三寸之舌，强于百万之师。" ⑤六印磊落以佩：指苏秦佩六国相印。磊落：此指相印众多貌。 ⑥五都隐赈而封：《史记·张仪列传》："秦惠王封仪五邑。"隐赈：殷轸，富足义。 ⑦弭节：驻足，停止不前。 ⑧郦君既毙于齐镬：据《史记·郦食其列传》："郦生常为说客，驰使诸侯。"后来说服齐王田广归汉，田广已撤掉拒汉守兵，适逢汉将韩信为争功而袭齐，田广以为郦食其与韩信通谋，使用汤锅煮死郦食其。镬(huò)：锅，此指镬烹酷刑。 ⑨蒯子几入乎汉鼎：蒯通曾劝韩信背叛刘邦，刘邦抓到蒯通时，打算烹杀他，后又放了。蒯子：蒯通，汉初辩士。 ⑩籍甚：盛大、盛多。《汉书·陆贾传》："贾以此游汉廷公卿间，名声籍甚。" ⑪张释傅会：据《史记·张释之列传》，张释之做官十年未得升迁，后见文帝："因前言便宜事。文帝曰：'卑之，毋甚高论，令今可施行也。'于是释之言秦汉之间事，秦所以失，而汉所以兴者。久之，文帝称'善'，乃拜释之为谒者仆射。"张释：即张释之，字季，西汉文帝时的官吏。傅会：附会，依附言辞。 ⑫杜钦文辨：《汉书·杜周传(附钦)》中说，杜钦常常说服王凤用其策谋而"补过将美"。杜钦：字子夏，西汉大将军王凤的幕僚。 ⑬楼护唇舌：据《汉书·游侠传》：时长安有"楼君卿唇舌"之称。楼护：字君卿，西汉末年辩士。 ⑭颉(xié)颃(háng)：鸟上下飞貌。 ⑮溯洄(huí)：逆着河流的道路往上游走，此指驳回。 ⑯抚会：切合。 ⑰缓颊：婉言劝解、缓解当前紧张气氛。 ⑱刀笔：用简牍时，如有错讹，即以刀削之，以笔补正，此喻尖锐地指出多方错误。 ⑲范雎之言疑事：范雎的《上秦昭王书》说要谈论治国的疑难之事。 ⑳李斯之止逐客：李斯的《谏逐客书》谏止驱逐客居秦国的外国人。 ㉑逆鳞：龙脖子下的鳞片，和龙生命相关，一旦受到触碰就会引起龙的怒火。 ㉒邹阳之说吴梁：邹阳上书劝谏吴王刘濞和梁王刘武。邹阳有《上吴王书》和《狱中上梁王书》。

至，故虽危而无咎矣。敬通之说鲍、邓①，事缓而文繁，所以历骋而罕遇也。

凡说之枢要，必使时利而义贞，进有契于成务，退无阻于荣身。自非谲敌，则唯忠与信②。披肝胆③以献主，飞文敏以济辞④，此说之本也。而陆氏直称"说炜晔以谲诳"⑤，何哉？

赞曰：理形于言，叙理成论。词深人天，致远方寸⑥。阴阳莫忒⑦，鬼神靡遁⑧。说尔飞钳，呼吸沮劝⑨。

【译文】

圣人哲人恒常不变的训导称为经，阐述经书的义理称为论。"论"是"伦"的意思，人伦之理不出差错，圣人的意旨就不落空。古时，孔子的精微之言，门人追述记录下来，谦虚地没有列在经目之中，而是称为《论语》。大约文章以论为题目名篇，是开始于《论语》吧。考察《论语》之前，经书名篇没有用过"论"字。《太公六韬》中的《霸典文论》《文师武论》之以"论"名篇，是后人追加的吧！

详细考察论体之文，发现支脉有好多种。陈述政见者和议说体相合，解释经书者可和专门解释经书的著作相参，辨别史事者和赞评史事体文一致，评论文章者又于序言、引言有共同之处。所以，议是适宜的话，说是悦耳的话，传是转述师者的话，注主要是进行解释，赞是说明意旨，评是提出公平的道理，序是交代所讲事物的次第，引是就原作加以引申的文辞，此处虽然分为八种，但其根本都在于论。所以所谓论，即是整

---

①敬通之说鲍、邓：东汉的冯衍言说鲍永和邓禹。敬通：冯衍字，东汉初期作家。鲍：鲍永，东汉时大将军。邓：邓禹，东汉将军。 ②自非谲敌，则唯忠与信：被游说者如果不是谲诈的敌人，则自己要以忠诚信任相见。 ③披肝胆：披肝沥胆，喻真心相见、倾吐心里话，形容非常忠诚。 ④飞文敏以济辞：用敏捷的文思组织文辞。 ⑤说炜晔以谲诳：陆机《文赋》语。 ⑥致远方寸：使思维到达深远的境地。方寸：内心、心绪，此指思维、文思。 ⑦忒(tè)：差错。 ⑧靡遁：无处遁逃。 ⑨沮劝：阻止恶行、勉励善事。《左传·襄公二十七年》："赏罚无章，何以沮劝？"

合各家著述精深地研究某一道理。

正因如此，庄周的《齐物论》以“论”为篇名，吕不韦的《吕氏春秋》中《开春论》《慎行论》《贵直论》《不苟论》《似顺论》《士容论》等六论以“论”名篇。至于甘露三年（前51）西汉宣帝诏诸儒讲五经同异于石渠阁，建初四年（79）东汉章帝召集有关官吏及诸儒会白虎观讲议五经同异，追述孔圣思想，打通五经义理，这是论体文的正宗。到了班彪的《王命论》、严尤的《三将军论》，则侧重铺陈说明具体情况，已经具有了史传体特征。曹魏之政儒法思想兼用，傅嘏、王粲的论体文精审推教儒家名教之理。正始时期致力于继承前代的论体文，何晏等人才开始论玄，于是乎阐论老子、庄子的道家思想和阐论孔子儒家思想展开了竞争。详细考察傅嘏的《才性论》、王粲的《去伐论》、嵇康的《声无哀乐论》、夏侯玄的《本无论》、王弼的《老子指略》《周易略例》、何晏的《道德论》，都是独出心裁、笔锋锐利的精密作品，堪称论体文中的杰作。至于像李康的《运命论》和王冲《论衡》相比大致相同而有所超越，陆机的《辨亡论》效法贾谊《过秦论》虽没有达到后者的高度，也是论体文中的上乘之作了。

再到宋岱的《周易论》和郭象的《庄子注》，王衍、裴頠的《崇有论》，敏锐致思于精微神妙之境，且能做到独步当时而流播声名于后代。然而，以“有”为本的思维拘泥于形而下的器用；以“无”为本者又执着于形而上的空寂辽远。二者都因致力于偏隅之见而没有达到全体正理。探究深奥之理的极致，是佛家所谓般若的“终极智慧”吧！到了东晋时期各家所论以玄学为主要论题，虽然有些新意，但多是前论的延续。至于像张衡的《讥世论》则很像游戏文字，孔融的《孝廉论》也是嘲弄之作，而曹植的《辨道论》却又如同抄书。文辞不能保持雅正，其所论义理也是这样。

推原论体文的文体特质，根本在于辨别是非。穷究于具体事物和抽象之理而达于极致，是论体文的方法论和衡量标准。因而，论体文的义理以圆融通达为贵，行文忌讳支离琐碎，必须使心志、义理、文辞三者密合无间，不给辩敌以可乘之机，这是论体文的关键所在。因此，论体文之论要像劈柴一样找到纹路顺着破开。其斧斤锋利者虽然能够做到不顺纹理而横劈木柴,文辞雄辩者虽然能做到本违反常理却给人可通之感,但是,这种论体文乍看上去写得好,一旦沉下心来仔细考察,却会发现其虚妄之处。只有有才有德之人才能够做到在论体文中心志、义理、文辞圆融,这难道还需要反复论证吗?

还有,注释是论体文,只不过表现为论体文的解散;繁杂之文虽然各异,但在阐发经书义理这一根本点上却是相同的。像秦恭用十多万字注《尚书·尧典》中的"尧典"二字,朱普用三十万字注《尚书》,以至于通达古今的学者厌恶其繁杂而羞于再做章句之学。像毛亨的《毛诗故训传》、孔安国的《尚书传》、郑玄的《三礼注》、王弼的《周易注》,等等,做到了文辞简约、义理明白畅达,堪称注释体的楷式。

"说"是"悦"的意思,"兑"是"口舌",故而话语能够给人带来愉悦,但是,过分动听的语言必然言不由衷,因而舜帝才会震惊于谗言。说辞中的上上品,像伊尹以烹调为喻阐明把殷商治理强大之理,姜太公以垂钓之理喻兴周之道,以及春秋时期郑国烛之武说服秦国退兵而解救了郑国危亡,鲁国的端木赐说服齐国转攻吴国,因而保全了鲁国,以上这些,是说辞中的令人称美者。

到了战国时期出现了辩士云涌的盛况。他们奉上或合纵或连横的谋略,忽而长策忽而短计来参与争夺权势,或驰骋其如弹丸流转之圆融的巧妙说辞,或先诱出敌说再迅速出手将之制服。此正如赵国之平原君所夸赞毛遂:"一人之辨,重于九鼎之宝;三寸之舌,强于百万之师。"像苏秦,一身佩六国相印磊落可观;如张仪,因舌辩而尊享获封五邑的富足。到了汉代平定秦楚,舌辩之士驻足不前:郦食其毙命于齐国田广的汤锅,蒯通差一点儿就被刘邦烹杀;虽然有陆贾、张释之、杜钦、楼护等舌辩之士顺风托势于朝廷、公卿之前,但已不能再续战国时期苏秦、张仪的辉煌。

说辞贵在与对象契合,或张或弛随时把握,不仅仅是口头陈说,有时也写成文字。范雎的《上秦昭王书》谈治国的疑难之事,李斯的《谏逐客书》谏止驱逐客居秦国的外国人,二者都是根据情势切入正题,言语之间切中要害，虽然触犯了君王，但是也获得了成功，这是善于上书的例子。至于汉代邹阳的《上吴王书》和《狱中上梁王书》，设喻巧妙而义理至正，所以虽然危险却并未受害。但是，东汉的冯衍劝说鲍永和邓禹，却因情势不够危急和文辞繁缛而没有达到预期目标。

总之，说辞文体的关键，是必须情势有利而义理正大，前进有利于事功，后退无碍于身荣。被游说者如果不是谲诈的敌人，则自己要做到忠诚不欺。正所谓披肝沥胆地对待君王，以敏捷的思维组织说辞，这就是说辞的本质啊！而陆机《文赋》却说“说炜晔以谲诳”，不知因何而出此言？

综上所述：义理用文辞表达出来，展开论述形成篇章就成了论体文。思维文辞近取于心，远至于宇宙万物。阴阳不测之理和变化莫测的鬼神都会在论体文中得到有效表达。游说时如飞钳般制服对方，言语之间就能阻止恶行、勉励善事。

【评析】

《论说》篇就论体文和说体文两种文体展开论述。二者的共同点都是就儒家经书的义理展开深刻论述，这是本质特征而偏离不得：“圣哲彝训曰经，述经叙理曰论。”不同点是论体文具有整体性和稳定性，而说体文具有即时性和针对性。

推原论体文之肇端，追溯到了《论语》：“昔仲尼微言，门人追记，故抑其经目，称为《论语》。盖群论立名，始于兹矣。”随后刘勰又将论体文分为八个小体，分别是议、说、传、注、赞、评、序、引。但是就全《论说》篇看，刘勰又能不局限于儒家而对各家之论加以考察，但这是在他关于论体的“论也者，弥纶群言，而研精一理者”这一另一定义下进行的。由此，结合选文定篇以及他的判断作列举：

姜尚《六韬》中的《霸典文论》《文师武论》以“论”名篇，刘勰说是后人加上去的；庄子的《齐物论》和《吕氏春秋》中的《开春论》《慎行论》《贵直论》《不苟论》《似顺论》《士容论》，也被他列入考察之列。《六韬》《庄子》和《吕氏春秋》，都并非儒家思想。魏晋玄学时期的论玄之文，也被刘勰纳入考察之列，对此，对此，他说："何晏之徒，始盛玄论，于是聃、周当路，与尼父争途矣。"傅嘏的《才性论》、王粲的《去伐论》、嵇康的《声无哀乐论》、夏侯玄的《本无论》、王弼的《老子指略》《周易略例》、何晏的《道德论》等等，刘勰都给予了很高的评价："并师心独见，锋颖精密。"谓其为论体文的杰作："盖论之英也。"而宋岱的《周易论》，郭象的《庄子注》，王衍、裴頠的《崇有论》关于有无的辩论，一方面被刘勰称赞为"独步当时，流声后代"，一方面又指出它或拘泥于有或拘泥于无不能圆融的缺点。

刘勰还批评了张衡的《讥世论》像游戏文字，孔融的《孝廉论》是嘲弄之作，曹植的《辨道论》如同书抄，班彪的《王命论》、严尤的《三将军论》侧重铺陈说明具体情况，已经具有了史传体特征。三者都非论之正体。关于"论"之正体，他认为甘露三年(前51)西汉宣帝诏诸儒讲五经同异于石渠阁，建初四年(79)，东汉章帝召集有关官吏及诸儒会白虎观讲议五经同异，追述孔圣思想打通五经义理，才是论体文的正宗体制。义理正只是论体文体的一面，此外刘勰还对文作了要求，对注释经书的注释体专门表达了看法：秦恭用十多万字注《尚书·尧典》中的"尧典"二字和朱普用三十万字注《尚书》，以至于通达古今的学者厌恶其繁杂而羞于再做章句之学；毛亨的《毛诗故训传》、孔安国的《尚书传》、郑玄的《三礼注》、王弼的《周易注》，做到了文辞简约、义理明白畅达，堪称注释体的法式。

最后，关于论体文的总体要求，他提出"义贵圆通，辞忌枝碎，必使心与理合，弥缝莫见其隙；辞共心密，敌人不知所乘：斯其要也"，即必须使心志、义理、文辞三者密合无间。

关于说体文的特征，刘勰提出了"披肝胆以献主，飞文敏以济辞，此说之本也"，即披肝沥胆，以敏捷的思维组织说辞为其文体本质。

关于论说体文的经学来源，刘勰认为是《易经》："故论说辞序，则《易》统其首。"

诏策第十九

皇帝御宇，其言也神。渊嘿[①]黼扆[②]，而响盈四表[③]，唯诏策[④]乎！昔轩辕、唐、虞[⑤]，同称为“命”。命之为义，制[⑥]性之本也。其在三代，事兼诰誓[⑦]。誓以训戎[⑧]，诰以敷政[⑨]，命喻自天，故授官锡胤[⑩]。《易》之《姤》象：“后以施命诰四方。”[⑪]诰命动民，若天下之有风矣。降及七国，并称曰“令”。令者，使也。秦并天下，改命曰制。汉初定仪则，则命有四品：一曰策书，二曰制书，三曰诏书，四曰戒敕。敕戒州部，诏诰百官，制施赦命，策封王侯。策者，简也。制者，裁也。诏者，告也。敕者，正也。

《诗》云“畏此简书”[⑫]，《易》称“君子以制数度”[⑬]，《礼》称“明神之诏”，《书》称“敕天之命”[⑭]，并本经典以立名目。远诏近命，习秦制也。《记》称“丝纶”[⑮]，所以应接群后[⑯]。虞重纳言[⑰]，

---

①渊嘿(mò)：沉默。 ②黼(fǔ)扆(yǐ)：代帝王座后的屏风，上画斧形花纹；指帝座。 ③四表：四方极远之地，泛指天下。 ④诏策：诏书，皇帝布告天下臣民的文书。 ⑤轩辕、唐、虞：黄帝、尧、舜。 ⑥制：帝王的命令。 ⑦诰誓：古代君王训诫勉励民众的文告。《穀梁传·隐公八年》：“诰誓不及五帝，盟诅不及三王。”范宁注：“诰誓，《尚书》六誓七诰是其遗文。五帝之世道化淳备，不须诰誓而信自著。” ⑧训戎：训导军队。 ⑨敷政：施行政教。 ⑩锡胤：赐姓。胤(yìn)：后代、后嗣。 ⑪后以施命诰四方：《周易·姤卦》之《象辞》：“天下有风，姤，后以施命诰四方。” ⑫畏此简书：出《诗经·小雅·出车》。 ⑬君子以制数度：出《周易·节卦》：“君子以制数度，议德行。”数度：犹制度。 ⑭敕天之命：出《尚书·虞书》。 ⑮丝纶：《礼记·缁衣》：“王言如丝，其出如纶。”孔颖达疏：“王言初出，微细如丝，及其出行于外，言更渐大，如似纶也。”后因称帝王诏书为“丝纶”。 ⑯群后：四方诸侯及九州牧伯，泛指公卿。 ⑰纳言：古官名，主出纳王命。《尚书·舜典》：“命汝作纳言，夙夜出纳朕命，惟允。”

周贵喉舌①，故两汉诏诰，职在尚书。王言之大，动入史策②，其出如綍③，不反若汗。是以淮南有英才，武帝使相如视草④；陇右多文士，光武加意于书辞⑤：岂直取美当时，亦敬慎来叶⑥矣。

观文景以前，诏体浮杂⑦。武帝崇儒，选言弘奥⑧，策封三王⑨，文同训典⑩，劝戒渊雅⑪，垂范后代。及制诏严助⑫，即云："厌承明庐"⑬，盖宠才之恩也。孝宣⑭玺书⑮，责博于陈遂⑯，亦故旧之厚也。逮光武拨乱，留意斯文，而造次⑰喜怒，时或偏滥⑱：诏赐邓禹，称司徒为尧⑲；敕责侯霸，称黄钺一下⑳。若斯之类，实乖宪章㉑。暨明章崇学，雅诏㉒间出。和、安㉓政弛，礼阁㉔鲜才，每为诏敕，假手外请。建安之末，文理代兴，潘勖九

---

①喉舌：指口才、言辞，比喻掌握机要，出纳王命的重臣，亦以指尚书等重要官员。《诗经·大雅·烝民》："出纳王命，王之喉舌。" ②史策：史册，历史记录。 ③綍(fú)：绳索。 ④视草：古代词臣奉旨修正诏谕一类公文称"视草"，《汉书·淮南王刘安传》："每为报书及赐，常召司马相如等视草乃遣。" ⑤书辞：文辞。 ⑥来叶：后世。 ⑦浮杂：多而杂。 ⑧弘奥：弘大深奥。 ⑨三王：指汉武帝的三个儿子齐王刘闳、燕王刘旦、广陵王刘胥。 ⑩文同训典：文辞像《尚书》的"训""典"。 ⑪渊雅：深刻雅正。 ⑫严助：本名庄助，辞赋家，汉武帝宠臣。 ⑬厌承明庐：厌倦了在朝值班。承明庐：汉承明殿旁屋，侍臣值宿所居，称承明庐。《汉书·严助传》："制诏会稽太守：君厌承明之庐，劳侍从之事，怀故土，出为郡吏。"颜师古注引张晏曰："承明庐在石梁阁外，直宿所止曰庐。" ⑭孝宣：汉宣帝刘询。 ⑮玺书：古代以泥封加印的文书，《国语·鲁语下》：" 襄公在楚，季武子取卞，使季冶逆，追而予之玺书。"韦昭注："玺书，印封书也。"秦以后专指皇帝的诏书。玺：帝王的印信。 ⑯责博于陈遂：据《汉书·游侠传》，宣帝为太子时常和陈遂一起赌博，并多次欠陈遂的债，即位后，起用陈遂为太原太守并写信开玩笑说："制诰太原太守，官尊禄厚，可以偿博进矣。"陈遂：西汉游侠。 ⑰造次：仓促、鲁莽。 ⑱偏滥：措辞浮泛不当。 ⑲诏赐邓禹，称司徒为尧：光武帝封邓禹为司徒有赞美过分的话。《后汉书·邓禹传》："司徒，尧也；亡贼，桀也。"邓禹：东汉初大将，大司徒。 ⑳敕责侯霸，称黄钺一下：光武帝《玺书赐侯霸》有"黄钺一下无处所，欲以身试法耶"之文。侯霸：东汉初大臣。黄钺：以黄金为饰的斧，古代为帝王所专用，或特赐给专主征伐的重臣。《尚书·牧誓》："王左杖黄钺，右秉白旄以麾。" ㉑宪章：大法。 ㉒雅诏：雅正的诏书。 ㉓和、安：东汉和帝、哀帝。 ㉔礼阁：尚书省。

锡[1]典雅逸群[2]，卫觊禅诰[3]符采炳耀，弗可加已。自魏晋诰策，职在中书[4]。刘放[5]、张华，互管斯任，施令发号，洋洋盈耳。魏文帝下诏，辞义多伟，至于作威作福[6]，其万虑之一蔽乎！晋氏中兴，唯明帝[7]崇才，以温峤[8]文清，故引入中书，自斯以后，体宪风流[9]矣。

夫王言崇秘，大观在上[10]，所以百辟其刑，万邦作孚[11]：故授官选贤，则义炳重离[12]之辉；优文封策[13]，则气含风雨之润；敕戒恒诰[14]，则笔吐星汉[15]之华；治戎燮伐[16]，则声有洊雷[17]之威；眚灾肆赦[18]，则文有春露之滋；明罚敕法[19]，则辞有秋霜之烈：此诏策之大略也。

戒敕为文，实诏之切者，周穆命郊父受敕宪[20]，此其事也。

---

①潘勖九锡：潘勖所撰《册魏公九锡文》。九锡：汉献帝赐给曹操的车马等九种器物，是最高等级的赏赐。锡：同“赐”。 ②逸群：超群。 ③卫觊禅诰：卫觊所撰汉献帝禅让皇位的诏书《为汉帝禅位魏王诏》。卫觊（155—229）：字伯觎，三国时期著名的政治家、文学家，曹魏政权政治人物。 ④中书：中书省，魏晋主管起草诏书的机关。 ⑤刘放（？—250）：字子弃，涿郡（治所在今河北涿州）人。三国时期曹魏大臣，掌机要达三十年余年。 ⑥作威作福：据《三国志·魏志·蒋济传》，曹丕给征南将军夏侯尚的诏书里说他可以“作威作福，杀人活人”，蒋济说是亡国之语。 ⑦明帝：晋明帝司马绍，东晋第二个皇帝。 ⑧温峤（288—329）：字泰真，太原祁县（今山西祁县）人，东晋名将，与晋明帝为布衣之交。 ⑨体宪风流：中书省的体制有法度，风气流传下去。 ⑩大观在上：出《周易·观卦》：“大观在上，顺而巽。中正以观天下。”孔颖达疏：“谓大为在下所观，唯在于上。由在上既贵，故在下大观。”
⑪万邦作孚：只要效法周文王，天下都会信服。《诗经·大雅·文王》：“仪刑文王，万邦作孚。”作孚：信服。 ⑫重离：《周易·离卦》：“明两作离，大人以继明照于四方。”孔颖达疏：“明两作离者，离为日，日为明。”《离》卦为离上离下相重，故以“重离”指太阳。古以帝王喻日，因本《周易·离》之义，以“重离”指帝王或太子。 ⑬优文封策：褒扬之文、策封之文。
⑭恒诰：恒常教导。 ⑮星汉：银河。 ⑯燮（xiè）伐：协同征伐。 ⑰洊（jiàn）雷：相继而作的雷。《周易·震卦》：“洊雷震。君子以恐惧修省。”孔颖达疏：“洊者，重也，因仍也。雷相因仍，乃为威震也。” ⑱眚（shěng）灾肆赦：因灾害而造成过失应缓刑、赦免，出《尚书·舜典》：“眚灾肆赦，怙终贼刑。” ⑲明罚敕法：明确惩罚以正法纪。 ⑳周穆命郊父受敕宪：周穆王命令郊父接受敕书的命令。《穆天子传》卷一：“丙寅，天子属宫效器，乃命正公郊父受敕宪。”郊父：周穆王的大臣。宪：教令。

魏武称"作敕戒，当指事而语，勿得依违"，晓治要矣。及晋武[①]敕戒，备告百官：敕都督以兵要，戒州牧以董司[②]，警郡守以恤隐，勒牙门[③]以御卫，有训典焉。

戒者，慎也，禹称"戒之用休"[④]。君父至尊，在三罔极[⑤]。汉高祖之《敕太子》，东方朔之《戒子》，亦顾命[⑥]之作也。及马援以下，各贻家戒。[⑦] 班姬《女戒》[⑧]，足称母师也。

教者，效也，出言而民效也。契敷五教[⑨]，故王侯称教。昔郑弘之守南阳[⑩]，条教为后所述，乃事绪明也；孔融之守北海[⑪]，文教丽而罕施，乃治体乖也。若诸葛孔明之详约[⑫]，庾稚恭之明断[⑬]，并理得而辞中，教之善也。

自教以下，则又有命。《诗》云"有命自天"[⑭]，明命为重也；《周礼》曰"师氏诏王"[⑮]，明诏为轻也。今诏重而命轻者，古今之变也。

赞曰：皇王施令，寅严[⑯]宗诰。我有丝言，兆民伊好[⑰]。辉音峻举，鸿风远蹈。腾义飞辞，涣其大号[⑱]。

---

①晋武：晋武帝司马炎。 ②戒州牧以董司：司马炎有《太康初省州牧诏》。州牧：一州之长，地方行政长官。董司，督察管理。 ③牙门：古时驻军，主帅或主将帐前树牙旗以为军门，称"牙门"。 ④戒之用休：典出《尚书·虞书·大禹谟》，指用美德来警戒。 ⑤在三罔极：指父、师、君的恩德无穷。《国语·晋语一》："父生之，师教之，君食之。"称为在三。罔极：无穷尽。《诗经·小雅·蓼莪》："父兮生我，母兮鞠我……欲报之德，昊天罔极。"后因以"罔极"指父母恩德无穷。 ⑥顾命：《尚书》的篇名，取临终遗命之意，后因称帝王临终前的遗诏为顾命。 ⑦马援以下，各贻家戒：马援，东汉初将领，有《戒兄子严敦书》，反对他们好议论人长短，乱批评法制。 ⑧班姬《女戒》：班姬即班昭，班固之妹，东汉女作家，有《女诫》七篇。⑨契敷五教：出《尚书·舜典》："帝曰：'契，百姓不亲，五品不逊，汝作司徒，敬敷五教，在宽。'"舜命契作司徒，推行五种伦理道理。 ⑩郑弘之守南阳：《汉书·郑弘传》说郑弘作南阳太守"条教法度，为后所述"。 ⑪孔融之守北海：司马彪在《九州春秋》中说孔融在北海，教令温雅，却难以悉行。 ⑫诸葛孔明之详约：诸葛亮教令有《答蒋琬教》等。 ⑬庾稚恭之明断：东晋庾稚恭的教令明白而决断。 ⑭有命自天：出《诗经·大雅·大明》。 ⑮师氏诏王：出《周礼·地官·师氏》："师氏掌以媺诏王。" ⑯寅严：恭敬庄重。 ⑰好：欢喜。⑱涣其大号：散布伟大令号。

【译文】

皇帝君临天下,他说出的话具有神圣性。静静地坐在帝座上,声音却能传到四面八方,所靠的是诏策的力量!古时,黄帝、尧、舜的话都是称为“命”的。“命”的本义是制——帝王命令的根本。三代之时“命”是包括了诰、誓的。誓是用来训诫军队的,诰则用来发布政令,“命”的含义是“天命”,所以用来授官赐姓。正如《周易》之《姤》卦所谓的“后以施命诰四方”,诰命下发民众动员,就像风动天下一样。到了战国时期,合并称为“令”。“令”是“使”的意思。秦国统一天下,改“命”为“制”。汉初定下的规则,命分四类:一是“册书”,二是“制书”,三是“诏书”,四是“戒敕”。“戒敕”是用来诫勉州部官员的,“诏书”是用来诰命百官的,“制书”是用来实施赦免的,“策书”是用来册封王侯的。“策”是“简策”的意思,“制”是“裁定”的意思,“诏”是“告诉”的意思,“敕”是“正”的意思。

《诗经》有“畏此简书”、《周易》有“君子以制数度”、《礼》有“明神之诏”、《尚书》有“敕天之命”,可见,皇帝之命的文书之所以名篇,也是来源于经书的。远者名诏,近者名命,这是沿袭了秦朝的制度。《礼记》称王的话为“丝纶”,说的是君王接见诸侯时说的话。虞舜重视出纳王命的纳言之官,周代重视王的喉舌之官。所以两汉的记载帝王命令的文书,执掌在尚书手中。帝王言语的重要性不言而喻,有所举动就要载入史册,其一发出就如同大绳索,如同汗出不能收回。所以,淮南王刘安处有文才之士,汉武帝向他发书前要让司马相如修改;陇右多文士,光武帝向那儿发书要反复斟酌文辞。这,岂止是为了当时好看,也在于告诫后世要谨慎。

考察汉文帝、汉景帝之前的诏书,发现既繁多又杂乱。汉武帝崇尚儒学,故而语言弘大深奥,他的册封三王之书,文本如同《尚书》的“训”“典”,鼓励与告诫均深刻雅正,堪为后代典范。至于他的制诏严助的“厌承明庐”文,表明他对人才的重视和恩典。汉宣帝给陈遂的诏书说道自己欠对方赌债的事,是重视旧情的表现。到了光武帝平定王莽之乱,开始对文学有所重视，仓促之间凭心情做事，导致其所发文书有措辞不当之处，如给邓禹的诏书称其为“尧”（尧是圣王），给侯霸的《玺书赐侯霸》却说用“黄钺”（“黄钺”代表帝王赋予臣下的权力）来惩罚他，这些实在是和大法相乖离。到了汉明帝、汉章帝时，由于崇尚学术，故而典雅的诏书时时出现。汉和帝、汉安帝时政事废弛，尚书省缺乏才士，每每下发文书都要请外人来写。汉献帝建安末年，文辞义理兴盛，潘勖所撰的《册魏公九锡文》典雅超群，卫觊所撰的《为汉帝禅位魏王诏》文采闪耀，二者无人能及。魏晋以来的诏策，由前尚书省变为中书省执掌。刘放和张华都曾担任此职，他们发号施令，洋洋洒洒如雷贯耳。魏文帝曹丕所下诏策，文辞、义理都很值得称道，但他《诏征南将军夏侯尚》的“卿腹心重将，特当任使。恩施足死，惠爱可怀。作威作福，杀人活人”却被责为“亡国之语”，也可以说是智者千虑必有一失了。东晋中兴只有明帝司马绍崇尚人才，因为温峤文辞清正故而选入中书省，自此而后，中书省掌管诏策的体制作为风气流传下来。

帝王之言崇尚机密为万众瞩目，天下诸侯皆以之为法，信服有加，因此，授予官职、选拔贤才，义同发出太阳的光辉；褒扬、册封之文文辞包含和风细雨的润泽；戒敕之文恒常教导，则于笔墨之间发出银河般灿烂的光华；统率军队协同讨伐，则有雷鸣般的声威；对因过失造成的灾害，宽赦其过失，则又如春天的露水般滋润；明确惩罚以正法纪，则又如秋霜般威严。以上，就是诏策的大致情况了。

戒敕之文实质上是诏书中最恳切的，周穆王命令郊父接受敕书的命令就是这样。魏武帝曹操的“作敕戒，当指事而语，勿得依违”的说法，说明他深得国家治理的关键。到了晋武帝司马炎以敕书告诫百官：以军事的枢机告诫都督（军队统帅，将领），以督察管理之责告诫州牧地方官，以体察民痛告诫郡守，以尽守卫之责告诫卫兵。这都有《尚书》训典体的含义。

“戒”是“慎”的意思，大禹有“戒之用休”的教导。君父是父、君、师三极中最重要的。汉高祖刘邦的《敕太子》，东方朔的《戒子》，是临终教诲儿子的遗言。到了东汉马援之后，才有了家戒之文。而班昭的《女戒》，则堪称女师。

“教”是“效”的意思，发出言语而使民众效法。因契开展五教，所以王侯教导百姓称教。古时，郑弘做南阳太守时颁布的教条为后世所绍述，这是因为头绪明确；孔融做北海太守教条之文写得好而实施不好，这是治理于实践上的乖离。像诸葛亮的详尽简约，东晋庾稚恭的教令明白而决断，都是义理文辞相得之作，是教条中的上乘之作。

“教”而后则又有“命”，《诗经》所谓的“有命自天”表明“命”的重要，《周礼》所谓的“师氏诏王”表明“诏”相对于“命”的地位较轻。而现在诏重要而命却不重要，是古今变化造成的。

综上所述：帝王发号施令，恭敬庄重以诰为宗。其所发出的只言片语，却为天下万民所喜好。光辉的声音高扬，如大风般吹向远方。义理文辞横空而出，散布为伟大的号召命令。

【评析】

诏策之体，是以帝王的名义下发的文书。就其五经来源而言，刘勰认为诏策和章奏同出于《尚书》：“诏策章奏，则《书》发其源。”伴随着帝制的结束，诏策文体也因失去土壤而不复存在。但这也并不是说今天研究《诏策》篇，就一点现实意义也没有了。其意义在于帮助人们理解历史文化、文体文风。

古代中国，皇帝处于政治统治金字塔的最顶端，被赋予了天赋的崇高性：帝王是天的儿子，称天子，代替天统治人民。以帝王名义所下的公文逻辑上是天的命令，故而以“命”名篇，这是《诏策》篇的纲领性内容：“皇帝御宇，其言也神。渊嘿黼扆，而响盈四表。”“昔轩辕、唐、虞，同称为‘命’。”“命喻自天。”“《诗》云：‘有命自天。’”“《书》称‘敕天之命’。”随后，又梳理了一个帝王公文自“命”名篇而下的发展历史。战国称为“令”：“降及七国，并称曰‘令’。”秦朝改称为“制”：“秦并天下，改命曰制。”汉初则分得更细，依内容和适用对象的不同分为四种：“一曰策书，二曰制书，三曰诏书，四曰戒敕。”“戒敕”是用来诫勉州部官员的，“诏书”是用来诰命百官的，“制书”是用来实施赦免的，“策书”是用来册封王侯的。“策”是“简策”的意思，“制”是“裁定”的意思，“诏”是“告诉”的意思,“敕”是“正”的意思。汉代定型,之后不再有新的变化。

鉴于帝王位高权重一言九鼎,故而其言不可轻发,因为必须要保证义理之正文辞合适。所以刘勰说:“夫王言崇秘,大观在上,所以百辟其刑,万邦作孚。”他还用形象的文笔对此作了阐发,授予官职、选拔贤才,义同发出太阳的光辉;褒扬、册封之文文辞包含和风细雨的润泽;戒敕之文恒常教导,则于笔墨之间发出银河般灿烂的光华;统率军队协同讨伐,则有雷鸣般的声威;赦免因无心的过失造成灾害的过错所发的诏书,则又如春天露水般的滋润;明确惩罚以正法纪,则又如秋霜般的威严。因而,他表彰了潘勖和卫觊所撰的帝王公文,说潘勖所撰的《册魏公九锡文》典雅超群,卫觊所撰的《为汉帝禅位魏王诏》文采闪耀;指出了东汉光武帝文书的两个不合适之处:给邓禹的诏书称呼邓禹为“尧”(尧是圣王),给侯霸的《玺书赐侯霸》却说用“黄钺”(“黄钺”代表帝王赋予臣下的权力)来惩罚他。还有魏文帝《诏征南将军夏侯尚》中的“卿腹心重将,特当任使。恩施足死,惠爱可怀。作威作福,杀人活人”,被责为“亡国之语”,是魏文帝千虑之一失。

就帝王公文的执掌而言,刘勰说历来帝王都非常重视。早在舜的时期就有纳言之官负责此事,周代则以帝王喉舌看待。到了秦汉时期,负责帝王公文撰写的是尚书省。魏晋以后,转由中书省负责。

此外,他还考察了“教”体文。“教”体文被追溯到舜之命契“敬敷五教”,其后则有地方官教化地方的教条以及家教。

檄移第二十

震雷始于曜电[①]，出师先乎威声[②]。故观电而惧雷壮，听声而惧兵威。兵先乎声，其来已久。昔有虞始戒于国[③]，夏后初誓于军[④]，殷誓军门之外[⑤]，周将交刃而誓之[⑥]。故知帝世[⑦]戒兵，三王[⑧]誓师[⑨]，宣训我众，未及敌人也。至周穆西征[⑩]，祭公谋父[⑪]称"古有威让之令，令有文告之辞"[⑫]，即檄之本源也。及春秋征伐自诸侯出，惧敌弗服故兵出须名，振此威风，暴彼昏乱，刘献公之所谓"告之以文辞，董之以武师"[⑬]者也。齐桓征楚，诘苞茅[⑭]之缺；晋厉伐秦，责箕部之焚[⑮]。管仲、吕相，奉辞先路，

---

①曜(yào)电：闪电。 ②威声：威名。 ③有虞始戒于国：舜帝开始戒于国中。《司马法·天子之义》："有虞氏戒于国中，欲民体其命也。"有虞：指舜帝，虞是舜的国号。 ④夏后初誓于军：大禹王开始有出征前的誓师。《司马法·天子之义》："夏后氏誓于军中，欲民先成其虑也。" ⑤殷誓军门之外：殷朝誓师于军营大门的外边。《司马法·天子之义》："殷誓于军门之外，欲民先意以行事也。" ⑥周将交刃而誓之：周代将领以交战方式进行战前誓师。《司马法·天子之义》："周将交刃而誓之，以致民志也。" ⑦帝世：舜的时代。 ⑧三王：夏、商、周三代帝王。 ⑨誓师：据《尚书·大禹谟》："禹乃会群后，誓于师曰：济济有众，咸听朕命。"后以"誓师"指军队出征前或作战时，统帅向将士宣示作战意义以激励士兵的战斗意志。 ⑩周穆西征：指周穆王西征犬戎。 ⑪祭(zhài)公谋父：周穆王的卿士，姓祭字谋父。 ⑫古有威让之令，令有文告之辞：据《国语·周语上》，穆王将征犬戎，祭公谋父谏曰："不可。先王耀德不观兵……有征讨之备，有威让之令，有文告之辞。"威让：严厉谴责。文告：以文德告谕。 ⑬告之以文辞，董之以武师：据《左传·昭公·昭公十三年》，周王卿士刘献公对晋国使者叔向说，如果齐国不肯结盟，就先以文辞告诫他，然后用军队去督责他。 ⑭苞茅：束成捆的菁茅。苞：通"包"，古代祭祀时，以裹束着的菁茅置于柙中，用来滤去酒中渣滓。《左传·僖公四年》载，齐伐楚，齐大夫管仲说讨伐是因为楚王不向周天子进贡苞茅。 ⑮箕部之焚：焚烧箕、部之事。箕部：地名，箕在今山西蒲县东北，部在今山西祁县西，均当时晋地。

详其意义，即今之檄文。暨乎战国，始称为檄。檄者，皦[1]也，宣露于外，皦然明白也。张仪《檄楚》[2]，书以尺二[3]。明白之文，或称露布[4]。露布者，盖露板[5]不封，播诸视听也。

夫兵以定乱，莫敢自专[6]，天子亲戎[7]，则称“恭行天罚”[8]；诸侯御师，则云“肃将王诛”[9]。故分阃推毂[10]，奉辞伐罪[11]，非唯致果为毅[12]，亦且厉辞为武[13]。使声如冲风[14]所击，气似欃枪[15]所扫，奋其武怒，总其罪人，征其恶稔[16]之时，显其贯盈[17]之数，摇奸宄[18]之胆，订信慎[19]之心，使百尺之冲[20]，摧折[21]于咫书[22]；万雉之城[23]，颠坠于一檄者也。观隗嚣之檄亡新[24]，布其三逆[25]，文不雕饰，而辞切事明，陇右[26]文士，得檄之体矣！陈琳之檄豫州[27]，壮有骨鲠[28]，虽奸阉携养[29]，章实太甚，发丘摸金[30]，诬过其

①皦(jiǎo)：光亮洁白，引为清楚明白义。 ②张仪《檄楚》：张仪的《为文檄告楚相》。 ③尺二：一尺二寸，古代木简的长度。 ④露布：不缄封的文书，亦谓公布文书。《东观汉记·李云传》：“白马令李云素刚，忧国，乃露布上书。”三国魏曹操《让县自明本志令》：“人有劝术(按：袁术)使遂即帝位，露布天下。” ⑤露板：亦作“露版”，因不缄封，故称。 ⑥莫敢自专：出《史记·周本纪》：“武王自称太子发，言奉文王以伐，不敢自专。” ⑦亲戎：御驾亲征。 ⑧恭行天罚：出《尚书·甘誓》：“今予惟恭行天之罚。” ⑨肃将王诛：敬奉上天子的讨伐。肃将：敬奉或敬献，出《尚书·泰誓上》：“皇天震怒，命我文考，肃将天威。”王诛：天子的讨伐。 ⑩分阃推毂：出《史记·冯唐传》：“臣闻上古王者之遣将也，跪而推毂，曰：‘阃以内者，寡人制之；阃以外者，将军制之。’”阃(kǔn)：城郭的门。毂(gǔ)：车轮中心的圆木。 ⑪奉辞伐罪：出《国语·郑语》：“君若以成周之众，奉辞伐罪，无不克矣。”韦昭注：“桓公甚得周众，奉直辞，伐有罪，故必胜也。” ⑫致果为毅：出《左传·宣公二年》：“杀敌为果，致果为毅。”果：果敢。毅：坚决。 ⑬厉辞为武：以严厉之辞形成威慑。 ⑭冲风：烈风。 ⑮欃(chán)枪：彗星。《淮南子·俶真训》：“欃枪衡杓之气，莫不弥靡而不能为害。” ⑯恶稔(rěn)：恶贯满盈。 ⑰贯盈：出《尚书·泰誓上》：“商罪贯盈，天命诛之。”孔颖达疏：“纣之为恶，如物在绳索之贯，一以贯之，其恶贯已满矣。……故上天命我诛之。” ⑱奸宄(guǐ)：坏人，由内而起谓之奸，由外而起谓之宄。 ⑲信慎：诚信、谨慎。 ⑳百尺之冲：极近的猛烈的冲击。 ㉑摧折：挫折。 ㉒咫书：指檄文。 ㉓万雉之城：犹言很大的一座城池。雉：古代称城墙长三丈高一丈为一雉。 ㉔隗嚣之檄亡新：隗嚣作《移檄告郡国》宣告王莽的罪行。 ㉕三逆：《移檄告郡国》所列举的王莽“逆天”“逆地”“逆人”的罪行。 ㉖陇右：陇西。 ㉗陈琳之檄豫州：陈琳的《为袁绍檄豫州》。 ㉘骨鲠：耿直。 ㉙奸阉携养：曹操的父亲曹嵩是宦官曹腾养子。 ㉚发丘摸金：陈琳《为袁绍檄豫州》说曹操“特置发丘中郎将摸金校尉”负责掘墓取金。

虐，然抗辞书衅[①]，皦然露骨，敢撄[②]曹公之锋，幸哉免袁党[③]之戮也。锺会檄蜀[④]，征验[⑤]甚明。桓温檄胡[⑥]，观衅[⑦]尤切，并壮笔也。

凡檄之大体，或述此休明[⑧]，或叙彼苛虐[⑨]。指天时，审人事，算强弱，角权势，标蓍龟于前验，悬鞶鉴[⑩]于已然，虽本国信，实参兵诈，谲诡[⑪]以驰旨，炜晔[⑫]以腾说，凡此众条，莫之或违者也。故其植义扬辞，务在刚健[⑬]。插羽[⑭]以示迅，不可使辞缓[⑮]；露板以宣众，不可使义隐。必事昭而理辨，气盛[⑯]而辞断[⑰]，此其要也。若曲趣[⑱]密巧[⑲]，无所取才矣。又州郡征吏[⑳]，亦称为檄，固明举[㉑]之义也。

移者，易也，移风易俗，令往而民随者也。相如之《难蜀老》[㉒]，文晓而喻博，有移檄之骨焉。及刘歆之《移太常》[㉓]，辞刚而义辨，文移[㉔]之首也；陆机之《移百官》[㉕]，言约而事显，武移[㉖]之要者也。故檄移为用，事兼文武。其在金革[㉗]，则逆党[㉘]用檄。顺命[㉙]资移。所以洗濯[㉚]民心，坚同符契[㉛]。意用小异，而

---

①抗辞书衅：激昂的文辞书写过错。 ②撄(yīng)：触犯。 ③袁党：袁绍党羽。 ④锺会檄蜀：锺会的《移蜀将吏士民檄》。锺会：魏伐蜀主要军事将领之一。 ⑤征验：证据。 ⑥桓温檄胡：桓温的《檄胡文》。桓温：字元子，东晋大司马。胡：指建立后赵的石勒。 ⑦衅：罪过。 ⑧休明：美好清明。《左传·宣公三年》："楚子问鼎之大小轻重焉。对曰：'在德不在鼎……德之休明，虽小，重也；其奸回昏乱，虽大，轻也。'" ⑨苛虐：苛刻暴虐。 ⑩鞶(pán)鉴：古代用铜镜作装饰的革带。 ⑪谲诡：变化多端。 ⑫炜晔：文辞明丽晓畅。 ⑬刚健：坚强有力。 ⑭插羽：插羽毛以示迅急。 ⑮辞缓：辞气迂缓。 ⑯气盛：气势逼人。 ⑰辞断：文义果断毫不含糊。 ⑱曲趣：意旨隐晦曲折。 ⑲密巧：精细纤巧。 ⑳征吏：召用佐吏。 ㉑明举：公开选拔。 ㉒相如之《难蜀老》：司马相如的《难蜀父老》。 ㉓刘歆之《移太常》：刘歆的《移让太常博士书》。 ㉔文移：用于政治的公文，与"武移"对。 ㉕陆机之《移百官》：陆机的《移百官》。 ㉖武移：用于军事的公文，与"文移"对。 ㉗金革：军械和军装。《礼记·中庸》："衽金革，死而不厌。"孔颖达疏："金革，谓军戎器械也。"代指战争。 ㉘逆党：敌对方。 ㉙顺命：顺从者。 ㉚洗濯：洗涤。濯：洗。 ㉛坚同符契：牢固一致。符契：符合。

体义大同，与檄参伍[①]，故不重论也。

赞曰：三驱弛网[②]，九伐先话[③]。鞶鉴吉凶，蓍龟成败。摧压鲸鲵[④]，抵落蜂虿[⑤]。移实易俗，草偃风迈[⑥]。

【译文】

雷声开始于闪电，军队出征先要有威名。所以，看到闪电就会恐惧雷声的雄壮，听到威名就会恐惧军队的威力。军队出征以威名为先导，来源已经很久了。古时，虞舜开始诫勉国人，夏禹开始在军队誓师，殷商誓师于军营大门的外边，西周的军队在交战前誓师。由此可知，帝舜诫勉军队和夏商周誓师，都是在宣传训导自己的军队而没有施于敌人。到了周穆王西征犬戎，祭谋父谏穆王“古有威让之令，令有文告之辞”，所谓的“威让”“文告”，应是檄文的本原。到了春秋时期征伐自诸侯出，害怕敌人不服，故而要师出有名，振自己之威风，揭露敌人的昏庸错乱，这就是刘献公所谓的“告之以文辞，董之以武师”。齐桓公征伐楚国，理由是问罪楚国进贡苞茅之礼的缺失；晋厉公讨伐秦国，责备秦国焚毁晋国的箕、郜之地。管仲和吕相军队出征前以文辞为先导，详细考察其意义，就是今天所谓的檄文。到了战国时期，开始称作檄文。“檄”是“皦”的意思，公开对外宣布就像日光一样明白。张仪的《为文檄告楚相》写于一尺

---

①参伍：交互错杂、错综比较、加以验证义，如《韩非子·八经》：“参伍之道，行参以谋多，揆伍以责失。”《史记·太史公自序》：“若夫控名责实，参伍不失，此不可不察也。”

②三驱弛网：三面驱赶禽兽而把捕网放开一面。《周易·比卦》：“王用三驱，失前禽。”王弼注：“夫三驱之礼，禽逆来趣己则舍之，背己而走则射之，爱于来而恶于去也；故其所施，常失前禽也。”弛：松开。 ③九伐先话：对九种罪行之一讨伐之前先予声讨。九伐针对的罪行，据《周礼·大司马》，指：一、欺侮弱小；二、损害贤人和百姓；三、对内暴虐，对外欺侮；四、田野荒芜而百姓散离；五、仗恃险地而不顺服；六、杀害亲人；七、驱逐或杀害国君；八、违背命令而忽视政治；九、道德败坏，行同禽兽。 ④鲸鲵：即鲸，雄曰鲸，雌曰鲵，喻凶恶的敌人，《左传·宣公十二年》：“古者明王伐不敬，取其鲸鲵而封之，以为大戮。”杜预注：“鲸鲵，大鱼名，以喻不义之人吞食小国。” ⑤蜂虿(chài)：蜂和虿，都是有毒刺的螫虫，《国语·晋语九》：“蚋蚁蜂虿，皆能害人，况君相乎！”此处用同上“鲸鲵”，喻恶人或敌人。 ⑥草偃风迈：风行草伏。

二寸的简牍之上。公开的文书有的叫作露布。之所以叫露布，是不将露板封上，使之公开，让人知道。

军队是用来平定叛乱的，兹事体大没有敢专权的，故而天子御驾亲征也要打着“恭行天罚”的旗号；诸侯出兵便称“肃将王诛（恭敬地奉上天子的讨伐）”。所以，赋予将军临机决断权，将军奉命讨伐有罪，不仅要果断杀敌，也要以严厉之辞形成威慑。使声威如烈风冲击、气势如彗星扫过天空，奋发其威武之怒，总结罪人的罪过，征伐在其作恶多端之时，暴露其恶贯满盈之罪，动摇奸人之胆魄，安定诚实本分者的人心，使百尺高的战车被咫尺之书所摧折，使万雉之大城被一篇檄文攻破。考察隗嚣的《移檄告郡国》，公开王莽的逆天、逆地、逆人“三逆”之罪，文辞不加修饰而意旨切中事实，可见陇右之文士颇得檄文之正体。陈琳的《为袁绍檄豫州》雄壮耿直，虽然骂曹操是宦官养育，彰人之短有些过分，骂曹操盗墓偷财，有过诬之嫌，然而以激昂的文辞书写过错真是露骨地明白，真是敢于针对曹操的锋芒，他能避免作为袁绍党羽而被杀戮真是幸运。锺会的《移蜀将吏士民檄》证据确凿，桓温的《檄胡文》观察过错尤其切实，二者都是雄壮之文。

但凡檄体文之基本要求，要述说自己的美善清明，叙说敌人的苛刻暴虐。指明天时，审清人事，衡量双方力量、权势强弱，用有征验的事来预告成败，虽然以国家的信誉为基础，但实际上中间羼杂着兵家诡诈。变化多端地驰骋意旨，用光彩的话来宣扬说法，以上这些是难以违背的。所以，檄文立意骋辞务必要坚强有力。因为，插上羽毛以表示迅急，故而辞气不可迂缓；露板不封以公开示众，故而意旨不可隐晦。一定要做到事理清晰明白，气势盛大，文辞果断，这是檄文的关键。如果意旨隐晦曲折、精细纤巧，那么就没有可取之处了。还有州郡地方府衙召用佐吏也称为檄，这是在表明公开选拔的意思。

“移”是“易”的意思，移风易俗，令发民随。司马相如的《难蜀父老》文义晓然而比喻广博，具有移文之风骨。到了刘歆的《移让太常博士书》，则文辞坚定，意旨明白，堪称政治移文之冠冕；陆机的《移百官》，则能做到文辞简约而事理显要，又堪称军事移文之上品。所以，檄文、移文的作用可以兼该政治军事。用在军事上，对敌人用檄文；对顺从者则借助移文来做动员，使人心达成一致。移和檄相比，具体适用对象虽有小的不同，但大方向上是一致的，二者可以相互参照，所以此处不再重复论述。

综上所述：三面驱赶野兽而网开一面，讨伐九罪预先声讨。有如鞶带明鉴昭示吉凶，又像蓍龟占卜预测成败。气势可摧折鲸鲵，锋芒能扫荡带着毒刺的蜂虿。移书是移风易俗的文告，使人们如风行草伏一般和顺。

【评析】

《檄移》篇论檄、移二文体，檄是讨伐有罪公开发表的公文，移是面向社会地方的移风易俗之文。二者的共同点在于，都是将对方纳入自己的价值观中来；不同点在于，檄文用于讨逆所倚仗的是武力，移文用于驯化所倚仗的是文德。这就是该篇所谓的“故檄移为用，事兼文武。其在金革，则逆党用檄。顺命资移”，以及“意用小异，而体义大同”。和诏策相比，檄、移现实适用性要大些，因为当今社会，依然有战争的存在，依然需要移风易俗。

兵者主杀，刘勰说檄文要具有雷鸣般的声威。就檄文的起源，他上推到虞舜帝与夏商周三代之王军事行动的动员、誓师。虞舜开始诫勉国人，夏禹开始军队誓师，殷商誓师于军营大门的外边，西周军队交战前誓师。但就施加于敌人而言，到了周穆王西征犬戎，祭谋父谏穆王的“古有威让之令，令有文告之辞”，所谓的“威让”、“文告”敌人，才是檄文的本原。因为天子理所当然地是正义的代表，他的征伐不需要给出理由。但是，到了春秋时期征伐自诸侯出，一国对另一国采取军事行动，就需要给出理由，这个理由，就有檄文的性质。刘勰说，真正的檄文产生在战国时期，如张仪的《为文檄告楚相》就是以“檄”名篇。此后，檄文便正式成为文体的一种。

就文体特征而言，鉴于檄文是军事杀伐的先声，故而要求其文必须有不可置疑的正义性。故而，天子御驾亲征也要打着“恭行天罚”的旗号；诸侯出兵的说法是“肃将王诛”（恭敬地奉上天子的讨伐）。要述说自己的美善清明，叙说敌人的苛刻暴虐。檄文立意骋辞务必要坚强有力：变化多端地驰骋意旨,明白晓畅地沸腾文辞。就其辞气而言,要使声威如烈风冲击、气势如彗星扫过天空,奋发其威武之怒,总结罪人的罪过,征伐在其作恶多端之时,显露其恶贯满盈之罪,动摇奸人之胆魄,坚定信服者的信心。

“选文以定篇”所用檄文和移文有张仪的《为文檄告楚相》、隗嚣的《移檄告郡国》、陈琳的《为袁绍檄豫州》、锺会的《移蜀将吏士民檄》、桓温的《檄胡文》、司马相如的《难蜀父老》、刘歆的《移让太常博士书》、陆机的《移百官》。价值评判在具体的例文列举同时进行,评判的标准当然是上所述及的檄移的文体属性。

就檄移的五经来源而言,考之《宗经》篇,刘勰说:“记传盟檄,则《春秋》为根。”和记传盟体共同来源于《春秋》。一部春秋史,某种意义上可以说是“尊王攘夷”口号下诸侯国之间奉辞伐罪的战争史,故而,以《春秋》作为檄移经书源头,无疑是有道理的。

封禅第二十一

夫正位北辰[①]，向明南面，所以运天枢[②]，毓黎献[③]者，何尝不经道纬德[④]，以勒[⑤]皇迹[⑥]者哉？《绿图》[⑦]曰："潬潬嗎嗎[⑧]，棼棼雉雉[⑨]，万物尽化。"言至德所被也。《丹书》[⑩]曰："义胜欲则从，欲胜义则凶。"戒慎之至也。则戒慎以崇其德，至德以凝其化，七十有二君，所以封禅矣[⑪]。

昔黄帝神灵，克膺鸿瑞[⑫]，勒功乔岳[⑬]，铸鼎荆山[⑭]。大舜巡岳，显乎《虞典》[⑮]。成康封禅，闻之《乐纬》[⑯]。及齐桓之霸，爰

---

①北辰：北极星，喻帝王。 ②天枢：北斗七星之一，是智星、吉星，象征强有力的统治。③毓黎献：培育黎民中的贤者，《尚书·益稷》："万邦黎献，共惟帝臣。"毓：养育。 ④经道纬德：经纬道德的互文，即经营道德的意思。 ⑤勒：用刻石等器物记录。 ⑥皇迹：皇帝的行迹。 ⑦《绿图》：即箓图，似汉之谶纬预言人世祸福之书。出《墨子·非攻下》：" 河出绿图，地出乘黄。"《吕氏春秋·观表》："圣人上知千岁，下知千岁，非意之也，盖有自云也。绿图幡薄，从此生矣。" ⑧潬（shàn）潬嗎（huī）嗎：婉转杂糅貌。 ⑨棼（fén）棼雉雉：扰乱、杂陈貌。 ⑩《丹书》：传说赤雀所衔瑞书。《太平御览》卷二四引《尚书中候》："周文王为西伯，季秋之月甲子，赤雀衔丹书入丰鄗，止于昌户。乃拜，稽首受取。曰：'姬昌，苍帝子；亡殷者，纣也。'" ⑪七十有二君，所以封禅矣：《管子·封禅》："古者封泰山、禅梁父者七十二家。"司马迁在《史记·封禅书中》明确列出的有十二位：无怀氏、伏羲氏、神农氏、炎帝、黄帝、颛顼、帝喾、尧、舜、禹、汤、周成王。 ⑫克膺鸿瑞：恭敬接受宏大的祥瑞。膺：胸，恭敬接受。⑬勒功乔岳：指黄帝封禅泰山。关于黄帝封禅泰山，《史记·封禅书》载："黄帝封泰山，禅亭亭。"乔岳：高山，此指泰山。 ⑭铸鼎荆山：《史记·封禅书》："黄帝采首山铜，铸鼎于荆山下。鼎既成，有龙垂胡须迎黄帝，黄帝上骑，群臣后宫从上者七十余人，龙乃上去。余小臣不得上，乃悉持龙须，龙须拔，坠，坠黄帝之弓。百姓仰望，黄帝上天，乃抱其弓与胡髯号。"荆：即今河南灵宝的宝荆山。 ⑮大舜巡岳，显乎《虞典》：《尚书·舜典》："岁二月，东巡狩，至于岱宗，柴望秩于山川。" ⑯成康封禅，闻之《乐纬》：《后汉书·张纯传》："《乐动声仪》曰：以雅治人，风成于颂，有周之盛，成康之间，郊、配、封禅皆可见也。"谓周成王、周康王都曾封禅。成、康：西周成王、康王。

窥王迹①，夷吾谲陈，拒以怪物②。固知玉牒金镂③，专在帝皇也。然则西鹣东鲽④，南茅北黍⑤，空谈非征，勋德而已。是以史迁《八书》⑥，明述《封禅》者，固禋祀⑦之殊礼，铭号之秘祝⑧，祀天之壮观矣。

秦皇铭岱⑨，文自李斯，法家辞气，体乏弘润；然疏而能壮，亦彼时之绝采也。铺观两汉隆盛，孝武禅号于肃然⑩，光武巡封于梁父⑪，诵德铭勋⑫，乃鸿笔耳。观相如《封禅》⑬，蔚为唱首，尔其表权舆⑭，序皇王，炳玄符⑮，镜鸿业⑯；驱前古于当今之下，腾休明于列圣之上，歌之以祯瑞⑰，赞之以介丘⑱，绝笔兹文，固维新⑲之作也。及光武勒碑，则文自张纯。首胤典谟，末同祝辞，引钩谶⑳，叙离乱，计武功，述文德；事核理举，华不足而实有余矣！凡此二家，并岱宗实迹也。

---

①窥王迹：指齐桓公打算行封禅典礼。窥：窥视。王迹：王者之事，封禅是帝王之事。②夷吾谲陈，拒以怪物：据《史记·封禅书》，管仲反对齐桓公想行封禅之礼的想法，说只有远方珍怪物出现时才可以进行封禅。③玉牒：《史记·封禅书》："武帝封泰山，封广丈二尺，高九尺，其下则有玉牒书，书秘。"金镂：金线，用于封检玉牒。④西鹣（jiān）东鲽（dié）：泛指四海珍异之物。鹣：比翼鸟。鲽：比目鱼。⑤南茅北黍：代指祥瑞。《史记·封禅书》："鄗上之黍，北里之禾，所以为盛；江淮之间，一茅三脊，所以为藉也。"⑥《八书》：指《史记》的《礼书》《乐书》《律书》《历书》《天官书》《封禅书》《河渠书》《平准书》。⑦禋（yīn）祀：古代祭天的一种礼仪，先燔柴升烟，再加牲体或玉帛于柴上焚烧。⑧秘祝：秦代司祈祝之官，汉初因之，至文帝时始废。《史记·封禅书》："祝官有祕祝，即有菑祥，辄祝祠移过于下。"此当为秘密祝祷义。⑨秦皇铭岱：指李斯所撰的秦始皇《泰山刻石铭文》。《史记·秦始皇本纪》："二十八年（前219），始皇……乃遂上泰山，立石，封，祠祀。"⑩孝武禅号于肃然：《史记·封禅书》："丙辰，禅泰山下阯东北肃然山，如祭后土礼。"言汉武帝刘彻于元封元年（前110）三月至泰山，立石，东巡海上，四月自岱阴下按祭后土的礼仪禅泰山东北麓的肃然山。⑪光武巡封于梁父：光武帝刘秀于建武三十二年（56）登封泰山又降禅梁父。⑫诵德铭勋：张纯撰《泰山刻石文》，歌颂功德，记录功勋。⑬相如《封禅》：司马相如《封禅文》。⑭权舆：起始。《诗经·秦风·权舆》："今也每食无余，于嗟乎！不承权舆。"朱熹《诗集传》："权舆，始也。"⑮玄符：天符、符命。⑯鸿业：大业，多指王业。⑰祯（zhēn）瑞：祥瑞。祯：吉祥。⑱介丘：大山。⑲维新：除旧布新。⑳钩谶：纬书和谶语。

及扬雄《剧秦》①，班固《典引》②，事非镌石，而体因纪禅。观《剧秦》为文，影写长卿，诡言遁辞，故兼包神怪；然骨制靡密③，辞贯圆通④，自称极思，无遗力矣。《典引》所叙，雅有懿采，历鉴前作，能执厥中，其致义会文，斐然余巧，故称"《封禅》靡而不典，《剧秦》典而不实"，岂非追观⑤易为明，循势⑥易为力欤？至于邯郸《受命》⑦，攀响前声，风末力寡，辑韵成颂，虽文理顺序，而不能奋飞。陈思《魏德》⑧，假论客主，问答迂缓，且已千言，劳深绩寡，飙焰⑨缺焉。

兹文为用，盖一代之典章也。构位⑩之始，宜明大体，树骨⑪于训典之区，选言⑫于宏富之路；使意古而不晦于深，文今而不坠于浅；义吐光芒，辞成廉锷⑬，则为伟矣。虽复道极数殚⑭，终然相袭，而日新其采者，必超前辙焉。

赞曰：封勒帝绩，对越⑮天休⑯。逖听⑰高岳，声英⑱克彪⑲。树石九旻⑳，泥金八幽㉑。鸿律蟠采㉒，如龙如虬。

---

①扬雄《剧秦》：扬雄的《剧秦美新》。扬雄上书王莽，批判秦朝的暴政，赞美王莽建立的新朝。 ②班固《典引》：班固在此文中声称汉为尧后。 ③骨制靡密：义理组织严密。 ④辞贯圆通：文辞圆融顺畅。 ⑤追观：回顾，《淮南子·修务训》："而不能闲居静思，鼓琴读书，追观上古及贤大夫。" ⑥循势：顺势。 ⑦邯郸《受命》：魏初邯郸淳的《受命述》。这篇文章歌颂魏朝的建立，认为魏是受天命的政权。 ⑧陈思《魏德》：曹植的《魏德论》。 ⑨飙焰：雄壮的气势。 ⑩构位：构思。 ⑪骨：义理。 ⑫言：文辞。 ⑬廉锷（è）：边棱，此喻锐利的文辞。 ⑭道极数殚：出扬雄《剧秦美新》："道极数殚，暗忽不还。"李善注："言天道既极，历数又殚，故暗忽而灭，不能自还也。" ⑮对越：犹对扬，答谢颂扬。《诗经·周颂·清庙》："济济多士，秉文之德；对越在天，骏奔走在庙。"王引之《经义述闻·毛诗下》："'对越在天'与'骏奔走在庙'相对为文。'对越'犹对扬，言对扬文武在天之神也……扬、越一声之转。" ⑯天休：天赐福佑。《尚书·汤诰》："凡我造邦，无以匪彝，无即慆淫，各守尔典，以承天休。" ⑰逖听：犹逖闻，常表示恭敬。司马相如《封禅文》："率迩者踵武，逖听者风声。"逖（tì）：远。 ⑱声英：犹英名。 ⑲彪：彪炳。 ⑳九旻（mín）：九天。旻：天、天空。 ㉑泥金：古代帝王行封禅礼时所用的玉牒有玉检、石检，检用金缕缠住，用水银和金屑泥封。八幽：八方幽远之地。曹植《圣皇篇》："九州咸宾服，威德洞八幽。" ㉒鸿律蟠采：此指封禅文精雕细琢于宏大事业所体现的文采。

【译文】

帝王面南背北而坐，抚民选贤，又何尝不以道德治理天下而刻石记录这一番功绩呢?《绿图》所谓的万物纷杂尽归于化，说的就是帝德泽被的结果。《丹书》所谓的义理战胜人欲则吉、人欲战胜义理则凶，是在说要警戒慎重。警戒慎重可以使道德高尚，最高的道德可以施行教化，故而有七十二帝王封禅泰山事。

古时，黄帝神圣灵明接受上天宏大的祥瑞，刻功绩于泰山、铸宝鼎于荆山。大舜东巡泰山记载在《尚书·舜典》中。周成王、周康王封禅泰山事，可见于《乐动声仪》这一纬书中。到了齐桓公称霸时意欲行封禅典礼，被管仲用需要祥瑞出现谏止了，因而可知，封禅泰山典礼是帝王的专利。至于说封禅泰山典礼相关的珍奇之物，都不是关键，关键是要有伟大的功勋和德业。因而，司马迁《史记》的八《书》之中《封禅书》居第一，因封禅是祭天的一种特殊礼仪，是铭刻帝王名号的秘密祝祷，是祭天的壮观仪式。

秦始皇封禅泰山的《泰山刻石铭文》是李斯撰写的，因是法家的文辞风格，故而缺乏弘大润泽之美，但是，因为做到了通畅且有气势，故而也是当时文学的最高成就了。全面考察两汉的兴隆昌盛，汉武帝封禅于肃然山、光武帝封禅于梁父山，颂扬铭刻功勋德业，都是大手笔啊！阅读司马相如的《封禅文》，应是封禅文体的首创，其表封禅事的起始、列举封禅的帝王、标榜上天的符命、铺陈宏大的业绩，将古今封禅泰山的帝王一并考察，歌颂祥瑞、赞扬泰山，他的绝笔之文却也是创新之作。到了光武帝，他封禅泰山所刻的碑文出自张纯之手，开篇承续《尚书》典谟风格，结尾又像祝祷辞，引用纬书和谶语，陈述所历之世乱，记述光武帝的文德与武功。该文事件真实而义理正大，是其优点；不足之处是文采欠缺。以上二家，是泰山实有遗迹的文章。

到了扬雄的《剧秦美新》和班固的《典引》，并未真的刻于石上，只是继承了封禅文之体。考察扬雄的《剧秦美新》，发现是模拟司马相如的《封禅文》，诡谲隐晦的文辞包含着神怪的内容，但是，其义理精密，文辞圆融通畅，和他自称的全力以赴相一致。班固《典引》之文确实有好的文采，通览其前封禅文之作并能执中，表达义理铺陈文辞，给人巧妙之感，所以，他说司马相如的《封禅文》“靡而不典”、扬雄的《剧秦美新》“典而不实”，难道不是回顾前作易于看清、顺前作之势而为新作易于用力吗？到了魏晋邯郸淳的《受命述》，力图攀附前人之作，但是因为缺乏风力，虽然能够形成篇章且文从字顺，但却没有感人的力量。曹植的《魏德论》假借主客问答结构篇章，但是问答迂回缓慢，虽然已有千言之多，毕竟事倍功半，缺少雄壮的气势。

封禅文在作用上堪称一代的法则。在构思的时候就要明确正大的义理，将义理植根于儒家五经的思想之中，然后选择宏大丰富的文辞铺陈篇章，使义理古朴而不深奥、文辞新潮而不浅薄，这是最好不过的了。虽然帝王功勋和德业已经达到极致，封禅文难免前后相袭，但是能不断创新文采的话，还是能够有所超越的。

综上所述：封禅泰山刻石记录帝王的功绩，答谢、颂扬天赐的福泽。在高山上远听着天命，声音美好，文采焕然。树立石碑于九天之上，泥金封检的玉牒深埋地下。这就是封禅文精雕细琢于宏大事业所体现的文采。

【评析】

中国传统社会崇尚英雄，天下一统是传统中国一大政治追求。故而，实现天下一统的帝王往往被视为最大的英雄。功勋和德业盖世的帝王往往也需要将其业绩上告于天、下告于民。于是，仪式便会选在高处举行——距天近、居高声远。这个高处，一般被选在五岳之尊的泰山，此即所谓的封禅泰山：在泰山封土祭天，在泰山脚下的梁父山祭地。在刘勰《封禅》里，帝王之所以有封禅资格，是因符合儒家义理，此即他所谓的“戒慎以崇其德，至德以凝其化，七十有二君，所以封禅矣”之论。

“七十二君封禅”之说，刘勰继承自《史记·封禅书》，《史记·封禅书》来自《管子·封禅篇》。“七十二君”大致是言其多，具体被记载的有无怀氏、伏羲氏、神农氏、炎帝、黄帝、颛顼、帝喾、尧、舜、禹、汤、周成王等十二家。《管子·封禅篇》说，齐桓公葵丘会盟后居功自傲，飘飘然自比于古帝土而欲封禅泰山，被管仲以需要祥瑞出现才可行动而巧妙地阻止了。管仲的意思是，齐桓公以武力而不是以文德建功，不具备封禅泰山的资格。

其后，真正行封禅泰山之事者有秦始皇、汉武帝以及东汉光武帝，并且三者都有勒石记功之文。秦始皇的封禅泰山铭文是李斯所撰，但还不是真正的封禅体文。真正的封禅体文是司马相如为汉武帝所撰的《封禅文》，刘勰说这是封禅文体的开始。光武帝刘秀的封禅泰山文是张纯所撰。此外，被刘勰称道的封禅体文还有扬雄吹捧王莽的《剧秦美新》、班固吹捧汉明帝的《典引》、邯郸淳吹捧曹丕的《受命述》、曹植吹捧曹丕的《魏德论》，但是，王莽、汉明帝、曹丕都没有封禅泰山之实事。

鉴于封禅祭祀主祭者一定要有盖世的功勋和德业，只有少数帝王能够满足条件，故而，封禅文的名篇，直到刘勰的时代也就这么几篇。那么，就封禅体文的撰写要求，刘勰于"敷理以举统"之处说：在构思的时候就要明确正大的义理，将义理植根于儒家五经的思想之中，然后选择宏大丰富的文辞铺陈篇章，做到义理古朴而不深奥、文辞新潮而不浅薄，也就是他所谓的"义吐光芒，辞成廉锷"。

也正是在此标准下，他评论道：李斯的《泰山刻石铭文》是"法家辞气，体乏弘润；然疏而能壮，亦彼时之绝采"，司马相如的《封禅文》是"维新之作"，张纯的《光武封禅泰山刻石》"事核理举，华不足而实有余"，扬雄的《剧秦美新》"影写长卿，诡言遁辞，故兼包神怪；然骨制靡密，辞贯圆通"，班固的《典引》"雅有懿采，历鉴前作，能执厥中，其致义会文，斐然余巧"，邯郸淳的《受命述》"攀响前声，风末力寡，辑韵成颂，虽文理顺序，而不能奋飞"，曹植的《魏德论》"假论客主，问答迂缓，且已千言，劳深绩寡，飙焰缺焉"。

由上可见，被刘勰《封禅》篇所评述的封禅体文计六家，全面赞赏的是司马相如的《封禅文》和班固的《典引》，对其他四篇则是辩证评价。

章表第二十二

夫设官分职，高卑联事①。天子垂珠②以听，诸侯鸣玉③以朝。敷奏以言，明试以功④。故尧咨四岳⑤，舜命八元⑥，固辞再让之请，俞往钦哉⑦之授，并陈辞帝庭，匪假⑧书翰⑨。然则敷奏以言，则章表⑩之义也；明试以功，即授爵之典也。至太甲既立，伊尹书诫⑪，思庸归亳，又作书以赞⑫，文翰献替⑬，事斯见矣。

---

①高卑联事：职位高低政事关联。 ②垂珠：帝王帽子上的冕旒，用珍珠做成，取从谏如流义。 ③鸣玉：在腰间佩带玉饰，行走时使之相击发声，取时时提醒要有玉德义。传统文化以玉有九德，最基本是直（公正）而温（温和）。 ④敷奏以言，明试以功：出《尚书·舜典》："敷奏以言，明试以功，车服以庸。"孔颖达疏："诸侯四处来朝，每朝之处，舜各使陈进其治理之言，令自说己之治政。既得其言，乃依其言明试之。" ⑤尧咨四岳：出《尚书·尧典》：帝曰："咨！四岳，汤汤洪水方割，荡荡怀山襄陵，浩浩滔天。下民其咨，有能俾乂？"佥曰："于！鲧哉。"帝曰："吁！咈哉，方命圮族。"岳曰："异哉！试可乃已。"又：帝曰："咨！四岳。朕在位七十载，汝能庸命，巽朕位？"岳曰："否德忝。" ⑥舜命八元：见《左传·文公十八年》："高辛氏有才子八人：伯奋、仲堪、叔献、季仲、伯虎、仲熊、叔豹、季狸，忠肃共懿，宣慈惠和，天下之民，谓之'八元'。" ⑦俞往钦哉：《尚书·尧典》：帝曰："咨，四岳！有能典朕三礼？"佥曰："伯夷。"帝曰："俞咨！伯，汝作秩宗。夙夜惟寅，直哉惟清。"伯拜稽首，让于夔、龙。帝曰："俞，往钦哉！" ⑧匪假：不是借助。 ⑨书翰：文字、书信。 ⑩章表：奏章、奏表。 ⑪至太甲既立，伊尹书诫：伊尹就写了《伊训》《肆命》和《徂后》三篇以示太甲。《史记集解》："《肆命》者，陈政教所当为也；《徂后》者，言汤之法度也。"但太甲不听劝导，《孟子·万章上》："太甲颠覆汤之典刑，伊尹放之于桐。" ⑫思庸归亳，又作书以赞：《尚书·太甲》："太甲既立。不明。伊尹放诸桐。三年。复归于亳。思庸。伊尹作太甲三篇。"太甲：子姓，名至，商汤嫡长孙，商朝第四位君主，继位之初，由伊尹辅政教导太甲太甲不听，伊尹将他放逐到桐宫，三年悔过，伊尹又将他迎回亳都还政于他。《史记·殷本纪》："帝太甲居桐宫三年，悔过自责，反善。于是伊尹乃迎帝太甲而授之政。帝太甲修德，诸侯咸归殷，百姓以宁。伊尹嘉之，乃作《太甲训》三篇，褒帝太甲，称'太宗'。" ⑬献替：献可替否，臣对君进献可行的计策，建议废止不可做的事，《左传·昭公二十年》："君所谓可而有否焉，臣献其否以成其可。君所谓否而有可焉，臣献其可以去其否。"

周监二代①，文理②弥盛，再拜稽首③，对扬休命④，承文受册，敢当丕显⑤，虽言笔⑥未分，而陈谢可见。降及七国，未变古式，言事于王，皆称上书。

秦初定制，改书曰奏。汉定礼仪，则有四品：一曰章，二曰奏，三曰表，四曰议。章以谢恩，奏以按劾，表以陈请，议以执异。章者，明也，《诗》云“为章于天”⑦，谓文明也，其在文物，赤白⑧曰章。表者，标也，《礼》有《表记》，谓德见于仪⑨，其在器式，揆景⑩曰表。章表之目，盖取诸此也。按《七略》《艺文》⑪，谣咏⑫必录；章表奏议，经国之枢机，然阙而不纂者，乃各有故事，布在职司⑬也。

前汉⑭表谢⑮，遗篇寡存。及后汉⑯察举⑰，必试章奏。左雄⑱表议⑲，台阁⑳为式；胡广㉑章奏，天下第一：并当时之杰笔

---

①周监二代：出《论语·八佾》：“子曰：‘周监于二代，郁郁乎文哉，吾从周。’”意为周代借鉴了夏代和商代的文化。 ②文理：文辞义理。 ③再拜：拜两次，古代的一种跪拜礼，亦指旧时信札中常用作向对方表示敬意的客套语。稽(qǐ)首：古代跪拜礼，跪下并拱手至地，头也至地，九拜中最隆重的一种，常为臣子拜见君父时所用。稽：拖延、延续。 ④对扬休命：古代常语，屡见于金文，凡臣受君赐时多用之，兼有答谢、颂扬之意，《尚书·说命下》：“敢对扬天子之休命。”孔安国传：“对，答也。答受美命而称扬之。”《诗经·大雅·江汉》：“虎拜稽首，对扬王休，作召公考，天子万寿。”朱熹《诗集传》：“言穆公既受赐，遂答称天子之美命，作康公之庙器，而勒策王命之辞以考其成，且祝天子以万寿也。” ⑤丕显：铭文中也写作“不显”，上古时代对于上帝及天子的尊称，多见于商周金文与先秦古籍。犹英明。《尚书·康诰》：“惟乃丕显考文王，克明德慎罚。” ⑥言笔：口头之辞与书面之辞。 ⑦为章于天：出《诗经·大雅·棫朴》：“倬彼云汉，为章于天。” ⑧赤白：红色白色相间。 ⑨德见于仪：内在的品德外现于仪表。 ⑩揆景：投影。 ⑪《七略》《艺文》：刘向、刘歆父子的《七略》和班固的《汉书·艺文志》。 ⑫谣咏：歌谣、咏讴，指诗歌。 ⑬职司：国家机关各职能部门。 ⑭前汉：西汉。 ⑮表谢：上书。 ⑯后汉：东汉。 ⑰察举：东汉考察推举的选官方法。 ⑱左雄(？—138)：字伯豪，南阳郡涅阳人，东汉顺帝时官员，举孝廉，历官冀州刺史、尚书、尚书令等职，任内实行考试选官制度，对完善察举制作出贡献。 ⑲表议：章表奏议。 ⑳台阁：本指尚书台，后指中央国家机关。 ㉑胡广(91—172)：字伯始，南郡华容(今湖北监利)人，东汉重臣、学者。他在选举上主张“选举人才，无拘定制”，历事六朝，为官三十余年，史称“一履司空，再作司徒，三登太尉”。胡广有《百官箴》四十八篇，《汉官解诂》三卷、文集二卷。

也。观伯始谒陵之章[①]，足见其典文之美焉。昔晋文受册，三辞从命[②]，是以汉末让表，以三为断。曹公称"为表不必三让"，又"勿得浮华"[③]，所以魏初表章，指事造实[④]，求其靡丽[⑤]，则未足美矣。至如文举之《荐祢衡》[⑥]，气扬采飞；孔明之辞后主[⑦]，志尽文畅；虽华实异旨，并表之英也。琳、瑀[⑧]章表，有誉当时，孔璋[⑨]称健，则其标也。陈思之表，独冠群才，观其体赡而律调[⑩]，辞清而志显[⑪]，应物制巧[⑫]，随变生趣[⑬]，执辔有余[⑭]，故能缓急应节[⑮]矣。逮晋初笔札，则张华为俊，其三让公封[⑯]，理周辞要[⑰]，引义比事[⑱]，必得其偶[⑲]，世珍《鹪鹩》[⑳]，莫顾章表。及羊公之辞开府[㉑]，有誉于前谈。庾公之《让中书》[㉒]，信美于往载，序志联类[㉓]，有文雅焉。刘琨《劝进》[㉔]、张骏《自序》[㉕]，文致耿介，并陈事之美表也。

原夫章表之为用也，所以对扬王庭，昭明心曲[㉖]。既其身

---

①谒陵之章：该文今不见。 ②晋文受册，三辞从命：据《史记·晋世家》：天子使王子虎命晋侯为伯，赐大辂，彤弓矢百，玈弓矢千，秬鬯一卣，珪瓒，虎贲三百人。晋侯三辞，然后稽首受之。 ③为表不必三让，勿得浮华：或为曹操佚句。 ④指事造实：虚构事实。 ⑤靡丽：过分华丽。 ⑥文举之《荐祢衡》：孔融的《荐祢衡表》。 ⑦孔明之辞后主：诸葛亮的《出师表》。 ⑧琳、瑀：陈琳、阮瑀。 ⑨孔璋：陈琳字。 ⑩体赡而律调：整体富赡而声韵协调。 ⑪辞清而志显：文辞清新、情志明白。 ⑫应物制巧：随所写内容出巧妙文辞。 ⑬随变生趣：在变化中体现审美趣味。 ⑭执辔有余：谓曹植的才华撰写章表是绰绰有余的。 ⑮缓急应节：恰如其分地把握节奏。 ⑯其三让公封：张华的《三让公封表》。 ⑰理周辞要：义理周全文辞简洁。 ⑱引义比事：引入义理比拟事件。 ⑲必得其偶：义理事件相得。 ⑳世珍《鹪鹩》：世人认为张华的《鹪鹩赋》写得好。 ㉑羊公之辞开府：指羊祜的《让开府表》。羊公：羊祜(221—278)，字叔子，泰山南城(今山东平邑南)人，魏晋时期大臣，著名战略家、政治家和文学家。 ㉒庾公之《让中书》：庾亮的《让中书表》。庾亮(289—340)：字元规，颍川鄢陵(今河南鄢陵西北)人。 ㉓序志联类：叙写情志联结同类。 ㉔刘琨《劝进》：刘琨的《劝进表》。刘琨(271—318)：字越石，中山魏昌(今河北定州东南)人，晋朝政治家、文学家、军事家。 ㉕张骏《自序》：张骏的《自序表》。张骏(307—346)：字公庭，晋乌氏人。 ㉖心曲：指内心深处的心事。

文[1]，且亦国华[2]。章以造阙[3]，风矩[4]应明。表以致策[5]，骨采[6]宜耀。循名课实，以文为本者也。是以章式炳贲[7]，志在典谟，使要而非略，明而不浅。表体多包，情伪[8]屡迁，必雅义[9]以扇其风，清文[10]以驰其丽，然恳恻[11]者辞为心使，浮侈[12]者情为文屈，必使繁约得正，华实相胜，唇吻不滞[13]，则中律[14]矣。子贡云"心以制之，言以结之"[15]，盖一辞意[16]也；荀卿以为"观人美辞，丽于黼黻文章"[17]，亦可以喻于斯乎？

赞曰：敷表降阙[18]，献替黼扆[19]。言必贞明，义则弘伟[20]。肃恭节文，条理首尾[21]。君子秉文[22]，辞令[23]有斐[24]。

【译文】

国家机关设官分职，各职务相互协同。天子佩戴冕旒听闻臣奏，诸侯佩玉上朝议政。臣下以言辞奏对，天子考验它的功效。所以尧舜向四岳、八元问政，臣子坚定推辞再次授予官职，是以当面陈辞而不是通过书

---

①身文：作家自己的文章。 ②国华：也代表国家文章水平。 ③造阙：朝见皇帝。范文澜注："章以谢恩，诣阙拜上，故曰造阙。" ④风矩：风采和法式。 ⑤致策：即上文所谓陈情。 ⑥骨采：情理文辞。 ⑦炳贲：文采炳焕、光鲜。 ⑧情伪：真假，《周易·系辞上》："圣人立象以尽意，设卦以尽情伪。" ⑨雅义：雅正的义理。 ⑩清文：清晰明白的文辞。 ⑪恳恻：诚恳痛切。 ⑫浮侈：浮华奢侈。 ⑬唇吻不滞：文辞流畅。 ⑭中律：符合规则。 ⑮心以制之，言以结之：出《左传·哀公十二年》："公会吴于橐皋，吴子使大宰嚭请寻盟。公不欲，使子贡对曰：'盟，所以周信也，故心以制之，玉帛以奉之，言以结之，明神以要之。寡君以为苟有盟焉，弗可改也已。若犹可改，日盟何益？今吾子曰'必寻盟'，若可寻也，亦可寒也。'乃不寻盟。"意思是用内心情志来制定文辞，用文辞来表达内心情志。 ⑯一辞意：意旨和文辞一致，即言意一致。 ⑰观人美辞，丽于黼黻文章：用善意美好的言辞来说服人，比穿漂亮的衣服来说服人好。出《荀子·非相》："故赠人以言，重于金石珠玉；观人以言，美于黼黻文章。" ⑱敷表降阙：奉陈情表于帝庭。 ⑲献替黼扆：或可或否奏于皇帝。 ⑳言必贞明，义则弘伟：文辞义理必须正大光明。 ㉑肃恭节文，条理首尾：恭敬慎重行文，全文首尾照应，条理畅达。 ㉒君子秉文：才德之士执笔撰写此章表之文。 ㉓辞令：本义为应对的言辞，《左传·襄公三十一年》："公孙挥能知四国之为，而辨于其大夫之族姓、班位、贵贱、能否，而又善为辞令。"此处泛指言辞、文辞。 ㉔斐(fěi)：五色相错貌，引为文采。

面陈辞的方式。用语言陈述就是章表的意思;考察功绩就是授予爵位的典礼。到了太甲即位,伊尹书面告诫,流放后还政于他又书面赞赏,以书面陈述进可行之事、废不可行之事由此可见。周代借鉴夏商二代,文辞义理更加繁盛,再拜稽首之礼,应答颂扬天子美命,敢于承受天子英明的表彰与册封。虽然此时口头文辞和书面文辞没有分开,但陈述答谢已经表现。到了战国时期,这一模式没有改变,向王奏事都称为"上书"。

秦朝初期制度规定,统一将"书"改称为"奏"。汉代制定礼仪之时,将向皇帝的上书规定为四类:其一是"章",其二是"奏",其三是"表",其四是"议"。"章"的内容是谢恩,"奏"的内容是据实弹劾,"表"的内容是陈情请求,"议"的内容是表达不同观点。"章"是"明"的意思,意同《诗经》之"为章于天"句中的"章"字,是通过文使意明。表现在有文之物上,红白相间叫"章"。"表"是"标"的意思,《礼记》有《表记》之篇,意谓内在的德性表现于外在的仪表;在器物上,测量日影的是"表";章、表的分别,大概是以此为依据的。查考刘向、刘歆父子的《七略》和班固的《汉书·艺文志》,将所有歌谣都收录进来,而章表奏议这些具有治国理政大义的文学作品却阙如不录,究其原因,或是这些篇章保存在各职能部门而不易收集吧。

西汉的上书很少保存下来了。到了东汉,察举官员一定要考试章奏。左雄的章表奏议等上书,尚书台视作楷模;胡广的章表奏议等上书,在当时被誉为天下第一。二者是当时上书文章的佼佼者。鉴赏左雄的谒陵之章,足可见其作为上书文的典范之美。古时,晋文侯受册封三辞之后方从命,所以,东汉末年辞让之表以三次为限。曹操主张撰写让表不必三次,也不要太虚浮华丽,因而,魏国初年的表章虚构事实、追求文辞华丽是不被赞赏的。至于像孔融的《荐祢衡表》气势动人、文采飞扬,诸葛亮的《出师表》情深意切、文笔流畅,虽然和曹操的要求不一致,但也是表奏中的上上乘之作。陈琳、阮瑀的章表之文,在当时就受到赞赏,孔融称赞其有刚健之风。考察发现,曹植的表文为时之冠,整体富赡而声韵协调,文辞清新、情志明白,随事实写出巧妙文辞,在变化中体现审美趣味,以他的才华撰写章表是绰绰有余的,故而能恰如其分地把握节奏。到了晋朝初年，章表的写作以张华为第一，他的《三让公封表》义理周全、文辞简洁，引入义理比拟事件恰如其分，世人只知道他的《鷦鹩赋》写得好，而把他的章表之文忽略了。到了羊祜的《让开府表》，被认为是空前之作。庾亮的《让中书表》，又创造了新的高峰，其叙写情志联结同类有文雅之风。刘琨的《劝进表》、张骏的《自序表》，文风耿直，也都是陈情表中的上品。

推原章表的作用，是用来应答颂扬于朝廷之上表明内心志意的，既是作家自己的文章，也代表国家文章的水平。章文是用来向朝廷谢恩的，故而风采和法式应该明确；表文是用来提出对策的，所以义理文采都应清晰。按名责实，二者都是以文辞为根本。因而，章文范式应该文采炳焕、光鲜，情志要取自儒家经书，做到简要而不简略，明晰而不浅显。表文复杂、真假多变，必须用雅正的情义增强感染力，清晰的文辞驰骋华美，但是，情义诚恳痛切者文辞受情感驱使，文辞虚浮奢侈者情义又为文辞掩盖，必须做到情义、文辞相得，才符合表文的要求。子贡所谓的“心以制之，言以结之”，是在要求情志和文辞一致；荀子所谓的“观人美辞，丽于黼黻文章”(用善意美好的言辞来说服人，比穿漂亮的衣服来说服人好)，也可以认为适用于章表吧?

综上所述：奉陈情表于帝庭，或可或否奏于帝王。文辞义理必须正大光明。恭敬慎重行文，全文首尾照应，条理畅达。才德之士执笔撰写章表文章，应该做到文辞斐然。

【评析】

《章表》篇刘勰专门论述章体文和表体文。就创作和接受而言，这两种文体的创作者是朝廷大臣，接受者是帝王。两种文体的经书来源，《宗经》篇道：“诏策章奏，则《书》发其源。”和诏策一样都来源于《尚书》。《尚书·尧典》中“尧咨四岳，舜命八元”时四岳和八元向尧舜的奏对，也即所谓的“陈辞帝庭”，实质上已是章表，只不过是口头的章表而非书面章表而已。书面的章表，刘勰说是伊尹对太甲的训与赞：“至太甲既立，伊尹书诫，思庸归亳，又作书以赞，文翰献替，事斯见矣。”

史的线索，西周借鉴夏商二代，章表更加注重礼节，春秋战国以“上书”名篇。秦朝开始统称为“奏”，汉代根据内容不同分为章、表、奏、议四种：“章”的内容是谢恩，“奏”的内容是据实弹劾，“表”的内容是陈情请求，“议”的内容是表达不同观点。此后便固定下来，不再有新的名称。在选文定篇上，刘勰说西汉的章表留存下来的很少；东汉因为实行了察举选官制度，考察对象必须撰写章表，故而章表文体发达起来。东汉章表作家中，受到刘勰赞赏的是左雄和胡广，他说前者是章表文的楷式，后者则是天下第一。魏晋章表，得到刘勰赞赏的有孔融的《荐祢衡表》、诸葛亮的《出师表》、陈琳阮瑀的章表之文、曹植的表文、张华的《三让公封表》、羊祜的《让开府表》、庾亮的《让中书表》、刘琨的《劝进表》、张骏的《自序表》等。

关于章表体文的撰写规范，在“敷理以举统”部分，刘勰进行了论述。他从“国文”的高度看待章表，说由于章表之文要“对扬王庭，昭明心曲”，接受对象是帝王，帝王是国家的象征，所以既是作家（臣下）自己的事，同时也是国家的事：“既其身文，且亦国华。”接着他又因章主谢恩、表主陈情的不同分别归纳了二者的体式规范，说“章以造阙，风矩应明”，章体文是用来向朝廷谢恩的，故而风采和法式应该明确；而表体文则因情志有真有假而相对复杂。但是，无论多么复杂，还是必须要做到“繁约得正，华实相胜，唇吻不滞，则中律矣”，情义、文辞相得。

最后，务要指出，刘勰的章表体文思想的最根本之处，还是他坚持的儒家价值观。好的章表体文存在的前提是圣君贤臣，这是他开篇“天子垂珠以听，诸侯鸣玉以朝”二句中的精神。“垂珠”即冕旒，取从谏如流；“鸣玉”即以玉比德，最根本的德性是公正温和。

君主从谏如流，臣下公正温和，二者形成一个“天下为公”的和谐政治架构体制。在这种体制之下，章、表想要写不好都不可能。这就是伊尹作为臣子对君主太甲或训或赞或献或替的土壤，这就是“晋文受册，三辞从命”的土壤。至于后世“三辞”便成虚伪者的做作，只能说明明君贤臣的土壤不存在了。

还有，从该篇委婉批评刘向、刘歆父子编《七略》和班固《汉书·艺文志》不录章表而录歌谣，可见他文学主张的“雅文学”性或“庙堂文学”性。他的委婉批评是：“按《七略》、《艺文》，谣咏必录；章表奏议，经国之枢机，然阙而不纂者，乃各有故事，布在职司也。”

奏启第二十三

昔唐虞之臣，敷奏以言；秦汉之辅，上书称奏。陈政事，献典仪，上急变，劾愆谬，总谓之奏。奏者，进也。言敷于下，情进于上也。

秦始立奏而法家少文，观王绾之奏勋德①辞质而义近②，李斯之奏骊山③事略而意诬④，政无膏润⑤形于篇章矣。自汉以来，奏事或称“上疏”，儒雅继踵，殊采可观。若夫贾谊之务农⑥，晁错之兵事⑦，匡衡之定郊⑧，王吉之劝礼⑨，温舒之缓狱⑩，谷永之谏仙⑪，理既切至⑫，辞亦通辨⑬，可谓识大体矣。后汉群贤，嘉言罔伏⑭，杨秉耿介于灾异⑮，陈蕃愤懑于尺一⑯，骨鲠得

---

①王绾之奏勋德：王绾的《议帝号》。王绾：秦始皇时的丞相。②辞质而义近：文辞质朴和义理浅近。③李斯之奏骊山：指李斯的《上书言治骊山陵》。骊山：秦始皇陵墓所在地，在今陕西省西安市临潼区。④事略而意诬：记事简略而义理不正。⑤膏润：使草木滋润生长的雨露和养料，借喻对人的恩泽。⑥贾谊之务农：指贾谊的《论积贮疏》和《论贵粟疏》。⑦晁错之兵事：指晁错的《上书言兵事》。⑧匡衡之定郊：指匡衡的《奏徙南北郊》。⑨王吉之劝礼：指王吉的《上宣帝疏言得失》。王吉（？—前48）：字子阳，西汉时琅琊皋虞（今山东诸城）人，官至博士谏大夫。⑩温舒之缓狱：指路温舒的《尚德缓刑书》。路温舒，字长君，西汉司法官，钜鹿人。⑪谷永之谏仙：指谷永的《说成帝距绝祭祀方术》。谷永：字子云，长安人，西汉官员，历官太常丞、凉州刺史、北地太守等职。⑫理既切至：义理纯正切当。⑬辞亦通辨：文辞通顺明白。⑭嘉言罔伏：出《尚书·大禹谟》：“嘉言罔攸伏。”孔安国传：“善言无所伏，言必用。”⑮杨秉耿介于灾异：指杨秉的《上灾异书》。杨秉（92—165）：字叔节，弘农郡华阴县（今陕西华阴东南）人，东汉中期名臣。⑯陈蕃愤懑于尺一：指陈蕃的《让封高阳侯疏》《谏封赏内宠疏》。陈蕃（？—168）：字仲举，汝南平舆（今河南平舆北）人，东汉名臣。尺一：古代书写文章的竹简或木板条长一尺一寸，故以“尺一”代指诏书。愤懑于尺一：对天子赏罚不合制度的愤懑和怨恨。

焉。张衡指摘于史职①，蔡邕铨列于朝仪②，博雅明焉。魏代名臣，文理迭兴。若高堂天文③，王观教学④，王朗节省⑤，甄毅考课⑥，亦尽节而知治矣。晋氏多难，灾屯⑦流移，刘颂殷劝于时务⑧，温峤恳恻于费役⑨，并体国之忠规矣。

夫奏之为笔，固以明允笃诚⑩为本，辨析疏通⑪为首。强志⑫足以成务，博见⑬足以穷理，酌古御今，治繁总要，此其体也。若乃按劾⑭之奏，所以明宪清国。昔周之太仆⑮，绳愆纠谬⑯；秦之御史⑰，职主文法；汉置中丞⑱，总司按劾；故位在鸷击⑲，砥砺⑳其气，必使笔端振风㉑，简上凝霜㉒者也。观孔光之

---

①张衡指摘于史职：据《汉书》本传："及（张衡）为侍中……条上司马迁、班固所叙与典籍不合者十余事。" ②蔡邕铨列于朝仪：指蔡邕的《上封事陈政要七事》。据《后汉书》本传载，蔡邕曾上封事列举"宜所施行七事"，希望整顿朝廷法度。 ③高堂天文：高堂隆的《星孛于大辰上疏》。高堂隆谏止魏明帝大造宫室，提出异常的天象是对他这一行为的警告。
④王观教学：王观的《教学疏》。王观（？—260）：字伟台，东郡廪丘（今河南范县东南）人，三国时期魏国大臣，《太平御览》卷五百九十四作"黄观"。《教学》：指王观有关教学的疏奏，今不传。 ⑤王朗节省：王朗提倡节省的奏文。 ⑥甄毅考课：甄毅上奏谈论官吏考课之事。甄毅：甄后之从兄子，官至越骑校尉、驸马都尉，曾多次上疏陈述时政得失。考课：指对在职官吏的考核。 ⑦灾屯（zhūn）：灾难；祸患。 ⑧刘颂殷劝于时务：刘颂任淮南相时上疏议论政事。刘颂（？—300）：字子雅，西晋惠帝时为吏部尚书。 ⑨温峤恳恻于费役：太子造西池楼，温峤上书劝谏，认为这会劳民伤财。役，劳役。 ⑩明允笃诚：义理明白允当，情感真诚，《左传·文公十八年》："昔高阳氏有才子八人……齐圣广渊，明允笃诚，天下之民谓之八恺。" ⑪辨析疏通：辨别分析通达。 ⑫强志：强于记忆。 ⑬博见：博闻，见闻广博。
⑭按劾：查验弹劾。 ⑮太仆：周礼夏官之属，掌管舆马牲畜之事。 ⑯绳愆纠谬：纠正过失，《尚书·冏命》："惟予一人无良，实赖左右前后有位之士，匡其不及，绳愆纠谬，格其非心，俾克绍先烈。" ⑰御史：秦御史大夫，掌管纠察弹劾百官。 ⑱中丞：御史中丞，官名，秦始置，汉朝为御史大夫的次官，汉哀帝废御史大夫以御史中丞为御史台长官，后历代相沿。
⑲鸷击：迅猛出击。鸷（zhì）：凶猛的鸟，如鹰、雕等。 ⑳砥砺：本义为磨刀石，引为磨炼、锻炼。 ㉑笔端振风：谓奏疏要有疾风般的威力。西汉崔篆《御史箴》："简上霜凝，笔端风起。"
㉒简上凝霜：谓奏疏要如秋霜般的威严。

奏董贤[1]，则实其奸回[2]；路粹之奏孔融[3]，则诬其衅恶[4]。名儒[5]之与险士[6]，固殊心[7]焉。若夫傅咸劲直，而按辞坚深[8]；刘隗切正，而劾文阔略[9]：各其志也。

后之弹事，迭相斟酌，惟新日用，而旧准弗差。然函人欲全，矢人欲伤[10]，术在纠恶，势必深峭[11]。《诗》刺谗人，投畀豺虎[12]。《礼》疾无礼，方之鹦猩[13]。墨翟非儒，目以羊彘[14]。孟轲讥墨，比诸禽兽[15]。《诗》、《礼》、儒、墨，既其如兹，奏劾严文[16]，孰云能免。是以世人为文，竞于诋诃[17]，吹毛取瑕，次骨为戾[18]，复似善骂，多失折衷[19]。若能辟礼门以悬规，标义路以植矩，然后逾垣者折肱，捷径者灭趾，何必躁言丑句[20]，诟病[21]为切哉！是以立范运衡，宜明体要[22]。必使理有典刑，辞有风轨，总法家之裁[23]，秉儒家之文，不畏强御[24]，气流墨中[25]，无纵诡随[26]，声动

---

①孔光之奏董贤：孔光以名儒称相不敢弹劾董贤，王莽专政后，让孔光弹劾董贤。董贤：西汉哀帝的倖臣。 ②实其奸回：如实暴露奸恶邪僻。 ③路粹之奏孔融：指路粹给孔融罗织罪名上奏。路粹(170—215)：字文蔚，陈留(今属河南开封)人，邺下文人的重要成员之一。 ④诬其衅恶：捏造罪名。 ⑤名儒：著名儒者，《汉书·匡衡传》："望之名儒，有师傅旧恩，天子任之，多所贡荐。" ⑥险士：险恶之人。 ⑦殊心：不同的人格。 ⑧傅咸劲直，而按辞坚深：傅咸的弹奏今见《奏劾荀恺》《奏劾王戎》《奏劾夏侯骏》《奏劾夏侯承》。傅咸：字长虞，西晋文学家。劲直：刚强正直。 ⑨刘隗切正，而劾文阔略：刘隗弹劾文义理切正而文辞疏略。 ⑩函人欲全，矢人欲伤：出《孟子·公孙丑上》："矢人惟恐不伤人，函人惟恐伤人。"函人：制铠甲的工人。矢人：制箭的工人。 ⑪深峭：严峻苛刻。 ⑫《诗》刺谗人，投畀豺虎：《诗经·小雅·巷伯》："取彼谮人，投畀豺虎。" ⑬《礼》疾无礼，方之鹦猩：《礼记·曲礼上》："鹦鹉能言，不离飞鸟；猩猩能言，不离禽兽；今人而无礼，虽能言，不亦禽兽之心乎！"疾：痛恨。 ⑭墨翟非儒，目以羊彘：《墨子·非儒下》骂儒家是"羝羊"和"贲豕"，即公羊和大猪。 ⑮孟轲讥墨，比诸禽兽：《孟子·滕文公下》："杨氏为我，是无君也；墨氏兼爱，是无父也。无父无君，是禽兽也。" ⑯严文：严厉的文本。 ⑰诋诃：诋毁呵斥。 ⑱次骨为戾：猛烈地深入骨髓，《史记·杜周传》："重迟外宽，内深次骨。"戾：暴戾。 ⑲折衷：适中。 ⑳躁言丑句：浮躁丑恶的文辞。 ㉑诟病：非议、辱骂。 ㉒体要：大体、纲要。 ㉓法家之裁：法规作裁断。 ㉔强御：豪强、有权势的人。《诗经·大雅·烝民》："不侮矜寡，不畏强御。" ㉕墨中：笔墨之中，指文辞之中。 ㉖无纵诡随：出《诗经·大雅·民劳》："无纵诡随，以谨无良。"诡随：不顾是非而妄随人意。

简外，乃称绝席之雄①，直方之举②耳。

启者，开也。高宗云“启乃心，沃朕心”③，取其义也。孝景讳启，故两汉无称。至魏国笺记，始云“启闻”；奏事之末，或云“谨启”。自晋来盛启，用兼表奏。陈政言事，既奏之异条；让爵谢恩，亦表之别干。必敛饬④入规，促其音节，辨要轻清⑤，文而不侈⑥，亦启之大略也。

又表奏确切，号为谠言⑦。谠者，偏也。王道有偏，乖乎荡荡⑧，矫正其偏，故曰谠言也。孝成称班伯之谠言⑨，贵直也。自汉置八能⑩，密奏阴阳⑪，皂囊封板，故曰封事⑫。晁错受书，还上便宜⑬。后代便宜⑭，多附封事，慎机密也。夫王臣匪躬⑮，

---

①绝席之雄：《后汉书·王常传》：“使使者持玺书即拜常为横野大将军，位次与诸将绝席。”李贤注：“绝席，谓尊显之也。《汉官仪》曰：御史大夫、尚书令、司隶校尉，皆专席，号三独坐。”绝席：独坐，此指“总司按劾”的御史大夫而言。 ②直方之举：公正的行为。直方，出《韩非子·解老》：“所谓方者，内外相应也，言行相称也……所谓直者，义必公正，心不偏党也。” ③启乃心，沃朕心：出《尚书·说命上》：“启乃心，沃朕心，若药弗瞑眩，厥疾弗瘳。” ④敛饬：整饬。 ⑤辨要轻清：辨别关键清晰明白。 ⑥文而不侈：有文采而不过分。

⑦谠(dǎng)言：正直之言，直言。 ⑧荡荡：恣纵貌、无所约束貌。《诗经·大雅·荡》：“荡荡上帝，下民之辟。” ⑨孝成称班伯之谠言：据《汉书·叙传上》，汉成帝曾问班伯，其车屏风上所画纣王醉踞妲己的意义，班伯以“沈湎于酒”谏，成帝很满意，因谓：“吾久不见班生，今日复闻谠言。”班伯：班固叔祖、班彪叔父，通晓《诗》《书》，“容貌甚丽，诵说有法”，王凤推荐他为官，被召见于宴昵殿，官至奉车都尉。 ⑩八能：《后汉书·礼仪志中》：“八能士各书板言事。文曰：‘臣某言，今月若干日甲乙日冬至，黄钟之音调，君道得，孝道褒。’商臣、角民、徵事、羽物各一板。否则召太史令，各板书，封以皂囊，送西陛，跪授尚书。” ⑪密奏阴阳：《后汉书·礼仪志中》注引《乐叶图徵》：“八能之士，常以日冬至成天文，日夏至成地理，作阴乐以成天文，作阳乐以成地理。” ⑫封事：封的奏章，臣下上书奏事，防有泄漏，用皂囊封缄，故称。皂囊，黑绸口袋，指密封的奏章。 ⑬晁错受书，还上便宜：《史记·晁错传》：“孝文帝时，天下无治《尚书》者，独闻济南伏生故秦博士，治《尚书》，年九十余，老不可征，乃诏太常使人往受之。太常遣错受《尚书》伏生所。还，因上便宜事，以《书》称说。” ⑭便宜：应办的事，《南齐书·顾宪之传》：“愚又以便宜者，盖谓便于公宜于民也。” ⑮王臣匪躬：《周易·蹇卦》：“王臣蹇蹇，匪躬之故。”孔颖达疏：“能涉蹇难而往济蹇，故曰王臣蹇蹇也。尽忠于君，匪以私身之故，而不往济君，故曰匪躬之故。”匪：非。躬：身，指自身。

必吐謇谔①，事举人存②，故无待泛说也。

赞曰：皂饰司直③，肃清风禁④。笔锐干将⑤，墨含淳酖⑥。虽有次骨，无或肤浸⑦。献政陈宜，事必胜任⑧。

【译文】

古时，唐尧、虞舜的臣下，以言辞陈述奏对。秦、汉的臣下，上书君主称为奏。陈述政事，献奏典章礼仪，上奏紧急事变，弹劾错误谬论，统称为奏。所谓奏，也就是进言的意思；臣下向君上报告，使下情得以上达。

秦朝开始明确为“奏”，但是法家奏文缺乏文采，丞相王绾的《议帝号》文辞质朴而意义浅近，李斯的《上书言治骊山陵》记事简略而义理不正，由此可见，施政刻薄少恩在文学作品中表现出来了。汉代以来，上书言事有时称为“上疏”，儒雅的文风连续不断，文采突出，十分可观。像贾谊的《论积贮疏》《论贵粟疏》，晁错的《上书言兵事》，匡衡的《奏徙南北郊》，王吉的《上宣帝疏言得失》，路温舒的《尚德缓刑书》，谷永的《说成帝距绝祭祀方术》，都能做到义理纯正切当、文辞清晰明白，可谓懂得奏疏的大致要求。东汉的奏疏作家们不隐藏善言，如杨秉耿直地上奏《上灾异书》，陈蕃愤懑地上《让封高阳侯疏》《谏封赏内宠疏》，二者都正直不阿，深得奏疏之道。张衡上奏疏指出司马迁、班固所叙与典籍不合者十余事，蔡邕的《上封事陈政要七事》列举朝廷应该做的七类事，二者博通雅正明白可见。曹魏时期的名臣所上奏疏文辞义理交替兴盛：高堂隆的《星孛于大辰上疏》，王观关于教学的奏疏，王朗的《奏宜节省》，甄毅的

①謇谔（è）：直言。 ②事举人存：《礼记·中庸》：“其人存，则其政举。”孔颖达疏：“其人，谓贤人；举，犹行也。存，谓道德存在也。若得其人道德存在，则能兴行政教，故云举也。” ③司直：主正人过，亦指主正人过的人。《诗经·郑风·羔裘》：“彼其之子，邦之司直。”《淮南子·主术训》：“汤有司直之人。” ④风禁：风纪。 ⑤干将：古代宝剑名。 ⑥淳酖（dān）：剧毒的鸩酒。酖：同“鸩”。 ⑦无或肤浸：“或无肤浸”的倒置。肤浸：肤受，犹言谗言中伤。 ⑧胜任：指足以承受或担任。语出《周易·系辞下》：“易曰：‘鼎折足，覆公餗，其形渥，凶。’言不胜其任也。”

《奏请令尚书郎奏事处当》，也是尽到臣下的责任且深得国家治理之道的。晋朝政治动荡，灾难频仍，刘颂的《除淮南相在郡上疏》殷切劝导当下事务，温峤的《上太子疏谏起西池楼观》痛切于劳役的浪费，都是深深体会到国家艰难的忠诚规劝。

作为奏疏体文，要以义理允当、情感真诚为根本，以辨别分析条理畅达为第一要务，博闻强记才能成务穷理，古为今用、由博返约是其体制要求。像查验弹劾的奏疏就是用来维护法律尊严和国家清明之治的。周代管理帝王车马之官，职能是纠正车马的偏差和谬误的（以喻政治生活中的纠正错误）；秦朝御史大夫的执掌是依法监察官员；汉代设御史中丞全面负责监察弹劾。所以，他们的职责是迅猛出击，锻炼刚直之气，故必须做到奏疏之文如疾风严霜。考察孔光的奏劾董贤，是如实暴露董贤的奸恶邪僻，而路粹的奏劾孔融却是捏造罪名的诬陷。由此可见，著名儒者和险恶小人的人格是不同的。再如傅咸，他性格正直有力，奏劾之文坚决深刻；刘隗性格刚切正直，而其奏疏疏阔简略，也是各自性情的表现。

此后之奏劾之文递相参酌，虽然有新的情况出现，但是旧的标准没有改变。然而，制甲的人想要保全人，而制箭的人却想要射杀人，奏劾之文以纠察恶人为职责，所以必然要求严峻苛刻。《诗经·小雅·巷伯》刺谗言之人用了投给豺狼虎豹的重语，《礼记·曲礼上》将谗言之人比作禽兽，墨子刺儒家将之比作公羊、大猪，孟子刺墨家将之比作禽兽。《诗》、《礼》、儒、墨尚且如此，何况以惩罚恶人为职能的奏劾之文呢?! 所以，世人作奏劾之文，竞于诋毁呵斥吹毛求疵，猛烈地深入骨髓，以至于给人的感觉是善于骂人，故而于适中有很大欠缺。如果既能以礼义为轨范又能使恶人受到惩罚，又何必用浮躁丑恶的文辞非议、以辱骂为能事呢?! 所以，建立奏劾之文的标准应该明白该文体的纲要：必须做到理是正理辞有轨范，以国法作裁断以风教精神为文辞，不畏豪强正气泻于笔端，不使自己不顾是非而妄随人意，发出正义的声音于文章之外，则可因公正的行为堪称御史大夫中的雄才了。

“启”是“开”的意思，商高宗武丁所说的“打开你的心，润泽我的心”

就是这个意思。因汉景帝名刘启而讳“启”字,故而两汉奏疏不用“启”名篇。到了曹魏,其笺、记体文才开始用“启闻”;奏事文末有的用到“谨启”。自晋朝盛行“启”文以来,其使用兼及表体、奏体。陈述上奏政事用“启”名篇是奏体的枝条,辞让赐爵答谢恩典用“启”名篇是表体的枝条。整饬符合规矩、音韵急促、辨别关键清晰明白、有文采又不过分华靡,是“启”体文的大致要求。

又:表奏之文内容确切,号称谠言。“谠”是纠正偏颇的意思。一旦王道有所偏向则会乖离正道无所约束,奏劾之文用来纠正其偏向,所以称为“谠言”。汉成帝赞赏班伯之言为“谠言”,是因其言正直。自从汉设八能之士,秘密上奏阴乐阳乐,写在木板上用黑色的锦套封起来,才开始称为“封事”。晁错曾受命向伏生学习《尚书》,还朝后又上呈意见。后世因此而流行的“便宜”多附于封事,是慎重地保守机密。王臣上奏不是为一己私利,所以必须口吐正直之言,所要达成的目的是贤人存政教兴,故而不能泛泛而论。

综上所述:封事奏劾之文以纠正他人过错、清正风纪为职能,故其文风要像鸩酒一样猛烈,像干将宝剑一样锋利。虽然深入骨髓,却又不靠谗言中伤。建言献策一定能够实施,而不是以大言、空言欺世。

【评析】

就臣子对君主的书面进言的文章而言,据《文心雕龙·章表》考察,汉代之前尚且没有章、表、奏、议的分野,秦代统称为奏,战国统称为上书,商朝有伊尹对太甲的训赞;汉代之后才具体规定分为章、奏、表、议四种:“汉定礼仪,则有四品:一曰章,二曰奏,三曰表,四曰议。”分类的依据是功能的不同:“章以谢恩,奏以按劾,表以陈请,议以执异。”前篇《章表》主要讨论了谢恩的章体文和陈请的表体文,此《奏启》篇主要讨论的是内容为按劾的奏体文。

按劾即考察弹劾,也即据实对官员进行弹劾,依法纠正官员的违法犯罪行为,以达到“明宪清国”即维护法律尊严的目的。负责这一工作的职能部门,刘勰该《奏启》篇谓:“昔周之太仆,绳愆纠谬;秦有御史,职主文法;汉置中丞,总司按劾。”在周代是“太仆”,秦代是“御史大夫”,汉哀帝之后是“御史中丞”,之后基本是御史台的工作。这里要指出的是,秦代的御史大夫和汉代的御史中丞是真正的国家纠察机关官职,而周代的“太仆”却并非实际的执掌。考之《周礼》,“太仆”属于“夏官”的属官,“夏官”的长官是大司马,主要管军事,而“太仆”的具体执掌是君主的车马,以马缰绳纠正马的愆谬;所以判断,此处是以“太仆”纠正车马愆谬类比后世御史大夫、御史中丞之纠正官员愆谬。为了更清楚地说明问题,这里以今天的情况作个类比,秦汉时期御史大夫、御史中丞的职责,相当于今天的纪检监察委。他们所给予皇帝的按劾不法官员的上书,相当于今天纪检监察机关的报告。

作为按劾不法官员之文的奏体文,刘勰该《奏启》篇就其文体特征作了具体阐述:最基本要求是义理允当、情感真诚、辨别分析条理畅达——“明允笃诚为本,辨析疏通为首”;基于此,要求作家要有博闻强记、成务穷理、古为今用、由博返约的本领,也就是刘勰所谓的“强志足以成务,博见足以穷理,酌古御今,治繁总要,此其体也”。文风上,要求以势不可当的刚健之气如疾风严霜般猛烈出击,因为是针对恶人,所以甚至要做到严峻苛刻;但是又不能“竞于诋呵”流于善骂,而应该以事实为依据,以法律为准绳,以风教精神为文辞,不畏豪强而正义见于笔端。刘勰说,能做到以上,则堪称执正义之剑的御史大夫中的英雄。总之,虽然是“笔锐干将,墨含淳酖”“王臣匪躬,必吐謇谔”,但因要达成“事举人存”“献政陈宜,事必胜任”,故而同时还要做到“无待泛说”“虽有次骨,无或肤浸”才好。

执此标准,在选文定篇上,刘勰列举的奏文有秦朝王绾的《议帝号》、李斯的《上书言治骊山陵》,西汉贾谊的《论积贮疏》《论贵粟疏》、晁错的《上书言兵事》、匡衡的《奏徙南北郊》、王吉的《上宣帝疏言得失》、路温舒的《尚德缓刑书》、谷永的《说成帝距绝祭祀方术》,东汉杨秉的《上灾异书》、陈蕃的《让封高阳侯疏》、《谏封赏内宠疏》、张衡指摘司马迁、班固的上书、蔡邕的《上封事陈政要七事》,曹魏高堂隆的《星孛于大辰上疏》、王观关于教学的奏疏、王朗的《奏宜节省》、甄毅的《奏请令尚书郎奏事处当》、刘颂的《除淮南相在郡上疏》、温峤的《上太子疏谏起西池楼观》等。

作为奏体的附属,刘勰该《奏启》篇还讨论了以“启”名篇的上书,以及以“封事”名篇的上书。

议对第二十四

“周爰咨谋”①，是谓为议。议之言宜，审事宜也。《易》之《节卦》：“君子以制度数，议德行。”《周书》曰：“议事以制，政乃弗迷。”②议贵节制③，经典之体也。

昔管仲称轩辕有明台之议④，则其来远矣。洪水之难，尧咨四岳⑤，宅揆之举，舜畴五人⑥；三代所兴，询及刍荛⑦。春秋释宋，鲁桓务议⑧。及赵灵胡服，而季父争论⑨。商鞅变法，而甘龙交辩⑩。虽宪章无算，而同异足观⑪。迄至有汉，始立驳议⑫。驳者，杂也，杂议不纯，故曰驳也。自两汉文明，楷式昭备，蔼蔼

①周爰咨谋：讨论商酌义，出《诗经·小雅·皇皇者华》：“载驰载驱，周爰咨谋。” ②议事以制，政乃弗迷：出《尚书·周官》。 ③节制：礼仪制度。 ④管仲称轩辕有明台之议：出《管子·桓公问》：“黄帝立明台之议者，上观于贤也。”明台：台名，黄帝听政之处。 ⑤洪水之难，尧咨四岳：《尚书·尧典》：“帝曰：咨，四岳！汤汤洪水方割，荡荡怀山襄陵，浩浩滔天。下民其咨，有能俾乂？佥曰：于，鲧哉！”四岳：尧时分管四方诸侯的四臣。 ⑥宅揆之举，舜畴五人：舜向朝臣询问谁能任百揆及各种官职，要求推荐，于是重要的有五个人被推举上来，《论语·泰伯》也有“舜有臣五人，而天下治”，这五个人或谓禹、稷、契、皋陶、伯益，或谓禹、弃、契、皋陶、益。宅揆：《太平御览》卷五九五作“百揆”。百揆：官名。《尚书·舜典》：“纳于百揆。”举：推举。 ⑦询及刍荛：将朝政询问于打柴的樵夫。出《诗经·大雅·板》：“先民有言，询于刍荛。” ⑧春秋释宋，鲁桓务议：春秋时期，宋襄公被楚国俘虏，鲁桓公召集相关诸侯国商议，楚国应该释放宋襄公，此可见于《春秋·僖公二十一年》：“公会诸侯盟于薄，释宋公。” ⑨赵灵胡服，而季父争论：据《史记·赵世家》，赵武灵王认为着胡服便于教民骑射，父亲的幼弟赵公子成与其争论。 ⑩商鞅变法，而甘龙交辩：商鞅变法遭到甘龙的反对，二人曾进行辩论。《商君书·更法》：“孝公平画，公孙鞅、甘龙、杜挚三大夫御于君，虑世事之变，讨正法之本，求使民之道。” ⑪虽宪章无算，而同异足观：虽然议体这种文体规则没有定数，但其辩论却值得欣赏。 ⑫驳议：上书名之一，内容是就他人的观点主张予以辩驳。蔡邕《独断》卷上：“凡群臣上书于天子者有四名，一曰章，二曰奏，三曰表，四曰驳议……其有疑事，公卿百官会议，若臺阁有所正处，而独执异议者，曰驳议。驳议曰：某官某甲议以为如是，下言臣愚戆议异。”

多士①，发言盈庭，若贾谊之遍代诸生，可谓捷于议也②。至如吾丘之驳挟弓③，安国之辨匈奴④，贾捐之之陈于珠崖⑤，刘歆之辨于祖宗⑥：虽质文⑦不同，得事要矣。若乃张敏之断轻侮⑧，郭躬之议擅诛⑨；程晓之驳校事⑩，司马芝之议货钱⑪；何曾蠲出女之科⑫，秦秀定贾充之谥⑬：事实允当，可谓达议体矣。汉世善

---

①蔼蔼多士：众多才士，出《诗经·大雅·卷阿》："蔼蔼王多吉士。" ②贾谊之遍代诸生，可谓捷于议也：见《史记·屈原贾生列传》："是时贾生年二十余，最为少。每诏令议下，诸老先生不能言，贾生尽为之对，人人各如其意所欲出。诸生于是乃以为能，不及也。"

③吾丘之驳挟弓：汉武帝时，丞相公孙弘上奏要求禁民挟弓弩，武帝交臣下议论，吾丘寿王和公孙弘辩论，据《汉书·吾丘寿王传》，他有"安居则以制猛兽而备非常，有事则以设守卫而施行阵"之说。 ④安国之辨匈奴：据《史记·韩长孺列传》，汉武帝初年，匈奴来请和亲，天子下议，王恢主张"不如勿许，兴兵击之"，韩安国反对，认为"击之不便，不如和亲"。

⑤贾捐之之陈于珠崖：指贾捐之的《弃珠崖议》。贾捐之：字君房，贾谊的曾孙。朱崖：郡名，在今海南岛，汉武帝置此郡后，不断发生叛乱。《汉书·贾捐之传》载汉元帝初珠崖又反，"上与有司议大发军"而"捐之建议，以为不当击"。 ⑥刘歆之辨于祖宗：指刘歆的《孝武庙不毁议》。当时立宗庙越来越多，从元帝永光年间开始朝廷展开一场是否毁除部分宗庙的争论，成帝时彭宣等五十余人上奏认为汉武帝虽有功烈但亲尽宜毁，刘歆上此《议》反对，认为"孝武皇帝功烈如彼，孝宣皇帝崇立之如此，不宜毁"。 ⑦质文：文辞质朴或有文采。

⑧张敏之断轻侮：指张敏的《驳轻侮法议》《复上书议轻侮法》。张敏：字伯达，东汉章帝尚书、和帝司徒。断：绝，指反对。据《后汉书·张敏传》："建初中，有人侮辱人父者，而其子杀之，肃宗贳其死刑而降宥之，自后固以为比。是时遂定其议，以为《轻侮法》。"张敏因反对此法而两度上《议》。 ⑨郭躬之议擅诛：据《后汉书·郭躬传》："奉车都尉窦固出击匈奴，骑都尉秦彭为副。彭在别屯，而辄以法斩人。固奏彭专擅，请诛之。"汉明帝让朝臣共议是否当斩，大家都同意窦固的意见，唯郭躬反对，认为"于法不合罪"。郭躬：字仲孙，东汉大臣。

⑩程晓之驳校事：指程晓的《请罢校事官疏》。程晓：字季明，三国魏人，官至汝南太守。校事：魏置官名，职刺探臣民言行，程晓于嘉平年间上此《请罢校事官疏》，极言其弊。 ⑪司马芝之议货钱：据《晋书·食货志》："及黄初二年，魏文帝罢五铢钱，使百姓以谷帛为市。至明帝世，钱废谷用既久，人间巧伪渐多，竞湿谷以要利，作薄绢以为市，虽处以严刑而不能禁也。司马芝等举朝大议，以为用钱非徒丰国，亦所以省刑，今若更铸五铢钱，则国丰刑省，于事为便。魏明帝乃更立五铢钱。"司马芝：字子华，三国魏人，官至大司农。 ⑫何曾蠲出女之科：据干宝《晋纪》，何曾使主簿程咸上议，提出"男不御罪于他族，而女独婴戮于二门"不合理，主张"在室之女，可从父母之刑，既醮之妇，使从夫家之戮"。何曾：字颖考，魏末司徒，晋初太尉。蠲(juān)：免除。出女：已出嫁之女。科：法律条文。 ⑬秦秀定贾充之谥：指秦秀的《贾充谥议》。据《晋书·秦秀传》，贾充卒，秦秀议谥曰："《谥法》：'昏乱纪度曰荒。'请谥荒公。"

驳，则应劭为首[①]；晋代能议，则傅咸为宗[②]。然仲瑗博古，而铨贯有叙；长虞识治，而属辞枝繁。及陆机断议[③]，亦有锋颖，而腴辞弗剪，颇累文骨。亦各有美，风格存焉。

夫动先拟议[④]，明用稽疑[⑤]，所以敬慎群务[⑥]，弛张治术。故其大体所资，必枢纽经典，采故实[⑦]于前代，观通变[⑧]于当今。理不谬摇其枝，字不妄舒其藻。又郊祀必洞于礼，戎事必练于兵，佃谷先晓于农，断讼务精于律。然后标以显义，约以正辞，文以辨洁为能，不以繁缛为巧；事以明核为美，不以环隐[⑨]为奇：此纲领之大要也。若不达政体[⑩]，而舞笔弄文，支离[⑪]构辞，穿凿[⑫]会巧，空骋其华，固为事实所摈[⑬]，设得其理，亦为游辞[⑭]所埋矣。昔秦女嫁晋[⑮]，从文衣之媵，晋人贵媵而贱女；楚珠鬻郑[⑯]，为薰桂之椟，郑人买椟而还珠。若文浮于理，末胜其本，则秦女楚珠，复存于兹矣。

又对策者，应诏而陈政也；射策者，探事而献说也。言中理准[⑰]，譬射侯[⑱]中的[⑲]；二名虽殊，即议之别体也。古者造士，选

---

①汉世善驳，则应劭为首：据《后汉书·应劭传》："劭凡为驳议三十篇。"应劭：字仲远。 ②晋代能议，则傅咸为宗：傅咸《议立二社表》《驳成粲议太社》等。傅咸：字长虞。 ③陆机断议：陆机的《晋书限断议》。 ④拟议：揣度议论。多指事前的考虑，《周易·系辞上》："拟之而后言，议之而后动，拟议以成其变化。" ⑤明用稽疑：用卜筮决疑，出《尚书·洪范》："次七日明用稽疑。"孔安国传："明用卜筮考疑之事。"泛指考察疑事，《管子·君臣下》："故正名稽疑，刑杀亟近，则内定矣。" ⑥群务：庶政，国家治理的行政事务。 ⑦故实：历史事实。 ⑧通变：传统新变。 ⑨环隐：犹曲隐，曲折隐晦。 ⑩政体：政治制度，国家政权的构成形式。 ⑪支离：分散，离奇不正。 ⑫穿凿：牵强附会，《汉书·礼乐志》："以意穿凿，各取一切。" ⑬摈(bìn)：抛弃、排除。 ⑭游辞：虚浮不实的言辞。 ⑮秦女嫁晋：《韩非子·外储说左上》："昔秦伯嫁其女于晋公子，令晋为之饰装，从文衣之媵七十人。至晋，晋人爱其妾而贱公女。" ⑯楚珠鬻郑：《韩非子·外储说左上》："楚人有卖其珠于郑者，为木兰之柜，薰以桂椒，缀以珠玉，饰以玫瑰，辑以翡翠，郑人买其椟而还其珠。" ⑰言中理准：文章符合义理标准。 ⑱侯：箭靶。 ⑲的：靶心。

事考言[①]。汉文中年，始举贤良，晁错对策[②]，蔚为举首。及孝武益明[③]，旁求俊乂[④]，对策者以第一登庸[⑤]，射策者以甲科[⑥]入仕，斯固选贤要术也。观晁氏之对，验古明今，辞裁以辨，事通而赡，超升高第[⑦]，信有征矣。仲舒之对[⑧]，祖述《春秋》，本阴阳之化，究列代之变，烦而不慁[⑨]者，事理明也。公孙之对[⑩]，简而未博，然总要以约文，事切而情举，所以太常居下，而天子擢上也[⑪]。杜钦之对[⑫]，略而指事，辞以治宣，不为文作。及后汉鲁丕[⑬]，辞气质素，以儒雅中策，独入高第。凡此五家，并前代之明范[⑭]也。魏晋以来，稍务文丽，以文纪实[⑮]，所失已多。及其来选，又称疾不会[⑯]，虽欲求文，弗可得也。是以汉饮博士，而雉集乎堂[⑰]；晋策秀才，而麏兴于前[⑱]，无他怪也，选失之异耳。夫驳

①古者造士，选事考言：古时，造就学业有成的士子，选拔官员是口头考核。造士：造就学业有成的士子。《礼记・王制》："司徒论选士之秀者而升之学，曰俊士。升于司徒者不征于乡，升于学者不征于司徒，曰造士。"选事考言：《尚书・舜典》有"询事考言"说。 ②晁错对策：指晁错的《贤良文学对策》。据《汉书》本传，汉文帝"诏有司举贤良文学士，错在选中"，文帝"亲策之"，晁错应诏上《贤良文学对策》，"对策者百余人，唯错为高第"。 ③孝武益明：据《汉书・武帝纪》，汉武帝即位的第一年即下诏"举贤良方正直言极谏之士"。 ④俊乂(yì)：《尚书・皋陶谟》："九德咸事，俊乂在官。"孔颖达疏："才德过千人为俊，百人为乂。"
⑤登庸：进用，选拔任用，《尚书・尧典》："帝曰：畴咨，若时登庸。"孔安国传："畴，谁。庸，用也，任用，指用来作为奖励。谁能咸熙庶绩，顺是事者，将登用之。" ⑥甲科：古代考试科目名，汉时课士分甲乙丙三科。《汉书・儒林传》："平帝时王莽秉政……岁课甲科四十人为郎中，乙科二十人为太子舍人，丙科四十人补文学掌故云。" ⑦高第：经过考核成绩优秀名列前茅。 ⑧仲舒之对：董仲舒的《举贤良对策》。据《汉书》本传："武帝即位，举贤良文学之士前后百数，而仲舒以贤良对策焉。对既毕，天子以仲舒为江都相，事易王。" ⑨慁(hùn)：杂乱。 ⑩公孙之对：公孙弘的《贤良对策》。 ⑪太常居下，而天子擢上：太常认为公孙弘的贤良对策平平置于下品，而汉武帝读后认为很好升为上品。 ⑫杜钦之对：杜钦有《举贤良方正对策》和《白虎殿对策》。杜钦：字子夏。 ⑬后汉鲁丕：东汉鲁丕作《举贤良方正对策文》。 ⑭明范：人所共知的模范。 ⑮以文纪实：在对策中记录实事。 ⑯及其来选，又称疾不会：被推举来应选又假称有病不参加对策。 ⑰汉饮博士，而雉集乎堂：据《汉书・成帝纪》：汉成帝举行的博士饮酒礼，有野鸡飞来停在堂上，时人认为是不祥之兆。 ⑱晋策秀才，而麏兴于前：晋成帝召会各州郡的秀才举行对策考试，有麇鹿出现在堂前。

议偏辨，各执异见；对策揄扬①，大明治道。使事深于政术，理密于时务，酌三五以镕世②，而非迂缓③之高谈；驭权变④以拯俗，而非刻薄⑤之伪论⑥；风恢恢⑦而能远，流洋洋⑧而不溢，王庭之美对也。难矣哉，士之为才也！或练治⑨而寡文⑩，或工文⑪而疏治⑫。对策所选，实属通才⑬，志足文远⑭，不其鲜欤！

赞曰：议惟畴政⑮，名实相课⑯。断理必刚，摛辞无懦。对策王庭，同时酌和⑰。治体高秉⑱，雅谟远播⑲。

【译文】

《诗经·小雅·皇皇者华》的“周爰咨谋”说的是“议”。“议”是论述应该做的事，是考察事情应该怎样做。《周易·节卦》的“君子以制度数，议德行”，《尚书·周官》的“议事以制，政乃弗迷”，“议”以形成礼仪制度为贵，是儒家经书中的精神。

管仲曾说，黄帝之时就有明台和群臣议事的故事，可见朝廷之议起源很早。天下遭受洪水之难时，尧帝曾经咨询过四岳怎样治水，舜帝曾经向臣下征求意见推举官员——禹、稷、契、皋陶、伯益等五位优秀人才被推举上来。夏商周三代的兴盛，曾经向樵夫问政。春秋时期释放被楚

①揄扬：宣扬。②酌三五以镕世：斟酌使用三才五常来陶冶社会形成良好风气。三五：三才（天地人）和五常（仁义礼智信）。③迂缓：纡徐缓慢。④权变：灵活应付随时变化的情况，随机应变。《史记·张仪列传赞》：“三晋多权变之士。”⑤刻薄：冷酷无情。《史记·商君列传论》：“商君，其天资刻薄人也。”司马贞索隐：“刻，谓用刑深刻。薄，谓弃仁义，不悃诚也。”⑥伪论：不切实际的空谈。⑦恢恢：宽阔广大貌，《老子》：“天网恢恢，疏而不失。”《史记·滑稽列传序》：“天道恢恢，岂不大哉！”⑧洋洋：盛大貌。⑨练治：干练于政务。⑩寡文：文才欠缺。⑪工文：工于文辞。⑫疏治：不善政务。⑬通才：于文辞政务两能之人。⑭志足文远：思想用文辞表达出来为人所知。《左传·襄公二十五年》：“仲尼曰：志有之言，以足志，文以足言，不言，谁知其志，言之无文，行而不远。”⑮畴政：谋划治国理政。畴：同“筹”，谋划。⑯名实相课：名与实相符合。课：考核责符。⑰酌和：斟酌应和。⑱治体高秉：高度认识并把握议对体文的治国理政内容实质。秉：持，握。⑲雅谟远播：雅正的谋划才能得到实施而流播天下四方。谟：谋。

国俘虏的宋襄公,鲁僖公曾召集相关国家会盟商议。到了赵武灵王胡服骑射,他父亲的幼弟(赵武灵王的叔父)赵公子成与其争论。商鞅要变法,甘龙曾经与其辩论。以上这些辩论虽没有一定的文体规则要求,但辩论的内容却值得欣赏。到了汉代,才开始立驳议之体。"驳"是"杂"的意思,杂的议论不纯粹所以称为"驳"。由于两汉文化发达标准明确详备,众多才士于朝廷之上展示辩才,像贾谊代替诸生发言,堪称才思敏捷。至于说,吾丘寿王驳禁民挟持弓箭,韩安国驳不可与匈奴和亲,贾捐之反对对海南用兵,刘歆关于不当毁汉武帝庙之辨,这些驳议之文,虽然有质朴和有文采的不同,但都能做到深得事理之关键。至于像张敏的驳轻侮法,郭躬驳议秦彭的擅诛当诛,程晓的《请罢校事官疏》驳设刺探民情的校事官,司马芝的议论货币改革,何曾议论应当废除女子出嫁后连坐的科条,秦秀以"荒公"请定贾充谥号,这些议论公允得当,深得议体文之大体。汉代的善于辩驳者之中应劭堪称第一,晋代的则是傅咸。然而二者相较,应劭因博通于古故能铨品连贯有序,傅咸则是通晓治理,但行文啰嗦。到了陆机的《晋书限断议》,也算颇有锋芒,但是文辞冗杂,没有删削,影响了文章的骨力。不过,也各有自己的长处,存在着风格的不同。

但凡采取行动之前,都要先有拟议,对拿不准的事情做出考虑,这是对国家治理的行政事务的慎重,是国家治理方法上张弛之道的体现。所以,大致要求,必须要以儒家经书精神为关键,以前代的历史作为参照,结合现实找到其中不变与变的规律。义理要正,文辞要雅。还有,议论郊祀之事必须精通礼学,议论军事之事必须精通兵法,议论田谷庄稼一定先要通晓农事,议论诉讼事务必须精通法律。然后,用中心论点显示义理,以严正文辞概括大义,文辞以明白简洁为美而不是相反,论事以光明真实为美而不是相反,这是议对体文的基本要求。如果不懂国家政治体制而舞文弄墨,离奇穿凿空骋华采,必定会因有违真实而被摒弃,设若有偶然得其理者,也会被浮华不实的辞藻所掩盖。这和贵媵贱女、买椟还珠的做法没有什么不同。如果文与理、末与本倒置,那么秦人嫁女、楚人卖珠又出现在这里了。

还有:所谓对策,是应皇帝之意而陈述自己的政见;所谓射策,是探究具体事理向皇帝献上自己的见解。文章符合义理标准,如同射箭射中靶心。对策、射策之名虽然不同,但都是议对体文的别枝。古时,造就学业有成的士子,选拔官员是口头考核。汉文帝中期才开始以对策形式选拔贤良方正,晁错的《贤良文学对策》为时第一。到了汉武帝时更加明确地以议对方式选拔俊才,对策第一和射策第一者授予官职,这,本来就是选拔人才的重要方式。考察晁错的对策文,有着以古明今、文辞裁断明白、事理通达丰富的特点,所以他能得第一,是有依据的。董仲舒的《举贤良对策》阐发《春秋》,以阴阳变化之理深究历代更替规律,做到了虽繁多而不杂乱,事理明白。公孙弘的《贤良对策》简约而不够广博,但是能做到总括要点文辞简约,事件切合而情况昭明,所以太常官认为水平一般,置于下品,而汉武帝读后认为很好而将之升为上等。杜钦的《举贤良方正对策文》简略而具体地指出了汉宣帝实事,是因事而作,单为辞而作。到了东汉鲁丕的《举贤良方正对策文》,文风质朴,故以儒家的特色单独被评为上品。以上五家,都是前代议对文的典范之作。魏晋以来,议对文逐渐向文辞华丽演变,与文章要记录实事这一文体要求相悖。到被推举来应选时,又假称有病不参加对策,这样一来,虽然要寻找议对中的好文章,却是得不到的。因而,汉成帝举行的博士饮酒礼,有野鸡飞来停在堂上(时人认为是不祥之兆);晋成帝召会各州郡的秀才举行对策考试,有麇鹿出现在堂前。这不是其他怪异,而是选举之失引发的怪异。驳议之文偏于辨别故而双方各执己见,对策之文偏于宣扬故而大力倡明政治主张。设若能使论事深通国家治理之道,义理精密于当下政务,斟酌三才五常以陶冶社会风气,而不是高谈阔论;再者,能做到随机应变来拯救恶化的世风,而不是冷酷无情脱离现实的虚假之论;总之,能做到如惠风般宽阔广大吹向四面八方,如水流般盛大但又不漫无边际,才是朝廷之上的美好议对。难啊难啊,才士难得!有的干练于政务却文才欠缺,有的工于文辞却不善政务。对策所选者,实是治世、文辞兼擅长的通才，能做到思想用文辞表达出来为人所知，不也是很少见的吗？！

综上所述：议对的本质是谋划治国理政，要求说到的就能做到。观点必然坚决鲜明，铺陈文辞也不能迂阔委婉。对策于朝廷同时还要斟酌应和。高度认识并把握议对体文的治国理政内容实质，雅正的谋划才能得到实施而流播于天下。

【评析】

传统中国政治体制是中央集权君主专制。但是，在君主专制体制下，君主也并非一点民意都不采纳。在儒家设计的政治体制中，存在一个明君贤臣的理想，且这一理想在某些特定时期，会部分实现。这表现在臣下对君主的上书中，最鲜明的就是本篇所论述的议对体文。

刘勰认为，议是在君主主政的前提下，以治国理政为目的，允许臣下对某一政治安排发表看法、提出建议，并且还允许不同的主张相互辩论以做出更合理的决策。关于议的起源，刘勰依惯例从古圣王那里找依据。他说，议源于《诗经》《易经》中的思想，尤其在《尚书》中，还用极其简洁的"议事以制，政乃弗迷"八个字，阐明了只有朝议实现制度化，才能做出科学决策的思想。在本篇后文的叙述中，许多君主允许议对，可见这些君主还是比较开明的。

刘勰说，君主开朝议由来已久，早在黄帝时就有著名的明台之议。后来，尧就谁可主持治理洪水向臣下征求意见，舜则是就任命百官征求下面的意见，三代之时，甚至可以就治国理政向山野樵夫征求意见。如果以上黄帝、尧、舜、三代之开明，还可以被怀疑为传说的话，那么春秋战国的这些却是历史的真实：鲁桓公曾就楚国释放俘虏宋襄公召集有关国家商议决定；赵武灵王亲自决定的胡服骑射也允许有不同意见存在；秦孝公支持的商鞅变法，被甘龙等公开反对。

当然，真正的朝议制度化是到了汉代才实现的。关于汉代朝议的盛况，刘勰形象地说："自两汉文明，楷式昭备，蔼蔼多士，发言盈庭。"朝议的优秀篇章和优秀作家，被刘勰点名赞扬的有像贾谊的代表诸生发言、吾丘寿王驳禁民挟持弓箭、韩安国驳不可与匈奴和亲、贾捐之反对对海南用兵、刘歆关于不当毁汉武帝庙之辨、张敏的驳轻侮法、郭躬的驳议秦彭的擅诛当诛、程晓的《请罢校事官疏》驳设刺探民情的校事官、司马芝的议论货币改革、何曾议论应当废除女子出嫁后连坐的科条、秦秀以“荒公”请定贾充谥号，还有汉代善于辩驳堪称第一的应劭和晋代堪称第一的傅咸，等等。

关于议体的文体要求，刘勰大致规定了以下几点：一，因为关涉治国理政，要求作家要有博通的历史知识和对现实问题的清醒认识，还要求作家是历史和当下政治体制的内行；二，就作品而言，言事要真实，义理要正大，文辞要雅洁，提出的主张要能实行。

论述完议体后，刘勰又论述了对体。作为向君主奏对的一种方式，对是议的衍生文体。他分对策和射策两种进行了论述，限于篇幅，此不详述，具体内容可见译文部分。

在该篇之末，刘勰还慨叹了治世和文辞兼美的通才的难得：“难矣哉，士之为才也！或练治而寡文，或工文而疏治。对策所选，实属通才，志足文远，不其鲜欤！”是的，治国理政，人才是最重要的。

本书认为，光有人才还不够，还需要上位者能够知人善任，真正做到野无遗贤啊！

书记第二十五

大舜云："书用识哉！"[①]所以记时事也。盖圣贤言辞，总为之书。书之为体，主言者也。扬雄曰："言，心声也；书，心画也。声画形，君子小人见矣。"[②]故书者，舒也。舒布其言，陈之简牍，取象于夬[③]，贵在明决而已。

三代政暇[④]，文翰颇疏。春秋聘繁[⑤]，书介[⑥]弥盛。绕朝赠士会以策[⑦]，子家与赵宣以书[⑧]，巫臣之遗子反[⑨]，子产之谏范宣[⑩]，详观四书，辞若对面。又子叔敬叔进吊书于滕君[⑪]，固知行人[⑫]挈辞[⑬]，多被翰墨矣。及七国献书，诡丽辐辏；[⑭]汉来笔

---

①书用识哉：出《尚书·益稷》："钦四邻，庶顽谗说，若不在时，侯以明之，挞以记之；书用识哉，欲并生哉。" ②言，心声也；书，心画也。声画形，君子小人见矣：出扬雄《法言·问神》。 ③夬(guài)：坚决、果断。 ④政暇：社会政务闲暇。 ⑤聘繁：诸侯国之间的交流频繁。聘，《礼记·曲礼下》："诸侯使大夫问于诸侯曰聘。" ⑥书介：持文书的使者。介，《左传·襄公八年》："君有楚命，亦不使一介行李告于寡君。"杜预注："一介，独使也。行李，行人也。" ⑦绕朝赠士会以策：据《左传·文公十三年》，士会奔秦，晋人诱他归晋时绕朝赠之以策。绕朝、士会都是晋国大夫。 ⑧子家与赵宣以书：《左传·文公十七年》："晋侯不见郑伯，以为贰于楚也。郑子家使执讯而与之书，以告赵宣子。"杜预注："执讯，通讯问之官，为书与宣子。" ⑨巫臣之遗子反：据《左传·成公七年》，屈巫与公子侧争夏姬，屈巫持夏姬奔晋，子反灭其族，巫臣自晋给子反书说："尔以谗慝贪婪事君，而多杀不辜，余必使尔罢于奔命以死。" ⑩子产之谏范宣：见《左传·襄公二十四年》："范宣子为政，诸侯之币重。郑人病之。二月，郑伯如晋，子产寓书于子西以告宣子。" ⑪子叔敬叔进吊书于滕君：据《礼记·檀弓下》："滕成公之丧，使子叔敬叔吊，进书，子服惠伯为介。" ⑫行人：诸侯之间行聘问的外交使者。 ⑬挈(qiè)辞：《穀梁传·襄公十一年》："行人者，挈国之辞也。"挈：持、携带。 ⑭七国献书，诡丽辐辏：言战国时期诸侯国之间使者相互奉上书信奇丽的文辞很多。诡丽：奇丽。辐(fú)辏：像车轮的辐条一样聚集。

札，辞气纷纭。观史迁之《报任安》①，东方之《谒公孙》②，杨恽之《酬会宗》③，子云之《答刘歆》④，志气槃桓⑤，各含殊采；并杼轴⑥乎尺素⑦，抑扬⑧乎寸心⑨。逮后汉书记，则崔瑗尤善。魏之元瑜⑩，号称翩翩⑪；文举属章，半简必录⑫；休琏好事⑬，留意词翰⑭，抑⑮其次也。嵇康《绝交》⑯，实志高而文伟矣；赵至叙离⑰，乃少年之激切⑱也。至如陈遵占辞，百封各意⑲；祢衡代书，亲疏得宜⑳：斯又尺牍㉑之偏才也。

详总书体，本在尽言，言所以散郁陶㉒，托风采，故宜条畅㉓以任气㉔，优柔㉕以怿怀㉖；文明从容，亦心声之献酬㉗也。若夫尊贵差序，则肃以节文㉘。战国以前，君臣同书。秦汉立仪，始有表奏。王公国内㉙，亦称奏书：张敞奏书于胶后㉚，其义美矣。

---

①史迁之《报任安》：司马迁的《报任安书》。 ②东方之《谒公孙》：东方朔的《与公孙弘书》。 ③杨恽之《酬会宗》：杨恽的《报会宗书》。杨恽（yùn）：字子幼，西汉宣帝时为中郎将。 ④子云之《答刘歆》：扬雄的《答刘歆书》。 ⑤槃桓：广大貌。 ⑥杼轴：杼和轴，织布机上管经纬线的两个部件，喻文章组织构思。 ⑦尺素：小幅的丝织物，如绢、帛等，代指书信。 ⑧抑扬：文气起伏。《西京杂记》卷四："及其序屈原、贾谊，辞旨抑扬，悲而不伤，亦近代之伟才。" ⑨寸心：指心，古时认为心的大小在方寸之间，故名。 ⑩元瑜：阮瑀的字，《文选》卷四十二载其《为曹公作书与孙权》。 ⑪号称翩翩：曹丕《与吴质书》说："元瑜书记翩翩，致足乐也。"翩翩：鸟轻快敏捷疾飞状。 ⑫半简必录：据《后汉书·孔融传》："魏文帝深好融文辞，每叹曰：'扬、班俦也。'募天下有上融文章者，辄赏以金帛。" ⑬休琏好事：应璩喜欢编写史书。休琏：应璩字。 ⑭词翰：文辞，文学创作。 ⑮抑：或是。 ⑯嵇康《绝交》：指嵇康的《与山巨源绝交书》。 ⑰赵至叙离：赵至的《与嵇茂齐书》。赵至：字景真，西晋人。 ⑱激切：激烈而直率。 ⑲陈遵占辞，百封各意：据《汉书·陈遵传》："起（陈遵）为河南太守。既至官，当遣从史西，召善书吏十人于前，治私书谢京师故人。遵冯几，口占书吏，且省官事，书数百封，亲疏各有意。" ⑳祢衡代书，亲疏得宜：据《后汉书·祢衡传》："（刘表）以江夏太守黄祖性急，故送衡与之，祖亦善待焉。衡为作书记，轻重疏密，各得体宜。" ㉑尺牍：用于书写的长一尺的木简，代指书信。 ㉒郁陶：忧思积聚。 ㉓条畅：条理畅达。 ㉔任气：尽情书写情怀。 ㉕优柔：宽舒、从容。 ㉖怿怀：使心情喜悦。 ㉗献酬：酬答、应答。 ㉘节文：此谓节制文采。 ㉙王公国内：王爵、公爵受封者的封国之内。 ㉚张敞奏书于胶后：据《后汉书·张敞传》，张敞任胶东相期间，王太后数出游猎，张敞有《奏书谏胶东王太后数游猎》谏止。张敞：字子高，西汉宣帝时为胶东相。胶后：胶东王刘寄之母王太后。

迄至后汉，稍有名品，公府奏记①，而郡将奉笺②。记之言志，进己志也。笺者，表也，表识其情也。崔寔③奏记于公府，则崇让④之德音矣；黄香奏笺于江夏⑤，亦肃恭之遗式矣。公幹笺记⑥，丽而规益，子桓弗论⑦，故世所共遗，若略名取实，则有美于为诗矣。刘廙谢恩，喻切以至。⑧ 陆机自理⑨，情周而巧，笺之为美者也。原笺记之为式，既上窥乎表，亦下睨乎书，使敬而不慑，简而无傲，清美⑩以惠其才，彪蔚⑪以文其响，盖笺记之分⑫也。

夫书记广大，衣被事体⑬，笔札杂名，古今多品。是以总领黎庶⑭，则有谱、籍、簿、录⑮；医历星筮，则有方、术、占、式；申宪述兵，则有律、令、法、制；朝市⑯征信，则有符、契、券、疏；百官询事，则有关、刺、解、牒；万民达志，则有状、列、辞、谚：并述理于心，著言于翰，虽艺文之末品，而政事之先务也。

---

①公府奏记：呈报三公之文为奏记。公府：三公之府。 ②郡将奉笺：上郡守之文称笺。郡将：即郡守，以太守兼领军事，故称。 ③崔寔：或应为刘寔。刘寔(220—310)：字子真，平原郡高唐县(今山东高唐)人。三国至西晋时期重臣、学者，汉章帝刘炟第五子济北惠王刘寿之后。其生平，《晋书》本传："寔少贫苦，卖牛衣以自给。然好学，手约绳，口诵书，博通古今。清身洁己，行无瑕玷。郡察孝廉，州举秀才，皆不行。以计吏入洛，调为河南尹丞，迁尚书郎、廷尉正。后历吏部郎，参文帝相国军事，封循阳子。" ④崇让：据《晋书·刘寔传》，刘寔"以世多进趣，廉逊道阙，乃著《崇让论》以矫之"。 ⑤黄香奏笺于江夏：黄香于江夏郡的奏笺。黄香：字文强，东汉文人。官至尚书令。江夏：郡名，在今湖北省黄冈西北。 ⑥公幹笺记：刘桢有《与曹植书》《谏曹植书》《答魏太子丕借郭落带书》等。 ⑦子桓弗论：曹丕在《典论·论文》中没有论及刘桢的奏记，只说："琳、瑀之章表书记，今之隽也。" ⑧刘廙谢恩，喻切以至：刘廙的《上疏谢徙署丞相仓曹属》比喻恰当到不能再切的程度。据《三国志·魏书·刘廙传》，廙弟有罪，当坐诛，曹操不问廙罪并任为丞相仓曹属，刘廙上此疏谢恩，其中有"扬汤止沸，使不燋烂；起烟于寒灰之上，生华于已枯之木"等比喻。 ⑨陆机自理：指陆机给司马颖、司马晏的《谢吴王表》《与吴王表》《谢成都王笺》中于自己的申辩。据《晋书·陆机传》："伦将篡位，以为中书郎。伦之诛也，齐王冏以机职在中书，九锡文及禅诏疑机与焉，遂收机等九人付廷尉。" ⑩清美：清雅美妙。 ⑪彪蔚：美茂荟萃。 ⑫分：本分。 ⑬事体：事件。 ⑭黎庶：百姓、民众。 ⑮谱、籍、簿、录：谱系，事物的记录、典籍的目录。 ⑯朝市：朝廷与市肆。

故谓谱者，普也，注序世统[①]，事资周普[②]，郑氏谱《诗》[③]，盖取乎此。籍者，借也，岁借民力[④]，条之于版[⑤]，《春秋》司籍[⑥]，即其事也。簿者，圃也，草木区别，文书类聚，张汤、李广为吏所簿[⑦]，别情伪[⑧]也。录者，领也，古史《世本》[⑨]，编以简策，领其名数[⑩]，故曰录也。方者，隅也，医药攻病[⑪]，各有所主，专精一隅，故药术称方。术者，路也，算历极数，见路乃明，《九章》积微[⑫]，故以为术，淮南《万毕》[⑬]，皆其类也。占者，觇[⑭]也，星辰飞伏，伺候[⑮]乃见，登观书云[⑯]，故曰占也。式者，则也，阴阳盈虚五行消息[⑰]，变虽不常，而稽之有则也。律者，中也，黄钟调[⑱]起，五音[⑲]以正，法律驭民，八刑克平[⑳]，以律为名，取中正也。令者，命也，出命申禁，有若自天，管仲下令如流水，使民从也。法者，

---

①注序世统：编写世代相承的统系。 ②事资周普：事要借助周全普遍。 ③郑氏谱《诗》：郑玄的《诗谱》。 ④岁借民力：每年借用的民众的人力、物力、财力。 ⑤条之于版：逐条记载在版上。 ⑥《春秋》司籍：谓春秋时期即有专门掌管典籍的官员。《左传·昭公十五年》："孙伯黡司晋之典籍。"司籍：管理典籍。 ⑦张汤、李广为吏所簿：关于张汤为吏所薄，据《史记·酷吏列传》："天子果以汤怀诈面欺，使使八辈簿责汤。"关于李广为吏所薄，据《史记·李将军列传》："大将军（卫青）使长史急责广之幕府对簿。广曰：'诸校尉无罪，乃我自失道。吾今自上簿。'" ⑧情伪：真或假。 ⑨古史《世本》：史书名。《汉书·艺文志·六艺略》载有《世本》十五篇，战国时史官所撰，记黄帝以来诸侯大夫的氏姓、世系、居里等，原书已佚，清人有辑本。 ⑩名数：《汉书·高帝纪》："民前或相聚，保山泽，不书名数。今天下已定，令各归其县，复故爵田宅。"颜师古注："名数，谓户籍也。" ⑪攻病：治病。 ⑫《九章》积微：《九章算术》聚集了精微的方法。 ⑬淮南《万毕》：相传为淮南王刘安所作《万毕经》，是有关历算方面的著作。 ⑭觇（chān）：窥视。 ⑮伺候：候望、观察。 ⑯登观书云：《左传·僖公五年》："公既视朔，遂登观台以望而书，礼也。凡分、至、启、闭，必书云物，为备故也。" ⑰阴阳盈虚五行消息：本《周易·丰卦》之《彖辞》："天地盈虚，与时消息。"盈虚：虚实消长的变化。五行：金、木、水、火、土。消息：生灭、盛衰。 ⑱黄钟调：古代乐律十二调之一，《汉书·律历志上》："五声之本，生于黄钟之律。九寸为宫，或损或益，以定商、角、徵、羽。" ⑲五音：宫、商、角、徵、羽。《孟子·离娄上》："不以六律，不能正五音。" ⑳八刑克平：八刑公平。八刑：周代统治者对八种罪人的刑罚，《周礼·地官·大司徒》："以乡八刑纠万民：一曰不孝之刑，二曰不睦之刑，三曰不姻之刑，四曰不弟之刑，五曰不任之刑，六曰不恤之刑，七曰造言之刑，八曰乱民之刑。"

象也，兵谋无方，而奇正有象，故曰法也。制者，裁也，上行于下，如匠之制器也。符者，孚也，征召①防伪，事资中孚②，三代玉瑞③，汉世金竹④，末代⑤从省，易以书翰矣。契者，结也，上古纯质，结绳执契，今羌胡征数⑥，负贩记缗⑦，其遗风欤！券者，束也，明白约束，以备情伪，字形半分⑧，故周称判书⑨，古有铁券⑩以坚信誓，王褒《髯奴》，则券之谐⑪也。疏者，布也，布置物类，撮题近意，故小券短书⑫，号为疏也。关者，闭也，出入由门，关闭当审，庶务在政，通塞应详，韩非云"孙亶回，圣相也，而关于州部"盖谓此也。刺者，达也，《诗》人讽刺⑬，周礼三刺⑭，事叙相达，若针之通结矣。解者，释也，解释结滞，征事以对也。牒者，叶也，短简编牒，如叶在枝，温舒截蒲⑮，即其事也，议政未定，故短牒咨谋。牒之尤密，谓之为签，签者，纤密者也。状者，貌也，体貌本原，取其事实，先贤表谥，并有行状，状之大者也。

---

①征召：征聘召集。 ②中孚：《周易》之《中孚》卦。孔颖达疏："中孚，卦名也，信发于中谓之中孚。" ③三代玉瑞：夏、商、周三代用作信物的镇圭、桓圭等玉器，《周礼·春官·典瑞》："掌玉瑞玉器之藏。"郑玄注："人执以见曰瑞，礼神曰器。瑞，符信也。" ④汉世金竹：指铜制和竹制的信物，《史记·孝文帝本纪》："九月，初与郡国守相为铜虎符、竹使符。"集解："应劭曰：铜虎符，第一至第五，国家当发兵，遣使者至郡合符，符合，乃听受之。竹使符，皆以竹箭五枚，长五寸，镌刻篆书第一至第五。张晏曰：符以代古之珪璋，从简易也。"
⑤末代：魏晋以后。 ⑥羌胡征数：时羌族、胡人验证数额。 ⑦负贩记缗：负货贩卖者记录自己钱的方法。缗(mín)：穿钱的绳子，一千为一缗，这里指钱。 ⑧字形半分：分割字据为两半，各执一半为凭。 ⑨周称判书：《周礼·秋官·朝士》："凡有责者，有判书以治则听。"郑玄注："判，半分而合者，故书判为辨。" ⑩古有铁券：《汉书·高帝纪下》："又与功臣剖符作誓，丹书铁契，金匮石室，藏之宗庙。" ⑪王褒《髯奴》，则券之谐：王褒的《僮约》，该文以诙谐讽刺笔调写成，首尾有作者与卖主和被卖者的生动对话，不是真正的卖身契。 ⑫小券短书：《周礼·地官·质人》："凡卖儥者，质剂焉：大市以质，小市以剂。"郑玄注："质剂者，为之券藏之也。大市，人民马牛之属，用长券；小市，兵器珍异之物，用短券。" ⑬《诗》人讽刺：《毛诗序》："下以风刺上。" ⑭周礼三刺：《周礼·秋官·小司寇》："以三刺断庶民狱讼之中：一曰讯群臣，二曰讯群吏，三曰讯万民。"郑玄注："刺，杀也。三讯罪定则杀之。"
⑮温舒截蒲：《汉书·路温舒传》："温舒取泽中蒲，截以为牒，编用写书。"颜师古注："小简曰牒，编联次之。"

列者，陈也，陈列事情，昭然可见也。辞者，舌端之文，通已于人，子产有辞，诸侯所赖，不可已也。谚者，直语也，丧言亦不及文，故吊亦称谚，廛路浅言[1]，有实无华，邹穆公云“囊漏储中”[2]，皆其类也，《太誓》曰“古人有言，牝鸡无晨”、《大雅》云“人亦有言”、“惟忧用老”并上古遗谚《诗》、《书》所引者也，至于陈琳谏辞[3]称“掩目捕雀”、潘岳哀辞[4]称“掌珠”“伉俪”，并引俗说而为文辞者也，夫文辞鄙俚，莫过于谚，而圣贤《诗》、《书》，采以为谈，况逾于此，岂可忽哉！

观此众条，并书记所总：或事本相通而文意各异，或全任质素[5]，或杂用文绮[6]，随事立体贵乎精要[7]，意少一字则义阙句，长一言则辞妨，并有司之实务而浮藻[8]之所忽也。然才冠鸿笔，多疏尺牍[9]，譬九方堙之识骏足而不知毛色牝牡[10]也。言既身文，信亦邦瑞，翰林之士，思理实焉。

赞曰：文藻条流，托在笔札。既驰金相[11]，亦运木讷[12]。万古声荐[13]，千里应拔[14]。庶务纷纶[15]，因书乃察。

---

①廛(chán)路浅言：民间谚语有实无华。廛：古代城市平民住的地方。②囊漏储中：囊虽漏而仍储其中，见贾谊《新书·春秋》：“周谚曰‘囊漏贮中’，而独弗闻与？”意为粮袋漏了，但仍漏在仓储，比喻表面上为损失而实则不然。③陈琳谏辞：陈琳的《谏何进召外兵》。④潘岳哀辞：潘岳的《金鹿哀辞》《阳城刘氏妹哀辞》等。⑤质素：质朴。⑥文绮：文采。⑦精要：精确简要。⑧浮藻：浮华的辞藻，此代指以驰骋文学才华为能事的文学创作。⑨才冠鸿笔，多疏尺牍：才华横溢的大作家往往忽略尺牍小文。⑩九方堙之识骏足而不知毛色牝牡：见《淮南子·道应训》：秦穆公使九方堙求马。三月而反，报曰：“已得马矣，在于沙邱。”穆公曰：“何马也？”对曰：“牡而黄。”使人往取之，牝而骊。穆公不说，召伯乐而问之曰：“败矣，子之所使求者，毛物牝牡弗能知，又何马之能知？”伯乐喟然太息曰：“一至此乎！是乃其所以千万臣而无数者也。若堙之所观者，天机也，得其精而忘其粗。”⑪金相：喻文采之美，王逸《楚辞章句序》谓屈原之辞“金相玉质，百世无匹”。⑫木讷：喻文辞质朴。出《论语·子路》：“刚毅木讷，近仁。”⑬声荐：声进，引申为声扬。⑭应拔：迅速响应。拔：迅速。⑮纷纶：犹纷纷，纷纭。

【译文】

大舜说:“书用识哉!”书是用来记录即时发生的事件的。大致看来,圣贤的言语总名为书,书作为文体,以言事为基本功能。扬雄说:“言,心声也;书,心画也。声画形,君子小人见矣。”所以,“书”是舒展的意思,舒展其言语于简牍之上,和《周易·夬卦》卦象相合,贵在明确决断而已。

三代之时社会政务闲暇,文章也不繁荣。春秋时期诸侯国之间相互交流,文书交往很是频繁。为了诱使士会自秦返晋,绕朝赠士会以策;郑子家给赵宣子书信;巫臣自晋给子反书;子产寓书于子西以告宣子。仔细考察以上四书,见其辞如见其面。还有,滕成公之丧,子叔敬叔曾进吊书,可见,当时外交使节的辞令大多是形成文字篇章的。战国时期诸侯国之间使者相互奉上书信,这些奇丽的文字汇聚起来很可观;汉代的书信文辞多样,令人眼花缭乱。考察司马迁的《报任安书》、东方朔的《与公孙弘书》、杨恽的《报会宗书》、扬雄的《答刘歆书》,情志气势宏大,各有出彩之处,同时能够精心构思以抒情怀。论东汉的书记,则崔瑗的非常好。曹魏阮瑀的书记被曹丕以“翩翩”赞赏;孔融撰写的书记好到片纸也会被收录;应璩喜欢编写史书,对书记也有所留意,但这对他来说是次要的。嵇康的《与山巨源绝交书》,实在是旨趣高远而文辞不凡;赵至的《与嵇茂齐书》则是少年的激烈直率之辞。至于像陈遵口占之辞,虽达百封却能各得其意;祢衡代替黄祖作书记,能够做到远近亲疏各得其宜:二人是善于撰写书信的偏才。

对书记体文作详细考察后可知,其根本在于将自己想说的话写下来,寄托于文辞的风采以排遣忧郁的心结,所以应该条理畅达地尽情书写,宽舒从容、心情愉悦;文辞表达宽舒从容,也是心声的酬答。如果双方存在尊卑的差别,则应严肃地节制文采。战国以前,君臣之间交流同等用书。秦汉立规矩,才有了表、奏之名。王爵、公爵的封国之内,也以奏书称名。张敞的《奏书谏胶东王太后数游猎》文辞、意义都非常美好的。到了东汉,逐渐有了名字品级分别,呈报三公之文为奏记,上郡守之文称笺。“记”是用来“言志”的,上奏自己之“志”。“笺”是“表”的意思,用来标记其“情”。刘寔的《崇让论》是关于崇让的好声音；黄香于江夏郡的奏笺，是严肃恭敬的遗风。刘桢的笺记，华美而有益于规劝，曹丕的《典论·论文》没有论及，所以在当时都没有人注意到，若从实际情况考察，则刘桢的笺记比诗歌的成就大。刘廙的《上疏谢徙署丞相仓曹属》比喻恰当到不能再切的程度。陆机给司马颖、司马晏的《谢吴王表》《与吴王表》《谢成都王笺》中的申辩，陈情周全而巧妙，也是笺中的上品。推原笺记的范式，上和表相关，下和书相关，能做到恭敬而不胆怯，简略而不傲慢，以清雅美妙体现才华、美茂荟萃扩大影响，大致上是笺记的本分。

书记的范围非常广大，涵盖事件很全面。书笺的杂名自古以来就有很多。在政府管理上有谱、籍、簿、录等名称；在医历星筮上有方、术、占、式等名称；在法律军事上有律、令、法、制等名称；在朝廷、市肆的征信上有符、契、券、疏等名称；在百官问政上有关、刺、解、牒等名称；民间则有状、列、辞、谚等名称。总之，都是将心中的理事情通过文章表达出来，虽然是文学艺术的末流，但却是社会政治生活的重要事务。

“谱”是“普”的意思，编写世代相承的统系，事要借助周全普遍，郑玄的《诗谱》即是代表。“籍”是“借”的意思，将每年借用的民众人力、物力、财力逐条记载在版上，《春秋》所谓的管理典籍，说的就是这个。“簿”是“圃”的意思，像草与木的分别种植，文书也分类编集，张汤、李广被官吏要求对簿是为了查明实情。“录”是“领”的意思，古史的《世本》以简策编排，将帝王、诸侯等人的户籍世系加以统领，所以称为“录”。“方”是“隅”的意思，医药治病各自有自己的病症对象，不同的医药专门针对不同病症，所以医药之术称名为“方”。“术”是“路”的意思，有路走内心就明朗了，《九章算术》聚集了精微的方法，所以称名为“术”，淮南王刘安的《万毕经》体现的也是术的精神，诸如此类。“占”是“觇”的意思，星辰出没要等候观察才能见到，登观台以望而书，所以称名为“占”。“式”是“则”的意思，万事万物的生灭变化，看似没有规律，但如果深入探索则会发现规律。“律”是“中”的意思，黄钟调响起则宫、商、角、徵、羽五音因此而正，用法律治理天下，不孝之刑、不睦之刑、不姻之刑、不弟之刑、不任之刑、不恤之刑、造言之刑、乱民之刑是公正的，以“律”命名，取的是公正的意思。“令”是“命”的意思，发出命令申明禁止做的事情就像是天命，管仲下令如流水，是使民众服从。“法”是“象”的意思，用兵没有具体的方法，但或奇或正却有形象，所以称名为“法”。“制”是“裁”的意思，上意下行像工匠制作器物。“符”是“孚”的意思，征聘召集以防虚假，取诚信发于心中之义，三代用玉作信物，汉代用金属竹片作信物，近来出于节省改为书信作信物。“契”是“结”的意思，上古之世民风淳朴，结绳执结以为征信，当前羌族胡人、小商小贩还在使用这种方法，应是上古遗风吧！“券”是“束”的意思，从明确的约束防备反悔作假，古时，有用丹书铁券来树立信用的，而王褒的《僮约》则是幽默诙谐的契约。“疏”是“布”的意思，布置事物，提炼主旨，所以，小券短信称名为“疏”。“关”是“闭”的意思，进出要通过门，关闭应该审慎，社会事务是政事，或通或塞应该详尽，韩非所谓的“孙亶回，圣相也，而出于州部”说的大概就是这个。“刺”是“达”的意思，《诗经》的讽刺、《周礼》的三刺，叙事相互通达，就像以针刺穿，打通关节。“解”是“释”的意思，解开打结和阻滞，用事实来对质。“牒”是“叶”的意思，短简编牒像叶子在枝子上，路温舒截蒲编书就是“牒”，议论政事没有作出决定，所以用小牒来征求建议。更细密的“牒”称为“签”，“签”是“纤密”的意思。“状”是“貌”的意思，由外貌而追本原得其事实，先贤死后还有行状，是“状”中的重要者。“列”是“陈”的意思，将事实情状陈列出来，昭明可观。“辞”是冲口而出之文，将自己表达给他人，子产的“辞”为诸侯所依赖。“谚”是直语，有关丧事之言不宜太华美，所以“吊”也称为“谚”，百姓生活中的言语朴实无华，邹穆公所说的“囊漏储中”属于此类，《尚书·牧誓》的“古人有言，牝鸡无晨”、《诗经·大雅》赋“人亦有言”“惟忧用老”都是被《诗经》和《尚书》所引用的上古遗留下来的谚语。至于陈琳的《谏何进召外兵》有“掩目捕雀”、潘岳哀辞有“掌珠”“伉俪”，都是俗语入于文章。文辞的鄙俗没有超过谚语的，而圣贤的《诗经》、《尚书》却予以采用，何况超过这个的呢，怎么能够忽略呢！

考察以上诸条，总称为书记：有的是本来相通但文意却不相同，有的全篇质朴，有的会有华辞，根据具体情况确立文体，关键在于精确简要；意思少一个字则义理不正，句子长一个字则妨碍文辞，都是官府的实用文，但却为文学家所忽略的。然而，才华横溢的大作家往往忽略尺牍小文，就像九方堙相马只注重识别千里马而对马的毛色、性别不在意一样。言既然是自身的文采，诚信也是邦国的祥瑞，文学之士应该以之为实际的思考范围。

综上所述：文学创作的支流是笔札小文。既有文采粲然的，也有质朴的。既能扬名后世，又能响应千里。社会政治事务纷繁复杂，通过尺牍小文可以考察。

【评析】

本篇论述了“书”和“记”两种文体，其实，后者是前者的衍生。就其源头来说，他引用《尚书》中的“书用识”谓“书”是用来记事的。并谓“圣贤言辞，总为之书”，这个“书”，其实可以稍狭一点儿理解为《尚书》。所以他说“书之为体，主言者也”，“书”作为“文体”主要特征是记言，整部《尚书》记载的都是圣贤言辞。由此出发，就“书”之文体的儒家经学来源而言，当然最切当的应是《尚书》。但是文体之间的渗透又是难以避免的，说《尚书》是记言、记事的，那么《春秋》又何尝不是呢。故而，在《宗经》篇中，刘勰说：“记传盟檄，则《春秋》为根。”以“记”体的来源为《春秋》。

关于“书”的文体特征，刘勰说，在记言记事的前提下，以明确展开表达观点、态度、主张，将之书写出来为发展特征：“故书者，舒也。舒布其言，陈之简牍，取象于夬，贵在明决。”又对书记体文作详细考察，进而阐述其文体特征：“详总书体，本在尽言，言所以散郁陶，托风采，故宜条畅以任气，优柔以怿怀；文明从容，亦心声之献酬也。”这一文体的根本在于将自己想说的话写下来，寄托于文辞的风采以排遣忧郁的心结，所以应该条理畅达地尽情书写，宽舒从容地使心情愉悦。文辞表达宽舒从容，是心声的酬答。就“书”体的发展而言，刘勰说经历了三个阶段：第一阶段是“战国以前，君臣同书”阶段；第二阶段是“秦汉立仪，始有表奏”阶段，所立之仪，限于臣下对皇帝的表奏，其延伸是诸侯国臣下对王公也称奏书，“王公国内，亦称奏书”；第三阶段是东汉向三公之府和地方郡将的延伸，“公府奏记，而郡将奉笺”，且出现了“记”和“笺”的称名。

“记”是“书”的延伸，同时“记”又统“笺”并且总统众笔札之称名。具体有24种之多，分别是谱、籍、簿、录、方、术、占、式、律、令、法、制、符、契、券、疏、关、刺、解、牒、状、列、辞、谚，涵盖政府政务、医历星筮、法律军事、朝市征信、百官询事、万民达志等社会、政治生活的方方面面。就众“记”体的文体文风特征，他总结说，是“随事立体”之作，有的全篇质朴，有的质朴中掺杂着文采：“或全任质素，或杂用文绮。”但最重要的是精确简要，精要到多一字少一字都不行：“意少一字则义阙，句长一言则辞妨。”

其实，到此《书记》之篇，刘勰的整部《文心雕龙》之“论文叙笔”的“文体论”也就此告终了。关于“书记”相对于之前众多文体的价值，他说，因为是社会政治、生活中的应用文体，故而为才华横溢的文学大家所不重视，是“有司之实务而浮藻之所忽”“才冠鸿笔多疏尺牍”。有鉴于此，他呼吁说：“言既身文，信亦邦瑞，翰林之士，思理实焉。”刘勰的这一呼吁，和传统儒家的“学而优则仕”、后世文人的家国天下情怀，以及今天提倡的文学艺术要具有人民性相一致。

刘勰本篇论述过程中用来定篇之选文，以及对具体选篇的价值评判，请参照原文、译文部分，此从略。

神思第二十六

古人云："形在江海之上，心存魏阙之下。"①神思②之谓也。文之思也，其神远矣③。故寂然凝虑④，思接千载⑤；悄焉动容⑥，视通万里⑦；吟咏之间⑧，吐纳珠玉之声⑨；眉睫之前⑩，卷舒风云之色⑪；其思理之致⑫乎！故思理为妙，神与物游⑬。神居胸臆⑭，而志气⑮统其关键⑯；物沿耳目⑰，而辞令⑱管其枢机。枢机方通，则物无隐貌⑲；关键将塞，则神有遁心⑳。

是以陶钧㉑文思㉒，贵在虚静㉓，疏瀹㉔五藏㉕，澡雪精神。积学㉖以储宝，酌理㉗以富才㉘，研阅㉙以穷照㉚，驯致㉛以怿

---

①形在江海之上，心存魏阙之下：出《庄子·让王》："身在江海之上，心居乎魏阙之下。"魏阙：古代宫门外的高大建筑物，代指朝廷。②神思：精神、思维、意识活动，也就是大脑的想象、联想机制与功能。③文之思也，其神远矣：从下文看，此谓文艺创作构思的思维活动具有跨越时空的高远。④寂然凝虑：静下心来专一思考。⑤思接千载：思绪可以穿越千年。⑥悄焉动容：不知不觉间感官发生作用。⑦视通万里：视野和万里之外相接。⑧吟咏之间：无意识地发出声音。⑨珠玉之声：如珠玉般美妙的文辞。⑩眉睫之前：眼前，指脑海中。⑪卷舒风云之色：风云卷舒的画面。⑫思理之致：此指以上情状是文艺创作构思活动所导致，也就是想象、联想所导致。⑬思理为妙，神与物游：文学艺术构思妙处在于主体精神和客体物象相互作用。⑭胸臆：胸中。⑮志气：情志与气质。⑯关键：和下"枢机"互文，最紧要的意思。⑰耳目：代指感官。⑱辞令：文辞。⑲物无隐貌：物象无所隐藏地被观照。⑳遁心：逃避苟免之意。㉑陶钧：制陶器时所用的转轮，引为陶冶义。㉒文思：文学艺术思维（想象、联想）。㉓虚静：了无挂碍的心理状态。㉔疏瀹：洗涤义，和下"澡雪"互文义同，宋郭若虚《图画见闻志·纪艺中》："知微凡画圣像，必先斋戒疏瀹，方始援笔。"㉕五藏：五脏六腑，代指内在精神世界，和下文"精神"互文义同。㉖积学：积累学识。㉗酌理：斟酌义理。㉘富才：丰富才能。㉙研阅：深入阅历。㉚穷照：彻底观照（人情物理）。㉛驯致：逐渐达到。《周易·坤卦》："履霜坚冰，阴始凝也；驯致其道，至坚冰也。"

辞[①]。然后使玄解之宰[②]，寻声律[③]而定墨[④]；独照之匠，窥意象而运斤[⑤]：此盖驭文之首术，谋篇之大端。

夫神思方运，万涂竞萌[⑥]，规矩虚位，刻镂无形[⑦]。登山则情满于山，观海则意溢于海，我才之多少，将与风云[⑧]而并驱[⑨]矣。方其搦翰[⑩]，气倍辞前，暨乎篇成，半折心始[⑪]。何则？意翻空而易奇[⑫]，言征实而难巧[⑬]也。是以意授于思[⑭]，言授于意[⑮]，密则无际，疏则千里[⑯]。或理在方寸而求之域表[⑰]，或义在咫尺而思隔山河。是以秉心[⑱]养术[⑲]，无务苦虑[⑳]；含章[㉑]司契[㉒]，不必劳情[㉓]也。人之禀才[㉔]，迟速异分[㉕]，文之制体[㉖]，大小殊功[㉗]。相如含笔而腐毫[㉘]，扬雄辍翰而惊梦[㉙]，桓谭疾感于苦

---

①怿辞：愉悦从容地驾驭文辞。 ②玄解之宰：深刻思维而得其解的主宰者，指作者自己，和下文"独照之匠"互文义同。 ③声律：文辞的节奏、韵律等。 ④定墨：行文表达。 ⑤运斤：挥动斧头砍削，此喻下笔作文。典出《庄子·徐无鬼》：庄子送葬，过惠子之墓，顾谓从者曰："郢人垩慢其鼻端若蝇翼，使匠石斵之。匠石运斤成风，听而斵之，尽垩而鼻不伤，郢人立不失容。" ⑥万涂竞萌：各种各样的念头进入思维中来。 ⑦规矩虚位，刻镂无形：谓平时所谓知道的文法找不到自己的位置，想要下手创作也不得要领。规矩：创作方法。刻镂：创作行动。虚位：不得其位，和下文"无形"互文义同。 ⑧风云：代指客观物象。 ⑨并驱：和上文"神与物游"之"游"义同。 ⑩搦（nuò）翰：握笔、执笔。 ⑪心始：指下手创作前的"胸中之竹"。 ⑫意翻空而易奇：想象、联想天马行空易于形成意识中的奇妙、雄奇世界。 ⑬言征实而难巧：实实在在形成文字时，却难以将意识世界中的"奇"巧妙地表达出来。 ⑭意授于思："胸中之竹"——意象，得之于主观精神和客观物象相互作用的思维活动。 ⑮言授于意："手中之竹"——形象，又得之于意象，是意象通过文辞表现的结果。 ⑯密则无际，疏则千里：是意象和形象契合或者分离的两种极端情况。 ⑰域表：域外，言极远的地方。
⑱秉心：持心，出《诗经·鄘风·定之方中》："匪直也人，秉心塞渊。"此指持守文学艺术创作心志。 ⑲养术：涵养文学创作技能。 ⑳无务苦虑：不要一味苦苦思虑。 ㉑含章：懂得文学艺术创作的章法。 ㉒司契：掌握文学艺术创作的关键。 ㉓不必劳情：不必定要劳心竭力。 ㉔禀才：天赋才能。 ㉕迟速异分：有思维敏捷和迟缓的分别。 ㉖文之制体：文章的体制。 ㉗大小殊功：有大与小的不同。 ㉘相如含笔而腐毫：谓司马相如笔浸在墨汁中很久，毛笔都腐烂了。含笔：笔浸在墨汁中。腐毫：毛笔都腐烂了。 ㉙扬雄辍翰而惊梦：扬雄创作完成后疲倦入睡，做了令人惊奇的梦。桓谭《新论·祛蔽》："子云亦言：成帝上甘泉，诏使作赋。为之卒，暴倦。卧梦其五脏出地，以手收之。觉，大少气，病一岁余。"辍翰：创作完成放下笔来。惊梦：从睡梦中惊醒。

思①,王充气竭于沉虑②,张衡研京以十年③,左思练都以一纪④,虽有巨文,亦思之缓也。淮南崇朝而赋《骚》⑤,枚皋应诏而成赋⑥,子建援牍如口诵⑦,仲宣举笔似宿构⑧,阮瑀据案而制书⑨,祢衡当食而草奏⑩,虽有短篇,亦思之速也。

若夫骏发⑪之士,心总要术⑫,敏在虑前,应机立断;覃思⑬之人,情饶歧路⑭,鉴在疑后,研虑方定。机敏⑮故造次⑯而成功,虑疑⑰故愈久而致绩⑱。难易虽殊,并资博练⑲。若学浅而空迟⑳,才疏而徒速㉑,以斯成器,未之前闻。是以临篇缀虑㉒,必有二患㉓:理郁者苦贫㉔,辞溺者伤乱㉕。然则博见㉖为馈贫㉗

---

①桓谭疾感于苦思:据《新论·祛蔽》:"予少时见扬子云丽文高论,不量年少,猥欲追及,业作小赋,用思太剧,而立感动发病。" ②王充气竭于沉虑:据《后汉书·王充传》:"著《论衡》八十五篇,二十余万言。……年渐七十,志力衰耗。"气竭:精力衰竭。沉虑:深沉思虑。 ③张衡研京以十年:据《后汉书·张衡传》:"时天下承平日久,自王侯以下莫不逾侈,衡乃拟班固《两都》作《二京赋》,因以讽谏,精思傅会十年乃成。" ④左思练都以一纪:据《晋书·左思传》:"欲赋三都,会妹芬入宫,移家京师,乃诣著作郎张载,访岷邛之事。遂构思十年,门庭籓溷,皆著笔纸,遇得一句,即便疏之。自以所见不博,求为秘书郎。及赋成,时人未之重。思自以其作不谢班、张,恐以人废言。安定皇甫谧有高誉,思造而示之。谧称善,为其赋序。"一纪:十二年,《晋书·左思传》说左思撰《三都赋》用了十年。 ⑤淮南崇朝而赋《骚》:据荀悦《汉纪·孝武纪》:"初,安朝,上使安作《离骚赋》,旦受诏,食时毕。" ⑥枚皋应诏而成赋:据《汉书·枚乘传·附皋传》:"上有所感,辄使(枚皋)赋之。为文疾,受诏辄成,故所赋者多。" ⑦子建援牍如口诵:据杨修《答临淄侯笺》:"(曹植)握牍持笔,有所造作,若成诵在心。" ⑧仲宣举笔似宿构:据《三国志·魏书·王粲传》:"(王粲)举笔便成,无所改定,时人常以为宿构。" ⑨阮瑀据案而制书:据《三国志·魏书·王粲传》注引《典略》:"太祖尝使瑀作书与韩遂,时太祖适近出,瑀随从,因于马上具草,书成呈之。太祖揽笔欲有所定,而竟不能增损。" ⑩祢衡当食而草奏:据《后汉书·祢衡传》:"射(按:黄祖长子黄射)时大会宾客,人有献鹦鹉者,射举卮于衡曰:'愿先生赋之,以娱嘉宾。'衡揽笔而作,文无加点,辞采甚丽。" ⑪骏发:才思敏捷。 ⑫要术:关键方法。 ⑬覃思:深思。 ⑭歧路:思路复杂。 ⑮机敏:机动灵活。 ⑯造次:谓时间短,须臾。 ⑰虑疑:思路复杂多样。 ⑱致绩:成功。 ⑲博练:博通练达于上文的积学以储宝、酌理以富才、研阅以穷照、驯致以怿辞四者,和下文"博见""贯一"精神一致。 ⑳学浅而空迟:学识浅薄又迟缓。 ㉑才疏而徒速:才能空疏却迅速。 ㉒临篇缀虑:指文学艺术创作构思。 ㉓患:毛病。 ㉔理郁者苦贫:义理阻滞者写出来的文章内容贫乏。 ㉕辞溺者伤乱:文辞泛滥者写出来的文章篇体杂乱。 ㉖博见:博通,见识广薄。 ㉗馈贫:此谓解决文章内容贫乏的毛病。

之粮，贯一①为拯乱②之药。博而能一，亦有助乎心力③矣。

若情数诡杂④，体变迁贸⑤。拙辞或孕于巧义⑥，庸事或萌于新意⑦。视布于麻⑧，虽云未贵⑨，杼轴献功⑩，焕然乃珍⑪。至于思表纤旨⑫，文外曲致⑬，言所不追⑭，笔固知止⑮。至精⑯而后阐其妙⑰，至变⑱而后通其数⑲，伊挚不能言鼎⑳，轮扁不能语斤㉑，其微㉒矣乎！

赞曰：神用象通㉓，情变所孕㉔。物以貌求，心以理应㉕。刻镂声律㉖，萌芽比兴㉗。结虑司契㉘，垂帷制胜㉙。

【译文】

古人云：身在山野而心在朝廷。这，说的是人的精神活动。那么，文

---

①贯一：练达，即将上文的积学以储宝、酌理以富才、研阅以穷照、驯致以怿辞四者贯通练达为一有机整体。 ②拯乱：此谓解决文章篇体杂乱的毛病。 ③心力：此指通过博见贯一于积学以储宝、酌理以富才、研阅以穷照、驯致以怿辞过程所形成的文学艺术创作的表现力。 ④情数诡杂：思想情感复杂多样。 ⑤体变迁贸：文体风格变化多端。 ⑥拙辞或孕于巧义：朴拙的文辞有时会蕴涵巧妙的义理。 ⑦庸事或萌于新意：平凡的叙事有时会萌发新奇的见解。 ⑧视布于麻：类比于布和麻的关系。 ⑨虽云未贵：麻虽然被梳理得很整齐，但因尚没有被织成布故而不珍贵。 ⑩杼轴献功：通过织布机的工作将麻织成布。 ⑪焕然乃珍：麻因焕然成布而珍贵。 ⑫思表纤旨：艺术构思没有涉及的细微旨趣。 ⑬文外曲致：文辞所隐含而没有被作者所明言的情致。 ⑭言所不追：文辞不再刻意追求。 ⑮笔固知止：运笔行文也应止所当止。 ⑯至精：极其精致的文笔。 ⑰阐其妙：阐发其中的奥妙。 ⑱至变：极其应变的文思。 ⑲通其数：通晓其中多变的技巧。 ⑳伊挚不能言鼎：《吕氏春秋·本味》："调和之事，必以甘酸苦辛咸，先后多少，其齐甚微，皆有自起。鼎中之变，精妙微纤，口弗能言，志不能喻。" ㉑轮扁不能语斤：见《庄子·天道》："轮扁曰：'臣也以臣之事观之。斫轮，徐则甘而不固，疾则苦而不入；不徐不疾，得之于手，而应于心，口不能言，有数存焉于其间。'" ㉒微：微妙。 ㉓神用象通：和上文"神与物游"义同，指文学艺术创作主体的精神活动和客体物象相互作用。 ㉔情变所孕：言"神用象通"孕育创作情况的变化。 ㉕物以貌求，心以理应：客观物象以形貌感动创作主体，创作主体以情感义理回应客观物象。 ㉖刻镂声律：精雕细刻于文辞的节奏韵律。 ㉗萌芽比兴：考虑用比兴方法。比兴：作为创作手法，和今天艺术理论上的象征义同，即在客观物象中寓托主观情感和义理。 ㉘结虑司契：掌握文学艺术创作的关键。 ㉙垂帷制胜：于帷幄之中即可获得成功。

艺创作的精神活动也是可以跨越时空的啊！故而，静下心来专一思考，思绪可以穿越千年；不知不觉间感官发生作用，已和万里之外对接；无意识地发出声音，可以是如珠玉般美妙的文辞；脑海中，出现风云卷舒的画面——这些都是创作构思的结果吧。所以，文艺构思，妙处在于主体精神和客体物象相互作用。主观精神在人的心中，情志气质是关键；客观物象沿感官而来，而文辞是关键。文辞通畅之时，则客观物象无所隐藏地被观照；情志气质不通畅之时，则主观精神有逃避苟免之意。

正因如此，文艺创作的心理准备，重要的在于清净内心，使其了无挂碍。积累学识以储存宝藏，斟酌义理以丰富才能，深入阅历以彻底观照人情物理，逐渐达到愉悦从容地驾驭文辞。然后，匠心独运而得其解的作家，结合文辞的节奏韵律和意象——胸中之竹，开展行文表达——文章创作。这，就是文艺创作的基本要求。

文艺构思刚开始时，各种念头纷至沓来，方法不得其位，行文无处下笔。登山之时，则满山都是感动；观海之时，则满海都是情意。此时的感受是世界有多大，我的才能就有多大。因而，拿起笔来之时信心满满，但是，写完之后却发现“笔下之竹”只能表现“胸中之竹”的一半。这是为什么呢？原来，形象思维（想象、联想）天马行空易于形成意识中的奇妙、雄奇世界，而实实在在形成文字时却难以将形象思维中之“奇”巧妙地表达出来。因而，“胸中之竹”——意象得之于主观精神和客观物象相互作用的思维活动；“笔下之竹”——形象则是意象通过文辞表现的结果，会出现“密则无际，疏则千里”这样两种意象和形象契合或者分离的情况。有的是情理在心中却向极远之处求索，有的时候义理就在附近不能得到却感到远在天边。因此，要持守心志、涵养技能，不要一味苦苦思虑；懂得方法掌握关键，并非一定要劳心竭力。人先天禀赋的才能有迟缓和敏捷的不同，文章的体制也有大和小的区别。司马相如为了创作，笔浸在墨汁中很久而毛笔都腐烂了，扬雄创作完成后疲倦入睡，做了令人惊奇的梦，桓谭因苦虑而成疾，王充精疲力竭于深沉思虑，张衡创作《二京赋》用了十年时间，左思创作《三都赋》用了十二年时间，以上六家，虽然创作出了长篇巨制，但也是思维迟缓者。淮南王刘安用一个早晨就做出了《离骚赋》，枚皋诏下赋即成，曹植落笔成文就像出口成章一样，王粲落笔成文又像昨晚已经打了草稿，阮瑀在马鞍上下笔成文，祢衡在酒宴之上文不加点奏上《鹦鹉赋》，以上六家，虽然是短篇小制，但也是文思敏捷者。

像那些才思敏捷的作家，他们心知为文的关键，能够做到迅速虑定当机立断；而那些思维迟缓的作家思路复杂，做出决定要在反复斟酌思考之后。机动敏捷所谓瞬间即可完成创作，思路复杂所以要好久才能完成创作。虽然有难与易的不同，但都要借助广博练达。如果学识浅薄又迟缓，才能空疏却迅速，这两种情况能完成大作是从来没有听说过的。所以，文艺创作必然存在两个毛病：义理阻滞者写出来的文章内容贫乏，文辞泛滥者写出来的文章篇体杂乱。然而，博通于上文的积学以储宝、酌理以富才、研阅以穷照、驯致以怿辞四者，并将四者贯通为一有机整体，是治疗以上两个毛病的良药。能做到博通四者并贯通为一整体，对提高文艺构思的表现力是有所帮助的。

思想情感复杂多样，文体风格变化多端，朴拙的文辞有时会蕴涵巧妙的义理，平凡的叙事有时会萌发新奇的见解。这可以类比于布和麻的关系，麻虽然被梳理得很整齐，但因尚没有被织成布故而不珍贵，而通过织布机的编织工作后才珍贵起来。至于艺术构思没有涉及的细微旨趣，文辞所隐含而没有被作者言明的情致，则是文辞不再刻意追求、运笔行文也应止所当止的。用极其精致的文笔阐发其中的奥妙，穷尽变化而后通晓其中的技巧，就像伊尹不能说出烹调的奥妙、轮扁不能说出斫轮的奥妙一样，是非常微妙的啊！

综上所述：主体精神活动和客观物象相互作用，孕育创作情况的变化。物象以形貌感动主体、主体以情义回应物象（形成意象）。精雕细刻于文辞的节奏韵律、考虑用比兴方法（将意象表达出来）。掌握文学艺术创作的关键，于帷幄之中即可获得成功。

【评析】

到上篇《书记》第二十五篇，刘勰完成了他的“论文叙笔”的“文体论”论述，自该《神思》篇，进入“剖情析采”的“创作批评论”部分。就文学创作的发生也就是创作机缘的产生而言，它是主体精神和客体物象相互触动擦出的火花。也就是说先有“眼中之竹”，然后才是“胸中之竹”和“手中之竹”。但是，就主体的精神活动和客观存在的物象在文学艺术创作中谁更重要而言，可以说，客体更根本，因为它是不依赖于主体精神的客观存在；但主体更关键，因为没有主体的再创造，文学艺术就不会产生。这就是刘勰该《神思》篇所提出的“神与物游”“神用相通”的智慧之处。

刘勰该篇的“神思”，指的是文学艺术创作主体的艺术构思，又可称为精神活动、心理活动，也就是想象、联想的心理机制。人的想象、联想的心理机制，即神思，可以超越身处局限而跨越时空，思接千载、视通万里，也就是开篇所引《庄子・让王》篇所谓的“形在江海之上，心存魏阙之下”。刘勰《文心雕龙》的思想倾向和价值取向，在传统中国儒道佛三家思想来说，尽管历来众说纷纭，但主导的是儒家是怎么样也驳不倒的，这一点在《神思》篇中也可找到证据。该篇对创作主体的精神活动及其在创作中的机制进行了深刻全面的研究，其学理渊源是庄学，这是学界的共识。最突出的表现是他开篇即引《庄子》之句作为立论基础，然后是通篇使用《庄子》的语典、语汇，比如虚静、伊挚烹调、轮扁斫轮，还有“寂然凝虑，思接千载；悄焉动容，视通万里；吟咏之间，吐纳珠玉之声；眉睫之前，卷舒风云之色”“登山则情满于山，观海则意溢于海，我才之多少，将与风云而并驱”等。但是，务必指出，这一庄学特质，刘勰是用而不言的态度。也就是说，他明明在充分使用，却不愿意公开承认。这表现在他通篇没有提到庄子和《庄子》，即使在开篇直接引用《庄子・让王》的“形在江海之上，心存魏阙之下”也回避了，而是表以“古人云”。引《庄子》而表以“古人云”，和前二十五篇引用儒家诸圣崇仰之情充分表达的“大舜云”和以伏羲为“宣圣”、以孔子为“素王”的态度，其中分别，一看便知。也就是说，他的倾向是儒家，即使不得不用到道家如庄学，也予以淡化。

以下探讨《神思》篇的理论成就。

就对文学艺术创作的心理机制的探讨而言，中国思想史上成就最大、最早的当然是道家，尤其是《庄子》。但是，道家、《庄子》毕竟是哲学而不是纯粹的文学艺术理论。考之文学艺术理论著作，在《乐记》和《毛诗大序》中有心物关系的言说，如“情动于中而形于言”“乐者，音之所由生也，其本在人心之感于物也”。但就文学创作而言，在刘勰《神思》篇之前，作了深刻论述的是陆机的《文赋》。之所以这样说，是因为在《文赋》的序言中，陆机说探讨文学创作的心理机制是该篇的创作动机和要解决的根本问题：“恒患意不称物，文不逮意。盖非知之难，能之难也。故作《文赋》。”某种意义上可以说，刘勰此篇就是陆机《文赋》基础上的拓展性研究，限于篇幅，此不详论。

刘勰该《神思》篇的理论成就依次有：交代了想象、联想心理机制的“寂然凝虑，思接千载；悄焉动容，视通万里”的时空跨越性，还有“吟咏之间，吐纳珠玉之声；眉睫之前，卷舒风云之色”“枢机方通，则物无隐貌”的创作顺利性，以及“关键将塞，则神有遁心”的创作阻滞性；作为“驭文之首术，谋篇之大端”的创作主体的精神准备与涵养及其重要性，具体到了虚静以陶冶以及积学、酌理、研阅、驯致等；还论述到“胸中之竹”到“手中之竹”的“方其搦翰，气倍辞前，暨乎篇成，半折心始”的反差，以及“意翻空而易奇，言征实而难巧”的致因，并给出了“秉心养术，无务苦虑；含章司契，不必劳情”的解决办法；从先天禀赋敏捷与迟缓和文章体制大小，以文学史上著名作家为例论证了创作的快与慢，此可详原文与译文，不再详述。刘勰对文学艺术创作的艺术构思主体的准备与涵养是有信心的，在前虚静以及积学、酌理、研阅、驯致基础上，又明确而简练地提出了“博练”说。“博”即“博通”，“练”即“贯一”。

但是，基于文学艺术创作的心理机制可以表述为神秘莫测的奥妙的特殊性，刘勰也只能用“伊挚不能言鼎，轮扁不能语斤，其微矣乎”的微妙说来处理。就像陆机《文赋》感叹自己对灵感不能把握的无奈一样：“若夫应感之会，通塞之纪，来不可遏，去不可止，藏若景灭，行犹响起……虽兹物之在我，非余力之所戮。故时抚空怀而自惋，吾未识夫开塞之所由。”

体性第二十七

夫情动而言形，理发而文见①，盖沿隐以至显，因内而符外者也。

然才②有庸俊③，气④有刚柔⑤，学⑥有浅深⑦，习⑧有雅郑⑨，并情性⑩所铄⑪，陶染所凝⑫，是以笔区云谲⑬，文苑波诡者矣。故辞理庸俊⑭，莫能翻其才⑮；风趣刚柔⑯，宁或改其气；事义浅深⑰，未闻乖其学；体式⑱雅郑，鲜有反其习：各师成心，其异如面⑲。

---

①情动而言形，理发而文见：感情义理（思想感情）发动于内心通过文辞表达出来。②才：才能。③庸俊：平庸和出众。④气：气质个性。⑤刚柔：阳刚和阴柔。⑥学：学识。⑦浅深：浅薄和深刻。⑧习：习染。⑨雅郑：雅音和郑声。雅音：正音，和郑声对，意指自古传统有益于风教的诗乐。《论语·阳货》："恶紫之夺朱也，恶郑声之乱雅乐也，恶利口之覆邦家者。"《宋书·乐志一》："魏文侯虽好古，然犹昏睡于古乐，于是淫声炽而雅音废矣。"郑声：和雅乐对，本指郑卫普通青年男女相戏谑的诗乐，被视为无益于风教的淫靡之音，是俗乐的代名词。再者，就《诗经》体裁样式言，"雅"指其中朝廷之音的《小雅》和《大雅》，"郑"指十五《国风》中以男女相互戏谑打情骂俏为内容的《郑风》和《卫风》。⑩情性：指本性，如《荀子·性恶》："故顺情性则不辞让矣，辞让则悖于情性矣。"《韩非子·五蠹》："人之情性，莫先于父母，父母皆见爱而未必治也。"曹魏刘劭《人物志》："盖人物之本，出乎情性。"
⑪铄（shuò）：渗入。《孟子·告子上》："仁义礼智，非由外铄我也，我固有之也。"⑫陶染所凝：后天陶冶、习染所聚。⑬笔区云谲：谓文坛变化多端，和下句"文苑波诡"互文义同。
⑭辞理庸俊：指作品文辞义理之或平庸或出众。⑮莫能翻其才：不能超越作家自身才能，意谓是作家自身才能所决定的，和下文"宁或改其气""未闻乖其学""鲜有反其习"互文义同。⑯风趣刚柔：作品风格趣尚之或阳刚或阴柔。风趣：风格志趣，南朝梁沉约《与约法师书悼周舍》："周中书风趣高奇，志托夷远。"⑰事义浅深：作品用事（用典）义理寓托的或浅显或深奥。⑱体式：体裁格式，南朝梁陶弘景《与武帝启》之三："惟叔夜、威辇二篇，是经书体式。"⑲各师成心，其异如面：谓作家以才、气、学、习养成的个性心理特质而创作出来的作品如个体之面一样风格多样。成心：成见，个体业已形成的个性心理，《庄子·齐物论》："夫随其成心而师之，谁独且无师乎。"郭象注："夫心之足以制一身之用者，谓之成心。"成玄英疏："夫域情滞著，执一家之偏见者，谓之成心。"

若总其归途，则数穷八体①：一曰典雅②；二曰远奥③；三曰精约④；四曰显附⑤；五曰繁缛⑥；六曰壮丽⑦；七曰新奇⑧；八曰轻靡⑨。典雅者，镕式经诰⑩，方轨⑪儒门者也。远奥者，馥采曲文⑫，经理玄宗⑬者也。精约者，核字省句，剖析毫厘者也；显附者，辞直义畅，切理厌心⑭者也；繁缛者，博喻酿采，炜烨⑮枝派者也；壮丽者，高论宏裁⑯，卓烁异采⑰者也；新奇者，摈古竞今⑱，危侧趣诡⑲者也；轻靡者，浮文弱植⑳，缥缈附俗㉑者也。故雅与奇反㉒，奥与显殊，繁与约舛，壮与轻乖，文辞根叶㉓，苑囿㉔其中矣。

若夫八体屡迁㉕，功以学成㉖，才力居中㉗，肇自血气㉘；气以实志㉙，志以定言㉚，吐纳英华㉛，莫非情性㉜。是以：贾生俊发，故文洁而体清㉝；长卿傲诞，故理侈而辞溢㉞；子云沈寂，故

---

①八体：八种体制风格。②典雅：以儒家经典为依据，风格高雅。③远奥：以道家义理为旨归，风格玄远而深奥。④精约：精准而简约。⑤显附：义理明显地附着在文辞上。⑥繁缛：华美辞藻的铺陈。⑦壮丽：义理光大，情感豪迈，文辞华丽。⑧新奇：义理文辞新颖奇特。⑨轻靡：义理浅显文辞却过分华丽。⑩诰：指《尚书》中的以“诰”名篇，如《大诰》《康诰》《酒诰》《召诰》《洛诰》等，代指《尚书》进而代指儒家经书、儒家经书的义理和文辞甚至儒家思想。⑪方轨：方法轨道，取法义。⑫馥采曲文：文辞芬芳多姿多彩却义理含蓄隐晦之文。馥：气味芬芳。采：多色的丝织品。曲文：义理含蓄隐晦之文。⑬玄宗：玄学，魏晋时期以《周易》《老子》《庄子》为阐释对象探索深奥义理之学。⑭切理厌心：切于理而厌（满足，符合）于心。⑮炜烨：明亮貌。⑯高论宏裁：高明的议论、宏大的裁断。⑰卓烁异采：卓异不群的光采。⑱摈古竞今：超越古今。⑲危侧趣诡：文辞义理倾向于偏僻、诡谲。⑳浮文弱植：义理浅薄，文辞轻浮。㉑缥缈附俗：轻浮媚俗。㉒反：相反、相对，和下文“殊”“舛”“乖”互文义同。㉓文辞根叶：代指作品各种风格。㉔苑囿：喻范围。㉕屡迁：多变。㉖功以学成：作品的撰写成功依赖于学识。㉗才力居中：才能是中间环节。㉘肇自血气：谓才力来源于先天所秉受的气质。㉙气以实志：气质充实情感志向。㉚志以定言：情感志向确定文辞。㉛吐纳英华：所形成的英采华章。㉜莫非情性：来源无非气质个性。㉝贾生俊发，故文洁而体清：谓贾谊才能出众性格痛快，故而文辞省净，风格清朗。本证《才略》：“贾谊才颖，陵轶飞兔。”㉞长卿傲诞，故理侈而辞溢：谓司马相如性格高傲怪诞，故而其义理文辞多有虚夸。《文心雕龙·才略》：“相如好书，师范屈、宋，洞入夸艳，致名辞宗。”据嵇康《高士传·司马相如赞》：“长卿慢世，越礼自放。犊鼻居市，不耻其状。托疾避官，蔑此卿相。乃赋《大人》，超然莫尚。”

志隐而味深①；子政简易，故趣昭而事博②；孟坚雅懿，故裁密而思靡③；平子淹通，故虑周而藻密④；仲宣躁锐，故颖出而才果⑤；公幹气褊，故言壮而情骇⑥；嗣宗俶傥，故响逸而调远⑦；叔夜俊侠，故兴高而采烈⑧；安仁轻敏，故锋发而韵流⑨；士衡矜重，故情繁而辞隐⑩。触类以推，表里必符⑪，岂非自然之恒资，才气之大略哉！

夫才有天资⑫，学慎始习⑬，斫梓染丝，功在初化⑭，器成采定，难可翻移。故童子雕琢，必先雅制，沿根讨叶，思转自圆。八体虽殊，会通合数⑮，得其环中⑯，则辐辏⑰相成。故宜摹体以

---

①子云沈寂，故志隐而味深：扬雄性格深沉孤寂，故而其文情志隐晦，意味深长。《汉书·扬雄传》："（扬雄）口吃。不能剧谈，默而好深湛之思，清静亡为，少耆欲。" ②子政简易，故趣昭而事博：谓刘向性格简明平易，故而其文旨趣明显，用事广博。《汉书·刘向传》："向为人简易无威仪。" ③孟坚雅懿，故裁密而思靡：谓班固性格雅正美好，故而其文裁断精密，文思华丽。据《后汉书·班固传》："（固）性宽和容众，不以才能高人。"又《后汉书·班固传论》："固文赡而事详。若固之序事，不激诡，不抑抗，赡而不秽，详而有体，使读之者亹亹而不厌。"思靡：文思、文辞华丽。 ④平子淹通，故虑周而藻密：张衡广博通达，故而其文义理文辞周全详密。据《后汉书·张衡传》："（衡）通五经，贯六艺，虽才高于世，而无骄尚之情。" ⑤仲宣躁锐，故颖出而才果：王粲性格直爽，故而其文能果断地脱颖而出。据《三国志·魏书·王粲传》："（粲）善属文，举笔便成，无所改定，时人常以为宿构，然正复精意覃思，亦不能加也。" ⑥公幹气褊，故言壮而情骇：刘桢性格狭隘偏激，故而其文辞情壮浪，语出惊人。锺嵘《诗品》："（桢）仗气爱奇，动多振绝，真骨凌霜，高风跨俗。但气过其文，雕润恨少。" ⑦嗣宗俶傥，故响逸而调远：阮籍性格豪爽，故而其文飘逸高远。据《三国志·魏书·王粲传》："（籍）倜傥放荡。"锺嵘《诗品》评阮籍《咏怀诗》："言在耳目之内，情寄八荒之表。" ⑧叔夜俊侠，故兴高而采烈：嵇康性格豪侠不群，故而其文情致高超，风格光明猛烈。据《三国志·魏书·王粲传》："（康）尚奇任侠。"《晋书·嵇康传》："康早孤，有奇才，远迈不群。" ⑨安仁轻敏，故锋发而韵流：潘岳性格轻快敏捷，故而其文文辞锐利，音韵流畅。据《晋书·潘岳传》："岳性轻躁，趋世利。"本证《才略》："潘岳敏给，辞自和畅。" ⑩士衡矜重，故情繁而辞隐：陆机性格矜持稳重，故而其文情理繁多而文辞隐晦。据《晋书·陆机传》："（机）伏膺儒术，非礼不动。" ⑪表里必符：文章风格和气质个性必然相符。 ⑫才有天资：谓才是与生俱来的禀赋。 ⑬学慎始习：后天的学识要慎重于初始习染。 ⑭斫梓染丝，功在初化：像斫梓成器和染丝成采一样，开头正很重要。 ⑮会通合数：融会贯通，合乎法则。 ⑯得其环中：本义指门上下横槛用以承受门枢的开合旋转的圆洞。《庄子·齐物论》："枢始得其环中，以应无穷。"引申义为范围之内、掌握之中。结合下文"辐辏相承成"，应指车毂用以插车轴的圆孔更准确。 ⑰辐辏：车轮的辐条辏集于车毂。

定习①，因性以练才②，文之司南③，用此道也。

赞曰：才性异区，文体繁诡。④ 辞为肌肤，志实骨髓。⑤ 雅丽黼黻，淫巧朱紫。⑥ 习亦凝真⑦，功沿渐靡⑧。

【译文】

感情义理（思想感情）发动于内心通过文辞表达出来，大致是一个由内隐到外显的过程。

但是，因为作家个体之才有平庸和出众的不同，气质个性有阴柔和阳刚的不同，学识有浅薄和深刻的不同，习染有雅乐和郑声的不同，总之是先天个性的深入和后天陶冶的凝聚，导致了文坛波诡云谲风格多变的情况。也就是说，作品文辞义理之或平庸或出众来源于作家自身才能；作品风格趣尚的或阴柔或阳刚来源于作家的气质个性；作品用事寓托的或浅显或深刻，来源于作家的个人学识；作品体裁格式的或雅乐或郑声，由作家后天习染所成。总之，作家以才、气、学、习养成的个性心理创作出来的作品如个体自身一样风格多样。

若对其作分类，则不出以下八种情况，分别是典雅、远奥、精约、显附、繁缛、壮丽、新奇、轻靡。所谓典雅，指的是融会儒家经典以儒家为轨范，风格高雅；所谓远奥，指的是文辞芬芳多姿多彩却义理含蓄隐晦；所谓精约，指的是用字准确文句省净，剖析义理于精微之地；所谓显附，指的是文辞直白义理畅达契合于情理；所谓繁缛，指的是比喻广博，铺陈辞采，枝叶流脉，篇体光华之文；所谓壮丽，指的是议论高明、卓尔不群；所

①摹体以定习：模拟文体、体裁如儒家五经等以确定习染。 ②因性以练才：顺从性格以磨炼才能。 ③司南：指引方向的器具，此引为为文的方向、要领。 ④才性异区，文体繁诡：作家的气质个性各不相同，文章的体裁风格变化多端。 ⑤辞为肌肤，志实骨髓：文辞就像作品的肌肉皮肤，情志就像作品的骨骼精髓。 ⑥雅丽黼黻，淫巧朱紫：礼服上的花纹是雅正华丽是好的，以紫色淆乱朱色则走向过分奇巧。黼（fǔ）黻（fú）：绣有华美花纹的礼服。朱紫：朱为正色，紫为杂色，《论语·阳货》："恶紫之夺朱也。" ⑦习亦凝真：谓习惯成自然。真：自然。 ⑧渐靡：逐渐研磨。靡：同"磨"，切磋琢磨义。

谓新奇，指的是超越古今文辞义理，趋于险僻诡谲；所谓轻靡，指的是义理浅薄，文辞轻浮俗媚。故而，雅与奇、奥与显、繁与约、壮与轻分别是相反相对关系，有了以上这些，可以说作品各种风格都在这个范围中了。

至于文章风格八体之多变，作品的撰写成功依赖于学识，才能来源于先天秉受的气质；气质充实情感志向，情感志向确定文辞，由此所形成的英采华章，来源无非气质个性。正是因此，贾谊才能出众性格痛快，故而文辞省净，风格清朗；司马相如性格高傲怪诞，故而其义理文辞多有虚夸；扬雄性格深沉孤寂，故而其文情志隐晦，意味深长；刘向性格简明平易，故而其文旨趣明显，用事广博；班固性格雅正美好，故而其文裁断精密，文思华丽；张衡广博通达，故而其文义理文辞周全详密；王粲性格直爽，故而其文能果断地脱颖而出；刘桢性格狭隘偏激，故而其文辞情壮浪，语出惊人；阮籍性格豪爽，故而其文飘逸高远；嵇康性格豪侠不群，故而其文情致高超，风格光明猛烈；潘岳性格轻快敏捷，故而其文文辞锐利，音韵流畅；陆机性格矜持稳重，故而其文情理繁多而文辞隐晦。由上可见，对八体进行分别类推，发现作家性格和作品风格无一例外地相互符合。这难道不是作家先天禀赋的才能、气质决定作品风格的大致情况吗？

诚然，作家之才禀赋自天，但后天学识涵养却要慎重于刚开始的习染，就像斫梓成器染丝成采关键在于开头一样；因为一旦器成采定，再想推倒重来就困难了。所以，儿童的启蒙教育必须以雅正为要，然后由根至叶做到根正叶圆。作品的八种风格虽然不同，但若做到融会贯通、合乎法则，则能达成如辐辏于毂般相辅相成的效果。所以，应该模拟文体、体裁以确定学习的方向，顺从性格以磨炼才能，这，就是文学创作的指南针。

综上所述：作家的气质个性各不相同，文章的体裁风格变化多端。文辞就像作品的肌肤，情志就像作品的骨髓。礼服上的花纹雅正华丽是好的，以紫色淆乱朱色则走向过分奇巧。后天的学习能成就高超的文才，但要逐渐熏陶方能成功。

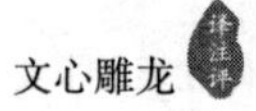

【评析】

刘勰《文心雕龙》该《体性》篇之“体”指作品内容形式所展示给读者的整体风貌,也即风格;“性”指作家的气质个性,也即性格。也就是说,该篇是论述作家性格和作品风格关系的。关于作家性格和作品风格关系,他主张前者对后者具有决定性。也即,作品的风格是由作家的性格决定的,作家有什么样的性格,作品就有什么样的风格。这和法国布封的“风格即人”的主张一致。

刘勰之前,中国认为作家性格和作品风格一致的理论家有扬雄,他说:“言,心声也。书心画也。声画形,则君子小人见矣。”之后,曹丕《典论·论文》中有对作家性格和作品风格关系的论述,他先就当时作家各自所擅长的文体及文风作了一系列评论:评王粲谓之“长于辞赋”,评徐幹谓之“时有齐气”,评陈琳、阮瑀谓之“章表书记,今之隽也”,评应玚谓之“和而不壮”,评刘桢谓之“壮而不密”,评孔融谓之“体气高妙,有过人者;然不能持论,理不胜辞至于杂以嘲戏;及其所善,扬、班俦也”。随后就不同的文体所要求的风格作了列述:谓“奏议宜雅”“书论宜理”“铭诔尚实”“诗赋欲丽”计四科八体;指出不同的文体对作家性格要求不同:“此四科不同,故能之者偏也;唯通才能备其体。”可惜的是,曹丕没有逐一就作为各家所擅长文体和风格致因的各自性格予以论证,而是从气质出发作了整体论述:“文以气为主,气之清浊有体,不可力强而致。譬诸音乐,曲度虽均,节奏同检,至于引气不齐,巧拙有素,虽在父兄,不能以移子弟。”综上,曹丕的作品风格论可以概括为:一、作品风格可分为作家的作品风格和文体风格两类;二、作家的作品风格和文体风格的一致性取决于作家的才能(只有通才能各体兼擅);三、作家才能和作家先天所秉受的气质是一体的。

刘勰此篇实质上是曹丕《论文》的拓展性研究。关于作家的性格,在曹丕才、气(先天禀赋)的基础上,他加上了后天的学、习:学是学识的积累,习是习惯的养成。于此,他论述道:“才有庸俊,气有刚柔,学有浅深,习有雅郑。”并将“才”、“气”称为“情性”,“学”、“习”称为“陶染”,“情性”+“陶染”=性格,进而指出,正是这些不同的性格,造成了文坛多变的风格:“情性所铄,陶染所凝,是以笔区云谲,文苑波诡者矣。”还指出了作家性格对作品风格的不可逆转的决定作用："辞理庸俊，莫能翻其才；风趣刚柔，宁或改其气；事义浅深，未闻乖其学；体式雅郑，鲜有反其习：各师成心，其异如面。"随后的论述，刘勰将具体作品风格分为八种，即其所谓的"八体"，分别是典雅、远奥、精约、显附、繁缛、壮丽、新奇、轻靡。在分别阐述了"八体"特征后，他从哲理高度指出了雅与奇、奥与显、繁与约、壮与轻辩证的相对相反性。更值得称道的是，他还以文学史上的大家为例，论证了作家性格和作品风格的一致性。由上可见，刘勰将中国作家性格和作品风格关系的理论，在曹丕的基础上推进到了新的高度。

本篇还有一个衍生性成果，即后天习染入门要正的思想。于此，他提出了"学慎始习""功在初化"，一旦"器成采定，难可翻移"的观点。本书认为，这一观点具有教育哲学上的普遍性；随后提出的"童子雕琢，必先雅制，沿根讨叶，思转自圆"之说，则又具有儿童启蒙教育学上的特殊性。

在分析指出了刘勰该《体性》篇于作家性格和作品风格关系理论上的成就之后，又不得不指出其局限性：一、他没有谈到个体作家性格和作品风格的多样性；二、没有认识到作家性格和作品风格的不一致性；三、忽略了作家作品风格的群体性、地域性、时代性。但是，以上局限性和他的成就比较，是瑕不掩瑜的关系。也就是说，受制于时代和论旨的要求，刘勰能够将作家性格和作品风格关系的理论研究到这个程度，已经是功劳巨大了。

风骨第二十八

《诗》总六义，风冠其首，斯乃化感①之本源，志气②之符契也。

是以怊怅③述情，必始乎风；沈吟④铺辞，莫先于骨。故辞之待骨，如体之树骸；情之含风，犹形之包气。结言端直⑤，则文骨成焉；意气骏爽⑥，则文风清焉。若丰藻克赡⑦，风骨不飞⑧，则振采失鲜⑨，负声无力⑩。是以缀虑裁篇⑪，务盈守气⑫，刚健既实⑬，辉光乃新⑭。其为文用⑮，譬征鸟之使翼⑯也。

故练于骨⑰者，析辞⑱必精；深乎风⑲者，述情⑳必显。捶字坚而难移㉑，结响凝而不滞㉒，此风骨之力也。若瘠义肥辞㉓，繁

①化感：感化、教化，晋傅玄《晋鼙舞歌·大晋篇》："唐虞至治，四凶滔天。致讨俭钦，罔不肃虔。化感海外，海外来宾。" ②志气：志向和气概，《后汉书·贾复传》："贾君之容貌志气如此，而勤于学，将相之器也。" ③怊怅：惆怅，《楚辞·九辩》："心摇悦而日幸兮，然怊怅而无冀。" ④沈吟：沉吟，低声吟咏。 ⑤结言端直：行文正直。 ⑥意气骏爽：志向和气概敏捷爽快。意气：犹上志气。 ⑦丰藻克赡：辞藻繁富。 ⑧风骨不飞：情感文辞不够飞动。 ⑨振采失鲜：辞采不能鲜明。 ⑩负声无力：音韵没有感染力。 ⑪缀虑裁篇：构思行文。 ⑫务盈守气：务守盈气的倒装，谓务必涵养充沛的精力。 ⑬刚健既实：阳刚劲健之气一旦充沛。 ⑭辉光乃新：会使文章发出具有强大感染力的光辉。 ⑮其为文用：风骨作为作品的功用。其：代指风骨。 ⑯譬征鸟之使翼：恰如鹰隼振翅远征。征鸟：远飞的鸟。指鹰隼等猛禽，《礼记·月令》："（季冬之月）征鸟厉疾。"孔颖达疏："征鸟，谓鹰隼之属也。" ⑰练于骨：谓擅长于文骨。 ⑱析辞：玩弄词句，《荀子·解蔽》："传曰：'析辞而为察，言物而为辨，君子贱之。'"杨倞注："所谓析言破律、乱名改作者也。"《荀子·正名》："故析辞擅作名以乱正名，使民疑惑，人多辨讼，则谓之大奸，其罪犹为符节度量之罪也。"刘勰此当为斟酌用词义。 ⑲深乎风：谓擅长于文风。 ⑳述情：表达情感。 ㉑捶字坚而难移：炼字坚定准确而不可替换。捶字：炼字。 ㉒结响凝而不滞：声律准确通畅。 ㉓瘠义肥辞：义理贫乏而文辞丰富。

杂失统①，则无骨之征也。思不环周②，牵课乏气③，则无风之验也。昔潘勖锡魏④，思摹经典，群才韬笔⑤，乃其骨髓峻⑥也；相如赋仙⑦，气号凌云⑧，蔚为辞宗⑨，乃其风力遒⑩也。能鉴斯要，可以定文；兹术或违⑪，无务繁采⑫。

故魏文称："文以气为主，气之清浊有体，不可力强而致。"故其论孔融则云"体气高妙"，论徐幹则云"时有齐气"，论刘桢则云"有逸气"⑬。公幹亦云："孔氏卓卓，信含异气；笔墨之性，殆不可胜。"并重气之旨也。夫翚翟⑭备色，而翾翥⑮百步，肌丰而力沈⑯也；鹰隼乏采，而翰飞戾天⑰，骨劲而气猛⑱也。文章才力，有似于此。若风骨乏采⑲，则鸷集翰林⑳；采乏风骨㉑，则雉窜文囿㉒；唯藻耀而高翔㉓，固文笔之鸣凤㉔也。若夫镕铸经典之范㉕，翔集子史之术㉖，洞晓情变㉗，曲昭文体㉘，然后能孚甲

①繁杂失统：繁缛杂乱没有统系。 ②思不环周：构思不够周全。 ③牵课乏气：勉强无力。牵课：勉强、强作，本证《养气》："三代、春秋，虽沿世弥缛，并适分胸臆，非牵课才外也。"④潘勖锡魏：潘勖的《册魏公九锡文》，见前注。 ⑤韬笔：收笔。 ⑥峻：本义指山的高而陡峭，审美上能给人威严感，此引为严正义。 ⑦相如赋仙：司马相如的《大人赋》。 ⑧气号凌云：据《史记·司马相如传》："相如以为列仙之传，居山泽间，形容甚臞，此非帝王之仙意也，乃遂就大人赋……天子大说，飘飘有凌云之气，似游天地之间意。" ⑨蔚为辞宗：此为评司马相如作品之句，出《汉书·叙传下》："多识博物，有可观采；蔚为辞宗，赋颂之首。"⑩遒：强劲。 ⑪兹术或违："或违兹术"的倒装。 ⑫无务繁采：不要徒然追求繁缛的文采。⑬论刘桢则云"有逸气"：见曹丕《与吴质书》："公幹有逸气，但未遒耳。" ⑭翚（huī）翟（dí）：五彩的野鸡和长尾的山鸡。 ⑮翾（xuān）翥（zhù）：飞翔，小飞。 ⑯力沈：力量低沉。⑰翰飞戾天：振翅高飞直抵天际。《诗经·小雅·小宛》："宛彼鸣鸠，翰飞戾天。" ⑱骨劲而气猛：骨力刚劲而气力迅猛。 ⑲风骨乏采：有刚劲动人的风骨之力，但是缺乏文采。⑳鸷集翰林：如鹰隼猛禽集与文坛。 ㉑采乏风骨：有文采而缺乏动人的风骨之力。㉒雉窜文囿：如肥胖无力的野鸡窜入文坛。 ㉓藻耀而高翔：既有动人的风骨之力，又有耀眼的文采。 ㉔文笔之鸣凤：如文坛上的凤凰。 ㉕镕铸经典之范：融会贯通儒家经书以为典范，此指用儒家经书的思想观点。 ㉖翔集子史之术：飞翔于诸子、史传的写作道路，即运用其写作方法和技巧。 ㉗洞晓情变：通晓文章写作变化的奥妙。 ㉘曲昭文体：详明文章的各种体裁。由下文"昭体，故意新而不乱"看，此"文体"的基本内容是"意"，"意"不外乎指思想感情，而文章的思想感情表达和体裁关联，故而此"文体"指体裁比较合适。

新意①，雕画奇辞②。昭体，故意新而不乱；晓变，故辞奇而不黩③。若骨采④未圆，风辞⑤未练，而跨略⑥旧规，驰骛⑦新作，虽获巧意，危败⑧亦多，岂空结奇字，纰缪而成经⑨矣?!《周书》云:“辞尚体要，弗惟好异。”⑩盖防文滥⑪也。然文术多门⑫，各适所好⑬，明者弗授⑭，学者弗师⑮，于是习华随侈，流遁忘反⑯。若能确乎正式⑰，使文明以健⑱，则风清骨峻⑲，篇体光华⑳。能研诸虑㉑，何远之有哉㉒!

赞曰:情与气偕㉓，辞共体并㉔。文明以健㉕，珪璋乃聘㉖。蔚彼风力㉗，严此骨鲠㉘。才锋峻立㉙，符采克炳㉚。

【译文】

《诗》之六义中风是第一义，它是教化的本源，作者志气的外在表现。

正因如此，惆怅地抒发情感必定从风开始；沉吟之间下笔行文必定从骨开始。故而，下笔行文以成文骨，就像肢体树立骸骨；抒发情感形成文风，就像形体含有生气。行文正直则文骨形成，志气敏捷则文风明晰。

---

①孚甲新意:萌生新意。孚:即莩(fú)，芦苇秆里的白膜。甲:草木初生时所带的种子皮壳。 ②雕画奇辞:文饰出新奇的文辞。雕画:雕刻绘画，此喻文饰文辞。 ③黩(dú):本义是污浊，引为轻率或过度义。 ④骨采:骨力和文采。 ⑤风辞:风力和文辞。 ⑥跨略:跨越、省略。 ⑦驰骛:驰骋。 ⑧危败:危险失败。 ⑨纰缪而成经:错误成为正常。经:常。 ⑩辞尚体要，弗惟好异:出《尚书·毕命》。 ⑪滥:无原则地泛滥。 ⑫文术多门:为文的方法多种多样。 ⑬各适所好:各人遵从自己的爱好。 ⑭明者弗授:深通创作之道的作家不将自己的方法传授他人。 ⑮学者弗师:学习写作的人也不从别人那儿学习写作的方法。 ⑯习华随侈，流遁忘反:在华侈的道路上越走越远，不愿回头。 ⑰确乎正式:确立正确的范式。 ⑱文明以健:文义晓然且刚健有力。 ⑲风清骨峻:风力清晰以情动人，骨力严正以辞服人。 ⑳篇体光华:整篇文章发出具有感染力的辉光。 ㉑研诸虑:探索以上这些。 ㉒何远之有哉:离成功的文学创作还会很远吗! ㉓情与气偕:情感气力与共。 ㉔辞共体并:文辞体裁与共。 ㉕文明以健:文义晓畅文风刚健。 ㉖珪璋乃聘:本义指春秋时期诸侯国之间相互聘问用珪璋作为聘礼，此指文章的价值如珪璋一样为人所重。 ㉗蔚彼风力:充分发挥作品的风力。 ㉘严此骨鲠:严肃对待作品的骨力。骨鲠:鱼骨头，喻耿直。 ㉙才锋峻立:(作家)才气的锋芒峻峭树立。 ㉚符采克炳:(作品)风力骨力焕发力量。

如果辞藻繁富，情感文辞不够飞动，则辞采不能鲜明，音韵没有感染力。所以构思行文务必涵养充沛的精力，阳刚劲健之气一旦充沛，文章会发出具有强大感染力、折服力的光辉。风骨作为文章的功能，可比鹰隼猛禽高飞之振翅。

故而，擅长于文骨的作家斟酌用词必然精当；擅长于文风的作家表达情感必然明显。炼字坚定准确，不可替换，文句声律准确通畅，这表现出的是风骨的力量。义理贫乏，文辞丰富，繁缛杂乱没有统系，这是缺少文骨的表征。构思不够周全，给人勉强无力之感，这是缺少文风的表征。从前，潘勖的《册魏公九锡文》构思模拟儒家经典，其他作家为之藏笔，是因该文文骨严正；司马相如的《大人赋》号称读后飘飘有凌云之气，被认为是辞赋之宗，是因该文文风强劲。能明白风骨这个关键，就可以定篇了；如果违背了风骨精神，也就不要再徒然追求繁缛的文采了吧！

故而，曹丕《典论·论文》谓“文以气为主，气之清浊有体，不可力强而致”，并以此为理论标准以“体气高妙”评论孔融，以“时有齐气”评论徐幹，在《与吴质书》中以“有逸气”评论刘桢。刘桢也以“孔氏卓卓，信含异气；笔墨之性，殆不可胜”评价孔融，以上这些都是论文重视“气”的意思。进而言之，野鸡的羽毛五色具备，但是只能小飞百步，是因肉多力沉的缘故；鹰隼等猛禽羽毛缺乏文采，但其振翅高飞达于天际，是因骨力刚劲气力迅猛的缘故。文学作品的力量和这(野鸡、鹰隼)类似。如果仅有风力骨力而缺乏文采，则可比为鹰隼猛禽汇集文坛；如果只有文采没有风力骨力，则可比为野鸡窜入文坛；只有做到既有耀眼的文采又有高飞的风力骨力，才能称作文坛的凤凰。更进而，做到融会贯通儒家经书以为典范，借鉴诸子、史传的写作技巧，通晓文章写作变化的奥妙，详明文章的各种体裁，然后才能出新意、生奇辞。详明文章的各种体裁，所以能做到有新意而不紊乱；通晓文章写作变化的奥妙，故而能做到辞奇却不或轻率或过度。如果风力、骨力、辞采没有达到圆融精一，就省去旧有规范而驰骋新的创作，虽然可能会有新巧之意，危险失败也会更多，这岂不是白白地以奇字构成篇章，以错误为常规？《尚书·毕命》以“辞尚体要，弗惟好异”教导我们，就是要防止文章创作无原则地泛滥啊！然而，文章创作方法多样，作家们各自遵从自己的爱好，明晓风骨之理者不能将之传授给他人，后学者又不能以明晓者为师，于是就形成了在华侈的道路上越走越远、不愿回头的局面。如果能贯彻风骨精神，确立正确的文章创作范式，做到文义晓然且刚健有力，那么就会产生文风清朗、文力严正，整篇文章发出以情动人的感染力和以辞屈人的折服力的光辉。如果能就以上进行深入探讨，离成功的文学创作还会远吗？

综上所述：情感气力与共，文辞体裁与共。文风晓畅文骨刚健，文章的价值会如珪璋一样为人所重。充分发挥作品的风力，严肃对待作品的骨力。（作家）才气的锋芒峻峭树立，使（作品）的风力骨力焕发力量。

【评析】

刘勰《风骨》篇承《体性》篇而来。《体性》篇论述作家性格对作品风格决定关系，并总结出了被他称之为“八体”的八种风格。这八种风格分别是典雅、远奥、精约、显附、繁缛、壮丽、新奇、轻靡，并谓：“文辞根叶，苑囿其中矣。”意思是这八种风格已经可以将一切文学作品的风格涵盖，此外不应再有其他风格。这意味着，该《风骨》篇所谓的“风骨”不是作品风格，或者说即使是风格，也不是“八体”之外所另立的风格，要不，他也不会专列单篇和《体性》并列展开讨论。

从文学作品的构成而言，在一般所谓的内容形式二元架构之下，内容包括思想、感情、题材，也即其所要表现或者说蕴蓄的理、事、情；形式指字、词、句、段、章、篇的逻辑组织方式，也即常所谓的艺术形式。内容和形式共同构成作品的篇体，篇体带给读者的整体性、稳定性审美感受则是风格。在此文学作品内容、形式、风格理论指导之下，让我们回到《风骨》篇，看刘勰究竟在怎样说风骨。

刘勰用以导入《风骨》篇的是作为《诗》之“六义”第一义的“风”：“《诗》总六义，风冠其首，斯乃化感之本源，志气之符契也。”《诗》之“六义”说出自《毛诗大序》：“故诗有六义焉：一曰风。”其展开的总体言说主要有“《关雎》，后妃之德也，风之始也，所以风天下而正夫妇也。……风，风也，教也，风以动之，教以化之”“上以风化下，下以风刺上，主文而谲谏，言之者无罪，闻之者足以戒，故曰风”。《诗》之“六义”之一为什么以“风”命名呢？原来是取“风”之具象以为比喻。“风”之具象就是自然中的风，自然中风的本质是空气即“气”的流动，也就是说“风”的本质就是“气”，是“气”受外力作用后的外在表现，即“气”的流动。“气”的流动会形成力，从而对作用对象产生影响，这就是风与社会教化类比而成风教的逻辑，刘勰该《风骨》篇谓风为“化感之本源”即为此义，至于其下的“志气之符契”，则所说的是风诗为情志所发之旨。值得注意的是，他此处没有如惯常一样用“情”“志”“情志”“性情”“情性”，而是引入了“气”字表述为“志气”，于下文的“意气骏爽”句中换为“意气”则体现了该篇他是有意要以“气”之动为“风”来论述他的“风骨”理论了。果然，重视“气”在“风骨”论中的价值，是他该篇中明确了的，此表现为他引用了曹丕等的以“气”论文：

故魏文称：“文以气为主，气之清浊有体，不可力强而致。”故其论孔融则云“体气高妙”，论徐幹则云“时有齐气”，论刘桢则云“有逸气”。公幹亦云：“孔氏卓卓，信含异气；笔墨之性，殆不可胜。”并重气之旨也。

他说曹丕、刘桢论文重“气”并引用，证明着他自己的重“气”。

照直了说，刘勰这里引入“气”以论“风骨”，意在阐明作品所带给读者的感染力。感染力的作品来源，他认为是内容元中的感情：“是以怊怅述情，必始乎风。”又说：“情之含风，犹形之包气。”“深乎风者，述情必显。”并于篇末“赞曰”部分明确了“情”和“风”的一体一致：“情与气偕。”鉴于“气”是“风”的本体，“风”是“气”的表现，“情与气偕”也就是“情与风偕”。但是，需要指出，刘勰此“风骨”论中和“风”结合的“情”并非是包括了各种各样的比如缠绵悱恻的柔弱情感，以至于不包括惆怅的情感，而是专指有强烈感染力的情感，这是他“风骨”论要求中“风力遒”之“遒”之字义的明确表达，“遒”是“强劲”义，“风力遒”即“风力强劲”。也就是说，刘勰“风骨”论所要求的有“风骨”之作中和“风”一体的“情”，必须是具有强劲感染力的“情”。

那么“骨”呢？尽管本篇是以“风骨”名篇，但在论述过程中却多数时候是“风”“骨”分离的，如“是以怊怅述情，必始乎风；沈吟铺辞，莫先于骨”等等。

照直说，刘勰在以“风”和“情”谐的同时，是以“骨”和“辞”共的，以至于在“赞曰”中还是这样：“辞共体并。”需要说明的是此处之“体”即是“骨”，因他前文有“辞之待骨，如体之树骸”的交代，也即他是以生命体的骨架来类比文学作品的“骨”的。只不过这个文学作品之“骨”，他认为是形式元中的文辞。和并非所有的情感都是有“风骨”的情感一样，在刘勰《风骨》篇这里，也并非所有的文辞都是有“风骨”的文辞。他所要求的有“风骨”的文辞，其内涵可见于文中“结言端直，则文骨成焉”以及最明确的“骨髓峻”表述。“结言端直”即文辞正直，尤其是“骨髓峻”的“峻”字更能说明问题，因为“峻”的本义是指山的高而陡峭，用在此处指文辞的“严正”，和上“端直”的“正直”含义呼应。但是，就文中的某些表述和整体精神看，此“风骨”论之“骨”又非仅仅是文辞，而是和作品的思想（义理）结合后的文辞。其某些表述如“瘠义肥辞，繁杂失统，则无骨之征也”，“肥辞”当然不是“结言端直”的“骨髓峻”，但明摆着要和非“瘠义”的“义”相统一。这个有“骨”之“义”，结合《文心雕龙》全篇价值观的倾向而言，只能是儒家的义理。儒家义理，当然出自儒家经书，此为他以曹魏时期“思摹经典”创作出《册魏公九锡文》为“骨髓峻”所明示。

刘勰关于“风骨”的理论论述还在继续。他以禽类作形象的比喻论证何为有“风骨”的作品，说野鸡色彩鲜艳五色具备但却因肉太多飞不高，故而没有骨力风力；鹰隼猛禽缺乏文采但却能振翅高飞达于天际，故而是有骨力有风力；既有骨力风力又有文采者，他说是凤凰。由上可见，他显然是以鹰隼猛禽为有风骨者，以野鸡为无风骨者。但是考察其态度，无风骨如野鸡一样仅有华美的文采之作，他批评为是“采乏风骨”的“雉窜文囿”；而有风骨而无文采的鹰隼猛禽，他似乎也不赞成，谓之为“风骨乏采”的“鸷集翰林”；而他的理想之作应该是既有风骨又有文采、“藻耀而高翔”的“文笔之鸣凤”。

刘勰该篇论述“风骨”，有“风骨”之作可以概括为，像禽类中的鹰隼猛禽一样，文辞能够承担起表达强烈感情和正直义理的功能，对读者形成强劲的感染力和折服力。但是，有风骨的作品并非最好的作品，最好的作品应当既有风骨又有文采，就像禽类中的凤凰一样。可贵的是，刘勰此处并没有仅止于提出理想，还给出了“镕铸经典之范，翔集子史之术”的创作方法。但是，遗憾的是，他并没有指出哪个作品是既有风骨又有文采的“凤凰”。

回应本评析的开头,“风骨”是风格吗?从其“风清骨峻,篇体光华”的表述来看,应该是。但又不是上《体性》篇所概括的“八体”中的任何一体,而是超越八者具有理想性即强烈感染力和折服力的风格。只不过,风力遒、骨力峻的同时,还要有文采才会更好。

通变第二十九

夫设文之体①有常，变文之数②无方，何以明其然耶？凡诗赋书记，名理③相因，此有常之体也；文辞气力，通变则久④，此无方之数也。名理有常，体必资于故实⑤；通变无方，数必酌于新声⑥；故能骋无穷之路，饮不竭之源。然绠短者衔渴⑦，足疲者辍途⑧，非文理之数⑨尽，乃通变之术⑩疏耳。故论文之方，譬诸草木，根干丽土而同性，臭味晞阳而异品⑪矣。

是以九代咏歌，志合文则⑫。黄歌"断竹"⑬，质之至⑭也；唐

①设文之体：指文章构思的体制、体裁、形式、风格等。 ②变文之数：指创作过程中方式、方法、技巧等的变化。 ③名理：外在的称名和内在的道理。 ④通变则久：普遍义是博通事物的历史与当下所处环境，在继承历史优秀基因基础上作出适应新环境的新变，这样一来，事物就会恒久。典本《周易·系辞下》："易穷则变，变则通，通则久。"此指文学创作的通变之理。 ⑤故实：历史事实。 ⑥新声：指当下流行、通俗新作。 ⑦绠短者衔渴：喻所资不够达到要求，出《庄子·至乐》："褚小者不可以怀大，绠短者不可以汲深。"绠：汲水用的绳子。 ⑧辍途：中途停止。 ⑨文理之数：文章写作原理以及方法技巧。 ⑩通变之术：博通而新变的思想方法。 ⑪论文之方，譬诸草木，根干丽土而同性，臭味晞阳而异品：谓文章创作可以草木为比，草木之根干因附土相同故而性质相同，其气味则因沐浴于阳光而不同。典出《左传·襄公八年》载季武子的话："今譬于草木，寡君在君，君之臭味也。"丽土：附于土，出《周易·离卦》："日月丽乎天，百谷草木丽乎土。"臭味：气味，汉仲长统《昌言下》："性类纯美，臭味芬香，孰有加此乎？"比喻志趣，汉蔡邕《玄文先生李休碑》："凡其亲昭朋徒，臭味相与，大会而葬之。"晞（xī）阳：沐浴于阳光。 ⑫以九代咏歌，志合文则：旧代的诗歌都符合言志的基本原则。九代：下列黄帝、唐尧、虞舜、夏、商、周（含战国楚）、汉、魏、晋。 ⑬黄歌"断竹"：即《弹歌》，见《吴越春秋》卷五："断竹，续竹；飞土，逐宍。" ⑭质之至：质朴到了极点。二言，仅铺陈过程，无文采；但押韵，八字展现从造箭到射猎全过程，表现力极强。

歌"在昔"①,则广于黄世;虞歌《卿云》②,则文于唐时;夏歌"雕墙"③,缛于虞代;商周篇什④,丽于夏年。至于序志述时⑤,其揆⑥一也。暨楚之骚文,矩式周人;汉之赋颂,影写楚世;魏之篇制,顾慕汉风;晋之辞章,瞻望魏采。搉⑦而论之,则黄唐淳而质⑧,虞夏质而辨⑨,商周丽而雅⑩,楚汉侈而艳⑪,魏晋浅而绮⑫,宋初讹而新⑬。从质及讹,弥近弥澹⑭,何则?竞今疏古⑮,风昧气衰⑯也。

今才颖⑰之士,刻意学文,多略汉篇,师范宋集,虽古今备阅,然近附而远疏矣。夫青生于蓝⑱,绛⑲生于蒨⑳,虽逾本色,不能复化㉑。桓君山云:"予见新进丽文,美而无采;及见刘、扬㉒言辞,常辄有得。"此其验也。故练青濯绛,必归蓝蒨;矫讹翻浅,还宗经诰㉓。斯斟酌乎质文㉔之间,而檃括㉕乎雅俗㉖之际,可与言通变矣。

夫夸张声貌㉗,则汉初已极㉘,自兹厥后,循环相因,虽轩

---

①在昔:《在昔歌》,今不传。 ②《卿云》:《卿云歌》,见《竹书纪年·帝舜有虞氏》:"于是和气普应,庆云兴焉,若烟非烟,若云非云,郁郁纷纷,萧索轮囷,百官相和而歌卿云。"《尚书大传·虞夏传》略同。《史记·天官书》:"若烟非烟,若云非云,郁郁纷纷,萧索轮囷,是谓卿云。卿云,喜气也。" ③雕墙:指《五子之歌》,其有"峻宇雕墙"句。 ④篇什:《诗经》之《雅》、《颂》十篇称为一什,泛指诗篇。 ⑤序志述时:指以上作品的写怀抱述时事。 ⑥揆:度。 ⑦搉(què):同"榷",商讨。 ⑧淳而质:淳厚且质朴。 ⑨质而辨:质朴且明辨。 ⑩丽而雅:华丽且雅正。 ⑪侈而艳:侈靡而华艳。 ⑫浅而绮:轻浮且绮丽。 ⑬讹而新:讹滥且新俗。讹:错误。 ⑭澹:通"淡",淡薄,味道不浓。 ⑮竞今疏古:追逐世俗,疏离传统。 ⑯风昧气衰:发扬传统的风气不明而衰。 ⑰才颖:才能出众。颖:稻、麦等禾谷子实带芒的外壳。 ⑱蓝:此指蓼蓝。《说文》:"蓝,染青草也。"《诗经·小雅·采绿》:"终朝采蓝。"《荀子·劝学》:"青,取之于蓝而青于蓝。" ⑲绛:深红色。 ⑳蒨(qiàn):同"茜",茜草,可提取染料。 ㉑复化:再次变化。 ㉒刘、扬:刘向、扬雄。 ㉓经诰:代指儒家经书。 ㉔质文:质朴和文采。 ㉕檃括:"檃"的本义是双手做工,稳定下来,义同"稳"。"括"同"栝",本义指箭末扣弦处。"稳栝"的意思是射箭时一手握弓,一手握栝扣于弦,使弓箭整体稳定下来以便准确射出中的。又指矫正曲木的器具,引申为矫正、修正义。 ㉖雅俗:雅正与通俗。 ㉗夸张声貌:指用夸饰的手法摹写事物的外在声容。 ㉘汉初已极:指汉代辞赋的大肆铺陈与夸饰。

翥[1]出辙，而终入笼内。枚乘《七发》云："通望兮东海，虹洞兮苍天。"相如《上林》[2]云："视之无端，察之无涯，日出东沼，月生西陂。"马融《广成》[3]云："天地虹洞，固无端涯，大明出东，月生西陂。"扬雄《校猎》[4]云："出入日月，天与地沓。"张衡《西京》[5]云："日月于是乎出入，象扶桑于濛汜。"此并广寓极状[6]，而五家如一。诸如此类，莫不相循，参伍因革[7]，通变之数[8]也。

是以规略[9]文统[10]，宜宏大体[11]。先博览以精阅[12]，总纲纪而摄契[13]；然后拓衢路[14]，置关键，长辔远驭[15]，从容按节[16]，凭情以会通[17]，负气以适变[18]，采如宛虹[19]之奋鬐[20]，光若长离[21]之振翼，乃颖脱之文矣。若乃龌龊[22]于偏解[23]，矜激[24]乎一致[25]，此庭间之回骤[26]，岂万里之逸步[27]哉！

赞曰：文律运周[28]，日新其业。变则可久，通则不乏。趋时[29]必果[30]，乘机[31]无怯。望今制奇，参古定法。[32]

---

①轩翥：高飞。 ②《上林》：《上林赋》。 ③《广成》：《广成颂》。 ④《校猎》：《羽猎赋》。 ⑤《西京》：《西京赋》。 ⑥广寓极状：广博地极度描写日出日入之状。 ⑦参伍因革：谓相互参照继承革新。 ⑧通变之数：通变的理论、方法以及表现。 ⑨规略：规划谋略。 ⑩文统：文学创作的系统和格局。 ⑪宜宏大体：应该有大的体制和视野。 ⑫先博览以精阅：此所论是博和精的辩证关系。 ⑬总纲纪而摄契：此所论为纲领和关键的辩证关系。 ⑭拓衢路：拓宽道路。 ⑮长辔远驭：放长缰绳，做好驭马远行准备，此喻要广泛拥有写作的方法和材料。辔(pèi)：驾驭牲口用的缰绳。 ⑯按节：停挥马鞭，见《汉书·五行志》："南逝度犯大角、摄提，至天市而按节徐行。"此谓文学创作适时节制。 ⑰凭情以会通：根据情况汇通创作元素。 ⑱负气以适变：量才气精力达成新变。 ⑲宛虹：弯曲的虹。 ⑳奋鬐：虹背。鬐：通"鳍"，鱼类的脊背上的骨翅。 ㉑长离：朱鸟星，南方七个星宿的总称。 ㉒龌龊：气量狭小、拘于小节，出自《文选·张衡〈西京赋〉》："独俭啬以龌龊，忘《蟋蟀》之谓何。" ㉓偏解：偏颇的见解。 ㉔矜激：坚持偏激。 ㉕一致：单一成果。 ㉖回骤：迂回急行。 ㉗逸步：快步。 ㉘运周：回环运转，见《后汉书·律历志下》："天之动也，一昼一夜而运过周，星从天而西，日违天而东，日之所行与运周，在天成度，在历成日。" ㉙趋时：跟上时代。 ㉚果：果断。 ㉛乘机：抓住机会。 ㉜望今制奇，参古定法：继承优秀传统，结合时代新元素，创作出好的作品。

【译文】

文有定体却无定法,凭什么这样说呢?对于诗、赋、书、记等文体之名和写作原理,后人对前人多有继承,这就是所谓的文有定体;但是具体到创作的文辞气力的变通、创新以至发展,这却是文无定法。文体有其规则,必须借助史上的老传统;变通没有定法,必须融入时代新元素;这样,文学创作才能是永无止境的源头活水。然而,存在文思枯竭、中途辍笔的情况,这不是文学创作的原理和方法用尽,而是因为没有掌握通变的道理和方法。所以,论述到文学创作的方法,可以比喻为草木:一切草木之根因都是附着在土壤中,故而性质是相同的;而其花叶,则因暴露在空气中沐浴阳光,故而气味各不相同。

因而,上推九代的诗歌,根本上都符合言志的要求,但是在具体表现上却有不同:黄帝时代的《弹歌》是最质朴的;唐尧时期的《在昔歌》则比《弹歌》内容广泛些;虞舜时期的《卿云歌》则比《在昔歌》有文采;夏朝的《五子之歌》比《卿云歌》文辞更加繁缛;商代、周代的诗歌,又比夏朝的更华丽。尽管如此,(以上时代的诗歌)在写情志写时代上的规范上却是一致的。到了战国时期楚国屈原的《离骚》等楚辞创作取法于《诗经》,以此类推,汉代的赋颂取法于楚辞,曹魏文学取法于汉代文学,晋代文学取法曹魏文学。总结以上九代发现,黄帝唐尧时期的文学醇厚而质朴,虞舜夏朝的文学质朴而明辨,商朝周朝的文学华丽而雅正,楚辞汉赋侈靡而华艳,魏晋时期的文学轻浮而绮丽,刘宋初期的文学讹滥而新俗。从黄帝时的质朴到刘宋的讹滥,诗歌的味道越来越淡薄,这是为什么呢?是因人们追逐世俗,疏离传统,发扬传统的风气衰落的缘故。

当下,才华出众的文士有意识地进行文学创作,但是在方法上,却多忽略汉代篇章而学习刘宋的文集,虽然也能做到古今之篇都能阅读,但是仍然是附会近来的而疏远古时的。青色来源于蓼蓝,绛(深红)色来源于茜草,两种颜色虽然超越了自己的来源,但是不会再变化为其他的颜色。这就是桓谭所说的:“我看到新近创作的华丽文章,尽管华美却没有发现可取之处;而读了刘向、扬雄的文章,却常常会有所心得。”这就是明证。所以,提炼青色、绛色必须通过蓼蓝、茜草;同理,要矫正文学创作上的讹滥、轻浮之弊,还要宗法儒家经书。能在质朴和文采、雅正和通俗之间做出辩证取舍,则可认为是懂得了通变的道理。

至于用夸饰的手法摹写事物的外在声容,西汉初年已经达到极致。从那以后都是陈陈相因,尽管偶尔有能有所超越者,但根本还在其范围之内。比如枚乘《七发》、司马相如《上林赋》、马融《广成颂》、扬雄《羽猎赋》、张衡《西京赋》等五家,顺次以"通望兮东海,虹洞兮苍天""视之无端,察之无涯,日出东沼,月生西陂""天地虹洞,固无端涯,大明出东,月生西陂""出入日月,天与地沓""日月于是乎出入,象扶桑于濛汜",如出一辙地描写日出日入之状。诸如此类者没有不是相互因循的,后来者对先行者参照继承革新,这就是通变的理论、方法以及表现。

因此,谋划文学创作的系统和格局,应该有大的体制和视野。先要对古今之作进行既博又精的阅览,做到提纲挈领;然后再拓宽道路、找到关键,广泛占有方法和材料,同时能够做到从容地择取使用,根据情况汇通创作元素,量才气精力达成新变,文采如同彩虹之背,光华好像朱雀展翅,才能是脱颖而出的好文章啊!如果局限坚持偏颇的一己之见与一己成就,这是来回驭马于狭小庭院,哪里是在广阔辽远的道路上疾驰呢!

综上所述:文学创作的规律回环运转需要与时俱进。懂得通变之理并付诸实践,则可做到文运无穷。跟上时代必须果断,抓住机会不要胆怯。继承优秀传统,结合时代新元素,创作出无愧于历史和时代的出众之作。

【评析】

刘勰该《通变》篇是在论述文学创作的通变之理,其哲学来源是《周易·系辞下》的"易穷则变,变则通,通则久"思想,但又和《周易》的有所不同。《周易》所讲是在走投无路情况下要靠转变思路把路走下去,思路转变了,新路通了,如此往复地循环着"穷—变—通"的路径,则路可以恒久地走下去。而刘勰该《通变》篇的通变似乎不是在讲因穷而变,而是在探讨文学创作继承与革新中形成时代文学的理论。因而,他的"通"不是"变"后之"通",而是"博通"

的意思,即要求文学创作者要博通古今。然后,在“博通”前提下以传统的基本法则为法则,结合时代新元素,创作出既不盲目复古又不一味从俗,既超越历史又超越世俗的新变之作,这就是他的文学创作“通变”理论。

篇章导入他即开宗明义提出了“文有定体却无定法”观点,然后自设问答展开论述。作为文体,诗、赋、书、记古今都有,但是却会因时代和作家个体才气不同体现着不同特点。他上溯考察了九代的变与不变。不变的是本体,即言志的本体:“九代咏歌,志合文则。”这“序志述时”之写怀抱述时事的本体,他认为“其揆一也”,并无根本改变。变的是伴随时代的演进,文学由黄帝唐尧时期的“淳而质”经过“虞夏质而辨,商周丽而雅,楚汉侈而艳,魏晋浅而绮”,到了刘宋初甚至到了“讹而新”的程度。刘勰对这种变是持否定态度的,因他说:“从质及讹,弥近弥澹。”从黄帝时的质朴到刘宋的讹滥,诗歌的味道越来越淡薄。他认为,这是因人们追逐世俗,疏离传统,发扬传统的风气衰歇的缘故:“何则?竞今疏古,风昧气衰也。”

但是,必须指出,刘勰在否定新变的同时,还看到了后世文学对前代文学的继承性。继承性不仅表现在上已论及的“序志述时”的本体上,还表现在文风上:“楚之骚文,矩式周人;汉之赋颂,影写楚世;魏之篇制,顾慕汉风;晋之辞章,瞻望魏采。”再者,后世文学对前代的继承性,在他这里,不仅表现在整体的文风上,还表现在具体作家的具体创作中,于此,刘勰所列举说明的是两汉赋家枚乘《七发》、司马相如《上林赋》、马融《广成颂》、扬雄《羽猎赋》、张衡《西京赋》等对日出日入的极力描写,有关于此,请见原文和译文,此不具述。此外,在主张继承上,他还以青出于蓝作比:“夫青生于蓝,绛生于蒨,虽逾本色,不能复化。”也就是说,想要得到青色,必须依靠蓼蓝:“练青濯绛,必归蓝蒨。”同理,想要纠正文学创作上的讹滥和轻浮,则必须回到儒家经书:“矫讹翻浅,还宗经诰。”

接下来的论述表明,刘勰所主张的继承并非指一味复古,而是指在继承的同时结合时代新声形成新变的成果,但是,这种继承的前提是要博古通今有大格局:“规略文统,宜宏大体。先博览以精阅,总纲纪而摄契。”然后,“凭情以会通,负气以适变”奋力创作,即可创作出“颖脱之文”。

本书认为,在人类历史上,或许是因为矫枉必须过正的逻辑,在古与今的问题上,总是存在着要么复古要么革新的两极化倾向。而实际上,完全回到古代是不可能的,完全斩断与历史的联系也是不正确的。正确的态度应该是继承优秀基因,结合时代特征,从而开创新的形态,这种新形态是对历史和时代去粗取精、去伪存真的结果。而刘勰的文学思想的通变观,没有像他自己批评的"龌龊于偏解,矜激乎一致",基本是符合这一思路的。

定势第三十

夫情致异区[1]，文变殊术[2]，莫不因情立体[3]，即体成势[4]也。势者，乘利而为制[5]也。如机[6]发矢直，涧曲湍回，自然之趣也。圆者规体，其势也自转；方者矩形，其势也自安：文章体势，如斯而已。

是以模经为式者，自入典雅之懿[7]；效《骚》命篇者，必归艳逸之华[8]；综意浅切者，类乏酝藉[9]；断辞辨约者，率乖繁缛：譬激水不漪[10]，槁木无阴[11]，自然之势也。

是以绘事[12]图色[13]，文辞尽情[14]，色糅[15]而犬马殊形，情交[16]而雅俗异势。镕范[17]所拟，各有司匠，虽无严郛[18]，难得逾越。然渊乎文者[19]，并总群势：奇正[20]虽反，必兼解以俱通；刚柔虽殊，必随时而适用。若爱典而恶华，则兼通之理偏，似夏人争弓矢[21]，执一不可以独射也；若雅郑而共篇，则总一之势离，是楚人

---

①情致异区：作品的义理、事件、情感各不相同。 ②文变殊术：作品的体裁、手法、风格多样变化。 ③因情立体：根据义理、事件、情感确立体制（体裁、风格等）。 ④即体成势：就体制形成创作的趋势。 ⑤乘利而为制：通过趋势的便利形成创作机制。 ⑥机：弓弩上的发射机关。 ⑦典雅之懿：有典据、雅正之美。 ⑧艳逸之华：艳丽飘逸的风采。 ⑨酝藉：含蓄之美。 ⑩激水不漪：激流荡不起涟漪。 ⑪槁木无阴：枯树成不了树荫。 ⑫绘事：绘画之事，包括绘画的用具和绘画过程等和绘画有关的元素。 ⑬图色：着色，图画颜色。 ⑭文辞尽情：文辞表达思想感情。 ⑮色糅：着色图成。 ⑯情交：内容通过文辞表达。 ⑰镕范：熔化金属以成器的模子，此喻文学创作的规则。 ⑱严郛：喻严格的界限。郛（fú）：城外面围着的大城。 ⑲渊乎文者：精通文学创作的大家。 ⑳奇正：兵法术语，作战以对阵交锋为正，设伏掩袭等为奇，刘勰此处借喻文学创作的新奇和雅正。 ㉑夏人争弓矢：《太平御览》卷三百四十七引《胡非子》："一人曰：'吾弓良，无所用矢。'一人曰：'吾矢善，无所用弓。'羿闻之曰：'非弓，何以往矢？非矢，何以中的？'令合弓矢而教之射。"

鬻矛誉楯①,两难得而俱售也。

是以括囊杂体②,功在铨别③,宫商朱紫④,随势各配。章表奏议,则准的⑤乎典雅;赋颂歌诗,则羽仪⑥乎清丽;符檄书移,则楷式于明断⑦;史论序注,则师范于核要⑧;箴铭碑诔,则体制于宏深⑨;连珠七辞,则从事于巧艳⑩:此循体而成势⑪,随变而立功⑫者也。虽复契会相参⑬,节文互杂⑭,譬五色之锦,各以本采为地矣。

桓谭称:"文家各有所慕,或好浮华而不知实核,或美众多而不见要约。"陈思亦云:"世之作者,或好烦文博采,深沉其旨者;或好离言辨白,分毫析厘者;所习不同,所务各异。"言势殊⑮也。刘桢云:"文之体指实有强弱,使其辞已尽而势有余,天下一人耳,不可得也。"公幹所谈,颇亦兼气,然文之任势,势有刚柔,不必壮言慷慨,乃称势也。又陆云自称:"往日论文,先辞而后情,尚势⑯而不取悦泽⑰。及张公⑱论文,则欲宗其言。"夫情固先辞,势实须泽,可谓先迷后能从善⑲矣。

自近代辞人,率好诡巧⑳。原其为体㉑,讹势所变㉒。厌

---

①楚人鬻矛誉楯:《韩非子·难一》:"楚人有鬻楯与矛者,誉之曰:'吾楯之坚,莫能陷也。'又誉其矛曰:'吾矛之利,于物无不陷也。'或曰:'以子之矛,陷子之楯,何如?'其人弗能应也。" ②杂体:各种体裁、风格的文章。 ③铨别:铨品甄别。 ④宫商朱紫:代指文章内容形式、体裁风格。 ⑤准的:标准。 ⑥羽仪:楷式,《周易·渐卦》:"鸿渐于陆,其羽可用为仪。"孔颖达疏:"处高而能不以位自累,则其羽可用为物之仪表,可贵可法也。"后因以"羽仪"喻楷模。 ⑦明断:明确。 ⑧核要:真实关键。 ⑨宏深:义理正大,感情深沉。 ⑩巧艳:精巧艳丽。 ⑪循体而成势:根据体质而形成趋势。 ⑫随变而立功:在多变的方法与过程中创作成功。 ⑬契会相参:规则和时机互相结合。 ⑭节文互杂:节制文采和使用文采的矛盾统一。 ⑮势殊:文章趋势不同,此以作家对风格的好尚为文势不同的致因。 ⑯尚势:依循惯性将文辞书写出来。 ⑰悦泽:润色、润泽文辞使之悦目。 ⑱张公:张华。 ⑲先迷后能从善:先迷失方向而后受到他人影响找到方向,此指陆云能够改变自己辞先情后、尚势而不重文辞润色的错误思想,是受到张华影响后而转正。 ⑳诡巧:诡异奇巧。 ㉑原其为体:推原其所为文。 ㉒讹势所变:错误的趋势所造成的变化。

黩[①]旧式,故穿凿取新。察其讹意,似难而实无他术也,反正[②]而已。故文反正为乏[③],辞反正为奇[④]。效奇之法,必颠倒文句[⑤]:上字而抑下[⑥],中辞而出外[⑦],回互不常[⑧],则新色[⑨]耳。

夫通衢夷坦[⑩],而多行捷径者,趋近故也。正文明白,而常务反言者,适俗故也。然密会者[⑪]以意新得巧,苟异者[⑫]以失体[⑬]成怪。旧练之才[⑭],则执正以驭奇[⑮];新学之锐[⑯],则逐奇而失正[⑰];势流不反[⑱],则文体[⑲]遂弊。秉兹情术[⑳],可无思耶[㉑]?

赞曰:形生势成[㉒],始末相承[㉓]。湍回似规[㉔],矢激如绳[㉕]。因利骋节[㉖],情采自凝[㉗]。枉辔学步,力止寿陵[㉘]。

【译文】

作品的义理、事件、情感等各不相同,体裁、手法、风格等多样变化,但就创作而言,都要按照义理、事件、情感等确立体制,并就体制形成创作的趋势。可见所谓的趋势,指的是随顺便利形成创作机制,就像弓弩发射箭出飞直和山涧弯曲水流回环一样,是自然而然形成的趋势。圆形是圆规运动的体现,有自然旋转的趋势;方形是方矩运动的体现,它的形

---

①厌黩:厌烦污蔑。 ②反正:故意违反正规。 ③文反正为乏:用字上故意将"正"写为"乏"。 ④辞反正为奇:遣词用句上以把正常方法反过来为新奇。 ⑤颠倒文句:颠倒句子中的字词。 ⑥上字而抑下:上下字辞颠倒。 ⑦中辞而出外:中间的文辞放到外面。 ⑧回互不常:颠倒不正常。 ⑨新色:新奇。 ⑩通衢夷坦:大道平坦。 ⑪密会者:精通写作之道的大家。 ⑫苟异者:苟且取巧立异的作者。 ⑬失体:失去体统、不合常规,和上文"意新"对,或为"体失"。 ⑭旧练之才:老道的精通传统的作家。 ⑮执正以驭奇:在雅正的前提下驾驭新奇。 ⑯新学之锐:新上路的世俗作手。 ⑰逐奇而失正:追求新奇而失去雅正。 ⑱势流不反:追求新奇的流弊得不到纠正。 ⑲文体:此指文章的创作。 ⑳兹情术:此文学创作"定势"论的思想和方法。 ㉑可无思耶:怎能不值得思考呢? ㉒形生势成:文学创作的体制形成而趋势便跟着形成。 ㉓始末相承:体制与趋势的相互承应。 ㉔湍回似规:激流回旋好似规画之圆。 ㉕矢激如绳:箭矢疾驰又如墨标直绳。 ㉖因利骋节:因利乘便有节制地驰骋文坛。 ㉗情采自凝:文情和辞采就会自然形成。 ㉘枉辔学步,力止寿陵:而不是走了追求新奇的弯路,仅仅止于邯郸学步而无所成。

状安定平稳。文章创作的趋势也一样。

因而,模拟儒家经书以之为楷式者,自然有典据、雅正之美;模拟楚辞《离骚》者,则必然有艳丽飘逸的风采;蕴含情怀浅易切近者,大都缺乏含蓄之美;观点明白简要者,都不会文辞繁缛:就像激流荡不起涟漪、枯树成不了树荫一样,是自然而然的趋势。

因而,绘画涂上颜色,文辞曲尽文情,颜色交汇,于是或狗或马之形显现,文情通过文辞表达,则或雅或俗有所不同。所要采用的创作规则各不相同,虽然没有严格的界限但是也很难超出。但是,精通文学创作的大家能够做到整体观照与把握:雅正和新奇虽然相反,但是一定能够做到兼顾通照;阳刚和阴柔虽然不同,必然做到根据需要适当采用。如果爱好典雅而厌恶华美,就不符合兼通之理,就像夏代有人争执弓与矢的优长,但仅有其一则不可成射事;如果雅正和淫靡同在一篇之中,那么风格统一的原则就违背了,这又是楚国人同时卖矛和盾,夸耀两个都好但却自相对立,不会有好的结果。

因而,要想囊括各种体制,就要在辨别各体上下功夫并因而调配文势。上书类的章表奏议之文,其标准是典据、雅正;赋颂歌诗之文则要写得清晰华丽;符檄书移类文章,其标准是观点、态度明确;史论序注作品则要以内容真实关键为准则;箴铭碑诔类作品,则以义理正大、感情深沉为标准;连珠七辞类作品,则要写得精巧艳丽。这就是根据体裁形成趋势,根据趋势进行创作的逻辑。虽然会要求规则和时机因素加入,以及节制文采和使用文采的矛盾统一,但是,就像织成五彩之锦一样,要以自己的本色为底色。

桓谭有这样的说法:“作家各有各的爱好,有的爱好浮华而不求真实,有的喜欢繁富而不管重要、简约。”曹植也说:“当下的作家,有爱好长篇文采、意旨深沉者,有爱好义理文辞明确、辨析毫厘者;其所习染各不相同,故而所作也自相异。”可以说,桓谭和曹植说的是创作趋势的不同。刘桢说:“文章的趋势有强有弱,如果能做到文辞已写完,但是趋势却没有随之停止,全天下一个也找不到。”可以说,刘桢的“势有余”之“文势”

是兼有“文气”的含义在里面，但是，文章创作自有其或阴柔或阳刚的趋势，不一定非得是豪言壮语慷慨之气才称为“势”。还有，陆机说自己：“以往谈论文学创作，主张先文辞而后文情，依循惯性将文辞书写出来而不重视润泽文辞使之悦目。后来见了张华(和自己不同的说法)，则又认为他说得对并欲遵从。”文情本来在文辞之先，文章的趋势要求润泽文辞以悦人耳目，就陆云而言，可以说是先迷失方向而后又找到了方向。

自从南朝刘宋以来，作家形成了喜好诡异奇巧的风气。推原其所为文，在于错误的趋势所造成的变化。厌烦污蔑旧有的体式，故而穿凿出新的花样。考察其变化的新花样，看上去因难学而唬人，实际上却没有什么大不了的，仅仅是将古式反过来而已。比如在文字上将“正”字反写为“乏”字，在文辞上将正常的词序颠倒。其达成新奇的方法，不外乎颠倒文辞语句：上下字辞颠倒；中间的文辞放到外面。总之，是颠倒字词以反正常，达成所谓新奇的效果。

大道平坦，之所以人们喜欢走小路，是因为想少走路。正式的文体明白晓畅，而人们却喜欢反着来，是因为要适应世俗。然而，精通写作之道的大家是立意新颖而成巧妙之文，而苟且取巧立异的作者却因失去体统而成怪异之作。通晓传统的大家是在雅正的前提下驾驭新奇，新上路的世俗之人则是追求新奇而失去雅正。追求新奇的流弊得不到纠正，于是形成了时下文学创作风气上的弊端。这，对于掌握了此文学创作“定势”论的思想和方法者来说，怎能不值得思考呢?

综上所述：文学创作的体制形成而趋势便跟着形成，这就是体制与趋势的相互承应。激流回旋好似规画之圆，箭矢疾驰又如墨标直绳。因利乘便有节制地驰骋文坛，文情和辞采就会自然形成。否则，就会像邯郸学步的寿陵人，走了冤枉路却一事无成。

【评析】

刘勰本篇所谓的“定势”，显然是定文章之势——文势。在《文心雕龙》的众多理论范畴以至于中国古代文论的众多理论范畴中，“文势”是一个较难把握的范畴。之所以不好把握，原因在于这个“势”字。因而，要厘清刘勰《定势》篇的思想，搞清楚“势”字之本义、引申义很有必要。

势：从力埶声，权力、权势义，古通“埶”(shì)。埶(yì)，从坴(lù，土块义)从丮(jí，拿)，艺的本字，本是“种植”义。培土种植植物则会有生长趋势，故引为趋势义；又从具体到抽象从自然到社会，进而引为权势义，也即位尊者的权力趋势，《礼记·礼运》：“刑仁讲让，示民有常，如有不由此者，在埶者去，众以为殃。”《注》：“在埶，居尊位也。”以力学原理考察“势”之义，当为力发之前的情状和趋势，如“重力势能”“蓄势待发”“引而不发”等，故而“势”的较准确义当为趋势义，也就是事物力量表现出来的趋势。

那么，刘勰将“势”之义引申到论文上，他的思想观点是怎样的？他是怎样论证这一“文势”并进而主张“定势”及其在文学创作上的意义的？

如上所述，“势”字之义可以定义性地表述为事物力量表现出来的趋向，如“重力势能”的物之处上则趋于下是其势即是。同理，《定势》篇的“定势”，所“定”之“势”是作品的创作趋势。那么在文学创作中作品的这个作为表现为趋向的“势”，其本体，即事物的力量，是什么呢？刘勰说，是作品的义理、事件、情感和体裁、手法、风格结合在一起的“共同体”，这个“共同体”具有的力量表现出来，就是“势”。“共同体”和其“势”，本书称为“文势”，而《定势》篇所要定的也就是这个“文势”。刘勰为了说明白这个“文势”，特地用了形象的比喻，说“文势”也像“机发矢直，涧曲湍回”，即弓弩发射箭出飞直和山涧弯曲水流回环一样，是自然而然形成的趋势。

这个形成文章力量的趋势——文势，是包括了创作的内容和形式诸要素的共同体，就刘勰《定势》篇的论述来看，其在文势形成上所起的作用并非是等同的而是有主有次的。从其论述的顺序看来，他认为首先和习染关系密切：“模经为式者，自入典雅之懿；效《骚》命篇者，必归艳逸之华。”模拟儒家经书以之为楷式者，自然有典据、雅正之美；模拟楚辞《离骚》者，则必然有艳丽飘逸的风采。又和内容和文辞关系：“综意浅切者，类乏酝藉；断辞辨约者，率乖繁缛。”蕴含情怀浅易切当者，大都缺乏含蓄之美；观点明白简要者，都不会文辞繁缛。并说这就像“激水不漪，槁木无阴”一样是“自然之势”。并进而重点论述了文势和文体的更密切甚至是受文体决定的关系。他先总论，“是以括囊杂体，功在铨别，宫商朱紫，随势各配”，囊括各种体制要在辨别各体上下功夫,并因而调配文势;就具体文体而言,“章表奏议,则准的乎典雅;赋颂歌诗,则羽仪乎清丽;符檄书移,则楷式于明断;史论序注,则师范于核要;箴铭碑诔,则体制于宏深;连珠七辞,则从事于巧艳”;并总结说“此循体而成势,随变而立功者”,这就是根据文体形成文势进而创作出作品的逻辑。由上析读中的“典雅”“艳逸”“酝藉”“繁缛”“清丽”“明断”“核要”“宏深”“巧艳”等可见,他又将“文势”的抽象性具化为相对具体可感的文章风格。这和上文的“机发矢直,涧曲湍回”“激水不漪,槁木无阴”的以具象之事物论抽象之道理是同一方法论,甚至可以说是中国古代文论的整体特色。该篇之中,以具象之事物论抽象道理,刘勰还运用了“夏人争弓矢,执一不可以独射”的寓言,来说明整体创作上“若爱典而恶华,则兼通之理偏”之理;运用“楚人鬻矛誉楯,两难得而俱售”的寓言,来说明具体篇章内“若雅郑而共篇,则总一之势离”的道理。

此外,刘勰该篇还通过东汉桓谭、曹魏曹植刘桢、西晋张华陆云等人的说法,追溯了文势论的历史脉络,并结合自己通变即继承与新变思想,整体上提出了文势论的“正奇”说:“正”指常体,“奇”指“新变”,“执正驭奇”则是他定势论的明确主张。

情采第三十一

圣贤书辞，总称文章，非采而何？夫水性虚而沦漪①结，木体实而花萼②振，文附质也。虎豹无文，则鞟同犬羊③；犀兕④有皮，而色资丹漆⑤，质待文也。若乃综述性灵⑥，敷写器象⑦，镂心鸟迹⑧之中，织辞鱼网⑨之上，其为彪炳⑩，缛采⑪名矣。

故立文之道，其理有三：一曰形文，五色⑫是也；二曰声文，五音⑬是也；三曰情文，五性⑭是也。五色杂而成黼黻⑮，五音比而成韶夏⑯，五性发而为辞章⑰，神理之数⑱也。

---

①沦漪：同“沦猗”，水生微波，《诗经·魏风·伐檀》：“河水清且沦猗。”毛传：“沦，小风水成文，转如轮也。”陆德明释文：“本亦作漪，同。” ②花萼：花的组成部分，花冠外面的绿色被片，在花朵未开放时起着保护花蕾的作用，花开后，则退化至花的下方。 ③虎豹无文，则鞟同犬羊：《论语·颜渊》：棘子成曰：“‘君子质而已矣，何以文为？’子贡曰：‘惜乎，夫子之说君子也……文，犹质也；质，犹文也。虎豹之鞟，犹犬羊之鞟。’”鞟(kuò)：去毛的兽皮。此处，孔子主张君子不能仅像犬羊之皮一样有质，而是要像虎豹之皮一样既有质又有文，并辩证地提出了质文如一思想，这和他的“质胜文则野，文胜质则史，文质彬彬，然后君子”(《论语·雍也》)思想一致。孔子的这一哲学思想被刘勰此《情采》篇所用，“质”指文章的“情”，“文”指文章的“采”，就文章而言，内容充实文采斐然显然是符合孔子君子人格的“文质彬彬”精神的。 ④犀兕(sì)：犀牛和兕，《左传·宣公二年》：“牛则有皮，犀兕尚多，弃甲则那？”犀、兕的皮都很坚韧，古代用来做盔甲。兕：上古瑞兽兕，状如水牛，青黑色，独角，天下将盛而现世。 ⑤丹漆：朱红色的漆，古代用犀兕皮做的盔甲用丹漆等漆上色彩。⑥综述性灵：表达思想感情。 ⑦敷写器象：描写物象。 ⑧镂心鸟迹：把思想感情用文字表达出来。鸟迹：喻文字。 ⑨织辞鱼网：将文辞写在纸上。鱼网：造纸的材料，代指纸张。⑩彪炳：文采焕发。 ⑪缛采：绚丽的色彩，借指繁华的文采。 ⑫五色：青、黄、赤、白、黑。⑬五音：宫、商、角、徵、羽。 ⑭五性：仁、义、礼、智、信。 ⑮黼(fǔ)黻(fú)：礼服上所绣的华美花纹，此借指华美的文辞。 ⑯韶夏：舜乐和禹乐，泛指优雅的古乐。 ⑰辞章：文章。⑱神理之数：自然之道。

《孝经》垂典，丧言不文，故知君子常言，未尝质也。《老子》疾伪[①]，故称"美言不信"[②]，而五千精妙[③]，则非弃美矣。庄周云"辩雕万物"[④]，谓藻饰也。韩非云"艳乎辩说"[⑤]，谓绮丽也。绮丽以艳说，藻饰以辩雕，文辞之变[⑥]，于斯极矣。

研味《孝》《老》，则知文质附乎性情；详览《庄》《韩》，则见华实过乎淫侈。若择源于泾渭之流，按辔于邪正之路，亦可以驭文采矣。夫铅黛[⑦]所以饰容[⑧]，而盼倩[⑨]生于淑姿[⑩]；文采所以饰言，而辩丽本于情性。故情者文之经，辞者理之纬。经正而后纬成，理定而后辞畅，此立文之本源也。

昔《诗》人[⑪]什篇，为情而造文；《辞》人[⑫]赋颂，为文而造情。何以明其然？盖风雅之兴，志思蓄愤[⑬]，而吟咏情性，以讽其上，此为情而造文也；诸子[⑭]之徒，心非郁陶[⑮]，苟[⑯]驰夸饰，鬻声钓世[⑰]，此为文而造情也。故为情者要约而写真[⑱]，为文者淫丽而烦滥[⑲]。而后之作者，采滥忽真，远弃风雅，近师辞赋，故体情[⑳]

---

①疾伪：痛恨虚伪。②美言不信：出《老子·八十一章》："信言不美，美言不信。善者不辩，辩者不善。知者不博，博者不知。"③五千精妙：指《道德经》的五千多字。④辩雕万物：以华美的辞藻雕饰事物，语本《庄子·天道》："辩虽彫万物，不自说也。"⑤艳乎辩说：本义为喜爱、羡慕能言善辩，《韩非子·外储说左上》："不谋治强之功，而艳乎辩说文丽之声。"此处指极力于能言善辩。⑥文辞之变：指文章由质朴走向绮丽藻饰。⑦铅黛：搽脸的铅粉和画眉的黛墨。⑧饰容：装饰面容。⑨盼倩：形容女子顾盼巧笑时的美丽姿态，出《诗经·卫风·硕人》："巧笑倩兮，美目盼兮。"朱熹《诗集传》："倩，口辅（按：面颊的下部，也指嘴边）之美也；盼，黑白分明也。"⑩淑姿：优美的体态，美好的姿容，《太平御览》卷七百二十引晋葛洪《神仙传》："彭祖云：'养寿之道，但莫伤之而已。夫冬温夏凉，不失四时之和，所以适身也；美色淑姿，安闲性乐，不致思欲之感，所以通神也。'"晋张华《励志诗》："虽有淑姿，放心纵逸。"⑪《诗》人：《诗》三百篇作者。⑫《辞》人：泛指辞赋作家。⑬志思蓄愤：寄托着真情甚至怨情。志：记。⑭诸子：从上下文看，此当指辞赋作家。⑮郁陶：喜忧不能舒结而为思貌。⑯苟：权且。⑰鬻声钓世：沽名钓誉，卖虚名从而引起世人关注。鬻（yù）：卖。钓世：引起世人关注以博取名利。⑱要约而写真：言辞简约、精练，书写真情。⑲淫丽而烦滥：过分华美，情感泛滥。⑳体情：书写真情。

之制日疏，逐文[①]之篇愈盛。故有志深轩冕[②]而泛咏皋壤[③]，心缠几务[④]而虚述人外[⑤]，真宰[⑥]弗存翩其反[⑦]矣。

夫桃李不言而成蹊[⑧]，有实存也；男子树兰[⑨]而不芳，无其情也。夫以草木之微，依情待实；况乎文章，述志为本。言与志反[⑩]，文岂足征[⑪]？

是以联辞结采[⑫]将欲明理，采滥辞诡[⑬]则心理愈翳[⑭]。固知翠纶桂饵[⑮]，反所以失鱼。"言隐荣华"[⑯]，殆谓此也。是以"衣锦褧衣"[⑰]，恶文太章；《贲》象穷白[⑱]，贵乎反本。夫能设模以位理，拟地以置心，心定而后结音，理正而后摛藻，使文不灭质，博不溺心，正采耀乎朱蓝，间色屏于红紫[⑲]，乃可谓雕琢其章，彬彬君子[⑳]矣。

---

①逐文：追逐文采繁缛。 ②轩冕：大夫以上官员的车乘和冕服，后借指官位爵禄，泛指为官。 ③皋壤：泽边之地，出《庄子·知北游》："山林与？皋壤与？使我欣欣然而乐与？"代指山林田园的隐居生活。 ④几务：机务，指世俗事务。 ⑤人外：指超脱世俗。 ⑥真宰：此指文章书写真情的本质。 ⑦翩其反：翩反，相反，出《诗经·小雅·角弓》："骍骍角弓，翩其反矣。" ⑧桃李不言而成蹊：此为用"桃李不言，下自成蹊"谚语寓意。该谚语在司马迁《史记·李将军列传》中即有引用："太史公曰：传曰：'其身正，不令而行；其身不正，虽令不从。'其李将军之谓也。余睹李将军，悛悛如鄙人，口不能道辞。及死之日，天下知与不知，皆为尽哀。彼其忠实心诚信于士大夫也。谚曰：'桃李不言，下自成蹊。'此言虽小，可以谕大也。" ⑨树兰：种植兰草。 ⑩言与志反：文辞与情志背离。 ⑪征：验证。 ⑫联辞结采：指行文。 ⑬采滥辞诡：辞采泛滥诡异。 ⑭心理愈翳：思想感情更加被遮蔽。翳(yì)：遮掩。 ⑮翠纶桂饵：色彩鲜艳的渔网和味道香甜的鱼饵。 ⑯言隐荣华：出《庄子·齐物论》："道隐于小成，言隐于荣华。"成玄英疏："荣华者，谓浮辩之辞，华美之言也，只为滞于华辩，所以蒙蔽至言。" ⑰衣锦褧(jiǒng)衣：锦衣外面再加上麻纱单罩衣，以掩盖其华丽，比喻不炫耀于人，出《诗经·卫风·硕人》："硕人其颀，衣锦褧衣。" ⑱《贲》象穷白：文采发展到极点就是白色，《周易·贲卦》："上九，白贲，无咎。象曰：白贲无咎，上得志也。"上九：《周易》爻题。贲：饰。上九处贲卦之极点，文饰发展到顶点又返归不劳文饰的素白，不会受到伤害，此为居上得志之象。 ⑲正采：正色，原色，三原色指的是红、黄、蓝三种颜色，是不能由别的颜色调合成的颜色，古代以青、赤、黄、白、黑为正色。间色：由两种原色调配而成的颜色称为间色，如红＋黄＝橙，黄＋蓝＝绿，红＋蓝＝紫，橙、绿、紫三种色就是间色。 ⑳彬彬君子：出《论语·雍也》："质胜文则野，文胜质则史，文质彬彬，然后君子。"何晏集解引包咸曰："彬彬，文质相半之貌。"

赞曰：言以文远①，诚哉斯验。心术②既形，英华③乃赡。吴锦好渝④，舜英徒艳⑤。繁采寡情⑥，味之必厌。

【译文】

圣贤们书写的文辞统称为文章，这些文章不是文采是什么呢？就像水的性质虚柔才能产生波纹，草木性质坚实才能使花萼展开一样，文采应依附于质实。又如同虎豹一旦没有了花纹则其皮和羊狗的皮没什么两样，灰犀牛的皮制成的盔甲要染上朱红色的漆一样，这就是质实也需要文采。至于书写思想感情、描写事物的状貌，巧妙地将心迹寓托在文字之中并书写在纸张上，这就是达到了以文采焕发而著称了。

所以，文章根据表现形式不同，可分为三类：以五色构成的形文、用五音构成的声文、五性构成的情文。五色、五音、五性分别按照一定规则组织起来形成文章，这就是文章之道。

由《孝经》的丧事之文不得有文采的规定可知，人们平常的语言表达是不质实而有文采的。《老子》痛恨虚伪，所以他说“华美的文辞不真实”，但其堪称精妙的《道德经》却又并未抛弃文辞之美。庄周的“以华美的辞藻雕饰事物”说的是藻饰。韩非子的“极力于能言善辩”说的是绮丽。就庄子的藻饰和韩非子的绮丽之说而言，可谓文章由质实而文采的发展变化达到了极致。

研究、体味《孝经》和《老子》的主张，可知文章以思想感情为根本；而《庄子》《韩非子》的主张，则是过分强调文辞华美。如果搞清楚了文章的源与流、正与邪，那么文采是可以驾驭的。铅黛是用来修饰容颜的，女性的美目和巧笑来源于美好的姿容；同理，文章的文采是用来修饰言辞的，

---

①言以文远：出《左传·襄公二十年》：“仲尼曰：‘志有之，言以足志，文以足言。不言谁知其志？言而无文，行而不远。’” ②心术：此指内心的思想感情。 ③英华：此指文章有文采。 ④吴锦好渝：吴地出产的美锦容易变色。 ⑤舜英徒艳：木槿花朝开暮谢不长久。 ⑥繁采寡情：文辞繁缛，情感空洞。

而能言善辩的辞采华美要以思想感情为本。所以,思想感情好比文章的经线,文辞则是文章的纬线。如同经线正了后,纬线才能织成一样,思想感情确定了,文辞才能朗畅,这就是文章写作的根本。

古时,《诗》三百篇的作者是先有思想感情,然后用文辞表达出来;而辞赋作家的辞赋创作,则是在文辞中创造思想感情。凭什么知道的呢?大概是诗篇的产生,寄托着真情甚至怨情,将真情实感表达出来讽谏于上,这就是因真情实感而形成文章;而辞赋家们则相反,他们心中没有真情实感,只有通过驰骋夸张修饰来沽名钓誉,这就是通过文辞来制造感情。所以,前者文辞简约、精练,抒发真情实感,后者则是文辞过分华美,情感泛滥,内容不真实。至于后代作家采用滥情而忽略真情,抛弃《诗》三百篇优良传统而师法辞赋,导致了与表达真情实感的文学创作标准日渐疏离,而文辞过分华美、情感泛滥、内容失真的情况充斥文坛,所以才有了有志于高官厚禄却虚伪地书写山水情怀、缠身于世俗事务却说自己超脱于尘世之外,这是书写真情实感的创作原则不复被遵守的表现。

至于桃李不炫耀自己却引人注目是因有果实存在;而男子栽种兰草却不芳香则是没有与之对应的性情的结果。草木之微弱尚且要求真情实感,更何况以表达思想感情为本质的文章呢!如果文辞与思想感情南辕北辙,文章怎能经得住考验呢?

因此,行文是要表达思想感情的,辞采泛滥诡异只会导致思想感情愈加被遮蔽。这就是人所共知的色彩鲜艳的渔网和味道香甜的鱼饵反而不能钓到鱼的道理。《庄子》所谓的“过分华美的文辞遮蔽了要言妙道”,大概说的就是这个道理吧。《诗》人所谓的“锦衣外边再加麻衣”,是厌恶文辞太华美;《周易·贲卦》所谓的文采发展到了极点就是白色,是以返回真情实感为贵。所以,文章创作能做到以思想感情为本展开文辞,而不是以华美的文辞消灭、陷溺了思想感情,才可以成为雕琢辞章创作出文质相得之作品的高手。

综上所述:孔子说,言辞以有文采而能传播久远,这话说得有道理啊!思想感情一旦形成,文辞自然富赡。如果像吴锦容易变色、木槿花只艳丽一时一样，空有过分华美的文采却没有真情实感，读来必然令人生厌。

【评析】

刘勰此《情采》篇之“情”指文章的内容，即情感真实义理正大的充实内容；“采”指文章的文采，可以用文采斐然来理解他的意思。看来，这是他一贯秉持的文章的内容和形式二元主张。但内容、形式的二元之间不是对立关系，在他这里是统一关系。因他主张“情”与“采”二者是统一关系，此表现为他以“情”为“质”、以“采”为“文”的文质统一关系论述：“水性虚而沦漪结，木体实而花萼振，文附质也。虎豹无文，则鞟同犬羊；犀兕有皮，而色资丹漆，质待文也。”文章就像水的性质虚柔才能产生波纹，草木性质坚实才能使花萼展开一样，文采依附于质实；又如同虎豹一旦没有了花纹则其皮和羊狗的皮没什么两样，灰犀牛的皮制成的盔甲要染上朱红色的漆一样，这是质实需要文采。

当然，和全书的逻辑一致，刘勰该《情采》篇也是“征圣”“宗经”前提下的成果：“圣贤书辞，总称文章，非采而何?”其以“情”为“质”、以“采”为“文”的基本精神来源是《论语》所蕴蓄的孔子以之论君子人格的文质思想。据《论语·颜渊》，棘子成曰：“‘君子质而已矣，何以文为?’子贡曰：‘惜乎，夫子之说君子也……文，犹质也；质，犹文也。虎豹之鞟，犹犬羊之鞟。’”此处，孔子主张君子不能仅像犬羊之皮一样有质，而是要像虎豹之皮一样既有质又有文，并辩证地提出了“质文如一”思想，这和他以文质论君子人格的“质胜文则野，文胜质则史，文质彬彬，然后君子”(《论语·雍也》)的思想一致。

刘勰以孔子君子人格的文质统一思想来论文章创作，意味着他的论述不仅止于理论思想，而是要结合文章创作继续展开深入讨论。

如上所述，孔子文质统一思想提出所针对的是君子只要有质而无需文才的片面倾向而发，刘勰的论述也指出了文章创作上或重质或重文的两种倾向。有重质倾向的是《孝经》和《老子》：“《孝经》垂典，丧言不文，故知君子常言，未尝质也。《老子》疾伪，故称‘美言不信’。”刘勰指出，虽然《老子》主张“美言不信”而重“质”，但“五千精妙，则非弃美”：《老子》痛恨虚伪，所以他说“华美的文辞不真实”，但其堪称精妙的《道德经》却又并未抛弃文辞之美。有重文倾向的则是庄子和韩非子:“庄周云‘辩雕万物’,谓藻饰也。韩非云‘艳乎辩说’,谓绮丽也。”由下文的“绮丽以艳说,藻饰以辩雕,文辞之变,于斯极矣”似乎可见,刘勰对庄、韩的过分强调文所持的是批评态度。

详味下文发现,在文与质即情与采的关系上,刘勰在继承了孔子的二者统一思想的同时,又有新的发展。发展表现在,孔子的文质统一的“文犹质也,质犹文也”“文质彬彬,然后君子”的言说,明显是将文与质放置在了对等的位置上;而刘勰的文质统一(情采统一)则是在强调以质(情)为主情况下的二者统一,此可称为他的“新质文统一”观。刘勰的“新质(情)文(采)统一”观表现在他对重质的《孝经》《老子》的认可:“研味《孝》《老》,则知文质附乎性情。”也表现在对庄、韩重文的批评:“详览《庄》《韩》,则见华实过乎淫侈。”他的“新质(情)文(采)统一”观的最直接表现是提出了“故情者文之经,辞者理之纬。经正而后纬成,理定而后辞畅,此立文之本源也”之“情经辞纬”,并以之为“立文之本源”的主张。

在“新质(情)文(采)统一”观论述之后,刘勰又回论到了孔子,他说“雕琢其章,彬彬君子”,说“言以文远,诚哉斯验”,说“繁采寡情,味之必厌”。但是,务要指出,这已不是质(情)文(采)同等地位,而是“以质(情)为经、以文(采)为纬”思想基础上的“彬彬君子”“言以文远”,因为一旦文章空有过分华美的文采却没有真情实感,读来必然令人生厌。

镕裁第三十二

情理①设位，文采②行乎其中。刚柔以立本，变通以趋时。立本有体，意③或偏长④；趋时无方，辞⑤或繁杂⑥。蹊要⑦所司，职在镕裁⑧，檃括⑨情理，矫揉文采也。规范本体谓之镕，剪截浮词⑩谓之裁。裁则芜秽⑪不生，镕则纲领昭畅⑫，譬绳墨之审分⑬，斧斤之斫削矣。骈拇枝指，由侈于性；附赘悬肬，实侈于形。⑭ 一意两出，义之骈枝也；同辞重句，文之肬赘也。⑮

凡思绪初发，辞采苦杂，心非权衡，势必轻重。是以草创鸿笔⑯，先标三准：履端⑰于始，则设情以位体；举正⑱于中，则酌事

---

①情理：文章的思想感情，即内容。 ②文采：辞采。 ③意：指情理，包括文章的内容思想感情。 ④偏长：某一方面的特长。 ⑤辞：指文采。 ⑥繁杂：繁冗芜杂。 ⑦蹊要：要害。 ⑧熔裁：熔意裁辞。熔谓"檃括情理""规范本体"，指炼意而言，裁谓"矫揉文采""剪截浮词"，指炼辞而言。 ⑨檃括：矫正、修正，和下"矫揉"同义互文。 ⑩浮词：多余、累赘的言辞。 ⑪芜秽：此指繁冗芜杂的浮词。 ⑫昭畅：明白畅达。 ⑬审分：本义指审定名分、职分，《吕氏春秋·审分》："凡人主必审分，然后治可以至。"此为审核是否符合标准义。

⑭骈拇枝指，由侈于性；附赘悬肬，实侈于形："骈拇"和"枝指"对于人体来说都是多余的东西。出《庄子·骈拇》："骈拇枝指，出乎性哉！而侈于德。附赘县疣，出乎形哉！而侈于性。"骈（pián）：并列，这里是指合在一起。拇：脚的大趾拇。骈拇是说脚的大趾拇跟二趾拇连在一起了，成了畸形的大趾拇。枝指：旁生的歧指，即手大拇指旁多长出一指。附：附着。赘：赘瘤。肬（yóu）：同"疣"。这里用同"瘤"。 ⑮一意两出，义之骈枝也；同辞重句，文之肬赘也：此处批评《庄子·骈拇》上文的"骈拇枝指"中的"骈拇"和"枝指"，"附赘悬肬"中的"附赘"和"悬肬"，即同义两出的多余的浮词。 ⑯草创鸿笔：开始大体制的文章创作。

⑰履端：年历的推算始于正月朔日，谓之"履端"。《左传·文公元年》："先王之正时也，履端于始，举正于中，归余于终。"杜预注："步历之始，以为术之端首。"孔颖达疏："履，步也，谓推步历之初始，以为术历之端首……历之上元，必以日月全数为始，于前更无余分，以此日为术之端首，故言履端于始也。"后因以指正月初一。此借指文章创作的开始。 ⑱举正：指出谬误，加以纠正。

以取类①；归余②于终，则撮辞以举要③。然后舒华布实④，献替⑤节文⑥，绳墨以外，美材既斫，故能首尾圆合⑦，条贯统序⑧。若术不素定⑨，而委心逐辞⑩，异端丛至⑪，骈赘必多。

故三准既定，次讨字句。句有可削，足见其疏；字不得减，乃知其密。精论要语⑫，极略之体；游心窜句⑬，极繁之体。谓繁与略，适分所好⑭。引而申之，则两句敷⑮为一章；约以贯之，则一章删成两句。思赡⑯者善敷，才核⑰者善删。善删者字去而意留，善敷者辞殊而意显。字删而意缺，则短乏而非核；辞敷而言重，则芜秽而非赡。

昔谢艾⑱、王济⑲，西河⑳文士，张骏㉑以为"艾繁而不可删，济略而不可益"，若二子者，可谓练镕裁而晓繁略矣。至如士衡才优，而缀辞尤繁；士龙思劣，而雅好清省㉒。及云之论机，亟恨其多，而称"清新相接，不以为病"，盖崇友于耳。夫美锦制衣，修短㉓有度，虽玩其采，不倍领袖㉔，巧犹难繁，况在乎拙？而《文

---

①酌事以取类：斟酌创作需要分类择取材料。 ②归余：积月之余日以置闰月。《左传·文公元年》："先王之正时也，履端于始，举正于中，归餘于终。"杜预注："月有余日，则归之于终，积而为闰，故言'归余于终'。"此谓文章创作的结尾之时。 ③撮辞以举要：提炼文辞，概括基本观点。 ④舒华布实：此指正式进入文章创作。 ⑤献替：献可替否，进献可行者，废去不可行者，出《左传·昭公二十年》："君所谓可而有否焉，臣献其否以成其可。君所谓否而有可焉，臣献其可以去其否。" ⑥节文：简省文字。 ⑦首尾圆合：首尾照应。 ⑧条贯统序：条理脉络贯通有序。 ⑨素定：犹宿定，预先确定。 ⑩委心逐辞：随心所欲铺陈文辞。 ⑪异端丛至：不正确的思想感情纷至沓来。 ⑫要语：精警的观点、简明扼要的语句。 ⑬游心窜句：游移不定的观点和语句。 ⑭适分所好：此谓各以作家个体情况确定。 ⑮敷：敷衍、铺陈。 ⑯思赡：思维丰富。 ⑰才核：才能精审。 ⑱谢艾(301－353)：凉州敦煌(今甘肃敦煌)人，十六国时期前凉将领，儒生出身，官至酒泉太守、福禄县侯，著有《谢艾集》。 ⑲王济：字武子，太原晋阳(今山西太原)人，西晋初年外戚、官员，官至骁骑将军、侍中，又善《周易经》《老子》《庄子》等。 ⑳西河：又称河西，泛指黄河以西，山西、河南西部、陕西、甘肃地区。如《廉颇蔺相如列传》："会于西河外渑池。"《过秦论》："于是秦人拱手而取西河之外。" ㉑张骏(307—346)：字公庭，凉州人，十六国时期前凉君主。 ㉒清省：简练。 ㉓修短：长短。 ㉔领袖：衣服的领子与袖子。

赋》以为“榛楛[①]勿剪，庸音足曲[②]”，其识非不鉴[③]，乃情苦芟繁[④]也。夫百节[⑤]成体，共资荣卫[⑥]；万趣会文，不离辞情[⑦]。若情周而不繁，辞运而不滥，非夫镕裁，何以行之乎？

赞曰：篇章户牖，左右相瞰。辞如川流，溢则泛滥。权衡损益，斟酌浓淡。芟繁剪秽，弛于负担[⑧]。

【译文】

文章的思想感情（内容）确定到位后，语言辞采（行文）就要进行。以思想感情的或阳刚或阴柔确立文章的根本，然后结合时风作变通。确立根本有其常规，但因作家思想感情不同会有某方面特长；结合时风无固定方法，文辞或者会走向繁冗芜杂。其要害在于熔炼文意、裁剪文辞，也就是矫正思想感情和语言辞采的意思。镕（熔），就是轨范思想感情；裁，就是裁剪多余文辞。裁则文章没有多余的文辞，镕（熔）则文章思想内容明白畅达，就像绳墨用来检验曲直、斧头用来砍削余枝一样。《庄子·骈拇》篇“骈拇”“枝指”、“附赘”“悬肬”同义词重复出现，就是文章“骈枝”“肬赘”的例子。

但凡文思发动，无不苦于语言文辞杂乱，此时意志不能控制文思。所以，开始创作大体制文章，要先立三个标准：首先，要根据思想感情确立文章的体制；其次，根据创作需要择取材料；最后，则是用简要文辞形成写作纲要。然后进入正式行文阶段，需要的材料用在文中，不需要的

---

①榛（zhēn）楛（hù）：榛木与楛木，泛指丛生的杂木，喻平庸之物。 ②足曲：凑成全曲，喻拼凑成篇。 ③鉴：明。 ④芟繁：删去繁杂的部分使之简明。 ⑤百节：人体各个关节，《吕氏春秋·开春》：“饮食居处适，则九窍百节千脉皆通利矣。”《淮南子·原道训》：“而百节可曲伸，察能分白黑视丑美，而知能别同异明是非者何也？气为之充而神为之使也。” ⑥荣卫：中医学名词，“荣”指血的循环，“卫”指气的周流。荣气行于脉中，属阴；卫气行于脉外，属阳。荣卫二气散布全身，内外相贯，运行不已，对人体起着滋养和保卫作用。 ⑦辞情：文辞和思想感情。 ⑧弛于负担：减轻作品中不必要的部分，《左传·庄公二十二年》：“赦其不闲于教训，而免于罪戾，弛于负担。”

材料废黜以简省文字，删削之后能做到首尾照应、条理脉络贯通有序。如果没有事先谋划确定，而是草草随心所欲以行文，则必然会繁杂的意辞纷至沓来。

三个标准既然确定，就要讨论文章的字句了。如果文章有需要删削的句子，则证明文章尚且不够严谨；做到一字不可减去，才是真正的缜密。精警的观点和简要的语言是极略之体的文章，观点游移、字句窜舛是极繁之体的文章。无论是繁是略，恰如其分最好。擅长引申者能做到两句敷衍为一个篇章；而擅长约贯者则能将一个篇章删为两句。才思富足者善于引申敷衍，才思精审者善于约贯删削。善于删削者语句删去了而文意保留了，善于敷衍者文辞增加了而文意更为明显。但是如果字句删去了，文意却残缺，那是文意缺乏而不是精审；如果文辞富足却字句重复，则是芜杂而不是富赡。

古时，作为西河文士的谢艾和王济，前者被张骏评为文繁但不可删削、后者被评为文略但不可增加，像他们两个，是堪称深得镕裁和繁略精神的作家。至于像陆机文才优胜，但行文却有繁杂之不足；陆云才思差了些，但其撰写文章喜好简省。到了陆云评论陆机，又厌烦他的繁杂，说他“清新的文辞前后相接，其繁杂不足为病”，则又是基于情感的评论。用美丽的锦帛做衣服，或长或短有其规则，虽然在锦帛上可以任意挥写文采，但却不能背离领子、袖子的要求，巧者尚且难以处理好繁杂的词句，何况拙者呢？陆机的《文赋》认为“如果不剪掉丛生的杂木，就等于留下了平庸之音凑足曲调”，这一说法表明，他不是认识不明白，而是创作时真的苦于删去繁杂的部分。人体的各个关节构成身体，来共同助力血气运行；而文章的各种要素构成文章，根本在于文辞和思想感情。如果做到了思想感情周全而不繁杂，文辞流畅而不泛滥，如果不是擅长镕裁，怎么可能做到呢?!

综上所述：文章要做到各组成要素相互照应。文辞就像河中的流水一样，如果过满就会泛滥。根据需要或删削或增加。删削芜杂部分，减轻文章的负担。

【评析】

镕(熔),熔炼、熔造义,就刘勰该《镕裁》篇而言,其义为文章撰写的思想感情的提炼,也即从繁杂无章中提炼出精练来;裁,即裁剪的意思,即删削、剪除冗字冗句,使文章语言精练。二者合而言之,可见,该篇是在讨论文章从内容到形式走向精练的方法。

刘勰说:"蹊要所司,职在镕裁。"要害在于熔炼文意,裁剪文辞,也就是矫正思想感情和语言辞采:"檃括情理,矫揉文采也。"镕是提炼思想感情:"规范本体谓之镕。"裁是使文章语言精练:"剪截浮词谓之裁。"做到镕裁也就做到了使文章从思想感情到语言文辞的精练:"裁则芜秽不生,镕则纲领昭畅。"裁则文章没有多余的文辞,镕则文章思想内容明白畅达。

那么,怎样镕裁使文章做到从思想感情到语言形式的精练呢?有关于此,刘勰自构思开始从"三准"镕裁和字句的镕裁两个层面展开了探讨。

关于谋篇布局的镕裁,刘勰说,在正式进入行文之前要做预谋,这一预谋,被他称为"三准":"思绪初发,辞采苦杂,心非权衡,势必轻重。是以草创鸿笔,先标三准。"首先,要根据思想感情确立文章的体制;其次,根据创作需要择取材料;最后,则是用简要文辞形成写作纲要。他强调说,如果没有正式行文前的"三准"构思,而是随心所欲以行文,则必然会导致繁杂的意辞纷至沓来:"若术不素定,而委心逐辞,异端丛至,骈赘必多。"

关于字句的镕裁,他说:"三准既定,次讨字句。"他认为必须做到无一字一句可以删削,才能说做到了文章的缜密严谨:"句有可削,足见其疏;字不得减,乃知其密。"但是,务要指出,刘勰的删削并非无原则地删减字句,而是要在保证文意(文章的内容,思想感情)完整的前提下进行字句删削以走向精练;一旦删削字句损害了文意,则镕裁也起不了作用。有鉴于此,他提出了"极略之体"和"极繁之体"之说:"精论要语,极略之体;游心窜句,极繁之体。"但却并非以"极略之体"为是、以"极繁之体"为非,而是公正地提出了"谓繁与略,适分所好"的"适分"说,随后对"适分"说展开讨论,谓根据作家的才思不同,有善于引申敷衍者有善于约贯删削者:"引而申之,则两句敷为一章;约以贯之,则一章删成两句。思赡者善敷,才核者善删。"之所以谓之"适分"是因其表现为"善删者字去而意留,善敷者辞殊而义显"。

最后他指出,"适分"说的基本精神是善于引申敷衍者和善于约贯删削者,其所遵循的原则是字句不能再增或再减,且必须文意完整无缺:"字删而意缺,则短乏而非核;辞敷而言重,则芜秽而非赡。"

声律第三十三

夫音律[①]所始，本于人声者也。声合宫商，肇自血气[②]，先王因之，以制乐歌。故知器写人声，声非学器者也。故言语者，文章关键，神明枢机，吐纳律吕，唇吻[③]而已。古之教歌，先揆以法，使“疾呼中宫，徐呼中徵”[④]。夫宫商响高，徵羽声下；抗喉[⑤]矫舌[⑥]之差，攒唇[⑦]激齿之异；廉肉[⑧]相准，皎然可分。今操琴不调，必知改张[⑨]；摘文乖张[⑩]，而不识所调。响在彼弦，乃得克谐[⑪]；声萌我心，更失和律。其故何哉？良由外听易为察，内听难为聪[⑫]也。故外听之易，弦以手定；内听之难，声与心纷；可以数求，难以辞逐。

凡声有飞沉[⑬]，响有双叠[⑭]。双声隔字而每舛[⑮]，叠韵杂句

---

①音律：本指音乐的律吕、宫调等，《庄子·徐无鬼》：“鼓宫宫动，鼓角角动，音律同矣。”《汉书·武帝纪赞》：“协音律，作诗乐。”此指语言文字声韵的规律。 ②血气：血液和气息，指人和动物体内维持生命活动的两种要素，《礼记·三年问》：“凡生天地之间者，有血气之属，必有知；有知之属，莫不知爱其类。”此有自然之性义。 ③唇吻：嘴唇，喻言辞。 ④疾呼中宫，徐呼中徵：合乎五音中的宫级音阶，《韩非子·外储说右上》：“教歌者，先揆以法，疾呼中宫，徐呼中徵。”疾呼：发声快的强音。徐呼：发声缓的弱音。 ⑤抗喉：展喉，放喉。 ⑥矫舌：翘舌，一种发声口形。 ⑦攒唇：蹙唇，发声之状。 ⑧廉肉：乐声的高亢激越与婉转圆润，《礼记·乐记》：“使其曲直、繁瘠、廉肉、节奏足以感动人之善心而已矣。”孔颖达疏：“廉谓廉棱，肉谓肥满。” ⑨改张：换掉旧的琴弦，再安上新的。张：给乐器上弦。改换、调整乐器上的弦，使声音和谐。 ⑩乖张：不顺不相合，背离、分离。 ⑪克谐：能够和谐。 ⑫聪：《说文》：“聪，察也。”《尚书·洪范》：“听曰聪。”《管子·宙合》：“闻审谓之聪。”《庄子·外物》：“耳彻为聪。” ⑬飞沉：声调的平清和仄浊。 ⑭双叠：双声叠韵。双声：两个汉字的声母相同。叠韵：两个字的韵母或主要元音和韵尾相同。 ⑮双声隔字而每舛：这和传为沈约提出的作诗八病（平头、上尾、蜂腰、鹤膝、大韵、小韵、旁纽、正纽）中的“旁纽”相似。《文镜秘府论》西卷引元氏云：“旁纽者，一韵之内，有隔字双声也。”如“鱼游见风月，兽走畏伤蹄”两句中“鱼”和“月”，“兽”和“伤”是双声，其中隔以它字，就是犯“旁纽”病。舛：差错。

而必睽[①]；沉则响发而断，飞则声飏不还。并辘轳交往[②]，逆鳞相比[③]，迕[④]其际会[⑤]，则往蹇来连[⑥]，其为疾病，亦文家之吃[⑦]也。夫吃文为患，生于好诡：逐新趣异，故喉唇纠纷[⑧]；将欲解结，务在刚断。左碍而寻右，末滞而讨前，则：声转于吻，玲玲[⑨]如振玉；辞靡[⑩]于耳，累累如贯珠[⑪]矣。是以声画[⑫]妍蚩[⑬]，寄在吟咏：滋味流于下句[⑭]，气力穷于和韵[⑮]。异音[⑯]相从谓之和，同声[⑰]相应谓之韵。韵气[⑱]一定，则余声易遣；和体[⑲]抑扬，故遗响难契。属笔易巧，选和至难；缀文难精，而作韵甚易。虽纤意曲变，非可缕言[⑳]，然振[㉑]其大纲，不出兹论。

若夫宫商大和[㉒]，譬诸吹籥[㉓]；翻回取均[㉔]，颇似调瑟[㉕]。瑟资移柱，故有时而乖贰[㉖]；籥含定管，故无往而不壹[㉗]。陈思、潘岳，吹籥之调也；[㉘]陆机、左思，瑟柱之和也。[㉙] 概举而推，可以

---

①叠韵杂句而必睽：《文镜秘府论》天卷引此句作“叠韵离句其必睽”。叠韵离句和八病中的“小韵”相似。西卷释“小韵”说：“除韵以外，而有迭相犯者，名为犯小韵病是也。”如陆机诗“嘉树生朝阳，凝霜封其条”二句的“阳”“霜”同韵，就是犯“小韵”病。睽：违背，不合。 ②辘轳交往：谓飞沉平仄的字声相交错如辘轳转动。辘轳：井上汲水的起重具。 ③逆鳞相比：此以鱼龙鳞甲的排列严密有序为喻。 ④迕（wǔ）：违背，不顺从。 ⑤际会：聚首、聚会，引申为配合呼应。 ⑥往蹇来连：出《周易·蹇卦·六四》：“往蹇，来连。”王弼注：“往则无应，来则乘刚；往来皆难，故曰往蹇来连。”蹇：不顺利。连：难。 ⑦吃：口吃，说话结巴不清。 ⑧纠纷：杂乱不流利。 ⑨玲玲：玉相击声。 ⑩靡：轻丽，此指声音动听。 ⑪累累如贯珠：《礼记·乐记》：“累累乎端如贯珠。”郑玄注：“言歌声之著动人心之审，如有此事。”累累：联贯成串。 ⑫声画：出扬雄《法言·问神》：“言，心声也；书，心画也。声画形，君子小人见矣。” ⑬妍蚩：美好和丑恶。陆机《文赋》：“妍蚩好恶，可得而言。” ⑭下句：下笔行文，对字句的处理。 ⑮和韵：句中音调和谐，句末韵脚相叶。 ⑯异音：指句内平仄的不同。 ⑰同声：指句末的押韵相同。 ⑱韵气：所押韵部的气质风格。 ⑲和体：篇体的和谐。 ⑳缕言：详尽论述。 ㉑振：举。 ㉒宫商大和：代指文章整体的音韵和谐。 ㉓籥（yuè）：古管乐器，似笛，《风俗通》卷六：“龠，乐之器，竹管三孔，所以和众声也。” ㉔翻回取均：翻回：旋转、回环。均：即韵。《文选·啸赋》：“音均不恒，曲无定制。”李善注：“均，古韵字也。” ㉕瑟：似琴的弦乐器，一般二十五弦，弦各一柱。 ㉖乖贰：不协调。 ㉗壹：协调。 ㉘陈思、潘岳，吹籥之调也：喻曹植、潘岳的作品属正声，能够无往不协。 ㉙陆机、左思，瑟柱之和也：陆机、左思的作品中杂有方言，音律有时乖违。陆机是吴人，左思是齐人。

类见。

又《诗》人综韵[①],率[②]多清切[③],《楚辞》辞楚[④],故讹韵[⑤]实繁。及张华论韵,谓士衡多楚[⑥],《文赋》亦称知楚"不易"[⑦],可谓衔灵均之余声,失黄钟之正响[⑧]也。凡切韵[⑨]之动,势若转圜[⑩];讹音之作,甚于枘方[⑪]。免乎枘方,则无大过矣。练才洞鉴[⑫],剖字钻响[⑬];识疏阔略[⑭],随音所遇:若长风之过籁[⑮],南郭之吹竽耳。古之佩玉,左宫右徵[⑯],以节其步[⑰],声不失序,音以律文[⑱],其可忽哉!

赞曰:标情务远[⑲],比音则近[⑳]。吹律[㉑]胸臆[㉒],调钟[㉓]唇吻。

---

①综韵:组织用韵。综:织机上使经线上下分开以织纬线的装置,此借指组织、运用。 ②率:都。 ③清切:清楚准确。 ④辞楚:以楚音为辞,指《楚辞》用楚音写成。 ⑤讹韵:错乱的声韵。 ⑥张华论韵,谓士衡多楚:陆云《与兄平原书》谓:"张公(按:张华)语云云:兄文故自楚。" ⑦《文赋》亦称知楚"不易":《文赋》论篇中警策曾说"亮功多而累寡,故取足而不易",指警句在作品中的作用是功多累寡,不能改变,与声律无关。黄侃认为"彦和盖引其言以明士衡多楚,不以张公之言而变"(《文心雕龙札记》)。 ⑧黄钟之正响:此指以《诗经》为代表的雅正之音。黄钟:古之打击乐器,多为庙堂所用,乐律十二律中的第一律。 ⑨切韵:切合的声韵。 ⑩势若转圜:谓声韵如转动圆环一样和谐流利。 ⑪枘(ruì)方:枘凿方圆,喻不协调,扞格不入。枘、凿:榫头与卯眼,一方一圆无法投合。宋玉《九辩》:"圜凿而方枘兮,吾固知其鉏鋙而难入。"意为用方榫插入圆孔是困难的,此借指讹音之难谐。 ⑫练才洞鉴:谓彻底了解、精通音韵。练:熟练。洞鉴:深明,彻底了解。 ⑬剖字钻响:仔细剖析文字的声音。 ⑭识疏阔略:谓对音韵一知半解。 ⑮长风之过籁:远风通过物体的孔穴而发出的声响。 ⑯左宫右徵:指左右所佩带的玉器发出的声响合于宫、徵,《礼记·玉藻》:"古之君子必佩玉,右徵角,左宫羽。" ⑰节其步:指使步行有一定节制、节奏。 ⑱音以律文:音韵使诗文合律。 ⑲标情务远:文章创作的立意要高远。 ⑳比音则近:安排音韵则须细密。 ㉑吹律:吹奏律管,此指发出声音。 ㉒胸臆:指内心,《文赋》:"思风发于胸臆,意泉流于唇齿。" ㉓调钟:协调声律。钟:古代乐器之一。

声得盐梅①，响滑榆槿②。割弃支离③，宫商难隐④。

【译文】

语言文字的节奏韵律本原于人的自然声音。声音合于音乐的节奏和韵律是自然之性，先代圣王因势利导，制定有利于教化的乐歌。由此可知，是乐器模拟人的声音而不是相反。语言是文章、道理的关键和枢机，发出声音符合音乐的节奏韵律不过是靠唇吻罢了。古时，教人唱歌首先要教唱法，使发声的疾徐快慢符合宫商角徵羽的五音。宫商基调高而徵羽基调低，展喉翘舌的不同，蹙唇激齿的相异，声音的高亢激越、婉转圆润判然而分。琴的演奏不够协调，肯定知道更换琴弦，而文章撰写声韵不够协调，却不懂得调整。其他乐器发出声音能够产生共鸣，声音发自内心却不能做到音韵和谐。这是什么原因呢？确实是因为外听比内听更容易察觉。外听容易察觉是因其弦为手所定，内听不易察觉是因音韵与心绪常不一致，前者可以用技术解决，而后者不易用言辞表达。

声音有平清与仄浊，字音有双声和叠韵。双声字如果中间隔字就会不协调，叠韵字也是一样。仄浊则声音发出即沉断，平清则声音发出即飞去。飞沉平仄的字声相交错如辘轳转动，又如鱼龙鳞甲的排列严密有序，如果于此有违，则文章声韵上下左右都会艰涩，堪称文章中的口吃之病。导致文章口吃的原因是喜好诡异：追逐新奇，所以语言不流畅。如果要克服这个毛病，必须做到坚决果断。一旦声韵不够流利和谐则想法解决，就可以做到声韵流转如玉声玲玲，辞响耳畔如珠贯累累。声音表达思想感情在吟咏之间：审美意蕴和感人的风力在于用字下句的音韵

①盐梅：此为以味的调和喻声的调和，《尚书·说命下》："若作和羹，尔惟盐梅。"盐味咸，梅味酸，是调味的必需品。 ②响滑榆槿：把榆实、堇菜调和得味美可口。滑：使菜肴润滑的调料，这里取调和的意思。《周礼·天官·食医》："调以滑甘。"贾公彦疏："滑者，通利往来，亦所以调和四味，故云调以滑甘。"榆槿：榆木和堇菜。榆：木名，实可食，可通过利小便而消肿。槿：借指堇，堇菜，供药用，能清热解毒，可治疖疮、肿毒等症。 ③支离：不正，指前面说的方言。 ④宫商难隐：和谐的宫商就自然明显。

和谐。平仄不同之字相互协调谓之和，两句之中末字韵同谓之韵。（一篇之中）所押韵部一旦确定，那么其他的字也就好处理了；但是要做到全篇平仄抑扬顿挫音韵和畅，却不是一件容易的事。文章撰写时做到文字巧妙不难，难的是通篇平仄的和谐；文章创作要做到精巧不易，而要做到押韵却不难。虽然精微之意变化莫测，难以详究，但大致而言不出以上所论。

文章音韵的大和谐就像吹奏籥一样，回环取韵就像调瑟一样。瑟的音韵和谐要靠移动琴柱来实现，所以会出现不和谐的情况；籥能起到为其他乐器定音律的作用，所以不会出现不一致。曹植和潘岳之文因是中原正声，故而无不音韵和谐；陆机和左思之文因夹杂方言，故而有音韵不和谐之处。他人之作，诸如此类。

《诗》三百篇的用韵都能做到音韵清楚准确，《楚辞》用楚语创作则其错乱之韵就很多了。至于张华论韵说陆机之文多楚音，陆机的《文赋》也承认自己的楚音不易改变，所以是屈原的余韵有违于中原的正声呢。但凡符合音韵的文章，其音韵如转动圆环一样和谐流利；违背声韵则如以方榫入圆孔一样艰难。如果能做到避免以方榫入圆孔，则不会出现大的过失。深通文章创作音韵的高手对此有深刻的认识，故而创作之时会仔细剖析文字的声韵；相反者则随遇而用字。两者相较，前者如远风通过物体的孔穴而发出的声响，后者则是滥竽充数。古人佩玉于左右，是以玉之撞击的节奏调节步伐的节奏以达成和谐，语言文字声音的节奏调节文章的节奏韵律与此理同，怎么能够忽视呢?!

综上所述:（文章创作）立意要高远而用字要切近。用字的节奏韵律发自内心，调于唇齿，就像用盐梅把榆钱、堇菜调和得滑润可口一样。割弃掉杂乱的音韵，则正声就会显现出来。

【评析】

“声律”是中国古代对诗和骈文在声调、音韵、格律等方面的要求。“格律”作为到唐代才形成的理论，在刘勰《声律》篇中还不可能探讨到。故而，该篇主要探讨的是声调和韵律的运用所造成的文章语言的和谐美。其中“声”

指语言的声调,“律”指语言的韵律,“声律”即语言的声调和韵律。

就文学语言的声韵和谐而言,先秦至汉以《诗》三百篇和楚辞为代表的文学作品,还是自然成韵的,没有在创作中有意识的运用,更不用说专门的理论探讨了。文学上有意识于对其声韵进行专门探讨,始于三国曹魏李登作《声类》,该书以宫、商、角、徵、羽分韵,首以五声配字音,尚未分立韵部,是中国最早的一部韵书(书已不传)。由此可见,语言文字之声韵的被发现与探讨,是从音乐的五音入手的。理论探讨的继续,在西晋陆机的《文赋》中有“暨音声之迭代,若五色之相宣”之说,谓文章的语言文字声调的交替变化和音乐的五音交替变化理同,南朝宋范晔《狱中与诸甥侄书》中的“性别宫商,识清浊”说的也是这个意思。理论的探讨还在发展,一般认为,在南北朝时期佛经诵读的影响下汉字的四声被发现,南齐周颙作《四声切韵》,已开始分别字的平上去入四声,但这一发现还没有完全用于文学创作。梁代沈约《宋书·谢灵运传论》中的“欲使宫羽相变,低昂互节,若前有浮声,则后须切响”所谓的把宫声和羽声的字、浮声和切响的字互相调配,仍然是用五声来调配诗的音节。他提出的“八病”说,即平头、上尾、蜂腰、鹤膝、大韵、小韵、旁纽、正纽,前四病为浮声切响——后来的平仄的调配不当。后四病指双声叠韵的调配不当;进而用五声来配四声,但对五声与平、上、去、入关系,今人的解释存在分歧。沈约所说的低昂或浮切和刘勰在《文心雕龙·声律》中所说的“声有飞沉”都是两分法。可见,四声怎样分为平仄两种,在六朝时没有完全解决。“八病”说,过于繁琐,以至于连沈约自己都不能遵守。这一问题,到了唐朝的以上去入为仄,平仄相配,符合于低昂、浮切、飞沉的两分法,才最后形成了平仄协调的格律。

那么,刘勰的声律论并没有超越前修和时贤尤其沈约的理论深度,其主要贡献在于将其纳入《文心雕龙》的整体理论体系中作了专篇论述。

体系性首先表现在,他认为语言声律和音乐五音的本原,是人自然发出的声音:“夫音律所始,本于人声者也。声合宫商,肇自血气……故知器写人声,声非学器者也。”在此前提下强调了语言文字在文学创作上的重要性:“故言语者,文章关键,神明枢机,吐纳律吕,唇吻而已。”然后展开了和音乐五音的类比阐述:“古之教歌,先揆以法,使‘疾呼中宫,徐呼中徵’。夫宫商响高,徵羽声下;抗喉矫舌之差,攒唇激齿之异;廉肉相准,皎然可分。”在和文学创作上的声律和音乐的五音类比上,可贵的是刘勰既指出了其共性,也发现了其区别:“今操琴不调,必知改张;摛文乖张,而不识所调。响在彼弦,乃得克谐;声萌我心,更失和律。其故何哉?良由外听易为察,内听难为聪也。故外听之易,弦以手定;内听之难,声与心纷;可以数求,难以辞逐。”音乐五音的易于和谐在于外听之易;而文章音韵的和谐是要于作家个体内心和谐,因为自己的内心纷乱——心纷,故而不易和谐。

当然,刘勰该篇从根本上还是讲文学创作的声律问题。其中涉及双声、叠韵、平仄的配合:“凡声有飞沉,响有双叠。双声隔字而每舛,叠韵杂句而必睽;沉则响发而断,飞则声飏不还。”以及和声、押韵的问题:“异音相从谓之和,同声相应谓之韵。”联系具体的作家讲正声和方言的利弊,谓《诗》三百篇、曹植、潘岳是中原正声,《楚辞》(屈原)、陆机、左思夹杂方言为讹音。就价值倾向而言,刘勰是主张正声的。

总之,刘勰该《声律》篇是他《文心雕龙》五十篇中的重要一环,是中国声律论的重要文献。

章句第三十四

夫设情[①]有宅，置言[②]有位；宅情曰章，位言曰句。故章者，明也；句者，局也。局言[③]者，联字以分疆；明情者，总义以包体。区畛[④]相异，而衢路交通[⑤]矣。夫人之立言[⑥]，因字而生句，积句而为章，积章而成篇。篇之彪炳，章无疵[⑦]也；章之明靡[⑧]，句无玷也；句之清英[⑨]，字不妄[⑩]也。振本而末从，知一而万毕矣。

夫裁文匠笔[⑪]，篇有大小；离章合句[⑫]，调[⑬]有缓急；随变适会[⑭]，莫见定准[⑮]。句司数字[⑯]，待相接以为用[⑰]；章总一义[⑱]，须意穷而成体[⑲]。其控引情理[⑳]，送迎际会，譬舞容[㉑]回环[㉒]，而有缀兆[㉓]之位；歌声靡曼[㉔]，而有抗坠[㉕]之节也。

---

①设情：设置思想感情，即立意。 ②置言：布置文辞。 ③局言：同上“置言”，布局言辞。 ④区畛(zhěn)：区域范围。 ⑤交通：相通，此言文章创作的立意和行文尽管有分别，但却又相通。 ⑥立言：此谓文章创作的行文。 ⑦疵(cī)：毛病、缺点。 ⑧明靡：鲜明华丽。锺嵘《诗品》卷下：“江祏诗猗猗清润，弟祀明靡可怀。” ⑨清英：此指文字清新挺拔。 ⑩妄：胡乱。 ⑪裁文匠笔：此指文章创作、撰写。 ⑫离章合句：布置章句。 ⑬调：文章气势、风格等。 ⑭随变适会：适应情况变化做出调整。 ⑮定准：确定的准则。 ⑯句司数字：此谓每一句有数个字构成。 ⑰相接以为用：此谓句由字之相联结构成发挥功能。 ⑱章总一义：数句成章，每一章表达一层意思。 ⑲意穷而成体：意思表达充分而构成一章的价值。 ⑳控引情理：控制引出思想感情。 ㉑舞容：舞蹈的阵容。 ㉒回环：亦作“廻环”，周行、循环。 ㉓缀兆：古代乐舞中舞者的行列位置，周振甫注：“舞时表行列的叫缀，舞时进退的范围叫兆。”《礼记·乐记》：“屈伸俯仰，缀兆舒疾，乐之文也。”郑玄注：“缀，谓酂舞者之位也。兆，其外营域也。” ㉔靡曼：美妙。 ㉕抗坠：音调的高低清浊，出《礼记·乐记》：“故歌者上如抗，下如队。”孙希旦集解引方悫曰：“抗，言声之发扬；队，言声之重浊。”

寻《诗》人拟喻[①]，虽断章取义[②]，然章句在篇，如茧之抽绪，原始要终[③]，体必鳞次[④]。启行之辞[⑤]，逆萌[⑥]中篇之意；绝笔之言[⑦]，追媵[⑧]前句之旨；故能外文绮交[⑨]，内义脉注[⑩]，跗萼[⑪]相衔，首尾一体。若辞失其朋，则羁旅而无友[⑫]；事乖其次，则飘寓而不安。是以搜句忌于颠倒，裁章贵于顺序，斯固情趣之指归[⑬]，文笔之同致也。

若夫章句无常，而字有条数[⑭]，四字密而不促，六字格而非缓，或变之以三五，盖应机之权节[⑮]也。至于《诗》《颂》大体，以四言为正，唯"祈父"[⑯]"肇禋"[⑰]，以二言为句。寻二言肇于黄世，《竹弹》之谣是也；三言兴于虞时，《元首》之诗是也；四言广于夏年，《洛汭之歌》[⑱]是也；五言见于周代，《行露》之章是也；六言七言，杂出《诗》《骚》，两体之篇，成于西汉。情数运周，随时代用矣。

若乃改韵徙调[⑲]，所以节文辞气[⑳]。贾谊、枚乘，两韵辄易；刘歆、桓谭，百句不迁；亦各有其志也。昔魏武论赋，嫌于积

---

①拟喻：打比方。 ②断章取义：这是对作诗而言，指《诗经》各以一相对独立内容分章，不同于说诗者割裂原意的断章取义。 ③原始要终：原意是探讨事物的始末，《周易·系辞下》："《周易》之为书也，原始要终，以为质也。"此指写作的从开头到结尾。 ④鳞次：为文字排列如鱼鳞般整齐紧致。 ⑤启行之辞：指文章的开篇言辞。 ⑥逆萌：隐含。 ⑦绝笔之言：指文章的结尾言辞。 ⑧追媵：承接、照应。媵(yìng)：古代贵族女子出嫁时陪嫁的人。《释名·释亲属》："侄娣曰媵。媵，承也，承事嫡也。" ⑨外文绮交：文字像织绮的花纹那样交错。 ⑩内义脉注：意义像脉络那样贯通。 ⑪跗萼：花萼与子房。 ⑫羁旅而无友：宋玉《九辩》："廓落兮羁旅而无友生。"羁旅：外出而滞留他乡。 ⑬指归：意旨所归。 ⑭条数：条理、规矩。 ⑮权节：平衡调节。 ⑯祈父：《诗经·小雅·祈父》。诗文有句二字者："祈父，予王之爪牙。胡转予于恤，靡所止居？祈父，予王之爪士。胡转予于恤，靡所厎止？祈父，亶不聪。胡转予于恤？有母之尸饔。" ⑰肇禋：《诗经·周颂·维清》中有"维清缉熙，文王之典。肇禋，迄用有成，维周之祯"。 ⑱《洛汭之歌》：即《五子之歌》。《尚书·夏书》："太康失邦，昆弟五人须于洛汭，作《五子之歌》。"汭(ruì)：河水弯曲处。 ⑲改韵徙调：改换韵脚、变动音调。 ⑳节文辞气：调节文章的文辞气势。

韵[①]，而善于贸代[②]。陆云亦称“四言转句，以四句为佳”[③]，观彼制韵，志同枚、贾。然两韵辄易，则声韵微躁[④]；百句不迁[⑤]，则唇吻告劳[⑥]。妙才激扬[⑦]，虽触思利贞[⑧]，曷若折之中和，庶保无咎[⑨]。

又《诗》人以“兮”字，入于句限[⑩]；《楚辞》用之，字出句外[⑪]。寻兮字成句，乃语助余声。舜咏《南风》[⑫]，用之久矣，而魏武弗好，岂不以无益文义[⑬]耶！至于“夫”“惟”“盖”“故”者，发端之首唱；“之”“而”“于”“以”者，乃札句[⑭]之旧体；“乎”“哉”“矣”“也”者，亦送末之常科。据事似闲，在用实切[⑮]。巧者回运[⑯]，弥缝文体[⑰]，将令数句之外得一字之助矣。外字难谬[⑱]，况章句欤。

赞曰：断章有检[⑲]，积句不恒。理资配主[⑳]，辞忌失朋[㉑]。环情革调[㉒]，宛转相腾[㉓]。离合同异[㉔]，以尽厥能。

【译文】

文章撰写立意和行文都有其规则，其中立意谓之“章”，行文谓之

---

①积韵：重复同韵。 ②贸代：变换韵脚。 ③四言转句，以四句为佳：陆云《与兄平原书》：“文中有于是、尔乃，于转句诚佳，然得不用之益快，有故不如无。又于文句中，自可不用之，便少亦常。云四言转句，以四句为佳。” ④微躁：略微急促。 ⑤不迁：不换韵。 ⑥告劳：表示自己的劳苦，《诗经·小雅·十月之交》：“黾勉从事，不敢告劳。” ⑦妙才激扬：才情高昂。 ⑧触思利贞：构思语言流利思想纯正。 ⑨无咎：无过，不出差错。 ⑩《诗》人以“兮”字入于句限：指《诗》三百篇章“兮”字用在句子之内，如《曹风·鸤鸠》首章：“鸤鸠在桑，其子七兮。淑人君子，其仪一兮。其仪一兮，心如结兮。” ⑪字出于句外：《楚辞》中的“兮”字常用在句外。 ⑫《南风》：古乐名。词为：“南风之熏兮，可以解吾民之愠兮。南风之时兮，可以阜吾民之财兮。”（《孔子家语·辩乐解》） ⑬无益文义：对作品的内容没有什么好处。 ⑭札句：插入句中调节语气。 ⑮实切：切实。 ⑯回运：灵活运用。 ⑰弥缝文体：此谓利用各种虚字来连缀组合文章。弥缝：弥补缝合。 ⑱外字难谬：此谓文章中即使虚字都不能用错。外字：外加的字，即虚字。 ⑲断章有检：文章撰写分章有法式。检：法式、法度，如后《物色》篇“然物有恒姿，而思无定检”句中“检”字之义。 ⑳理资配主：章句要配合主旨。 ㉑辞忌失朋：文辞应避免孤立。 ㉒环情革调：围绕文意变化声律。 ㉓宛转相腾：做到文意声律紧密结合而相互发扬。 ㉔离合同异：谓根据文意分合章句。

"句"。故而,"章"是"章明"的意思,"句"是"布局"的意思。布局语言也就是将字句连缀成句,章明文意也就是用主旨构成文体。章和句虽有分野,但在构成文章上是相通的。作家行文的顺序是连字成句、积句成章、积章成篇。篇体灿烂是由于章节没有瑕疵,章节鲜艳是由于句无瑕疵,句子清新是由于遣字毫不随意。找到根本,其他也就好办了。

文章创作篇体有大有小,结构章节文句气势有缓急的区别,根据变化做出反应没有确定的法则。每句由数个字构成,各个字相互衔接形成句子;每一章表达一个意思,意思表达完整才能成为章节。掌控文意以随章节行文,就像舞蹈的阵容循环,每位舞者有自己的站位和区域,以及美妙的歌声有自己的顿挫节奏一样。

比如《诗》之篇章,虽各以一相对独立内容分章,但篇中章句则像抽丝剥茧一样有开头结尾,章节、句字排列紧致。开头已隐含篇中之意,结尾能够承接全篇旨归,所以,能做到行文如织绮那样交错、文意也能贯通,就像花萼和子房一样首尾一体。如果文辞孤立,则像独行在外而无友;次序凌乱则像漂泊在外而不安定。所以,文句忌讳顺序颠倒,布置章节以有序为贵,这是文章创作的规律所在。

章节文句没有具体规定,但用字却有一定规则。一句之中,要求四个字紧密但不急促、六个字有区分但不缓慢,有时变化为三字、五字,大致是随时用来平衡和调节文意、章句的。至于《诗》《颂》,其基本体制是四字句,二字句只有"祈父""肇禋"等。追寻二字之句,发现其发端于黄帝时期的《竹弹》歌谣;三字之句则兴起于虞舜时的《元首》之诗;四字句则是夏代的《五子之歌》;五字句则出现于《诗经·召南》的《行露》之篇;六字句和七字句《诗经》和《离骚》中都有,其成型则是在西汉时期。由上可见,句有定字的变化和时代有关。

至于说行文中的换韵换调,则是用来调节文章的辞气的。贾谊和枚乘两句就要换韵,而刘歆和桓谭则是上百句不换,可以说,四者也各自有其特点。过去,曹操不满于重复同一韵而擅长换韵。陆云也说四字句换韵以每四句一换韵为最好,考察他的用韵,特点和枚乘、贾谊相仿。但是，两句一换韵，未免会给人急促之感；而百句一换韵，则又会让人审美疲劳。才高的作者虽然能做到两句一换或百句不换，但是不如既不要太急也不要太缓的折中做法，这样可以保证不出差错。

还有，《诗》篇之中有在句中用“兮”字的，《楚辞》却将之用于句外。考察“兮”字在构成句子上的作用，是语气助词的性质。舜时的《南风歌》早已使用“兮”字了，但曹操却因它无助于文意而不喜欢用。至于“夫”“惟”“盖”“故”等语助词，是用在句首作发语词；“之”“而”“于”“以”则是句中语气词；“乎”“哉”“矣”“也”则又是句末语气词。这些语气助词虽然看上去可有可无，但却在构成句子上具有切实的作用。善于使用的作家能够使其发挥连缀篇章的作用，以至于使数句因得一字之助而妙用无限。虚字尚且不能用错，更何况章句中的实字呢！

综上所述：文章创作分章句有一定法度，而句子的多少却没有确切规定。章句划分要配合主旨，文辞应避免孤立。围绕文意变化声律，文意和文辞在变化中相互发扬。根据文意分合章句，来达成表达的功能。

【评析】

刘勰该《章句》篇表达了他对文篇之字句章节处理艺术的看法。

文学是语言的艺术，是显现在话语蕴藉中的审美意识形态，而文字是语言的载体。文学由口耳相传的文本到著之竹帛的写本，实现了质的转换。一篇之中，所要表达的思想感情一旦确定，怎样表达就是文字的艺术问题，也就是如何谋篇布局行文的问题。就文篇的文字组成而言，今天的说法是字、词、句、段、章，而在刘勰该《章句》篇中，他的单位由小到大的顺序是由字成句、句成章节、多个章节构成文篇：“夫人之立言，因字而生句，积句而为章，积章而成篇。篇之彪炳，章无疵也；章之明靡，句无玷也；句之清英，字不妄也。”

就章法而言，刘勰此处和他整部《文心雕龙》一样采用了辩证方法论。他一方面认为整体上无定法：“夫裁文匠笔，篇有大小；离章合句，调有缓急；随变适会，莫见定准。”文章创作篇体有大有小，结构章节文句气势有缓有急，根据变化做出反应没有确定的法则。一方面又认为具体上有一定规则：“控引情理，送迎际会，譬舞容回环，而有缀兆之位；歌声靡曼，而有抗坠之节也。”掌控文意以随章节行文，就像舞蹈的阵容循环，每位舞者有自己的站位和区域，以及美妙的歌声有自己的抑扬顿挫节奏一样。如，他提出了在文意统领下整篇文字开篇、篇中、结篇章节的照应问题："启行之辞，逆萌中篇之意；绝笔之言，追媵前句之旨；故能外文绮交，内义脉注，跗萼相衔，首尾一体。"开头已隐含篇中之意，结尾能够承接全篇旨归，所以，能做到行文如织绮那样交错、文意也能贯通，就像花萼和子房一样首尾一体。

更具体地，刘勰《章句》篇还讨论到"句有定字""篇之用韵"以及以"兮"字为代表的虚字问题。关于"句有定字"问题，刘勰是以"四言"为正体的，他说："《诗》《颂》大体，以四言为正。"然后在此观点之下考察了二言、三言、五言、六言、七言的情况。他的"四言为正"之说和他《明诗》篇所说的"四言正体""五言流调"主张是一致的，我们认为，他的这一观点没有看到文学表达由四言走向五言甚至七言的必然发展趋势，以至于和同时代而稍晚于他的锺嵘《诗品序》中的"五言居文词之要，是众作之有滋味者也"的观点相比较为保守和落后。

关于"篇之用韵"，刘勰主要探讨了长篇之作的换韵问题，也就是一篇之中几句一换韵更具有审美价值。关于换韵的本质价值，他说："改韵徙调，所以节文辞气。"行文中的换韵换调，则是用来调节文章的辞气的。他首先指出了换韵上的两种极端，即两句一换韵的贾谊和枚乘，"贾谊、枚乘，两韵辄易"，和百句不换韵的刘歆、桓谭，"刘歆、桓谭，百句不迁"。刘勰说前者因换得太勤给人急促之感故而不美，"两韵辄易，则声韵微躁"；后者则是换得太慢让人审美疲劳，故而也不美，"百句不迁，则唇吻告劳"。他认为正确的做法应该是既不太急也不太缓的折中主张，"折之中和，庶保无咎"。

关于虚字，他重点考察了"兮"字。他指出"兮"早在虞舜时的《南风》之诗中就已使用，特点是四句均用于句末，看来是在作语气助词的同时还有构成韵脚的作用；在《诗经》《楚辞》中的使用，其共同点在于起到语气助词的作用，不同点是在《诗经》中用于句中而在《楚辞》中是用于句外。又提到曹操因为无实际作用故而不喜欢用"兮"字，而刘勰自己的主张则是虚字在构成文句上不可或缺："据事似闲，在用实切。巧者回运，弥缝文体，将令数句之外得一字之助矣。""兮"字之外，他还归纳了用于句首、句中、句末作为语气助词的虚字的使用："'夫''惟''盖''故'者，发端之首唱；'之''而''于''以'者，乃札句之旧体；'乎''哉''矣''也'者，亦送末之常科。"

总之，关于章句，刘勰的基本观点是在表达文意即"理资配主"这一基本功能的前提下，围绕文意变化声律，文意和文辞在变化中相互发扬，根据文意分合章句，来达成最好地表达文意的效果："环情革调，宛转相腾。离合同异，以尽厥能。"

丽辞第三十五

造化赋形，支体必双，神理为用，事不孤立。夫心生文辞，运裁百虑，高下相须[①]，自然成对。

唐虞之世，辞未极文，而皋陶赞云："罪疑惟轻，功疑惟重。"[②]益陈谟云："满招损，谦受益。"[③]岂营丽辞？率然对尔！《易》之《文》《系》[④]，圣人之妙思也。序《乾》四德[⑤]，则句句相衔；龙虎类感[⑥]，则字字相俪；乾坤易简[⑦]，则宛转相承[⑧]；日月往来[⑨]，则隔行悬合[⑩]；虽句字或殊，而偶意[⑪]一也。至于《诗》人偶

---

①相须：互相依存、互相配合。《诗经·小雅·谷风》"习习谷风，维风及雨"毛传："风雨相感，朋友相须。"汉王充《论衡·无形》："人禀气于天，气成而形立，形命相须，以致终死。" ②罪疑惟轻，功疑惟重：罪行轻重有可疑时，宁可从轻处置；功劳大小有疑处，宁可从重奖赏。出《尚书·大禹谟》："罪疑惟轻，功疑惟重。与其杀不辜，宁失不经。" ③满招损，谦受益：骄傲自满招来损失，谦虚谨慎得到益处。出《大禹谟》："满招损，谦受益，时乃天道。" ④《周易》之《文》《系》：《周易》的《文言》《系辞》两传。 ⑤序《乾》四德：《周易·乾卦·文言》："元者，善之长也；亨者，嘉之会也；利者，义之和也；贞者，事之干也……君子行此四德者，故曰乾，元亨利贞。"《乾》四德：指元、亨、利、贞。 ⑥龙虎类感：《周易·乾卦·文言》："子曰：同声相应，同气相求，水流湿，火就燥；云从龙，风从虎；圣人作而万物睹。本乎天者亲上，本乎地者亲下，则各从其类也。" ⑦乾坤易简：《周易·系辞上》："乾以易知，坤以简能，易则易知，简则易从；易知则有亲，易从则有功；有亲则可久，有功则可大；可久则贤人之德，可大则贤人之业。"易简，韩康伯注："天地之道，不为而善始，不劳而善成，故曰易简。" ⑧宛转相承：婉转曲折承上启下地推绎"易简"之理。 ⑨日月往来：《周易·系辞下》："日往则月来，月往则日来，日月相推，而明生焉。寒往则暑来，暑往则寒来，寒暑相生，而岁成焉。" ⑩隔行悬合：谓隔句不相连两句的对偶，上注所引"日往则月来"和"寒往则暑来"相对。悬：远。 ⑪偶意：对偶之意。

章[1]，大夫联辞[2]，奇偶适变[3]，不劳经营。自扬马张蔡[4]，崇盛丽辞，如宋画吴冶[5]，刻形镂法[6]，丽句与深采并流，偶意共逸韵[7]俱发。至魏晋群才，析句弥密，联字合趣，剖毫析厘，然契机者[8]入巧，浮假者[9]无功。

故丽辞之体，凡有四对：言对[10]为易，事对[11]为难；反对[12]为优，正对[13]为劣。言对者，双比空辞[14]者也；事对者，并举人验[15]者也；反对者，理殊趣合[16]者也；正对者，事异义同[17]者也。长卿《上林赋》云："修容乎《礼》园，翱翔乎《书》圃。"[18]此言对之类也。宋玉《神女赋》云："毛嫱鄣袂，不足程式；西施掩面，比之无色。"[19]此事对之类也。仲宣《登楼》云："锺仪幽而楚奏[20]，庄舄显而越吟[21]。"此反对之类也。孟阳[22]《七哀》云："汉祖想枌榆，

---

①《诗》人偶章：《诗经》中的排偶之句。 ②大夫联辞：指春秋时期各国大夫聘对之辞。 ③奇偶适变：散句和对句随随机应变。 ④扬马张蔡：扬雄、司马相如、张衡、蔡邕。 ⑤宋画吴冶：宋人善画，吴人善冶。宋画：《庄子·田子方》："宋元君将画图，众史皆至，受揖而立，舐笔和墨，在外者半。有一史后至者，儃儃然不趋，受揖不立，因之舍。公使人视之，则解衣般礴，蠃。君曰：'可矣，是真画者矣。'"儃儃（shàn）：舒闲貌。般礴：箕坐。吴冶：《吴越春秋·阖闾内传》："干将者，吴人也……干将作剑，采五山之铁精，六合之金英，候天伺地，阴阳同光，百神临观，天气下降，而金铁之精不销……干将妻乃断发剪爪，投于炉中，使童女童男三百人鼓橐装炭，金铁乃濡，遂以成剑。" ⑥刻形镂法：《淮南子·修务训》："夫宋画吴冶，刻刑镂法，乱修曲出，其为微妙，尧舜之圣不能及。" ⑦逸韵：高超的声韵。 ⑧契机者：此谓符合对偶的文学创作。 ⑨浮假者：对偶浮滥的作品。 ⑩言对：文字对。 ⑪事对：典故对。 ⑫反对：反义对。 ⑬正对：义同、质似对。 ⑭空辞：不用典之辞。 ⑮人验：前人已验证的典故。 ⑯理殊趣合：事理相反而文趣相合。 ⑰事异义同：事不同而理同。 ⑱修容乎《礼》园，翱翔乎《书》圃：（帝王）应用《礼》来修饰容仪，在《书》中遨游学习。 ⑲毛嫱鄣袂，不足程式；西施掩面，比之无色：毛嫱遮上衣袖，不足法式；西施掩住面容，比之逊色。 ⑳锺仪幽而楚奏：锺仪，春秋时楚国人。据《左传·成公九年》："晋侯观于军府，见锺仪，问之曰：'南冠而絷者，谁也？'有司对曰：'郑人所献楚囚也。'……使与之琴，操南音。"幽：囚禁。楚奏：奏楚国的音乐。 ㉑庄舄显而越吟：庄舄（xì），战国时越人，仕于楚。《史记·张仪列传》："楚王曰：'舄，故越之鄙细人也。今仕楚执珪，富贵矣，亦思越不？'中谢对曰：'凡人之思故，在其病也，彼思越则越声，不思越则楚声。'使人往听之，犹尚越声也。"显：指庄舄官位显要。越吟：庄舄病中呻吟发越声。 ㉒孟阳：张载字。

光武思白水。”此正对之类也。凡偶辞胸臆，言对所以为易也；征人之学，事对所以为难也；幽显同志，反对所以为优也；并贵共心①，正对所以为劣也。又以事对，各有反正，指类而求，万条自昭然矣。张华诗称：“游雁比翼翔，归鸿知接翮。”②刘琨诗言：“宣尼悲获麟，西狩泣孔丘。”③若斯重出，即对句之骈枝④也。

是以言对为美，贵在精巧；事对所先，务在允当。若两事相配，而优劣不均，是骥在左骖⑤，驽为右服⑥也。若夫事或孤立，莫与相偶，是夔之一足⑦，趻踔⑧而行也。若气无奇类，文乏异采，碌碌丽辞，则昏睡耳目。必使理圆事密⑨，联璧⑩其章，迭用奇偶⑪，节以杂佩⑫，乃其贵耳。类此而思，理斯见也。

赞曰：体植必两⑬，辞动有配。左提右挈，精味⑭兼载。炳烁⑮联华，镜静⑯含态。玉润双流⑰，如彼珩珮⑱。

【译文】

自然造物赋之以形，构成身体的分支必然成对出现，故而自然之道表现为形体，不是孤零零的一个。至于由心而生的文章，是运思镕裁反

---

①并贵共心：谓汉高祖刘邦和光武帝刘秀均贵为帝王而都有思念家乡的情感。②游雁比翼翔，归鸿知接翮：此为晋张华《杂诗三首》之三之句。③宣尼悲获麟，西狩泣孔丘：此为晋刘琨的《重赠卢谌》之句。④骈枝：多余、不必要的东西。骈：脚拇指与第二指相连。枝(qí)：手指的六指。⑤左骖：古代驾车三马或四马中左边的马，相对于中间驾辕的马起辅助作用。⑥右服：驾车在左骖的右边，相对于左骖的辅助，而居中驾辕起关键作用的马。⑦夔之一足：《山海经·大荒东经》：“东海中有流波山，入海七千里。其上有兽，状如牛，苍身而无角，一足，出入水则必风雨，其光如日月，其声如雷，其名曰夔。”夔(kuí)：一种独脚兽。⑧趻(chěn)踔(chuō)：跳跃。⑨理圆事密：义理与用事一体圆融。⑩联璧：并列在一起的两块玉，此喻对偶之句。⑪迭用奇偶：交替使用散句和偶句。⑫杂佩：古人身上佩带的各种不同的玉器。《诗经·郑风·女曰鸡鸣》：“知子之来之，杂佩以赠之。”毛传：“杂佩者，珩、璜、琚、瑀、冲牙之类。”⑬体植必两：义同开篇“造化赋形，支体必双”。⑭精味：对偶所应有的高超艺术审美价值。⑮炳烁：光彩闪耀貌。⑯镜静：如镜一样明净。⑰玉润双流：此谓偶句的华采如润泽之玉表现出来。⑱珩珮：各种不同的佩玉。

复思考的结果，或高或下相须为用，也是自然成对的。

唐尧虞舜的时代，尚且未有极力为文的情况，但是《尚书》中已有“罪疑惟轻，功疑惟重”“满招损，谦受益”的对偶之句。这难道是有意识经营的偶对？不是的，是自然而然形成的！《易经》的《文言》和《系辞》两篇传文是孔圣精心结撰的成果。《文言》解释《乾》卦元、亨、利、贞四德之文，句句相互衔接而成对；解释《乾》卦的“云从龙，风从虎”以类相感，则又是字字相对而成偶。《系辞上》论“乾坤易简”之道，则是以偶对句式婉转曲折承上启下地推绎“易简”之理；“日往则月来，月往则日来，日月相推，而明生焉。寒往则暑来，暑往则寒来，寒暑相生，而岁成焉”之文，则是隔句不相连的对偶。以上这些偶对，虽然不完全符合后世对偶要求，但是和对偶的精神是一致的。至于《诗》三百篇中的对偶，春秋大夫聘对的对偶之辞，或散句或偶句的随机应变，则是没有经过专门思虑的。真正有意为之的偶对是从汉代扬雄、司马相如、张衡、蔡邕开始的，他们像“宋画吴冶”钻研绘画和冶剑一样专心于偶对之法，以至于将偶对地位提升到和斐然的文采、高超的声韵关联的层面。到了魏晋时期，作家们更加注意偶对，以至于斤斤计较于一字一句。但是符合偶对精神才显得精巧，对偶浮滥的作品反而难以有大的成就。

总结下来，偶对共有四种情况：言对容易，事对为难，反对较优，正对较劣。所谓言对，指的是不用典的对偶；所谓事对，指的是用典故的对偶；所谓反对，指的是事理相反而文趣相合的对偶；所谓正对，指的是事不同而理同的对偶。司马相如《上林赋》的“修容乎《礼》园，翱翔乎《书》圃”是言对的类别，宋玉《神女赋》的“毛嫱鄣袂，不足程式；西施掩面，比之无色”是事对的类别，王粲《登楼赋》的“锺仪幽而楚奏，庄舄显而越吟”是反对的类别，张载《七哀诗》的“汉祖想枌榆，光武思白水”是正对的类别。言对直接发于胸臆，所以相对容易；事对要以学养为基础，征验于前人，所以相对较难；幽囚与显达事类相反而思乡之情相同，所以王粲反对相对为优；同为富贵而思乡，所以张载正对为劣。又同为事对而有反对、正对的不同，若能辨明类别，则各种对偶昭然可明。张华诗有“游雁比翼翔，归鸿知接翮”之偶句，刘琨诗有“宣尼悲获麟，西狩泣孔丘”之偶句，二者是从内容到形式几乎完全相同的两个句子同时出现的偶句，显然是偶句中的骈拇、六指。

因而，言对中好的，好在精致巧妙；事对优先考虑的，其要是恰当。如果两句相配成偶却优劣不够均衡，则像以良马为左骖以劣马为右服一样不均衡。如果用事孤立而无偶，就像一足之夔兽一样只能跳跃而行。如果没有感人的气势和斐然的文采而是空有偶对之句，则不会有强烈的艺术魅力而只能使人昏昏欲睡。因而，要做到理事圆融珠联璧合，交替使用散句、偶句以为调节才是最好的。只有建立这样的观点，偶对之理才算圆满。

综上所述：自然造物必然对生，故而文句也应配对。上句下句相互对应，才能兼得偶对的精髓。或光彩闪耀或明净如镜，都是偶对的审美精神。偶句的华彩如润泽之玉表现出来，就像不同的佩玉和声一样。

【评析】

“丽”的繁体为“麗”，从鹿，丽声，鹿成对、并驾，本义为成群、结伴、成对；丽辞即成对的文字、文句。刘勰该《丽辞》篇讨论的是文学作品语言形式的偶对问题。由篇章的内容看，他这里讨论的丽辞并不等同于后世格律的对仗，而是指句子的对偶。关于偶对，北齐颜之推《颜氏家训·文章》篇有：“今世音律谐靡，章句偶对，讳避精详，贤于往昔多矣。”看来，刘勰该篇是对当时文学创作走向语言形式美的理论审视，是当时关于这一问题的全面理论探讨。

刘勰此篇对偶对的论述逻辑，和整部《文心雕龙》于《原道》篇将文之根据追溯到自然之道一样，也是将之追溯到了自然的依据。因为自然造物赋之以形，构成身体的分支必然成对出现：“造化赋形，支体必双。”故而由心而生之文章也必然是自然成对的：“夫心生文辞……自然成对。”具体而言，他说《尚书》中的“罪疑惟轻，功疑惟重”“满招损，谦受益”是“岂营丽辞？率然对尔”的自然成偶，《易经》之《文言》《系辞》中的偶对是孔子妙思的结果。《诗》三百篇中的对偶，春秋大夫聘对的对偶之辞，或散句或偶句的随机应变，则是没有经过专门思虑的“奇偶适变，不劳经营”。真正的偶对有意为之是从汉代扬雄、司马相如、张衡、蔡邕开始:“自扬马张蔡,崇盛丽辞。”并取得了很高的艺术成就:“丽句与深采并流,偶意共逸韵俱发。”魏晋以来的文学虽然更加重视偶对,但却走了下坡路:“魏晋群才,析句弥密,联字合趣,剖毫析厘,然契机者入巧,浮假者无功。”也就是说,到了魏晋时期的作家们更加注意偶对,以至于斤斤计较于一字一句,但是也出现了对偶浮滥以至于艺术成就不高的作品。以上是刘勰对偶对源头的追溯和史的梳理。

接下来是理论总结。他将偶对归纳为言对、事对、反对、正对四种,并对这四种偶对分别下了定义。所谓言对,指的是不用典的对偶;所谓事对,指的是用典的对偶;所谓反对,指的是事理相反而文趣相合的对偶;所谓正对,指的是事不同而理同的对偶。定义之后,从文学史角度进行了例证,例证见“原文”和“译文”,此不详述。随后他对四种偶对的审美价值发表了看法:正对直接发于胸臆所以相对容易;事对要以学养为基础征验于前人所以相对较难;幽囚与显达事类相反而思乡之情相同,所以反对相对最优;同为富贵而思乡,所以张载正对相对劣等。最劣等的是从内容到形式几乎完全相同的两个句子同时出现的偶句,刘勰认为是偶句中的骈拇、六指,例子是张华诗的“游雁比翼翔,归鸿知接翮”和刘琨诗的“宣尼悲获麟,西狩泣孔丘”。

务要指出,刘勰该《丽辞》篇专论偶对却没有过分强调偶对在文学创作上的价值,而是清醒地认识到,只有和文势感人、文采斐然融为一体的偶对才是有价值的。他说,如果没有感人的气势和斐然的文采而空有偶对之句,则不会有强烈的艺术魅力:“若气无奇类,文乏异采,碌碌丽辞,则昏睡耳目。”因而,要做到理事圆融、珠联璧合,交替使用散句、偶句以为调节才是最好的:“必使理圆事密,联璧其章,迭用奇偶,节以杂佩,乃其贵耳。”并谓:“类此而思,理斯见也。”只有建立这样的观点,偶对之理才算圆满。

比兴第三十六

《诗》文弘奥[①],包韫[②]六义;毛公述《传》[③],独标"兴体"[④],岂不以"风"通而"赋"同,"比"显而"兴"隐哉?故比者,附也;兴者,起也。附理者切类[⑤]以指事[⑥],起情者依微[⑦]以拟议[⑧]。起情故兴体以立,附理故比例以生。比则畜愤[⑨]以斥言[⑩],兴则环譬[⑪]以托讽[⑫]。盖随时[⑬]之义不一,故诗人之志有二也。

观夫兴之托谕[⑭],"婉而成章"[⑮],"称名也小,取类也大"[⑯]:关雎有别[⑰],故后妃方德[⑱];尸鸠[⑲]贞一[⑳],故夫人象义[㉑]。义取

---

①弘奥:宏大深奥、博大精深。 ②包韫:同"包蕴",包含。 ③毛公述《传》:西汉毛亨的《毛诗诂训传》。 ④独标"兴体":只标明属于"兴"的诗句,而"赋""比"则不注,如《关雎》"关关雎鸠,在河之洲"二句下标以"兴也"。 ⑤切类:以类似事物为喻。 ⑥指事:阐明事理,叙述事物,如《明诗》"造怀指事,不求纤密之巧"中"指事"义。 ⑦依微:依托微小事物。 ⑧拟议:比拟,《晋书·文苑传·左思》:"观中古以来,为赋者多矣……至若此赋,拟议数家,傅辞会义,抑多精致。" ⑨畜愤:积聚怨愤。 ⑩斥言:直言指责过失。《后汉书·蔡邕传赞》:"邕实慕静,心静辞绮。斥言金商,南徂北徙。"李贤注:"指斥而言,无隐讳也。" ⑪环譬:委婉譬喻。 ⑫托讽:以物寄托讽刺之意。 ⑬随时:即时。 ⑭托谕:义同上"托讽"。 ⑮婉而成章:谓用委婉的手法形成篇章,出《左传·成公十四年》:"《春秋》之称,微而显,志而晦,婉而成章,尽而不污,惩恶而劝善,非圣人谁能修之。" ⑯称名也小,取类也大:谓以细小之事物寓托大的道理,出《周易·系辞下》:"其称名也小,其取类也大。" ⑰关雎有别:谓关雎这种禽鸟雌雄情感真挚却又能相互分别。 ⑱后妃方德:比方周文王后妃太姒之德。《关雎序》:"《关雎》,后妃之德也。" ⑲尸鸠:即鸤鸠。鸟名,鸤鸠即布谷鸟。《诗经·曹风·鸤鸠》:"鸤鸠在桑,其子七兮;淑人君子,其仪一兮。"毛苌注曰:"鸤鸠之养其子,旦从上下,暮从下上,平均如一。言善人君子执义亦如此。" ⑳贞一:守正专一,《召南·鹊巢》诗所说的鸤鸠有贞静专一的品德。《毛诗序》:"《鹊巢》,夫人之德也。国君积行累功以致爵位,夫人起家而居有之,德如鸤鸠乃可以配焉。" ㉑夫人象义:《鹊巢》是歌颂诸侯夫人的,《毛诗·鹊巢序》:"《鹊巢》,夫人之德也。"

其贞，无疑于夷禽①；德贵其别，不嫌于鸷鸟②；明而未融③，故发注④而后见也。且何谓为比？盖写物以附意，飏言以切事⑤者也，故金锡以喻明德⑥，珪璋以譬秀民⑦，螟蛉以类教诲⑧，蜩螗以写号呼⑨，浣衣以拟心忧⑩，席卷以方志固⑪：凡斯切象，皆比义也。至如"麻衣如雪"⑫"两骖如舞"⑬，若斯之类，皆比类者也。楚襄信谗，而三闾忠烈，依《诗》制《骚》，讽兼比兴⑭。炎汉虽盛，而辞人夸毗⑮，诗刺道丧，故兴义销亡，于是赋颂先鸣，故比体云构⑯，纷纭杂遝⑰，倍旧章矣。

夫比之为义，取类不常，或喻于声⑱，或方于貌⑲，或拟于心⑳，或譬于事㉑。宋玉《高唐》云"纤条悲鸣，声似竽籁"㉒，此比声之类也；枚乘《菟园》云"焱焱纷纷，若尘埃之间白云"㉓，此则比貌之类也；贾生《鵩赋》云"祸之与福，何异纠纆"㉔，此以物比

---

①夷禽：平常的禽鸟。 ②鸷鸟：凶猛的禽鸟。 ③明而未融：明而未朗，出《左传·昭公五年》："明而未融，其当旦乎。" ④发注：阐发注释。 ⑤切事：切合事理。 ⑥金锡以喻明德：《诗经·卫风·淇奥》用"有匪君子，如金如锡"称赞卫武公。 ⑦珪璋以譬秀民：《诗经·大雅·卷阿》用"如珪如璋"来称赞优秀人物："颙颙昂昂，如圭如璋，令闻令望，岂弟君子，四方为纲。" ⑧螟蛉以类教诲：《诗经·小雅·小宛》用"螟蛉有子，蜾蠃负之"来比喻教养后辈。螟蛉：蛾的幼虫。 ⑨蜩螗以写号呼：《诗经·大雅·荡》用"如蜩如螗"来比喻饮酒呼号的声音："如蜩如螗，如沸如羹。"郑玄笺："饮酒号呼之声，如蜩螗之鸣，其笑语沓沓，又如汤之沸，羹之方孰。"蜩螗：蝉。 ⑩浣衣以拟心忧：《诗经·邶风·柏舟》："心之忧矣，如匪澣衣。" ⑪席卷以方志固：《诗经·邶风·柏舟》："我心匪席，不可卷也。" ⑫麻衣如雪：谓麻衣如雪一样洁白，出《诗经·曹风·蜉蝣》："蜉蝣掘阅，麻衣如雪。" ⑬两骖如舞：谓两骖奔驰状如舞蹈，出《诗经·郑风·大叔于田》："叔于田，乘乘马。执辔如组，两骖如舞。"骖，驾车时两旁的马称骖，中间的马称服。 ⑭讽兼比兴：此如《辨骚》篇所谓"虬龙以喻君子，云蜺以譬谗邪，比兴之义也"之谓。 ⑮夸毗：以谄谀、卑屈取媚于人，《诗经·大雅·板》："天之方懠，无为夸毗。"毛传："夸毗，体柔人也。" ⑯云构：如云一样大量涌现。 ⑰杂遝：纷杂繁多貌。遝(tà)：纷乱貌。 ⑱喻于声：比于声音。 ⑲方于貌：比于状貌。 ⑳拟于心：比于心意。 ㉑譬于事：比于事件。 ㉒纤条悲鸣，声似竽籁：风吹细枝发出悲声，好像吹竽似的。 ㉓焱(yàn)焱纷纷，若尘埃之间白云：众鸟飞得极快，好像白云中几点尘埃。 ㉔祸之与福，何异纠纆：此谓灾祸和幸福的互相联系，同绳索绞在一起没有什么区别。纆(mò)：绳索。

理者也；王褒《洞箫》云“优柔温润，如慈父之畜子也”[1]，此以声比心者也；马融《长笛》云“繁缛络绎，范蔡之说也”[2]，此以响比辩者也；张衡《南都》云“起郑舞，茧曳绪”[3]，此以容比物者也。若斯之类，辞赋所先，日用乎比，月忘乎兴，习小而弃大，所以文谢于周人也。至于扬班[4]之伦，曹刘[5]以下，图状山川，影写云物，莫不织综比义，以敷其华[6]，惊听回视[7]，资此效绩。又安仁《萤赋》云“流金在沙”[8]，季鹰[9]《杂诗》云“青条若总翠”[10]，皆其义者也。故比类虽繁，以切至[11]为贵，若刻鹄类鹜[12]，则无所取焉。

赞曰：《诗》人比兴，触物圆览[13]。物虽胡越[14]，合则肝胆[15]。拟容取心[16]，断辞[17]必敢[18]。攒杂咏歌[19]，如川之澹[20]。

【译文】

《诗经》之文博大精深，其中包含着六义的奥妙。毛公解释《诗经》的《毛诗诂训传》，只标举了兴之一体，难道不是因为风和赋为诗之共同，比义较显而兴义较隐吗？故而，比是附的意思，兴是起的意思。比附义理之诗通过恰当的类比阐明事理，兴起感情之诗通过细微来比拟大义。兴起感情因而兴体建立，比附义理所以比体产生。比是积聚怨愤直言过

---

①优柔温润，如慈父之畜子也：谓箫声柔婉润泽好像慈父抚育儿子似的。 ②繁缛络绎，范蔡之说也：谓音节繁多而连续好像范雎、蔡泽的游说。 ③起郑舞，茧曳绪：此谓开始了郑国的舞蹈好像剥茧抽丝似的。 ④扬班：扬雄、班固。 ⑤曹刘：曹植、刘桢。 ⑥敷其华：辅助形成华美。 ⑦惊听回视：使听惊使视回，谓能引起人的关注。 ⑧流金在沙：谓萤火之光好像沙中金粒似地闪烁。 ⑨季鹰：张翰字。 ⑩青条若总翠：谓青枝好像聚集着翠鸟的羽毛。 ⑪切至：恰切。 ⑫刻鹄类鹜：谓刻画天鹅却像鸭子。鹄(hú)：天鹅。鹜(wù)：鸭子。 ⑬圆览：周全观照。 ⑭胡越：北胡南越，喻相隔遥远。 ⑮肝胆：肝脏与胆藏，喻距离很近以至于相连。 ⑯拟容取心：代指比兴，即上文之比声、貌、心、事等。 ⑰断辞：用词下语。 ⑱敢：果断。 ⑲攒杂咏歌：以比兴方式整合宇宙万物进入自己的诗文之中。攒(zǎn)：积聚、整合。杂：繁杂众多的事物。 ⑳如川之澹：如同川流中纡缓荡漾的水波一样。澹(dàn)：水波纡缓荡漾貌。

失,兴是委婉譬喻寄托讽意。大概是因为因情况不同而变化,所以才有了或比或兴的运用。

考察兴体之寓托,是用委婉的手法形成篇章,是寓托大义于小物之中:关雎之鸟雌雄有别,所以用来比喻后妃之德;尸鸠之鸟贞静专一,所以用来象征夫人之德。取尸鸠之贞静专一之德,虽则常鸟也无所谓。取雎鸠之雌雄有别之德,即使猛禽也无所谓。只不过二鸟之譬存在明而未朗的情况,所以才需要通过后世的阐发与注释。那么,什么是比呢?大致是通过描写事物来比附其意、切中事理。故而《诗经》之篇以金锡来比明德,以珪璋来比优秀之人,以螟蛉来比教诲子嗣,以蜩螗鸣叫比饮酒呼号之声,以浣衣来比内心忧愁,以席不可卷来比志意坚定:所有这些恰当的形象,都符合比体之义。至于像“麻衣如雪一样洁白”“车驾两边辅助辕马驾车的马跑起来如舞蹈一样”,等等,诸如此类,都是比体。楚襄王听信谗言致使屈原发忠愤之辞,模拟《诗经》创作《离骚》,其讽喻之辞兼有比兴。大汉虽盛但是作家却作谄媚之文,以至于使文学作品的讽喻之道丧失,因而,兴之讽旨也随之消亡,于是,赋颂之文兴盛起来,所以比体之文大量涌现,并远远超过以前作品的体量。

比体之用没有定则,有比于声音、比喻状貌、比于心意、比于事件等的不同。宋玉《高唐赋》的“风吹细枝发出悲声,好像吹竽似的”是比于声音,枚乘《菟园赋》的“众鸟飞得极快,好像白云中几点尘埃”是比于状貌,贾谊《鹏鸟赋》的“灾祸和幸福的互相联系,同绳索绞在一起没有什么区别”是以物比于理,王褒《洞箫赋》的“箫声柔婉润泽,好像慈父抚育儿子似的”是比于心意,马融《长笛赋》的“音节繁多而连续,好像范雎、蔡泽的游说”是以声响比于辩理,张衡《南都赋》的“开始了郑国的舞蹈,好像剥茧抽丝似的”是以舞容比于物。诸如此类,在辞赋中,不厌其烦地使用比而忘却了兴的存在,这是舍大逐小,对不起《诗经》的优良传统的。至于以扬雄、班固、曹植、刘桢等为代表的描写山川云物的赋体之作,都是通过大量使用比体来辅助形成华美篇章以达到引人注目的效果。还有,潘岳《萤赋》的“萤火之光好像沙中金粒似的闪烁”、张翰《杂诗》的“青枝好像聚集着翠鸟的羽毛”也都是比体。所以，比体虽然繁杂，但以恰当为关键，如果刻画天鹅却像鸭子，则是不足取的失败的比体。

综上所述：《诗经》的比兴之体，触于物象能够周全观照。物象虽然有北胡南越的相隔遥远，其合则能够如肝胆一样近连。比兴的比于状貌或比于情志，用词下语必然果断。聚集万物于咏歌之中，就如同川流中纡缓荡漾的水波一样。

【评析】

就《诗》三百而言，其所谓“六义”的风赋比兴雅颂，今天一般分成两组来看待，赋比兴一组、风雅颂一组。赋比兴的一组被认为是诗歌的创造手法，风雅颂则是分类。

这种分组方法在《毛诗大序》中虽未明确，但已有暗示，因为其在说“诗有六义”并列举为风、赋、比、兴、雅、颂之后，只对何为风雅颂作了解释。到了和《文心雕龙》同时而稍晚的锺嵘的《诗品序》，才明确地以赋比兴为诗之“三义”的形式将之独立出来实现了和风雅颂的分野：“故诗有三义焉：一曰兴，二曰比，三曰赋。”但其顺序却不是赋比兴而是兴比赋。进而，锺嵘还对此“三义”作了解释：“文已尽而义有余，兴也；因物喻志，比也；直书其事，寓言写物，赋也。”并高度评价了此“三义”在诗歌创作上的价值：“弘斯三义，酌而用之，干之以风力，润之以丹彩，使味之者无极，闻之者动心，是诗之至也。”认为三者兼用效果最好：“若专用比兴，则患在意深，意深则词踬。若但用赋体，则患在意浮，意浮则文散，嬉成流移，文无止泊，有芜蔓之累矣。”锺嵘此诗之兴比赋的“三义”说已明确将三者分为一组，且明确为创作手法，堪称赋比兴理论史上既明且融的里程碑。因为，与他同时而稍早的刘勰的《文心雕龙》，虽然对三者都有深刻全面的论述，但呈现的却是既不明又不融的情状。

《文心雕龙》之于赋比兴表现手法认识的既不明又不融，最根本的表现是他将三者分而论述。赋的论述在《诠赋》篇中，谓：“《诗》有六义，其二曰‘赋’。‘赋’者，铺也，铺采摛文，体物写志也。”虽然，看来也是以“赋”为诗之创作手法，但其要在于强调由之而发展出的“蔚成大国”的赋体。就《文心雕龙》的整体结构而言，《诠赋》属论文叙笔的文体论部分，比兴相对于赋，则是在剖情析采的创作论部分专置《比兴》之篇。自此篇对比兴之义的阐述“比者，附也；兴者，起也。附理者，切类以指事，起情者，依微以拟议。起情故兴体以立，附理故比例以生。比则畜愤以斥言，兴则环譬以记讽”可见，刘勰也是以比兴为创作手法的。再结合《诠赋》篇的“赋者，铺也”云云，可以认为，刘勰上承《大序》之暗示，下启锺嵘之明融，是以赋比兴为创作手法的。

但是，正如锺嵘所说，虽然同为创作手法，赋因“直书其事”的铺陈而“意浮”，使作品流于浅显而弱于含蓄蕴藉的审美价值；比兴则因含蓄蕴藉的或“文已尽而意有余”或“因物喻志”之“意深”，更加符合诗歌审美创造的要求；故而，刘勰才将赋置于文体论部分，而将比兴置于创作论部分。这大概是正确的，因为《比兴》开篇即言：“《诗》文弘奥，包韫六义；毛公述《传》，独标‘兴’体。岂不以‘风’通而‘赋’同，‘比’显而‘兴’隐哉?”也就是说，因为赋和风一样是诗篇所共有的，而比兴则因相对较难理解所以需要单独讨论。但就比兴而言，二者比较，则比义相对明显而兴义则较隐晦，故而《毛诗故训传》才单独将之标出。

刘勰以比兴为和赋一样的诗歌创作手法，对比兴展开专论。他论述的方式是对比，也就是通过论述比、兴的不同展开该篇内容。或谓“比者，附也；兴者，起也”，或谓“附理者，切类以指事；起情者，依微以拟议”，或谓“起情故兴体以立，附理故比例以生”，或谓“比则畜愤以斥言，兴则环譬以记讽”。进而以《诗》三百篇为例，谓兴：“观夫兴之托谕，婉而成章；称名也小，取类也大。”谓比：“且何谓为‘比’? 盖写物以附意，飏言以切事者也。”在价值判断上，刘勰又是以兴高于比的，此表现在他论汉代之赋有比无兴上：“炎汉虽盛，而辞人夸毗；诗刺道丧，故兴义销亡。于是赋颂先鸣，故比体云构；纷纪杂遝，倍旧章矣。”并在例证汉赋的比体之后进而道：“此以容比物者也。若斯之类，辞赋所先；日用乎比，月忘乎兴；习小而弃大，所以文谢于周人也。”

就比兴而言，本书认为，作为创作手法，基于含蓄蕴藉审美价值的需要，二者的共同点是由此及彼的意指(包括所指或能指)，将二者以“比者，附也；兴者，起也”分开无疑具有一定的科学性，但是，却也因二者具有共性，实现泾渭分明并非易事，尽管这是历来理论家所试图做的。毛亨在做，刘勰在做，锺嵘在做；后世，影响最大的是朱熹，他所谓的“比者，以彼物比此物也；兴者，先言他物而引起所咏之辞也”也在做。但是，就锺嵘的分别而言，“因物寓志”的比如果带给读者“文已尽而意有余”的审美感受，那算不算兴呢？就朱熹的分别而言，作为比的“彼物”和作为兴的“他物”，作为比的“此物”和作为兴的“所咏之辞”怎能实现判然而分呢？

刘勰在分别比兴的同时，似乎也看到了二者的共性，此表现在他在阐述二者的产生时所说的“盖随时之义不一，故诗人之志有二也”。在论到屈原《离骚》对《诗经》比兴精神的继承时说：“楚襄信谗，而三闾忠烈，依《诗》制《骚》，讽兼比兴。”

本书认为，比兴的公案可以用今天文艺美学上“象征”这一范畴来解决，限于篇幅和本书体例，此不详论。就其价值而言，刘勰该《比兴》篇有二：其一，它是中国文艺学史上确定以比兴为创作手法的关于比兴的专论；其二，它在从《诗大序》之以比兴为“六义”构成说走向锺嵘诗之“三义”构成说上，具有承上启下地位。

夸饰第三十七

夫"形而上者谓之道,形而下者谓之器"①。神道难摹,精言②不能追其极;形器易写,壮辞③可得喻其真;才非短长,理自难易耳。故自天地以降,豫④入声貌,文辞所被,夸饰恒存。虽《诗》、《书》雅言⑤,风俗训世⑥,事必宜广,文亦过焉。是以言峻则嵩高极天⑦,论狭则河不容舠⑧,说多则子孙千亿⑨,称少则民靡孑遗⑩,襄陵举滔天之目⑪,倒戈立漂杵之论⑫,辞虽已甚,其义无害也。且夫鸮音之丑,岂有泮林而变好?⑬ 荼味之苦,宁以周原而成饴?⑭ 并意深褒赞⑮,故义成矫饰⑯。大圣所录,以垂宪章,孟轲所云"说诗者不以文害辞,不以辞害意"⑰也。

---

①形而上者谓之道,形而下者谓之器:出《周易·系辞上》。谓物的道理是没有形象的,物的表现是有形象的。 ②精言:精妙的言辞。 ③壮辞:夸饰的言辞。 ④豫:假借为"娱",快乐。《尔雅》:"豫,乐也。" ⑤雅言:雅正的文辞。 ⑥训世:训导世风。 ⑦嵩高极天:出《诗经·大雅·崧高》:"嵩高维岳,峻极于天。" ⑧河不容舠:出《诗经·卫风·河广》:"谁谓河广?曾不容舠。谁谓宋远?曾不崇朝。"舠(dāo):小船。 ⑨子孙千亿:出《诗经·大雅·假乐》:"千禄百福,子孙千亿。" ⑩民靡孑遗:出《诗经·大雅·云汉》:"周余黎民,靡有孑遗。"孑遗:遗留,残存。 ⑪襄陵举滔天之目:出《尚书·尧典》:"汤汤洪水方割,荡荡怀山襄陵,浩浩滔天。"襄:上。陵:大的土山。目:称说。 ⑫倒戈立漂杵之论:《尚书·武成》:"罔有敌于我师,前徒倒戈,攻于后以北,血流漂杵。"倒戈:倒转武器进攻原来自己所属的一方。戈:兵器。杵(chǔ):舂米的槌。 ⑬鸮音之丑,岂有泮林而变好:出《诗经·鲁颂·泮水》:"翩彼飞鸮,集于泮林。食我桑黮,怀我好音。"鸮(xiāo):鸱鸮,猫头鹰。泮:春秋时鲁国的泮宫(学校)。 ⑭荼味之苦,宁以周原而成饴:出《诗经·大雅·绵》:"周原膴膴,堇荼如饴。"荼:苦菜。周:周国,在今陕西中部。原:平原。饴:糖浆。膴(wǔ):肥美貌。堇:野菜。 ⑮褒赞:褒扬赞赏。 ⑯矫饰:夸饰。 ⑰说诗者不以文害辞,不以辞害意:谓后世对《诗经》等经典的理解,不要因为其文辞的艺术性影响了对义理的把握。出《孟子·万章上》:"故说《诗》者,不以文害辞,不以辞害志,以意逆志,是为得之。"

自宋玉、景差，夸饰始盛；相如凭风①，诡滥愈甚：故上林之馆，奔星与宛虹入轩；②从禽之盛，飞廉与鹪鹩俱获③。及扬雄《甘泉》④，酌其余波：语瑰奇则假珍于玉树，言峻极则颠坠于鬼神。⑤ 至《西都》之比目⑥，《西京》之海若⑦，验理则理无可验，穷饰则饰犹未穷⑧矣。又子云《羽猎》⑨，鞭宓妃以饷屈原⑩；张衡《羽猎》⑪，困玄冥于朔野⑫。娈彼洛神⑬，既非魑魅⑭；惟此水师⑮，亦非魍魉⑯。而虚用滥形，不其疏乎？此欲夸其威而饰其事，义睽剌⑰也。至如气貌山海，体势宫殿，嵯峨揭业⑱，熠耀焜煌⑲之状，光采炜炜⑳而欲然㉑，声貌岌岌㉒其将动矣，莫不因夸以成状，沿饰而得奇也。于是后进之才，奖气挟声㉓，轩翥㉔而欲奋飞，腾掷㉕而羞跼步㉖：辞入炜烨㉗，春藻不能程其艳㉘；言

---

①相如凭风：意谓司马相如继承唐勒、景差的夸饰风尚。 ②上林之馆，奔星与宛虹入轩：司马相如《上林赋》："奔星更于闺闼，宛虹拖于楯轩。"奔星，李善注："奔，流星也，行疾，故曰奔。"宛虹，李善注引如淳曰："宛虹，屈曲之虹也。" ③从禽之盛，飞廉与鹪鹩俱获：《上林赋》中有"椎蜚廉""揜焦明"文。鹪鹩：一作"焦明"，形似凤凰的鸟。 ④《甘泉》：《甘泉赋》。 ⑤语瑰奇则假珍于玉树，言峻极则颠坠于鬼神：《甘泉赋》有"翠玉树之青葱兮""鬼魅不能自逮兮，半长途而下颠"文。 ⑥《西都》之比目：班固《西都赋》："揄文竿，出比目。"揄：引。比目：比目鱼。 ⑦《西京》之海若：张衡《西京赋》："海若游于玄渚。"海若：海神名。 ⑧穷饰则饰犹未穷：指尚未穷尽夸张之能事。 ⑨子云《羽猎》：扬雄《羽猎赋》。 ⑩鞭宓妃以饷屈原：鞭挞洛水的宓妃，要她敬献酒菜给屈原等人。《羽猎赋》："鞭洛水之宓妃，饷屈原与彭胥。"宓妃：相传是伏羲的女儿，溺死洛水为神。饷：进酒食。 ⑪张衡《羽猎》：张衡的《羽猎赋》，今仅见残文（见《全后汉文》卷五十四）。 ⑫困玄冥于朔野：把水神玄冥囚禁在北方的荒野。此内容不见于张衡《羽猎赋》残文。玄冥：水神。朔野：北方荒野之地。 ⑬娈彼洛神：柔顺美好的洛神。娈：柔顺，美好。 ⑭魑魅：和下魍魉互文义同，鬼怪义。 ⑮水师：水神玄冥。 ⑯魍魉：见上"魑魅"注。 ⑰睽剌：违背。睽（kuí）：违背，不合。剌（là）：乖戾、违背义。 ⑱嵯峨揭业：王延寿《鲁灵光殿赋》："嵯峨嶵嵬……飞陛揭孽。"嵯峨：山高貌。揭业：即揭孽，高的意思。嶵（zuì）嵬（wéi）：山势险峻貌。 ⑲熠耀焜煌：描写光明的状貌。熠耀：出何晏《景福殿赋》："光明熠爚。"爚同耀。焜煌：出傅玄《舞赋》："铺首炳以焜煌。" ⑳炜炜：光辉。 ㉑然：燃。 ㉒岌岌：高貌。 ㉓奖气挟声：发扬风气凭借声势。 ㉔轩翥：飞举。翥（zhù）：振翼高飞。 ㉕腾掷：向上飞起貌。 ㉖跼步：小步。跼（jú）：屈曲不舒展。 ㉗炜烨：美盛貌。 ㉘春藻不能程其艳：春日丽景也不如这般鲜艳。春藻：春日丽景，多指华丽的文辞。程：轨范。

在萎绝[1]，寒谷[2]未足成其凋；谈欢则字与笑并，论戚则声共泣偕；[3]信[4]可以发蕴[5]而飞滞[6]，披瞽[7]而骇聋[8]矣。

然饰穷其要[9]，则心声锋起[10]；夸过其理，则名实两乖。若能酌《诗》《书》之旷旨[11]，翦扬马之甚泰[12]，使夸而有节，饰而不诬，亦可谓之懿[13]也。

赞曰：夸饰在用，文岂循检[14]？言必鹏运[15]，气靡[16]鸿渐[17]。倒海探珠[18]，倾昆取琰[19]。旷而不溢[20]，奢而无玷[21]。

【译文】

《易》谓："形而上者谓之道，形而下者谓之器。"无形象的道，难以描摹，精妙的文辞不能表达其极致；有形象的器，容易摹写，夸饰的文辞能够比喻其真容。摹写之才无所谓短长，其理自有难易之分。故，自有天地万物以来，娱乐就在人们的声音容貌上表现出来，表现要通过文辞，故而夸饰一直存在。即使如《诗经》《尚书》之以典雅文辞训导世风，因为需要具有感染力，也有"言过其实"的地方。因而，当其言山之高则谓其高摩天，言河之窄则谓不能容刀，言子孙之多则谓有千亿之数，言人之少则谓没有留下一个人，言水之大则谓弥漫天际，言战之惨烈则谓血流漂

---

①萎绝：衰萎。 ②寒谷：荒凉寒冷的山谷，刘向《别录》："燕有谷，地美而寒。" ③谈欢则字与笑并，论戚则声共泣偕：义同陆机《文赋》"思涉乐其必笑，言方哀而已叹"。 ④信：确实。 ⑤发蕴：抒发内心蕴蓄的思想情感。 ⑥飞滞：荡涤阻滞。 ⑦披瞽：使盲人睁开眼睛。瞽(gǔ)：盲人。 ⑧骇聋：使聋子受到震惊。 ⑨饰穷其要：夸饰能够穷其关键。 ⑩心声锋起：可把作者的思想感情有力地表达出来。 ⑪旷旨：此指《诗经》《尚书》于夸饰上的典范意义。 ⑫甚泰：本指衣着过于宽大不称体，出张衡《东京赋》："况初制于甚泰，服者焉能改裁？"此指扬雄、司马相如的过分夸饰。 ⑬懿(yì)：美好。 ⑭循检：遵循规则、遵照规矩。 ⑮鹏运：谓大鹏之奋然高飞远行，出《庄子·逍遥游》："(鲲)化而为鸟，其名为鹏……海运则将徙于南冥。" ⑯靡：无，不要。 ⑰鸿渐：谓鸿鹄飞翔从低到高，循序渐进，出《周易·渐卦》："初六，鸿渐于干"，"六二，鸿渐于磐"，"九三，鸿渐于陆"，"六四，鸿渐于木"，"九五，鸿渐于陵"。 ⑱倒海探珠：翻倒大海去寻宝珠。 ⑲倾昆取琰：推垮昆仑山去求美玉。琰(yǎn)：美玉。 ⑳旷而不溢：夸张不过分。 ㉑奢而无玷：夸张而没有缺点。

杵，以上这些，文辞虽夸大其词，但于文义却无伤害。还有，谓猫头鹰之丑音因泮林而变得悦耳，荼之苦因周原而变甜，也是其意在于褒扬赞赏泮林、周原所造成的夸饰之辞。《诗经》《尚书》等是孔圣所录以为法典的文辞，正如孟子所谓“不要因为经典的艺术性而影响了对其精神实质的把握”。

从辞赋作家宋玉、景差开始才兴起夸饰之风，司马相如乘势而推波助澜：夸上林苑中馆舍，则写流星和曲虹进入；夸其中禽鸟众多，则写龙雀与凤鸟也被擒获。到了扬雄的《甘泉赋》，承接司马相如之余绪：用玉树之珍来夸饰甘泉宫之瑰奇，用鬼神颠昏来夸饰甘泉宫之高峻。至于班固《西都赋》比目鱼、张衡《西京赋》海若神之夸饰，则是无法验证于事理，穷尽夸饰却尚未夸饰到极点。还有：扬雄《羽猎赋》，鞭挞洛水之神宓妃敬献酒菜给屈原；张衡《羽猎赋》，把水神玄冥囚禁在北方的荒野。柔顺美好的洛神宓妃和水神玄冥不是魑魅魍魉，而被用来滥为不恰当的夸饰，难道不是太粗疏了吗？这是要夸饰威势，但其义却背离的夸饰的例子。至于像描写山海宫殿的气势，山高险峻之状貌，宫殿之光明闪耀，给人光彩欲燃、高峻将动之感，都是通过夸饰生成奇伟的状貌。因此，后来的作家，发扬此夸饰风气凭借此夸饰声势，极欲飞得更高而不愿有所局限：以文辞夸饰美盛之貌，春日丽景也不如这般鲜艳；以文辞描绘衰萎之状，寒冷的山谷也不足以成其凋零之貌。欢乐之状则描绘以笑，悲戚则见哭泣之声。确实能够达到抒发郁积、荡涤阻滞，使盲人视力、聋子听力顿然恢复的效果。

然而，夸饰能够穷尽其关键，则思想感情可以有力地表达出来；但是，如果夸饰过了头，则会导致名与实两相背离的结果。如果能够斟酌权衡《诗经》《尚书》在夸饰上的典范性，剪除扬雄、司马相如的过分之处，达成夸饰既有节制又不诬妄的结果，则是最好的了。

综上所述：夸饰在文学创作上的运用，怎能有规则可以遵循？文辞气势要有大鹏振翅高飞的气概，而不要有飞鸿逐渐着陆的柔弱，也就是要如排山倒海探取宝珠一样，但要做到夸饰既不过分又无瑕疵。

【评析】

夸饰就是夸张修饰,也就是常所谓的文学创作上夸张的修辞手法。刘勰将之设置在剖情析采的创作论中列专篇探讨,可见其对夸张的重视。

就夸张的学理追溯而言,他从哲学原理和生活实践两个方面作了探讨。关于哲学原理,他以《易》之“形而上者谓之道,形而下者谓之器”作为哲理源头,认为形而上的不易言说而形而下的实存易于用夸饰的语言摹写;关于生活实践的渊源,他说:“自天地以降,豫入声貌,文辞所被,夸饰恒存。”自有天地万物以来,娱乐就在人们的声音容貌上表现出来,表现要通过文辞,故而夸饰一直存在。

用夸饰摹写实存以表达思想感情,刘勰说,即使在以“风俗训世”的儒家《诗经》《尚书》等经典中,因为要“事必宜广”以使精义产生更大影响,也是客观存在的,并且是夸饰的典范。《诗经》《尚书》中的夸饰为刘勰本篇所举之例证有言山之高则谓其高摩天、言河之窄则谓不能容刀、言子孙之多则谓有千亿之数、言人之少则谓没有留下一人、言水之大则谓弥漫天际、言战之惨烈则谓血流漂杵等。之所以是夸饰的典范,根本在于其“辞虽已甚,其义无害也”,文辞虽夸大其实,但于文义却无伤害。

《诗经》《尚书》中的夸饰因“辞虽已甚,其义无害”而成为表率,此后之辞赋创作中的夸饰,刘勰认为已和经典背离。有关于此,他说宋玉、景差因“夸饰始盛”而开先,此后司马相如的《上林赋》、扬雄的《甘泉赋》、班固的《西都赋》、张衡的《西京赋》等,或推波助澜或承其余绪,将夸饰推进到无以复加,以至于背离了《诗经》《尚书》的夸饰“辞虽已甚,其义无害”的原则,走向“虚用滥形”“欲夸其威而饰其事”而致使“义睽剌”情况的发生。

结合对《诗经》《尚书》夸饰典范的提出以及执此典范对辞赋夸饰的批评,刘勰的主张符合他文学创作上一贯的中和主张。其主张即为在允许运用夸饰的同时要求以“其义无害”为节度,也就是“酌《诗》《书》之旷旨,翦扬马之甚泰,使夸而有节,饰而不诬”。

刘勰本篇所举《诗经》《尚书》中的夸饰例子无疑具有典范意义,而其关于夸饰的“辞虽已甚,其义无害”整体要求无疑也是正确的。其不足在于受宗经视野局限,关于中国文学史上的夸饰成就的认识不够科学、客观。之所以如此说，是因人所共知，中国夸饰艺术成就最大的不是《诗经》《尚书》等儒家经典，而是道家的《庄子》一书。也就是说，《庄子》一书才是中国夸饰文学之祖，而这，并未为刘勰所认识到，尽管其在文末也有“言必鹏运”之一鳞半爪。

事类第三十八

事类者，盖文章之外，据事以类义，援古以证今者也。昔文王繇《易》①，剖判爻位：《既济》九三，远引高宗之伐；②《明夷》六五，近书箕子之贞③：斯略举人事以征义者也。至若胤征羲和，陈《政典》之训④；盘庚诰民，叙迟任之言⑤：此全引成辞⑥以明理者也。然则明理引乎成辞，征义举乎人事，乃圣贤之鸿谟⑦，经籍之通矩⑧也。《大畜》之象，"君子以多识前言往行"⑨，亦有包于文矣。

观夫屈宋属篇，号依《诗》人，虽引古事⑩，而莫取旧辞⑪。唯贾谊《鹏赋》，始用《鹖冠》之说；⑫相如《上林》，撮引李斯之书⑬：此万分之一会⑭也。及扬雄《百官箴》，颇酌于《诗》、《书》；

---

①繇《易》：撰写《周易》的卦辞、爻辞。繇（zhòu）：占卜的文辞。 ②《既济》九三，远引高宗之伐：《既济》多辞有"高宗伐鬼方，三年克之；小人勿用"。 ③《明夷》六五，近书箕子之贞：《明夷》六五多辞有"箕子之明夷，利贞"。 ④胤征羲和，陈《政典》之训：夏朝时，掌管日月运行的羲和的后代沉湎于淫乱，胤前往征讨，在大战之前作了《胤征》来鼓舞士气，直接引用《政典》之文。 ⑤盘庚诰民，叙迟任之言：商王盘庚迁殷，曾引迟任的话来教导人民。《尚书·盘庚上》："迟任有言曰：'人惟求旧，器非求旧，惟新。'"迟任：上古贤人。 ⑥成辞：现成的语言。 ⑦鸿谟：指大文章。 ⑧通矩：通用的规矩。 ⑨君子以多识前言往行：《周易·大畜》："君子以多识前言往行，以畜其德。" ⑩虽引古事：此谓屈原、宋玉作品中的引用古代典故。 ⑪莫取旧辞：此谓屈原、宋玉的作品不袭用《诗》三百篇的成辞（词句）。 ⑫贾谊《鹏赋》，始用《鹖冠》之说：贾谊《鹏鸟赋》之"忧喜聚门兮，吉凶同域""越栖会稽兮，勾践霸世"等，均为《鹖冠子》成辞。《鹖冠》：《鹖冠子》，相传为战国时期楚人鹖冠子作。 ⑬相如《上林》，撮引李斯之书：如《上林赋》之"建翠华之旗，树灵鼍之鼓"为袭用《谏逐客书》之"建翠凤之旗，树灵鼍之鼓"。 ⑭万分之一会：谓数量不多，偶然用之。

刘歆《遂初赋》，历叙于纪传；①渐渐综采②矣。至于崔班张蔡③，遂捃摭④经史，华实布濩⑤，因书立功，皆后人之范式也。

夫姜桂因地，辛在本性；文章由学，能在天资。才自内发，学以外成，有学饱而才馁⑥，有才富而学贫⑦。学贫者迍邅⑧于事义⑨，才馁者劬劳⑩于辞情⑪，此内外之殊分⑫也。是以属意立文⑬，心与笔谋，才为盟主，学为辅佐。主佐合德⑭，文采⑮必霸；才学褊狭⑯，虽美少功。夫以子云之才，而自奏不学，及观书石室，乃成鸿采。⑰ 表里相资⑱，古今一也。故魏武称张子之文为拙，以学问肤浅，所见不博，专拾掇崔、杜⑲小文，所作不可悉难，难便不知所出。斯则寡闻之病也。⑳

夫经典沉深，载籍㉑浩瀚，实群言之奥区㉒，而才思之神皋㉓也。扬班以下，莫不取资，任力耕耨㉔，纵意渔猎，操刀能割，必

---

①刘歆《遂初赋》，历叙于纪传：据《遂初赋序》："（歆）徙五原太守……经历故晋之域，感今思古，遂作斯赋以叹往事而寄己意"。纪传：泛指史书。 ②综采：此谓多方摘取前人、他人。 ③崔班张蔡：东汉作家崔骃、班固、张衡、蔡邕。 ④捃（jùn）摭（zhí）：摘取、搜集、采集。 ⑤布濩（hù）：遍布、布散，《史记·司马相如列传》："鲜枝黄砾，蒋芧青薠，布濩闳泽，延曼太原。" ⑥学饱而才馁：指学养深厚而天才不足。 ⑦才富而学贫：天才卓异而学养不足。 ⑧迍（zhūn）邅（zhān）：困顿。 ⑨事义：典故、义理，指历史知识和思想观点。 ⑩劬（qú）劳：辛劳。 ⑪辞情：文辞和情感。 ⑫殊分：情况不同。 ⑬属意立文：立意行文，代指文章构思和创作。 ⑭主佐合德：谓才学兼富而相得。 ⑮文采：代指文章。 ⑯才学褊狭：谓才学偏颇。 ⑰子云之才，而自奏不学，及观书石室，乃成鸿采：扬雄《答刘歆书》中"雄为郎之岁，自奏少不得学，而心好沈博绝丽之文，愿不受三岁之奉，且休脱直事之繇，得肆心广意以自克就。有诏可，不夺奉，令尚书赐笔墨钱六万，得观书于石渠。如是后一岁，作《绣补》《灵节》《龙骨之铭》诗三章。成帝好之，遂得尽意。"石室：即石渠阁，时为国家藏书处。 ⑱表里相资：此指内（天）才与外（后）学相互辅助。 ⑲崔、杜：或为东汉作家崔骃和杜笃。 ⑳故魏武称张子之文为拙……所作不可悉难，难便不知所出。斯则寡闻之病也：此处所谓曹操之文学批评，今不可考。 ㉑载籍：书籍、典籍，《史记·伯夷列传》："夫学者载籍极博，犹考信于六艺。" ㉒奥区：深奥之处，如《文心雕龙·宗经》"洞性灵之奥区，极文章之骨髓"中"奥区"之义。 ㉓神皋：神明所聚之地，出张衡《西京赋》："尔乃广衍沃野，厥田上上，寔为地之奥区神皋。"李善注："谓神明之界局也。"此引为神圣之地。 ㉔耕耨（nòu）：耕田除草，泛指耕种，比喻辛勤钩稽探索。

裂膏腴。是以将赡才力，务在博见，狐腋非一皮能温[①]，鸡跖必数千而饱[②]矣。是以综学在博，取事贵约，校练[③]务精，捃理[④]须核，众美辐辏，表里发挥。刘劭[⑤]《赵都赋》云："公子之客，叱劲楚令歃盟；[⑥]管库隶臣，呵强秦使鼓缶[⑦]。"用事如斯，可称理得而义要[⑧]矣。故事得其要，虽小成绩，譬寸辖[⑨]制轮，尺枢[⑩]运关[⑪]也。或微言[⑫]美事，置于闲散[⑬]，是缀金翠于足胫[⑭]，靓粉黛于胸臆[⑮]也。

凡用旧[⑯]合机[⑰]，不啻自其口出[⑱]；引事乖谬，虽千载而为瑕。陈思，群才之英也，《报孔璋书》云："葛天氏之乐，千人唱，万人和，听者因以蔑《韶》、《夏》矣。"此引事之实谬也。按葛天之歌，唱和三人[⑲]而已。相如《上林》云："奏陶唐[⑳]之舞，听葛天之歌，千人唱，万人和。"唱和千万人，乃相如推之。然而滥侈葛天，推三成万者，信赋妄书，致斯谬也。陆机《园葵》诗云："庇足

①狐腋非一皮能温：一张狐皮不能成裘。出《慎子·知忠》："粹白之裘，盖非一狐之皮也。"狐腋：指狐狸腋下皮毛。 ②鸡跖必数千而饱：和上句同为喻学须广博，出《吕氏春秋·用众》："善学者，若齐王之食鸡也，必食其跖数千而后足。"跖：足掌。 ③校练：校正精练。④捃理：选取义理。 ⑤刘劭：字孔才，三国魏人。 ⑥公子之客，叱劲楚令歃盟：此指战国时赵国平原君门客毛遂斥责楚王使之定盟事。 ⑦管库隶臣，呵强秦使鼓缶：此指战国时期赵国蔺相在渑池会上呵斥亲王令之为赵王击缶事，据《史记·廉颇蔺相如列传》，时蔺相如有"五步之内，相如请得以颈血溅大王矣"之辞。管库隶臣：谓地位低微小臣，此指蔺相如，蔺相如曾为赵国宦者令缪贤门客。 ⑧理得而义要：此谓得事类之真谛。 ⑨寸辖：插在轴端孔内的车楗，使轮不脱落。《淮南子·缪称训》："终年为车，无三寸之辖，不可以驱驰；匠人斫户，无一尺之楗，不可以闭藏。" ⑩枢：门的转轴。 ⑪运关：闭门。 ⑫微言：深刻精微的话。 ⑬闲散：无关紧要的叙述。 ⑭缀金翠于足胫：将金饰翠玉等美好的饰品挂在脚上、小腿上。胫：小腿。 ⑮靓粉黛于胸臆：将脂粉黛墨抹在胸前。靓（jìng）：妆饰。黛（dài）：古代妇女画眉的青黑色颜料。臆：胸。 ⑯旧：典故。 ⑰合机：符合文章之妙。 ⑱不啻自其口出：义为无异于从自己口中说出，出《尚书·秦誓》："不啻若自其口出。"不啻（chì）：不仅、何止、无异于。 ⑲唱和三人：据《吕氏春秋·古乐》："昔葛天氏之乐，三人操牛尾，投足以歌八阕。" ⑳陶唐：即帝尧，史称陶唐氏，《上林赋》谓："奏陶唐氏之舞，听葛天氏之歌。"

同一智，生理合异端。”夫葵能卫足，事讥鲍庄①；葛藟庇根，辞自乐豫②。若譬葛为葵，则引事为谬；③若谓庇胜卫，则改事失真④：斯又不精之患。夫以子建明练⑤，士衡沉密⑥，而不免于谬。曹洪之谬高唐⑦，又曷足以嘲哉！夫山木为良匠所度⑧，经书为文士所择，木美而定于斧斤，事美而制于刀笔，研思之士，无惭匠石⑨矣。

赞曰：经籍深富，辞理遐亘⑩。皓如江海，郁若昆邓⑪。文梓⑫共采，琼珠⑬交赠。用人若己⑭，古来无懵⑮。

【译文】

所谓事类，指文学创作注重文辞之外的通过故实证明今义。古时，周文王为《易经》撰写卦辞、爻辞，其《既济》之九三爻的爻辞引用了商高宗伐鬼方的故事，《明夷》卦之六五爻的爻辞，用到了箕子之贞事：这是用古人事迹来证明义理。至于《尚书·胤征》记载胤征伐羲和，直接引用

---

①事讥鲍庄：据《左传·成公十七年》：“秋七月，壬寅，刖鲍牵而逐高无咎。……仲尼曰：‘鲍庄子之知，不如葵，葵犹能卫其足。’”杜预注：“葵倾叶向日，以蔽其根，言鲍牵居乱，不能危行言孙。”鲍庄：名牵，谥庄子，春秋时齐国大夫。 ②辞自乐豫：据《左传·文公七年》：“(宋)昭公将去群公子。乐豫曰：‘不可。公族，公室之枝叶也，若去之，则本根无所庇阴矣。葛藟犹能庇其本根，故君子以为比(按：指《诗经·王风·葛藟》以葛藟作比)，况国君乎！’” ③譬葛为葵，则引事为谬：指陆机《园葵》诗是咏葵，不应误用葛之典。 ④谓庇胜卫，则改事失真：认为“庇”字比“卫”字好，则又改变事实而有失其真。 ⑤明练：明熟于典故。 ⑥沉密：深沉细密。 ⑦曹洪之谬高唐：据陈琳《为曹洪与魏文帝书》：“盖闻过高唐者，效王豹之讴。”该典出《孟子·告子下》：“昔者王豹处于淇，而河西善讴；绵驹处于高唐，而齐右善歌。”故而，“高唐”应为“河西”。曹洪：字子廉，曹操从弟，官至骠骑将军。 ⑧山木为良匠所度：《左传·隐公十一年》：“山有木，工则度之。” ⑨匠石：古工匠，名石，《庄子·徐无鬼》：“郢人垩慢其鼻端，若蝇翼，使匠石斫之。匠石运斤成风，听而斫之，尽垩而鼻不伤。” ⑩遐亘：绵延不绝。 ⑪昆邓：昆仑山和邓林。昆：神话中的昆仑山，相传昆仑山产玉。邓：神话中的邓林，桃树林，《山海经·大荒北经·海外北经》谓夸父追日，结局是“弃其杖，化为邓林”。 ⑫文梓：有斑文的梓木。 ⑬琼珠：玉珠。 ⑭用人若己：引用前人的故事如自出其口。 ⑮古来无懵：古义今用不混乱、不糊涂。

《政典》之“先时者杀无赦，不及时者杀无赦”文，《尚书·盘庚上》记载盘庚动员迁都直接引用迟任之“人惟求旧，器非求旧，惟新”言，是直接引用古人原话以说明道理。由上可见，引用古事和直接引用古人原话以说明道理，是经典的通贯做法。可以说，《大畜》卦的“有才德的人应该对历史事件和人物言行有很多认识”的说法，应该是适用于文章撰写的。

考察屈原、宋玉的创作，一般认为和《诗经》之篇创作相类，即使引用历史事件，但多不直接引用古人言辞。只是贾谊的《鹏鸟赋》，才开始引用《鹖冠子》的说法；司马相如的《上林赋》引用李斯之说：但这类情况又不多见。到了扬雄的《百官箴》，较多地引用《诗经》《尚书》；刘歆的《遂初赋》，历述了许多历史事件：可见，用典在文章撰写中逐渐多了起来。到了东汉作家崔骃、班固、张衡、蔡邕，大量从经书、史籍中采用材料撰写文章，以至于成了后世师法的典范。

姜和桂依靠土地生长，辛辣是它们的本性。文章撰写植根于学养，才能则在于天资。才能是内在天赋，学养是外来的养成，客观存在着学养深厚而才能不足，才能宏富却学养贫乏的情况。学养贫乏者困顿于以历史知识阐明思想观点，才能不足者辛劳于文辞与情感，这是内在的才能和外在的学养不同造成的。因此，立义行文的文学创作，要求主观构思和下笔行文结合，其特征是以天赋才能为主以后天学养为辅。主与辅相得必然能创作出成功之作，否则，即使文章辞采华美也不能成全功。以扬雄的才华尚且自己认为学养不够，到国家图书馆大量阅读之后才写成大作。可见，内在的天赋才能和外在的后天学养相资为用，从古到今都是一样的。因此，曹操谓张子文章写得不好是因为学养肤浅，专门步崔骃、杜笃后尘，因而不能承受一一追问，一旦追问便不知所由出。这是知识不够丰富造成的。

经典典籍浩如烟海，真正是文学创作思想感情和材料选取的宝库。自汉代扬雄和班固之后，没有不从中汲取营养的。所以，如果要提升创作能力必须要知识丰富，这就是聚沙成塔、集腋成裘的喻义。因此，学养要广博但取用要简约，用典事理一定要真实精准，以达到内外结合、形成合力的效果。刘劭《赵都赋》所用毛遂斥楚王歃盟、蔺相如呵斥秦王击缶之典，就是得事类真谛的典范。因而，如果典故用得恰当，即使不大也能成功，就像车辖和门闩一样重要。如果所用之典无关紧要，则是像将金玉饰品挂在小腿上、脚上，又像将脂粉黛墨涂于胸前一样不合时宜。

恰到好处的用典无异于自出机杼，否则则相反。即使曹植有顶尖的才能，他的《报孔璋书》所用"葛天氏之乐，千人唱，万人和"之典也出现了不合史实的情况。因为据《吕氏春秋·古乐》，葛天氏之乐仅三人参与，而不是千万人。而这一误用又源于在于司马相如《上林赋》中"听葛天之歌，千人唱，万人和"的夸饰性阐发。曹植的过错在于相信司马相如之赋而不作考证，随意书写。陆机《园葵》诗的"庇足同一智，生理合异端"，"葵能卫足"在《左传》中是用来讥笑鲍庄子的，"葛藟庇根"之喻，乐豫用来谏止宋昭公赶走公族。如果把葛藟比为向日葵，那应该说"葛藟能够庇护本根"，而说成"葵能够卫护脚跟"，那么就是引用事实错误；如果说"庇"字比"卫"字好，那就是改变了事情失去了真实：这是用典不精审造成的结果。由上可见，以曹植、陆机这样的顶尖作家尚且会在用典上出差错，那么，曹洪这样等而下之的作家在给曹丕的信里，把高唐的歌者绵驹错成王豹，也就不值得嘲笑了。就像山中的树木为优秀的木匠所用一样，经书的典故为文人学士所采择。同理，木料好而由优秀的木匠进行加工，典义的美好则决定于文人手中之笔。擅长此用典之道的作家，应于此无愧于古人。

综上所述：古代的典籍宏大富足，文辞义理价值永恒，它们就像江海之水一样滔滔千古，又如昆仑山、邓林一样宝藏丰富，又像有文采的梓木和宝珠一样可供采择。做到如同自出机杼一样，古往今来的高手都达到了这一境界。

【评析】

事类即用典，该《事类》篇是讨论文学创作中用典的专篇。用典是文学创作方法之一，现在认为是一种修辞手法，即引用经典来表达思想观点，包括引用经典的典事和典语。关于用典，在刘勰该篇之前尚无专篇讨论。该篇对用典的定义是“据事以类义，援古以证今”，即通过故实证明今义、己义。

刘勰结合用典史源的追溯，将用典分为典事和典语两种情况。关于典事，他表述为“举人事以征义”，认为在周文王撰写的《易经》之爻辞中就有，具体是《既济》之九三爻的爻辞引用了商高宗伐鬼方的故事，《明夷》卦之六五爻的爻辞，用到了箕子之贞事，于此他说：“斯略举人事以征义者也。”关于典语，他表述为“引成辞以明理”，认为在《尚书》中就有，具体是《尚书·胤征》记载胤征伐羲和前誓师直接引用《政典》之“先时者杀无赦，不及时者杀无赦”文，《尚书·盘庚上》记载盘庚动员迁都直接引用迟任之“人惟求旧，器非求旧，惟新”言，于此他说：“此全引成辞以明理者也。”

推本溯源之后，刘勰结合文学创作的用典进行了史的梳理。梳理自楚辞作家屈原、宋玉开始，其特点是用典事而不用典语：“观夫屈宋属篇，号依《诗》人，虽引古事，而莫取旧辞。”开始使用典语的是贾谊《鹏鸟赋》引用《鹖冠子》，然后是司马相如《上林赋》引用李斯，但只是偶尔一用的“万分之一会”，尚且没有大量使用。此后，到了扬雄的《百官箴》、刘歆《遂初赋》，以至于东汉作家崔骃、班固、张衡、蔡邕等的创作，用典便逐渐多起来，甚至成为后世的范式。

就用典的理论探讨而言，刘勰认为决定于天赋、才华、后天学养。于此，他的观点分为三个层面。第一个层面，认为有天才和学养共同决定：“才自内发，学以外成。”第二个层面，就二者的重要性而言，认为“才为盟主，学为辅佐”，以天赋才能为主以后天学养为辅。第三个层面是结论：“主佐合德，文采必霸；才学褊狭，虽美少功。”主与辅相得必然能创作出成功之作，否则，即使辞采华美也不能成全功。并用扬雄和曹操所评的张子从正反两面证明了自己的观点。

刘勰该篇对用典的成功提出了两个标准：其一是“理得而义要”，即能够恰如其分地表达自己的意思；其二是了无痕迹如同自出机杼，有关于此，他表达为“用旧合机，不啻自其口出”。并分别用实例作了证明。

本书认为，刘勰该《事类》篇的价值在于：其一，是中国文学理论批评史上关于用典的最早专篇；其二，他关于典事和典语的分类无疑具有科学性；其三，他关于用典“理得而义要”“用旧合机，不啻自其口出”的理论无疑亦具科学性，因为不注重这一要求而一味用典显学，则难免“掉书袋”之嫌疑；其四，直到今天，刘勰的用典理论依然对文章写作、文学创作具有指导意义。

练字第三十九

夫文，爻象①列而结绳②移，鸟迹③明而书契④作，斯乃言语之体貌⑤，而文章之宅宇⑥也。苍颉造之，鬼哭粟飞⑦；黄帝用之，官治民察。先王声教，书必同文；輶轩之使⑧，纪言殊俗⑨。所以一字体，总异音。⑩《周礼》保氏，掌教六书。⑪ 秦灭旧章，以吏为师⑫。及李斯删籀而秦篆兴⑬，程邈造隶而古文废⑭。

---

①爻象：指《周易》之阴爻、阳爻组合所成卦象。 ②结绳：指结绳记事。结绳记事是远古时代人类摆脱时空限制记录事实、进行传播的手段之一，发生在语言产生以后、文字出现之前漫长年代。 ③鸟迹：本指鸟的踪迹，因形似而喻鸟篆，为东周时期流行于楚、吴、越、蔡、曾、宋、徐等国的一种艺术字体。此代指文字。 ④书契：指文字。古代文字多刻在兽骨、龟甲、竹、木上，故名。契：刻。 ⑤体貌：本义为体态容貌，此是表现的意思，和上文联系起来，指文字是语言的表现。 ⑥宅宇：本义为住宅、房舍，此和上"体貌"同义，谓文字为语言的表现处所之义。 ⑦苍颉造之，鬼哭粟飞：传说苍颉造字，惊天动地，天雨粟，鬼夜哭。此用来形容文字产生对人类文明进步的伟大力量。 ⑧輶轩之使：指出使的大臣。汉应劭《风俗通义·序》："周、秦常以岁八月，輶轩之使，求异代方言。"輶轩：轻车，多由使臣乘坐。輶(yóu)：轻便的车。 ⑨纪言殊俗：用语言记录下他国的风俗。殊俗：不同的风俗。
⑩一字体，总异音：要将文字的形体和读音统一起来。 ⑪《周礼》保氏，掌教六书：《周礼·地官·保氏》："保氏掌谏王恶，而养国子以道，乃教之六艺。一曰五礼，二曰六乐，三曰五射，四曰五驭，五曰六书，六曰九数。"保氏：职掌以礼义匡正君王、教育贵族子弟的官员。六书，西汉刘歆《七略》："古者八岁入小学，故周官保氏掌养国子，教之六书，谓象形、象事、象意、象声、转注、假借，造字之本也。"这是对六书最早的解释。 ⑫以吏为师："以吏为师，以法为教"是指百姓和都向法官、法吏学习法律，受教。《韩非子·五蠹》："明主之国，无书简之文，以法为教；无先王之语，以吏为师。"秦始皇统一中国之后，将之作为基本国策。
⑬李斯删籀而秦篆兴：秦统一六国后，李斯主张统一文字，将它加以简化，称为小篆。秦篆：小篆。比大篆简单。籀(zhòu)：籀文、大篆、籀书，周朝文字，起于西周晚年，春秋战国时期行于秦国，字体与秦篆相近，但字形的构形多重叠，笔画比较复杂。 ⑭程邈造隶而古文废：程邈又把小篆改造为隶书，而周代的古文字被废去了。程邈，秦代书法家，字元岑，下杜(今陕西渭南北)人，相传他首先将篆书改革为隶书，《说文解字·序》："秦烧灭经典，涤除旧典，大发吏卒兴戍役，官狱职务繁，初有隶书，以趋约易……秦始皇使下杜人程邈所造也。"

汉初草律，明著厥法。[①] 太史学童，教试六体。[②] 又吏民上书，字谬辄劾。是以马字缺画，而石建[③]惧死，虽云性慎，亦时重文也。至孝武之世，则相如撰篇[④]。及宣平二帝，征集小学，张敞以正读传业[⑤]，扬雄以奇字纂训[⑥]，并贯练《雅》《颉》[⑦]，总阅音义。鸿笔之徒，莫不洞晓。且多赋京苑，假借形声，是以前汉小学[⑧]，率多玮字[⑨]，非独制异[⑩]，乃共晓难[⑪]也。暨乎后汉，小学转疏，复文隐训，臧否大半[⑫]。

及魏代缀藻[⑬]，则字有常检[⑭]，追观汉作，翻成阻奥[⑮]。故陈思称："扬、马之作，趣幽旨深，读者非师传不能析其辞，非博学不能综其理。"岂直才悬，抑亦字隐。自晋来用字，率从简易，时并习易，人谁取难？今一字诡异，则群句震惊，三人弗识，则将成字妖矣。后世所同晓者，虽难斯易；时所共废，虽易斯难。趣舍之间，不可不察。

---

①汉初草律，明著厥法：汉朝初年萧何创制法律，明白地写出有关文字的法令。②太史学童，教试六体：据《汉书·艺文志》："汉兴，萧何草律，亦著其法曰：'太史试学童，能讽书九千字以上，乃得为史。又以六体试之，课最者，以为尚书御史史，书令史。吏民上书，字或不正，辄举劾。'六体者，古文、奇字、篆书、隶书、缪篆、虫书。" ③石建（？—前 123）：河内郡温县人（今河南温县西南），汉武帝时为郎中令，为人谨慎，据《汉书·石奋传》："建为郎中令，奏事下，建读之，惊恐曰：'书马者，与尾而五，今乃四，不足一，获谴死矣。'其为谨慎，虽他皆如是。" ④相如撰篇：司马相如所撰《凡将篇》，为字书。 ⑤张敞以正读传业：张敞因能正定古字而传授文字学。张敞：字子商，西汉宣帝时为京兆尹。正读：指正定《苍颉篇》文字的音、义。传业：指传授小学之业。《汉书·艺文志》："《苍颉》多古字，俗师失其读。宣帝时，征齐人能正读者。张敞从受之，传至外孙之子杜林，为作《训》《故》，并列焉。" ⑥扬雄以奇字纂训：扬雄编辑了解释奇字的《训纂篇》，据《汉书·艺文志》："元始中，征天下通小学者以百数，各令记字于庭中。扬雄取其有用者，以作《训纂篇》。" ⑦《雅》《颉》：《尔雅》《仓颉》。 ⑧小学：此指精通小学的作家，以扬雄、司马相如为代表的西汉辞赋家，也是小学家。 ⑨玮字：奇异的字。玮（wěi）：奇异。 ⑩制异：制造奇异。 ⑪共晓难：指扬雄、司马相如等都通晓难字。 ⑫暨乎后汉，小学转疏，复文隐训，臧否大半：到了东汉，作家们的小学功夫弱化了，因而复杂深奥的字义，大都无人理解。 ⑬缀藻：代指文学创作。⑭常检：通行规则。 ⑮阻奥：障碍。

夫《尔雅》者，孔徒之所纂①，而《诗》《书》之襟带也；《仓颉》者，李斯之所辑②，而《史籀》③之遗体也。《雅》以渊源诂训④，《颉》以苑囿奇文⑤，异体相资，如左右肩股，该旧而知新⑥，亦可以属文。若夫义训古今，兴废殊用；字形单复⑦，妍媸异体。心既托声于言，言亦寄形于字，讽诵则绩在宫商⑧，临文则能归字形矣。

是以缀字属篇，必须练择：一避诡异⑨，二省联边⑩，三权重出⑪，四调单复。诡异者，字体瑰怪者也。曹摅⑫诗称："岂不愿斯游，褊心恶呬呶。"两字诡异，大疵美篇⑬。况乃过此，其可观乎！联边者，半字同文者也。状貌山川，古今咸用，施于常文，则龃龉为瑕⑭，如不获免，可至三接⑮，三接之外，其字林乎?!重出者，同字相犯者也。《诗》《骚》适会⑯，而近世忌同，若两字俱要，则宁在相犯⑰。故善为文者，富于万篇，贫于一字，一字非少，相避为难⑱也。单复者，字形肥瘠⑲者也。瘠字累句，则纤

---

①孔徒之所纂：《四库全书总目提要》："案：《大戴礼·孔子三朝记》称孔子教鲁哀公学《尔雅》，则《尔雅》之来远矣，然不云《尔雅》为谁所作。据张揖《进广雅表》，称周公著《尔雅》一篇。今俗所传三篇，或言仲尼所增，或云子夏所益，或言叔孙通所补，或云沛郡梁文所考，皆解家所说，疑莫能明也。……其书在毛亨以后，大抵小学家缀缉旧文，递相增益，周公、孔子皆依托之词。" ②李斯之所辑：《说文解字叙》："秦始皇初兼天下，丞相李斯乃奏同之，罢其不与秦文合者。斯作《仓颉篇》。" ③《史籀》：《史籀篇》，《汉书·艺文志》："《苍颉》七章者，秦丞相李斯所作也……文字多取《史籀篇》。"又："《史籀篇》者，周时史官教学童书也。" ④《雅》以渊源诂训：《尔雅》解释古字古义。 ⑤《颉》以苑囿奇文：《仓颉》汇集奇文异字。 ⑥该旧而知新：兼通古字而又知新义。 ⑦单复：笔画或多或少，字形的简单或复杂。 ⑧宫商：指音韵。 ⑨诡异：字体怪异。 ⑩联边：相同偏旁的字。 ⑪重出：同一字重复出现。 ⑫曹摅（shū）：字颜远，西晋作家。 ⑬大疵美篇：美好诗篇有大瑕疵。 ⑭龃龉为瑕：不协调而成了瑕病。龃龉：上下齿不配合，喻不协调。 ⑮三接：偏旁相同的字三个连用。 ⑯《诗》《骚》适会：指《诗经》《楚辞》是根据情况而适当运用重复的字。 ⑰若两字俱要，则宁在相犯：但如果两个字都很必要，就宁可犯忌也要运用。 ⑱一字非少，相避为难：不是没有这个字，而是避免重复有困难。 ⑲字形肥瘠：笔画多少。

疏而行劣①；肥字积文，则黯黕而篇暗②。善酌字者，参伍单复，磊落③如珠矣。凡此四条，虽文不必有，而体例不无。若值而莫悟，则非精解。

至于经典隐暧④，方册纷纶⑤，简蠹帛裂⑥，三写易字⑦，或以音讹⑧，或以文变⑨。子思弟子，“於穆不似”，音讹之异也。⑩晋之史记，“三豕渡河”，文变之谬也。⑪《尚书大传》有“别风淮雨”⑫，《帝王世纪》云“列风淫雨”⑬，“别”“列”“淮”“淫”，字似潜移：“淫”“列”义当而不奇，“淮”“别”理乖而新异。傅毅制诔，已用“淮雨”；⑭元长作序，亦用“别风”⑮。固知爱奇之心，古今一也。史之阙文，圣人所慎⑯，若依义弃奇⑰，则可与正文字矣。

赞曰：篆隶相镕⑱，《仓》《雅》品训⑲。古今殊迹⑳，妍媸异分。字靡易流㉑，文阻难运。声画㉒昭精㉓，墨采㉔腾奋㉕。

---

①纤疏而行劣：稀稀落落，行列单薄。 ②黯黕而篇暗：一片漆黑，篇体无光。黯黕(dǎn)：深黑。 ③磊落：错落分明而圆转。 ④隐暧：隐微不显。 ⑤纷纶：众多貌。 ⑥简蠹帛裂：简帛的被蛀或破裂。 ⑦三写易字：经反复传写而字误，《抱朴子·遐览》：“书三写，鱼成鲁，帝成虎。” ⑧以音讹：因字音相近导致错误。 ⑨以文变：因字形相似导致错误。 ⑩子思弟子，“於穆不似”，音讹之异也：子思的弟子孟仲子，把《诗经》中的“於穆不已”说成“於穆不似”，这就是字音相近造成的错误。 ⑪晋之史记，“三豕渡河”，文变之谬也：晋国历史所记载的“己亥渡河”，被卫人读为“三豕渡河”，这就是字形相似造成的错误。 ⑫《尚书大传》有“别风淮雨”：范注转卢文弨引《尚书大传》：“久矣，天之无别风淮雨，意者中国有圣人乎！”按四部丛刊本《尚书大传》卷四作“烈风澍雨”。 ⑬《帝王世纪》云“列风淫雨”：《帝王世纪》的原话与《尚书大传》相同，只改“别”为“列”，改“淮”为“淫”。《帝王世纪》：西晋皇甫谧著，载上古以来帝王事迹。 ⑭傅毅制诔，已用“淮雨”：范文澜注引清人卢文弨说，《北海王诔》中有“白日幽光，淮雨杳冥”二句。 ⑮元长作序，亦用“别风”：南齐王融在《三月三日曲水诗序》中，又用到“别风”二字。 ⑯史之阙文，圣人所慎：《论语·为政》：“多闻阙疑，慎言其余，则寡尤。” ⑰依义弃奇：若能依从正确意义而抛弃好奇。 ⑱篆隶相镕：篆书和隶书相互熔合。 ⑲《仓》《雅》品训：《仓颉》和《尔雅》对文字做了分类和解释。 ⑳古今殊迹：古今作者用字的不同。 ㉑字靡易流：用字为世所同识便易于流传。 ㉒声画：表达思想感情的文字，扬雄《法言·问神》：“故言，心声也；书，心画也。声画形，君子小人见矣。” ㉓昭精：明白精准。 ㉔墨采：文采。 ㉕腾奋：腾飞，此谓文章广泛流传。

【译文】

有了《易》之卦象，结绳记事就完成了历史使命，然后又有了文字，文字是言语的表现，文章的处所。仓颉造字，文字产生，神鬼因之哭泣，上天因之降下粟雨；黄帝应用文字来开展治国理政。先王开展的教化，书写的文字必须统一；外交使节要用文字记录异域风俗。这都要求文字之字形读音要统一。《周礼》记载的保氏掌管教育子弟六种关于文字的职能。秦始皇焚毁旧典，要求人们以法吏为师。李斯统一周代六国文字而兴起秦篆，程邈创制了隶书，古代文字便被废弃。

汉初萧何造律，明确文字之法。当时太史教育贵族子弟，要考试六种字体。由于上书时马字少了一笔，当时的郎中令石建怕得要死，虽然说这是因为他性格谨慎，但也是当时重视文字的明证。到了汉武帝时期，司马相如编写了字书《凡将篇》。到了汉宣帝、汉平帝时，征召精通小学的学者，当时张敞因能正定古字而传授文字学，扬雄编辑了解释奇字的《训纂篇》，二者都有贯通《尔雅》《仓颉》以及贯通读音和释义的特征。当时的大作家们，无不通晓于此。并且大多赋写京都苑囿，大量因形因声相互假借，因此，西汉这些精通小学的作家，都擅长使用奇异之字，不仅仅是制造奇字，也都通晓难字。到了东汉，作家们的小学功夫变浅了，复杂深奥的字义，大都无人理解。

到了魏代，作家们的创作在用字上有通行的规则，他们读汉代的文章反而有了困难。因而，曹植说："扬雄、司马相如之作意旨遥深，后世读者如果没有老师讲解就不能懂得文辞之义，如果不够博学就不能整体认识其义理。"这种情况的出现，不仅是因为天赋才能不如司马相如、扬雄，也是因为不认识字造成的。自晋代以来，作家用字崇尚简易，当时人人都喜欢简易文字，谁愿意去学习难字？今天，有一个难字就会导致震惊，三个人都不认识的字则被认为是字妖。后世，大家都认识的字，即便是难字也是容易的字；时人都不认识的字，即便是简单的字也被认为是难字。根本在于是否在当时通行，这是人们应该知道的。

《尔雅》是孔门所编纂的《诗经》《尚书》的辅助之书，《仓颉》是李斯编纂的《史籀》的遗留。《尔雅》解释古字古义,《仓颉》汇集奇文异字,二者相资为用,就像人的左右肩膀和左右大腿一样,既能使人兼通古字而又能使人知字之新义,故而,也可以在文章撰写时使用。字义有古今义的不同,故而其义有用与不用两种情况;字形有笔画多与少的不同,丑和美的差异。思想感情用有声的语言表达出来,语言又通过文字记载下来,讽诵于有声的语言,其成功在于声韵;用文字记载下来,则要靠字形的作用。

因而,文学创作时使用文字必须对其有所选择。其一,规避形体怪异之字;其二,简省偏旁相同之字;其三,权衡同一字的重复出现;其四,协调使用笔画或多或少的字。曹摅诗的"岂不愿斯游,褊心恶讻呶"之"讻呶"二字,就是形体诡异之字,本来很好的文章被这两个诡异字破坏了,更何况一篇之中有众多的诡异字呢?联边字是用来描写山川状貌的,从古到今多常使用,但是如果在其他文章中使用,则是不协调而成了毛病。即使不能避免,也最多连续使用三个,如果多于三个,那不就成了字的森林了吗?!关于同一字的重复出现,《诗经》《离骚》中有根据情况而适当运用的情况,近代以来,人们作文对此持忌讳态度,但是,如果出现两次是表达文义必需的,那么即使重复使用一字也是应该的。所以,善于写作的人能够创作出万篇文章,但会出现不知道怎样使用一个字的情况,其原因在于不是没有这个字,而是避免重复有困难。关于协调使用笔画或多或少之字:一篇之中,如果笔画少的字使用过多,则会导致稀稀落落、行列单薄;相反,如果一篇之中,笔画多的字使用过多,则会给人一片漆黑、篇体无光之感。故而,善于使用文字的作家,能够做到交替使用笔画或多或少之字,给人错落分明而圆转的美感。以上四者,虽然实践上不是每篇必须具备,但作为创作理论却是不可或缺的。如果不能领悟,则是不得为文精髓。

至于经典之义隐微不显,典籍众多,简帛发生蛀蚀、破损,文字在传抄中讹变,有的因为读音而讹,有的因为字义而讹。子思弟子孟仲子,把《诗经》中的"於穆不已"说成"於穆不似",这就是字音相近造成的错误;

晋国史书所记载的“己亥渡河”，被卫人读为“三豕渡河”，这就是字形相似造成的错误；《尚书大传》的“别风淮雨”，《帝王世纪》是“列风淫雨”，“别”“列”“淮”“淫”是因字形相似而造成的变化：“淫”“列”是合理的，“淮”“别”是不合理的。傅毅的《北海王诔》中已经使用“淮雨”，王融在《三月三日曲水诗序》中，又用到“别风”二字。由此可见，人们的爱奇心理，从古到今都是一样的。古代典籍中的阙文，即使孔子都很谨慎，如果能做到依从正确意义而抛弃好奇，则是具备正确使用文字的要求了。

综上所述：篆书和隶书相互熔合，《仓颉》和《尔雅》对文字做了分类和解释。古字和今字字形不同，有着或美或丑之异。文字顺时则容易流传，艰涩则不易流传。如果表达思想感情的文字明白精准，文章流传就会广泛。

【评析】

刘勰该《练字》篇是关于文章创作如何用字的专篇。就其关于文字的追溯来看，又具有语言文字学价值。

关于文字的性质，他说是言语的表现、文章的处所：“言语之体貌，而文章之宅宇。”

关于文字的产生，刘勰认识到这是历史发展的结果，于此他说：“夫文，爻象列而结绳移，鸟迹明而书契作。”有了《易》之卦象，结绳记事完成了历史使命，然后又有了文字。此外，他又接受了传说中的仓颉造字的说法：“苍颉造之，鬼哭粟飞。”“鬼哭粟飞”是以夸张手法表达文字对人类文明的价值。价值首先在有益于治国理政上：“黄帝用之，官治民察。先王声教，书必同文。”并强调了政治教化中文字统一的重要性。

就文字的政教史而言，刘勰该《练字》篇首先追溯的是《周礼》保氏的以“六书”教育贵族子弟，随后是秦始皇统一六国后李斯改造籀文（大篆）兴秦篆（小篆）、程邈又进而发展出隶体以更好地实现“以吏为师，以法为教”。汉代更是以法律的形式确定、轨范文字及文字之教，此详原文和今译部分。

在汉代重视文字的国家政策之下，出现了专门的文字学家和文字学著作。关于此专门的文字学家和文字学著作，本书要结合全篇作史的梳理。据刘勰该《练字》篇，最早的文字学著作——字书，是李斯的《史籀篇》，其后是李斯的《仓颉篇》。到了汉代，有司马相如的《凡将篇》、扬雄的《训纂篇》。值得注意的是，司马相如和扬雄既是文字学家，同时更是以文学创作尤其大赋创作而名家，而二者的以文字为大赋也为刘勰所发现："鸿笔之徒，莫不洞晓。且多赋京苑，假借形声，是以前汉小学，率多玮字。"

有理由认为，在刘勰该《练字》篇这里，文学创作某种意义上就是以文字为文的文字运用的学问。果然，就文学创作而言，他提出了练字的四个基本要求。这四个要求是：避诡异、省联边、权重出、调单复。避诡异就是避免人们所不熟悉的生僻字，省联边就是偏旁相同的字不要出现太多以给人字林的堆砌感，权重出即同一个字在一篇之中不要太多次地重复出现，调单复即协调使用笔画或多或少的字。

本书认为，刘勰的这些要求，在美学上无疑是有价值的，但过分强调也不太好。正如他自己所说，也只是个大致要求："凡此四条，虽文不必有，而体例不无。"以上四者，虽然实践上不是每篇必须具备，但作为创作理论却是不可或缺的。

务要指出，刘勰该《练字》篇在注重字形的同时，也涉及字音和字义的问题。关于字音，他有"讽诵则绩在宫商"之说。关于字义，他强调了《尔雅》的重要价值，"夫《尔雅》者，孔徒之所纂，而《诗》《书》之襟带也"，"《雅》以渊源诂训"。

最后，就文字的文献学而言，刘勰还发现了"讹文"的问题并作了理论探讨。关于"讹文"的形成原因，他指出了客体和主体两个方面。客体原因在于典籍历久磨损、残缺："经典隐暧，方册纷纶，简蠹帛裂。"主体原因则为传抄过程中形成的讹误，于此，他提出了"三写易字"说法，当然，此处的"三"是约数，言其多。传抄造成的讹误，他又分"音讹"和"文变"两种情况："三写易字，或以音讹，或以文变。"所谓"音讹"，指的是音近造成的传抄讹误；所谓"文变"，指的是形近造成的讹误。

隐秀第四十

夫心术[①]之动远矣，文情[②]之变深矣。源奥[③]而派生[④]，根盛而颖峻[⑤]，是以文之英蕤[⑥]，有秀有隐。隐也者，文外之重旨[⑦]者也；秀也者，篇中之独拔[⑧]者也。隐以复意[⑨]为工，秀以卓绝[⑩]为巧。斯乃旧章之懿绩[⑪]，才情之嘉会[⑫]也。

夫隐之为体[⑬]，义生文外，秘响旁通[⑭]，伏采潜发[⑮]，譬爻象之变互体[⑯]，川渎之韫珠玉也。故互体变爻，而化成四象；[⑰]珠玉潜水，而澜表方圆[⑱]。始正而末奇，内明而外润，使玩之者无穷，味之者不厌矣。

彼波起辞间，是谓之秀。纤手丽音，宛乎逸态，若远山之浮

---

①心术：此指人的思想感情。 ②文情：此谓文章创作的各个层面。 ③奥：深。④派生：江河源头产生支流。 ⑤颖峻：颖的力量强劲。 ⑥英蕤（ruí）：本义指艳丽的花，此引为英华义。 ⑦重旨：此指文章中隐含的丰富意旨。 ⑧独拔：出类拔萃、突出。 ⑨复意：义同上重旨，指字面以外的又一层含意。 ⑩卓绝：优异义。 ⑪懿绩：美好的成绩。⑫嘉会：众美相聚，《周易·乾卦》："亨者，嘉之会也……嘉会足以合礼。"孔颖达疏："言君子能使万物嘉美集会，足以配合于礼，谓法天之亨也。" ⑬隐之为体：隐作为文章的属性。体：属性、特征。 ⑭秘响旁通：含蓄地表达深广丰富的内容。清代谭献在《复堂词录叙》中于此有阐发："又其为体，固不必与庄语也，而后侧出其言，旁通其情，触类以发，充类以尽；甚且作者之心未必然，而读者之用心何必不然。" ⑮伏采潜发：不显的文采暗自发出。⑯爻象之变互体：爻象的变化形式。卦爻辞本是一种随心所欲的主观解释，"互体"更是一种灵活的变通办法；原卦爻辞对所占卜之事难以说通，便取"互体"，刘勰即以其"取义无常"，来比喻"文外之重旨"可以"秘响旁通"。 ⑰四象：此指《周易·系辞》之"太极生两仪，两仪生四象"之"四象"，即太阳、太阴、少阴、少阳。 ⑱珠玉潜水，而澜表方圆：水中若藏有珠玉，则水波会呈现或方或圆的波纹。

烟霭，娈女[①]之靓[②]容华[③]。然烟霭天成，不劳于妆点；容华格定，无待于裁镕；深浅而各奇，秾纤[④]而俱妙，若挥之则有余，而揽之则不足矣。

夫立意之士[⑤]，务欲造奇，每驰心于玄默[⑥]之表；工辞之人[⑦]，必欲臻美，恒匿思于佳丽[⑧]之乡。呕心吐胆，不足语穷；锻岁炼年，奚能喻苦？故能藏颖词间，昏迷于庸目[⑨]；露锋文外，惊绝乎妙心。使酝藉[⑩]者蓄隐而意愉，英锐[⑪]者抱秀而心悦。譬诸裁云制霞，不让乎天工；斫卉刻葩，有同乎神匠矣。若篇中乏隐，等[⑫]宿儒[⑬]之无学，或一叩而语穷；句间鲜秀，如巨室之少珍，若百诘而色沮：斯并不足于才思，而亦有愧于文辞矣。

将欲征隐，聊可指篇。古诗之“离别”[⑭]，乐府之“长城”[⑮]，词怨旨深，而复兼乎比兴。陈思之《黄雀》[⑯]，公幹之“青松”[⑰]，格刚才劲，而并长于讽谕。叔夜之“赠行”[⑱]，嗣宗之《咏怀》[⑲]，境玄思澹[⑳]，而独得乎优闲。士衡之疏放，彭泽之豪逸，心密语澄，而俱适乎壮采。

如欲辨秀，亦惟摘句。“常恐秋节至，凉飙夺炎热”[㉑]，意凄

---

①娈女：貌美的女子。 ②靓(jìng)：妆饰艳丽。 ③容华：美丽的容颜。 ④秾纤：肥瘦义。秾，本指花木繁盛貌。此用比喻义。 ⑤立意之士：偏于表达义理的作家。 ⑥玄默：沉静不语，《淮南子·主术训》：“天道玄默，无容无则。” ⑦工辞之人：以文辞雕琢为偏向的作家。 ⑧佳丽：本指美女，此喻华美的辞藻。 ⑨庸目：平庸的眼光，此代水平一般的文学欣赏者。 ⑩酝藉：含蓄。 ⑪英锐：英勇。 ⑫等：等同。 ⑬宿儒：学问深，修养高的读书人。 ⑭古诗之离别：《古诗十九首》之《行行重行行》有“行行重行行，与君生别离”句。 ⑮乐府之长城：指汉代乐府古题《饮马长城窟行》。 ⑯陈思之《黄雀》：指曹植的《野田黄雀行》诗，写少年救雀，用以比喻救人于患难。 ⑰公幹之“青松”：刘桢《赠从弟(其二)》有“亭亭山上松”句。 ⑱叔夜之“赠行”：嵇康的《赠秀才入军》组诗十八首，为送其弟嵇喜从军之作。 ⑲嗣宗之《咏怀》：阮籍有《咏怀》组诗八十二首。 ⑳境玄思澹：创设的意境玄远而表达的情志淡泊。 ㉑常恐秋节至，凉飙夺炎热：出班婕妤《怨歌行》。班婕妤：东汉时期女作家。《怨歌行》：亦称《团扇歌》，以团扇自喻，借团扇的遭遇比喻自己的悲惨命运，抒发了失宠妇女的痛苦心情。

而词婉，此匹妇①之无聊也。“临河濯长缨，念子怅悠悠”②，志高而言壮，此丈夫之不遂也。“东西安所之，徘徊以旁皇”③，心孤而情惧，此闺房之悲极也。“朔风动秋草，边马有归心”④，气寒而事伤，此羁旅之怨曲也。

凡文集胜篇，不盈十一⑤，篇章秀句，裁可百二⑥。并思合而自逢，非研虑之所课也。或有晦塞⑦为深，虽奥非隐；雕削取巧，虽美非秀矣。故自然会妙，譬卉木之耀英华；润色取美，譬缯帛⑧之染朱绿。朱绿染缯，深而繁鲜；英华曜树，浅而炜烨⑨。隐篇所以照文苑，秀句所以侈翰林，盖以此也。

赞曰：深文隐蔚⑩，余味曲包，辞生互体，有似变爻。言之秀矣，万虑一交，动心惊耳，逸响⑪笙匏。

【译文】

人的思想感情和文章创作变化一样深远、多端。源头深奥则支流产生，树根盛大则枝叶高茂，同理，文章英华有秀和隐的特征。所谓隐，指文章中隐含的丰富意旨；所谓秀，指文章的突出意旨。隐的妙处体现为字面之外的另一层意思，秀的妙处则体现在优异上。这就是古代留传下来的优秀篇章的好处所在，也是作家才情集中的表现。

隐作为文章的属性，其基本特征是“意在言外”，含蓄地表达深广丰富的内容，不显的文采暗自闪耀，就像爻象变化体现着卦象变化、河流之中蕴蓄着珍珠宝玉一样。爻象、卦象的变化而四象成，水含珠玉故水波有或方或圆的变化。爻象、卦象的以正开始以奇结尾，如藏珠玉之水波

①匹妇：此为一名妇女之义。 ②临河濯长缨，念子怅悠悠：相传为西汉李陵《与苏武诗》。 ③东西安所之，徘徊以旁皇：出乐府古辞《伤歌行》。 ④朔风动秋草，边马有归心：出西晋文学家王赞《杂诗》。 ⑤十一：十分之一。 ⑥百二：百分之二。 ⑦晦塞：晦涩不畅。 ⑧缯(zēng)：丝织品的总称。 ⑨炜(wěi)烨(yè)：光采鲜明貌。 ⑩深蔚：深沉而茂盛。 ⑪逸响：高妙的乐音，《古诗十九首·今日良宴会》：“弹筝奋逸响，新声妙入神。”

内含明珠而外表圆润，给人们带来的是无穷的余味。

秀，是文辞中间产生的波纹。如美女以灵巧的纤指奏出清丽的声音，又如其宛转飘逸的神态，就如远山浮起烟霭，是美女展示自己的容貌。但要强调的是，远山的烟霭是不事装点天然形成的；容貌的格局是天生的，也不需要熔炼裁剪。因为是天然形成，故而烟霭或深或浅各具特色；因为格局是天生的，所以美女的容貌或肥或瘦各得其妙。如果有意地人为挥去或揽入，就会有或有多余或不足的遗憾。

表达义理因为要立意奇特，往往用心于沉静之外；以文辞取胜因为要达到至美境界，总是沉浸于华美的辞藻。呕心沥血、长年累月地不辞辛苦，所以才能做到以隐、秀特征达成高超艺术成就、给读者带来非凡的审美感受。使爱好含蓄的人因为隐而获得审美享受，使喜欢英勇风格的人因为秀而获得审美享受。就像裁剪云霞不比自然天成的逊色，又如神匠雕刻花草，技艺精湛而令人称奇。如果篇章之中没有隐，就像被称为学问高深的人没有学问一样，甚至一问就问住了；篇章之中没有秀，就像号称富人之家却没有宝贝一样，虽能承受多次诘问也难免会面有窘色：这都是才思、文辞不足造成的。

至于什么是隐，下用具体篇章文句来证明。《古诗十九首》之《行行重行行》的“行行重行行，与君生别离”，汉乐府的《饮马长城窟行》，辞含怨情意味深长，同时还兼用了比兴手法。曹植的《野田黄雀行》、刘桢的《赠从弟（其二）》，风格才思刚劲，并都擅长讽喻寄托。嵇康的《赠秀才入军》、阮籍的《咏怀》诗，创设的意境玄远而表达的情志淡泊，因而独得悠闲之趣。陆机疏放、陶渊明豪逸，构思缜密文辞清朗，也都以文采壮丽为特点。

至于什么是秀，下面也通过篇章文句来证明。班婕妤《怨歌行》中的“常恐秋节至，凉飙夺炎热”二句，情意凄凉文辞婉约，是一个妇女伶仃无依的哀怨。传为西汉李陵《与苏武诗》中的“临河濯长缨，念子怅悠悠”二句，情志高远文辞壮丽，是一个男子壮志不遂的心声。乐府古辞《伤歌行》中“东西安所之，徘徊以旁皇”二句，表达了内心的孤独与恐惧，以及闺房之中的极度悲伤。西晋文学家王赞《杂诗》中的“朔风动秋草，边马有归心”二句，则再现了游子在凄凉深秋的极度思乡之情。

大凡一部文集中的好篇章多不足十分之一，好篇章中的好句子又多不足百分之二。并且，好篇章好句子又都不是苦苦雕琢的结果而是妙思的结果。进而，如果文本晦涩不畅，即使深奥也不是隐；如果是精雕细刻所成，即使精美也不是秀。所以，隐秀要求自然天成如草木之花；其润色以为美，也要像丝物之着染朱红翠绿一样。朱红翠绿之着染丝物，其颜色深而不艳；草木之花，则色浅而有光鲜。隐秀之篇之所以能突出于文坛，其缘由即在于此。

综上所述：文章的隐义深沉而茂盛，含蓄地包含着多重意味，产生于文辞的变化，就像爻象的变化一样。篇章中的秀句，是长期积累的灵感结晶，其惊心动魄的审美效果，如高妙的乐音生于笙匏一样。

【评析】

《隐秀》篇，是关于文学作品“隐”与“秀”两个问题的理论探讨。由其“隐也者，文外之重旨者也；秀也者，篇中之独拔者也”可知，隐是作品文辞之外的意旨，也就是言外之意；秀是作品中给人印象深刻的秀句。今天看来，隐秀的问题是文艺美学问题，也即作品所带给读者的耐人寻味、咀嚼不尽的持久审美感受。

文艺审美的多义性从根本上说是由作品的形象性所引起的读者想象和联想所造成。有关于此，中外的理论家们均有发现。在中国，早在孔子之时，就有“闻《韶》，三月不知肉味”(《论语·述而》)的审美体验的表达，并以“《诗》可以兴”指出了《诗》三百篇于读者层面产生言外之意的独立特征。此外，孔子还以“告诸往而知来者”(《论语·学而》)、“起予者商也，始可与言诗已矣”(《论语·八佾》)表达了《诗》三百篇的这一特质。再者，《左传》《国语》所载，春秋时期外交使节通过赋诗委婉表达主旨，也是诗之多义性运用于社会实践的真实案例，也就是孔子所谓的“专对”功能。和创作手法结合来看，作品的隐的审美价值主要由比兴造成，此亦为刘勰《隐秀》篇所发现并指出：“将欲征隐，聊可指篇。古诗之‘离别’，乐府之‘长城’，词怨旨深，而复兼乎比兴。”国外，但丁有关于《圣经》的“四义”说，认为《圣经》的语言有字面义、譬喻义、道德义和寓言义四种含义。

就理论史上的价值而论，文学作品尤其诗歌的多义性发现，孔子无疑是最早且阐述最多的人，而专门的论述，恐怕要到刘勰的该《隐秀》篇了。其论述逻辑，秉承了整部《文心雕龙》篇章的方法论，先追溯隐秀的形上本原，在于“心术之动远矣，文情之变深”。然后对隐秀的特征作了定义性表述：“隐以复意为工，秀以卓绝为巧。”并交代了对于作品的价值，谓为“旧章之懿绩，才情之嘉会”。类比、比喻的论证方式是刘勰惯常的方法，此处表现为将篇章之隐秀视作“象之变互体，川渎之韫珠玉”。他还以美女妆容喻篇章的秀句，并且比中套比：“纤手丽音，宛乎逸态，若远山之浮烟霭，娈女之靓容华。”还将隐秀的打造比喻为“裁云制霞，不让乎天工；斫卉刻葩，有同乎神匠”，将篇中隐秀的缺乏比作“宿儒之无学，或一叩而语穷”“巨室之少珍，若百诘而色沮”。

比喻论证之外，刘勰还依惯例使用了例证的论证方式。其例证方式，能够契合隐秀的特征，此为刘勰博览与精准的表现。限于篇幅，于此不再详述，请参照原文和译文部分。

需要指出的是，刘勰认为具备隐秀特征是作品高水平的标志，因而凤毛麟角：“凡文集胜篇，不盈十一，篇章秀句，裁可百二。”不主张隐秀的创造靠苦做，而是主张自然天成：“思合而自逢，非研虑之所课。”

本书认为，刘勰《隐秀》篇已具中国美学“意境论”的价值。之所以如此说，不惟在于其隐秀论已关注到了审美想象和联想带来的意蕴无穷，还在于他已明确指出了作为创作手法的“比兴”以及直接用到了“境”字：“嗣宗之《咏怀》，境玄思澹。”刘勰隐秀论的意境论思想，为稍晚的锺嵘《诗品序》之“文已尽而意有余，兴也”更明确直接地标举，之后到了唐代，理论家们的“文外之致”“味外之旨”，以至于“情境”“物境”“意境”等理论言说，使中国传统“意境论”越发清晰起来。

最后要指出的是，刘勰的隐秀思想以及其后中国的“意境”理论，其落脚点主要是诗。因为就比兴手法而言，赋这一文体基本是不具备的，更不用说其他文体了。这也表现为刘勰该篇关于隐秀的例证全部是诗。

指瑕第四十一

管仲有言:“无翼而飞者声也,无根而固者情也。”①然则声不假翼,其飞甚易;情不待根,其固匪难?以之垂文,可不慎欤!古来文才,异世争驱②。或逸才③以爽迅④,或精思以纤密,而虑动难圆,鲜无瑕病。陈思之文,群才之俊也,而《武帝诔》云“尊灵永蛰”,《明帝颂》云“圣体浮轻”,“浮轻”有似于蝴蝶,“永蛰”颇疑于昆虫,施之尊极⑤,岂其当乎?左思《七讽》⑥,说孝而不从⑦,反道若斯,余不足观矣。潘岳为才,善于哀文,然悲内兄,则云“感口泽”⑧,伤弱子,则云“心如疑”⑨,《礼》文在尊极⑩,而施之下流,辞虽足哀,义斯替矣。

若夫君子拟人,必于其伦。⑪ 而崔瑗之《诔李公》⑫,比行于黄虞⑬;向秀之赋“嵇生”,方罪于李斯⑭。与其失也,虽宁僭无

---

①无翼而飞者声也,无根而固者情也:出《管子·戒篇》。 ②古来文才,异世争驱:自古以来的文章,不同时代也相互比较高下。 ③逸才:才思俊逸。 ④爽迅:豪迈奔放。 ⑤尊极:极尊贵,此指魏武帝曹操、魏文帝曹丕的帝王身份。 ⑥《七讽》:今已佚。 ⑦说孝而不从:此谓左思《七讽》是讽口头说孝而实却不顺的。 ⑧感口泽:感受到口所润泽。《礼记·玉藻》:“母没而杯圈不能饮焉,口泽之气存焉尔。” ⑨心如疑:潘岳的小儿子金鹿夭折后,潘岳写的《金鹿哀辞》有“将反如疑,回首长顾”文,意为人土了也不敢相信,返程时又频频地回首,久久地伫望。如疑,出《礼记·檀弓》:孔子在卫,有送葬者,而夫子观之,曰:“善哉为丧乎!足以为法矣,小子识之。”子贡曰:“夫子何善尔也?”曰:“其往也如慕,其反也如疑。” ⑩《礼》文在尊极:指上《礼记·玉藻》“口泽”的尊母和《礼记·檀弓》“如疑”送葬的尊敬死者,二者都是尊敬长辈。 ⑪拟人,必于其伦:以类相拟。 ⑫崔瑗之《诔李公》:崔瑗的《李公诔》,今佚。 ⑬黄虞:黄帝和虞舜。 ⑭向秀之赋“嵇生”,方罪于李斯:向秀有《思旧赋》怀念好友嵇康,赋文有“昔李斯之受罪兮,叹黄犬而长吟”句。

滥①，然“高厚之诗”，不类甚矣②。

凡巧言易标，拙辞难隐，斯言之玷，实深白圭③。繁例难载，故略举四条。若夫立文之道，惟字与义。字以训正，义以理宣。而晋末篇章，依希④其旨，始有“赏际奇至”⑤之言，终有“抚叩酬酢”之语，每单举一字，指以为情⑥。夫“赏”训“锡赉”，岂关心解⑦？“抚”训“执握”，何预情理？《雅》、《颂》未闻，汉魏莫用，悬领⑧似如可辩，课文⑨了不成义，斯实情讹⑩之所变，文浇⑪之致弊。而宋来才英，未之或改⑫，旧染成俗，非一朝也。

近代⑬辞人，率多猜忌⑭，至乃比语求蚩⑮，反音⑯取瑕，虽不屑于古，而有择于今焉。又制同他文，理宜删革，若掠人美辞，以为己力，宝玉、大弓⑰，终非其有。全写则揭箧⑱，傍采则探囊，然世远者太轻，时同者为尤矣。

若夫注解为书⑲，所以明正事理⑳，然谬于研求㉑，或率意而

---

①宁僭无滥：此指宁愿像崔瑗那样，将李公比为黄帝和虞舜，比方得过好；也不要像向秀将嵇康比作李斯，那样比方得过坏。僭(jiàn)：超越本分。 ②“高厚之诗”，不类甚矣：《左传·襄公十六年》：“晋侯与诸侯宴于温，使诸大夫舞，曰：‘歌诗必类。’齐高厚之诗不类。荀偃怒，且曰：‘诸侯有异志矣。’”后因以“高厚”指诗作不佳。 ③斯言之玷，实深白圭：《诗经·大雅·抑》：“白圭之玷，尚可磨也；斯言之玷，不可为也。”白玉上的污点还可以磨掉，我们言论中有毛病，就无法挽回了。告诫人们要谨慎自己的言行。 ④依希：依稀，仿佛。 ⑤赏际奇至：和下文“抚叩酬酢”均不知所出，其义亦不可考，恰符合刘勰此所指出的“依希其旨”义。 ⑥每单举一字，指以为情：此谓用一个单字表达一层意思。 ⑦“赏”训“锡赉”，岂关心解：“赏”字解释为赐赏，难道和内心的理解有关吗？锡赉(lài)：赏赐。 ⑧悬领：抽象地领会、理解。 ⑨课文：课责、验证于篇章。 ⑩情讹：文章创作的情况发生了变化。 ⑪文浇：文风浇薄、浮薄。 ⑫或改：有所改变。 ⑬近代：指南朝宋后齐梁以来。 ⑭猜忌：猜疑妒忌。 ⑮比语求蚩：从谐音中找差错。比语：谐音。蚩：同“媸”，丑。 ⑯反音：反切。清赵翼《陔余丛考·音字用点》：“至魏孙炎，始作反音，则今反切之学也。” ⑰宝玉大弓：出《左传·定公八年》：“阳虎说甲如公宫，取宝玉、大弓以出，舍于五父之衢，寝而为食。”宝玉大弓为鲁国宝器，后被阳货偷走。 ⑱全写则揭箧：把箱笼扛走，喻全部抄袭他人。箧：箱子。 ⑲注解为书：对文本作注解。 ⑳明正事理：正明事理。 ㉑谬于研求：疏谬于深入研究。

断[1]。《西京赋》称“中黄、育、获”[2]之畴，而薛综谬注谓之“阉尹”[3]，是不闻执雕虎之人[4]也。又《周礼》井赋，旧有“匹马”，[5]而应劭释匹，或量首数蹄，[6]斯岂辩物之要哉？原夫古之正名，车两而马匹[7]，匹两称目，以并耦[8]为用，盖车贰佐乘[9]，马俪骖服[10]，服乘[11]不只，故名号必双，名号一正，则虽单为匹[12]矣，匹夫匹妇，亦配义矣。夫车马小义，而历代莫悟。辞赋近事而千里致差，[13]况钻灼[14]经典能不谬哉？夫辩匹而数首蹄，选勇而驱“阉尹”，失理太甚，故举以为戒。丹青初炳而后渝[15]，文章岁久而弥光。若能檃括于一朝[16]，可以无惭于千载也。

赞曰：羿氏舛射[17]，东野败驾[18]。虽有俊才，谬则多谢[19]。斯言一玷，千载弗化。令章[20]靡疚[21]，亦善之亚[22]。

---

①率意而断：随意下结论。 ②中黄、育、获：陈琳《为袁绍檄豫州》：“奋中黄、育、获之士，骋良弓劲弩之势。”吕延济注：“中黄伯、夏育、乌获，皆古之力士也。” ③阉尹：管领太监的官。《吕氏春秋·仲冬》：“是月也，命阉尹，申宫令，审门閭，谨房室，必重闭。”高诱注：“阉，宫官；尹，正也。” ④执雕虎之人：即中黄伯。雕虎，兽名。 ⑤《周礼》井赋，旧有“匹马”：按井田征收赋税，按旧例三十家使出马一匹。 ⑥应劭释匹，或量首数蹄：应劭有《风俗通义》，其佚文中有对马匹的解释，可能“量首数蹄”的解释为其中一说。 ⑦车“两”而马“匹”：车称“两”，马称“匹”，均见于《尚书》，如《牧誓》“武王戎车三百两”，《文侯之命》“马四匹”等。 ⑧耦：双数，配偶。 ⑨车贰佐乘：《礼记·少仪》：“乘贰车则式，佐车则否。”郑玄注：“贰车佐车，皆副车也。朝祀之副曰贰，戎猎之副曰佐。” ⑩俪：成双，对偶。骖服：驾车的马。骖指驾车的马中外面的两匹，服指驾车的马中间的两匹。 ⑪服乘：指车马。

⑫虽单为匹：一个也称为匹。 ⑬辞赋近事而千里致差：指薛综注《西京赋》以“阉尹”解中黄、育、获。 ⑭钻灼：古代用龟甲钻孔烧灼以卜凶吉，这里借指探讨经典的深意而为之作注。 ⑮丹青初炳而后渝：出扬雄《法言·君子》：“或问圣人之言炳若丹青，有诸？曰：吁！是何言与。丹青初则炳，久则渝，渝乎哉？” ⑯檃括于一朝：一旦改正作品中的瑕病。

⑰羿氏舛射：《帝王世纪》：“羿有穷氏，未闻其姓，其先帝喾以世掌射……（羿）与吴贺北游，（贺）使羿射雀左目，羿引弓射之，误中左（右）目，羿俯首而愧，终身不忘。” ⑱东野败驾：《庄子·达生》：“东野稷以御见庄公。进退中绳，左右旋中规；庄公以为文弗过也。使之钩百而反。颜阖遇之，入见曰：‘稷之马将败。’公密而不应。少焉，果败而反。公曰：‘子何以知之？’曰：‘其马力竭矣，而犹求焉，故曰败。’” ⑲谢：惭愧、道歉。 ⑳令章：美好的作品。 ㉑靡疚：没有毛病。 ㉒亦善之亚：也算是较好的作品。

【译文】

管仲曾经说过："没长翅膀会飞的是声音，没有根而坚固的是人的思想感情。"既然声音不假借翅膀，要飞起来很容易；思想感情没有根，也能十分坚固；秉持这一观点来展开文章写作，怎能不慎重呢！自古以来的文学之才，即使时代不同也会开展竞争。有的才华俊逸豪迈奔放，有的思维纤细缜密，但是思虑终究难以周全，故而很难没有瑕疵。曹植的创作是作家们中的俊杰，但其《魏武帝诔》的"尊灵永蛰"和《魏明帝颂》的"圣体浮轻"，其中"浮轻"适合用来说蝴蝶，"永蛰"适合比昆虫，而曹植却用来赞扬帝王，这难道是恰当的吗？左思的《七讽》，所讽的是口头说孝而实却不顺，违背常道达到如此程度，其他，就不值得探讨了。潘岳善于撰写哀诔之文，他哀吊内兄用了"感口泽"，哀悼夭折的儿子用了"心如疑"，在《礼记》中，"口泽"和"如疑"是对尊上的，而潘岳却以之对下，故而，其文辞虽然充满哀伤情感，但适用对象应有之义却改变了。

所以，作家行文用人做类比，一定要以类相拟。但是，崔瑗的《诔李公》文将李公比作黄帝、虞舜，向秀的《思旧赋》将嵇康的得罪比方为李斯。其类比同是失当，宁可超越也不滥用，但是像高厚歌诗之类，就非常不伦不类了。

大凡文章，巧妙的言语容易标举，拙劣的言辞难以隐藏，言语污点的影响比白玉的污点更难消除。由于例子繁多，不易列举，故而此处仅略举四例。文章撰写的基本要素不外乎字与义。用字要正确，义理要明白。但是，晋代末年以来的文章，仿佛已经脱离了这个宗旨，开始出现了"赏际奇至""抚叩酬酢"这样不明不白的言语，用一个单字表达一层意思。"赏"的本义是"赏赐"，和表达心理感受的"欣赏"有什么关系？"抚"的本为"执握"，和"酬酢"所关联的应酬之情又有什么关涉？"赏"的"欣赏"义和"抚"的"应酬"义，在《诗经》等经典中从未有过，汉魏之作中也未被使用，抽象地理解倒也说得过去，但课责于篇章则不成文理，客观地说，这是时代创作风气的变化和时代文风浇薄所导致的弊端。但是，刘宋以来的作家们不但没有予以纠正，还因袭了这种风气，可见，其形成并非一代之事。

齐梁以来的作家，大多相互猜疑嫉妒，以至于有从谐音、反切中找毛病、揭人丑，这种情况，虽然和不屑于向古人学习有很大关系，但也是受时代风气影响所造成的。又，作品和其他作家相同之处，按理应当删去，因为掠人之美以为己用，就像春秋时期的阳虎所偷窃的别人家的宝玉、大弓一样，终究不是自己的。全部抄袭他人和部分采用他人都是剽窃，只不过剽窃对象越古老“罪责”越轻，“剽窃”同时代作家“罪责”更重些而已。

为古书作注解以事理正确明白为原则，但是如果疏谬于深刻探求，则可能会导致主观臆断。比如，张衡《西京赋》中的“中黄、育、获”之类，薛综错误地注为“阉尹”，而不知道他们是能执缚雕虎的猛士。还有，在《周礼》中述及井田之赋时有以“匹”为“匹配”义的“匹马”的说法，但是应劭《风俗通》却以数量马头和马蹄思路将之解释为量词，这能是掌握了分辨事物的关键吗？考察古时原义，车有两轮，驾车之马也要两两匹配，匹与两表达数目表达的是偶数相互为用，大致是车的副车起辅助作用，服马和骖马各自两两相匹，车马不是一辆，所以关于车马的名号也必然是双数，名号一旦搞正确了，则虽然一辆车的服马是一，但主车和副车的服马相加也是二，故而，也称为“匹”，“匹夫匹妇”这一成语中的“匹”，也是匹配的意思。但是，关于这个来自车马的“匹”之“匹配”之本义，历代作家都没有准确领悟。三国时吴国薛综注东汉张衡《西京赋》的以“阉尹”解中黄、育、获，都出现了谬以千里的错误，更何况是要钻研远古的经典呢?！由于将“匹配”的“匹”解释为量词、将勇士解释为太监的头目太过悖理，故而此处举出以为例证。用丹青作画，开始鲜明之后变暗，而文章却是时间越久远越光亮。如果改正作品中的瑕疵，则可以无愧于千载！

综上所述：神箭手后羿、神驾手东野也会出现失误，即使是英雄豪杰出了错误也会感到惭愧。文章言语一旦产生错误，千年也不能抹除。文章能写得没有差错，离臻于完善也就不远了。如果再没有瑕疵，也算是尽善尽美了。

【评析】

正如刘勰本篇所说:“立文之道,惟字与义。字以训正,义以理宣。”字正理明是好文章的判定标准。一旦于此有了瑕疵,便会影响文章质量。

关于文章瑕疵对文章价值的重要影响,该文引典《诗经·大雅·抑》之“白圭之玷,尚可磨也;斯言之玷,不可为也”诗句以证。该诗句意思是,白玉上的污点还可以磨掉,我们言论中有毛病,就无法挽回了,告诫人们要谨慎自己的言语。《指瑕》的说法是:“斯言之玷,实深白圭。”语言的毛病比白玉之污点还难抹掉,那么作为记录语言的文字,因为要流传开来,故而更加难以磨灭,于此刘勰说:“斯言一玷,千载弗化。”

作为一学术篇章,对瑕疵在篇章中的存在,刘勰该《指瑕》篇又不止于以上情感性说教,而是有着科学理性的分析。文章的瑕疵具体分词义不当、比拟失当、词义不明、注释谬误等情况,并均结合例证证明。

关于词义不当,刘勰的例证分别是《魏武帝诔》的“尊灵永蛰”和《魏明帝颂》的“圣体浮轻”,其中“浮轻”适合用来说蝴蝶,“永蛰”适合比昆虫,而曹植却用来赞扬帝王,这显然不恰当。曹植之外,刘勰所举的例证还有以写《三都赋》而奠定了在中国文学史上地位的左思,以及西晋文学大家潘岳。

关于比拟失当,刘勰举的例证是崔瑗的《诔李公》和向秀的《思旧赋》。具体是,崔瑗的《诔李公》文将李公比作黄帝、虞舜,向秀的《思旧赋》将嵇康比方为李斯。

关于词义不明,刘勰的例证是晋代的两个例子。具体是“赏际奇至”“抚叩酬酢”这样,用一个单字表达一层意思的不明不白的言语。并进而辨析道:“赏”的本义是“赏赐”,和表达心理感受的“欣赏”有什么关系?“抚”的本为“执握”之义,和“酬酢”所关联的应酬之情又有什么关涉?“赏”的“欣赏”义和“抚”的“应酬”义,在《诗经》等经典中从未有过,汉魏之作中也未被使用,抽象地理解倒也说得过去,但课责于篇章则不成文理。

关于注释谬误,刘勰的例证是张衡《西京赋》中的“中黄、育、获”之类,薛综错误地注为“阉尹”,而不知道他们是能执搏雕虎的猛士。还有,在《周礼》中述及井田之赋时有以“匹”为“匹配”义的“匹马”的说法,但是应劭《风俗通》却以马头和马蹄数量的思路将之解释为量词。

刘勰还探讨了导致文章瑕疵的原因，一是对所引典事、典语的原义掌握不准确、理解不深刻，二是受时代不良风气的熏染和影响。

他认识到瑕疵存在的不易避免性，即使在曹植这样的高才博学的大家的作品中也会存在，神箭手后羿、神驾手东野稷也会出现失误。但是，有瑕疵毕竟不是光彩的事，所以，即使是后羿、东野稷也会因出了错误而感到惭愧。由于文章中的瑕疵如此重要，所以他意味深长地规劝作家们说："若能隳括于一朝，可以无惭于千载也。"如果一旦改正作品中的差错，则可以无愧于千载。

养气第四十二

昔王充著述，制《养气》①之篇，验己而作②，岂虚造哉！夫耳目鼻口，生之役也；③心虑④言辞，神之用⑤也。率志⑥委和⑦，则理融而情畅；钻砺⑧过分，则神疲而气衰：此性情之数⑨也。

夫三皇辞质⑩，心绝于道华⑪。帝世始文，言贵于敷奏⑫。三代春秋，虽沿世弥缛⑬，并适分胸臆⑭，非牵课⑮才外也。战代技诈⑯，攻奇饰说⑰。汉世迄今，辞务日新，争光鬻采，虑亦竭矣。故淳言⑱以比浇辞⑲，文质悬乎千载；率志以方竭情，劳逸差于万里。古人所以余裕，后进所以莫遑⑳也。

凡童少鉴浅㉑而志盛，长艾㉒识坚而气衰，志盛者思锐㉓以胜劳㉔，气衰者虑密以伤神，斯实中人之常资，岁时㉕之大较㉖也。若夫器分㉗有限，智用㉘无涯，或惭凫企鹤㉙，沥辞镌思㉚，

---

①《养气》：王充曾著《养性》十六篇，其书今不传。 ②验己而作：根据自己的体验所作。王充在《论衡·自纪》中说："庚辛域际，虽惧终徂，愚犹沛沛，乃作《养性》之书，凡十六篇。养气自守，适食则酒（按：则当作节），闭明塞聪，爱精自保，适辅服药引导，庶冀性命可延，斯须不老。" ③夫耳目鼻口，生之役也：人的耳、目、口、鼻，是为生命所役使而为之服务，出《吕氏春秋·贵生》。 ④心虑：此指人的精神活动。 ⑤神之用：精神的作用和表现。 ⑥率志：随顺情志。 ⑦委和：谓随顺自然所赋予的和气，《庄子·知北游》："生非汝有，是天地之委和也。" ⑧钻砺：钻研琢磨。 ⑨数：规律。 ⑩质：质朴。 ⑪道华：此谓文学创作上华丽的文辞观点与主张。 ⑫敷奏：铺陈文辞奏对君上。 ⑬沿世弥缛：随时间推移更加繁缛。 ⑭适分胸臆：适合作家的思想感情创作个性。 ⑮牵课：勉强。 ⑯战代技诈：指战国时期创作技巧多变。 ⑰攻奇饰说：追求奇特以文饰自己的学说。 ⑱淳言：醇厚的文辞。 ⑲浇辞：浇薄的文辞。 ⑳莫遑：不得空闲、闲暇。 ㉑鉴浅：认识能力不深。 ㉒长艾：老年人。 ㉓思锐：思维敏锐。 ㉔胜劳：经得起劳累。 ㉕岁时：此指创作和年龄情况的关系。 ㉖大较：大概。 ㉗器分：人所具有的天资和才能。 ㉘智用：智慧的运用。 ㉙惭凫企鹤：惭愧自己的短处，羡慕别人的长处，《庄子·骈拇》："长者不为有余，短者不为不足。是故凫胫（脚）虽短，续之则忧；鹤胫虽长，断之则悲。" ㉚沥辞镌思：过滤文辞挖空心思。

于是：精气内销，有似尾闾之波①；神志外伤，同乎牛山之木②。怛惕③之盛疾④，亦可推矣。

至如仲任置砚以综述⑤，叔通怀笔以专业⑥，既暄之以岁序⑦，又煎之以日时，是以曹公惧为文之伤命⑧，陆云叹用思之困神⑨，非虚谈也。

夫学业在勤，故有锥股自厉⑩；志于文也，则有申写郁滞⑪。故宜从容率情，优柔适会。若销铄精胆，蹙迫⑫和气⑬，秉牍⑭以驱龄⑮，洒翰⑯以伐性⑰，岂圣贤之素心⑱，会文之直理⑲哉！

且夫思有利钝⑳，时有通塞㉑。沐则心覆，且或反常；㉒神之方昏，再三愈黩㉓。是以吐纳㉔文艺㉕，务在节宣㉖，清和其心㉗，调畅其气㉘，烦而即舍，勿使壅滞㉙，意得㉚则舒怀以命笔，理

---

①尾闾之波：海水永不停止地外泄，《庄子·秋水》："天下之水，莫大于海，万川归之，不知何时止而不盈；尾闾泄之，不知何时已而不虚。"《释文》："尾闾，崔云：海东川名。司马云：泄海水出外者也。" ②牛山之木：牛山上的草木被砍得精光，《孟子》赵岐注："牛山，齐之东南山也。" ③怛惕：惊恐忧惧。 ④盛疾：大病。 ⑤仲任置砚以综述：王充在门窗墙柱上放满笔墨以进行著作，《初学记》卷二十一引谢承《后汉书》："王充于室内门户墙柱，各置笔砚，著《论衡》八十五篇。" ⑥叔通怀笔以专业：曹褒走路睡觉都抱着纸笔专心著作，《后汉书·曹褒传》载："褒少笃志有大度，结发传充（褒父曹充）业，博雅疏通，尤好礼士。常憾朝廷制度未备，慕叔孙通汉礼仪，昼夜研精，沈吟专思，寝则怀抱笔札，行则诵习文书，当其念至，忘所之适。" ⑦岁序：年份更易的顺序，此指文学创作历经的时间。 ⑧曹公惧为文之伤命：曹操该说法原文已佚。 ⑨陆云叹用思之困神：陆云《与兄平原书》："兄文章已自行天下，多少无所在，且用思困人，亦不事复及，以此自劳役。" ⑩锥股自厉：《战国策·秦策一》："（苏秦）乃夜发书，陈箧数十，得太公《阴符》之谋，伏而诵之，简练以为揣摩。读书欲睡，引锥自刺其股，血流至足。"厉：砥砺。 ⑪郁滞：郁积阻滞。 ⑫蹙迫：逼迫。 ⑬和气：元气。 ⑭秉牍：手持简牍，此代文学创作、著述。 ⑮驱龄：追逐年龄，犹今言和时间赛跑。 ⑯洒翰：犹言挥毫，代指文学创作、著述。《吕氏春秋·本生》："靡曼皓齿，郑卫之音，务以自乐，命之曰伐性之斧。" ⑰伐性：摧残自己的身心，犹今言透支精力。 ⑱素心：本心。 ⑲直理：正理、真理。 ⑳利钝：敏捷、迟钝。 ㉑通塞：畅通、阻塞。 ㉒沐则心覆，且或反常：在洗头的时候，心脏的位置有了变动，这时考虑问题还可能违反常理。沐：洗头。 ㉓再三愈黩：再三思索反而愈加糊涂。黩，指头脑更加昏黑不清。 ㉔吐纳：指写作。 ㉕文艺：作文的技艺。 ㉖节宣：节制作息之意。 ㉗清和其心：保持心情清静平和。 ㉘调畅其气：调和通畅神气。 ㉙壅滞：堵塞。 ㉚意得：精神饱满。

伏①则投笔以卷怀,逍遥以针劳②,谈笑以药倦,常弄闲于才锋,贾余于文勇③,使刃发如新,腠理④无滞,虽非胎息⑤之万术,斯亦卫气⑥之一方也。

赞曰:纷哉万象,劳矣千想。玄神⑦宜宝,素气⑧资养。水停以鉴,火静而朗。无扰文虑⑨,郁此精爽⑩。

【译文】

过去,王充的著作中有关于“养气”的篇章,作为自身的验证之作,岂能是凭空捏造的!耳目口鼻等人的器官,是为生命服务的;人的精神活动和言辞,是人的精神的作用和表现。随顺自己的情志和自然禀赋的和气,就能做到事理圆融情绪舒畅;过分钻研琢磨,就会精神疲惫气力衰弱:这是性情的规律。

三皇之世文辞质朴,是因人心摒除了华丽之道;五帝时代开始有了文采,上奏之言以铺陈为贵。夏商西周三代与春秋时期的文章,伴随时间推移虽然文采更加繁缛,但都是作者个性、心意的自然流露,并没有勉强于才能之外去寻求。战国时期创作技巧多变,追求奇特以文饰自己的学说。从汉代到今天,文辞以逐新为务,争相追逐光彩,耗尽了心力。故而,淳朴的文辞和浇薄的文辞相较,或文或质相差千里;随性适情和殚精竭虑比较,或劳或逸别似天壤。这就是古代作家之所以精力有余,而后代作家却没有闲暇的原因所在。

青少年见识不深但却精力旺盛,老年人见多识广却精力衰退。精力旺盛则思维敏捷能够承受繁重的劳作,精力衰竭则思维缜密伤害精神,

---

①理伏:精神疲倦。②针劳:消除疲劳。③贾(gǔ)余于文勇:出售多余的写作才力。④腠(còu)理:肌肤的纹理。⑤胎息:修养身心的一种方法,《抱朴子·内篇·释滞》:“故行气或可以治百病……其大要者,胎息而已。得胎息者,能不以鼻口嘘吸,如在胞胎之中,则道成矣。”⑥卫气:保护精力。⑦玄神:元神、精神,扬雄《太玄》:“神战于玄,其陈阴阳。”⑧素气:元气。⑨无扰文虑:如果想要不扰乱创作的思虑。⑩郁此精爽:累积、保持精神清爽。

这，确实是一般人所具有的通常情况，创作精力和年龄关联的大致情况。人所具有的天资和才能有限，但智慧的运用却没有穷尽，有人惭愧于自己的短处羡慕别人的长处，竭力于艺术思维、锻炼文辞，于是如大海之波一样不停歇地内耗精力，外伤精神，如牛山之草木一样被砍伐殆尽。惊恐忧惧的大病，也可由此推知。

王充在门窗墙柱上放满笔墨以进行创作，曹褒走路睡觉都抱着纸笔专心写作，并且长年累月如此，因此，曹操担心因此伤害了性命，陆云感叹困乏了人的精神，这，都不是故作惊人之语。

当然，学业在于勤奋，所以才有苏秦的锥刺股以自励；有志于从事文学创作，申说书写到了思维停滞的状态。所以，应该根据精力和灵感从容随性地进行创作。如果殚精竭虑地消耗元气，因文学创作透支了自己的身体，这，怎能是圣贤的本心、创作的真理呢！

人有思维敏捷与迟钝之分，思路通畅或阻塞的区别。就像洗头时心脏会颠倒过来一样，人的思维还会出现反常的情况；精神开始疲惫时，如果再继续工作则会更加疲惫。因而，进行文学艺术创作，关键在于适当调节和精神舒畅，也就是说，要保持心情清静平和，调理通畅精神气力，心情烦乱就要暂时停下来，不要使思路堵塞，精神饱满就立即开展创作，精神疲倦就马上停止创作，用逍遥自在的心态消除疲劳，以与人谈笑放松心情来医治疲倦，在精力旺盛、优游不迫时才创作，使刀刃像新磨的一样，做到文理通畅，虽然不是胎息之法的万全之术，也算是保护精力的一个方法吧。

综上所述：万象纷然，千想劳然。元神、元气应该保养，就如同水静可以为鉴、火不被吹动才能明朗一样。如果想要不扰乱创作思路，那么就要保持精神清爽。

【评析】

《养气》篇所指之气，最确切的意思应该是气力、精力、精神，养气即养好精力，也即常所谓的养精蓄锐，以饱满的精力投身到文学艺术创作中去。故而此处之气，和曹丕《典论·论文》中的“文以气为主”之气所指的先天禀赋的个性气质有很大的不同。曹丕的文气说的作家先天禀赋的或清或浊的气质个性之气，是山难改性难移的个性气质，虽在父兄不能转移于子弟；而刘勰此篇所养之气的作家气力、精力，却是必须要靠调养的。就其来源来说，不是曹丕的文气说之气，而是王充所谓的气，此为其开篇典引的“昔王充著述，制《养气》之篇，验己而作，岂虚造哉”所证。

关于气力、精力对人的意义，刘勰说，人的生命活动根本是气的作用和功能：“夫耳目鼻口，生之役也；心虑言辞，神之用也。”生命活动包括物质器官的活动和精神活动。正因为此，刘勰要求人们要随顺自然地保养精力，不要透支自己的精力：“率志委和，则理融而情畅；钻砺过分，则神疲而气衰：此性情之数也。”并进而强调指出，这是精力规律的本质要求。

关于保养精力和透支精力在文学上的表现，刘勰仍持扬古抑今的态度。他说，三皇五帝、夏商西周三代以至于春秋时期，文学创作尽管一步步走向文采繁缛，但在创作精力的使用上，基本上是随顺自然的：“并适分胸臆，非牵课才外也。”战国以后，因逐渐强调创作技巧的新奇诡变，才出现了作家们竭尽全力、挖空心思以至于透支精力于创作的情况。刘勰最后的结论，当然是是古非今：“故淳言以比浇辞，文质悬乎千载；率志以方竭情，劳逸差于万里。古人所以余裕，后进所以莫遑也。”

刘勰认识到精力和年龄的关系：“凡童少鉴浅而志盛，长艾识坚而气衰，志盛者思锐以胜劳，气衰者虑密以伤神，斯实中人之常资，岁时之大较也。”并指出精力是有限的，智慧的作用是无限的，以自己所短为羞故而不遗余力地追逐他人长处是不明智不科学的。故而，对于文学史上透支精力的情况，比如王充在门窗墙柱上放满笔墨以进行著作，曹褒走路睡觉都抱着纸笔专心著作，刘勰持不支持的态度。于此，他引用了曹操的“惧为文之伤命”予以警示。

鉴于透支精力对作家的伤害的认识，刘勰在保养精力上提出了“从容率情，优柔适会”“吐纳文艺，务在节宣”等随顺自然保养精力的方法。所谓“节宣”，即有所节制、心情舒畅，具体表现为要保持心情清静平和，调理通畅精神气力，心情烦乱就要暂时停下来，不要使思路堵塞，精神饱满就立即开展创作。

其实，刘勰此处针对文学创作的作家保养精力的理论具有普遍的适用性。很简单，精力衰竭、危及生命的时候，一切追求都变得不再有意义。

毛泽东主席说，身体是革命的本钱。该篇提出的“率志委和，则理融而情畅；钻砺过分，则神疲而气衰”，也是可以作为人们的座右铭的。

附会第四十三

何谓附会？谓总文理[①]，统首尾，定与夺[②]，合涯际[③]，弥纶[④]一篇，使杂而不越者也。若筑室之须基构[⑤]，裁衣之待缝缉[⑥]矣。夫才童[⑦]学文，宜正体制[⑧]：必以情志[⑨]为神明[⑩]，事义[⑪]为骨髓[⑫]，辞采[⑬]为肌肤[⑭]，宫商[⑮]为声气[⑯]；然后品藻[⑰]玄黄，摛振[⑱]金玉，献可替否，以裁厥中[⑲]：斯缀思[⑳]之恒数[㉑]也。

凡大体文章[㉒]，类多枝派[㉓]，整派者依源，理枝者循干。是以附辞会义[㉔]，务总纲领，驱万涂于同归，贞百虑于一致，[㉕]使众理虽繁，而无倒置之乖，群言虽多，而无棼丝[㉖]之乱。扶阳而出条，顺阴而藏迹[㉗]，首尾周密，表里一体，此附会之术也。夫画者

---

①文理：文辞义理、文章条理。 ②与夺：材料、观点的取与舍。 ③涯际：边际，此喻指文章衔接处。 ④弥纶：本义为统摄、笼盖，《周易·系辞上》："《周易》与天地准，故能弥纶天地之道。"此引为撰写打理义。 ⑤基构：建筑物的基础和结构。 ⑥缝缉：缝纫。 ⑦才童：对聪慧儿童的称呼。 ⑧体制：文章的规制。 ⑨情志：感情志向。 ⑩神明：此指文章的精神。 ⑪事义：思想内容。 ⑫骨髓：骨腔内的膏状物质，《素问·生气通天论》："筋脉和同，骨髓坚固。"此喻文章的核心、精华。 ⑬辞采：文采，诗文的藻饰。 ⑭肌肤：肌肉与皮肤。 ⑮宫商：此指文章的声韵。 ⑯声气：声韵和气节。 ⑰品藻：品评、鉴定、评论，《汉书·扬雄传下》："爰及名将尊卑之条，称述品藻。"颜师古注："品藻者，定其差品及文质。" ⑱摛振：摛翰振藻。 ⑲以裁厥中："裁以厥中"的倒装。 ⑳缀思：此指撰文。 ㉑恒数：常道。 ㉒大体文章："文章大体"的倒装，即文章的大致情况。 ㉓枝派：本义是树的分枝和水的流派，此指文章的情感、义理、文辞、声韵等方方面面。 ㉔附辞会义：附会辞义。 ㉕驱万涂于同归，贞百虑于一致：此为《周易·系辞下》"天下何思何虑，天下同归而殊涂，一致而百虑"之典，意为使各种不同的思想归于一致。贞：正。 ㉖棼(fén)丝：乱丝，语出《左传·隐公四年》："臣闻以德和民，不闻以乱。以乱，犹治丝而棼之也。" ㉗扶阳而出条，顺阴而藏迹：语本崔骃《达旨》："故能扶阳而出，顺阴而入，春发其华，秋收其实。"指顺自然阴阳之势而为。

谨发而易貌，射者仪毫而失墙[①]，锐精细巧，必疏体统[②]。故宜诎寸以信尺[③]，枉尺以直寻[④]，弃偏善[⑤]之巧，学具美[⑥]之绩：此命篇之经略[⑦]也。

夫文变无方，意见[⑧]浮杂[⑨]，约则义孤[⑩]，博则辞叛[⑪]，率故多尤[⑫]，需为事贼[⑬]。且才分[⑭]不同，思绪[⑮]各异，或制首以通尾[⑯]，或尺接以寸附[⑰]。然通制者盖寡，接附者甚众。若统绪[⑱]失宗，辞味必乱；义脉[⑲]不流，则偏枯[⑳]文体[㉑]。夫能悬识[㉒]凑理[㉓]，然后节文自会，如胶之粘木，石之合玉矣。是以驷牡[㉔]异力，而六辔[㉕]如琴，驭文之法，有似于此。去留随心，修短在手，齐其步骤，总辔[㉖]而已。

故善附者异旨如肝胆，拙会者同音如胡越[㉗]。改章难于造

---

①画者谨发而易貌，射者仪毫而失墙：谨毛失貌，指绘画、射箭时小心于细微而无关紧要之处，却忽略了整体面貌，喻注意了小处而忽略了大处，出《淮南子·说林训》："明月之光，可以远望，而不可以细书；甚雾之朝，可以细书，而不可以远望寻常之外。画者谨毛而失貌，射者仪小而遗大。画西施之面，美而不可悦；规孟贲之目，大而不可畏。君形者亡焉。" ②锐精细巧，必疏体统：将注意力放在细枝末节上，必然于大体有所疏忽。 ③诎寸以信尺：诎寸信尺，委屈寸而伸展尺，小处受点委曲，以求得较大的利益，出《尸子》卷下："孔子曰：诎寸而信尺，小枉而大直，吾弗为也。" ④枉尺以直寻：义同诎寸信尺，出《孟子·滕文公下》："枉尺而直寻，宜若可为也。" ⑤偏善：局部完善。 ⑥具美：完美。 ⑦经略：经营治理，《左传·昭公七年》："天子经略，诸侯正封，古之制也。"杜预注："经营天下，略有四海，故曰经略。" ⑧意见：见解，主张。 ⑨浮杂：多而杂。 ⑩约则义孤：简约会导致文义单薄。 ⑪博则辞叛：博杂会出现文辞相互矛盾的情况。 ⑫率故多尤：率性鲁莽会导致很多缺陷。 ⑬需为事贼：犹疑不决是文学创作的大敌。 ⑭才分：作家的才能天分。 ⑮思绪：作家的艺术构思。 ⑯制首以通尾：控制开头又能使收尾相通。 ⑰尺接以寸附：大处相接小处附属。 ⑱统绪：头绪、系统。 ⑲义脉：文辞的意义和脉络。 ⑳偏枯：偏瘫、半身不遂，《庄子·盗跖》："禹偏枯。"成玄英疏："治水勤劳，风栉雨沐，致偏枯之疾，半身不遂也。"此指文章创作偏于一面、照顾不均、失去平衡。 ㉑文体：文章整体。 ㉒悬识：深切的认识。 ㉓凑理：肌肉的纹理，此指为文之理。凑：通"腠"。 ㉔驷牡：驾一车的四匹牡马。 ㉕六辔：古一车四马，马各二辔，其两边骖马之内辔系于轼前，御者只执六辔。辔：马缰绳。 ㉖总辔：控制缰绳，喻掌握纲要。 ㉗胡越：泛指中国古代北方和南方的各民族。

篇，易字艰于代句，此已然之验也。昔张汤拟奏而再却[①]，虞松草表而屡谴[②]，并事理之不明，而词旨之失调也。及倪宽更草，锺会易字，而汉武叹奇，晋景称善者，乃理得而事明，心敏而辞当也。以此而观，则知附会巧拙，相去远哉！

若夫绝笔断章[③]，譬乘舟之振楫；会词切理[④]，如引辔以挥鞭。克终底绩[⑤]，寄深写远。若首唱荣华，而媵句[⑥]憔悴，则遗势郁湮[⑦]，余风不畅。此《周易》所谓"臀无肤，其行次且"[⑧]也。惟首尾相援[⑨]，则附会之体，固亦无以加于此矣。

赞曰：篇统间关[⑩]，情数稠迭。原始要终，疏条布叶。道味[⑪]相附，悬绪自接[⑫]。如乐之和，心声[⑬]克协。

【译文】

什么是附会呢？所谓附会，指的是总括文章的文辞义理、系统整理文章的开头结尾、确定文辞义理材料的选取与舍弃、弥合文章衔接处，也就是经营全篇以使各要素杂糅而不过分。就像建筑房屋须有基础结构、裁剪衣服须要缝合一样。聪慧的儿童学习文章写作，应该规正文章的规

---

①张汤拟奏而再却：《汉书·倪宽传》："时张汤为廷尉……会廷尉时有疑奏，已再见却矣，掾史莫知所为。宽为言其意，掾史因使宽为奏。奏成，读之皆服。以白廷尉汤，汤大惊，召宽与语，乃奇其材，以为掾。上宽所作奏，即时得可。异日汤见上，问曰：'前奏非俗吏所及，谁为之者？'汤言倪宽。上曰：'吾固闻之久矣。'" ②虞松草表而屡谴：《三国志·魏书·锺会传》裴注引《世语》："司马景王命中书令虞松作表。再呈辄不可意，命松更定。以经时，松思竭不能改，心苦之，形于颜色。会(锺会)察其有忧，问松。松以实答。会取视，为定五字。松悦服，以呈景王。王曰：'不当尔邪，谁所定也？'"虞松：三国魏的中书令。
③绝笔断章：于字句章节上决定取舍。绝、断都是裁决的意思。 ④会词切理：使文辞切合内容。 ⑤克终底绩：通篇成功。 ⑥媵句：接应之句，此指篇末。 ⑦郁湮：滞塞不通、郁抑不畅。《左传·昭公二十九年》："物乃坻伏，郁湮不育。"杜预注："郁，滞也；湮，塞也。"
⑧臀无肤，其行次且：出《周易·夬卦》，谓臀部没有皮肉，走路就不快。 ⑨首尾相援：开头结尾相互援应。 ⑩间关：辗转、艰难，《汉书·王莽传下》："王邑昼夜战，罢极，士死伤略尽。驰入宫，间关至渐台。"颜师古注："间关，犹言崎岖展转也。" ⑪道味：作品中的义理和意味。 ⑫悬绪自接：众多头绪自然接应。 ⑬心声：作家内在的思想感情和作品的文辞声韵。

则:必须做到以情感志向为精神,思想内容为核心关键,文采为表容,声韵为声音气节;然后再品评各种要素,需要的保留下来、不需要的替换掉,总之是留下适合的元素:这,是文学创作的一般原则。

文章的大致情况是枝叶繁多,整理这些枝叶要依循源头和根干。因而,附会文辞和义理,务必总起纲领,使各种要素殊途同归而不至于顺序颠倒、纷乱芜杂。顺阳光而长出枝条、顺阴凉而隐藏痕迹,做到首尾照应周密、内容形式浑然一体,这就是附会的应有之义。就像绘画、射箭只重细节会忽略整体一样,为文如果专注于精雕细刻必然也会于整体有所失。所以,应该不计小节而着眼大处,抛弃局部完善而追求全体之效:这,是文章创作的大体要求。

文章的变化没有一定规则,见解、主张也是多而杂乱,简约则会文义单调,博杂又会出现文辞相互矛盾情况,率性鲁莽会导致很多缺陷,犹疑不决是文学创作的大敌。况且,作家的才能天分不同,艺术构思也差异很大,有的能够做到控制开头使首尾贯通,有的能够做到大处相接小处附属。但是,能够做到首尾贯通的相对较少,而能够做到大处相接小处附属相对较多。如果头绪繁乱则文章的意味也必然会繁乱;义理脉络不够流畅,则整篇带给人的是半身不遂之感。如果能够深刻认识到附会之理,然后行文,就会像胶将木料黏合在一起,石将两块玉合在一起。因而,四匹马各自用力,驾车者执六根缰绳,使之形成合力,驾驭文章的方法和此相类。要素的或去掉或保留由自己做出判定,或长或短掌握在自己手中,能达到各种要素形成合力,关键在于控制好缰绳。

所以,善于附会的作家能够做到使各不相同的两个要素如肝胆相照,拙于附会的作家则会使相同之音如北胡南越般遥远。改动一个章节比重新创作一篇文章还要难,改动一个字比重新造一个句子还要难,在这里得到验证。过去,张汤草拟奏章时两次被退回,虞松草拟表奏时被多次要求改正,都是因为事理不明、词义不协调。以至于倪宽和锺会分别替二人修改,受到汉武帝、晋景帝的称赏,是因做到了理得事明、文辞达意呢。由此可见,附会辞义的或巧妙或拙劣,作家之间差距很大。

字句章节上决定取舍，堪比乘坐舟船划动船桨；使文辞切合内容，如同牵引缰绳挥动马鞭。有始有终以获得成绩，寄托深意使文字能流传久远。如果开头华美而结尾枯燥，则后续文势会滞塞不通、郁抑不畅。这就是《周易·夬卦》所谓的"臀部没有皮肉，走路就走不快"。只有做到通篇圆融、首尾相互援应，那么没有什么能够超过附会的作用了。

综上所述：统摄一篇是艰难的，因为情况复杂多样。掌控好开头和结尾，疏通布置好各分支。文章的义理和审美趣味相互附和，各种头绪自然衔接。就像音乐一样和谐，思想感情和文辞声韵也能相互协调。

【评析】

刘勰该《附会》篇所谓附会，是将文学创作准备阶段所准备的材料，包括思想感情的内容材料、文辞等形式材料，根据创作需要进行取舍，形成首尾照应通篇圆融的整一篇体，此正其所谓的"附辞会义"，也就是附会辞义。

所要附会的辞义，该《附会》篇有具体说明且以人体作了形象的比喻。具体是："情志为神明，事义为骨髓，辞采为肌肤，宫商为声气。"情感志向为精神，思想内容为核心关键，文采为表容，声韵为声音气节。刘勰的这一比喻，使人想到了白居易《与元九书》中以植株喻诗："诗者，根情，苗言，华声，实义。"感情是诗的根本，语言是诗歌的苗叶，声音是诗的花朵，义理是诗的果实。这都是中国传统文论以比喻的手法形象地说理的突出表现。

附会是讲文章整体上的首尾照应、篇体圆融的，故而，刘勰指出不能因小失大、因局部忽略整体。他说："画者谨发而易貌，射者仪毫而失墙，锐精细巧，必疏体统。"就像绘画、射箭只重细节会忽略整体一样，为文如果专注于精雕细刻必然也会于整体有所失。因而，他明确提出："宜诎寸以信尺，枉尺以直寻，弃偏善之巧，学具美之绩：此命篇之经略也。"应该不计小节而着眼大处，抛弃局部完善而追求整体之效，这是文章创作的大体要求。关于"偏善之巧"对于"具美之绩"的损害，他又表述为"义脉不流"，并用中医的"偏枯（半身不遂）"类比："义脉不流，则偏枯文体。"能够做到文章创作的附会辞义，即"能悬识凑理，然后节文自会"，刘勰连用三个比喻来形容：其一，如胶之粘木；其二，如石之合玉；其三，也是最形象的，是自如地执六辔驾驭四匹马拉的车，"驷牡异力，而六辔如琴，驭文之法，有似于此"。

总之，刘勰《附会》篇所论，是将各种要素整合一统起来，以做到首尾照应、篇体圆融。首尾照应，是他所特意强调的，因直到最后总结时他仍在说，“首唱荣华，而媵句憔悴，则遗势郁湮，余风不畅”，“惟首尾相援，则附会之体，固亦无以加于此矣”，“篇统间关，情数稠迭。原始要终，疏条布叶”。

总术第四十四

今之常言，有“文”有“笔”，以为无韵者“笔”也，有韵者“文”也。夫文以足言①，理兼《诗》、《书》；别目两名，自近代耳。颜延年②以为：“笔之为体，言之文③也；经典则言而非笔，传记则笔而非言。”请夺彼矛，还攻其楯矣。何者？《易》之《文言》，岂非言文？若笔果言文，不得云经典非笔矣。将以立论，未见其论立也。予以为：发口为言，属翰曰笔，常道曰经，述经曰传④。经传之体，出言入笔，笔为言使，可强可弱。《六经》以典奥⑤为不刊，非以言笔为优劣也。昔陆氏《文赋》，号为曲尽，然泛论纤悉⑥，而实体未该⑦。故知九变⑧之贯匪穷，知言⑨之选难备矣。

凡精虑造文，各竞新丽⑩，多欲练辞⑪，莫肯研术⑫。落落之玉，或乱乎石；碌碌之石，时似乎玉。精者要约⑬，匮者亦鲜⑭；博者该赡，芜者亦繁；辩者昭晰，浅者亦露；奥者复隐，诡者亦

---

①文以足言：文是用来修饰言辞，使言辞能够充分表达情志，出《左传·襄公二十五年》：“仲尼曰：‘志有之：言以足志，文以足言。不言，谁知其志？’” ②颜延年：颜延之(384—456)，字延年，南朝宋文学家，琅邪临沂(今山东临沂)人。少孤贫，居陋室，好读书，无所不览，文章之美，冠绝当时，与谢灵运并称“颜谢”。 ③言之文：言之有文采者。
④常道曰经，述经曰传：张华《博物志·文籍考》：“圣人制作曰经，贤者著述曰传。” ⑤典奥：文辞典雅而义理深奥。 ⑥泛论纤悉：泛泛而论关于文体的细枝末节问题。 ⑦实体未该：未兼该文体的实质。 ⑧九变：谓文体的多变。 ⑨知言：谓懂得文体多变。 ⑩新丽：新奇华丽。 ⑪练辞：于辞藻上用功夫。 ⑫术：此指和文体关联的为文方法。 ⑬精者要约：精练的人创作简明扼要。 ⑭匮者亦鲜：贫乏的人的作品篇幅简单短小。

曲。或义华而声悴①,或理拙而文泽②。知夫调钟未易,张琴③实难。伶人告和④,不必尽窕槬⑤之中;动角挥羽,何必穷初终之韵:魏文比篇章于音乐⑥,盖有征矣。夫不截盘根⑦,无以验利器;不剖文奥,无以辨通才。才之能通,必资晓术,自非圆鉴区域⑧,大判条例⑨,岂能控引⑩情源,制胜⑪文苑哉!

是以执术驭篇,似善弈之穷数⑫;弃术任心⑬,如博塞之邀遇⑭。故博塞之文,借巧傥来⑮,虽前驱有功,而后援难继,少既无以相接,多亦不知所删,乃多少之并惑,何妍蚩之能制乎!若夫善弈之文,则术有恒数⑯,按部整伍⑰,以待情会⑱,因时顺机,动不失正,数逢其极,机入其巧,则义味⑲腾跃而生,辞气⑳丛杂而至,视之则锦绘㉑,听之则丝簧㉒,味之则甘腴㉓,佩之则芬芳㉔,断章之功,于斯盛矣。

夫骥足虽骏,纆牵㉕忌长,以万分一累,且废千里。况文体多术,共相弥纶㉖,一物携贰㉗,莫不解体。所以列在一篇,备总情变㉘,譬三十之辐,共成一毂,虽未足观,亦鄙夫之见㉙也。

---

①义华而声悴:义理华美却乏声情。 ②理拙而文泽:义理缺乏却文采润泽。 ③张琴:调理琴弦。 ④伶人告和:《国语》卷三《周语下》:"王不听卒铸大钟。二十四年钟成,伶人告和。王谓伶州鸠曰:'钟果和矣。'"和:音调谐调。 ⑤窕槬:钟声的细小与洪大。 ⑥魏文比篇章于音乐:指曹丕《典论·论文》的"譬诸音乐,曲度虽均,节奏同检,至于引气不齐,巧拙有素,虽在父兄,不能以移子弟"。 ⑦盘根:盘曲的根。 ⑧圆鉴区域:明鉴文章撰写的各个方面。 ⑨条例:义例、体例。 ⑩控引:控制、掌握。 ⑪制胜:制服对方来取得胜利。 ⑫善弈之穷数:善于下围棋的人精通棋术。 ⑬弃术任心:抛弃技巧,任凭主观。 ⑭博塞之邀遇:赌博碰运气的偶然遇合。博塞:亦作"博簺",即六博、格五等博戏。 ⑮傥来:意外得来。《庄子·缮性》:"轩冕在身,非性命也。物之傥来,寄者也。"成玄英 疏:"傥者,意外忽来者耳。" ⑯恒数:确定的规则。 ⑰按部整伍:按部就班。 ⑱情会:灵感、机缘到来。 ⑲义味:义理滋味,指文章的思想内容和审美趣味。 ⑳辞气:文辞气势。 ㉑锦绘:花纹色彩绚烂的丝织品,此以喻文之色彩绚烂。 ㉒丝簧:弦管乐器,此喻文章如乐音。 ㉓甘腴:膏粱美味,此用以喻文学作品。 ㉔芬芳:香气。 ㉕纆(mò)牵:马缰绳。 ㉖弥纶:此为交织义。 ㉗一物携贰:某一方面不协调。 ㉘列在一篇,备总情变:把作文的原则归纳为《总术》一篇,用来全面概括写作的原则及其变化。 ㉙鄙夫之见:此为刘勰的自谦之说。

赞曰：文场笔苑①，有术有门。务先大体，鉴必穷源。乘一总万②，举要治繁③。思无定契④，理有恒存⑤。

【译文】

今天人们常说，文章有文笔之分：无韵之文谓之笔，有韵之文谓之文。文用来修饰言辞以充分表达情志，理论上包括了经典中的《诗经》和《尚书》，将文分为文和笔两种情况，是近代以来的事情。刘宋的颜延之认为："笔作为文体，是言辞的文饰；经典是言而不是笔，传记是笔而不是言。"以颜延之之矛攻颜延之之盾，《周易》的《文言传》，难道不是言辞之修饰吗？如果笔是文辞的修饰，就不能说经典不是笔呢！看来，颜延之是要建立论点而没有让人看到其论点建立。我认为：说出口的是言，用笔写下来的文字为笔，讲恒常之道的是经，阐发经理的是传。经和传的大体情况是，说出来是言记下来是笔，笔是言的进一步应用，故而文采可以多可以少。《六经》因其典雅深奥而不可刊落，是不以言、笔而分优劣的。前代陆机的《文赋》号称曲尽文致，然而，虽广泛讨论了关于文体的细枝末节，实际上并没有全面讨论文体。因而知道文体变化的规则没有穷尽，懂得文体多变并加以择用是不易完备的。

大凡处心积虑进行文学创作者，竞相追逐新奇与华丽，多是将着力点放在锻炼文辞上，而不愿意用心研究创作技巧，导致玉石混杂的情况。精练的人创作简明扼要，贫乏的人写得简单短小；广博的作家全面富赡，芜杂者的创作表现为文辞繁多；辨明者文辞义理明白，浅显者也表现为显露；深奥者文义含蓄，诡异者也表现为曲晦。有的义理华美却乏声情，义理缺乏却文采润泽。因而可知，不但调理编钟之和谐不易，调理琴弦也不容易。伶人虽然报告钟已调至和谐，也未必真正做到了钟声的细小

①文场笔苑：代指文学创作。 ②乘一总万：掌握规律的"一"才能总揽变化多端的"万"。 ③举要治繁：抓住要点治理纷繁。 ④思无定契：文思（虽然）没有一定规则。 ⑤理有恒存：基本原理（却）是恒久存在的。

与洪大和谐;拨动琴弦,又何必一定要追求开始与结尾和韵?魏文帝曹丕将文章写作比作音乐演奏,看来是有所依据的。也就是说,不能够截断盘曲的树根,无法验证刀剑是否真正锋利;不剖析到文章的深奥之处,无法辨别写作才能的高低。才能达到通才的程度,必然依靠通晓文章创作技巧,如果不是明鉴文章撰写的各个领域,深谙文章撰写的全部体例,怎么能够做到控制、掌握文章创作的渊源,在文坛上占有一席之地呢。

因而,掌握文章创作技巧而进行创作,就像善于下围棋的高手一样能够穷尽其变数;抛弃技巧而随心所欲,就像赌博一样只会偶然得手。故而,像赌博一样偶尔得手之文,因为是凭借巧遇偶然得来,即使前面有所成功,但到后来也难以为继,篇章短小而不能有所扩展,文字过多又不知如何删削,也就是或多或少都会困惑,哪里还能把握作品的好坏呢!至于像善于下棋一样的文篇,掌握技巧有恒常之道,按部就班地坐以等待灵感、机缘到来,随顺时机而动以至于不失其正体,顺应机缘而使创作技巧达到极致,则文章义理滋味腾跃而起,文辞气势接踵而至,给人以色彩绚烂的视觉享受、丝簧合奏的音乐享受、膏粱美味的味觉享受,又如同佩兰的芬芳之气。文学创作的成功,至此而达到极点。

千里马虽然神骏,但缰绳忌讳过长,此为因万分之一的不足而导致千里之功废。何况文章创作变化多端、各种要素相互交织,一旦一个要素不协调,会导致全篇解体。因而,设此《总术》专篇于此进行讨论,用来全面概括写作的原则及其变化,就像车轮的三十根辐条共于一个轮毂一样,虽然不值得一读,但也是鄙夫的一得之见。

综上所述:文学创作有自己的方法和技巧。务必要掌握大体情况,还要穷究渊源。掌握规律的"一"才能总揽变化多端的"万",抓住要点治理纷繁的情况。文思虽然没有一定规则,基本原理却是恒久存在的。

【评析】

刘勰该《总术》篇是从总体上探讨文学创作技巧。

首先,对于在南朝兴起的文笔之辨,以有韵无韵为判定或文或笔的标准,"无韵者'笔'也,有韵者'文'也",刘勰持不赞成态度。他的这一态度直接针对的是南朝刘宋颜延之的“笔之为体，言之文也；经典则言而非笔，传记则笔而非言”的说法，论据是以孔子格言“文以足言”和《诗》《书》经典：“文以足言，理兼《诗》《书》。”文用来修饰言辞以充分表达情志，理论上包括了经典中的《诗经》和《尚书》，《诗经》是有韵的，《尚书》是无韵的，但二者都是文，这就意味着用有韵无韵作为判定文笔的标准不科学。但是，在时代文论的氛围下，刘勰又是接受文笔之论的，如他《文心雕龙》第六至第二十五篇的文体论，就是以“论文叙笔”的理路展开的：“若乃论文叙笔，则囿别区分，原始以表末，释名以章义，选文以定篇，敷理以举统：上篇以上，纲领明矣。”（《文心雕龙·序志》）刘勰认为，文章体制、创作技巧的变化是多样的，简单的文笔之分并不能兼该文章的全部。故而，深入探讨和文体相关的文章创作技巧，也即其所谓的“文术”，是重要的。

其次，鉴于刘勰对创作技巧即“文术”在文学艺术创作上的重要性的认识，他指出了当时文坛不重视“术”的倾向。他说：“凡精虑造文，各竞新丽，多欲练辞，莫肯研术。”不重视“文术”在文坛上的表现，他形象地用玉石混杂来比喻：“落落之玉，或乱乎石；碌碌之石，时似乎玉。”玉石混杂的具体情况，他分四组展开讨论：精要者和匮乏者的共同表现是篇幅短小，博该者和芜杂者的共同表现是篇幅较长，辩明者和浅显者的共同表现是文义易知，深奥者和诡异者的共同表现是文义难知。进而可见，刘勰所谓的“玉”，指的是通晓创作技巧的作家，于此他写道：“才之能通，必资晓术，自非圆鉴区域，大判条例，岂能控引情源，制胜文苑哉！”通晓文术的作家的“玉”又被他比为“善弈”者；“石”又可以是偶然成功者，偶然成功者被他比为“博塞”者。辨别是“玉”是“石”的方法是：“虽前驱有功，而后援难继，少既无以相接，多亦不知所删，乃多少之并惑，何妍蚩之能制乎！”

还有，关于文术的重要性，刘勰还以驭马作比：“夫骥足虽骏，纆牵忌长，以万分一累，且废千里。”驾驭千里马需要好的驾者，千里马的才能才可得到充分发挥；因为，如果仅因缰绳有点儿长的技术之失，也会于千里马能力的发挥上打折扣。更何况是变化多样的文学创作技巧的重要性呢：“况文体多术，共相弥纶，一物携贰，莫不解体。”

时序第四十五

时运[①]交移，质文[②]代变，古今情理[③]，如可言乎？

昔在陶唐[④]，德盛化钧[⑤]，野老吐“何力”之谈[⑥]，郊童含“不识”之歌[⑦]。有虞[⑧]继作，政阜[⑨]民暇，薰风咏于元后[⑩]，“烂云”歌于列臣[⑪]。尽其美者何？乃心乐而声泰[⑫]也。至大禹敷土，九序咏功。[⑬] 成汤圣敬，“猗欤”作颂。[⑭] 逮姬文[⑮]之德盛，《周南》勤而不怨；大王[⑯]之化淳，《邠风》[⑰]乐而不淫。幽厉昏而

---

①时运：时代运势。 ②质文：文章的质朴与文华，代指文章风格。 ③情理：指文章变化的情况与规律。 ④陶唐：即唐尧。帝喾之子，姓伊祁，名放勋，初封于陶，后徙于唐。 ⑤化钧：教化普及。钧：同“均”。 ⑥野老吐“何力”之谈：指尧帝时田间老人《击壤歌》，歌词为：“日出而作，日入而息。凿井而饮，耕田而食。帝力何有于我哉。” ⑦郊童含“不识”之歌：据《列子·仲尼》：“尧乃微服游于康衢，闻儿童谣曰：‘立我蒸民，莫匪尔极。不识不知，顺帝之则。’”不识，没有多少知识，喻民风淳朴。 ⑧有虞：指舜帝，有虞氏是中国上古时代的部落名，其始祖虞幕因能歌唱被黄帝封于“虞”地，因以封地为姓号称有虞氏。 ⑨政阜：政治盛明。 ⑩薰风咏于元后：元首大舜唱出了《南风歌》。薰风：指《南风歌》：“南风之薰兮，可以解吾民之愠兮。南风之时兮，可以阜吾民之财兮。”元后：指天子、元首，此指大舜。 ⑪“烂云”歌于列臣：列位臣子相和歌唱起了《卿云歌》。《卿云歌》为舜和臣子相和之歌。舜首唱的歌辞：“卿云烂兮，纠缦缦兮。日月光华，旦复旦兮！”列臣相和的歌辞：“明明上天，烂然星陈。日月光华，弘于一人。” ⑫心乐而声泰：内心和乐声乐和平。 ⑬大禹敷土，九序咏功：夏禹治水序定九州的功绩为民歌颂。 ⑭成汤圣敬，“猗欤”作颂：成汤圣明恭敬，《诗经·商颂·那》篇作出了“美啊”的颂辞。《诗经·商颂·那》：“猗与那与！置我鞉鼓。” ⑮姬文：周文王姬昌。 ⑯大王：周太王古公亶父。古公亶父在周人发展史上是一个上承后稷、公刘之伟业，下启文王、武王之盛世的关键人物。 ⑰《邠风》：《豳风》。今《诗经·豳风》有诗七篇，分别是《七月》《鸱鸮》《东山》《破斧》《伐柯》《九罭》《狼跋》，内容已非太王时内容，如《破斧》是咏周公东征的，音乐或有豳风的遗存。

《板》《荡》怒[①]，平王微而《黍离》哀。[②] 故知歌谣文理[③]，与世推移，风动于上，而波震于下[④]者也。

春秋以后，角战英雄，六经泥蟠[⑤]，百家飙骇[⑥]。方是时也：韩魏力政；燕赵任权；五蠹六虱[⑦]，严于秦令；唯齐、楚两国，颇有文学。齐开庄衢之第[⑧]，楚广兰台之宫[⑨]，孟轲宾馆[⑩]，荀卿宰邑[⑪]，故稷下[⑫]扇其清风[⑬]，兰陵郁其茂俗[⑭]，邹子以谈天飞誉[⑮]，驺奭以雕龙驰响[⑯]，屈平联藻于日月[⑰]，宋玉交彩于风云。观其艳说，则笼罩[⑱]《雅》《颂》，故知炜烨[⑲]之奇意，出乎纵横之诡俗[⑳]也。

爰至有汉，运接燔书[㉑]，高祖尚武戏儒简学[㉒]，虽礼律草创，

---

①幽厉昏而《板》《荡》怒：周幽王、周厉王昏庸无能，所以《诗经·大雅》里的《板》诗和《荡》诗便表达了愤怒。 ②平王微而《黍离》哀：周平王东迁后宗室衰微，《王风·黍离》便表现了哀怨的感情。 ③歌谣文理：歌谣的文采与情感表达的规律。 ④风动于上，而波震于下：政教像风在上吹动，歌诗像水波在下震荡。 ⑤泥蟠：蟠屈在泥污中，喻处在困厄之中。蟠：盘曲、盘结。 ⑥飙骇：比喻像飙风和骇浪一样迅猛而起。 ⑦五蠹六虱：指法家所谓的五蠹六虱。五蠹：指社会上学者（儒者）、言谈者（纵横家）、带剑者（墨家游侠）、患御者（依附贵族私门的人）、工商之民等五种人。《韩非子·五蠹》："此五者，邦之蠹也。"蠹，蛀虫。六虱：商鞅曾把礼乐、诗书、良善孝悌、诚信贞廉、仁义、非兵羞战等列为毒害国家的"六虱"。
⑧庄衢之第：齐王重视文化学术，广泛地招纳人才。据司马迁《史记·孟子荀卿列传》："皆命曰列大夫，为开第康庄之衢，高门大屋，尊宠之。"庄衢：四通八达的大道。第：府第。
⑨兰台之宫：遗址在今湖北省钟祥市郢中城南部，最早是先民为抵御汉江洪水而筑高台，战国后期为楚王行宫所在地。 ⑩孟轲宾馆：孟轲作为齐国的贵宾住在客馆。 ⑪荀卿宰邑：荀卿当了兰陵县令。 ⑫稷下：稷下学宫，战国时田齐的学宫。稷下学宫是养士之风的一个缩影，由齐国提供活动的经费。刘向《别录》以为齐都临淄有稷门，稷门附近称稷下，谈说之士皆期会于此。 ⑬清风：清新的学风。 ⑭兰陵郁其茂俗：兰陵地方培养成了浓郁的学术风气。 ⑮邹子以谈天飞誉：邹衍因为能谈天说地而声名远扬。邹子：邹衍，战国时期齐国学者、阴阳家，他说的话极为夸大，喜欢推究天地没有形成以前的情况，时人称其"谈天衍"。
⑯驺奭以雕龙驰响：驺奭因为有"雕龙"似的文采而驰骋文坛。驺奭（shì）：战国时期齐国人，他说话很讲究文采，像雕刻龙纹一样，当时人称"雕龙奭"。 ⑰屈平联藻于日月：屈原的作品可与日月争光。联藻：联其文藻。 ⑱笼罩：超越、包含。 ⑲炜烨：美盛貌。 ⑳纵横之诡俗：战国纵横家的诡异风气。 ㉑燔书：指秦始皇焚书。 ㉒戏儒简学：戏弄儒生怠慢学者。

《诗》《书》未遑[①]，然《大风》[②]《鸿鹄》[③]之歌，亦天纵之英[④]作也。施及孝惠，迄于文景，经术颇兴，而辞人勿用，贾谊抑而邹枚[⑤]沉，亦可知已。逮孝武崇儒，润色鸿业[⑥]，礼乐争辉，辞藻竞骛[⑦]：柏梁展朝宴之诗[⑧]，金堤制恤民之咏[⑨]，征枚乘以蒲轮，申主父[⑩]以鼎食，擢公孙[⑪]之对策，叹倪宽之拟奏，买臣[⑫]负薪而衣锦，相如[⑬]涤器而被绣；于是史迁、寿王[⑭]之徒，严、终、枚皋[⑮]之属，应对固无方，篇章亦不匮，遗风余采，莫与比盛。越昭及宣，实继武绩，驰骋石渠[⑯]，暇豫文会，集雕篆之轶材[⑰]，发绮縠之高喻[⑱]，于是王褒之伦，底禄[⑲]待诏[⑳]。自元暨成，降意图籍[㉑]，美玉屑之谈，清金马之路：子云[㉒]锐思于千首，子政[㉓]雠校于六艺[㉔]，亦已美矣。爰自汉室，迄至成哀[㉕]，虽世渐百龄，辞人九变，而大抵所归，祖述"楚辞"，灵均余影，于是乎在。

---

①礼律草创，《诗》《书》未遑：虽然礼法和律法已经开始创作，但还没有来得及去整理《诗经》《尚书》这些经典。 ②《大风》：汉高祖刘邦的《大风歌》："大风起兮云飞扬，威加海内兮归故乡，安得猛士兮守四方！" ③《鸿鹄》：汉高祖刘邦的《鸿鹄歌》："鸿鹄高飞，一举千里。羽翮已就，横绝四海。横绝四海，当可奈何？虽有矰缴，尚安所施？" ④天纵之英：天才的创作。 ⑤邹枚：邹阳、枚乘。 ⑥润色鸿业：用文采来粉饰他鸿大的功业。 ⑦竞骛：竞争。 ⑧柏梁展朝宴之诗：汉武帝在柏梁台上与群臣开宴联句而成《柏梁诗》。西汉元封三年汉武帝在柏梁台上设宴摆酒宴请臣子，人各一句，于是凑成一首二十六句的联句，句句押韵，诗歌史上称之为"柏梁台联句"，所以这种诗称为柏梁体。柏梁诗是一种句句用韵的特殊的七言诗体，又称为"柏梁体""柏梁台体"，是联句诗的一种。 ⑨金堤制恤民之咏：汉武帝在瓠子河堤上作了忧民的《金堤咏》。金堤：指瓠子河堤，瓠子河，在今山东菏泽境内，《水经注》中记载：西汉武帝时期，黄河决口，顺瓠子河往东南流淌多年，造成严重的水患。汉武帝派几十万人进行治理，并作有著名的《瓠子河之歌》，此《瓠子河之歌》即为《金堤咏》。 ⑩主父：主父偃。 ⑪公孙：公孙弘。 ⑫买臣：朱买臣。 ⑬相如：司马相如。 ⑭史迁、寿王：司马迁、吾丘寿王。 ⑮严、终、枚皋：严安、终军、枚皋。 ⑯石渠：石渠阁，和天禄、麒麟二阁同为西汉皇家图书典藏与编校机构。 ⑰雕篆之轶材：文学创作的卓异之材。 ⑱高喻：犹高见。 ⑲底禄：获得俸禄。 ⑳待诏：官名，汉代徵士未有正官者，均待诏公车，其特异者待诏金马门，备顾问，后遂以为官名。 ㉑图籍：图书典籍，代指文化、文学。 ㉒子云：扬雄字。 ㉓子政：刘向字。 ㉔六艺：《六艺略》，代指《七略》。 ㉕成哀：汉成帝、汉哀帝。

自哀、平①陵替②，光武中兴，深怀图谶③，颇略文华，然杜笃献诔以免刑④，班彪参奏以补令⑤，虽非旁求，亦不遐弃。及明章⑥叠耀，崇爱儒术，肄礼璧堂⑦，讲文虎观⑧。孟坚珥笔⑨于国史，贾逵给札于瑞颂⑩；东平⑪擅其懿文，沛王⑫振其通论；帝则藩仪⑬，辉光相照矣。自和安⑭已下，迄至顺桓⑮，则有班傅三崔⑯、王马张蔡⑰，磊落鸿儒，才不时乏，而文章之选，存而不论。然中兴之后，群才稍改前辙⑱，华实所附，斟酌经辞⑲，盖历政讲聚⑳，故渐靡儒风者也。降及灵帝，时好辞制㉑，造皇羲之书㉒，开鸿都之赋㉓，而乐松㉔之徒，招集浅陋，故杨赐㉕号为驩兜㉖，蔡

①哀、平：汉哀帝、汉平帝。②陵替：衰落。③图谶：谶纬，详前《正纬》篇注。④杜笃献诔以免刑：杜笃向光武帝献《大司马吴汉诔》而免于刑罚。⑤班彪参奏以补令：班彪因为西河大将军窦融写的奏章好而被增补为徐县县令。⑥明章：汉明帝、汉章帝。⑦肄礼璧堂：指汉明帝在明堂、灵台、辟雍三处宫殿讲习礼仪事。⑧讲文虎观：指汉章帝召集众文士在白虎观讲明五经异同事。⑨珥笔：将笔插在帽子上以被随时记录、著述。⑩贾逵给札于瑞颂：此指贾逵接到纸札写作了瑞祥的颂文《神雀颂》。⑪东平：汉明帝、汉章帝时东平王刘苍（？—83），东汉光武帝刘秀之子，汉明帝刘庄同母弟弟，母光烈皇后阴丽华，为明帝、章帝倚重，所著章奏、记、赋、颂、七言、别字、歌词很多，《隋书经籍志》载刘苍有文集五卷。⑫沛王：沛献王刘辅，有阐述"五经"的《沛王通论》。刘辅（？—84）：东汉光武帝刘秀与皇后郭圣通所生次子。⑬帝则藩仪：汉明帝、汉章帝皇帝立下准则，东平王刘苍、沛献王刘辅等藩王做出仪范。⑭和安：汉和弟、汉安帝。⑮顺桓：汉顺帝、汉桓帝。⑯班傅三崔：班固、傅毅、崔骃、崔瑗、崔寔。⑰王马张蔡：王延寿、马融、张衡、蔡邕。⑱前辙：之前的创作道路。⑲经辞：儒家五经中的文辞。⑳历政讲聚：几代以来都聚集学者、儒生讲经。㉑辞制：辞赋创作。㉒皇羲之书：指汉灵帝亲撰《皇羲篇》五十章。㉓开鸿都之赋：开放鸿都门来接待写作辞赋的文人。鸿都：鸿都门，洛阳鸿都门，《后汉书·孝灵帝纪》："始置鸿都门学生。"《后汉书·蔡邕传》："光和元年（按：178），遂置鸿都门学，画孔子及七十二弟子像。其诸生皆敕州郡三公举用辟召，或出为刺史、太守，人为尚书、侍中，乃有封侯赐爵者，士君子皆耻与为列焉。"㉔乐松：据《后汉书·蔡邕传》："侍中祭酒乐松、贾护，多引无行趣执之徒，并待制鸿都门下，喜陈方俗闾里小事，帝甚悦之，待以不次之位。"㉕杨赐（？—185）：字伯献，弘农郡华阴县人。东汉时期名臣建宁元年（168）于华光殿侍讲教授汉灵帝刘宏。㉖驩（huān）兜（dōu）：中国古代传说中的三苗族首领，传说因为与共工、鲧一起作乱，而被舜流放至崇山。

岂比之俳优①，其余风遗文，盖蔑如②也。

自献帝③播迁④，文学蓬转⑤，建安之末，区宇方辑⑥。魏武以相王⑦之尊雅爱诗章，文帝以副君⑧之重妙善辞赋，陈思以公子之豪下笔琳琅⑨，并体貌英逸⑩，故俊才云蒸⑪：仲宣委质于汉南⑫，孔璋归命于河北⑬，伟长从宦于青土⑭，公幹徇质于海隅⑮；德琏⑯综其斐然之思，元瑜⑰展其翩翩之乐；文蔚、休伯⑱之俦，于叔、德祖⑲之侣，傲雅觞豆⑳之前，雍容衽席㉑之上，洒笔以成酣歌，和墨以藉谈笑。观其时文，雅好慷慨㉒，良由世积乱离㉓，风衰俗怨㉔，并志深而笔长㉕，故梗概㉖而多气㉗也。至明帝纂戎㉘，制诗度曲，征篇章之士，置崇文之观，何刘㉙群才，迭相照耀。少主相仍㉚，唯高贵㉛英雅，顾盼含章，动言成论，于时正始余风，篇体轻澹㉜，而嵇阮应缪㉝，并驰文路矣。

---

①俳优：古代以乐舞谐戏为业的艺人，见《韩非子·难三》："俳优侏儒，固人主之所与燕也。" ②蔑如：微细，没有什么了不起。 ③献帝：汉献帝。 ④播迁：迁徙流离。 ⑤蓬转：蓬草随风飞转，喻流离转徙。 ⑥区宇方辑：天下刚安定。辑：和谐，和睦，《左传·襄公十九年》："其天下辑睦。"引申为安定。 ⑦相王：指曹操的汉丞相、魏王的官职与封爵。 ⑧副君：储君。 ⑨下笔琳琅：下笔成文即为珠玉之音。琳琅：美玉。 ⑩体貌英逸：体恤优待文学英才。体貌：礼貌，谓以礼相待，敬重。"体(體)"与"礼(禮)"通。 ⑪云蒸：云气升腾，此喻人才聚集。 ⑫王粲委质于汉南：此谓王粲自荆州刘表归附曹操。仲宣：王粲字。委质：臣服、归附，"质"同"贽"。汉南：汉水之南。 ⑬孔璋归命于河北：此谓陈琳字河北袁绍处归附曹操。孔璋：陈琳字。 ⑭伟长从宦于青土：此谓徐幹自青州之地追随曹操做官。伟长：徐幹字。 ⑮公幹徇质于海隅：此为刘桢自海边来投奔曹操。徇质：犹委质。公幹：刘桢。 ⑯德琏：应玚字。 ⑰元瑜：阮瑀字。 ⑱文蔚、休伯：路粹、繁钦字。 ⑲于叔、德祖：邯郸淳、杨修字。 ⑳觞豆：酒器，代酒宴。 ㉑衽席：床褥与莞簟。《周礼·天官·玉府》："掌王之燕衣服、衽席、床笫、凡亵器。"引为宴席、座席，《礼记·坊记》："衽席之上，让而坐下，民犹犯贵。" ㉒慷慨：慷慨激昂。 ㉓世积乱离：社会长期动乱、人民流离。 ㉔风衰俗怨：社会风气衰落怨愤。 ㉕志深而笔长：情志深远而笔意悠长。 ㉖梗概：大概、概略，此指建安作家直笔以抒写情志，不再注重文辞的雕琢。 ㉗多气：指建安作家作品的感人力量。 ㉘明帝纂戎：魏明帝曹叡继承光大先人(武帝曹操、文帝曹丕)功业。 ㉙何刘：何晏、刘劭。 ㉚少主相仍：年少的君主相继。 ㉛高贵：高贵乡公曹髦。 ㉜篇体轻澹：文风轻浮淡泊。 ㉝嵇阮应缪：嵇康、阮籍、应璩、缪袭。

逮晋宣①始基，景文②克构，并迹沈儒雅③，而务深方术④。至武帝⑤惟新，承平受命，而胶序篇章⑥，弗简皇虑⑦。降及怀愍⑧，缀旒⑨而已。然晋虽不文，人才实盛：茂先⑩摇笔而散珠，太冲⑪动墨而横锦，岳、湛⑫曜联璧之华，机、云⑬标二俊之采⑭，应、傅、三张⑮之徒，孙、挚、成公⑯之属，并结藻清英，流韵绮靡。前史以为运涉季世⑰，人未尽才，诚哉斯谈，可为叹息。

元皇中兴⑱，披文建学⑲，刘刁⑳礼吏而宠荣，景纯㉑文敏而优擢。逮明帝㉒秉哲㉓，雅好文会，升储御极㉔，孳孳㉕讲艺，练情于诰策，振采于辞赋，庾㉖以笔才逾亲，温㉗以文思益厚，揄扬风流，亦彼时之汉武也。及成康㉘促龄，穆哀㉙短祚。简文㉚勃兴㉛渊乎清峻㉜，微言精理函满玄席㉝，澹思浓采㉞时洒文囿。至孝武㉟不嗣㊱，安恭㊲已矣，其文史㊳则有袁殷㊴之曹，孙干㊵之辈，虽才或浅深，珪璋足用。

①晋宣：晋宣帝司马懿。②景文：晋景帝司马师、晋文帝司马昭。③迹沉儒雅：儒学、风雅之迹不再。④务深方术：专心于政治权谋。⑤武帝：晋武帝司马炎。⑥胶序篇章：学校教育和文学创作。胶序：殷学名序，周学名胶，后即用为学校的通称。⑦弗简皇虑：皇帝没有心思考虑。简：考查，关注。⑧怀愍：晋怀帝、晋愍帝。⑨缀旒：喻国势垂危。潘勗《册魏公九锡文》："当此之时，若缀旒然。"张铣注："旒，冠上垂珠，而缀于冠者，言帝室之危如旒之悬。然，辞也。"⑩茂先：张华字。⑪太冲：左思字。⑫岳、湛：潘岳、张湛。⑬机、云：陆机、陆云。⑭二俊之采：《晋书·陆机传》："至太康末，与弟云俱入洛，造太常张华。华素重其名，如旧相识，曰：'伐吴之役，利获二俊。'"⑮应、傅、三张：应贞、傅玄、张载、张协、张亢。⑯孙、挚、成公：孙楚、挚虞、成公绥。⑰季世：末世。⑱元皇中兴：指西晋灭亡后，晋元帝司马睿建立东晋王朝。⑲披文建学：提倡文章写作，兴建了经学制度。⑳刘刁：刘隗、刁协。㉑景纯：郭璞字。㉒明帝：晋明帝司马绍(299—325)。㉓哲：聪慧。㉔升储御极：从做太子到做皇帝。㉕孳孳：孜孜不倦。㉖庾：庾亮。㉗温：温峤。㉘成康：晋成帝、晋康帝。㉙穆哀：晋穆帝、晋哀帝。㉚简文：晋简文帝司马昱(320 — 372)，晋元帝司马睿幼子，晋明帝司马绍的异母弟。㉛勃兴：文学事业勃然兴起。㉜渊乎清峻：深沉清峭。㉝函满玄席：充满了玄学清淡的讲席。㉞澹思浓采：平淡的思想，浓郁的文采。㉟孝武：晋孝武帝司马曜(362—396)。㊱不嗣：没有继承晋简文帝文学勃兴的势头。㊲安恭：晋安帝、晋恭帝。㊳文史：文学家兼史学家。㊴袁殷：袁宏、殷仲文。㊵孙干：孙盛、干宝。

自中朝[①]贵玄，江左[②]弥盛，因谈余气，流成文体。是以世极迍邅[③]，而辞意夷泰[④]，诗必柱下[⑤]之旨归，赋乃漆园[⑥]之义疏。故知文变染乎世情，兴废系乎时序，原始以要终，虽百世可知也。

自宋武[⑦]爱文，文帝[⑧]彬雅，秉文之德，孝武[⑨]多才，英采云构。自明帝[⑩]以下，文理替矣。尔其缙绅之林，霞蔚而飙起；王、袁承宗[⑪]以龙章，颜、谢重叶[⑫]以凤采，何、范、张、沈[⑬]之徒，亦不可胜也。盖闻之于世，故略举大较。

暨皇齐[⑭]驭宝[⑮]，运集休明[⑯]：太祖[⑰]以圣武[⑱]膺箓[⑲]，世祖[⑳]以睿文纂业，文帝[㉑]以贰离[㉒]含章，高宗[㉓]以上哲兴运，并文明自天，缉熙景祚[㉔]。今圣历方兴[㉕]，文思光被，海岳降神，才英秀发，驭飞龙于天衢，驾骐骥于万里。经典礼章，跨周轹汉，唐、虞之文，其鼎盛乎！鸿风懿采，短笔敢陈？飏言赞时，请寄明哲！

赞曰：蔚映十代，辞采九变。枢中[㉖]所动，环流无倦。质文沿时，崇替[㉗]在选。终古[㉘]虽远，僾[㉙]焉如面。

---

①中朝：此为对建都中原时的西晋的称呼。②江左：长江之东，此为对东晋的称呼。③迍(zhūn)邅(zhān)：艰难。④夷泰：平和。⑤柱下：老子的代称，因老子曾为周柱下史。⑥漆园：庄子的代称，因庄子曾为漆园吏。⑦宋武：南朝宋武帝刘裕。⑧文帝：宋文帝刘义隆。⑨孝武：宋孝武帝刘骏。⑩明帝：宋明帝刘彧。⑪王、袁承宗：指王、袁两大家族文学，成家者有王韶之、王淮之、袁淑、袁粲等。⑫颜、谢重叶：指颜延之、谢灵运两大家族文学。重叶：累代。⑬何、范、张、沈：指何长瑜、何承天、范泰、范晔、张敷、张永、沈约、沈怀文等等家族文学。⑭皇齐：南朝齐代，因是刘勰所处时代，故尊以"皇齐"。⑮驭宝：执掌玉玺，指掌握政权。⑯休明：美好清明。此为赞美齐代。⑰太祖：齐太祖(齐高帝)萧道成(427—482)。⑱圣武：圣明英武。⑲膺箓：谓帝王承受符命。⑳世祖：齐世祖(齐武帝)萧赜(440—493)。㉑文帝：齐文帝萧长懋(458—493)。㉒贰离：谓储君、太子。离：指日，喻天子。㉓高宗：齐明帝萧鸾(452—498)。㉔缉熙景祚：光明宏大的帝业。缉熙：《诗经·大雅·文王》："穆穆文王，于缉熙敬止。"毛传："缉熙，光明也。"㉕圣历方兴：应指梁武帝萧衍的文学文化功业。㉖枢中：此为时代就像文学发展的中枢、关键。㉗崇替：兴废。㉘终古：远古，《楚辞·离骚》："怀朕情而不发兮，余焉能忍而与此终古。"朱熹集注："终古者，古之所终，谓来日之无穷也。"㉙僾(ài)：仿佛、好像。

【译文】

时代运势交替迁移，文章的质朴与文华也随时代变化，自古至今文章变化的情况与规律，应该是可以探讨的吧？

在远古的尧帝时期，德治兴盛教化普及，田间老人唱出了《击壤歌》，郊野的孩童唱出了“不识”童谣。其后在舜帝时期，政治盛明人民闲暇，舜帝唱出了《南风歌》，和群臣赓和了《卿云歌》。为什么《击壤歌》《南风歌》《卿云歌》是尽善尽美的呢？因为内心和乐、声乐和平。至于大禹时期，大禹治水划分九州的功绩被人们歌颂。成汤圣明恭敬为人们所赞叹颂扬。到了周文王，道治兴盛，《周南》之篇表达了人们勤劳而无怨言的情况；周太王古公亶父的教化醇正，《豳风》之篇欢乐而不过分。周幽王、周厉王昏庸，《诗经·大雅》的《板》《荡》之篇表达了愤怒情感；周平王时王室衰微，《诗经·王风》的《黍离》之篇则诗写哀伤。由上可知，诗歌谣谚之文的规律随时代发生变化，政教像风在上吹动，歌诗像水波在下震荡。

春秋之后王纲解纽，诸侯之间相互争雄，六经处于困厄之中，诸子百家如飙风骇浪一样迅猛而起。当此之时，韩、魏、燕、赵以强力推行政治，“五蠹六虱”是秦国法家的政令，只有齐国和楚国文学颇为发达。齐国为文学开辟了广阔的道路，将文人延请到高楼大厦之中以示尊敬；楚国扩大兰台之宫以倡导文学于其中。孟子因而住进齐国宾馆，荀子因而成为兰陵县令，故而，齐国的稷下学宫继续了重视文学的清新风气，兰陵地方培养成了浓郁的学术风气，邹衍因形而上的辩论名世、驺奭“雕龙”似的文采驰骋文坛，屈原的文学创作可与日月同辉，宋玉的文学创作可与风云并驱。考察齐、楚的文章，则已超越《诗经》，因而可知，其美盛的文辞来自纵横家的诡异风气。

到了汉代，文学运势延续，秦始皇焚书，汉高祖崇尚武力，戏弄儒生，怠慢学者。虽然礼法和律法已经开始创制，但还没有来得及整理《诗经》《尚书》这些经典，但是汉高祖的《大风歌》《鸿鹄歌》，却也是天才之作。经汉惠帝到汉文帝、汉景帝，儒家经学有所兴盛，但辞赋作家尚不为上用，这从贾谊、邹阳、枚乘受压制可以得知。到了汉武帝时期情况大变，他崇尚儒家思想，用文学来修饰宏大的功业，造成了礼乐争相辉映、辞赋竞逐的繁荣景象，具体表现为：柏梁台和群臣宴饮联诗，创作出了体恤民力的《金堤咏》诗篇，以安车蒲轮征召文学之士枚乘，给予主父偃鼎食的礼遇，亲定公孙弘之对策为贤良对策第一，赞叹倪宽草拟的奏疏，赐富贵于卖柴为生的朱买臣和卖酒为生的司马相如。于是，司马迁、吾丘寿王、严安、终军、枚皋等文士，应对不拘旧制，作品大量产生，流风余韵无与伦比。越过汉昭帝到了汉宣帝，切实地继承了汉武帝尊崇文学的功绩，尽力发挥国家藏书的功能，闲暇之时组织文学集会，汇聚文学的卓异之材发表之高见，于是王褒之类的文学才士因待诏而获利禄。从汉元帝到汉成帝，有意于图书典籍，以文学为美，为文士辟出通往金马门的道路，因而促成了扬雄的大量赋作，刘向包括《六义略》的《七略》之成，也算是文学上的美事了。自汉室建立到汉成帝、汉哀帝，虽然时间跨越百年，文学经过九代变化，但文学创作的大致情况是继承了"楚辞"的创作路径，屈原的影响一直存在。

自汉哀帝、汉平帝衰落，光武帝刘秀建立东汉，实现了汉室中兴，他对谶纬有深厚感情而对文学有所忽略，然而，杜笃由于进献了《大司马吴汉诔》而得以豁免刑罚，班彪因为西河大将军窦融写的奏章好而被增补为徐县县令。他虽然没有像汉武帝那样到处搜求文士，但也没有将其远远抛弃。到了汉明帝、汉章帝，二人崇尚儒学，如双璧叠相辉映，汉明帝研礼于明堂、灵台、辟雍三处宫殿，汉章帝召集文士辩五经异同于白虎观。班固帽插笔管，随时著述，撰写国史，贾逵用汉明帝送来的笔札撰写了《神雀颂》；东平王刘苍撰写出了美好的篇章，沛献王刘辅撰写出了阐述五经的《沛王通论》：这就是所谓皇帝制定了规则，藩王践履仪范，二者辉光相互映照。从汉和帝、汉安帝以下到汉顺帝、汉桓帝，则有班固、傅毅、崔骃、崔瑗、崔寔、王延寿、马融、张衡、蔡邕等，他们都是鸿儒硕彦，人才没有时间断层，在此，他们文章的选篇，因篇幅所限存而不论。但是要指出的是，光武中兴之后，群才的文学创作路径稍微和前代不同，在内容和形式上斟酌使用经书的文辞，这大概是由于历代政权主张聚会讲经后，逐渐形成的儒学风气使然。到了汉灵帝时期，汉灵帝喜好辞赋创作，他亲撰了《皇羲篇》五十章，开放鸿都门来接待写作辞赋的文人，但是召集到的乐松等人仅有浅陋之质，所以，杨赐以之为恶人，蔡邕比之为戏子，其风气文章，大致是不值得称道的。

伴随汉献帝的颠沛流离，文学也是同样的情况。建安后期，天下才安定下来。魏武帝曹操以汉丞相、封爵魏王的尊贵地位而雅好文学；魏文帝曹丕以储君的尊贵善于文学创作；陈思王曹植以贵胄公子的豪气下笔而成珠玉之文，并且他们都礼遇文学才士，因而导致了英杰汇聚的局面：王粲从荆州、陈琳从河北、徐幹从青州、刘桢从海边赶来归附；应玚、阮瑀也因而尽情施展文学才华；路粹、繁钦、邯郸淳、杨修等于酒宴之上豪放地进行着文学创作。考察此时的文学创作，有着喜好慷慨激昂的风格，确实是由于长期动乱、人民流离、社会心理怨愤造成的，因而，表现在文学风格上，是情志深远而笔意悠长、作家直笔以抒写情志而形成了感动人心的力量。到了魏明帝继承父祖业绩，创作诗篇，审度乐曲，征召文学之士、设置崇文观，何晏、刘劭等相互照耀于文坛。其后的年少君主也能继续魏武帝、魏文帝的右文政策，特别突出的是高贵乡公曹髦，他以自己的英雅之姿、才思敏捷而立刻成章，当此之时，正始文风呈现轻浮淡泊的特点，有嵇康、阮籍、应璩、缪袭等作家驰骋于文坛之上。

到了晋宣帝司马懿打下晋朝建立的基础，晋景帝、晋文帝建立架构，他们整体上忽视文才，专心于政治权谋之术。其后晋武帝司马炎建立新朝（西晋），和平地实现了朝代更替，但是文学也没有进入他的考虑范围。下降到晋怀帝、晋愍帝，政权也只是傀儡而已。然而，西晋虽然文学不发达，但文学人才和文学创作却很繁盛，具体有张华、左思、潘岳、张湛、陆机、陆云、应贞、傅玄、张载、张协、张亢、孙楚、挚虞、成公绥等等。之前的文学史家认为，西晋国运处于末世，文学才士才能没有得到很好的发挥，这种观点是科学的，真的应该为西晋文士感叹生不逢时。

晋元帝司马睿建立了东晋王朝，提倡文章写作，兴建了经学制度，刘隗、刁协因为是管礼的官员而得到宠爱，郭璞因文思敏捷而得到提拔。

到了晋明帝司马绍，他秉持自己的聪慧，喜欢文学聚会，从做太子到当皇帝，都能孜孜不倦地讲习文学技艺，并专力进行诏策、辞赋等创作，庾亮、温峤等因而驰骋文坛，从某种意义上可以说，晋明帝是当时的汉武帝。到了晋成帝、晋康帝，二者寿命短；晋穆帝、晋哀帝，二者享国短。晋简文帝司马昱时，文学事业勃然兴起，其时文风深沉清峭，简略的言语精深的义理，充满了玄学清淡的讲席，平淡的思想，浓郁的文采，成为文坛特征。到了晋孝武帝，他没有继承晋文帝右文的政策，晋安帝、晋恭帝就不用说了。其时的文学家兼史学家，则有袁宏、殷仲文、孙盛、干宝等，虽然其才能有或大或小的区别，但应付文学创作还是足够的。

自从西晋以玄学为贵，东晋时期玄学盛行，谈玄的风气流播到文学创作中形成文章风格——玄风。因而，尽管世道艰难，但文辞风格却呈现平和特点，诗赋以老子、庄子的思想为旨归。由此可知，文章的变化、兴废和时代关系密切，自始至终考察下来，即使千百代之后的情况也可以推知。

到了齐代建立政权，汇集了美好的运势：齐太祖萧道成圣明英武受命，齐世祖萧赜以睿智的文才继承帝业，齐文帝以储君之位撰写文章，齐高宗萧鸾以上等聪慧兴起文运，且都以天才之文照耀帝位。当下圣上的文学文化功业刚刚兴起，其文学才思如日光照耀、如四海五岳降下神明；其文学才思英华发动，如驾驭飞龙于天街之上，如骏马之万里驰骋。对经典礼乐的弘扬超越西周、两汉，堪比唐尧、虞舜时期的鼎盛。其鸿大的文风、美好的文采，岂是鄙人拙笔所敢陈说的？发表言论称赞这个时代，还是求托于后来的哲人吧！

综上所述：以上繁盛的十代之文学，文采风格九次变化。文学和时代关系非常密切，这是从未改变的规律。或质朴或文华伴随时代，或崇尚或衰废在于时代选择。远古情况虽然遥远，但也仿佛可见。

【评析】

刘勰该《时序》篇是论述时代和文学关系的。关于时代和文学的关系，早在《礼记·乐记》中就有“治世之音安以乐，其政和；乱世之音怨以怒，其政乖；亡国之音哀以思，其民困”的明确论述。刘勰该篇将《乐记》思想进行了具化与细化，大致可以归结为是一代有一代之文学的主张。具体看来，时代又被具体化为朝代，又具体化为执政的帝王。也就是说，他认为，文学的质文代变和帝王对文学的态度以及进而施行什么样的文学政策有直接关系，此正其所谓“风动于上，波震于下”。

在提出了“时运交移，质文代变”观点之后，他展开了一部自陶唐尧帝至于其所处齐梁的文学史讨论。朝代依次是：陶唐尧帝；有虞舜帝；夏大禹王；成汤商王；西周文王、太王、幽王、厉王、平王；东周春秋列国，重点谈了齐国、楚国的文学；秦代燔书文学；西汉高祖、惠帝、文帝、景帝文学，武帝文学，汉昭帝、汉宣帝文学，汉元帝、汉成帝文学；东汉继西汉成帝、汉哀帝之后的光武帝文学，汉明帝、汉章帝文学，汉和帝、汉哀帝而下至于汉顺帝、汉桓帝文学，汉灵帝文学；曹魏（三曹）建安（汉献帝）文学，魏明帝文学，高贵乡公文学；西晋一代（晋宣帝、晋景帝、晋文帝、晋武帝、晋怀帝、晋愍帝）文学；东晋晋元帝文学，晋明帝文学，经晋成帝、晋康帝、晋穆帝、晋哀帝至于晋简文帝文学，晋孝武帝包括晋安帝、晋恭帝文学；萧齐太祖、世祖、文帝、高宗文学，梁武帝文学。他没有将南朝刘宋列为一代，应该是认为刘宋政权取代东晋不具有合法性，而萧齐推翻刘宋取而代之则具有合法性，这是由于他所处的时代是萧氏政权的时代所决定的。

作为文学理论家，刘勰该《时序》篇显然是站在文学的立场上谈论帝王和文学关系的。基本的情况可分为四类。其一，上古尧舜禹时期的文学是安而乐的治世之音，表现在文学上主要是歌谣的咏唱，如尧时的《击壤歌》、“不识歌”，舜时的《南风歌》《卿云歌》，大禹时的“九序歌”，等等。其二，是帝王的右文——尊崇文学所导致的文学发达与繁荣的状况，为刘勰该《时序》所列者依次是春秋战国齐国、楚国文学，西汉武帝文学，西汉昭帝、宣帝文学，西汉元帝、成帝文学，东汉明帝、章帝文学，汉灵帝文学（有召集浅陋之嫌），曹魏文学，东晋元帝文学，东晋明帝文学，萧梁武帝文学。其三，是帝王的简略文学，具体有西汉高祖、文帝、景帝和东汉光武帝，其特点是虽然没有重视文学而右文，但也没有废弃文学，如汉高祖自己尚有《大风歌》《鸿鹄歌》等天纵之英的创作，光武帝尽管着意谶纬之学，但也有因文而优待文士的政举。其四，则是如秦始皇、西晋诸帝的不重视文学，秦始皇不重视文学，自然无须多论，西晋诸帝“迹沉儒雅，而务深方术”对文学发展繁荣造成的不良影响，刘勰表达了惋惜:“然晋虽不文,人才实盛:茂先摇笔而散珠,太冲动墨而横锦,岳湛曜联璧之华,机云标二俊之采,应傅三张之徒,孙挚成公之属,并结藻清英,流韵绮靡。前史以为运涉季世,人未尽才,诚哉斯谈,可为叹息。”

谈论文学,是离不开其创作主体——文学家的。在叹惋西晋文学时,刘勰列举了西晋群才张华、左思、潘岳、张湛、陆机、陆云、应贞、傅玄、张载、张协、张亢、孙楚、挚虞、成公绥等等。那么结合时代与帝王,依次还有:尧帝时期的野老、郊童;舜帝时期的舜帝、群臣;春秋战国时期的齐国楚国的孟轲、荀子、邹衍、驺奭、屈原、宋玉;西汉高祖时期的汉高祖刘邦本人,文帝、景帝时期的贾谊、邹阳、枚乘;汉武帝时期的汉武帝本人,枚乘、主父偃、公孙弘、倪宽、朱买臣、司马相如、司马迁、吾丘寿王、严安、终军、枚皋;汉昭帝、汉宣帝时期的王褒等;汉元帝、汉成帝时期的扬雄、刘向等;东汉光武帝时期的杜笃、班彪;汉明帝、汉章帝时期的班固、贾逵、东平王刘苍、沛献王刘辅,汉和帝、汉安帝、汉顺帝、汉桓帝时期的班固、傅毅、崔骃、崔瑗、崔寔、王延寿、马融、张衡、蔡邕等;汉灵帝时期汉灵帝本人、乐松等;汉献帝建安时期曹操、曹丕、曹植、王粲、陈琳、徐幹、刘桢、应玚、阮瑀、路粹、繁钦、邯郸淳、杨修等;魏明帝时期魏明帝本人、何晏、刘劭;高贵乡公时期高贵乡公本人、嵇康、阮籍、应璩、缪袭;西晋时期张华、左思、潘岳、二陆等十四才士(见上);东晋元帝时期刘隗、刁协、郭璞;晋明帝时期晋明帝本人、庾亮、温峤;晋简文帝时期晋简文帝本人、袁宏、殷仲文、孙盛、干宝;萧齐太祖、世祖、文帝、高宗本人;萧梁武帝本人……统计下来,有约百人之多。

谈论文学,作品无疑是最本体的要素,但因论述需要,刘勰该《时序》篇所涉不多。依次有:尧帝时的《击壤歌》、“不识歌”;舜帝时的《南风歌》《卿云歌》;大禹时的“九序歌”;成汤时的“猗欤”颂(《诗经·商颂·那》);周文王时的《周南》,周太王时的《豳风》,周幽王、周厉王时的《板》《荡》诗篇,周平王时的《黍离》诗篇;西汉高祖的《大风歌》《鸿鹄歌》;汉武帝和群臣的《柏梁诗》以及其自作的《金堤咏》;汉武帝之后的作品基本没有列举。

总之,就价值而言,该《时序》篇是一篇落脚在帝王身上的时代与文学关系的文学史专篇,以精练的笔触,展示了远古以来的时代文学史画卷。对齐梁文学的歌颂和对南朝刘宋文学的刻意抹掉,则是不得不然的瑕疵。

物色第四十六

春秋代序，阴阳惨舒①，物色②之动，心亦摇③焉。盖阳气萌而玄驹④步，阴律⑤凝而丹鸟⑥羞，微虫犹或入感，四时之动物深矣。若夫珪璋挺其惠心⑦，英华秀其清气⑧，物色相召，人谁获安⑨？是以献岁发春⑩，悦豫⑪之情畅；滔滔孟夏⑫，郁陶⑬之心凝。天高气清⑭，阴沉⑮之志远；霰雪无垠⑯，矜肃⑰之虑深。岁有其物，物有其容⑱；情以物迁，辞以情发。一叶且或迎意，虫声有足引心；况清风与明月同夜，白日⑲与春林共朝哉！

是以《诗》人感物，联类⑳不穷。流连万象㉑之际，沉吟视听之区。写气图貌㉒，既随物以宛转；属采附声㉓，亦与心而徘徊。

---

①阴阳惨舒：指四时的变化。古以秋冬为阴，春夏为阳，意为秋冬忧戚，春夏舒快。出东汉张衡《西京赋》："夫人在阳时则舒，在阴时则惨。" ②物色：外在的物象景、景象。③摇：感动。 ④玄驹：蚂蚁的别名，《方言》第十一："蚍蜉，齐鲁之间谓之蚼蟓，西南梁益之间谓之玄蚼，燕谓之蛾蛘。" ⑤阴律：詹锳《义证》："阴气，古代用音律辨别气候，所以也可以用阴律代替阴气。" ⑥丹鸟：萤火虫的别名，萤的异名。 ⑦惠心：明慧之心。 ⑧清气：清明之气。 ⑨人谁获安：作为人，谁能够不为所动呢？ ⑩献岁发春：进入新的一年；岁首正月。《楚辞·招魂》："献岁发春兮，汩吾南征。"王逸注："献，进；征，行也。言岁始来进，春气奋扬，万物皆感气而生。" ⑪悦豫：喜悦、愉快。 ⑫滔滔孟夏：《楚辞·九章·怀沙》："滔滔孟夏兮，草木莽莽。"滔滔，盛阳貌也。 ⑬郁陶：忧思积聚貌。《尚书·五子之歌》："郁陶乎予心，颜厚有忸怩。"孔安国传："郁陶，言哀思也。"陆德明释文："郁陶，忧思也。" ⑭天高气清：天空高远、气候清爽，《楚辞·九辩》："泬寥兮天高而气清。" ⑮阴沉：深含不露。⑯霰雪无垠：屈原《九章·涉江》："霰雪纷其无垠兮，云霏霏而承宇。"霰雪：雪珠和雪花。⑰矜肃：庄重严肃。 ⑱容：表现。 ⑲白日：明亮的阳光。 ⑳联类：联想。 ㉑万象：宇宙间一切事物或景象。南朝宋谢灵运《从游京口北固应诏》诗："皇心美阳泽，万象咸光昭。"㉒写气图貌：描写气象和状貌。 ㉓属采附声：形成文采与声韵。

故“灼灼”状桃花之鲜①,“依依”尽杨柳之貌②,“杲杲”为出日之容③,“瀌瀌”拟雨雪之状④,“喈喈”逐黄鸟之声⑤,“喓喓”学草虫之韵⑥。“皎日”⑦、“嘒星”⑧,一言穷理⑨;“参差”⑩、“沃若”⑪,两字连形⑫:并以少总多⑬,情貌无遗⑭矣。虽复思经千载,将何易夺⑮?及《离骚》代兴,触类而长,物貌难尽,故重沓舒状⑯,于是嵯峨之类聚⑰,葳蕤之群积⑱矣。及长卿之徒,诡势瑰声,模山范水,字必鱼贯⑲,所谓诗人丽则而约言,辞人丽淫而繁句⑳也。

至如《雅》咏棠华,“或黄或白”;㉑《骚》述秋兰,“绿叶”“紫茎”。㉒ 凡摛表五色,贵在时见㉓,若青黄屡出,则繁而不珍。

自近代以来㉔,文贵形似㉕,窥情风景之上,钻貌草木之中。吟咏所发,志惟深远,体物为妙,功在密附㉖。故巧言切状,如印

---

①“灼灼”状桃花之鲜:此谓《诗经·周南·桃夭》诗“逃之夭夭,灼灼其华”句。 ②“依依”尽杨柳之貌:此谓《诗经·小雅·采薇》诗“昔我往矣,杨柳依依”句。 ③“杲杲”为出日之容:此谓《诗经·卫风·伯兮》诗“其雨其雨,杲杲出日”句。 ④“瀌瀌”拟雨雪之状:此谓《诗经·小雅·角弓》诗“雨雪瀌瀌,见晛曰消”句。 ⑤“喈喈”逐黄鸟之声:此谓《诗经·周南·葛覃》诗“黄鸟于飞,集于灌木,其鸣喈喈”句。 ⑥“喓喓”学草虫之韵:此谓《诗经·召南·草虫》诗“喓喓草虫,趯趯阜螽”句。 ⑦皎日:洁白的太阳,出《诗经·王风·大车》诗“谷则异室,死则同穴。谓予不信,有如皎日”句。 ⑧嘒星:小星星,出《诗经·召南·小星》诗“嘒彼小星,三五在东。肃肃宵征,夙夜在公”句。 ⑨一言穷理:用一个字就把事物的性状全表现出来,比喻以精练的文字概括复杂的情状。 ⑩参差:此谓《诗经·周南·关雎》诗“参差荇菜,左右流之”之“参差”。 ⑪沃若:此为《诗经·卫风·氓》诗“桑之未落 其叶沃若”之“沃若”。 ⑫两字连形:两字相连描写形貌。 ⑬以少总多:以简洁的语言概括丰富的内容。 ⑭情貌无遗:事物的情态状貌表现无遗。 ⑮易夺:更换。 ⑯舒状:展开描写。 ⑰嵯峨之类聚:《楚辞·招隐士》有“山气巃嵸兮石嵯峨”,王延寿《鲁灵光殿赋》有“嵯峨嶵嵬”。 ⑱葳蕤之群积:司马相如《子虚赋》有“错翡翠之威蕤”,张衡《东京赋》有“羽盖威蕤”。 ⑲鱼贯:用词罗列堆砌如鱼之成行。 ⑳诗人丽则而约言,辞人丽淫而繁句:该二句用扬雄《法言·吾子》之“诗人之赋丽以则,辞人之赋丽以淫”之说而引申之。 ㉑《雅》咏棠华,“或黄或白”:《诗经·小雅·裳裳者华》诗“裳裳者华,或黄或白”句。 ㉒《骚》述秋兰,“绿叶”“紫茎”:《九歌·少司命》之“秋兰兮青青,绿叶兮紫茎”句。 ㉓时见:适时出现。 ㉔近代以来:晋宋以来。 ㉕形似:描摹事物形貌相似。 ㉖密附:准确地描绘事物形貌。

之印泥，不加雕削[1]，而曲写毫芥[2]。故能瞻言而见貌，即字而知时也。然物有恒姿[3]，而思无定检[4]，或率尔造极[5]，或精思愈疏[6]。且《诗》、《骚》所标，并据要害[7]，故后进锐笔[8]，怯于争锋。莫不因方以借巧[9]，即势以会奇，善于适要[10]，则虽旧弥新矣。是以四序纷回，而入兴贵闲[11]；物色虽繁，而析辞尚简；使味飘飘而轻举，情晔晔而更新。古来辞人，异代接武[12]，莫不参伍以相变，因革[13]以为功，物色尽而情有余者，晓会通[14]也。若乃山林皋壤[15]，实文思之奥府[16]，略语则阙，详说则繁。然则屈平所以能洞监[17]《风》、《骚》之情者，抑亦江山之助乎？

赞曰：山沓水匝，树杂云合。目既往还，心亦吐纳。春日迟迟[18]，秋风飒飒，情往似赠，兴来如答。

【译文】

春夏秋冬依次交替，春夏舒快秋冬忧戚，物景变化，感动人心。阳气萌发蚂蚁出动，阴气凝结萤火虫隐藏，小的昆虫况且有感，可见季节变化影响万物之深。玉之珪璋挺其明慧之心，植物英华展其清明之气，物景之间相互感召，作为人，谁能够不为所动呢？因此，正月春来，心情随之愉悦畅快；和暖的孟夏，忧愁之情生。天空高远、气候清爽，深含不露的志向幽远。雪珠雪花漫天飘舞，庄重严肃，忧虑深远。年岁之中有其物景，物景有其外在表现；感情因物景而变化，文辞因情感而产生。一片树

①雕削：雕刻、雕琢。 ②毫芥：毫毛和芥草，喻极细微的事物。 ③恒姿：恒定的姿态。 ④定检：确定的规则。 ⑤率尔造极：偶然达到极致。 ⑥精思愈疏：深沉思虑却更加不达。 ⑦要害：关键。 ⑧锐笔：锐利的文笔。 ⑨因方以借巧：借用《诗经》《离骚》的方法以取巧。 ⑩适要：抓住关键。 ⑪入兴贵闲：进入创作状态关键在于内心虚静。 ⑫异代接武：不同时代相互接应。异代：不同时代。接武：步履相接。武：足迹、脚印，《诗经·大雅·生民》："昭兹来许，绳其祖武。" ⑬因革：继承革新。 ⑭会通：融会贯通。 ⑮皋壤：泽边之地。 ⑯奥府：聚藏之所。 ⑰洞监：洞鉴，明察。 ⑱春日迟迟：《诗经·豳风·七月》："春日迟迟，采蘩祁祁。"

叶犹能引起人的情感变化，虫鸣之声犹且能够让人心动；更何况是美好的清风明月之夜和明朗的日光爬上春天树林的早晨呢！

因而，《诗经》的作者有感于物景，想象联想无穷无尽。沉浸于万事万物的景象之中，和自己视听所能达到的领域。描写物景的气象状貌，能做到随物景而变化；形成文章的文采和声韵，能做到随自己的情感变化而变化。故而，用“灼灼”来形容桃花的鲜艳；用“依依”来形容杨柳的姿态；用“杲杲”来形容日出的状貌，用“瀌瀌”来模拟下雪的形容，用“喈喈”来模拟黄鸟的叫声，用“喓喓”来模拟草虫的声音。“皎日”和“嘒星”，是用一个“皎”字和一个“嘒”字穷尽“日”“星”之理；“参差”和“沃若”，分别是用两个字相连描写荇菜和桑叶的形貌：这是以简洁的语言概括丰富的内容，事物的情态状貌表现无遗。虽然已经千年，哪里能够找一个字代替呢！

至于《小雅·裳裳者华》，以“或黄或白”咏棠棣之花；《九歌·少司命》，以“绿叶”“紫茎”描写秋天的兰花。但凡这些用颜色来描写物景，其妙在于适时出现，如果或青或黄反复出现，则是繁杂而不再珍贵。

自晋宋以来，文学趣尚以描摹事物形貌相似为贵，将创作精力投入到风景草木的情貌之中。写出来的文章致力于情志深远；摹写物景之妙，其成绩在描摹事物形貌相似。故而，用巧妙的言语切中事物之状貌，就像印章之印泥一样，不作雕琢而能曲尽物景的细微之处。所以，能够做到见文辞而见物貌，见文字而知季节。但是，物景有其恒定姿态，文思没有一定规则，有的偶然达到极致，有的百思不得其情。况且，《诗经》《离骚》描摹物景所用词汇已很精准，故而，后世锐利的文笔也怯于与之争锋。所以，大家都是借用《诗经》《离骚》的方法以取巧，乘《诗经》《离骚》之势而成其妙，善于抓住关键，故能达成虽用其旧而成其新的效果。因而，四季交替回环往复，文学创作贵于方法；物景虽然繁多，用词贵在简洁；使作品的审美趣味飘飘轻举，情感光鲜而更新。自古以来的作家，有时代不同却相互接应者，无不是相互借鉴而加以变化、继承发展来取得成功的，物景描摹尽其形象而依然趣味不尽，是因为懂得融会贯通的道理。至于山川草泽之地，实在是文章构思的聚藏之所，在此，写得过简则是缺陷，如果说多了则又失之于繁杂。然而，屈原之所以能深得《诗经》摹写物景的精神，抑或是由于山川等自然风物的助力吧？

综上所述：山重重水环环，草木杂陈云朵四合。目之所见，心有所感。春阳缓缓升起，秋风飒飒作响。创作的情感兴致因物景而生，好似二者之间的往来赠答。

【评析】

美国当代著名学者艾布拉姆斯在其力作《镜与灯》一书中，提出了一个文学四要素的理论。这四要素分别是作家、作品、世界、读者。就此文学结构的历时顺序而言，是世界和作家发生关系产生作品，然后作品再为读者所接受。就世界和作家产生关系而言，又必须是主客体二元基础上的关系。这里的世界，是外在于作家主观的客观世界。世界又分为自然界和社会两个层面。也就是说，作为创作主体的作家在创作出作品时所发生关系的外在世界，是由自然界和社会两个部分构成。如果刘勰该《文心雕龙》前篇《时序》是讨论的作家和世界的社会部分关系的话，那么该《物色》篇则是讨论作家和自然界的关系的。

关于作家和自然界的关系理论，在刘勰此《物色》篇之前，《礼记·乐记》已有“凡音之起，由人心生也。人心之动，物使之然也……其本在人心之感于物”的“物感说”，有理由认为，虽然此处是在说乐，但因诗乐相通，故而也适用于诗。比刘勰稍晚的锺嵘的《诗品序》中也有“气之动物，物之感人，故摇荡性情，行诸舞咏”的相似论述。而刘勰本篇和前述两者相较，其价值体现在其为全面深刻的专篇论述上。

本篇开篇的“春秋代序，阴阳惨舒，物色之动，心亦摇焉”，直接点明了作家主观情志和外在自然物景的感发—被感发关系。随之的深刻论述是：“盖阳气萌而玄驹步，阴律凝而丹鸟羞，微虫犹或入感，四时之动物深矣……物色相召，人谁获安”，也就是说，自然物的蚂蚁、萤火虫都会为物景的变化所感动，更何况是人呢？随后，通过《楚辞》的例子，以反问语气道：“一叶且或迎意，虫声有足引心；况清风与明月同夜，白日与春林共朝哉！”一片树叶犹能引起人的情感变化，虫鸣之声犹且能够让人心动，更何况是美好的清风明月之夜和明朗的日光爬上春天早晨的树林呢！接着提出了“情以物迁，辞以情发”的理论观点。

以《楚辞》为例提出“情以物迁，辞以情发”观点之后，刘勰该《物色》篇又以《诗经》的典例证明客观自然物景和作家创作的关系，并高度评价《诗》人的成就：“‘皎日’‘嘒星’，一言穷理；‘参差’‘沃若’，两字连形。总体而言，“并以少总多，情貌无遗矣。虽复思经千载，将何易夺”。“皎日”和“嘒星”，是用一个“皎”字和一个“嘒”字穷尽“日”“星”之理；“参差”和“沃若”，分别是用两个字相连描写荇菜和桑叶的形貌：这是以简洁的语言概括丰富的内容，事物的情态状貌表现无遗。虽然已经千年，哪里能够找一个字代替呢！还通过“《雅》咏棠华，‘或黄或白’；《骚》述秋兰，‘绿叶’‘紫茎’”之例，提出“凡摛表五色，贵在时见，若青黄屡出，则繁而不珍”的洞见。就《诗》人和外界自然物景关系，刘勰在屈原创作的“情以物迁，辞以情发”之后，进而提出了“写气图貌，既随物以宛转”的“随物宛转”说。两相比较，后者的“宛转”一词，更能形象展现被外在自然物景感发后创作的回环与曲折。

最后指出，刘勰该《物色》篇所举之典例，均出自《楚辞》和《诗经》，而后世之作，与二者相比都相形见绌。当然，就《楚辞》和《诗经》而言，前者又是师法后者后的新成就，此为他以“屈平所以能洞监《风》《骚》之情者，抑亦江山之助乎”所言明。

至于后世作家怎样在《诗经》和《楚辞》的高峰之后寻求出路，他说：“古来辞人，异代接武，莫不参伍以相变，因革以为功，物色尽而情有余者，晓会通也。”表达的还是他一贯的师法前人而因革通变的“会通”思想。

才略第四十七

九代之文，富矣盛矣，其辞令华采，可略而详①也。虞、夏文章，则有皋陶六德②，夔序八音③，益则有赞④，五子作歌⑤，辞义温雅⑥，万代之仪表⑦也。商周之世，则仲虺垂诰⑧，伊尹敷训⑨，吉甫之徒，并述《诗》《颂》⑩，义固为经，文亦足师矣。

及乎春秋大夫，则修辞聘会，磊落⑪如琅玕⑫之圃，焜耀⑬似缛锦之肆，薳敖⑭择楚国之令典，随会⑮讲晋国之礼法，赵衰⑯以

①略而详：大略地详细叙述。 ②皋陶六德：《尚书·皋陶谟》："日严祗敬六德，亮采有邦。""六德"即宽而栗、柔而立、愿而恭、乱而敬、扰而毅、直而温、简而廉、刚而塞、强而义六种。 ③夔序八音：《尚书·舜典》："帝曰：'夔，命女典乐，教胄子。直而温，宽而栗，刚而无虐，简而无傲。诗言志，歌永言，声依永，律和声，八音克谐，无相夺伦，神人以和。'夔曰：'于，予击石拊石，百兽率舞。'"八音：八种乐器，通常为金、石、丝、竹、匏、土、革、木八种不同质材所制。 ④益则有赞：《尚书·大禹谟》："益赞于禹曰：'惟德动天，无远弗届；满招损，谦受益，时乃天道。'" ⑤五子作歌：见前篇相关注。 ⑥温雅：温润典雅。《汉书·扬雄传上》："蜀有司马相如，作赋甚弘丽温雅。" ⑦仪表：准则、法式、楷模。《管子·形势》："法度者，万民之仪表也；礼义者，尊卑之仪表也。"汉王逸《离骚叙》："终没以来，名儒博达之士，铸造词赋，莫不拟则其仪表，祖式其模范。" ⑧仲虺垂诰：指《尚书·商书·仲虺之诰》。仲虺（huǐ）：姓任，又叫莱朱，辅佐成汤灭夏，建立商王朝，成为一代名相，与伊尹并为商汤左、右相，辅佐商汤完成大业。 ⑨伊尹敷训：《尚书·尚书·伊训》。成汤死后，太甲继位，伊尹训告新即位的帝王太甲，详前相关注。 ⑩吉甫之徒，并述《诗》《颂》：周代贤臣尹吉甫作赞美周宣王之颂，包括《诗经·大雅》中之《崧高》《烝民》《韩奕》《江汉》等。吉甫：尹吉甫，房陵人，尹国的国君，字吉父，一作吉甫。 ⑪磊落：众多分明貌。 ⑫琅玕：珠玉的美石，《尚书·禹贡》："厥贡惟球、琳、琅玕。"孔安国传："琅玕，石而似玉。" ⑬焜耀：同"焜燿"，明照、照耀。《左传·昭公三年》："不腆之适，以备内宫，焜燿寡人之望。"陆德明释文引服虔曰："焜，明也；燿，明也。" ⑭薳（wěi）敖：楚庄王臣，曾修订楚国的法典。 ⑮随会：祁姓，随氏、范氏，讳会，谥武，其名随会（采邑于随）或范会（采邑于范），又因随氏出于士氏，故史料中多称其士会，史称范武子、随武子，士蒍之孙，士缺幼子。 ⑯赵衰（cuī）：即赵成子，是辅佐晋文公称霸的五贤士之一。

文胜从飨[①]，国侨[②]以修辞捍郑，子太叔[③]美秀而文，公孙挥[④]善于辞令，皆文名之标者也。

战代任武，而文士不绝。诸子以道术取资，屈宋以“楚辞”发采。乐毅《报书》[⑤]辨而义[⑥]，范雎《上书》[⑦]密而至[⑧]，苏秦历说壮而中[⑨]，李斯自奏[⑩]丽而动[⑪]。若在文世[⑫]，则扬班俦矣。荀况学宗[⑬]，而象物名赋[⑭]，文质相称，固巨儒[⑮]之情也。

汉室陆贾，首发奇采，赋《孟春》[⑯]而撰《新语》，其辩之富矣。贾谊才颖，陵轶[⑰]飞兔，议惬而赋清，岂虚至哉！枚乘之《七发》，邹阳之《上书》[⑱]，膏润于笔，气形于言矣。仲舒专儒，子长纯史，而丽缛[⑲]成文，亦《诗》人之告哀[⑳]焉。相如好书[㉑]，师范屈宋，洞入夸艳[㉒]，致名辞宗；然核取精意，理不胜辞，故扬子以为“文丽用寡者长卿”[㉓]，诚哉是言也！王褒构采，以密巧为致[㉔]，附声测貌[㉕]，泠然[㉖]可观。子云属意，辞义最深，观其涯度[㉗]幽远，搜选诡丽[㉘]，而竭才以钻思，故能理赡而辞坚矣。

---

①从飨：跟随参加宴会。 ②国侨：姬姓，国氏，名侨，字子产，春秋时期郑国（今河南新郑）人，著名的政治家和思想家，郑穆公之孙，公子发之子，所以又称公孙侨。公子发字子国，其后以“国”为氏。 ③子太叔：姬姓，游氏，名吉，公孙虿之子，春秋时期郑国正卿。子太叔年少有仪度，熟悉典故，支持子产改革，受到重视，郑定公八年（公元前 522 年）继子产执政，善于辞令，曾出使楚、晋等国。 ④公孙挥：子羽，名挥，春秋时期郑国人。他曾担任行人一职，协助子产治理郑国，在子产的支持下参与处理外交事务。 ⑤乐毅《报书》：乐毅献《报燕惠王书》向燕惠王说明自己不能为燕惠王效力的原因。 ⑥辨而义：明于义理。 ⑦范雎《上书》：范雎《上秦昭王书》。 ⑧密而至：义理精密且情感真挚。 ⑨壮而中：文辞有力而切合情势。 ⑩李斯自奏：李斯的《谏逐客书》。 ⑪丽而动：文辞华丽而力量动人。 ⑫文世：右文的时代。 ⑬荀况学宗：荀子是当时学术宗师。 ⑭象物名赋：取象事物来命名的赋，指的是其《礼赋》《智赋》《云赋》《蚕赋》《箴赋》。 ⑮巨儒：大儒。 ⑯《孟春》：陆贾《孟春赋》。 ⑰陵轶：超越。 ⑱《上书》：《狱中上梁王书》。 ⑲丽缛：文辞华丽多采。 ⑳诗人之告哀：诗人哀愁这一类。 ㉑好书：爱好读书。 ㉒洞入夸艳：深刻掌握夸饰艳丽技巧。 ㉓文丽用寡者长卿：扬雄《法言·君子》：“文丽用寡，长卿也。” ㉔密巧为致：细密工巧为趣尚。范文澜注：“骈俪之文，始于王褒《圣主得贤臣颂》，故云以密巧为致。” ㉕附声测貌：描绘声音状貌。 ㉖泠然：形容声音清越。 ㉗涯度：边际。 ㉘诡丽：奇异华丽。

桓谭著论[①]，富号猗顿[②]，宋弘称荐，爰比相如，[③]而《集灵》[④]诸赋，偏浅无才，故知长于讽论[⑤]，不及丽文也。敬通[⑥]雅好辞说，而坎壈[⑦]盛世，《显志》自序[⑧]，亦蚌病成珠[⑨]矣。二班两刘[⑩]，弈叶[⑪]继采，旧说以为固文优彪，歆学精向，然《王命》[⑫]清辩[⑬]，《新序》[⑭]该练[⑮]，璿璧[⑯]产于昆冈[⑰]，亦难得而逾本矣。傅毅、崔骃，光采比肩，瑗、寔[⑱]踵武[⑲]，能世[⑳]厥风者矣。杜笃、贾逵，亦有声于文，迹其为才，崔、傅之末流也。李尤赋铭[㉑]，志慕鸿裁，而才力沈膇[㉒]，垂翼不飞。马融鸿儒，思洽识高，吐纳经范，华实相扶。王逸博识有功，而绚采无力。延寿[㉓]继志，瑰

---

①桓谭著论：桓谭有《新论》二十九篇。 ②富号猗顿：王充《论衡・佚文》："挟桓君山之书，富于积猗顿之财。"猗顿：《孔丛子・陈士义第十四》："猗顿，鲁之穷士也，耕则常饥，桑则常寒。闻陶朱公富，往而问术焉。朱公告之曰：'子欲速富，当畜五牸。'于是乃适河西，大畜牛羊于猗氏之南，十年之间，其滋息不可计，赀拟王公，驰名天下。以兴富于猗氏，故曰猗顿。" ③宋弘称荐，爰比相如：《后汉书・宋弘传》："帝尝问宏通博之士，弘乃荐沛国桓谭，才学洽闻，几能及扬雄、刘向父子。"宋弘：字仲子，东汉光武帝拜大司空。 ④《集灵》：指《集灵宫赋》，《仙赋》。《后汉书・桓谭传》："（桓谭）所著赋、诔、书、奏凡二十六篇。"他的赋现只存《仙赋》一篇，见《艺文类聚》卷七十八。 ⑤讽论：以委婉的言语进行劝说。 ⑥敬通：冯衍字，京兆杜陵（今陕西省西安市东南）人，幼有奇才，二十岁而博通群书。王莽时，不肯出仕。义军起，投更始帝部下；因后降刘秀，故不被重用，出为曲阳县令。在此期间，由于结交外戚，迁为司隶从事，然亦由此而得罪，免官归里，闭门自保。建武末年曾上疏自陈，犹不被任用，故作《显志赋》以自励。现存作品以说辞最多，如《说廉丹》《计说鲍永》《说邓禹书》等，见《全后汉文》卷二十。 ⑦坎壈（lǎn）：困顿、不得志。 ⑧《显志》自序：指冯衍的《显志赋》，载《后汉书・冯衍传》。《冯衍传》："衍不得志，退而作赋，又自论曰：'……喟然长叹，自伤不遭，久栖迟于小官，不得舒其所怀……乃作赋自厉，命其篇曰《显志》。显志者，言光明风化之情，昭章玄妙之思也。'" ⑨蚌病成珠：珍珠由蚌痛苦孕育而成，比喻因不得志而写出好文章。 ⑩二班两刘：班彪、班固父子，刘向、刘歆父子。 ⑪弈叶：累世，代代。 ⑫《王命》：班彪的《王命论》。 ⑬清辩：清晰明辩。 ⑭《新序》：刘向著，十卷，今存。 ⑮该练：完备而精练。 ⑯璿璧：美玉。璿（xuán）：同"璇"，美玉。 ⑰昆冈：古代传说中产玉的山。 ⑱瑗、寔：崔瑗、崔寔。 ⑲踵武：指跟着前人的脚步走，喻继续前人的事业。 ⑳世：承袭。《汉书・贾谊传》："贾嘉最好学，世其家。" ㉑李尤赋铭：李尤的赋有《函谷关赋》《辟雍赋》等五篇，现均不全；李尤的铭今存《河铭》《洛铭》等八十余篇。均见《全后汉文》卷五十。李尤：字伯仁，东汉文学家。 ㉒沈膇（zhuì）：《左传・成公六年》："民愁则垫隘，于是乎有沈溺重膇之疾。"杜预注："沈溺，湿疾；重膇，足肿。" ㉓延寿：王延寿。

颖[1]独标，其善图物写貌，岂枚乘之遗术欤！张衡通赡，蔡邕精雅，文史彬彬[2]，隔世相望，是则竹柏异心而同贞，金玉殊质而皆宝也。刘向之奏议，旨切而调缓[3]；赵壹[4]之辞赋，意繁而体疏[5]；孔融气盛于为笔[6]，祢衡思锐于为文[7]，有偏美焉。潘勖凭经以骋才[8]，故绝群于锡命[9]；王朗发愤以托志[10]，亦致美于序铭[11]。然自卿、渊[12]已前，多役才而不课学；雄向[13]已后，颇引书以助文，此取与[14]之大际，其分不可乱者也。

魏文之才，洋洋[15]清绮[16]，旧谈抑之，谓去植千里。然子建思捷而才俊，诗丽而表逸[17]；子桓虑详而力缓，故不竞于先鸣，而乐府清越[18]，《典论》辩要，迭用短长，亦无懵焉[19]。但俗情抑扬，雷同一响[20]，遂令文帝以位尊减才，思王以势窘益价，未为笃论

---

①瑰颖：瑰奇颖异。 ②文史彬彬：文史相得益彰，《后汉书·张衡传》："永初中，谒者仆射刘珍、校书郎刘騊駼等，著作东观，撰集《汉记》，因定汉家礼仪。上言请衡参论其事，会并卒。而衡常叹息，欲终成之。及为侍中，上疏请得专事东观，收检遗文，毕力补缀。"又《蔡邕传》："邕前在东观，与卢植、韩说等撰补《后汉记》，会遭事流离，不及得成，因上书自陈，奏其所著《十意》。" ③旨切而调缓：据《汉书·刘向传》：刘向的奏议多为当时外戚专政汉室危急的情况而发，但或以灾异凶吉论时政，如《条灾异封事》等；或以大量历史事实谏用外戚，如《极谏用外戚封事》等。 ④赵壹：字元叔，东汉文学家，《后汉书·赵壹传》载其《穷鸟赋》和《刺世疾邪赋》。 ⑤意繁而体疏：意旨集中充实却体制松散。 ⑥孔融气盛于为笔：孔融擅长于无韵之文，指孔融的《荐祢衡表》《论盛孝章书》等书、表。 ⑦祢衡思锐于为文：指祢衡的《鹦鹉赋》等有韵之文。 ⑧潘勖凭经以骋才：潘勖凭借儒家经典而施展才力。 ⑨绝群于锡命：《册魏公九锡文》写得超群出众。 ⑩王朗发愤以托志：王朗努力著作以寄托情志。王朗：字景兴，三国文人。魏文帝、明帝时为司空、司徒。 ⑪序铭：王朗序铭今不存，《三国志·魏书·王朗传》只说："朗著《周易》《春秋》《孝经》《周官》传，奏议论记，咸传于世。"可能他并未写过铭文，本书《铭箴》篇评王朗的《杂箴》说："观其约文举要，宪章戒(武)铭。"王朗无诗赋，今存表奏书论三十余篇，也没有什么堪称"致美"的作品，所以"序铭"或即指他的《杂箴》能"宪章武铭"。 ⑫卿、渊：长卿、子渊，即司马相如、王褒。 ⑬雄向：扬雄、刘向。 ⑭取与：采取或给予。取：此指"役才"。与：此指引书助文。 ⑮洋洋：众多、盛大的貌。 ⑯清绮：清丽。 ⑰表逸：章表卓越，《文心雕龙·章表》有"陈思之表，独冠群才"。 ⑱乐府清越：乐府诗清新激越。 ⑲亦无懵焉：《左传·襄公十四年》："说无瞢焉。"杜预注："瞢，闷也。"无瞢：不愁闷，此指能识别清楚。 ⑳雷同一响：《礼记·曲礼》："毋雷同。"郑玄注："雷之发声，物无不同时应者；人之言当各由己，不当然也。"

也。仲宣溢才，捷而能密，文多兼善，辞少瑕累①，摘其诗赋，则七子之冠冕②乎！琳瑀③以符檄擅声；徐幹以赋论标美；刘桢情高以会采，应玚学优以得文；路粹、杨修颇怀笔记之工，丁仪、邯郸④亦含论述之美，有足算⑤焉。刘劭《赵都》⑥，能攀于前修；何晏《景福》⑦，克光于后进。休琏⑧风情，则《百壹》⑨标其志；吉甫⑩文理，则《临丹》⑪成其采。嵇康师心以遣论⑫，阮籍使气以命诗⑬，殊声而合响，异翮而同飞。

张华短章⑭，奕奕⑮清畅⑯，其《鷦鷯》⑰寓意，即韩非之《说难》也。左思奇才，业深覃思⑱，尽锐于《三都》，拔萃于《咏史》，无遗力矣。潘岳敏给⑲，辞自和畅⑳，钟美于《西征》㉑，贾余㉒于哀诔，非自外也。陆机才欲窥深，辞务索广，故思能入巧而不制繁。士龙朗练，以识检乱，故能布采鲜净㉓，敏于短篇。孙楚㉔缀思，每直置以疏通㉕；挚虞述怀㉖，必循规以温雅，其品藻"流

---

①瑕累：玉上的斑痕，泛指缺点，毛病。 ②冠冕：帝王的帽子，此指文学成就最高。 ③琳瑀：陈琳、阮瑀。 ④邯郸：邯郸淳。 ⑤足算：足可称道。 ⑥《赵都》：《赵都赋》。 ⑦《景福》：《景福殿赋》。 ⑧休琏：应璩，应玚之弟。《晋书·袁宏传》："曾为咏史诗，是其风情所寄。" ⑨《百壹》：应璩的《百一诗》。 ⑩吉甫：应贞字，西晋文学家，应璩之子。 ⑪《临丹》：《临丹赋》。 ⑫嵇康师心以遣论：嵇康据自己独立的思考而不拘成法写论文，如《养生论》《答向子期难养生论》《声无哀乐论》《难张辽叔自然好学论》等。 ⑬阮籍使气以命诗：阮籍主要作品是八十二首《咏怀诗》。使气：逞才使气。 ⑭短章：陆云《与兄平原书》："张公（即张华）文无他异，正自情省无烦长，作文正尔自复佳。"张华今存《永怀赋》、《归田赋》等，都较短。 ⑮奕奕：盛美。 ⑯清畅：清新郎畅。 ⑰《鷦鷯》：《鷦鷯赋》。 ⑱覃思：深思。 ⑲敏给：敏捷。《庄子·徐无鬼》："有一狙焉，委蛇攫搔，见巧乎王。王射之，敏给博捷矢。"成玄英疏："敏给，犹速也。"敏给：敏捷。"给"与"敏"同义。 ⑳和畅：融和顺畅。 ㉑《西征》：《西征赋》。 ㉒贾余：用其余力。 ㉓鲜净：新鲜干净。 ㉔孙楚：字子荆，玄言诗的早期作者。 ㉕直置以疏通：直接陈述。沈约《宋书·谢灵运传论》："子荆'零雨'之章，正长'朔风'之句，并直举胸情，非傍诗史。""零雨"之章，指孙楚的《西征官属送于陟阳候作诗》，其首二句是："晨风飘歧路，零雨被秋草。" ㉖挚虞述怀：《晋书·挚虞传》载其《思游赋》，末二句是"乐自然兮识穷达，澹无思兮心恒娱"。

别”①，有条理焉。傅玄②篇章，义多规镜③；长虞④笔奏，世执刚中⑤；并桢干⑥之实才，非群华之韡萼⑦也。成公子安⑧，选赋⑨而时美；夏侯孝若⑩，具体而皆微⑪；曹摅⑫清靡于长篇；季鹰⑬辨切⑭于短韵⑮。各其善也。孟阳、景阳⑯，才绮而相埒⑰，可谓鲁卫之政⑱，兄弟之文也。刘琨⑲雅壮而多风⑳，卢谌㉑情发而理昭，亦遇之于时势也。

景纯㉒艳逸㉓，足冠中兴，《郊赋》㉔既穆穆㉕以大观，《仙诗》㉖亦飘飘而凌云㉗矣。庾元规㉘之表奏，靡密㉙以闲畅㉚；温太真㉛之笔记，循理㉜而清通㉝，亦笔端㉞之良工也。孙盛、干宝，文胜为史㉟，准的所拟㊱，志乎典训㊲，户牖虽异㊳，而笔彩略

---

①品藻“流别”：指挚虞的《文章流别论》。②傅玄：字休奕，西晋文学家。③规镜：规诫鉴戒。④长虞：傅咸字，西晋文学家，傅玄之子，以奏议称著。⑤世执刚中：继承前人坚持刚强中正品格。⑥桢干：古代筑土墙时用的木柱。⑦韡（wěi）萼：明盛的花萼，喻浮华的文才。⑧成公子安：成公绥。⑨选赋：撰赋，成公绥有《啸赋》。⑩夏侯孝若：夏侯湛。⑪具体皆微：具备形体而成就微小。《孟子·公孙丑》：“子夏、子游、子张，皆有圣人之一体；冉牛、闵子、颜渊，则具体而微。”赵岐注：“体者，四枝股肱也。……具体者，四枝皆具。微，小也，比圣人之体微小耳。体以喻德也。”夏侯湛有《昆弟诰》，张溥《夏侯常侍集题辞》：“《昆弟诰》总训群子……但规模帝典，仅能形似，刻鹄画虎，不无讥焉。”⑫曹摅（shū）：字颜远，西晋良吏，工诗赋，丁福保《全晋诗》卷四辑其《赠韩德真》等九首，多为长篇。⑬季鹰：张翰字，西晋文学家。⑭辨切：辨明切实。⑮短韵：指小诗。⑯孟阳、景阳：张载、张协字。⑰相埒：相等。埒（liè）：本义为矮墙，引为等同、并立义。⑱鲁卫之政：出《论语·子路》：“鲁卫之政，兄弟也。”⑲刘琨：字越石，西晋诗人。⑳雅壮而多风：典正壮美，风力强劲，元遗山《论诗绝句》“曹刘坐啸虎生风，万古无人角两雄。可惜并州刘越石，不教横槊建安中”即为赞赏刘琨之诗此风格。㉑卢谌：字子谅，两晋之交作家。㉒景纯：郭璞字。㉓艳逸：艳丽超逸。㉔《郊赋》：指郭璞的《南郊赋》。㉕穆穆：庄严美好。㉖《仙诗》：指郭璞的《游仙诗》十四首。㉗飘飘而凌云：《史记·司马相如传》：“相如既奏《大人》之颂，天子大说（悦），飘飘有凌云之气，似游天地之间意。”㉘庾元规：庾亮，其表奏刘勰评价较高，《章表》篇说：“庾公之《让中书》，信美于往载。”㉙靡密：细密。㉚闲畅：闲雅畅达。㉛温太真：温峤，字太真。㉜循理：遵循义理。㉝清通：清朗通畅。㉞笔端：代指文学创作。㉟文胜为史：文采能够胜任撰写史书的工作。㊱准的所拟：所模拟的标准。㊲典训：《尚书》中的《尧典》《伊训》之类，此处代指《尚书》以至于儒家经典。㊳户牖虽异：谓文学创作和史书撰写学科门类不同。

同[1]。袁宏发轸[2]以高骧[3]，故卓出而多偏[4]；孙绰[5]规旋以矩步[6]，故伦序[7]而寡状[8]。殷仲文[9]之孤兴[10]，谢叔源[11]之闲情[12]，并解散辞体[13]，缥渺浮音，虽滔滔风流，而大浇文意。[14]

宋代逸才[15]，辞翰鳞萃[16]，世近易明，无劳甄序[17]。

观夫后汉[18]才林，可参西京[19]；晋世文苑，足俪邺都[20]。然而魏时话言，必以元封[21]为称首；宋来美谈，亦以建安为口实。何也？岂非崇文之盛世，招才之嘉会哉？嗟夫！此古人所以贵乎时[22]也。

---

①笔彩略同：为文学创作和史书撰写在文字辞采上大略相同。 ②发轸：发车。轸(zhěn)：古代车厢底部四面的横木。借指车。 ③高骧：腾越、腾飞，班固《西都赋》："列棼橑以布翼，荷栋桴而高骧。"骧(xiāng)：马快跑时抬头状。 ④卓出而多偏：开头卓越后有偏颇。⑤孙绰(314—371)：字兴公，东晋玄言诗的代表作家之一，代表作《天台山赋》《表哀》。⑥规旋以矩步：指遵循玄理撰写诗文。《世说新语·文学》注引《续晋阳秋》："正始中，王弼、何晏好庄老玄胜之谈，而世遂贵焉。至过江，佛理尤胜，故郭璞五言，始会合道家之言而韵之。询及太原孙绰，转相祖尚，又加以三世之辞，而《诗》《骚》之体尽矣。" ⑦伦序：有次序条理。 ⑧寡状：缺乏形象描绘。锺嵘《诗品序》："孙绰、许询、桓、庾诸公诗，皆平典似《道德论》。"范文澜《文心雕龙注》："孙兴公《游天台山赋》，多用佛老之语，不甚状貌山水，与汉赋穷形尽貌者颇异。" ⑨殷仲文：东晋文学家。 ⑩孤兴：孤高之兴，殷仲文《南州桓公九井作》："独有清秋日，能使高兴尽"。 ⑪谢叔源：谢混，陈郡阳夏(今河南太康)人，祖谢安，父谢琰，晋孝武帝司马曜之婿。 ⑫闲情：闲逸之情，谢混《游西池》诗："悟彼蟋蟀唱，信此劳者歌。有来岂不疾，良游常蹉跎。逍遥越城肆，愿言屡经过。回阡被陵阙，高台眺飞霞。惠风荡繁囿，白云屯曾阿。景昃鸣禽集，水木湛清华。褰裳顺兰沚，徙倚引芳柯。美人愆岁月，迟暮独如何？无为牵所思，南荣戒其多。"该诗为《文选》所选录，李善注引沈约《宋书》谓该诗是"本思与友朋相与为乐"之作，此说或应刘勰此处"闲情"之旨。 ⑬解散辞体：冲淡了玄言之体。 ⑭缥渺浮音，虽滔滔风流，而大浇文意：义为虚浮的玄音虽使如滔滔洪水的玄风被消解，但也仍使文章浇薄。关于殷仲文和谢混和玄言诗的关系，《南齐书·文学传论》："仲文玄气，犹不尽除；谢混情新，得名未盛。"《宋书·谢灵运传论》："仲文始革孙、许之风，叔源大变太元之气。"殷、谢二人开始革除玄风，故而刘勰此处用了"解散文体"之说；但是，因他们革除玄气未尽，故而刘勰此处有"缥缈浮音"之说。 ⑮逸才：高才。 ⑯鳞萃：如群鱼集萃。鳞：鱼鳞，代指鱼。 ⑰甄序：铨叙，分别叙述。 ⑱后汉：东汉。 ⑲西京：代指西汉。⑳邺都：今河北临漳县西、河南安阳市北郊一带，为曹操封地，此代指建安时期以曹氏为中心的邺下文人文学。 ㉑元封：西汉武帝年号(前110—前105)，此用以代指汉武帝时期。㉒时：时代、时运。

赞曰：才难[①]然乎！性各异禀。一朝综文[②]，千年凝锦[③]。余采徘徊[④]，遗风籍甚[⑤]。无曰纷杂[⑥]，皎然[⑦]可品。

【译文】

自唐尧以来的九代文学，堪称丰富盛大，其文辞华采，可大略地详细叙述一番。虞舜、夏代的文章，则有皋陶的六德、夔的八音、益的赞辞、五子之歌，有着文辞义理温润典雅的风格，堪称万世的表率。商朝和周朝，则有仲虺之诰、伊尹之训，尹吉甫等赞美周宣王的颂诗，其义固然是经文，但其文也堪为后世之师。

到了春秋时期，大夫们聘问和集会时也注重修饰文辞，美辞众多分明像玉石之园圃，光明照耀像售卖锦绣的商肆，比如，蔿敖为楚国制定法典，随会讲解晋国之礼法，赵衰因擅长文辞而跟随晋文公参加宴会，国侨因擅长文辞而捍卫郑国尊严，子太叔姿容秀美而能文，公孙辉善于辞令，这些都是因文著名的典范。

战国时期崇尚武力，但文士依然没有断绝。诸子因思想获得择用，屈原、宋玉因楚辞而有光采。乐毅的《报燕惠王》明于义理，范雎的《上秦昭王书》义理精密且情感真挚，苏秦到处游历的文辞有力而切合情势，李斯的《谏逐客书》文辞华丽、力量动人。如果在右文的时代，他们都会是扬雄、班固之类的人物。荀况是学术宗师，但其取象事物来命名的《礼赋》《智赋》《云赋》《蚕赋》《箴赋》诸赋，文辞内容相符，确实是大儒的风采。

汉代的陆贾，首先发出奇异的文采，他的《孟春赋》和进献的《新语》，辩明事理，堪称富赡。贾谊文才颖异，能够超越飞奔的兔子，他的议论文切中义理，辞赋义理清明，这难道是凭空而来的吗！枚乘的《七发》、邹阳

---

①才难：人才难得。 ②综文：撰写成文章。 ③千年凝锦：凝结成千古不朽的锦绣。 ④余采徘徊：作品长期流传。 ⑤籍甚：盛大，《汉书·陆贾传》："贾以此游汉廷公卿间，名声籍甚。" ⑥无曰纷杂：不要谓其纷繁芜杂。 ⑦皎然：明白貌。

的《狱中上梁王书》，文笔润泽，文辞富有气势。董仲舒专于儒学，司马迁是纯正的史家，但是也能写就文采华美的文章，也堪比《诗经》里的表达哀怨的文辞啊。司马相如喜好读书，创作上又学习屈原、宋玉，深通夸饰艳丽之理，成就了其辞赋之宗的名声；但是，考核辞赋作品的深意，却发现义理相对于文辞显得贫乏，所以扬雄对其“文丽用寡者长卿”之评价是中肯的。王褒的创作以细密工巧为趣尚，描绘声音状貌，声音清越值得欣赏。扬雄的创作义理最深奥，考察其义理幽深遥远，搜集选取奇异华丽的字词，这是他竭尽才力深思探索，所以才能做到的义理富赡而文辞铿锵。

桓谭的《新论》二十九篇，内容宏富被比为巨富猗顿，得到宋弘的称引荐举，将之比作司马相如，但其《仙赋》等诸赋，偏颇浅显，不具才华，故而可知其擅长婉辞讽喻，而于文辞华丽上是欠缺的。冯衍喜欢文学创作，但是却不得志于盛世，其《显志赋》的自序说自己是因不得志而写出好文章的。班彪、班固，刘向、刘歆，世代相继于文学，旧曾有说谓班固、刘歆分别超越他们的父亲，然而班彪的《王命论》清晰明辩、刘歆的《新序》完备精练，也是美玉之产于昆仑之山而难以超越的。傅毅、崔骃并驾齐驱，崔瑗、崔寔随后跟上，也是能继承其风气的。杜笃、贾逵也有文名，考察其才能，则是崔骃、傅毅之末流。李尤的赋文和铭文，志向追慕鸿达体制，但其才力不足而不能奋飞。马融作为大儒，构思博洽，见识高深，其文章创作符合经典轨范，能做到文辞义理相辅相成。王逸知识渊博，但文采不足。王延寿继承其志向，以瑰奇颖异为特色，他善于图写物貌，难道是枚乘的遗法吗？张衡博通富赡，蔡邕精深渊雅，他们文史之才相得益彰，为隔代相望之才。这是翠竹和松柏质相异而正直之德相同，黄金和瑞玉质虽不同却都是宝物的道理。刘向的奏议，义理恰切，文辞舒缓；赵壹的辞赋，意旨集中充实却体制松散；孔融擅长于无韵之文，祢衡擅长于有韵之文，二者显为偏美之才。潘勖凭借儒家经典而施展才力，所以他的《册魏公九锡文》写得超群出众；王朗努力著作以寄托情志，故而能以“序文”“铭文”标其所成。然而，在司马相如、王褒之前，作家创作多是以才成文而不课责于学识；扬雄、刘向之后，则多通过引用典籍助力创作，这是“役才”和“引书”的分际，是不能搞混乱的。

魏文帝曹丕，文才盛大而清丽，旧时对他的贬抑评价，认为他和曹植相差千里。但是，曹植文思敏捷，文才俊发，诗作华丽，章表飘逸；曹丕文思周详而笔力迟缓，故而不和他人争先，但是，他的乐府诗写得清新激越，《典论》明辩而简要，能看到各自的短长，也就不会有无知的议论了。但是，世俗的贬抑曹丕赞扬曹植同声一气，以至于让曹丕因地位尊贵而显得文才减弱，曹植因处势窘迫而才能溢价，这不是客观的论调。王粲作为超拔之才，文思敏捷又周密，其文章能各体兼善且文辞绝少瑕疵，就诗赋而言，也是建安七子中的佼佼者。陈琳、阮瑀因符檄著名，徐幹因赋论著名，刘桢因情志高远著名，应玚因学识优越而成文，路粹、杨修因笔记著名，丁仪、邯郸淳因论述著名，以上诸家，都是值得称道的。刘劭的《赵都赋》能赶得上前人的都城赋，何晏的《景福殿赋》能为后来宫殿赋提供借鉴，应璩的风格情志可由其《百一诗》见出，应贞的文辞义理由其《临丹赋》可见。嵇康自出心裁撰写“论”体文，阮籍逞才使气而写诗篇，二人异声而同响，异羽而同飞。

张华的短篇之作，盛美且清新朗畅，他的《鹪鹩赋》所寓托之意，同于韩非子的《说难》。左思是文坛奇才，擅长于深刻思考，他创作《三都赋》和《咏史诗》，也是不遗余力。潘岳才思敏捷，他的作品自然流畅，用心于《西征赋》而用余力创作哀诔文，这都假人之力。陆机想展示深远的才能，其辞力求广博，所以他的文思能入于巧妙而不繁杂。陆云朗畅精练，用学识规范杂乱，所以能做到文辞省净、敏捷于短章。孙楚创作，以直接陈述为方法；挚虞的述怀之作，一定以温文尔雅为准则，他的《文章流别论》是有条理之作。傅玄之作，内容多规讽镜鉴；傅咸的表奏，继承前人坚持刚强中正品格；二人是柱石之实才，而不是如群花花萼一样的浮才。成公绥之赋时有美者，夏侯湛之作体裁广泛但成就不大，曹摅的长篇之作轻清而绮靡，张翰的短篇之作辨明切实。以上诸人，也是各有其长。张载、张协兄弟才能相等，堪称鲁卫之政、兄弟之文。刘琨之作典正壮美、风力强劲，卢谌之作感情显露而义理明白，也是赶上好时代了。

郭璞之作有艳丽超逸之风，足为东晋之冠冕，他的《南郊赋》庄严美好堪称可观，《游仙诗》也能给人飘飘而凌云之感。庾亮的表奏细密且闲雅畅达；温峤的笔记遵循义理且清朗通畅，二人也称得上无韵之文的好作家了。孙盛、干宝的文才能胜任史书撰写，他们所模拟的标准是儒家经典，门类虽然不同，其所需文才却大致相同。袁宏之作发文高扬，所以能卓越却有所偏颇；孙绰遵循玄理撰写诗文，故而其文有次序条理，但缺乏形象描绘。殷仲文的孤高之兴，谢混的闲情逸致，二者做到了革新玄言诗体，但其虚浮的玄音虽使如滔滔洪水的玄风被消解，但也仍使文章浇薄。

刘宋高才们的文章之作像鱼群一样集萃文坛，由于处于近代容易明晓，故而此处不再辨别叙述。

考察下来，东汉的文坛繁荣可以和西汉相较；晋代的文学成就堪比建安。然而，曹魏时人们的说法，必须以汉武帝时期为牛首；刘宋以来的说法，也是以称赞建安为主流。这是为什么呢？难道不是因为这两个时代是盛世右文、召集文才的好时代吗？唉，这是古人以时运为贵的原因啊！

综上所述：人才难得，果不其然！一旦成文，千载之功。遗风余采，流传广远。不要嫌其纷繁芜杂，因为篇篇明白可鉴。

【评析】

和上两篇《时序》和《物色》比较，刘勰《时序》篇是论述时代和文学的关系，《物色》篇是论述外在世界的物景和文学的关系，而《才略》篇则是论述作家主观才情的。该《才略》篇论述作家主观才情，行文也是遵从史的顺序，并在论述过程中根据作家个人情况，随机发表他的作家才情观。

汉代之前先秦时期，是还没有出现专门文学家、作家的时期，刘勰该《才略》篇论述其时文士才情，体现为政治家、外交家或思想家的身份。最早的是皋陶，他作为舜的大臣，作了“六德”；夔和益也是舜的臣子，前者表达了八音之说，后者则作了对舜的赞辞。以上三者之文有着温雅润泽的特点，刘勰谓其堪称“万世之表”。商代的是商汤臣子仲虺和伊尹，他们分别创作了《仲虺》

和《伊训》；周代，则特别提到周宣王臣子尹吉甫，他作了赞颂周宣王的诗篇；刘勰的评价是，尽管仲虺、伊尹和尹吉甫三人的创作是经，但同时也是文学作品的典范。春秋时期身兼政治家的作家们被刘勰该《才略》篇所论及的有：薳敖，他作成了楚国的法典；随会，他能讲解晋国的礼法；此外还有晋国的赵衰，以及郑国的国侨、子太叔、公孙挥等，他们作为国君的臣子，各自以文才在政治上发挥了作用。战国时期，为刘勰该篇标举的政治家身份的文学才士有屈原、宋玉、乐毅、范雎、苏秦，李斯，还有作为学术宗师的荀子，共十九人。

汉代以降，刘勰该《才略》篇所列举文士尽管也不同程度地参与政治，但更根本的却是文学才士身份。但要将曹操和曹丕父子除外，因为他们的政治成就和文学成就，或者说政治才能和文学才能是持平的。鉴于著名作家及其才情和各位作家的风格特点大体不外乎之前四十六篇所论及，故而此处不再一一列举，仅就其所论及的文坛才略现象标举出来。

董仲舒是专门儒家思想家，但是是有文才的历史学家；司马迁是纯粹的历史学家，但是是有文才的儒家思想家："仲舒专儒，子长纯史，而丽缛成文。"二人的作品风格，刘勰称为"《诗》人之告哀"，《诗经》里的表达哀怨的文辞。

东汉冯衍，爱好文学创作，但他虽当光武盛世，却有着坎坷的政治经历。刘勰说，据冯衍自己的《显志赋》交代，正是坎坷的政治经历成就了他的文学成就："敬通雅好辞说，而坎壈盛世，《显志》自序，亦蚌病成珠矣。"

关于班彪、班固，刘向、刘歆两对父子的文学成就，儿子是超过父亲的。但是，刘勰认为也未必，因为班彪的《王命论》和刘向的《新序》，是儿子所不能超越的："二班两刘，弈叶继采，旧说以为固文优彪，歆学精向，然《王命》清辩，《新序》该练，璿璧产于昆冈，亦难得而逾本矣。"

张衡和蔡邕是隔世相望、文史兼通的博通之才："张衡通赡，蔡邕精雅，文史彬彬，隔世相望，是则竹柏异心而同贞，金玉殊质而皆宝也。"

西汉时期作家司马相如、王褒及其之前作家多是以才为文，而东汉时期扬雄、刘向之后通过学问来助力文学创作成为趋势："自卿、渊已前，多役才而不课学；雄、向以后，颇引书以助文，此取与之大际，其分不可乱者也。"

就历史上关于曹丕、曹植的文学评价以扬植抑丕为主，刘勰认为："魏文之才，洋洋清绮，旧谈抑之，谓去植千里。"但是二人之才各有千秋："然子建思捷而才俊，诗丽而表逸；子桓虑详而力缓，故不竞于先鸣，而乐府清越，《典论》辩要，迭用短长，亦无懵焉。”指出造成抑丕扬植的原因：“文帝以位尊减才，思王以势窘益价。”

文学史上，阮籍和嵇康齐名，刘勰在认同这一点的同时，还指出了二人不师旧制各自依个性进行创作的特点：“嵇康师心以遣论，阮籍使气以命诗，殊声而合响，异翮而同飞。”

指出了殷仲文和谢混在玄言诗上的意义：“殷仲文之孤兴，谢叔源之闲情，并解散辞体，缥渺浮音，虽滔滔风流，而大浇文意。”

提出了汉代以来西汉、东汉、曹魏（建安）、两晋四个文学繁荣才士腾涌时期。指出了文学批评上“贵远”现象：“然而魏时话言，必以元封为称首；宋来美谈，亦以建安为口实。”建安称赞汉武帝时期，刘宋却称赞建安时期。原因在于汉武帝和魏武帝的尊崇文学优待文人政策：“崇文之盛世，招才之嘉会哉。”

从文才着眼，刘勰该篇提出的父子文学或兄弟文学也很有意思。如他谈到了班彪、班固父子，崔骃、崔瑗父子，崔瑗、崔寔父子，刘向、刘歆父子；三曹父子，曹丕、曹植兄弟；应玚、应璩兄弟，应璩、应贞父子；张载、张协兄弟；陆机、陆云兄弟。从其行文看，已有意识地关注到家族文学问题。直接表现为称赞张载、张协之文为像鲁国和齐国“兄弟之国”一样的“兄弟之文”：“孟阳、景阳，才绮而相埒，可谓鲁卫之政，兄弟之文也。”还有，崔骃、崔瑗、崔寔三代文学相继现象：“傅毅、崔骃，光采比肩，瑗、寔踵武，能世厥风者矣。”当然，就文学史而言，所谓“魏之三祖”的曹操、曹丕、曹叡也是祖孙三代相继的情况。

最后，刘勰指出了文才的两个属性：其一，人才难得，“才难然乎”；其二，人才个性各不相同，“性各异禀”。

知音第四十八

知音其难哉！音实难知，知实难逢，逢其知音，千载其一乎！夫古来知音，多贱同而思古，所谓“日进前而不御，遥闻声而相思”[①]也。昔《储说》[②]始出，《子虚》[③]初成，秦皇汉武，恨不同时；[④]既同时矣，则韩囚而马轻[⑤]，岂不明鉴同时之贱哉！至于班固、傅毅，文在伯仲，而固嗤毅云“下笔不能自休”[⑥]。及陈思论才，亦深排孔璋[⑦]，敬礼请润色，叹以为美谈[⑧]；季绪[⑨]好诋诃，方之于田巴[⑩]，意亦见矣。故魏文称：“文人相轻”[⑪]，非虚谈

---

①日进前而不御，遥闻声而相思：《鬼谷子》内揵第三：“君臣上下之事，有远而亲，近而疏；就之不用，去之反求；日进前而不御，遥闻声而相思。” ②《储说》：战国韩非的《内储说》《外储说》。 ③《子虚》：司马相如《子虚赋》。 ④秦皇汉武，恨不同时：据《史记·老庄申韩列传》，秦始皇读了韩非的《孤愤》等篇说：“寡人得见此人，与之游，死不恨矣！”据《汉书·司马相如传》：汉武帝读了司马相如《子虚赋》说：“朕独不得与此人同时哉！”《抱朴子·广譬》：“贵远而贱近者，常人之用情也；信耳而疑目者，古今之所患也。是以秦王叹息于韩非之书，而想其为人；汉武慷慨于相如之文，而恨不同时。及既得之，终不能拔，或纳谗而诛之，或放乎冗散。” ⑤韩囚而马轻：韩非子入秦后，被谗人狱而死；司马相如仅被汉武帝视若倡优。 ⑥下笔不能自休：见曹丕《典论·论文》：“文人相轻，自古而然。傅毅之于班固，伯仲之间耳，而固小之，与弟超书曰：‘武仲以能属文为兰台令史，下笔不能自休。’夫人善于自见，而文非一体，鲜能备善，是以各以所长，相轻所短。里语曰：家有敝帚，享之千金，斯不自见之患也。” ⑦陈思论才，亦深排孔璋：曹植《与杨德祖书》说：“以孔璋之才，不闲于辞赋。” ⑧敬礼请润色，叹以为美谈：曹植《与杨德祖书》引丁廙：“文之佳恶，吾自得之，后世谁相知定吾文者耶？”继曰：“吾常叹此达言，以为美谈。”敬礼：丁廙(yì)字。 ⑨季绪：刘修字，汉末作家。 ⑩方之于田巴：曹植《与杨德祖书》：“刘季绪才不能逮于作者，而好诋诃文章，掎摭利病。昔田巴毁五帝、罪三王，訾五霸于稷下，一旦而服千人；鲁连一说，使终身杜口。刘生之辩，未若田氏；今之仲连，求之不难，可无叹息乎？”田巴：战国时齐国辩士，曾和鲁仲连交锋并被鲁仲连驳倒。 ⑪文人相轻：见本篇前注。

也。至如君卿[①]唇舌，而谬欲论文，乃称“史迁著书，谘东方朔”[②]，于是桓谭之徒，相顾嗤笑[③]。彼实博徒[④]，轻言负诮[⑤]，况乎文士，可妄谈哉！故鉴照洞明，而贵古贱今者，二主[⑥]是也；才实鸿懿[⑦]，而崇己抑人者，班、曹[⑧]是也；学不逮文，而信伪迷真[⑨]者，楼护是也；酱瓿之议[⑩]，岂多叹哉！

夫麟凤[⑪]与麏雉[⑫]悬绝，珠玉与砾石[⑬]超殊，白日垂其照，青眸[⑭]写其形。然鲁臣以麟为麏[⑮]，楚人以雉为凤[⑯]，魏民以夜光为怪石[⑰]，宋客以燕砾为宝珠[⑱]。形器易征，谬乃若是；文情难鉴，谁曰易分？

夫篇章杂沓，质文交加，知多偏好，人莫圆该[⑲]。慷慨者[⑳]逆声而击节，酝藉者[㉑]见密而高蹈[㉒]，浮慧者[㉓]观绮而跃心[㉔]，爱奇者闻诡而惊听，会己则嗟讽[㉕]，异我则沮弃[㉖]，各执一隅之解，

①君卿：楼护字，西汉末辩士。 ②史迁著书，谘东方朔：楼护此语今不存。 ③桓谭之徒，相顾嗤笑：《史记·太史公自序》司马贞索隐：“案桓谭云：‘迁所著书成，以示东方朔，朔皆署曰“太史公”。’则谓太史公是朔称也。” ④博徒：博通之人。 ⑤负诮：受到讥笑。 ⑥二主：秦始皇、汉武帝。 ⑦鸿懿：鸿大美好。 ⑧班、曹：班固、曹植。 ⑨信伪迷真：指楼护相信司马迁向东方朔请教的错误传说迷乱了真相。 ⑩酱瓿之议：此谓在以上种种不正的批评风气之下，真正有价值的作品只能被人用来盖酱坛子，难以得到正确的评价。据《汉书·扬雄传赞》，扬雄著《太玄经》，“刘歆亦尝观之，谓雄曰：‘空自苦！今学者有禄利，然尚不能明《周易》，又如《玄》何？吾恐后人用覆酱瓿也’” ⑪麟凤：麒麟、凤凰，二者分别代表高贵的祥瑞。 ⑫麏(jūn)雉：獐子和野鸡。 ⑬砾石：碎石子。 ⑭青眸(móu)：即青眼，正视。 ⑮鲁臣以麟为麏：据《公羊传·哀公十四年》：“麟者，仁兽也，有王者则至，无王者则不至。有以告者，曰：‘有麏而角者。’孔子曰：‘孰为来哉？孰为来哉?’反袂拭面，涕沾袍。” ⑯楚人以雉为凤：《尹文子·大道上》：“楚人担山雉者，路人问：‘何鸟也?’担雉者欺之曰：‘凤凰也。’路人曰：‘我闻有凤凰，今直见之。’” ⑰魏民以夜光为怪石：《尹文子·大道上》：“魏田父有耕于野者，得宝玉径尺，弗知其玉也，以告邻人。邻人阴欲图之，谓之曰：‘怪石也。’……于是遽而弃于远野。” ⑱宋客以燕砾为宝珠：《艺文类聚》卷六录《阚子》：“宋之愚人得燕石于梧台之东，归而藏之以为宝。周客闻而观焉……掩口而笑曰：‘此特燕石也，其与瓦甓不殊。’” ⑲圆该：全面圆融。 ⑳慷慨者：性情激烈的评论家。 ㉑酝藉者：委婉含蓄的评论家。 ㉒高蹈：高兴得举足顿地。 ㉓浮慧者：轻快聪慧的评论家。 ㉔跃心：按捺不住跃跃欲试。 ㉕会己则嗟讽：合于自己就称赞讽诵。 ㉖沮弃：终止、放弃。

欲拟万端之变,所谓"东向而望,不见西墙"①也。

凡操千曲而后晓声②,观千剑而后识器③。故圆照之象④,务先博观。阅乔岳⑤以形培塿⑥,酌沧波⑦以喻畎浍⑧。无私于轻重,不偏于憎爱,然后能平理若衡⑨,照辞如镜矣。是以将阅文情,先标六观:一观位体⑩,二观置辞⑪,三观通变⑫,四观奇正⑬,五观事义⑭,六观宫商⑮。斯术既行,则优劣见矣。

夫缀文者⑯情动而辞发,观文者⑰披文以入情,沿波讨源,虽幽必显。世远莫见其面,觇⑱文辄⑲见其心。岂成篇之足深,患识照之自浅耳?夫志在山水,琴表其情,况形之笔端,理将焉匿?故心之照理,譬目之照形,目瞭⑳则形无不分,心敏则理无不达。然而俗监㉑之迷者,深废浅售㉒,此庄周所以笑《折扬》㉓,宋玉所以伤《白雪》㉔也。昔屈平有言:"文质疏内,众不知余之异采。"㉕见异唯知音耳。扬雄自称:"心好沉博绝丽之文。"㉖其不事浮浅,亦可知矣。夫唯深识鉴奥,必欢然内怿㉗,譬春台之

①东向而望,不见西墙:《淮南子·氾论训》:"故东面而望,不见西墙;南面而视,不睹北方。" ②操千曲而后晓声:桓谭《新论·琴道》:"成少伯工吹竽,见安昌侯张子夏鼓瑟,谓曰:'音不通千曲以上,不足以为知音。'"(《全后汉文》卷十五) ③观千剑而后识器:桓谭《新论·道赋》:"扬子云工于赋,王君大习兵器,余欲从二子学,子云曰:'能读千赋则善赋。'君大曰:'能观千剑则晓剑。'"(《全后汉文》卷十五) ④象:表现。 ⑤乔岳:高山。 ⑥培(póu)塿(lǒu):小土山。 ⑦沧波:沧海波浪。 ⑧畎(quǎn)浍(kuài):田间小沟。 ⑨衡:秤。 ⑩位体:体裁、体制安排。 ⑪置辞:文辞措置。 ⑫通变:继承与革新。 ⑬奇正:内容形式的常规与奇特。 ⑭事义:用典恰切。 ⑮宫商:文辞声韵。 ⑯缀文者:创作者。 ⑰观文者:评论者。 ⑱觇(chān):窥视。 ⑲辄:就。 ⑳目瞭:目明。 ㉑俗监:世俗见识。 ㉒售:本义是出售,此处义为作品为人所欣赏。 ㉓庄周所以笑《折扬》:《庄子·天地》:"大声不入千里耳,《折杨》《皇华》则嗑然而笑。" ㉔宋玉所以伤《白雪》:宋玉《对楚王问》:"客有歌于郢中者,其始曰《下里巴人》,国中属而和者数千人……其为《阳春白雪》,国中属而和者不过数十人。" ㉕文质疏内,众不知余之异采:见《楚辞·九章·怀沙》。文质疏内:文章的精神实质很少有人识纳。 ㉖心好沉博绝丽之文:见扬雄《答刘歆书》。 ㉗内怿:内心愉悦。

熙众人①,乐饵之止过客②。盖闻兰为国香,服媚弥芬③;书亦国华,玩绎④方美;知音君子,其垂意焉。

赞曰:洪钟万钧,夔旷⑤所定。良书盈箧,妙鉴乃订。流郑淫人⑥,无或失听⑦。独有此律,不谬蹊径⑧。

【译文】

真正的知音是多么困难啊!知音确实是困难的事情,千年以来,能碰到一个知音有就不错了。考察自古以来的知音,大多存在着贱同时而思慕古人的情况,此正《鬼谷子》所谓"日进前而不御,遥闻声而相思"。古时,韩非子《储说》和司马相如《子虚赋》刚发表时,秦始皇和汉武帝遗憾不能与作者同时;但是,后来他们见到真人,韩非子却被囚禁,司马相如被当作倡优看待。这不正好证明了同时代却被看低的情况吗?至于说班固和傅毅,二人文学成就不相上下,但是班固却贬抑傅毅文章冗长。到了曹植评论文人,很是排斥陈琳,赞赏经常请他润色文章的丁廙之言为美谈;刘修喜欢诋毁别人,曹植将其比作战国时期好诋毁人的田巴,曹植的批评情况由此可见。所以,曹丕说"文人相轻",此言非虚。至于像楼护,他简直是有意在文学批评上发表谬论,竟说"司马迁著《史记》向东方朔请教",于是乎桓谭等人人云亦云嗤笑司马迁。司马迁自己确实是博通之人,却遭遇恶意讥笑,更何况是一般的文士受到妄议呢!因而,能够深刻理解精神却贵古贱今的是秦始皇、汉武帝;才能确实鸿大美好,但却也尊崇自己,贬抑他人的是班固、曹植;学识不能够懂得前人之文而相信谬说、混淆是非的是楼护;在以上错误的批评之下,真正有价值的作品

---

①春台之熙众人:《老子·二十章》说:"众人熙熙……如春登台。"熙:乐。 ②乐饵之止过客:《老子·三十五章》说:"乐与饵,止过客。"乐:音乐。饵(ěr):食物。 ③兰为国香,服媚弥芬:《左传·宣公三年》中说:"以兰有国香,人服媚之如是。"服:佩带。媚:喜爱。 ④玩绎:细细玩味。 ⑤夔旷:夔,舜时的乐官。旷,师旷,春秋时晋国的乐师。 ⑥流郑淫人:流荡的郑声使人无节制。 ⑦无或失听:不要为其迷惑视听。 ⑧不谬蹊径:不会走错批评的道路。

被埋没，怎能不令人感叹啊！

麒麟凤凰和獐子野鸡差别很大，珍珠宝玉和砂砾石子相去甚远，朗朗白日照耀，人们能见其真容。但是，鲁国之臣却以麒麟为獐子，楚国之人却以野鸡为凤凰，魏国之民以夜明珠为怪石，宋国之客以石子为宝珠。有形之器容易辨别，对其之谬识尚且如此；何况文章情况不易辨别，谁能说优劣容易分辨呢？

文章繁多，文质相杂，批评者多有自己的偏好，故而很少有人能够做到全面圆融。性情激烈的评论家看到文本即发表激烈的批评，委婉含蓄的批评家看缜密的文本则感到兴奋，轻快聪慧的评论家看到绮丽的文本便跃跃欲试，爱好奇特的批评家听到诡异之论就会发表惊人言论，合于己者就赞叹讽诵，不合于己者就放弃，总之是各自坚持自己的批评方法来应对复杂多变的文情，此正《淮南子》所谓的“东向而望，不见西墙”。

一般来说，演奏千首曲子之后才能深通音律，见识千口宝剑之后才能懂得兵器。因而，要做到文学批评的圆融观照，必须先要博通篇章。见识过高山才能形容小土山，见识过沧海波浪才能全面认识田间小沟。不将自己的私情爱憎掺杂其中，然后才能进行公正的文学批评。因此，即将进入文学批评，要先确立六个观察点：其一是体裁、体制安排；其二是文辞措置；其三是继承革新；其四是常规与奇特；其五是典故之义；其六是文辞声韵。这种方法一旦施行，文章的优劣就会自然呈现。

创作者感情触动而形成文章，评论者从文本入手探讨情感，自流波追讨源头，源头即使很隐秘也终究会被发现。时代久远不能面见作家，则窥视其文，可以见其心志。难道是撰成篇章足够深奥，担心评论自认浅薄吗？情志在于山水之间，则通过琴瑟之音表达出来，何况是用笔写下来的文章，其情理会往哪里隐藏呢？故而，探讨作家情理，就像用眼睛去观察物体的形状，眼睛明亮则物体形状无所不分，思维敏捷那么文章情理无所不达。但是，世俗认识之所以迷惑，是因见深奥之文就废弃、见浅显之文则欣赏，这就是庄子嘲笑《折扬》、宋玉感伤《白雪》的原因所在。从前，屈原说过：“我的文章的精神实质之所以很少被人识纳，是因为人们不能深刻识别其奇异的文彩的缘故。"能够看出奇特之处，才是知音。扬雄说自己"心好沉博绝丽之文"，他的不以浮浅为文的追求由此可见。只有做到深刻洞察奥妙，才会内心愉悦，就像春天的高台能够使人们快乐，音乐、美食能够吸引路过的客人一样。大致听说过，兰花为国香，佩戴在身上则更加芬芳；书籍也是国家精华，细细玩味方得其美；那些要做深刻评论家的人们，要于此深加留意。

综上所述：万钧的大钟要靠夔和师旷来校定。好书满箱，要靠好的鉴别来审订。流荡的郑声使人失去节制，不要被其混淆了视听。只有掌握这一规律，才不至于走错评论的道路。

【评析】

刘勰《知音》篇是关于文学批评、文学评论的专论。在文学的学科架构中，文学理论和文学批评密不可分，二者既有紧密联系，又有一定区别，区别在于理论在批评之前产生，但是一旦产生，也就成了批评的标准。关于中国的文学理论，闻一多先生说《尚书》中的"诗言志"是中国诗论开山的纲领，当然，"诗言志"的理论产生之后，也成了中国文学批评的原则。但是，就批评而言，最早的或为今《论语》中的孔子的"《诗》三百，一言以蔽之，曰：'思无邪'"等系列评诗之语。

刘勰的整部《文心雕龙》，行文上具有鲜明的史学特征，也就是他所谓的"原始以表末"，该《知音》篇也不例外。也就是说，他关于文学批评的理论建构，是在史述的背景下形成的。在开篇提出了知音难逢——"知实难逢"的理论观点之后，他提出了批评上的"贱同而思古"的不正确批评现象，进入了史述的行文后引《鬼谷子》的"日进前而不御，遥闻声而相思"以为证，例证是秦始皇和韩非子、汉武帝和司马相如这两对"知音"：在乍读文本时以为是古人所作而"恨不同时"，待见真人后则又轻慢对待。之后的历时例证，还有班固贬低傅毅、曹植贬低陈琳、楼护贬低司马迁等。并因而在"贱同而思古"的前提下提出了"贵古贱今""崇己抑人""信伪迷真"等三个具体命题。不难发现，上述"贱同而思古"以及"贵古贱今""崇己抑人""信伪迷真"等文学批评的不良现象，是由批评家的主观私情造成，此正所谓"文人相轻"之旨，某种意义上可以说是秦始皇、汉武帝、班固、曹植、楼护等有意为之所造成的。

随后,刘勰在并非有意为之的层面论述了文学批评的困难,也就是“知音其难”。此处,他仍采取了类比论证的方法,说:“麟凤与麏雉悬绝,珠玉与砾石超殊,白日垂其照,青眸写其形。”意思是,按理说,麒麟、凤凰和獐子、野鸡,珍珠、宝玉和砂砾石子,在光天化日之下,只要人们正眼看一下就能辨别出来。但是,他随后举例,在事实上,却有将其混淆的例子。因而他说:“形器易征,谬乃若是;文情难鉴,谁曰易分?”有形之器容易辨别,对其之谬识尚且如此;何况,文章情况不易辨别,谁能说分辨优劣容易呢?进而,他指出,即使不是有意为之,文学批评依然“知音其难”:“夫篇章杂沓,质文交加,知多偏好,人莫圆该。”提出了“知多偏好,人莫圆该”,也就是批评家批评素质的偏向造成的不能圆融兼该。并在例举了“慷慨者”“酝藉者”“浮慧者”“爱奇者”四种情况之后,形象地引用了《淮南子》的“东向而望,不见西墙”作结。

也就是说,刘勰认为,文学批评上知音难逢的现象的造成,根本上在于批评家个人。其一是作家处于私情动机的有意为之;再则是批评家批评视野的偏向。问题的症结找到了,刘勰随之对症下药。其“药”就是批评家在“无私于轻重,不偏于憎爱”,即克服私情的前提下“博观”素质的涵养,此正所谓“操千曲而后晓声,观千剑而后识器”。在克服私情而能“博观”的前提下,他又从具体的可操作层面提出了“六观”说:“将阅文情,先标六观。”这六观分别是:“一观位体,二观置辞,三观通变,四观奇正,五观事义,六观宫商。”其一是体裁、体制安排,其二是文辞措置,其三是继承革新,其四是常规与奇特,其五是典故之义,其六是文辞声韵。

此外,刘勰还指出了造成知音其难的“俗监之迷者,深废浅售”,世俗认识之所以迷惑,是因见深奥之文就废弃、见浅显之文则欣赏。当然,解决的方法也是“博观”:“深识鉴奥”。能做到这一点,则面对深奥的怪奇的批评文本时便不会产生恐惧,而是会“欢然内怿”,也就是如临春台,也可以说是如沐春风般内心愉悦欢快。

最后,《知音》篇也是在注重批评家个人素质基础上的关于文学批评的专论。它既是对之前的总结,也是对后世的启发,直到今天依然意义重大。

程器第四十九

《周书》论士，方之梓材，[①]盖贵器用[②]而兼文采[③]也。是以朴斫[④]成而丹雘[⑤]施，垣墉[⑥]立而雕杇[⑦]附。而近代词人，务华弃实。故魏文以为："古今文人，类不护细行。"[⑧]韦诞[⑨]所评，又历诋群才。后人雷同，混之一贯，吁可悲矣！

略观文士之疵：相如窃妻而受金[⑩]，扬雄嗜酒而少算[⑪]，敬通[⑫]之不修廉隅[⑬]，杜笃之请求无厌，班固谄窦[⑭]以作威[⑮]，马融党梁[⑯]而黩货[⑰]，文举[⑱]傲诞[⑲]以速诛[⑳]，正平[㉑]狂憨[㉒]以致戮，仲宣轻锐[㉓]以躁竞[㉔]，孔璋偬恫[㉕]以粗疏[㉖]，丁仪贪婪以乞货，路粹

---

①《周书》论士，方之梓材：指《尚书·周书·梓材》中周公告诫康叔治理殷朝话语中的"若作梓材，既勤朴斫，惟其涂丹雘"，意谓治国理政要像木工选材做器、建房一样。 ②器用：器物的作用和功能。 ③文采：此指器物的文饰和色彩。 ④朴斫：指对木料初步加工。朴：木未被做成器物之时。 ⑤丹雘(huò)：可供涂饰的红色颜料。 ⑥垣墉：垣墙。 ⑦雕杇(wū)：墙壁上的雕镂绘饰。 ⑧古今文人，类不护细行：曹丕《与吴质书》："观古今文人，类不护细行，鲜能以名节自主。"细行：细节、小节。 ⑨韦诞(179—253)：字仲将，魏京兆(今陕西西安)人。 ⑩相如窃妻而受金：《史记·司马相如列传》载，司马相如以弹琴引诱新寡的卓文君跟他逃跑，后又在出使蜀地时接受贿赂，后为人告发而丢官。 ⑪扬雄嗜酒而少算：扬雄嗜好饮酒又缺少具体规划。 ⑫敬通：冯衍字。 ⑬廉隅：棱角，喻端方不苟的行为、品性。《礼记·儒行》："近文章，砥厉廉隅。" ⑭窦：指窦宪。窦宪(？—92)，字伯度，扶风平陵(今陕西咸阳西北)人，大司空窦融曾孙，东汉外戚、权臣、名将。 ⑮作威：用威权滥施刑罚。《左传·襄公三十一年》："我闻忠善以损怨，不闻作威以防怨。" ⑯梁：梁冀(？—159)，字伯卓，安定郡乌氏县(今甘肃泾川)人。东汉时期外戚、权臣，出身世家大族，为大将军梁商之子，其妹为汉顺帝皇后。马融曾为梁冀撰《西第颂》以阿谀之。 ⑰黩(dú)货：贪财。 ⑱文举：孔融字。 ⑲傲诞：傲慢放诞。 ⑳速诛：招致诛杀。 ㉑正平：祢衡字。 ㉒狂憨：狂放憨直。 ㉓轻锐：此指王粲文思轻捷敏锐。 ㉔躁竞：急于进竞，嵇康《养生论》："今以躁竞之心，涉希静之涂。" ㉕偬(zǒng)恫：鲁莽貌。 ㉖粗疏：马虎。

铺啜①而无耻，潘岳诡祷于愍怀②，陆机倾仄③于贾郭④，傅玄刚隘⑤而詈台⑥，孙楚狠愎⑦而讼府⑧。诸有此类，并文士之瑕累⑨。文既有之，武亦宜然。

古之将相，疵咎实多。至如管仲之盗窃，吴起之贪淫，陈平之污点，绛灌⑩之谗嫉，沿兹以下，不可胜数。孔光⑪负衡据鼎⑫，而仄媚⑬董贤⑭，况⑮班、马之贱职，潘岳之下位哉？王戎⑯开国上秩⑰，而鬻官⑱嚣俗⑲，况马、杜⑳之磬悬㉑，丁、路㉒之贫薄㉓哉？然子夏㉔无亏于名儒，浚冲㉕不尘㉖乎竹林者，名崇而讥减也。若夫屈、贾㉗之忠贞，邹、枚㉘之机觉㉙，黄香㉚之淳孝，徐幹之沉默，岂曰文士，必其玷欤？

盖人禀五材㉛，修短殊用，自非上哲，难以求备。然将相以位隆特达㉜，文士以职卑多诮，此江河所以腾涌㉝，涓流㉞所以寸折㉟者也。名之抑扬，既其然矣；位之通塞，亦有以焉。盖士之

---

①铺(bū)啜：吃喝。 ②潘岳诡祷于愍怀：指潘岳草祷神之文，受贾后指使害愍怀太子。 ③倾仄：行为邪僻不正。 ④贾郭：贾谧、郭彰，二人皆贾后亲信。 ⑤刚隘：刚愎狭隘。 ⑥詈台：责骂台官。 ⑦狠愎：凶狠固执。 ⑧讼府：诉讼官府。 ⑨瑕累：瑕衅、瑕疵。 ⑩绛灌：汉绛侯周勃与颍阴侯灌婴的并称。 ⑪孔光(前 65—5)：字子夏，曲阜(今山东曲阜)人，西汉后期大臣，官至大将军、丞相、太傅、太师。 ⑫负衡据鼎：指处丞相位。衡：秤，表持平。鼎：三足，喻三公。 ⑬仄媚：讨好奉承。 ⑭董贤(前 22—前 1)：字圣卿，冯翊云阳(今陕西泾阳西北)人，御史董恭之子，汉哀帝刘欣宠臣。 ⑮班、马：班固、司马相如。 ⑯王戎(234—305)：字濬冲，琅玡临沂(今山东临沂)人，出身琅琊王氏，被司马昭辟为掾属。累官豫州刺史、建威将军，后被征召为侍中，迁任光禄勋，历任吏部尚书、太子太傅、中书令、尚书左仆射等职，并领吏部事务。"竹林七贤"之一。 ⑰上秩：官职的高级品位。 ⑱鬻官：卖官。 ⑲嚣俗：为世人叱骂。 ⑳马、杜：马融、杜笃。 ㉑磬悬：空无所有。磬，通"罄"。 ㉒丁、路：丁仪、路粹。 ㉓贫薄：贫穷。 ㉔子夏：孔光字。 ㉕浚冲：王戎字。 ㉖不尘乎竹林：不使"竹林七贤"蒙尘。 ㉗屈、贾：屈原、贾谊。 ㉘邹、枚：邹阳、枚乘。 ㉙机觉：机敏警觉。 ㉚黄香：字文强，江夏安陆(今湖北云梦)人，东汉时期作家、孝子，"二十四孝"中"扇枕温衾"的故事主角就是他。 ㉛五材：亦作"五才"，指金、木、水、火、土。 ㉜特达：腾达、显达。 ㉝腾涌：水流迅急涌出。 ㉞涓流：涓涓细流。 ㉟寸折：寸断。

登庸[①]，以成务[②]为用。鲁之敬姜[③]，妇人之聪明耳，然推其机综[④]，以方治国，安有丈夫[⑤]学文，而不达于政事哉？彼扬马之徒，有文无质，所以终乎下位也。昔庾元规[⑥]才华清英，勋庸[⑦]有声，故文艺不称，若非台岳[⑧]，则正以文才也。文武之术，左右惟宜：郤縠[⑨]敦书，故举为元帅，岂以好文而不练武哉？孙武《兵经》，辞如珠玉，岂以习武而不晓文也？

是以君子藏器，待时而动。发挥事业，固宜蓄素以弸中[⑩]，散采以彪外，楩楠[⑪]其质，豫章[⑫]其干；摛文必在纬军国，负重必在任栋梁，穷则独善以垂文，达则奉时[⑬]以骋绩[⑭]。若此文人，应《梓材》之士矣。

赞曰：瞻彼前修，有懿文德。声昭楚南[⑮]，采动梁北[⑯]。雕而不器[⑰]，贞干[⑱]谁则。岂无华身，亦有光国。

【译文】

《尚书·周书·梓材》篇喻文士为梓材，大概意思是在重视器物作用的同时兼及文饰和色彩。因而，对木料进行基本加工之后，还要涂上红色颜料，垣墙垒成还要在墙上雕镂绘饰。然而，近代文人却重视华采抛

---

①登庸：选拔任用。《尚书·尧典》："帝曰：畴咨若时登庸。"孔安国传："庸，用也。" ②成务：成就事业。 ③敬姜：《烈女传》："鲁季敬姜者，莒女也。号戴己。鲁大夫公父穆伯之妻，文伯之母季康子之从祖叔母也。""颂曰：文伯之母，号曰敬姜，通达知礼，德行光明。匡子过失，教以法理，仲尼贤焉，列为慈母。" ④机综：机织。 ⑤丈夫：男子。 ⑥庾元规：庾亮。 ⑦勋庸：功勋。 ⑧台岳：三公宰辅之位。晋刘琨《与段匹磾盟文》："臣琨蒙国宠灵，叨窃台岳。" ⑨郤縠：姬姓，郤氏，名縠，春秋时代晋国公族，也是晋国第一任中军将。 ⑩弸(péng)中：充实于内。 ⑪楩楠：黄楩木与楠木，皆大木，喻大材、栋梁之材。《淮南子·齐俗训》："伐楩楠豫章而剖梨之，或为棺椁，或为柱梁。" ⑫豫章：豫樟，木名。 ⑬奉时：遵循天时，引申为为时所用。 ⑭骋绩：建立功勋、功绩。 ⑮楚南：楚地以南，代指南方遥远的地方。 ⑯梁北：梁州以北。 ⑰不器：此处意谓不要仅拘泥于幸而下的器，而还要注重形而上的道。《论语·为政》："子曰：'君子不器。'"《周易·系辞》："形而上者谓之道，形而下者谓之器。" ⑱贞干：《周易·乾卦》："贞者，事之干也。"

弃质实。所以，魏文帝曹丕说："自古及今的文士，大多不注意小节。"韦诞的评论，又诋毁历史上许多才士。后人人云亦云地采用这一论调，可悲可叹。

大致考察文人才士的瑕疵：司马相如以琴引诱得妻且接受贿赂，扬雄嗜好饮酒又缺少具体规划，冯衍不修养端方不苟的品格，杜笃请托别人不知满足，班固谄媚窦宪擅施威权，马融结党梁翼贪财，孔融傲慢放诞招致被诛杀，祢衡因狂放憨直被杀害，王粲轻捷敏锐而急于进竞，陈琳鲁莽故而马虎，丁仪性格贪婪故而向人乞求钱财，路粹贪图吃喝故而无耻，潘岳草祷神之文害愍怀太子，傅玄刚愎狭隘责骂台官，孙楚凶狠固执诉讼官府。诸如此类，都是文人才士的瑕疵之处。文人才士既然有这些毛病，武将们也是这样。

古代的著名将相们，瑕疵也确实很多。至于像管仲，他是个孝子，却有偷窃的毛病；吴起有贪婪过分的缺点；陈平也有污点；绛侯周勃与颍阴侯灌婴谗言与嫉妒，顺此而下，难以胜计。孔光位至三公却讨好奉承董贤，何况班固、马融官职卑贱，潘岳处在下等官位呢？王戎作为西晋开国高官却卖官因而为世人叱骂，何况马融、杜笃几乎一无所有，丁仪、路粹一贫如洗呢。然而，孔光不因此名声受损而仍为名儒，王戎没有为"竹林七贤"蒙尘，是因为其名气受尊崇而讥讽被减弱。至于屈原、贾谊的中正，邹阳、枚乘的机敏警觉，黄香的纯正孝心，徐幹的深沉默然等，又表明怎能说文人才士一定要有瑕疵呢？

大致应该是，人禀受五材之气而生，其道德品格也多种多样，自然不是天生圣哲，故而难以求全责备。然而，将相们因职位高而显达，文人才士则因职位卑微而遭到讥讽，这和大江大河水流迅急涌出而涓涓细流易被阻断是一个道理。名声的或抑或扬、职位的或通或塞，都是这个理。大致说来，文人才士的被任用，其价值在于成就功业。春秋时期鲁国的敬姜，是妇女中的聪明者，能够以织布之理推到治国理政上，以此类推，哪有男子学文化礼仪却不能用于治国理政的道理呢？故而，扬雄和司马相如等人，有文才无品格，所以一直处于下等地位。从前庾亮才华清峻突出,有功业之名,故而他的文学成就不被称扬;如果不是政治地位高,则必然要以文学成就出名。文才武略之道,兼而有之更合适:春秋时期晋国的郤縠学识渊博,故而被推举为统兵元帅,哪有喜欢文辞就不擅武事的道理呢?孙武的《孙子兵法》,文辞明朗如珍珠宝玉铺列,哪有习练武略就不需通晓文辞的道理呢?

因此,人才身怀文韬武略,等待时机为世所用。要成就事业,本来应该心态平和充实内在,表现文采以光采于外,以名木之质为其质干,写作文章以规划军国大业,承担重任做国家栋梁,处境穷困则独善其身、创作文章,处境通达则为时所用,建功立业。如果能做到这样的文人才士,则堪称《尚书·周书·梓材》篇的"梓材"之士。

综上所述:瞻仰那些前代的文人才士,都有很好的文学素养。他们的声名文辞名动于天下。雕琢文辞同时注重内在修养,才是栋梁之材的准则。也就是说,既要自己荣耀,也要为国增光。

【评析】

刘勰该《程器》篇的"程器"之义:"程"是"度量"的意思,"器"是先天禀赋之形而上的"五材"(金木水火土)所表现出的作家形而下的品格素养;那么顾名思义,"程器"就是探讨作家的品格素养和文学创作的关系。关于先天禀赋的"五材",刘勰说:"人禀五材,修短殊用,自非上哲,难以求备。"人禀受五材之气而生,其品格素养也多种多样,并非天生圣哲,故而难以求全责备。

刘勰此处虽然以"同情的理解"观念看待作家品格素养的多样,但还是在开篇指出,他理想的状况应该是作家品格素养和文章辞采兼优,此正其所谓的"贵器用而兼文采"。他列举了屈原、贾谊、邹阳、枚乘、黄香、徐幹五位作家:"若夫屈贾之忠贞,邹枚之机觉,黄香之淳孝,徐幹之沉默,岂曰文士,必其玷欤?"屈原、贾谊的中正,邹阳、枚乘的机敏警觉,黄香的纯正孝心,徐幹的深沉默然等又表明,文人才士不一定都有瑕疵。

但就全篇而言,刘勰还是以探讨作家的品格瑕疵为主要内容的。他引用了曹丕的"古今文人,类不护细行"之典语,然后展开论述。具体行文,是以评述著名人物个案为方法,分文士和将相两类:文士依次有司马相如、扬雄、冯衍、杜笃、班固、马融、孔融、祢衡、王粲、陈琳、丁仪、路粹、潘岳、陆机、傅玄、孙楚等；将相依次有管仲、吴起、陈平、周勃、灌婴、孔光、王戎等。

刘勰以孔光、王戎为例为文人细行作了基于"理解的同情"的"辩护"："孔光负衡据鼎，而仄媚董贤，况班、马之贱职，潘岳之下位哉？王戎开国上秩，而鬻官嚣俗，况马、杜之磬悬，丁、路之贫薄哉？"孔光位至三公却讨好奉承董贤，何况是班固、马融官职卑贱，潘岳的处在下等官位呢？王戎作为西晋开国高官却卖官因而为世人叱骂，何况马融、杜笃几乎一无所有，丁仪、路粹一贫如洗呢。

辩护之后指出，虽然都有小瑕疵，"然子夏无亏于名儒，浚冲不尘乎竹林者，名崇而讥减也"。孔光不因此而不为名儒，王戎没有使"竹林七贤"蒙尘、玷污，是因为其名气受尊崇而讥讽被减弱。此处，刘勰提出了"名崇而讥减"的文学现象。他进而阐发道："然将相以位隆特达，文士以职卑多诮，此江河所以腾涌，涓流所以寸折者也。"将相们因职位高而显达，文人才士则因职位卑微而遭到讥讽，这和大江大河水流迅急涌出而涓涓细流易被阻断是一个道理。

作为一个有传统家国情怀的士人，刘勰该《程器》篇并没有将度量作家道德品格止于对个别作家和现象的评论，而是将之推进到士人的家国责任层面。他明确提出"士之登庸，以成务为用"：文人才士的被任用，其价值在于成就功业。成就功业，要求作家道德品格和文学才华兼备，否则，"彼扬马之徒，有文无质，所以终乎下位也"。扬雄和司马相如等人，有文才无品格，所以一直处于下等地位。在此观点之下，他还认识到"政声遮蔽文名"的现象，例证是东晋庾亮："庾元规才华清英，勋庸有声，故文艺不称，若非台岳，则正以文才也。"

还有，就士子的文才和武略品格素养而言，刘勰的理想主张是二者兼具："文武之术，左右惟宜。"例证是春秋时期晋国的郤縠能文而善武，以及孙武的武略而兼文："郤縠敦书，故举为元帅，岂以好文而不练武哉？孙武《兵经》，辞如珠玉，岂以习武而不晓文也？"

当然，才德之士能否登庸，还有一个遇与不遇、时与不时的问题。对于这个问题，刘勰该篇表达的也是儒家一贯的思想："君子藏器，待时而动。"又说："摛文必在纬军国，负重必在任栋梁，穷则独善以垂文，达则奉时以骋绩。"

序志第五十

夫"文心"者，言为文之用心也。昔涓子《琴心》①，王孙《巧心》②，心哉美矣，故用之焉。古来文章，以雕缛③成体，岂取驺奭之群言"雕龙"④也。夫宇宙绵邈⑤，黎献⑥纷杂，拔萃出类，智术⑦而已。岁月飘忽，性灵⑧不居⑨，腾声飞实⑩，制作⑪而已。夫人肖貌天地⑫，禀性五才，拟耳目于日月，方声气乎风雷，其超出万物，亦已灵矣。形同草木之脆，名逾金石之坚，是以君子处世，树德建言⑬，岂好辩哉？不得已也！

予生七龄⑭，乃梦彩云若锦，则攀而采之。齿在逾立⑮，则尝夜梦执丹漆之礼器，随仲尼而南行⑯。旦而寤⑰，乃怡然而喜。大哉！圣人之难见也，乃小子之垂梦⑱欤！自生人⑲以来，未有如夫子者也。敷赞⑳圣旨，莫若注经，而马郑㉑诸儒，弘之

---

①涓子《琴心》：王俭《褚渊碑文》："参以《酒德》，间以《琴心》。"李善注："《列仙传》曰：涓子作《琴心》三篇。"涓子：环渊，娟环、便娟，尊称娟子、涓子，战国时期楚国学者，稷下学宫的创始学者之一，学术思想属道家。 ②王孙《巧心》：《汉书·艺文志》："《王孙子》一篇。一曰《巧心》。" ③雕缛：雕镂彩饰，引申义为文辞修饰。 ④驺奭之群言"雕龙"：众人都说驺奭是"雕龙奭"。群言：众人都说。 ⑤绵邈：遥远、幽远。 ⑥黎献：黎民中的贤者，《尚书·益稷》："万邦黎献，共惟帝臣。"蔡沉集传："黎民之贤者也。" ⑦智术：智谋、手段。 ⑧性灵：性情。 ⑨不居：不定。 ⑩腾声飞实：实绩名声广为流传。 ⑪制作：此指撰写文章。 ⑫肖貌天地：《汉书·刑法志》："夫人宵天地之貌，怀五常之性。"师古注："宵，义与肖同。"肖：相似。 ⑬树德建言：立德立言。 ⑭七龄：七岁。 ⑮齿在逾立：年龄在三十岁。《论语·为政》："三十而立。" ⑯随仲尼而南行：意谓成为孔门弟子。 ⑰寤：睡醒。 ⑱垂梦：得到托梦。 ⑲生人：人类产生。 ⑳敷赞：阐发。 ㉑马郑：马融、郑玄。马融曾注《周易》《诗经》《尚书》《论语》等。郑玄是马融门人，曾注《周易》《诗经》等。

已精，就有深解，未足立家。唯文章之用[①]，实经典枝条[②]，五礼[③]资之以成，六典[④]因之致用，君臣所以炳焕[⑤]，军国所以昭明，详其本源，莫非经典。而去圣久远，文体解散，辞人爱奇，言贵浮诡[⑥]，饰羽尚画[⑦]，文绣鞶帨[⑧]，离本弥甚，将遂讹滥[⑨]。盖《周书》论辞，贵乎体要[⑩]；尼父陈训，恶乎异端[⑪]。"辞""训"之异，宜体于要。于是搦[⑫]笔和墨，乃始论文。

详观近代之论文者，多矣：至如魏文述典[⑬]，陈思序书[⑭]，应玚文论[⑮]，陆机《文赋》，仲治《流别》，弘范《翰林》[⑯]，各照隅隙[⑰]，鲜观衢路[⑱]，或臧否[⑲]当时之才，或铨品[⑳]前修[㉑]之文，或泛举雅俗之旨，或撮题[㉒]篇章之意。魏《典》密而不周[㉓]，陈《书》辩而无当[㉔]，应《论》华而疏略[㉕]，陆《赋》巧而碎乱[㉖]，《流别》精而少

---

①文章之用：文章的功用。 ②经典枝条：经典的表达形式。 ③五礼：吉礼、凶礼、宾礼、军礼、嘉礼，礼仪总称。祭祀之礼为吉礼，丧葬之礼为凶礼，军旅之礼为军礼，宾客之礼为宾礼，冠婚之礼为嘉礼。 ④六典：六个方面的治国之法，即治典、教典、礼典、政典、刑典、事典。《周礼·天官·大宰》："大宰之职，掌建邦之六典，以佐王治邦国。" ⑤炳焕：鲜明、显著。 ⑥浮诡：浮华怪异。 ⑦饰羽尚画：修饰羽毛，崇尚模画，喻刻意追求文采。《庄子·列御寇》："方且饰羽而画，从事华辞。"郭象注："饰画，非任真也。" ⑧鞶(pán)帨(shuì)：腰带和佩巾。 ⑨讹滥：谬误泛滥。 ⑩《周书》论辞，贵乎体要：《尚书·周书·毕命》："辞尚体要，不惟好异。"体要：体现要点。 ⑪尼父陈训，恶乎异端：《论语·为政》："攻乎异端，斯害也已。"攻：研究。异端：指和儒家思想不合的思想学说。 ⑫搦(nuò)：握、持。 ⑬魏文述典：魏文帝曹丕的《典论·论文》。 ⑭陈思序书：曹植的《与杨德祖书》。 ⑮应玚文论：今可见应玚《文质论》。 ⑯弘范《翰林》：李充的《翰林论》。弘范：东晋学者李充字。 ⑰隅隙：狭小的地方，引申为某一方面、某一点。《淮南子·说山训》："受光于隙照一隅，受光于牖照北壁。" ⑱衢路：歧路、岔道。汉贾谊《新书·审微》："故墨子见衢路而哭之，悲一跬而缪千里也。"此处义为通路。 ⑲臧否：品评、褒贬。 ⑳铨品：衡量评论。 ㉑前修：前贤。《楚辞·离骚》："謇吾法夫前修兮，非世俗之所服。" ㉒撮题：概括。 ㉓魏《典》密而不周：魏文帝曹丕《典论·论文》论文精密但不周全。 ㉔陈《书》辩而无当：曹植的《与杨德祖书》有辩才但不恰当。 ㉕应《论》华而疏略：应玚论文文辞华美，但内容空疏简略。 ㉖陆《赋》巧而碎乱：陆机《文赋》巧妙却零碎杂乱。

功[①],《翰林》浅而寡要[②]。又君山、公幹[③]之徒,吉甫、士龙[④]之辈,泛议文意[⑤],往往间出[⑥],并未能振叶以寻根,观澜而索源。不述先哲之诰,无益后生之虑。

盖《文心》之作也,本乎道,师乎圣,体乎《经》,酌乎《纬》,变乎《骚》:文之枢纽,亦云极矣。若乃论文叙笔[⑦],则囿别区分,原始以表末,释名以章义,选文以定篇,敷理以举统[⑧]:上篇以上,纲领明矣。至于剖情析采[⑨],笼圈条贯,摛《神》《性》[⑩],图《风》《势》[⑪],苞《会》《通》[⑫],阅《声》《字》[⑬],崇替于《时序》[⑭],褒贬于《才略》[⑮],怊怅于《知音》[⑯],耿介于《程器》[⑰],长怀《序志》[⑱]以驭群篇[⑲]:下篇以下,毛目[⑳]显矣。位理定名[㉑],彰乎大衍之数[㉒],其为文用,四十九篇而已。

夫铨序一文为易,弥纶群言为难,虽复轻采毛发,深极骨髓,或有曲意密源[㉓],似近而远,辞所不载,亦不可胜数矣。及其

---

①《流别》精而少功:挚虞的《文章流别论》精审但功用不大。 ②《翰林》浅而寡要:李充的《翰林论》内容浮浅且没有抓住关键。 ③君山、公幹:桓谭、刘桢。 ④吉甫、士龙:应贞、陆云。 ⑤泛议文意:没有专门论文著作,有意无意发表对文学的看法。 ⑥间出:时有精警见解。 ⑦论文叙笔:大体而言,自《明诗》至《哀吊》是"文","文""笔"之间者是《杂文》和《谐讔》,"笔"类则为《史传》至《书记》。 ⑧敷理以举统:阐述写作道理,总结基本特点。 ⑨剖情析采:剖析文章的内蕴的情感义理和外现的文辞声采。 ⑩摛《神》《性》:于《神思》论述创作构思,于《体性》论述作家创作个性和作品风格关系。 ⑪图《风》《势》:于《风骨》描绘文章的艺术感染力文体,于《定势》描绘文势的确定。 ⑫苞《会》《通》:于《附会》讨论素材的统系,于《通变》篇讨论继承与新变。 ⑬阅《声》《字》:于《声律》审阅声韵问题,于《练字》审阅用字问题。 ⑭崇替于《时序》:于《时序》篇研究文学的时代盛衰规律。 ⑮褒贬于《才略》:于《才略》评论作家才能。 ⑯怊怅于《知音》:于《知音》探讨关于文学批评上知音难逢问题。怊怅:悲叹、感叹。 ⑰耿介于《程器》:于《程器》探讨作家品格的正大问题。 ⑱长怀《序志》:于《序志》篇舒展自己撰写《文心雕龙》的志向与怀抱。 ⑲驭群篇:统一驾驭全书。 ⑳毛目:裘皮的毛与网的眼,引为细目。晋葛洪《抱朴子·君道》:"操纲领以整毛目,握道数以御众才。" ㉑位理定名:确定文章撰写之理,然后以之确定篇名。 ㉒大衍之数:《周易·系辞上》:"大衍之数五十,其用四十有九。" ㉓曲意密源:深微隐曲的道理和渊源。

品列[①]成文,有同乎旧谈者,非雷同也,势自不可异也;有异乎前论者,非苟异也,理自不可同也。同之与异,不屑古今,擘[②]肌分理,唯务折衷[③]。按辔[④]文雅之场,环络[⑤]藻绘[⑥]之府,亦几[⑦]乎备矣。但言不尽意,圣人所难[⑧],识在瓶管[⑨],何能矩矱[⑩]?茫茫往代,既沉予闻[⑪];眇眇[⑫]来世,倘尘彼观[⑬]也。

赞曰:生也有涯,无涯惟智。[⑭] 逐物[⑮]实难,凭性[⑯]良易。傲岸泉石[⑰],咀嚼[⑱]文义。文果载心[⑲],余心有寄[⑳]。

【译文】

所谓"文心",说的是文章创作的用心。古时,涓子有《琴心》、王孙子有《巧心》,"心"这个词非常美好,所以用它作为书的名称了。自古以来,文章以文辞修饰为特征,以"雕龙"为名,取自众人称赞驺奭的"雕龙奭"吧。宇宙遥远,黎民中的贤者纷杂,其出类拔萃者,是因为他们的智慧。时间飘忽不定,性情变动不居,实绩名声广为流传,只能靠撰写文章而已。人类模仿天地自然,禀受金木水火土五才,用耳朵眼睛模拟日月之像,用声音气息模拟风雷之声,这是其超越万物之处,故而堪称万物之灵。肉体像草木一样脆弱,声名比金石还坚固,因而君子处世在于立德

---

①品列:排列。 ②擘(bò):本义为大拇指,引为分开义。 ③折衷:调和以使适中。 ④辔:马缰绳。 ⑤络:此指马络头,即羁。 ⑥藻绘:文辞、文采,代指文学创作。 ⑦几:差不多、大概、大致。 ⑧言不尽意,圣人所难:《周易·系辞上》:"子曰:'书不尽言,言不尽意。'然则圣人之意其不可见乎?子曰:'圣人立象以尽意,设卦以尽情伪,系辞焉以尽其言。'" ⑨瓶管:小瓶,细管,此喻见识短浅。《左传·昭公七年》:"虽有挈瓶之知,守不假器,礼也。"杜预注:"挈瓶,汲者,喻小知。为人守器,犹知不以借人。" ⑩何能矩矱:怎能作为规矩和法度呢。矩矱(yuē):规矩法度,《楚辞·离骚》:"曰勉升降以上下兮,求矩矱之所同。"王逸注:"矩,法也;矱,于缚切,度也。" ⑪沉予闻:加深了我的见闻知识。 ⑫眇(miǎo)眇:遥远不可见。 ⑬倘尘彼观:或许会污染你的眼睛。尘:污。 ⑭生也有涯,无涯惟智:《庄子·养生主》:"吾生也有涯,而知也无涯。" ⑮逐物:探索事物之理。 ⑯凭性:率性。 ⑰傲岸泉石:不苟世俗,率性山林。鲍照《代挽歌》:"傲岸平生中,不为物所裁。"泉石:指隐居山林生活。 ⑱咀嚼:反复体味。 ⑲载心:承载情志。 ⑳寄:寄托。

立言。难道是我喜欢和人辩论吗？是不得已而为之啊！

在我七岁时，曾梦见如锦绣般的彩云，于是登上去采集。当过而立之年的时候，夜晚则又梦到自己手持红漆礼器，追随孔子行走南方。天亮醒来，于是心情愉悦。圣人是难以见到的，是我受到了他的托梦吧！自从有人类以来，没有人能超过孔子。阐发孔圣的思想，没有比注释经典更好的方法了，但是马融、郑玄等大儒，弘扬得已很精深，即使我能有深刻理解，也不足够自成一家。只有文章的功能，实在是经典的表达形式，五礼、六典都靠它来形成并发生作用，君臣之义、军国大事也因它鲜明起来，推详其根本源泉，都在于儒家经典。但是，由于距离圣人已很遥远，经典的文体已被解散，文人们爱好诡奇，其文辞以浮华怪异为贵，刻意追求文采，已离经典本色更加遥远，以至于走向谬误泛滥。大体而言，《尚书》谈到文辞以体现要点为贵，孔子也留下了厌恶异端的训诫。《尚书》、孔子的训导，主张应该体现关键。鉴于以上原因，我便执笔研墨，开始撰写讨论文章撰写的著作。

详细考察近来论述文章创作的理论家，发现已经有很多了。至于像魏文帝曹丕的《典论·论文》，陈思王曹植的《与杨德祖书》，应玚的文论，陆机的《文赋》，挚虞的《文章流别论》，李充的《翰林论》，各自在一个方面有所建树，很少有人全面观照。这些著作有的评论当时的文人，有的评论前人的著作，有的泛泛而论文章的旨趣，有的概括文章的大意。曹丕的《典论·论文》论文精密但不周全，曹植的《与杨德祖书》有辩才但不恰当，应玚论文文辞华美，但内容空疏简略，陆机《文赋》巧妙却零碎杂乱，挚虞的《文章流别论》精审但功用不大，李充的《翰林论》内容浮浅且没有抓住关键。还有桓谭、刘桢、应贞、陆云等，没有专门的论文著作，有意无意发表对文学的看法，时有精警见解，但是并没有找到文章创作的根本。以上这些理论家的理论，没有祖述、阐发先哲的思想，故而也不能对后来的文学产生积极影响。

大致说来，《文心雕龙》的撰写，以道为本，师法圣人，以经典为根本依据，斟酌于谶纬之书，在楚辞中学习变化：这样一来，文章创作的关键，也可以说是足够了。至于谈论文体则进行分别,探索该文体的源头与流变,解释其名,彰显其义,选择代表性篇章来确定该篇,阐述该体文章写作道理,总结基本特点:这样一来,上篇的纲领也就明晰了。至于剖析文章内蕴的情感义理和外现的文辞声采,将其概括条例起来,于《神思》论述创作构思,于《体性》论述作家创作个性和作品风格关系;于《风骨》描绘文章的艺术感染力问题,于《定势》描绘文势的确定;于《附会》讨论素材的统系,于《通变》讨论继承与新变;于《声律》审阅声韵问题,于《练字》审阅用字问题;于《时序》研究文学的时代盛衰规律;于《才略》评论作家才能;于《知音》探讨关于文学批评上感叹知音难逢的问题;于《程器》探讨作家品格的正大问题;于《序志》舒展自己撰写《文心雕龙》的志向与怀抱,统一驾驭全书。这样一来,下篇的细目也清晰起来了。确定文章撰写之理然后以之确定篇名,彰显《易传》所谓的大衍之数,其中探究文章撰写功用的只有四十九篇罢了。

评论一篇文章容易,评论所有文章则很困难,即使轻采毛发、深极骨髓,也或者会有深微隐曲的道理和渊源,看上去很近而实际上却很遥远,文辞所没有记载的内容,也是难以计算的。我排列诸篇以成此《文心雕龙》,有和前人旧说一样的情况,不是有意雷同而是其势不可以不同;有和前人不一样的地方,不是故意不同,是其理不可以相同。同与不同,不顾及或古或今,分析文章的内容和形式,只求调和以使适中。以之驰骋文坛,也算差不多了。但是,语言不能全面准确表达思想感情,也是圣人感到了的困难,更何况我见识短浅,怎能为后世文学创作立法呢。茫茫的历史加深了我的见闻知识;遥远来世的后来人,拙作也许会污染他们的眼睛。

综上所述:生命是有限的,知识是无限的。探索事物之理确实困难,率性而为反倒容易。我不苟世俗,率性山林,反复体味文章意味。文章果然能够承载人的思想感情,我的思想感情就有处寄托了。

【评析】

《序志》篇是刘勰整部《文心雕龙》的自序,可以称之为后序;但它又不完全等同于后世所谓的书序,而是整部书的有机组成部分,此由他本篇所引《易传》的“大衍之数五十，其用四十有九”可知。但是，就其内容看来，依然符合书序特征。

《文心雕龙》的命名，是《序志》篇首先交代的。“文心”是取“为文之用心”之义，也就是文章创作之用心的意思。之所以用了“心”字而没有使用“理”字、“法”字等，借鉴了前人涓子的《琴心》、王孙子的《巧心》所用之“心”字，但更根本的是“心”这个字非常美好：“心哉美矣，故用之焉。”“雕龙”之所以用以名书，是因文章创作自古以来就有像雕刻龙纹一样追求藻绘的特点，为说明这一点，他引用了战国驺奭“雕龙奭”的典故。

其次，他交代了自己撰写《文心雕龙》的动机：要“敷赞圣旨”，阐发孔子的思想。刘勰说这是自己平生的梦想所在。他曾做过两个梦，第一个梦是他七岁时梦到如锦缎般的彩云并意欲攀摘，第二个梦是三十岁时梦到自己持丹漆之礼器随孔子南行。阐发孔子的思想，最好的方法是注解儒家经典，而刘勰为什么选择了论文呢？是因为汉代马融、郑玄等在注解经典方面已经做出了很大成就，自己即使有所钻研，也不足以成名成家，于是就选择了探讨经典的表现形式——文，对文的撰写规律进行探讨，来阐发孔子的思想。

刘勰说，关于文学的理论与批评，自曹丕《典论·论文》以来，曹植、应玚、陆机、挚虞、李充等已有专门的理论著作，但是他们的著作“各照隅隙，鲜观衢路”，有着这样那样的不足；又有桓谭、刘桢、应贞、陆云等不是通过专著而是时不时地发表对文学的见解，其缺点是不能找到问题的根本：“未能振叶以寻根，观澜而索源。”两种情况的共同不足是“不述先哲之诰，无益后生之虑”，没有祖述、阐发先哲的思想，故而也不能对后来的文学产生积极影响。之前理论家的这些不足，恰恰为刘勰《文心雕龙》之作留下了空间。

正是由于以上主客观的因缘生法，才历史地诞生了这部历史意义非凡的《文心雕龙》文论巨著。

《文心雕龙》命名的缘由、撰写的主客观机缘交代之后，刘勰结合具体篇章概述了本书的结构和内容，基本分为“文之枢纽”“论文序笔”“剖情析采”三个部分。此详原文与译文，不再详述。

图书在版编目（CIP）数据

文心雕龙译注评 / 郝永注评. -- 武汉 : 崇文书局，2022.8
（中华经典全本译注评）
ISBN 978-7-5403-6675-9

Ⅰ. ①文… Ⅱ. ①郝… Ⅲ. ①文学理论－中国－南朝时代②《文心雕龙》－注释③《文心雕龙》－译文 Ⅳ. ①I206.2

中国版本图书馆CIP数据核字（2022）第081362号

选题策划：王重阳
项目统筹：郑小华
责任编辑：吕慧英
封面设计：甘淑媛
责任校对：董　颖
责任印刷：李佳超

文心雕龙译注评

出版发行：长江出版传媒｜崇文书局
地　　址：武汉市雄楚大街268号C座11层
电　　话：(027)87677133　邮政编码：430070
印　　刷：湖北恒泰印务有限公司
开　　本：880mm×1230mm　1/32
印　　张：11.875
字　　数：323千字
版　　次：2022年8月第1版
印　　次：2022年8月第1次印刷
定　　价：48.00元